LA PROMESSE DU MISSISSIPPI

Ce roman a obtenu le Prix Planeta 2022, décerné
par le jury composé de José Manuel Blecua,
Fernando Delgado, Juan Eslava Galán, Père Gimferrer,
Carmen Posadas, Rosa Regàs et Belén López Celada.

Titre original : *Lejos de Louisiana*

Traduit de l'espagnol par Marie Crouzeix et Hélène Melo

76, boulevard Pasteur
75015 Paris – France
www.editionscharleston.fr

ISBN : 978-2-38529-151-8
Maquette : Patrick Leleux PAO

Luz Gabás

LA PROMESSE DU MISSISSIPPI

Roman

Traduit de l'espagnol
par Marie Crouzeix et Hélène Melo

CHARLESTON

À mes enfants, qui embarquent aujourd'hui dans une nouvelle aventure de leur vie ; à José Español Fauquié, mon fleuve.

Et à Angel Corvinos Suárez, in memoriam.

Nulle rivière ne peut retourner à sa source ;
elles prennent cependant toutes source quelque part.

Proverbe amérindien

Tous deux, silencieux, écoutaient le bruit de l'eau, qui, pour eux,
n'était pas une eau ordinaire, mais la voix des choses vivantes,
la voix de ce qui est, la voix de l'éternel Devenir.

Hermann Hesse, *Siddhartha,* trad. Joseph Delage

La Louisiane dans le dernier tiers du XVIIIe siècle

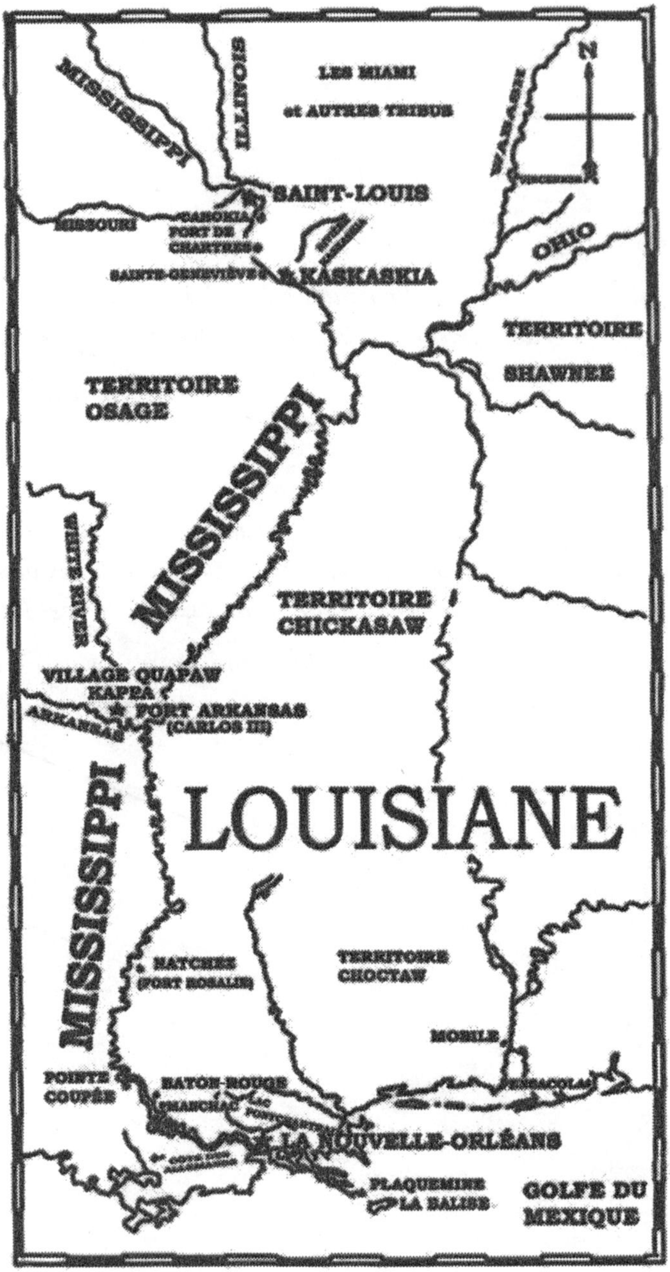

JAMAIS LE CŒUR D'ISHCATE n'avait battu avec cette intensité, presque douloureuse. Il sentait chaque palpitation contre sa poitrine, tendue comme une peau de tambour. Il lui était déjà arrivé, alors qu'il suivait ses frères aînés dans leurs escapades, de ressentir de l'excitation mêlée à de la peur, mais cette fois, c'était différent. Il était dominé par l'attente, par le sentiment que quelque chose allait changer sa vie à jamais. C'est du moins ce qu'on lui avait raconté.

Il ignorait tout de ce qui l'attendait, hormis que d'autres garçons comme lui étaient aussi passés par là, et aucun n'avait disparu ni perdu son scalp. Il se jura que lui non plus n'échouerait pas.

D'un pas alerte, il suivit son père, qui s'arrêta dans une petite clairière, face à un énorme cèdre. Comme la plupart des hommes de son peuple, Couroway était de stature moyenne, large d'épaules. Il avait la taille fine, les cheveux longs et noirs, le teint hâlé et des muscles sculptés par une vie au grand air sur les terres de l'Illinois. Le fait que ses trois fils – et surtout Ishcate – le dépassent flattait son orgueil. C'était pour lui la preuve que Keešihiwia, le créateur, accordait encore ses faveurs aux Kaskaskia au sang pur et désirait que sa famille prospère.

Couroway indiqua une souche à Ishcate et lui fit signe de s'asseoir. Celui-ci obéit, prêt à écouter en quoi consistait ce rituel dont il ignorait tout, hormis son existence.

— Comme l'a fait mon père avec moi, et moi avec tes frères, dit Couroway d'un ton solennel, je te livre aujourd'hui à la nuit de la forêt, mon fils, *niniicaanhsa*, pour que tu comprennes qui tu es et qui tu deviendras. Demain, pour toi, plus rien ne sera comme avant.

Ishcate hocha la tête, un peu déçu. C'était donc ça, la grande épreuve ? Passer la nuit dans la forêt avec son père.

Couroway décrocha une fine peau de chevreau qui pendait à sa ceinture.

— Tu ne dois pas utiliser la vue, ajouta-t-il en lui couvrant les yeux. Le Grand Esprit saura si tu le trompes.

Passer la nuit dans la forêt avec son père, les yeux bandés…

Il sentit une tape affectueuse sur son épaule et entendit à nouveau la voix de Couroway :

— *Šaaye.* Au revoir. Je reviendrai à l'aube.

Passer la nuit dans la forêt, les yeux bandés…

Seul.

Ishcate frissonna.

Il ne se considérait pas comme un lâche, mais tandis que s'estompaient les légers craquements des feuilles sous les pas de son père, il imagina les ombres de la lune former des contours étranges sur les sous-bois et il se sentit soudain seul. Il regretta alors le gloussement doux et joyeux des dindons, le claquètement des grues, le sifflement des cygnes et le brame des cerfs dans ce silence nocturne épais, rompu sporadiquement par de petits bruits inconnus et menaçants.

Il tendit l'oreille. Le jour, il était capable de reconnaître les sons émis par chaque animal de la forêt… Mugissements, hurlements, cris, grognements, bourdonnements. Bisons, loups, ours, aigles, insectes. À présent, comment pouvait-il savoir si ce craquement provenait d'une branche brisée sous le pas furtif d'un ours ? Et ces mystérieux bruits qui retentissaient ? Ce ne pouvait être les pattes arrière d'un lapin. Comment pourrait-il se défendre s'il ne voyait pas d'où arrivait l'ennemi ni par où s'enfuir ?

Il était terrorisé.

Il se leva et fit quelques pas, les mains tendues devant lui, en direction du cèdre. Il caressa l'écorce rugueuse et huma l'intense arôme qui s'en dégageait. Il n'avait pas le droit d'ôter son bandeau, mais son père ne lui avait pas interdit de monter aux arbres. Il tendit les bras pour atteindre une branche, l'attrapa, se hissa et se mit ainsi à l'abri. Il était agile et fort. Au cours de son quatorzième hiver, il avait passé ses journées à courir à travers les bois et les collines des alentours, à grimper aux arbres et à ramer en pirogue. Il se laissa prudemment glisser jusqu'à sentir son dos toucher le tronc de l'arbre. Même s'il n'était pas très loin du sol, il écartait ainsi les menaces éventuelles d'un bon nombre de prédateurs.

Cependant, la tranquillité ne dura guère.

Il serait totalement impuissant si un Indien d'une tribu ennemie, un Iroquois, un Chickasaw ou un Fox, l'attaquait.

Mais que ferait un homme ici, en pleine nuit ? Ses ennemis ne sillonnaient pas les forêts sous le ciel étoilé pour traquer les jeunes garçons en plein rituel.

Il esquissa un sourire. Il ignorait combien de temps il était resté ainsi, à prêter l'oreille aux sons de la nature. Peu importe, il était toujours en vie et de plus en plus serein. Il palpa son collier de perles colorées et d'osselets, une amulette que sa mère lui avait offerte lorsqu'il était enfant pour le protéger de…

Maci-manetoowa. Les esprits malins.

Il se souvint de l'histoire que racontaient les anciens du village : celle du grand chasseur qui s'était perdu dans la forêt et avait dû se nourrir de chair humaine. Pour le punir, les dieux l'avaient transformé en monstre qui dévorait les cœurs de ceux qui croisaient son chemin.

C'est alors qu'il entendit son nom dans le murmure du vent à travers la cime des arbres.

Ish-ca-te…

Il posa une main sur son cœur, qui se remit à battre la chamade. Pas d'excitation, cette fois-ci, mais de peur. Malgré ses yeux bandés, il voyait apparaître devant lui l'esprit démoniaque capable de le traquer ou de le posséder durant son sommeil : une créature difforme, avec des griffes et des dents pointues.

Cours... répétait le monstre, entrecoupant ses mots d'horribles halètements.

« Non, je ne bougerai pas d'ici. »

Le vent souffla de plus belle, ébouriffant ses longs cheveux noirs, l'obligeant à se retourner et à s'accrocher fermement au tronc de l'arbre pour ne pas perdre l'équilibre.

Libère tes yeux ! insistait le monstre. *Saute et file chez toi !*

Ishcate pensa à la hutte de sa famille, faite de nattes de jonc cousues les unes aux autres, où il se sentait en sécurité. Sa mère devait déjà avoir éteint les dernières braises et préparé les lits avec les fines peaux qu'ils utilisaient pour les nuits d'été. Ishcate était rapide, plus rapide que ses deux frères. Il pouvait gagner la hutte en un rien de temps.

— Non !

Il secoua la tête pour éloigner les tentations du diable, qu'il imaginait désormais, d'après ce que lui avait enseigné le père Meurin, avec une longue queue pointue, des cornes tordues et un trident. Il pria alors le Grand Esprit dans sa langue, comme ses parents le lui avaient appris, et, à tout hasard, s'adressa aussi au dieu chrétien en recourant au peu de phrases qu'il savait en français. Le père Meurin dirigeait la mission et, outre l'enseignement agricole qu'il dispensait aux Indiens, il tenait à ce qu'ils s'initient à la religion des Français et se rendent à l'église. Lors des célébrations religieuses, ils chantaient une partie des psaumes en langue indienne et l'autre dans la langue que les Français appelaient « latin ». Ishcate fit le signe de croix. *Awiinsoonimenki oohsima, akwihsima, neehi waahseemanetoowa.* Au nom du Père, du Fils et du Saint-Esprit.

C'était tout ce qu'il savait.

Pour chasser les ténèbres de son esprit, il pensa à ses ancêtres, car le sang qui coulait dans ses veines était aussi le leur.

Il était Ishcate de la tribu Kaskaskia, fils du chef Couroway, petit-fils du chef Keemawassaw, frère de Maughquayah et de Kicounaisa.

Il vivait dans le Pays des Illinois, tout comme les Peoria, les Cahokia, les Michigamea, les Moingwena et les Tamaroa, avec lesquels il partageait la langue et les traditions. Son village était situé dans une grande plaine, au bord de la rivière Kaskaskia, dont son peuple portait le nom, non loin de l'endroit où elle se jette paisiblement dans l'immense Mississippi, à l'est. De là où il se trouvait, il pouvait entendre le murmure du courant, qui l'accompagnait. Il se sentit moins seul. C'était sa terre, son monde.

Au lever du jour, lorsqu'il ouvrait les yeux, il courait se laver dans la rivière. Jusqu'à tout récemment, il passait ses matinées à jouer avec ses amis ou à regarder sa mère et les autres femmes tanner les peaux ou cuisiner ; à présent, ses frères l'autorisaient de plus en plus souvent à les accompagner chasser non loin du village.

L'un de ses passe-temps favoris était d'aller à Kaskaskia. Autrefois, il y avait un seul Kaskaskia, où cohabitaient missionnaires, marchands de peaux et fermiers. L'établissement français était situé tout près du village indien où les colons allaient chercher des femmes à épouser. Afin d'éviter les conflits entre les uns et les autres dans la communauté grandissante, un commandant français l'avait divisé en deux, mais les villages étaient séparés par une courte distance à cheval, encore plus petite en pirogue. La diversité des habitants de Kaskaskia – Français, Indiens, métis et esclaves noirs – en faisait un endroit fascinant. Ishcate adorait regarder les hommes charger et décharger les marchandises des navires qui s'arrêtaient à proximité. Ses parents et ses connaissances troquaient des chevaux, de la graisse d'ours, du suif, de la viande de bison séchée, des peaux et du cuir contre du blé, des légumes, des fruits, des couteaux, des haches, des marmites et du sel provenant des salines situées à l'est du Mississippi.

Bien qu'il n'ait jamais quitté les terres de l'Illinois, une région luxuriante avec ses rivières et ses ruisseaux, ses forêts touffues et ses collines boisées, il doutait que puisse exister ailleurs un endroit aussi beau, aussi riche que les pâturages autour de Kaskaskia, où paissaient les bœufs et les vaches des fermiers, et celles des prairies plus éloignées où couraient de grands troupeaux de bisons, des mouflons, des cerfs et des chevreuils, et où une multitude d'oiseaux se gavaient d'avoine sauvage.

Ce merveilleux territoire ne pouvait être effrayant ni le jour ni la nuit. Il prit une profonde inspiration pour se ressaisir.

S'il devait craindre quelque chose ou quelqu'un, ce n'étaient ni les esprits ni les êtres qui rampaient dans la nuit, mais les Sioux du Nord-Ouest, les Iroquois de l'Est, les Fox du Nord, ainsi que les Cherokee et les Chickasaw du Sud.

Les Sioux avaient chassé ses ancêtres de leurs terres d'origine près des Grands Lacs. Les Iroquois avaient, par le passé, détruit Kaskaskia et tué de nombreux membres de sa tribu ; les Fox aussi, mais les Indiens kaskaskia et les Français les avaient expulsés. Quoique peu nombreux, les Chickasaw étaient particulièrement intrépides ; aux côtés des Cherokee et de leurs amis anglais, ils avaient attaqué le Pays des Illinois lors de la dernière guerre entre Européens.

Ah, les Anglais. Ceux-là, ils étaient à craindre.

Son père lui avait répété des centaines de fois que les ennemis des Français étaient les ennemis des Kaskaskia.

Il éprouva une soudaine anxiété. Jusqu'à cette longue nuit de solitude, il n'avait jamais prêté attention aux récentes préoccupations de son père.

Qu'allait-il advenir de Kaskaskia, maintenant que les Anglais avaient gagné la dernière guerre contre les Français en Amérique du Nord ?

Devait-il lui aussi s'inquiéter ? Son cœur était indien, mais en tant que sujet de cette contrée lointaine, appelée France…

Il se souvint des paroles de son père.

Les Kaskaskia n'étaient les sujets de personne. Ils pouvaient à la rigueur être des alliés. Ces territoires leur appartenaient. Ils étaient libres de s'y déplacer et de choisir leurs amis.

S'il avait du mal à comprendre le concept de liberté dans son ensemble, il aimait l'idée. Comme ses frères, il serait libre de profiter de longues journées de chasse en été, de devenir un brave guerrier et de combattre les ennemis de son peuple, puis de prendre une épouse et de fonder une famille… Bon, concernant ce dernier point, il avait encore le temps. Ses frères, eux, s'intéressaient aux jeunes filles de la tribu – ils les retrouvaient autour des feux, échangeaient rires et regards –, mais lui, il était gêné de répondre ne serait-ce qu'à un sourire. Pour les garçons de son âge, les femmes étaient des êtres proches, tout en étant aussi distantes que les montagnes qui découpaient l'horizon au-delà de la rivière. En cet instant de solitude, il se permit de laisser libre cours à son imagination. Comment serait son épouse ? Indienne, évidemment, les cheveux noirs et les traits réguliers. Française, jamais de la vie, elles étaient trop maigres, trop chétives.

Quelque chose se posa sur sa cuisse et le fit sursauter.

— *Iiyoowe !* s'écria-t-il, paniqué.

Une feuille morte ou un simple insecte allaient-ils le terroriser ? Le son strident qu'il entendit aussitôt lui confirma qu'il s'agissait d'une sauterelle. L'animal avait-il lui aussi cherché refuge sur la branche d'un arbre ? Quel danger avait-il affronté ?

Laissant là ses réflexions au sujet de son avenir lointain, il demeura immobile et se concentra sur les sensations que le contact de l'insecte éveillait en lui. Il était tout petit, mesurant à peine la taille de son index, mais il dégageait puissance et vigueur. Au bout de quelques secondes, il sentit une légère pression, comme si la sauterelle s'appuyait sur ses pattes arrière pour prendre de l'élan avant de déployer ses ailes et de disparaître dans l'obscurité. Où pouvait-elle bien aller ? Qu'adviendrait-il de sa courte vie ? Toujours en mouvement, sans destination précise. Une créature minuscule dans l'immensité de la nature.

Ishcate se retrouva à nouveau seul. Toutefois, quelque chose avait changé. Cette visite fugace lui avait procuré une sensation de paix. Sa respiration se calma, il relâcha sa vigilance. Il se détendit et s'assoupit jusqu'à ce que la fraîcheur de la rosée le réveille. L'aube apporta les sons familiers des animaux diurnes, qui s'arrachaient à leur sommeil et prenaient la relève des maîtres de la nuit.

— Ishcate…

Il reconnut la voix de son père.

— Tu peux maintenant retirer la peau qui couvre tes yeux et venir.

Ishcate s'exécuta, surpris de ne pas avoir entendu Couroway arriver. Il cligna les paupières pour s'habituer à la lumière naissante ; les couleurs et les contours de la forêt se déployaient de nouveau devant lui, toute menace avait disparu. D'un bond et sans un bruit, il descendit du cèdre.

Devant lui, le visage de Couroway trahissait sa fatigue.

Il avait veillé toute la nuit sur son fils non loin de là, prêt à le protéger en cas de danger. Mais cela, Ishcate l'apprendrait seulement au moment où son tour viendrait d'accomplir ce rituel avec son propre fils.

— Tu as traversé la nuit et ton esprit est serein. Ishcate, où as-tu trouvé la force de vaincre la peur ?

— J'ai demandé de l'aide au Grand Esprit et au dieu français, répondit-il avec franchise.

Couroway sourit.

— *Mayaawi teepi.* Très bien. Nous vivons entre deux mondes. Prendre le meilleur de chacun est une preuve d'intelligence.

Il posa sa main sur son épaule et lui leva le menton pour le regarder dans les yeux.

— Tu as survécu avec dignité au sommeil de la forêt. Tu es maintenant un homme, Ishcate de Kaskaskia, fils du chef Couroway.

Le garçon redressa fièrement les épaules.

— Je suis maintenant un homme, répéta-t-il, même si au fond de lui, il ne se sentait guère différent de la veille. Je vais pouvoir décider de mon avenir. Avec l'aide du Grand Esprit Manetoowa, le chemin sera simple.

— Mon fils, ne demande pas une vie facile ; demande des forces pour endurer une vie difficile.

Ishcate acquiesça solennellement et, tandis qu'il rentrait au village aux côtés de Couroway, il se promit de garder ce conseil paternel gravé dans son cœur.

Première partie

Cours supérieur

1

La Nouvelle-Orléans, août 1763

DANS LA RUE DAUPHINE – située dans le cinquième district, l'un des plus éloignés du Mississippi –, il régnait une ambiance trop festive pour des adieux. Pourtant, contrairement à toutes les fois où la maison de Suzette se remplissait de négociants, de propriétaires de plantations, de fonctionnaires et de militaires, cette après-midi-là, seuls les Girard et les Leroux-Dubois s'y trouvaient.

Les deux familles s'étaient réunies à l'occasion du départ de Benoît Leroux et de son beau-fils de quatorze ans, Étienne Dubois, vers les dangereux territoires du Nord, à près de deux cents lieues de là. Ils partaient en quête d'un endroit propice où s'installer et établir un poste de traite pour commercer avec les tribus indiennes de l'ouest du Mississippi, sans avoir fixé de date de retour. Malgré le péril d'un tel voyage, Étienne et Benoît n'avaient pas l'air tristes ni nerveux ; au contraire Suzette Girard ne voyait que joie et excitation. Étienne, que la fillette de sept ans considérait comme un frère, allait beaucoup lui manquer.

Leurs deux familles habitaient dans la même rue, douze maisons les séparaient, et Étienne avait toujours fait partie de sa vie, d'aussi loin que remontaient ses souvenirs.

Jérôme Girard – trente-six ans, grand, énergique, les traits bien dessinés et des pattes descendant jusqu'à mi-oreille alors que la mode imposait un rasage strict – se rappelait son premier voyage entre la France et la Louisiane tandis qu'il passait en revue la liste des marchandises chargées sur le bateau à bord duquel Benoît Leroux – mince, brun, le sourire espiègle, de cinq ans son cadet et plus intrépide – et Étienne allaient remonter le Mississippi jusqu'au nord.

Les adultes étaient installés dans de ravissants divans revêtus de la même soie rose que celle qui tapissait les murs, face à une cheminée de marbre blanc sans feu. Leurs discussions s'entremêlaient. De temps à autre, Girard levait son verre de brandy, en délicat cristal français, vers les vaillants aventuriers et répétait :

— Aujourd'hui est sans nul doute un grand jour. Sur ces vastes étendues de terre, nous trouverons la richesse dont nous avons toujours rêvé.

— À la compagnie Girard et Leroux ! s'exclama son associé et ami.

Jérôme Girard, doté d'un excellent flair pour les affaires et d'un talent inné pour les relations sociales, disposait des trois quarts du capital dédié à la traite des fourrures. Benoît Leroux, quant à lui, possédait l'autre partie des actions et était doté du tempérament exalté indispensable pour accepter une proposition comme celle que son associé lui avait faite. Leur amitié était née dix ans plus tôt. Ils avaient aussitôt sympathisé, peut-être en raison de leurs nombreux points communs : ils venaient tous deux d'un petit village de France et, passé leurs vingt ans, animés par l'énergie de la jeunesse, ils avaient traversé l'Atlantique pour rejoindre le sud de l'Amérique du Nord.

Assise parmi les enfants sur un magnifique tapis, Suzette échangea un regard avec Margaux : sa grande sœur était ce jour-là d'une humeur morose, et quand elle secoua la tête, ses longs cheveux noirs se balancèrent d'un côté à l'autre. Elles avaient entendu à maintes reprises les anecdotes de ce voyage transatlantique. La rigueur des longues semaines à bord du navire, le mal de mer, la nourriture et les boissons avariées, les cabines étroites. L'émotion qu'ils avaient ressentie au moment de contourner la pointe de la Floride, de traverser le golfe du Mexique, puis, en approchant, de l'embouchure du Mississippi. Le trajet pour ensuite rejoindre La Nouvelle-Orléans dans les années 1750, à l'époque où commençaient à se développer les exploitations, les plantations et les cultures de riz, de tabac, d'indigotiers, de canne à sucre, de coton et de bois de part et d'autre du fleuve. La nostalgie ressentie pour leur pays et leur famille lorsqu'ils s'avançaient dans les mystérieux marécages infestés d'alligators et foisonnant de cyprès, d'où pendaient de gigantesques pans de mousse. Les moustiques qui les attaquaient sans relâche, l'humidité qui les pénétrait jusqu'aux os et la chaleur accablante.

Arrivé à ce point du récit, Leroux faisait toujours la même remarque :

— J'étais à deux doigts de faire demi-tour et je maudissais mon ambition. Comment diable un Français de bonne éducation comme moi, originaire des Pyrénées, se retrouvait-il sur des terres marécageuses à l'autre bout du monde ?

— Je me posais exactement la même question ! rétorquait Girard dans un éclat de rire. Pourquoi l'armée française ne m'avait-elle pas laissé à La Havane au lieu de m'envoyer en Louisiane ?

Cependant, leur destination finale – la ville effervescente de La Nouvelle-Orléans, sur la rive droite du Mississippi – leur avait vite fait oublier tous ces désagréments. Ils avaient eu la même première impression : comme si leur voyage n'avait été qu'une boucle, il leur semblait être revenus dans leur pays natal, qui aurait entre-temps été repeuplé de Noirs, de mulâtres et d'Indiens. Ils avaient vite compris que la Louisiane – l'immense territoire qui s'étendait du sud au nord depuis le golfe du Mexique, en longeant le Mississippi jusqu'à la frontière avec le Canada, et dont personne ne savait situer précisément les lointaines limites à l'ouest – était une terre de promesses.

Girard n'était pas le premier militaire à se lancer dans le commerce. Et le destin avait voulu qu'une femme exceptionnelle croise son chemin : Blanche, fille d'un homme d'affaires fortuné qui lui concéda cinq mille livres françaises grâce auxquelles son époux, de huit ans son aîné, put établir son premier négoce de peaux. Depuis son mariage, la vie avait souri à Girard aussi bien sur le plan militaire que commercial. En tant que capitaine du régiment de Louisiane, il avait combattu lors de la dernière guerre contre les Anglais, qui voulaient s'emparer des territoires français en Amérique du Nord. Hélas, la France avait perdu cette guerre. Par conséquent, exception faite de la ville de La Nouvelle-Orléans, ses possessions au Canada et sur le territoire s'étendant entre l'est du Mississippi et les Appalaches passaient désormais aux mains des Anglais.

Néanmoins, en gage de remerciement pour les services rendus, le gouvernement français avait accordé à Jérôme Girard une patente pour traiter avec les tribus indiennes du côté du Missouri, dans le Pays des Illinois.

— La première compagnie à jouir du droit exclusif pour le commerce en Haute-Louisiane ! claironna fièrement Girard, faisant tinter son verre contre celui de son associé. Au succès de notre nouveau poste de commerce dans le Nord !

Benoît Leroux répondit à ce énième toast par un sourire qui tentait de dissimuler une certaine fébrilité. Il aimait l'aventure et avait bon espoir de tirer de copieux bénéfices de cette nouvelle expédition pour offrir une vie meilleure à sa bien-aimée, Cécile, qui allait terriblement lui manquer. Tous deux avaient fondé une famille peu conventionnelle, à tel point que Blanche, l'épouse de Girard – une figure de la bonne société de La Nouvelle-Orléans, connue pour son élégance et sa distinction – avait mis du temps à accepter Cécile dans son cercle d'amis. Cependant elle la traitait à présent avec naturel et sympathie.

Lorsque Cécile avait quinze ans, son père l'avait obligée à épouser un boulanger du nom de Dubois, qui lui avait donné un fils, Étienne, avant de les abandonner pour rentrer seul dans sa France natale. Lorsque Benoît fit sa connaissance et s'éprit d'elle, Cécile se trouvait dans une impasse : elle ne pouvait ni divorcer d'un époux absent ni se remarier tant qu'elle n'était pas veuve. Elle n'était toutefois pas femme à se laisser arrêter par si peu. Pourquoi devrait-elle renoncer à l'amour ? Tout le monde avait droit à une seconde chance ! Comme Benoît Leroux, Cécile était passionnée, entreprenante, et elle aimait les livres. Le temps avait confirmé qu'il s'agissait d'une relation sérieuse et d'un caprice passager. Benoît s'était comporté en bon père envers le jeune Étienne. Il lui avait transmis son amour de la lecture et l'avait initié aux affaires qu'il menait avec Girard. Les trois autres enfants qu'il avait donnés à Cécile portaient le nom de Dubois pour que personne ne puisse les taxer de bâtards et pour leur éviter, plus tard, de passer à côté de bonnes opportunités, aussi bien professionnelles que sociales.

— Que nos attentes soient comblées ! ajouta Jérôme Girard avant d'adresser un clin d'œil complice à son associé. J'espère que nous pourrons bientôt emménager dans une maison plus confortable du troisième district.

— Je ne veux pas déménager ! s'exclama Suzette en entendant ces paroles.

Girard se tourna vers elle.

— Dans cette ville, plus on habite près du fleuve, plus on est riche. N'oublie pas, ma chère fille, que la vie est une succession de mouvements. S'il est vrai que le hasard joue un certain rôle, il faut néanmoins se donner des objectifs.

Il prit un mouchoir de la poche de son gilet pour essuyer la sueur qui perlait sur son front.

— Ensuite, nous chercherons une plantation dans les environs du lac Pontchartrain pour fuir la chaleur accablante de la ville l'été.

La conversation se poursuivit autour des préparatifs du voyage. Voyant l'ennui se dessiner sur les visages des enfants et l'agitation grandissante des plus petits, Blanche autorisa les premiers à aller jouer dans la cour et fit signe à deux jeunes servantes de s'occuper des seconds.

Suzette regarda Étienne, imaginant qu'il sortirait lui aussi, mais le jeune garçon ne bougea pas. Le voilà soudain devenu adulte. Même physiquement, il semblait déjà différent et plus âgé. Ses boucles rebelles étaient retenues par un ruban, et un air sérieux avait remplacé son sourire espiègle. Il devait s'entretenir des ultimes détails du voyage avec les hommes, et les conversations avec une fillette ne devaient certainement plus l'intéresser.

À ce moment précis comme à bien d'autres occasions, Suzette aurait tout donné pour être un garçon et avoir quelques années de plus. Même si elles dépassaient son entendement, les discussions sur les voyages et les affaires lui semblaient toujours plus captivantes que celles sur les tissus, les recettes de cuisine et la vie des voisins.

Le lendemain matin, une foule de curieux s'attroupèrent sur le quai pour assister au départ de l'expédition dirigée par Benoît Leroux.

Suzette et sa sœur Margaux avaient rejoint les filles des amis de leurs parents. Émerveillées par le spectacle qui se déployait sous leurs yeux, elles se trouvaient au premier rang, aux côtés de leur père, et lançaient des exclamations et des petits cris à chaque nouveau détail qu'elles découvraient. C'était la première fois qu'elles assistaient à un tel événement.

Plusieurs bateaux à quille, longs de quarante-cinq à soixante-quinze pieds, à faible calaison et pointus aux deux extrémités, se balançaient doucement sur les eaux du large Mississippi, comme conscients de transporter une précieuse cargaison. Sur le premier navire du convoi, une vingtaine d'hommes s'affairaient autour des cordes. Parmi eux, Étienne vérifiait à l'aide d'une liste les informations que lui criait son beau-père, qui allait et venait entre les barriques, les tonneaux et les caisses. Lorsqu'ils eurent terminé, Leroux donna une tape sur l'épaule d'Étienne et lança à l'adresse de Girard :

— C'est bon ! Tout est prêt !

Suzette tira la manche de la casaque de son père :

— On peut monter avant qu'ils partent ?

Il hésita un instant, puis finit par hocher la tête. Les unes derrière les autres et aidées par leur père, les fillettes grimpèrent sur la rampe en riant. Une fois arrivées en haut, elles attrapaient la main que leur tendait Étienne. Elles se retrouvèrent enfin toutes à bord, vêtues de leurs robes fraîches et légères, aux couleurs claires et ornées de rubans roses, prêtes à l'assaillir de questions.

— Qu'y a-t-il dans les tonneaux ? demanda Margaux Girard tout en tortillant une anglaise de sa longue chevelure noire.

— De la farine de riz, de maïs et de blé, du sucre, du sel, du café, de la viande de porc séchée, de la graisse, de la bière, du tafia, du brandy et du vin.

— Et dans les caisses ? s'enquit la pétillante Louise Le Sénéchal, âgée de treize ans, dont le visage rond arborait toujours un large sourire.

— Des tissus, des couvertures, des vêtements, des cordes, des ustensiles de cuisine et de couture, des outils de construction et agricoles, quelques livres, du savon, de la poudre, des fusils…

— Pour quoi faire ?

Étienne hésita, cherchant ses mots pour répondre à la question de Marie de la Ronde, qui, en raison de sa taille et du sourire sévère que dessinaient ses fines lèvres, paraissait plus âgée que ses cinq ans.

— Eh bien, pour construire, vivre et faire du commerce.

— Et les armes ? insista la fillette.

— Pour nous défendre contre les animaux sauvages et les Indiens.

— Les Indiens ! s'écria Jeanne Fournier du haut de ses dix ans.

Elle jeta un regard inquiet en amont du fleuve.

— On dit que lorsqu'un membre de leur tribu meurt, ils partent à la chasse aux scalps ennemis pour accompagner l'esprit du mort dans son ultime voyage, ajouta-t-elle.

— Beurk ! se contenta de réagir la petite Marie.

— Fais très attention, Étienne ! dit Margaux avec une inquiétude exacerbée qui surprit Suzette.

Le frère de Jeanne, Belmont Fournier, rejoignit le groupe. Il était grand et, tout comme sa sœur, avait les cheveux couleur café et les traits réguliers. Suzette le trouvait fort attirant et sa présence la troublait, mais c'était un secret qu'elle n'avait confié à personne.

— Tu n'as pas peur ? demanda Jeanne à Étienne.

L'adolescent haussa les épaules.

— Ils vont faire des affaires, pas la guerre, intervint Belmont, qui n'avait pas très envie qu'un garçon d'à peine un an son aîné soit hissé au rang de héros.

— Peut-être, mais un voyage aussi long et des terres si lointaines..., insista Margaux qui ne quittait pas Étienne des yeux. Tu reviens quand ?

— Si tout se passe bien, l'année prochaine. Nous avons estimé qu'il nous faudra trois mois pour remonter le fleuve. Nous devrons ensuite choisir l'endroit où nous installer, construire des bâtiments puis établir des relations commerciales.

Girard cria aux enfants de descendre du bateau, car le moment d'appareiller approchait. Suzette, agile comme nulle autre, fut la première à poser pied à terre. Elle remarqua comment Margaux lambinait pour être la dernière à accéder à la passerelle et accepter la main que lui tendait Étienne.

La famille Leroux-Dubois se rassembla pour se dire au revoir. Cécile, qui portait sa fille de douze mois dans ses bras, caressa le visage d'Étienne en retenant ses larmes afin de ne pas montrer sa tristesse. Leroux se baissa pour dire quelques mots aux jeunes Benoît et Pélagie, les serra fort contre lui, puis il parla à voix basse de longues minutes avec Cécile, les yeux dans les yeux, tandis qu'Étienne s'occupait de distraire ses frères et sœurs.

Leroux s'approcha ensuite de Girard et s'éclaircit la voix afin de contrôler son émotion.

— Je t'en prie, veille sur ma famille.

— Tu peux compter sur moi, même si Cécile est forte et n'aura sans doute guère besoin de mon aide. Et toi, fais attention à ce qu'il n'arrive rien à Étienne. Tu sais combien je l'apprécie.

Benoît Leroux sourit. Les enfants des familles les plus importantes de la colonie commençaient leurs carrières militaire ou commerciale dès leur plus jeune âge. Grâce à Girard, Étienne préparait son avenir depuis ses huit ans. Il lui avait appris à faire preuve de diplomatie pour traiter aussi bien avec des gouverneurs du roi qu'avec des chefs indiens.

— Je crois qu'il saura se débrouiller seul. Il a été à bonne école, merci.

Girard balaya cette remarque d'un revers de la main.

— Depuis que nous avons quitté la France, nous nous en sommes sortis en partant de rien, et pendant sept ans, nous avons enduré une guerre contre les Anglais. Malgré la défaite, nous sommes toujours là, à nourrir de nouveaux espoirs. Il nous reste tant à découvrir au nord et à l'ouest. Tu es un homme courageux, Benoît. Grâce à Dieu, cette aventure se terminera bien.

Il lui donna une petite tape dans le dos. Girard allait évidemment prier pour que tout se passe au mieux, car il avait investi une grande partie de ses économies dans cette expédition.

Étienne, qui attendait à bord, appela son beau-père. Benoît Leroux serra la main de son associé, fit une légère révérence devant Blanche, embrassa une fois de plus Cécile et ses enfants, puis monta sur la passerelle avec le mélange d'élégance, d'agilité et d'assurance qui le caractérisait.

Les équipages, composés de Blancs, de Noirs et de mulâtres, s'installèrent à leurs postes. Au cri de « En avant ! » lancé par Leroux, plusieurs hommes se trouvant à la proue du bateau plongèrent une longue perche épaisse dans le fond vaseux du fleuve. Ils se dirigèrent ensuite vers la poupe et répétèrent l'opération. Petit à petit, l'embarcation s'éloigna du quai et, mû par la force des rameurs et poussé par les perches, le cortège commença à remonter lentement le fleuve.

Au fur et à mesure que les bateaux disparaissaient, le nombre de parents, amis et voisins venus faire leurs adieux sur le quai diminuait. À la fin, seules les familles des associés de la compagnie Girard et Leroux restaient face au fleuve.

Pour Suzette, le convoi sur le Mississippi ressemblait à un gigantesque serpent, lourd après avoir avalé un énorme mammifère. Il allait ramper sur le fleuve trois mois durant. Une éternité. Tant d'événements pouvaient se produire dans son petit monde pendant ce laps de temps. Elle ne pensait à rien de précis et parvenait à peine à se rappeler les événements de la semaine précédente, mais l'excitation provoquée par ce qu'elle venait de voir suscita chez elle une sensation de changement inconnue qui resterait longtemps gravée en elle, bien après que les eaux eurent effacé les derniers sillages. Lorsque le bateau de Leroux disparut au loin, Cécile Dubois laissa enfin les larmes couler sur ses joues. Blanche s'approcha pour la consoler. Si, physiquement, elles ne pouvaient être plus différentes l'une de l'autre – la première était grande et blonde, la seconde menue et brune –, elles avaient toutes deux une personnalité déterminée et étaient intelligentes. Blanche prit la fillette des bras de sa mère et la confia à Suzette afin que cette dernière s'en occupe le temps que Cécile se remette de ses émotions, en respirant au doux rythme du clapotis de l'eau contre les poteaux en bois du port.

Suzette se dit qu'il était rare que sa mère porte ses enfants dans ses bras. Il y avait toujours une jeune servante à proximité pour s'en charger. Chez les Girard, on comptait de nombreux domestiques : vingt esclaves africains – dix hommes adultes, trois jeunes hommes et sept jeunes filles – et quatre mulâtres libres engagés à leur service. D'après ce que Suzette avait entendu, à partir de quatorze esclaves, on était riche. Son père était donc l'homme le plus fortuné du cinquième district, celui où elle habitait, un quartier de négociants. Les familles de ses amies Louise, Jeanne et Marie en avaient beaucoup plus et vivaient plus près du fleuve, ce qui signifiait qu'elles étaient encore plus riches. Et plus les familles étaient riches, plus elles avaient d'enfants. Peut-être parce qu'elles avaient de nombreuses bonnes pour s'en occuper.

— Tout va bien se passer, dit Blanche à Cécile, tandis que Suzette, toujours curieuse, berçait la petite en tendant l'oreille.

— Que Dieu t'entende, car je suis à nouveau enceinte, soupira Cécile. Je ne l'ai pas dit à Benoît pour ne pas l'inquiéter.

Suzette ne comprenait pas pourquoi Benoît Leroux devrait s'inquiéter. Elle, elle avait quatre frères et sœurs et ses parents disaient toujours qu'ils aimeraient avoir d'autres enfants, que les enfants étaient une bénédiction pour la famille et la clef de leur prospérité. Belmont Fournier était d'ailleurs l'aîné d'une fratrie de sept, et dans la plantation de son père, il y avait près d'une centaine d'esclaves.

— Le temps passe si vite, dit Blanche. L'année prochaine sera une année comblée d'heureux événements. En attendant, tu peux compter sur nous. Nous, les créoles, devons prendre soin les uns des autres.

Le bébé toujours dans les bras, Suzette courut rejoindre ses petits frères qui jouaient avec des sacs et des cordes sous la surveillance de Margaux, tandis que leur père s'entretenait avec des hommes. Il passait son temps à discuter. Cela devait faire partie de son travail. Il disait qu'il était très important de parler, qu'on ne savait jamais d'où pouvait surgir une bonne affaire.

Elle s'apprêtait à demander à son père de lui dissiper un doute à propos de ce qu'elle venait d'entendre entre sa mère et Cécile – il lui expliquait toujours les choses sans détour –, mais l'expression qu'elle vit sur son visage l'arrêta. L'air visiblement contrarié, il s'écria :

— Ce n'est pas possible ! Après ce que nous avons enduré pendant la dernière guerre, à lutter contre les

Anglais pour ce territoire. Je n'arrive pas à le croire ! Et vous, vous ne devriez pas écouter ces commérages !

Suzette s'approcha de sa sœur.

— Pourquoi se disputent-ils ?

— Je ne sais pas, répondit Margaux en haussant les épaules. Tu sais bien que Père parle toujours très fort.

Margaux avait quatre ans de plus qu'elle et Suzette la considérait comme une autorité. Si celle-ci n'accordait pas d'importance à cette discussion, Suzette pouvait s'en retourner à sa première préoccupation. Sa mère avait prononcé un mot qui lui avait paru redoutable, comme s'il cachait un mystère.

— Est-ce que nous sommes créoles, Margaux ? Je croyais que nous étions catholiques.

Margaux ne put s'empêcher de sourire.

— De religion catholique, bêtasse ! Créole, c'est notre origine. Cela signifie que nous sommes nés en Amérique, mais que nous sommes d'origine européenne. Notre famille vient de France.

Suzette soupira, soulagée. Elle remarqua alors que les yeux de sa sœur étaient rouges.

— Tu es triste qu'Étienne soit parti ?

Margaux acquiesça.

— Moi aussi, admit Suzette, même si elle l'aurait été encore plus si Belmont était parti à la place d'Étienne. Que lui as-tu dit en descendant du bateau ?

— De m'écrire.

— Toi aussi, tu peux lui écrire.

— Je le ferai. Promets-moi de garder le secret.

— C'est promis.

Suzette aimait beaucoup Margaux. Celle-ci avait un air sérieux et était bien trop responsable pour ses onze ans, mais elle était aussi très douce. Les deux sœurs ne se disputaient guère, contrairement à d'autres.

— Ses lettres arriveront avant les tiennes, dit Suzette pour réconforter Margaux. J'ai entendu dire qu'il fallait trois mois aux bateaux pour remonter le fleuve jusqu'en Haute-Louisiane, et seulement trois semaines pour le redescendre.

À ces mots, Margaux esquissa un large sourire.

Suzette ferma les yeux et huma la fraîcheur de l'eau. La chaleur allait vite devenir insupportable. Dans ses bras, le bébé commençait à s'impatienter. Suzette le rendit à sa mère, sans pouvoir se défaire du pressentiment que ce jour annonçait de grands changements. En disant au revoir à son ami Étienne, elle avait l'impression d'avoir fait ses adieux au monde qui avait été le sien jusque-là. Cette révélation difficile à comprendre bouillonnait en elle.

Suzette aurait pu naître n'importe où ailleurs, dans un endroit plus froid ou plus petit, ou dans une autre famille, moins nombreuse ou moins fortunée, ou encore dans le corps d'un homme, ou avec une peau plus foncée, ou dotée d'une autre personnalité, moins réfléchie, impatiente ou compatissante.

Mais elle était Suzette et faisait partie de la famille Girard de La Nouvelle-Orléans : un nom et un rang qui lui appartenaient, exclusivement, faisant d'elle un être singulier, même si elle était encore seulement une fillette de sept ans dont le cœur palpitait au rythme du battement d'ailes des hérons, des merles ou des pélicans. Une fillette aux grands yeux curieux, ouverts aux découvertes que la vie lui offrirait.

2

En route pour la Haute-Louisiane, septembre 1763

ÉTIENNE, qui quittait la ville pour la première fois, attendait avec excitation chaque nouvelle surprise susceptible de surgir au détour des méandres du Mississippi. Malgré tout ce qu'on lui avait raconté, jamais il n'aurait pu imaginer un tel déploiement de couleurs, de sons, d'odeurs et de textures.

Durant ces six semaines de navigation en direction des terres du Nord, il avait été attentif au moindre détail. Il disposait de tout son temps, car le convoi avançait très lentement : environ trois lieues par jour. Il prenait des notes dans un carnet et accompagnait ses explications de croquis sommaires, car il avait un penchant plus prononcé pour les chiffres et le calcul que pour le dessin.

Il représentait l'épaisse végétation des berges faite de roseaux et de broussailles, plus hautes que dans l'arrière-pays, et crayonnait des carcajous, des opossums et des moufettes. Entre les troncs, les rondins et les branches charriés par le fleuve, il dessinait un poisson-crocodile et un mocassin d'eau ou les moustaches d'un poisson-chat.

Il recopiait des passages de son journal de bord dans la première et longue lettre qu'il préparait à l'attention de Margaux, sans savoir quand ni comment il la lui ferait parvenir. Ils avaient bien croisé quelques embarcations qui descendaient le Mississippi, mais il n'avait osé confier ses pensées intimes à des mains inconnues.

Il ébauchait également sa propre carte, qu'il complétait avec les explications abondantes de son beau-père ; celui-ci tenait à ce qu'Étienne connaisse de façon exhaustive ce qui deviendrait son itinéraire régulier au cours des années à venir. Peu après avoir quitté La Nouvelle-Orléans, le garçon avait indiqué sur le papier les établissements de la Côte des Allemands, sur la rive gauche du fleuve, où vivaient des colons allemands depuis quatre décennies. Sur la rive droite, à dix jours de bateau de La Nouvelle-Orléans, se trouvait Baton Rouge, une ancienne colonie française dont il ne restait plus que de rares bâtiments en ruines ; et quelques lieues plus au nord, sur la rive gauche, le poste de Pointe Coupée.

La veille, ils étaient enfin parvenus à mi-chemin, après avoir bifurqué à l'ouest sur la rivière Arkansas, un affluent du Mississippi, et jeté l'ancre devant la palissade du fort Arkansas. Environ deux cents pas plus loin se dressaient une dizaine de maisons en bois d'à peu près cinq pieds sur seize. Étienne en avait entendu parler : il savait qu'elles abritaient une communauté presque aussi disparate que celle de La Nouvelle-Orléans, composée de soldats, de Blancs des deux sexes, d'hommes noirs, de quelques mulâtres et de femmes indiennes.

Ils passèrent cependant la nuit au fort. Leroux s'était arrangé avec le magasinier du poste pour louer des chevaux et un chariot sur lequel ses hommes avaient chargé plusieurs barils de vin et de brandy, de la poudre à canon, des balles, des outils, des tissus, des draps, des couteaux, des aiguilles et du sel. Des cadeaux destinés aux Quapaw, la tribu indienne à laquelle il comptait rendre visite le lendemain.

À l'aube, alors qu'ils se dirigeaient vers la vallée voisine qui se trouvait à la confluence de l'Arkansas, du Mississippi et de la White River, Étienne était plus silencieux qu'à l'accoutumée. Il avait passé une mauvaise nuit et ne se sentait pas bien. Il avait mal à la tête et était parcouru de frissons. Autant de signes annonciateurs d'une terrible maladie, telle la fièvre jaune qui faisait chaque année de nombreuses victimes.

— Tu as peur, Étienne ? s'enquit son beau-père.

Étienne se souvint alors de l'histoire que l'un des hommes de l'équipage avait racontée trois semaines auparavant, en arrivant à Natchez, un petit village français sur la rive droite du Mississippi entouré de prairies, d'arbres fruitiers et de plantations de tabac. Non loin de là, le fort Rosalie se dressait sur la colline. D'après l'homme, la bâtisse avait été le théâtre d'un massacre de centaines de compatriotes trois décennies plus tôt. Les Natchez avaient tué ou capturé tous les habitants du fort et l'avaient occupé jusqu'à ce que, aidés par les Choctaw, les Français le reprennent l'année suivante.

Cet incident l'avait fortement impressionné ; au-delà de l'apparente tranquillité des eaux et du plaisir de la traversée, les terres situées de part et d'autre du fleuve étaient non seulement infestées de bêtes sauvages mais aussi d'hommes dangereux. Il espérait ne jamais se voir contraint d'empoigner une arme. « Tu n'as pas peur ? » lui avait demandé Jeanne Fournier. Devant les filles – surtout Margaux –, pour rien au monde il ne l'aurait reconnu. Néanmoins, il vivait chaque nuit depuis un mois et demi dans la crainte. Ce n'était pas un couard, il se sentait simplement moins l'âme d'un militaire que d'un négociant.

Toutefois, pour rien au monde il n'aurait voulu paraître faible devant son beau-père, qui ne montrait nul signe de préoccupation. Il ne lui gâcherait pas non plus la journée avec les symptômes de sa maladie naissante. Il tiendrait bon et prierait pour que Dieu ne le rappelle pas à lui tout de suite.

— Je contemple la beauté du paysage, dit-il avec tout le naturel dont il fut capable. Et je suis très curieux d'entrer dans un village indien.

— C'est une bonne chose qu'ils apprennent à te connaître, acquiesça Benoît. S'il m'arrive quoi que ce soit, tu prendras en charge les affaires. Aujourd'hui, je vais leur acheter de la viande et du suif, et je leur commanderai des fourrures qu'un de nos bateaux ira chercher l'année prochaine pour les descendre à La Nouvelle-Orléans. Cette vallée regorge de castors, de cerfs, de ratons laveurs, de loups, de martres et de loutres. Les affaires avec les Quapaw sont toujours bonnes, précisa-t-il en indiquant les présents amoncelés sur le chariot. Tu vas voir comme ils vont se réjouir de ma visite aujourd'hui.

Benoît Leroux était confiant. Dans les années 1750, il avait patrouillé en France, aux frontières de l'Espagne et dans les cols pyrénéens. Il avait l'habitude de côtoyer des langues, des valeurs, des manières de se vêtir, de manger et de vivre différentes. Cette expérience essentielle avait sans doute été utile dans ses relations avec les Indiens en tant que négociant. Étienne avait eu la chance de grandir sous son aile et celle de Girard, mais il devait tout lui apprendre, car son beau-fils manquait encore d'expérience. Par chance, c'était un garçon sensé et obéissant. Et son flair lui disait qu'il avait jeté son dévolu sur Margaux Girard. Puisse le hasard jouer en sa faveur : une union avec la jeune femme serait sans nul doute fort bénéfique pour ses intérêts.

Le village de Kappa était situé à trois lieues du fort, non loin du point de rencontre de la White River et du Mississippi, près d'une colline très escarpée d'une quarantaine de pieds d'altitude. Ils y accédèrent à travers une large ouverture dans la palissade qui protégeait le village et furent aussitôt encerclés par une douzaine de guerriers grands et à demi nus, le corps peint. Ils avaient tous un cerf sur la cuisse, les narines et les oreilles percées, les cheveux courts et des plumes sur le sommet du crâne. Étienne sentit un nouvel élancement de peur s'ajouter à son inconfort physique ; il frissonna de plus belle.

Les Indiens les escortèrent jusqu'à un terre-plein autour duquel se dressaient des habitations allongées en bois au toit d'écorce, construites sur des monticules artificiels pour les protéger des fréquentes montées des eaux. Des femmes travaillaient en petits groupes : les unes récupéraient au couteau la graisse de bison et d'ours cloués à des pieux pour la mettre ensuite à fondre dans de grandes marmites en cuivre ; les autres se relayaient pour remuer le suif ; d'autres encore sortaient de grandes louchées des récipients pour mélanger le liquide à la farine, qu'elles pétrissaient sur des pierres lisses. À leur arrivée, elles interrompirent leur labeur et se joignirent aux dizaines d'enfants qui criaient et riaient autour d'elles.

Leroux et Étienne prirent place sur des tapis disposés à même le sol, sous un auvent de fortune en peaux, où plusieurs hommes attendaient assis. L'interprète prononça le nom des chefs des quatre villages quapaw, Kappa, Ossoteoue, Touriman et Tonginga. Les guerriers se placèrent derrière eux, tandis que les autres villageois formaient un cercle tout autour. Un garçon âgé d'une douzaine d'années s'assit à côté d'Étienne ; à sa grande surprise, il s'adressa à lui dans un français parfait :

— Je m'appelle Sarazen.

— Moi, c'est Étienne.

— Il paraît que vous venez de la ville.

— Oui, de La Nouvelle-Orléans.

Le garçon acquiesça d'un air sérieux.

— J'aimerais y aller un jour.

— Comment se fait-il que tu parles si bien ma langue ?

— Ma mère est quapaw, mais mon père était français.

Étienne s'apprêtait à poursuivre la conversation, quand Sarazen lui murmura que la cérémonie du calumet commençait. Il était ravi d'avoir son propre interprète, lequel, aimable et d'humeur joyeuse, lui expliqua tout.

Le grand chef Cazenonpoint, âgé d'une trentaine d'années et l'un des hommes les plus grands qu'Étienne ait jamais rencontré, alluma une longue pipe, semblable à un roseau, ornée de plumes. Il souffla des bouffées de fumée dans le ciel, aux quatre vents et à la terre, invoquant à la fois le monde divin et le monde humain, dans l'idée que la fumée facilitait la communication avec le Grand Esprit, que les Quapaw appelaient Wah-kon-tah. Puis il passa le calumet aux autres chefs et à Benoît Leroux. Enfin, il parla d'une voix posée et claire :

— *Hawé, kkóta Leroux. Íwíkide ádakní.* Bonjour, ami Leroux. Je suis content de te voir. Les Quapaw et les Français sont unis depuis des années, dans les bonnes comme dans les mauvaises périodes.

Les autres chefs acquiescèrent d'un hochement de tête.

— Au cours de la dernière guerre, nous vous avons aidés à combattre les Chickasaw et les Anglais, même si cela n'a pas permis la victoire, poursuivit-il. Sur sept cents Quapaw, nous ne sommes que cent soixante guerriers, mais tant que vivra l'un de nous, nous continuerons à nous battre et serons toujours vos alliés.

Leroux acquiesça à son tour. Sachant à quel point les Indiens étaient cérémonieux, il jugea plus sage de ne rien ajouter et d'attendre que Cazenonpoint lui pose une question directe avant de prendre la parole. Le chef montra sur sa droite une croix encerclée de piquets.

— Nous conservons votre croix en signe de notre union. J'espère que cette alliance est toujours en vigueur de votre côté.

Leroux leva les sourcils. Pourquoi Cazenonpoint doutait-il de leur alliance ? Il prit le silence prolongé du chef comme une invitation à parler.

— *Hawé, kkóta gahíge.* Bonjour, ami chef. Je ne suis pas militaire, je suis négociant, mais je peux vous assurer qu'il n'y a pas ni n'y aura de changement du côté français. Comme vous l'avez dit à juste titre, nous restons vos alliés indéfectibles contre vos tribus ennemies que les Anglais provoquent.

Cazenonpoint le pointa avec le bout du calumet.

— Nous avons entendu des rumeurs comme quoi la France abandonnait la Louisiane. Toute la région. Pas seulement les terres de l'Est.

Leroux tombait des nues. La France, abandonner la Louisiane ? D'où pouvait sortir une idée aussi saugrenue ?

Certes, après la défaite lors de la dernière guerre contre les Anglais, les Français avaient perdu un grand nombre de territoires en Amérique, dont la région située à l'est du Mississippi, au nord de la rivière Iberville, qui coulait entre Baton Rouge et La Nouvelle-Orléans, mais la rive gauche du Mississippi restait française, de même que la ville de La Nouvelle-Orléans et les terres situées rive droite, au sud de l'Iberville. Et il en serait toujours ainsi. Au diable les rumeurs ! Cazenonpoint avait réussi à l'angoisser. L'avenir de sa famille dépendait de la stabilité de la situation dans la région.

— Des foutaises ! s'exclama-t-il avec une pointe d'irritation. Cela n'arrivera jamais ! Les rumeurs circulent plus rapidement que les gens. J'ai quitté La Nouvelle-Orléans il y a six semaines et je n'en ai pas entendu parler.

Il ébaucha un sourire dans l'espoir de détendre l'atmosphère et pour se persuader qu'il n'y avait pas lieu de s'inquiéter.

— Aucun bateau ne m'a doublé sur le fleuve.

Cazenonpoint écouta la traduction et sourit à son tour.

— *Hótta.* Bien. Dans ce cas, rien ne change. Comptes-tu rester quelques jours en Arkansas avant de rentrer à La Nouvelle-Orléans ?

— Cette fois, je vais au Pays des Illinois. J'aimerais y commencer des affaires.

Cazenonpoint fronça les sourcils.

— Nous espérons que tu gardes en tête qu'en plus d'être des parents de cérémonies et des alliés militaires, nous sommes aussi des partenaires commerciaux des Français.

Leroux demanda à ses hommes d'apporter les présents. Il attendit que les chefs évaluent la marchandise, et, voyant leurs visages satisfaits, il dit :

— Rien ne changera entre nous. Mon beau-fils et moi maintiendrons les mêmes conditions, ajouta-t-il en pointant Étienne.

Cazenonpoint interrogea du regard les trois autres chefs, qui hochèrent la tête.

— Cela nous semble bien. Une dernière chose. Les Osage continuent d'essayer d'entrer dans la vallée de l'Arkansas pour chasser. Ce territoire nous appartient. Nous avons demandé plusieurs fois au gouverneur de nous aider à les combattre, mais nous ne recevons pas de soutien clair. Nous te serions reconnaissants de bien vouloir intervenir dans cette affaire.

Leroux réfléchit avant de répondre. Les Indiens n'étaient pas si différents des Espagnols, des Français et des Anglais qui s'affrontaient régulièrement. De même que l'Angleterre et la France – aidée par l'Espagne – s'étaient battues pour leurs territoires américains, les Indiens de part et d'autre du Mississippi cherchaient eux aussi à étendre leurs terres. Il souhaitait développer ses activités commerciales, ce qui signifiait qu'il devait traiter avec les Osage, des hommes rusés et turbulents, dont les femmes étaient expertes dans le tannage et le rasage des peaux de bison et de cerf. S'il parvenait à commercer avec eux dans le Nord, ils cesseraient peut-être d'importuner leurs voisins du Sud.

— J'ai bien l'intention de contribuer à faire régner la paix entre vous, répondit-il de manière ambiguë.

Cazenonpoint posa ses mains à plat sur ses cuisses.

— Si cela est vrai, tout est dit. *Wíe hótta.* Je me réjouis. Nous allons maintenant vous inviter à partager notre repas.

Les femmes se mirent à distribuer des jattes de viande rôtie, des galettes au suif et des légumes.

Assis en tailleur sur le sol, Étienne interrogea Sarazen sur les coutumes de son peuple. Il fut particulièrement impressionné par leur rite funéraire consistant à enterrer les morts sous leurs maisons, en les attachant à un poteau en position assise avant de les recouvrir de terre. Il s'efforçait de l'écouter attentivement, mais il se sentait vraiment mal.

Soudain pris de vertige, il ferma les yeux et se pencha en avant pour poser sa tête sur ses genoux.

— Qu'est-ce que tu as ? lui demanda Sarazen. Tu n'as presque rien mangé.

— Tout va bien, mentit Étienne. Je suis fatigué.

Sarazen se leva et se dirigea vers l'une des maisons, d'où il revint peu après en tenant une petite poterie colorée qui contenait une poudre.

— Prends-en une pincée avec de l'eau, trois fois par jour, sept soirs de suite.

— Ça me guérira si j'ai attrapé la fièvre jaune ? demanda Étienne, disposé à avaler sur-le-champ la première dose.

Sarazen lui fit signe de parler moins fort.

— Il ne faut pas qu'ils t'entendent, ou ils te brûleront par peur que tu ne leur transmettes la maladie. Si tu as la fièvre jaune, ceci ne te sauvera pas : il est fort probable que tu meures après nous avoir tous contaminés ; mais à te voir, je doute que ce soit ça, et cette poudre te soulagera. C'est de l'écorce d'orme. C'est bon pour l'intestin.

L'assurance de ce garçon débrouillard surprit Étienne, qui passa mentalement en revue les symptômes de la maladie. Il n'avait pas la jaunisse, ne saignait pas des gencives, ne vomissait pas, pas plus que son front ou ses joues n'étaient brûlants. Il se sentit reconnaissant envers Sarazen, le seul à avoir remarqué son indisposition et à lui avoir proposé un remède. En prenant congé, il se dit que dans un autre contexte, il aurait pu s'en faire un ami.

— Comment dit-on « merci » en quapaw ?

— *Kaniké.*

— Eh bien… *kaniké,* Sarazen.

Sur le chemin du retour au poste Arkansas, son beau-père demeura silencieux. Étienne se rapprocha de lui.

— N'es-tu pas satisfait de la rencontre avec les Quapaw ?

— En affaires comme en politique, les sourires et les bonnes intentions ne manquent pas. Mais les intérêts d'aujourd'hui ne sont pas ceux de demain. Les alliances peuvent changer d'un jour à l'autre. Ne baisse jamais la garde, Étienne. Malgré ce que tu as vu et entendu aujourd'hui, ce sont les Indiens qui choisissent leurs amis, pas nous. Lorsque les Quapaw jugent les cadeaux insuffisants, ils menacent d'aller voir les Anglais. Tantôt ils se montrent prêts à signer la paix, tantôt ils sont à couteaux tirés avec les Osage du Nord-Ouest et les Chickasaw de l'Est.

— Sommes-nous en temps de paix ou de guerre ? demanda Étienne avec une crainte accrue.

Leroux haussa les épaules.

— Le voyage que nous avons fait entre La Nouvelle-Orléans et le poste Arkansas est habituellement tranquille. À partir d'ici jusqu'au nord, il n'y a plus que des incertitudes.

Le convoi quitta le poste Arkansas pour le Pays des Illinois, une vaste région méconnue qui s'étendait de la moyenne vallée du Mississippi jusqu'aux rivières Illinois, Missouri, Ohio et Wabash. Des semaines durant, ils remontèrent seuls le fleuve, campant chaque soir sur l'une ou l'autre rive. Grâce au remède de Sarazen, Étienne se rétablit complètement.

Une nuit, ils installèrent leur campement près d'une énorme élévation de terrain qui dessinait quatre falaises.

Le lendemain à l'aube, des cris réveillèrent Étienne, et lorsqu'il écarta la couverture qui lui servait de porte dans sa tente, il vit son beau-père entouré d'une demi-douzaine d'Indiens. Il en aperçut autant tapis dans les ombres. Sans réfléchir, il se leva d'un bond et rejoignit son beau-père en courant, les genoux tremblants, tandis qu'une sueur froide coulait dans son dos.

À travers la brume de la panique, il voyait des armes pointées sur lui. Ce qu'il avait tant redouté était en train de se produire, et son imagination galopante anticipait les tortures auxquelles ces Indiens aux monstrueux fronts aplatis allaient les soumettre. Tête basse, il regarda le meneur à la dérobée : à sa grande surprise, c'était un Blanc âgé d'une quarantaine d'années, les cheveux roux et les yeux bleus, escorté de deux jeunes métis. Il était vêtu à la façon des *coureurs de bois* ou des *voyageurs* qu'il avait vus en ville : casaque, pantalon à franges et bonnet de castor.

— Prenez vos affaires et partez, dit l'homme dans un français rudimentaire marqué d'un accent anglais. Vous n'avez pas le droit d'être ici.

— Nous sommes des négociants de La Nouvelle-Orléans, protesta le beau-père d'Étienne, et nos cartes indiquent clairement que nous pouvons camper ici.

— Plus maintenant.

— Et qui le dit ? Pour autant que je sache, la cession aux Anglais de la rive droite du Mississippi n'est pas encore effective.

— C'est moi qui le dis. Je m'appelle Logan Colbert, annonça-t-il avant de faire signe aux Indiens de baisser leurs armes. Et voici mes fils, ajouta-t-il, en montrant les métis. Ce territoire a toujours appartenu aux Chickasaw. Et il le restera, que les soldats anglais viennent s'y installer ou pas. La prochaine fois, campez de l'autre côté du fleuve. Et faites passer le mot. Dorénavant, nous ne serons plus aussi cléments.

Leroux leva les mains en signe de paix. Il ne voulait pas d'ennuis. Des décennies auparavant, les Chickasaw avaient bloqué pendant un certain temps la navigation sur le Mississippi. Il ne pouvait prendre le risque de devoir faire demi-tour avec son convoi. Il pressa les hommes à lever le campement.

Une fois à bord de leur embarcation, Étienne se sentit à la fois soulagé d'être toujours vivant et honteux de sa lâcheté face au calme de son beau-père. Debout à la proue près de lui, il exprima sa surprise.

— Un Blanc, chef des Chickasaw ?

— On m'avait parlé d'un Écossais qui s'était installé chez eux. Marié à une Indienne, il a beaucoup d'influence sur la tribu, commenta Leroux, le regard fixé droit devant lui. À en juger par son attitude, j'ai l'impression que nous devrons modifier nos cartes. Il va bien falloir l'accepter.

À partir de cet incident, Étienne dormit moins sereinement. Il se tenait en permanence sur le qui-vive, au cas où surgirait un Indien dans la pénombre prêt à l'égorger.

Enfin, après plusieurs journées paisibles au cours desquelles ils ne croisèrent ni Blancs ni Indiens, ils arrivèrent aux deux premiers villages du Pays des Illinois, situés l'un en face de l'autre, sur les berges du Mississippi : Sainte-Geneviève à l'ouest, Kaskaskia à l'est. Comme il n'y avait pas de bâtiment assez grand pour entreposer les marchandises qu'ils transportaient, Leroux décida de pousser jusqu'au fort de Chartres, chef-lieu de la Haute-Louisiane, où le convoi s'arrêta le 3 novembre, après trois mois de navigation.

À première vue, le fort – entouré d'une épaisse muraille et flanqué de bastions en saillie – semblait plus récent et plus solide que celui de l'Arkansas. Les maisons du village attenant étaient plus nombreuses.

À peine eurent-ils franchi la grande porte d'entrée qu'ils entendirent des cris.

Un religieux d'âge moyen, grand et mince, les cheveux noirs très courts, marchait à grands pas, suivi de deux Indiens. Uniquement vêtus d'un bout de toile qui couvrait leur corps de la taille à l'aine, ceux-ci portaient des colliers au cou et des plumes sur la tête ainsi que sur les mollets ou les chevilles, fixées à l'aide de lanières de cuir. Le religieux lançait des jurons à quelqu'un situé derrière lui. Sans le vouloir, il heurta Étienne et se tourna vers lui, surpris.

— Pardon, mon garçon, s'excusa-t-il en délaissant sa colère quelques secondes, avant de reprendre sa diatribe décousue.

Il s'en prenait à un jeune militaire aux cheveux clairs portant une casaque blanche avec des poignets bleus, qui se tenait, visiblement contrarié, au milieu d'une cour d'environ cinq arpents, dans laquelle se dressaient une caserne, des logements, une prison et des entrepôts. Étienne et Leroux entendaient encore ses sermons même après l'avoir perdu de vue, en tournant derrière un bâtiment.

Un soldat s'approcha d'eux. Leroux se présenta et demanda à parler à M. Neyon, commandant du poste, qui s'avéra être le jeune homme à la casaque blanche. Il eut l'air ravi d'apprendre qu'ils apportaient des marchandises de la part du gouverneur de Louisiane, mais il leur précisa :

— Vous avez choisi un mauvais moment pour venir dans la région. Entre les Indiens et les jésuites, j'ai hâte de m'en aller… L'homme qui vient de partir, c'est le père Meurin. Il vit parmi les Indiens et a tendance à se comporter comme eux. Dans trois jours, ses propriétés à Kaskaskia seront vendues aux enchères, précisa-t-il en secouant la tête. Après avoir vécu si longtemps dans la colonie, les jésuites ont soudain été déclarés hostiles à l'autorité royale, aux droits des évêques, ainsi qu'à la sécurité et à la paix publique. C'est incompréhensible !

Benoît Leroux se perdit dans ses pensées quelques instants, réfléchissant à l'opportunité qui se présentait à lui. Il ignorait quel intérêt politique pouvait se cacher derrière la décision de chasser des hommes dont l'existence n'était guère enviable, qui travaillaient paisiblement dans leurs missions et favorisaient souvent la paix avec les Indiens. Le seul motif de friction entre les jésuites et les marchands – insuffisant pour une décision aussi drastique que l'expulsion – était leur opposition catégorique au commerce du brandy. Mais Benoît Leroux n'y pouvait rien, sans compter qu'une vente aux enchères était toujours une occasion idéale d'acquérir des propriétés et des biens à bon prix.

Il s'accorda avec Neyon pour louer l'un des entrepôts du fort afin de stocker sa marchandise jusqu'à la vente aux enchères et accepta son invitation à dîner chez lui le lendemain soir.

Il sourit en son for intérieur. Son séjour dans les terres du Nord ne pouvait mieux commencer.

3

Kaskaskia, Haute-Louisiane, novembre 1763

— PRENDS TON MEILLEUR COUTEAU et une peau, ordonna Kicounaisa. Nous partons à la chasse et passerons la nuit dehors.

Ishcate obéit et le suivit jusqu'à l'enclos des chevaux. Ces derniers mois, leur relation avait changé. Depuis son rite de passage dans la forêt l'été précédent, son frère ne le traitait plus comme un enfant, mais pas encore comme un homme. Cela ne le dérangeait pas. Il savait très bien que le respect du guerrier ne se gagnait pas en grimpant aux arbres, mais à la guerre et à la chasse.

— Nous ne serons pas plus nombreux ? demanda-t-il, surpris de voir qu'ils n'étaient que quatre alors que d'habitude, tous les jeunes se joignaient à la chasse.

— Aujourd'hui, c'est spécial.

— Et Maughquayah ?

La présence de son autre frère, l'aîné, le rassurait.

— Il n'a pas envie de nous accompagner. Arrête de poser des questions comme un peureux.

— Je n'ai pas peur !

— Tu vas avoir l'occasion de le prouver, dit Kicounaisa en esquissant un rictus sournois.

Ils partirent à l'aube, longèrent la rivière Kaskaskia en la remontant vers le nord et s'arrêtèrent au moment où le soleil atteignit le zénith pour se reposer. Ils la franchirent à gué et continuèrent vers l'est. Sur son cheval tacheté à la crinière cuivrée, Ishcate avançait en silence, inquiet : il n'était jamais allé au-delà des montagnes qui découpaient l'horizon de la vaste plaine, ni de la limite naturelle que formait la rivière. De plus, ils avaient aperçu beaucoup de gibier mais n'avaient rien chassé. À la tombée de la nuit, ils s'arrêtèrent près d'un ruisseau et étalèrent leurs peaux sur le sol.

— Pourquoi nous n'avons rien chassé, Kicounaisa ? demanda Ishcate, affamé et transi de froid. Pourquoi nous ne faisons pas de feu ?

Son frère lui tendit un morceau de viande séchée et quelques fruits secs.

— Il ne faut pas qu'on nous voie.

Encore plus intrigué, Ishcate se recroquevilla dans la peau d'ours que sa mère lui avait offerte le lendemain de la nuit qu'il avait passée seul dans la forêt. Il essaya de s'endormir. La journée avait été longue et pas très amusante. Il n'aurait pas dû suivre son frère, qui avait mal organisé ce périple.

Il dormait profondément, la main agrippée au manche de son couteau, lorsque quelqu'un lui couvrit soudain la bouche. Le cœur battant, il ouvrit les yeux et vit Kicounaisa lui indiquer d'un geste de ne pas faire un bruit, de rassembler ses affaires et de le suivre. Il faisait encore nuit. Ils enfourchèrent leurs chevaux et, en silence, s'enfoncèrent dans le sous-bois voisin puis avancèrent au pas jusqu'aux premières lueurs du jour. Ils s'arrêtèrent à la lisière d'un pré. Ishcate avisa quelques cabanes et au milieu, par terre, des hommes dormaient à côté d'un feu à demi éteint.

Il entendit des bruissements à sa droite et, tournant la tête, il vit d'autres Indiens lever leurs haches en guise de salut. Il fronça les sourcils. Il ne reconnut aucune tribu amie. D'après leurs parures et leurs peintures, ce pouvaient être des Iroquois, ce qui lui parut très étrange car ceux-ci n'étaient pas en bonne entente avec les Indiens de l'Illinois. De plus, lors de la dernière guerre, ils avaient combattu aux côtés des Anglais. Pourquoi se trouvaient-ils là, près de ce qui ressemblait à un bivouac de trappeurs ? Pourquoi se joignaient-ils à eux ?

Au signe de Kicounaisa, les Indiens talonnèrent leur monture, poussèrent des cris aigus et firent irruption au galop dans le campement en brandissant leurs haches.

Pris au dépourvu par cette attaque subite, Ishcate ne put empêcher son cheval de suivre les autres. Il se retrouva soudain au milieu d'un groupe d'hommes blancs affolés et d'Indiens qui les massacraient.

Emporté dans le tourbillon de l'attaque, il se sentait perdu. Personne ne lui avait expliqué ce qu'il faisait là ni pourquoi ils tuaient sans raison apparente. On lui avait appris qu'il devait toujours se tenir prêt à se défendre ou à répondre à un affront contre lui ou quiconque de son village, qu'il soit indien ou français. Jusqu'à présent, personne ne l'avait jamais attaqué ni offensé directement.

Il entendit un cri aigu et regarda en direction d'une des cabanes. Kicounaisa tenait une femme blanche par les cheveux. Elle hurlait dans une langue inconnue et tentait de protéger un jeune garçon blond avec son corps. L'enfant devait avoir deux ans, trois tout au plus.

Ishcate bondit de son cheval et les rejoignit en courant au moment où Kicounaisa élevait sa hache au-dessus de la tête de la femme. D'instinct, il poussa son frère, qui tomba par terre. La femme en profita pour prendre le petit dans ses bras et se réfugier dans la cabane.

— Tu es devenu fou ? s'écria Kicounaisa en se relevant, le visage brûlant de rage.

— Tu allais tuer une femme sans défense !

— C'est une Anglaise, maudite soit-elle ! cracha-t-il avant de se diriger vers la porte. Ses enfants et ceux de plein d'autres comme elle vont nous prendre nos terres !

Ishcate lui barra le passage. Bien qu'étant de trois ans son cadet, il le dépassait déjà d'une tête. Il n'était peut-être pas plus fort, son corps devait encore s'endurcir, mais il pouvait lui faire front.

— Tu n'entreras pas.

Il prononça ces mots lentement, d'une voix calme et posée, malgré la fureur qui grandissait en lui.

Kicounaisa comprit qu'Ishcate ne le laisserait pas passer. Il cracha aux pieds de son frère.

— C'est ce que t'a appris ce Meurin, lâcha-t-il d'un air méprisant. Tu t'es laissé apprivoiser, tu as maintenant une âme de colon blanc.

Il s'éloigna de quelques pas avant de se retourner pour ajouter :

— Oublie Meurin et écoute plutôt ce que dit Pontiac. Un vrai Indien de l'Illinois ne défend pas les Anglais. Si tu ne rapportes pas de scalp, ne t'avise pas de rentrer avec moi, *kweehsia*.

Ishcate sentait ses joues s'enflammer sous l'affront de son frère. Il l'avait traité de poule mouillée. Et s'il avait raison ? Il ferma les yeux un instant. Autour de lui, les cris et l'odeur de la peur n'avaient pas disparu. Il pensait avoir été guidé par son instinct. Il n'en était peut-être pas ainsi et les paroles du religieux français sur la compassion l'avaient peut-être bel et bien influencé. Pourquoi cet enfant devait-il payer pour ce que faisaient les adultes ? Il n'avait pas choisi où vivre, ni dans quelle famille naître. Ishcate serra les poings. Quoi que dise Kicounaisa, il se considérait comme un homme juste et digne des Kaskaskia.

Lâche, il ne l'était certainement pas.

Il contempla le campement, qui n'était plus qu'un chaos de corps ensanglantés, de toiles lacérées et d'armes abandonnées, puis il posa son regard sur un homme à plat ventre, une énorme plaie béante dans le dos, qui tentait en vain de ramper. Il était à l'agonie. Ishcate saisit le couteau accroché à sa ceinture en cuir et s'approcha de lui. Il s'agenouilla en pensant que, contrairement à ce que disait le père Meurin, parfois, seule une frontière ténue séparait la cruauté de la compassion, la colère de la miséricorde. Il appuya fermement sa main libre contre le front de l'homme, pria le Grand Esprit de le guider, lui renversa tête en arrière et lui trancha le cou, sans hésiter, d'un geste précis. Les mains pleines de sang, il sépara le cuir chevelu du crâne comme il avait vu les autres le faire.

C'était la première fois qu'il tuait un homme. Lorsqu'il en prit conscience, son regard se voila légèrement.

La texture de la chair humaine était identique à celle de n'importe quel animal. Cet homme était pourtant un être humain.

Il partit retrouver son frère.

Il lui montra le scalp, encore dégoulinant de sang, et hurla à pleins poumons, comme pour expulser le sentiment de culpabilité qui l'envahissait.

Fort de Chartres, Haute-Louisiane, novembre 1763

Étienne fut ravi de dîner sur une table avec des assiettes en faïence après toutes ces semaines à manger par terre, dans des gamelles d'étain. Benoît Leroux, le commandant Neyon et le notaire de la région, Joseph Labuxière, s'étaient lancés dans une agréable conversation sur les attraits de La Nouvelle-Orléans et le plaisir que procurait un bon repas lorsqu'ils furent interrompus par des claquements de sabots de chevaux et des cris terrifiants provenant de l'extérieur.

Le commandant se leva de table et jeta un rapide coup d'œil par la fenêtre.

— Bon sang ! Encore !

Étienne et Leroux le rejoignirent. Le notaire ne bougea pas de table, comme s'il était habitué à ce genre de situation.

Plusieurs Indiens à cheval tournaient en rond au galop sur l'esplanade en terre, devant les bâtiments. Ils agrippaient leurs rênes d'une main et tenaient quelque chose dans l'autre. Mais quoi ? Étienne plissa les yeux pour tenter de discerner ce que c'était. Quand il comprit qu'il s'agissait de scalps humains, il dut faire un effort pour contrôler les haut-le-cœur provoqués autant par la peur que par le dégoût.

Neyon quitta la salle et, peu après, sous la protection de soldats fusil en joue, ses invités le virent s'approcher du chef. Ils discutèrent un bon moment. Finalement, les Indiens repartirent en brandissant les scalps, et le commandant revint à table.

— Des scalps anglais, expliqua-t-il, enfoncé dans sa chaise, l'air lugubre. Ils sont venus demander une aide militaire contre les Britanniques. Je leur ai bien fait comprendre que nous, les Français, ne soutiendrons pas la rébellion de Pontiac. C'est tous les jours la même chose ! Vous comprenez pourquoi j'ai hâte de partir ?

Étienne le comprenait parfaitement. Si on lui laissait le choix à cet instant précis, il rentrerait à La Nouvelle-Orléans sans aucune hésitation.

— Qui est Pontiac ? demanda-t-il.

— Un chef outaouais qui incite les tribus à se révolter contre les Anglais depuis l'année dernière. Il a réussi à rassembler celles qui étaient ennemies depuis toujours ! Ils ont tué et capturé des centaines de colons dans les forts gagnés aux Français sur les territoires de l'Ohio et des Grands Lacs pendant la guerre. Même si les Anglais ont peu à peu récupéré le contrôle des forts, la crainte de nouvelles attaques plane toujours.

Étienne sentit sa gorge se serrer. D'après le traité de paix, le fort dans lequel il se trouvait revenait aussi aux Anglais.

— Pourquoi une telle haine contre les Anglais ? demanda son beau-père. Loin de moi l'idée de vouloir les défendre, mais ils sont habituellement très généreux. Ils leur offrent des armes, beaucoup de munitions, de beaux vêtements et du rhum de qualité.

— Les Indiens de la partie supérieure de la vallée de l'Ohio les haïssent parce qu'ils les ont chassés de leurs montagnes. D'autres se plaignent du fait que, malgré les présents qu'ils leur font, les Anglais les insultent et se moquent d'eux. Il existe pourtant un point sur lequel tout le monde est d'accord : les colons britanniques arrivent par vagues et obligent les Indiens à se déplacer. En revanche, nous sommes peu de Français à vivre ici et par conséquent, nous ne représentons pas une menace pour eux. C'est pour cela qu'ils nous préfèrent. Mais on sait bien que ces préférences ne correspondent pas toujours aux plans échafaudés par ceux qui gouvernent…

Neyon remplit les verres avec l'excellent vin que lui avait apporté Leroux.

— Ainsi, certains souhaitent partir, d'autres veulent venir. Quels sont vos projets, monsieur ?

— Je cherche un endroit propice où nous installer et ouvrir un poste de commerce, précisément pour traiter avec les tribus indiennes de l'ouest du Mississippi.

Le notaire Labuxière recula au fond de sa chaise et prit la parole tout en lissant le cadogan de sa courte perruque noire poudrée de gris, un tic qu'Étienne avait déjà remarqué :

— Non loin d'ici, à Kaskaskia, la terre est fertile et il y a largement de quoi manger pour le bétail. Il y a aussi une église. Si cette région n'était pas elle aussi passée aux mains des Anglais, ce serait un bon endroit où vous installer. Je crains que beaucoup ne veuillent passer en territoire français…

— S'il le reste, fit remarquer Leroux. Les Quapaw de l'Arkansas nous ont fait part de certaines rumeurs selon lesquelles la France abandonnerait la Louisiane… Je n'arrive pas à comprendre. À qui appartiendrait-elle, alors ?

— Nous avons également entendu des choses se dire ici, confirma Labuxière d'un air sérieux, mais le dernier messager n'a apporté aucune information officielle. Je pense que ce sont des mensonges propagés par les Anglais, même si je ne comprends pas quel en est le but. La Nouvelle-France et l'Acadie leur appartiennent désormais, et ils disent que les deux Florides espagnoles aussi. Les Britanniques contrôlent l'est du Mississippi, du nord au sud. Que veulent-ils de plus ? Pour rien au monde la France n'abandonnera les terres riches de l'ouest du Mississippi. Il nous reste encore beaucoup à découvrir et à coloniser.

—Je doute que la France soit disposée à envoyer de l'argent et du matériel, intervint Neyon en esquissant une moue sceptique. Déjà, avant la guerre, elle en envoyait très peu. Maintenant que nous avons perdu...

— Sans vouloir vous offenser, dit Leroux, les monarques, les ministres et leurs manigances sont à mille lieues de la réalité. Ce sont les citoyens comme nous qui créent les richesses. J'ai la conviction profonde que ce territoire prospérera grâce à des expéditions comme celle de la compagnie Girard et Leroux.

—Je trinque à votre optimisme, répondit Neyon en levant son verre dans sa direction. Voilà bien longtemps que j'ai perdu le mien.

Deux jours plus tard, Étienne et son beau-père partirent à cheval sur un agréable chemin en direction de Kaskaskia, qui se trouvait à seulement six lieues au sud. Sur ordre de Leroux, l'autre partie de l'expédition était restée au fort. Ils traversèrent les pâturages communaux et les terres agricoles, puis entrèrent dans le village. Les rues irrégulières étaient délimitées par des palissades en piquets de cèdre qui entouraient les maisons en bois, les hangars, les granges, les étables, les poulaillers, les pigeonniers et les potagers d'où s'échappaient grognements, caquètements et meuglements.

Ils arrivèrent sur une petite esplanade située devant l'église en pierre, où allait se tenir la vente aux enchères des propriétés confisquées aux jésuites. Assis à une table, non loin de la porte, les fonctionnaires royaux triaient des documents, sous la surveillance de soldats français postés çà et là.

Étienne et son beau-père saluèrent Labuxière, le notaire, et se placèrent derrière la douzaine de bancs en bois installés sur la place. L'office venait de se terminer et les fidèles sortaient de l'église. Il s'agissait de Français accompagnés de leur épouse française ou indienne, d'esclaves noirs et d'Indiens portant d'amples vêtements faits de peaux cousues entre elles. La plupart des hommes blancs s'assirent sur les bancs, les autres restèrent debout, non loin de là.

Le vieux jésuite qui avait célébré la messe ferma la porte et, avec un air de résignation, remit la clef au notaire. Peu après, un huissier lut à voix haute le décret royal puis énuméra les biens mis aux enchères : une maison comportant plusieurs chambres, un grenier, une cave, un entrepôt et une cabane pour les Noirs, ainsi que quelques bâtiments isolés, dont des hangars, des étables pour le bétail, une grange, un atelier de tissage, un moulin à cheval et un pigeonnier. Même si les jésuites vivaient dans la partie indienne de Kaskaskia, la plupart de leurs propriétés se trouvaient du côté français.

Les personnes présentes – négociants, artisans, fermiers et quelques voyageurs de passage comme eux – ne disaient mot, tête baissée, un peu gênées, comme si elles participaient à un événement interdit. Un aboiement interrompait de temps à autre le silence tendu.

— Tu veux vraiment acheter quelque chose ? chuchota Étienne à l'oreille de son beau-père.

Il ne comprenait pas ce qu'ils faisaient là alors que leur idée était de construire un nouveau poste et que le village de Kaskaskia allait maintenant devenir anglais.

— On ne sait jamais quand peut se présenter une bonne occasion d'investir…

Les enchères étaient sur le point de commencer lorsqu'ils entendirent du raffut derrière eux.

Un groupe d'Indiens armés d'arcs et de flèches, de hachettes et de couteaux accrochés à leur ceinturon accompagnaient un missionnaire, qu'Étienne reconnut immédiatement comme étant l'homme qui l'avait bousculé à son arrivée au fort de Chartres.

Parmi les Indiens, un jeune aux traits doux attira son attention. Il devait avoir à peu près son âge, mais il était plus grand et plus fort, ses cheveux de jais descendaient jusqu'au milieu de son dos. Les veines de sa main qui empoignait une hachette étaient saillantes, et il portait sur son avant-bras un tatouage de couleur ocre représentant une sauterelle, dessinée avec la finesse qu'il aurait souhaitée avoir pour illustrer son journal de bord.

— Je demande l'autorisation de parler, lança le père Meurin d'une voix puissante et claire qui fit aussitôt taire les murmures.

— Tout est dit, s'empressa de déclarer Labuxière. En tant que représentant de la justice, je vous demande de vous retirer et de nous laisser poursuivre la vente en paix.

— Et moi, je vous demande de me laisser exposer au peuple mes objections, insista Meurin. Si après m'avoir écouté personne ne se révolte contre cette injustice, alors nous partirons.

— Entendu, parlez, consentit le notaire. Mais je vous assure que personne ne se révoltera, car la loi est la loi.

Le père Meurin prit place face aux hommes assis sur les bancs. Les Indiens qui l'escortaient restèrent debout, dans l'allée centrale ou au fond. L'adolescent au tatouage de sauterelle se trouvait à deux pas d'Étienne.

Rompant le silence pesant, le religieux prit la parole :

— Nous, les jésuites, avons construit cette église ainsi que toutes les chapelles de la région. Nous avons instruit les Kaskaskia et les tribus voisines. Grâce à nous, il y a davantage de chrétiens, davantage de fidèles qui observent les préceptes d'abstinence, de communion, de confession et d'obligation d'aller à la messe. Il y a davantage d'hommes sages et de familles qui élèvent leurs enfants dans la vraie foi et prennent mieux soin de leurs esclaves. Il y a moins de superstition et plus de paix. Nous avons financé seuls notre nourriture, nos voyages, la construction et les travaux d'entretien de nos habitations. Nous nous sommes procuré des revenus par nous-mêmes, sans rien demander à nos voisins. Aucun des arguments avancés contre nous n'est fondé. Nous pourrions nous attendre à une telle attaque de la part des ennemis du christianisme, mais pas de la part de fidèles français catholiques !

Contrarié par ce dernier commentaire, Labuxière s'approcha de lui et lui prit le bras.

— Père Meurin, ça suffit.

Un Indien intervint alors dans sa langue. Meurin traduisit :

— Le chef Couroway dit qu'il y a quelques jours, ils ont demandé au commandant Neyon de me laisser au moins la responsabilité de la mission.

— La réponse reste la même, dit le notaire. Le décret est très clair : vous devez tous partir.

Une voix s'éleva parmi les hommes qui se tenaient debout :

— De quel droit le gouvernement exproprie-t-il les jésuites, alors que le territoire de Kaskaskia, là où vit et travaille le père Meurin, appartient désormais à la Couronne d'Angleterre ? On nous a accordé, à chaque habitant et sans distinction aucune, dix-huit mois pour décider si nous voulions rester ou partir. Les religieux ne seraient-ils donc pas des habitants comme nous ? Moi aussi, je souhaite qu'ils restent.

Plusieurs personnes se joignirent à l'homme et, craignant que la situation ne dégénère, Labuxière fit signe aux soldats français de se tenir prêts. Ceux-ci empoignèrent leurs armes.

— Si quelqu'un ajoute quoi que ce soit, je l'arrête sur-le-champ pour rébellion contre l'autorité publique ! À commencer par vous, père Meurin. Je pourrais vous mettre en prison pour le seul fait de porter l'habit ecclésiastique alors que cela vous est interdit.

Le jésuite jeta un œil à l'assistance pour apprécier la situation. Ceux qui n'avaient pas bougé de leur place pour attendre le début des enchères étaient bien plus nombreux que ceux qui avaient pris la défense des membres de son ordre. Il croisa le regard des Indiens qui l'accompagnaient, serra les lèvres et se retira.

L'adjudication du premier ensemble de propriétés, le plus convoité, fut rapide : un homme offrit huit mille livres françaises, un autre, vingt mille, puis un autre, vingt-cinq mille.

— Trente mille ! cria Leroux.

Son enchère fut augmentée de deux mille, puis cinq mille livres.

— Trente-neuf mille !

Étienne sursauta en entendant la deuxième offre de son beau-père. Il s'agissait d'une somme importante. Ils avaient besoin de cet argent pour construire le nouveau poste de commerce et leur maison. C'était la première fois qu'il le voyait si impulsif.

Les enchères continuèrent à monter jusqu'à quarante mille.

— Quarante mille cent ! lança le premier enchérisseur.

Un silence s'installa. Son beau-père fronça les sourcils, hésitant à surenchérir. Étienne s'en rendit compte et lui saisit le bras pour le rappeler à l'ordre. D'un signe de la tête, il lui conseilla de s'arrêter là.

— À quoi cela nous servirait d'avoir des propriétés en territoire anglais ? chuchota le garçon.

Cette remarque sembla convaincre Leroux, qui se retira des enchères.

— Je salue ta prudence, lui dit-il une fois la vente terminée. Il ne faut pas toujours se laisser emporter par l'ambition. Mais sache que je ne tenais pas tant que ça à cette propriété, je cherchais plutôt à me faire connaître. Maintenant, tout le monde sait qui je suis, ajouta-t-il en lui adressant un clin d'œil.

Quelques jours plus tard, Leroux acheta un entrepôt près du fort de Chartres. S'il ne trouvait pas de meilleur endroit, cela pourrait convenir pour commencer son négoce. Il chargea Étienne de surveiller la marchandise et partit avec un groupe d'hommes qui connaissaient la région et prospectaient dans les terres plus au nord, eux aussi à la recherche d'un emplacement où s'installer.

En son absence, Étienne comptait les heures et les jours, qui semblaient s'écouler avec une extrême lenteur. Il n'avait rien à faire hormis s'inquiéter de la grande responsabilité qu'impliquerait, à son âge, le fait de prendre en main les affaires de la compagnie si jamais son beau-père venait à mourir. Enfin, si rien ne lui arrivait avant ! Il dormait d'un seul œil aux côtés d'une poignée d'hommes dans l'entrepôt, au cas où quelqu'un ait l'intention de dérober la marchandise. Les Indiens des environs étaient amis – en théorie – et les redoutables Osage, qui vivaient de l'autre côté du fleuve, ne traversaient généralement pas le Mississippi. Mais depuis ce qu'il avait vu au fort, il se méfiait. D'autant plus que la marchandise était alléchante.

Il avait beau essayer de ne pas se laisser vaincre par le sommeil, par moments, il lui arrivait de capituler.

Une nuit, il se réveilla en sursaut. Il tendit l'oreille mais n'identifia aucun bruit étrange dans le silence interrompu par les ronflements et les souffles des hommes. Il se persuada qu'il n'y avait nulle raison de s'inquiéter et se recoucha sur sa paillasse, sans réussir à se rendormir. Un peu plus tard, son cœur se mit à battre plus fort. Ce n'était pas son imagination : quelque chose ou quelqu'un rampait sur le sol. Il tendit son bras le plus loin possible pour essayer d'atteindre l'épaule de son voisin quand il sentit qu'on l'immobilisait. Avant qu'il ne puisse pousser un cri, une main lui couvrait la bouche et un couteau était plaqué sous sa gorge. La pression était si forte qu'au premier mouvement qu'il ferait pour se débattre, il serait mort.

Il transpirait et ne tarda pas à comprendre l'origine de l'humidité qu'il sentait entre ses cuisses. Il n'avait jamais eu aussi peur de sa vie.

Son agresseur lui murmura un mot à l'oreille :

— Tafia.

À son accent, Étienne déduisit que ce n'était pas un Européen. Ce ne pouvait être qu'un Indien. Il se souvint des scalps dégoulinants de sang et les larmes lui montèrent aux yeux. Il ne voulait pas mourir. Il allait mourir. Tous ses rêves allaient s'achever là. Acceptant son destin imminent, il relâcha toute la tension de son corps en signe de défaite.

L'Indien le secoua.

Étienne sentit une douleur soudaine dans le cou. Il lui indiqua une pile de caisses un peu à l'écart des tonneaux et pria pour son âme.

L'Indien le lâcha et, agile et silencieux comme un félin, il courut jusqu'aux caisses contenant l'alcool et en prit une avant de disparaître dans l'obscurité.

À partir de cette nuit-là, Étienne mit en place des tours de garde. La blessure à son cou allait guérir plus vite que celle infligée à son orgueil. Plus jamais on ne les volerait, se jura-t-il. On ne les reprendrait plus par surprise. À moins qu'il ne décide de fuir lâchement cette région, il allait devoir s'habituer à vivre avec la peur, ou plutôt, à l'affronter.

Les jours suivants, il consacra son temps à s'entraîner au fusil et au pistolet, et lorsque son beau-père fut de retour trois semaines plus tard, il était devenu un tireur plus qu'honorable. En quelques années, il deviendrait excellent. Pour survivre et se faire un chemin dans les terres du Nord, il fallait savoir viser juste, aussi bien avec les mots qu'avec le fusil.

Son beau-père rapportait de bonnes nouvelles. À une vingtaine de lieues au nord et à trois lieues des embouchures du Missouri et de l'Illinois, il avait découvert une plaine qui regorgeait du bois et de pierres pour les constructions, et où s'écoulaient de nombreux ruisseaux aux eaux limpides.

— L'endroit se trouve près de la rivière, raconta-t-il débordant d'enthousiasme, mais bien au-dessus du lit, il n'y a donc aucun risque d'inondation. Le paysage est magnifique, la terre fertile et la nature généreuse. Un vrai paradis ! Quelques pionniers sont déjà arrivés dans la région. Au courant de mon aisance financière grâce aux enchères des biens des jésuites, ils m'ont proposé de m'installer avec eux et de leur exposer mes projets. Nous partirons dès que le plus dur de l'hiver sera passé.

Le soir même, gonflé d'espoir, Étienne se représenta mentalement leur future maison. Il y voyait déjà sa mère et ses demi-frères et sœurs, qui lui manquaient. Lorsqu'elle serait terminée, il commencerait à construire la sienne. Comme son beau-père, il imaginait cette nouvelle ville se développer sur le modèle de La Nouvelle-Orléans : une ville en damier orientée vers la rivière.

Elle serait vite peuplée de nombreuses familles qui se retrouveraient à l'église le dimanche et lors des fêtes. Il y aurait aussi une école remplie d'enfants. On pourrait également faire venir les produits français que l'on trouvait à La Nouvelle-Orléans.

Et parmi ces familles, il y aurait celle qu'il formerait avec sa bien-aimée, Margaux Girard. Elle n'avait pas encore l'âge de se marier, mais il attendrait. Trois ans seraient vite passés.

Ah, l'espoir déplaçait des montagnes ! Il affrontait et vainquait la peur, pensa-t-il en se rappelant la façon dont il avait surmonté l'incident de l'entrepôt.

Et c'était contagieux. Quand elle lirait ses lettres, Margaux commencerait certainement elle aussi à compter les semaines qu'il lui restait avant que ses rêves ne deviennent réalité.

4

Kaskaskia, Haute-Louisiane, fin novembre 1763

Le père Meurin se sentait dévasté et furieux. Ni lui ni ses compagnons ne méritaient une telle injustice. On les avait expulsés de leurs maisons qu'on avait expropriées et mises sous scellés pour que rien, pas même une assiette, ne disparaisse avant la vente aux enchères. Leurs tableaux et leurs objets liturgiques – crucifix, calices, nappes d'autel, burettes, tabernacles et autres – avaient été saisis, les chapelles de leurs missions, ravagées. Et voilà maintenant qu'on les chassait du Pays des Illinois. Les autorités, se dit-il avec amertume, voulaient oublier au plus vite leur méfait et, comme en décembre et en janvier les glaces sur le Mississippi représentent un danger pour les bateaux, elles voulaient voir les Jésuites quitter au plus vite le fort de Chartres pour s'en débarrasser.

La barge sur laquelle il avait embarqué avec les autres religieux et leurs esclaves s'éloigna mollement de la rive, avant de prendre le rythme du courant du fleuve en direction de La Nouvelle-Orléans. Sur un autre bateau se trouvaient plusieurs Anglais capturés par les Indiens. À la tristesse que le père Meurin éprouvait de devoir dire adieu à ce qui était devenu son foyer s'ajoutait la colère d'être considéré et traité comme un esclave ou un ennemi.

En examinant le maigre équipage qu'ils avaient été autorisés à emporter – quelques vêtements, leurs livres, leurs matelas et des tentes –, son affliction augmenta. En tant que religieux, il accordait peu d'importance aux choses matérielles, confiant que Dieu y pourvoyait toujours ; en cette occasion, toutefois, l'injustice dont ils étaient l'objet le poussait à se rebeller intérieurement contre celui qui en était à l'origine, qu'il s'agisse d'un notaire, d'un roi ou du Très-Haut.

Il perçut un mouvement dans son dos puis entendit la voix de son voisin.

— Qu'allons-nous devenir ?

Meurin dut lever les yeux pour les fixer sur le jeune esclave, que l'on surnommait Bamboula parce qu'il jouait d'une flûte en bambou.

— Dieu ne nous abandonnera pas, lui répondit-il en essayant de paraître convaincant.

Il savait pourtant que les quarante-huit esclaves noirs seraient vendus aux enchères en ville au profit du roi de France. Il avait pris le garçon sous son aile à la mort prématurée de ses parents, un couple d'esclaves qu'il avait acheté lors de la vente d'un héritage à Kaskaskia. La placidité et l'intelligence du jeune homme désormais âgé de vingt ans n'étaient plus à prouver. Le missionnaire aimait Bamboula, car il lisait dans son regard la même attitude fière et provocante qu'il s'autorisait à lui-même, même si les normes religieuses et légales l'obligeaient à se contenir.

L'esclave jeta un coup d'œil par-dessus son épaule pour s'assurer que personne ne l'écoutait, avant de se retourner vers son protecteur.

— Il n'y a pas assez de provisions pour tout le monde, murmura-t-il.

Le jésuite, qui était un homme prévoyant, avait aussi fait ses calculs. Ils avaient des vivres pour quinze jours, alors que le trajet durerait environ trois semaines.

— Nous ferons ce que notre Seigneur nous a appris, lui dit-il, partager le peu que nous aurons.

Par chance, l'officier en charge de superviser le voyage était également conscient de la situation et donna son autorisation pour que certains aillent chasser du gibier au cours des haltes ; de cette façon, la nourriture ne manqua pas. Le temps était aussi de leur côté, que ce soit près du poste Arkansas ou de Pointe Coupée. Ainsi, le 21 décembre, le père Meurin arriva à La Nouvelle-Orléans dans de meilleures dispositions qu'au départ du fort de Chartres.

Sa gaieté fut cependant de courte durée et disparut dès que le bateau mouilla dans le port de la ville. Où allaient-ils loger, puisqu'ils ne possédaient rien ni ne connaissaient personne ? Les propriétés des jésuites ici aussi avaient dû être mises aux enchères. Ce n'était pas tout : il devrait maintenant dire au revoir, et sans doute définitivement, à Bamboula, qu'il considérait comme un fils. Il serait vendu avec les autres au marché de La Nouvelle-Orléans, et le missionnaire ne disposait pas de la somme nécessaire pour acheter un homme présentant ses caractéristiques physiques, son intelligence et sa loyauté. Dans n'importe quelle plantation, il deviendrait rapidement contremaître.

— Je regrette que nos chemins se séparent ici, dit Meurin à Bamboula sur le quai, incapable de supporter la vue des chaînes à ses poignets et à ses chevilles. Rien de tout cela n'est arrivé par ma volonté. Si j'en avais les moyens, je t'achèterais.

Bamboula acquiesça, aussi abattu que résigné, sans rien dire. Meurin en eut le cœur serré.

— Je parlerai de toi au gouverneur, ajouta le prêtre, les yeux embués de larmes. C'est tout ce que je peux faire. Je lui demanderai de te trouver un bon maître.

Meurin lui donna une tape sur l'épaule et attendit que la file des hommes enchaînés disparaisse dans la rue avant de rejoindre le groupe de religieux qui se dirigeait vers la maison du gouvernement, où ils espéraient être pris en charge par le gouverneur d'Abbadie.

La semaine suivante, la dernière du mois de décembre, Meurin se présenta chez les Girard afin de s'acquitter des missions que lui avaient confiées Leroux et Étienne. Quelques jours après la vente aux enchères, ils étaient allés le trouver pour lui présenter leurs respects. Leroux considérait le sort réservé aux jésuites profondément injuste et avait fait une place au père Meurin dans l'entrepôt pour qu'il laisse ses affaires jusqu'à son départ.

En apprenant qui il était et d'où il venait, Girard envoya sa fille Suzette chercher Cécile afin qu'elle entende les nouvelles fraîches que le religieux apportait de Haute-Louisiane.

— Où se sont-ils installés ? s'enquit Girard lorsque tout le monde fut réuni.

— Ils ont une propriété provisoire près du fort de Chartres, mais ils ont l'intention de s'établir plus au nord. Quand nous sommes partis, ils venaient juste de commencer à défricher le secteur. Maintenant, en hiver, ils ne vont pas pouvoir faire grand-chose, ils reprendront au printemps.

— Ils vont bien ? demanda Cécile, les mains croisées sur son ventre bombé par la grossesse. Ils ne sont pas tombés malades ?

— La dernière fois que je les ai vus, ils étaient en bonne santé.

— Et les Indiens ? demanda Margaux, s'inquiétant surtout pour Étienne. Ont-ils dû en tuer ?

— Pourquoi auraient-ils dû le faire ?

Le père Meurin porta son attention sur cette adolescente délicate et il songea un court instant qu'elle ne supporterait pas longtemps la vie dans les terres du Nord.

— Pour se défendre..., balbutia-t-elle, intimidée par le ton sec et direct du religieux.

— J'ai beaucoup d'amis indiens. Et je suis vivant.

— J'ai cru comprendre que vous rentriez bientôt en France..., intervint Girard pour sortir sa fille de l'embarras. D'où venez-vous exactement ?

— De Champagne.

— Une bonne région, où vous pourrez vous reposer.

Meurin comprit au tour que prenait la conversation qu'il devait prendre congé, aussi il se leva et suivit Girard jusqu'à la porte d'entrée, où il lui tendit une lettre.

— C'est pour votre fille aînée, mais j'ai pensé que je devais vous la remettre. De la part du jeune Étienne. Il m'a fait la meilleure impression.

— C'est un gentil garçon, se contenta de répondre Girard, sachant gré au religieux pour sa discrétion.

Il connaissait bien Étienne, ainsi que ses sentiments envers Margaux. Si lui voyait d'un bon œil une possible union entre les deux jeunes gens, Blanche souhaitait pour leur fille un meilleur parti qu'un négociant dont l'entourage ne serait bientôt constitué que d'Indiens et de trappeurs.

Meurin se dirigea vers la porte mais avant de partir, il ne put s'empêcher de poser la question qui lui brûlait la langue :

— Encore une chose, dit-il en s'éclaircissant la gorge. J'ai remarqué que vous aviez plusieurs esclaves. S'il vous en faut d'autres, un certain Bamboula sera vendu demain. Je le connais depuis longtemps, il est excellent. Croyez-moi, si je pouvais, je l'emmènerais.

— J'y réfléchirai.

Après le départ de Meurin, Girard alla chercher Margaux et lui remit la lettre avec un clin d'œil taquin dont elle ne tint pas compte.

— Au vu de l'épaisseur, j'ai l'impression qu'il a beaucoup de choses à te raconter…

Margaux la saisit, les yeux brillants, et courut s'enfermer dans sa chambre. Girard la regarda monter les escaliers et sourit : comme cette innocence de la jeunesse était désormais loin de lui, se dit-il avant de se diriger vers son bureau.

Ce soir-là, Suzette écouta, bouche bée et les yeux écarquillés, Margaux lire le récit de voyage d'Étienne au Pays des Illinois.

La chambre qu'elles partageaient était meublée de deux lits, situés à un bras de distance, chacun flanqué d'un chevet blanc. Les sœurs avaient leur propre coffre et partageaient une armoire et une commode. La cheminée en marbre, que l'on allumait seulement au cours des mois d'hiver où l'humidité transperçait les os, apportait une touche d'élégance à la pièce coquette dans laquelle, à la lueur des bougies, tant de secrets étaient révélés.

— Comme il est courageux ! s'écria-t-elle, admirative, lorsque Margaux finit sa lecture.

— Oui, n'est-ce pas ?

Elle soupira puis porta la lettre à sa poitrine et se retourna dans son lit pour regarder Suzette à travers la moustiquaire.

— Si tout va bien, un jour, nous nous marierons.

Suzette se mit à faire des calculs. Leur mère avait épousé leur père à l'âge de quatorze ans, ce qui signifiait que dans trois ans, Margaux pourrait quitter la maison. Elle n'avait pas encore la notion du temps, mais ce soir-là, il lui sembla que le départ de sa sœur chérie arriverait plus vite que prévu.

— Tu t'en iras...

Margaux hésita un instant avant d'acquiescer.

— Je devrai alors apprendre beaucoup de choses.

— Pourquoi ? demanda Margaux, intriguée.

— Parce que quand tu ne seras plus là, je deviendrai la sœur aînée, murmura Suzette en pensant à leurs frères Gabriel et Jules âgés de cinq et deux ans, et à leur petite sœur Victoire, encore bébé. Il faudra que j'aide aux tâches de la maison et aux affaires.

Margaux sourit.

— Les affaires, ce sont les hommes qui s'en chargent. Occupe-toi d'apprendre les travaux domestiques, pour le jour où tu te marieras.

Elle se retourna encore dans son lit et, allongée sur le dos, elle repensa à la lettre.

Le lendemain, après le petit déjeuner, Suzette déclara d'un ton décidé :

— Je veux aller avec Père acheter ce Bamboula dont a parlé le jésuite.

Girard haussa un sourcil.

— Se passe-t-il quelque chose dans cette maison dont tu ne sois pas au courant ? plaisanta-t-il.

— Ce n'est pas un endroit pour une petite fille, dit Blanche.

— Vous nous répétez tout le temps que nous devons nous préparer pour nous occuper un jour de nos propriétés. Les esclaves font partie du patrimoine. Je veux savoir comment les choses fonctionnent.

Girard et son épouse échangèrent un regard. En dépit de son jeune âge, Suzette était une enfant fort éveillée et parvenait souvent à ses fins. Peu habituée aux refus, elle argumentait en invoquant toujours de bonnes raisons. Lorsqu'elle ignorait quelque chose, elle n'hésitait pas à poser des questions jusqu'à ce que sa curiosité soit assouvie. Elle demeurait alors songeuse un long moment, le temps que l'information glisse dans un recoin de son cerveau.

— D'accord, consentit son père, encore une fois convaincu par la logique imparable de sa fille.

Si elle veut apprendre à gérer une propriété, elle recevra aujourd'hui sa première leçon, pensa-t-il.

La salle de vente d'esclaves se trouvait rue de Chartres, près du quai, à quelques pâtés de maisons de la propriété des Girard. Suzette et son père s'y rendirent donc à pied accompagnés de deux domestiques. À leur arrivée, peu avant midi, un groupe d'hommes élégamment vêtus de casaques et coiffés de tricornes attendaient que s'ouvre la porte d'un bâtiment simple de plain-pied au toit d'ardoises incliné, dont les murs avaient été bâtis avec des pierres et du mortier.

Suzette reconnut les pères de ses amies Jeanne Fournier et Marie de la Ronde – le premier était trésorier royal, le second, riche propriétaire de la plantation Versailles et membre du Conseil supérieur de la colonie –, ainsi que M. Laurent, l'un des hommes les plus fortunés de la ville. Ces messieurs ne cachèrent pas leurs regards réprobateurs en voyant que Girard avait emmené sa fille cadette, mais, connaissant son caractère extravagant, ils s'abstinrent de tout commentaire.

Pour la plus grande joie de Suzette, Belmont Fournier, toujours aussi beau, accompagnait son père. Comme à l'accoutumée, elle se sentit nerveuse quand il s'approcha d'elle, laissant les hommes parler affaires.

— As-tu remarqué la tête de mon père quand il t'a vue ? dit Belmont à voix basse, les yeux rieurs. Il a failli faire une attaque.

— Toi aussi, tu es là.

— Mais je suis un garçon. Combien de femmes vois-tu ?

Suzette regarda autour d'elle, persuadée qu'elle n'en verrait pas, lorsque soudain elle en aperçut une : vêtue de manière élégante quoique simple, elle venait de prendre place dans la file d'attente.

— Celle-ci ne compte pas, s'empressa de dire Belmont.

— Pourquoi ?

— Parce que c'est une fermière.

La femme avait le visage hâlé sillonné de rides, et de grandes mains calleuses.

— Tu la connais ?

— Oui, et je ne l'aime pas.

— Pourquoi ?

— Je ne peux pas te le dire, Su. Tu es trop jeune pour comprendre.

Même si elle était ravie d'entendre le diminutif affectueux avec lequel Belmont s'adressait parfois à elle, Suzette grimaça d'un air contrarié : elle détestait qu'il la prenne pour une petite fille. Par chance, la porte s'ouvrit à ce moment-là, lui épargnant de chercher une réponse.

Ils pénétrèrent dans une salle parquetée avec des poutres apparentes au plafond. La vingtaine d'acheteurs prit place sur des bancs rustiques face à une estrade. Suzette et son père s'installèrent juste devant les Fournier et M. de la Ronde. À gauche de l'estrade, une porte donnait sur l'arrière du bâtiment. Assis à une table sur la droite, se trouvait Isaac Monsanto, le propriétaire de la salle des ventes. Il fit un geste au commissaire-priseur. Celui-ci commença alors à vanter la qualité du groupe qui allait être mis aux enchères. Ensuite, des hommes et des femmes entrèrent chacun à leur tour et, de temps en temps, un couple ; ils avaient tous l'air accablés, tristes et exténués. L'adjudicateur vantait leurs mérites et indiquait un prix de départ.

Suzette avait la tête qui tournait. Elle regrettait d'avoir insisté pour accompagner son père. Entre les mots prononcés trop fort par le commissaire-priseur, on entendait des pleurs et des gémissements. Les esclaves de sa famille avaient toujours été dans sa maison ; jamais elle ne s'était demandé comment ils étaient arrivés ni d'où ils venaient. Elle les voyait comme des hommes, des femmes et des enfants qui œuvraient pour que tout fonctionne dans la propriété familiale, tels les rouages d'une machine, un tout, un groupe qui avait la même finalité. Dans cette salle, cependant, elle avait le sentiment qu'on les traitait et qu'on les vendait comme des animaux.

— Tu veux sortir un moment ? lui murmura Girard, qui gardait un œil sur la fillette et comprenait qu'elle était dépassée par la situation. Mais ne t'éloigne pas…

Suzette ne se le fit pas dire deux fois. Elle gagna la rue, s'adossa contre un mur, ferma les yeux et prit une profonde respiration. Elle entendit alors une mélodie triste et enivrante. Guidée par le son, elle contourna le bâtiment. Parmi les esclaves qui attendaient leur tour, surveillés par des hommes armés, un jeune Noir, fort comme un colosse, jouait de la flûte assis par terre, ses pieds nus enchaînés.

Était-ce l'esclave dont avait parlé le père Meurin ?

— Sors de là, sale gosse ! lui cria l'un des gardes. Et toi, le nègre, arrête de jouer, ça va être ton tour !

Suzette se précipita à l'intérieur et se rassit près de son père, dans l'expectative. On fit aussitôt entrer le musicien, qui répondait effectivement au prénom de Bamboula. Le jeune homme, grand et musclé, un peu lent dans ses mouvements, parcourut la salle du regard sans fixer aucun visage : orgueilleux, presque provocant.

— Quel renard, ce Monsanto, murmura de la Ronde à Girard, il garde le meilleur pour la fin.

Le commissaire-priseur loua les qualités du robuste spécimen masculin : selon lui, il était travailleur, fort et docile. « Et en bonne santé », précisa-t-il en montrant ses gencives roses, sa langue rouge, sa large poitrine et son ventre lisse. Il fixa le prix de départ à huit cents livres françaises qui, en quelques minutes, monta à mille. En dépit de l'insistance de Suzette, Girard en resta là. Elle pria pour que personne ne surenchérisse, mais de la Ronde leva la main et offrit mille cent. Il avait beau être le père de son amie Marie, Suzette le détesta de toutes ses forces.

— Je vous en prie, Père, implora-t-elle tout bas. Si vous aviez entendu sa musique… Je l'ai vu jouer de la flûte quand je suis sortie. Bamboula est non seulement fort, mais aussi sensible. Ce sera un bon esclave.

Girard fronça les sourcils. Suzette n'était pas une enfant capricieuse. Il était important de ne pas la décevoir en ce jour qui resterait gravé dans sa mémoire. Il leva la main.

— Mille deux cents !

Un murmure parcourut la salle. Le commissaire-priseur regarda M. de la Ronde, qui tourna la tête d'un côté et de l'autre. Il maintenait de bonnes relations avec Girard et n'allait pas les gâcher par orgueil. Une voix se fit alors entendre dans le fond de la salle.

— Cent de plus !

Le murmure s'intensifia. Mille trois cents livres pour un esclave était une somme exorbitante. Girard se retourna pour voir qui était son nouvel adversaire et grommela dans sa barbe.

Nicolas Chauvin de Lafrenière venait d'être nommé procureur général du Conseil supérieur de Louisiane. Girard ne l'avait pas vu depuis qu'il était arrivé de France en juin en compagnie du gouverneur d'Abbadie et en possession des documents relatifs à sa nouvelle charge, dont l'ordre d'expulsion des jésuites.

Lafrenière avait la réputation d'être un homme extrêmement séduisant et à La Nouvelle-Orléans, les femmes guettaient chacune de ses apparitions. Grand et bien proportionné, les cheveux bouclés grisonnants descendant jusqu'aux épaules et le regard pénétrant, il arborait un air de bravade et d'arrogance. Girard, qui ne s'était jamais bien entendu avec lui, considérait qu'il avait un front trop large et que ses lèvres fines formaient une ligne inexpressive. C'était à ses yeux un prétentieux qui se croyait supérieur à tout le monde sur ce territoire, alors qu'en réalité il descendait d'un colon canadien à qui la vie avait souri le jour où le fondateur de La Nouvelle-Orléans en personne lui avait donné six cents arpents de terre sur la rive droite du Mississippi pour créer une plantation. Le père de Lafrenière avait ainsi amassé une petite fortune grâce aux cultures de riz, de maïs, de pommes de terre et d'indigo, à l'exploitation des cyprès et au bétail. Cette réussite lui avait permis d'offrir une meilleure éducation à ses descendants. Nicolas Lafrenière avait étudié le droit en France et, à la mort de son père, on l'avait nommé pour siéger à sa place au Conseil supérieur. C'est ainsi qu'à présent, il cumulait les charges de conseiller royal et de procureur général. Les gens de son entourage étaient de la même veine : ils considéraient que des hommes comme Jérôme Girard ou Benoît Leroux, négociants partis de rien, mus par le besoin et la volonté de s'offrir une vie meilleure, se situaient à un niveau inférieur.

Dans certaines familles ayant réussi, la vanité apparaissait dès la première génération. Mais il y avait autre chose. Girard soupçonnait Lafrenière d'avoir, dans sa jeunesse, jeté son dévolu sur la riche Blanche Bonnet et de n'avoir jamais digéré le fait que Girard l'ait épousée. Et le voilà maintenant qui engageait un bras de fer avec lui en public. Il avait pris part aux enchères à la fin, lorsque la vente était déjà décidée en sa faveur. Seulement Jérôme n'était pas disposé à perdre. Il leva la main et, calmement, sans hausser la voix, offrit mille quatre cents livres.

— Mais que faites-vous ? lui demanda Fournier derrière lui. Il n'est pas dans votre intérêt d'affronter le procureur général.

Sans vraiment comprendre la menace, Suzette sentit le danger et regretta d'avoir tant insisté pour acheter Bamboula. Voyant le visage tendu de son père, elle crut bon de demeurer immobile et de ne rien dire.

— Mille cinq cents, enchérit alors Lafrenière.

— Mille six cents, indiqua Girard sans hésiter, désireux de montrer qu'il n'allait pas s'arrêter facilement.

Un silence absolu régna pendant quelques secondes. De toute évidence, les enchères n'étaient pas liées à la valeur de l'esclave, mais à l'orgueil des deux hommes. Les secondes passaient et Lafrenière n'augmentait pas l'offre.

— Mille six cents, répéta le commissaire-priseur. Personne ne surenchérit ? demanda-t-il en regardant Monsanto, qui l'exhorta d'un geste d'en finir. Adjugé donc à M. Girard.

Suzette sourit nerveusement. Elle était satisfaite que son père ait gagné, seulement il avait payé un prix très élevé pour Bamboula alors même qu'il avait déjà beaucoup investi cette année dans l'expédition de Leroux.

Au moment où elle crut qu'ils allaient pouvoir partir, on fit monter sur l'estrade une petite mulâtre de son âge, menue et maigre. Elle avait l'air désemparée et n'arrêtait pas de pleurer.

— Terminons par les bonnes affaires, dit le commissaire-priseur en lui relevant le menton pour que les acheteurs puissent voir son visage. Elle a l'air de rien, mais elle a travaillé comme nourrice jusqu'au décès de son maître. Les héritiers vendent tout ce qui leur appartient, ajouta-t-il avec un sourire complice à l'adresse de l'assistance. Vous comprenez, pour payer les dettes.

Pendant quelques minutes, personne ne fit d'offre. En guise d'ultime argument, le commissaire-priseur lui toucha le ventre et dit :

— Elle est en bonne santé. Elle pourra sans aucun doute faire de beaux enfants.

L'unique femme présente dans la salle leva alors la main :

— Trente livres.

— Quelqu'un enchérit ? demanda le commissaire-priseur.

— La pauvre. Comme elle pleure, déplora Suzette à demi-voix.

De la Ronde, qui l'entendit, se pencha en avant.

— Tu n'as pas à avoir pitié, lui dit-il. Les Noirs ne ressentent pas les émotions humaines primaires. Leurs peines, comme celles des chiens, sont passagères.

La remarque répugna Suzette, émue par les larmes de la fillette.

— Père, Belmont m'a dit qu'il n'aimait pas cette fermière. Pourquoi ?

Jérôme Girard ne répondit pas, mais il se retourna et échangea un regard avec M. Fournier, qui semblait lui aussi mal à l'aise.

— Quel est le problème avec cette dame ? insista Suzette.

Girard ne savait que répondre à sa fille. Cette acheteuse procédait toujours de la même façon : elle attendait la fin des enchères pour acquérir à moindre coût des jeunettes dont personne ne voulait et elle les emmenait dans sa propriété pour qu'elles fassent des enfants. Nulle loi n'interdisait d'avoir un élevage d'esclaves, mais à titre personnel, Jérôme trouvait cette pratique abjecte. Même si ce n'était pas son cas, beaucoup considéraient sans doute qu'avoir un enfant avec une esclave n'était qu'un simple faux pas, fruit de l'appétit sexuel d'un homme ; cependant tout bon chrétien verrait d'un mauvais œil une telle activité délibérée.

— Elle n'est pas gentille avec ses esclaves, se contenta-t-il de répondre.

— Dans ce cas, achetez-la, dit Suzette avec empressement, ce sera ma bonne.

— J'ai déjà dépensé plus que prévu pour Bamboula.

— Si personne ne renchérit…, disait le commissaire-priseur, visiblement désireux de se débarrasser de l'enfant esclave.

Suzette porta ses mains à ses oreilles, retira ses boucles en or et les mit dans la main de son père.

— C'est moi qui paie.

Et sans attendre son assentiment, elle cria :

— Deux louis !

Elle n'avait guère conscience de la valeur des choses, mais à ses yeux, un louis, qui équivalait à vingt-quatre livres, représentait une grosse somme. Deux louis dépassaient donc largement les trente livres qu'offrait la femme.

Quelques hommes rirent. Monsanto regarda Girard, qui, d'un léger hochement de tête, confirma l'offre faite par sa fille impétueuse.

Suzette ferma les yeux et, le cœur battant, compta les secondes qui s'écoulaient, craignant d'entendre une surenchère. Celle-ci n'arriva pas.

— Adjugée donc à mademoiselle, dit le commissaire-priseur en souriant, comme s'il s'agissait d'un jeu.

— J'ignorais que votre fille avait autant de caractère, monsieur Girard, chuchota Fournier. Sans nul doute, elle tient de vous.

Girard avait été lui-même surpris par l'attitude si résolue et téméraire de Suzette, mais il considérait que la compassion et la générosité étaient des qualités nécessaires pour gérer toute entreprise, commerciale ou existentielle. Il s'approcha de la table où se trouvait Monsanto et signa un billet à ordre correspondant au montant total de l'achat, avant d'envoyer ses domestiques chercher Bamboula et la fillette sans nom.

Il avait déjà pris congé de M. de la Ronde et de M. Fournier à l'extérieur lorsque le père Meurin apparut près de lui, comme surgi de nulle part. Incapable de partir sans connaître le sort de l'esclave, il avait assisté jusqu'au bout à la vente aux enchères au fond de la salle.

— Merci de m'avoir fait cas et d'avoir acheté Bamboula.

— Il a intérêt à un être un bon travailleur, vu ce qu'il m'a coûté.

— C'est un bon investissement. Il vous sera loyal jusqu'à la mort.

— Nous verrons bien. J'ai l'impression qu'il n'y a plus de certitudes absolues de nos jours. Votre propre gouvernement ne vous a-t-il pas abandonné ?

— Les gouvernements vont et viennent, répondit le père Meurin après avoir réfléchi quelques instants, tandis que l'homme noble le demeure. J'ignore ce que la vie nous réservera aussi bien à vous qu'à moi, mais vous avez prouvé aujourd'hui votre bonne nature en achetant ce jeune homme et cette enfant. Je peux maintenant partir en paix.

5

La Nouvelle-Orléans, mars 1764

Il fallut des mois à Suzette pour, petit à petit, gagner la confiance de sa servante, qui finit par troquer ses pleurs et sa méfiance contre des sourires et une attitude plus détendue.

Suzette apprit qu'elle s'appelait Anne Operman et qu'elle était née dans une plantation d'indigotiers où sa mère, originaire de Guinée, travaillait comme cuisinière. Anne se souvenait de la demeure principale, des étables, des cabanes pour esclaves, du jardin où poussaient des chênes et du visage du maître Operman, qui lui offrait de temps en temps des tissus en cachette afin qu'elle se confectionne des robes. Sa mère lui avait dit que c'était son père, mais qu'elle ne devait jamais le considérer comme tel ni le dire à qui que ce soit. Si Anne s'était un jour imaginé qu'il allait la traiter comme ses autres enfants, surtout après la mort de sa mère, ses espoirs s'étaient évanouis au décès de l'homme. La famille de ce dernier s'était débarrassée d'elle sans scrupule.

Un dimanche, alors que les Fournier et les Le Sénéchal s'étaient retrouvés chez les Girard, Suzette évoqua le sujet avec sa sœur et ses amis. Ils étaient dans la cour, profitant de la douceur du printemps, assis sur des bancs en bois à côté d'une fontaine ornée de statues de chérubins.

— Si mon père avait un enfant avec une esclave, ce serait mon frère, dit Suzette.

— Oui, mais ce serait aussi un esclave, répliqua Louise Le Sénéchal.

— Un demi-frère esclave, grommela Margaux. Comme c'est bizarre ! Pourvu que cela ne nous arrive pas...

— Cela arrive même dans les meilleures familles, lança Louise en direction des Fournier. N'est-ce pas ?

— Notre père a eu une fille avec une esclave, admit Jeanne, que l'indiscrétion de Louise avait fait rougir. Elle s'appelle Alizée. Elle a vingt-six ans, elle est mariée et a un fils qui porte le nom de notre père.

Puis elle haussa les épaules, résignée, en regardant Suzette et Margaux.

— Je croyais que vous le saviez. Tout le monde est au courant.

— Tu as donc une demi-sœur et un demi-neveu esclaves, fit remarquer Margaux.

— C'est bon, pas la peine de donner toutes ces précisions !

— Pourquoi tu te fâches, Belmont ? demanda Suzette, surprise du ton irrité de son ami.

Le garçon ne savait pas trop quoi répondre. Il ne voulait pas que les autres le croient capable d'agir comme son père. Chez lui, il était interdit d'aborder ce sujet, mais il s'entendait bien avec Alizée, qui le traitait avec la tendresse d'une grande sœur, même si c'était seulement en cachette. Jeanne ressemblait à Alizée. La couleur de la peau marquait cependant l'immense différence entre la première, élevée dans du coton, et la seconde, qui travaillait aux cuisines. À ses yeux, ce n'était pas juste.

— Si cela m'arrivait, je le considérerais aussi comme mon enfant, affirma-t-il d'un ton convaincu.

— Oui, c'est ça, répliqua Margaux en riant. Je ne te crois pas.

Ils entendirent soudain du raffut dans la maison et une bonne vint dire aux enfants des invités qu'ils devaient partir. Sur le pas de la porte d'entrée, Blanche ajustait un châle léger sur ses épaules et demandait à la domestique qui l'avait assistée lors de ses accouchements de se rendre sur-le-champ chez la voisine.

— Que se passe-t-il ? s'enquit Suzette, qui courait avec Margaux derrière leur mère.

— Cécile est en train d'accoucher et ça ne se passe pas bien.

En quelques minutes, elles arrivèrent toutes les quatre chez les Dubois. Elles traversèrent la pièce dans laquelle se trouvaient les enfants, qui pleuraient dans les jupes d'une jeune nourrice, et pénétrèrent dans la chambre où Cécile poussait des cris, seule, allongée sur un lit. Les draps étaient couverts de sang.

— Occupez-vous des petits, ordonna Blanche, affolée, à ses filles, tout en les entraînant hors de la chambre. Et toi, dit-elle à la nourrice, remets de l'eau sur le feu et apporte des linges propres. Où est le médecin ?

— Je l'ai fait prévenir, sanglota-t-elle, mais il rend visite à des malades. Il viendra dès qu'il pourra.

La domestique des Girard sortit alors de la chambre, s'approcha de Blanche les mains pleines de sang.

— Le bébé est en siège, murmura-t-elle. Je ne peux rien faire de plus, il est remis à la volonté du Seigneur.

Lors des accouchements de sa maîtresse, les enfants ne s'étaient jamais présentés dans cette position.

— Que Dieu la protège, dit Blanche en se signant.

Suzette l'imita, sans pouvoir retenir ses larmes. Les cris déchirants de Cécile provoquaient en elle une peur intense, indescriptible.

Une petite voix se fit alors entendre.

— Moi, je peux l'aider.

Elles se tournèrent toutes vers la jeune fille qui se tenait à la porte d'entrée. C'était Anne, la servante de Suzette. Personne n'avait remarqué qu'elle les avait suivies.

— Je l'ai déjà fait une fois, ajouta-t-elle.

Blanche hésita un instant, mais le temps pressait et la vie de Cécile était en danger. Elle hocha la tête. Anne se dirigea alors vers le feu et demanda à Margaux de lui verser de l'eau chaude sur les mains, qu'elle nettoya soigneusement. Elle entra ensuite dans la chambre et examina la situation.

— Vous devez continuer à pousser. Aussi fort que vous le pouvez. Ce n'est pas votre premier enfant, il a donc la place de passer.

Cécile prit une profonde respiration et, dans un cri animal, poussa de toutes ses forces. Anne insista pour qu'elle recommence l'opération trois fois, jusqu'à ce que les fesses du bébé se présentent. Quand elle vit apparaître les omoplates, Anne demanda à la domestique de Blanche de poser ses mains sur le bas du ventre de Cécile et d'appuyer assez fort sur la tête du nourrisson. Elle entoura ses fesses de ses deux mains et courba lentement le bébé vers le pubis de la mère, sans tirer. À chaque pression de l'autre domestique, Anne relevait un peu plus le nouveau-né, avec délicatesse, sans forcer, comme pour lui montrer le chemin que lui seul pouvait emprunter. Les bras sortirent alors, puis, enfin, la tête. C'était une petite fille, magnifique et bien portante.

Blanche regarda Suzette, qui observait la scène depuis la porte. Un mélange de peur, de dégoût et de curiosité se lisait sur son visage. Blanche s'était fâchée lorsqu'elle avait appris l'achat d'une esclave sans avoir été consultée, et elle avait douté des qualités et des aptitudes de cette enfant si maigre et peu loquace. Et voilà qu'elle venait de sauver deux vies.

— Béni soit le jour où tu l'as amenée à la maison, dit-elle.

Suzette remercia sa mère d'un sourire et prit une décision : si, plus tard, elle s'aventurait à avoir des enfants, ce serait Anne et personne d'autre qui s'occuperait d'elle.

Le lendemain, en chemin pour le bureau du gouverneur, Jérôme Girard savourait la douce température de ce lundi de mars. Un délicieux arôme de café noir et intense provenant des balcons ouverts flottait dans l'air. Il aimait parcourir la ville à pied, malgré le roulement des charrettes et des calèches qui soulevaient des nuages de poussière sur leur passage et les cris des vendeurs ambulants. Quel bon goût avaient eu les pionniers en concevant ce plan en damier parfaitement tracé depuis le fleuve. Même si la plupart des habitations flanquées de galeries étaient surélevées sur de hauts pilotis pour échapper aux crues, les toits pointus, mansardés pour certains, et les maisons chaulées faisaient ressurgir en lui des souvenirs de sa France natale qu'il ne parvenait pas à oublier.

Il traversa la place d'Armes, non loin du fleuve, autour de laquelle se trouvaient l'église, les demeures de plusieurs négociants et membres du gouvernement, les casernes et la prison militaire. Arrivé face au bâtiment du gouverneur, il consulta l'heure sur sa montre à gousset.

Girard était extrêmement ponctuel, jusque dans ses retards : il avait décidé de se présenter quelques minutes après l'heure convenue, afin que le gouverneur ne le trouve pas trop empressé.

Il se sécha le front avec son mouchoir pour éliminer toute trace de sueur. Il devait être absolument irréprochable.

Lorsqu'un officier l'accompagna enfin jusqu'au bureau, il trouva Jean-Jacques Blaise d'Abbadie concentré sur ses notes. L'homme était âgé de trente-huit ans, mais son embonpoint et son généreux double menton sous son visage carré le vieillissaient, de même que ses cernes gonflés, qui trahissaient de longues nuits blanches. D'Abbadie était à la fois commissaire-ordonnateur et gouverneur, et depuis son arrivée l'été précédent, peu avant le départ de Leroux, il supervisait les propriétés royales, percevait les impôts et gérait l'argent de la colonie. Il était aussi le premier juge du Conseil supérieur.

Le gouverneur avait très vite compris à qui il avait affaire ; Girard était bien informé et s'intéressait particulièrement aux tentatives des Anglais de remonter le Mississippi depuis qu'ils avaient gagné la guerre et le droit de naviguer sur le fleuve. Ils allaient en effet devenir des concurrents de taille pour ses affaires.

— Les choses ont mal tourné pour le premier convoi anglais, commenta Girard, sans laisser paraître sa satisfaction.

Il parlait de l'expédition constituée de onze bateaux sur lesquels avaient embarqué plus de trois cents passagers qui, après avoir subi une attaque d'Indiens à la hauteur de Pointe Coupée, venait de faire demi-tour. Cherchant à obtenir des informations, il ajouta :

— Je suppose qu'ils feront une nouvelle tentative lorsque leur déconvenue sera passée...

— Je n'ai aucune nouvelle pour le moment, observa d'Abbadie avant de renchérir sur un ton irrité :

— J'avais prévenu l'officier anglais à la tête de l'expédition, un homme buté, du danger qu'implique, en ces temps tumultueux, de remonter le Mississippi. Je lui avais aussi donné toutes les informations nécessaires concernant la navigation sur le fleuve. Cet ingrat m'accuse maintenant de son échec et des morts. Il fait en outre courir le bruit que nous, les Français, désireux de conserver notre commerce lucratif entre La Nouvelle-Orléans et l'Illinois, nous parlons de paix tout en fournissant des armes aux Indiens en douce.

— Quelle attitude déplorable ! reconnut Girard. Sans compter qu'ils inspectent les bateaux français qui partent pour la Floride occidentale et confisquent les liqueurs et vins français, le tafia, le sucre et le café afin d'en éviter l'exportation. J'ai bien peur que l'entente avec les Anglais ne soit difficile.

— Chacun protège ses intérêts, soupira d'Abbadie en pensant : *Et moi, ceux de tous.*

C'était à lui qu'incombait la responsabilité de retirer les garnisons françaises des forts qui passaient désormais aux mains des Britanniques. Ce qui l'inquiétait le plus, c'était la délicate réconciliation entre les colons anglais et les Indiens récalcitrants.

— Bien, monsieur Girard... Que puis-je faire pour vous ? reprit-il en se frottant les sourcils.

— Vous savez, je suppose, que le précédent gouverneur a accordé à ma compagnie le monopole du commerce avec les Indiens de l'Illinois. J'ai personnellement financé l'expédition de Leroux. Par conséquent, si les conditions changeaient, cela entraînerait un grave préjudice pour mes affaires.

Girard souhaitait que personne, ni Anglais ni Français, ne lui fasse concurrence. D'Abbadie acquiesça sans grand enthousiasme. Il était conscient qu'il était dans son intérêt de bien s'entendre avec un ami de Fournier et Laurent, deux notables influents de la ville.

— Les dernières nouvelles envoyées par le commandant Neyon depuis l'Illinois sont inquiétantes. Les nations indiennes sont agitées et veulent attaquer les Anglais. Je dois éviter coûte que coûte que la France soit entraînée dans la révolte fomentée par les partisans de Pontiac. L'entreprise que vous menez est risquée, monsieur. En ces temps incertains, vous avez ma parole : je ne révoquerai pas votre monopole.

Girard était plus que satisfait mais ne fit qu'un léger hochement de tête.

— Vous devez savoir, poursuivit d'Abbadie, profitant du contentement de son interlocuteur pour obtenir un avantage en retour, que la pénurie de farine m'a contraint à réduire de moitié les rations des soldats et d'ajouter des demi-rations de riz. Afin de tirer parti de cette situation, un marchand anglais me la vend quatre-vingt-dix livres, une somme que je n'ai absolument pas l'intention de payer, même si cela m'oblige à encore diminuer les rations.

Girard était au courant. Le refus du gouverneur d'acheter la farine avait fait baisser le prix à soixante livres. Le commissaire-ordonnateur avait la réputation de contrôler le moindre denier. La longue pause qui suivit l'explication de d'Abbadie indiquait clairement que c'était maintenant au tour de Girard de se montrer reconnaissant pour le renouvellement de l'exclusivité du commerce dans le Nord. Il devait faire une offre que personne ne pourrait égaler, même s'il n'en tirerait nul bénéfice, voire perdrait de l'argent.

— Pour le bien de nos soldats et pour ne pas donner ce plaisir aux Anglais, je vous l'obtiendrai à quarante-cinq.

Satisfait, d'Abbadie lui tendit la main pour conclure le marché.

Girard quitta le bureau du gouverneur, convaincu qu'il n'accepterait jamais un tel poste : il ne pouvait rien exister de plus ingrat. Il savait que les autres négociants de La Nouvelle-Orléans critiqueraient d'Abbadie pour avoir favorisé ses intérêts. Tant pis ! Combien de ces négociants auraient résolu le grand problème de la farine ? Aucun.

Il était ravi de ce qu'il avait obtenu pour son négoce et d'avoir fait bonne figure devant le gouverneur. Il ne lui restait plus qu'à attendre les marchandises en provenance du nouveau poste que Leroux avait installé dans le Nord. Il pourrait alors réaliser son rêve d'acheter une maison plus près du fleuve. Pour lui et pour sa famille. Les actes d'un homme ont toujours des conséquences sur son avenir. Or, Girard désirait le meilleur pour les enfants qu'il avait déjà avec Blanche, et ceux qu'il comptait encore avoir.

À peine avait-il mis un pied dans la rue qu'il tomba sur M. Laurent, accompagné du procureur Lafrenière. Il allait devoir échanger avec eux par politesse en sachant que sa dernière rencontre avec le second, lors de la vente aux enchères des esclaves, avait été fort déplaisante.

— Vous a-t-il parlé de la cession à l'Espagne de la partie de la Louisiane qui appartient encore à la France ? demanda Laurent. M. Fournier, comme M. Lafrenière ici présent, disent que ce ne sont pas seulement des rumeurs. D'Abbadie aurait reçu des informations dans le dernier courrier du roi.

— Un fait d'une telle importance ne peut être occulté, répondit Girard qui, depuis qu'il en avait eu vent au port, le jour du départ de l'expédition de son associé Leroux, avait fait la sourde oreille. Je refuse de croire que la France puisse nous trahir et nous livrer à l'Espagne ! Je ne pense pas que le gouverneur nous trompe. Comment pourrait-il m'accorder les droits de commerce dans le Nord en sachant que la colonie ne restera pas française ?

— Vous avez raison. Je ne voulais pas vous inquiéter.

Il n'en avait peut-être pas l'intention, mais Laurent avait tout de même réussi à l'alarmer.

Je n'aimerais pas être à la place du gouverneur, songea-t-il à nouveau. Si la France cédait la Louisiane à l'Espagne en contrepartie de son aide durant la guerre contre les Anglais et pour compenser la perte de la Floride, alors devenue anglaise, comment d'Abbadie allait-il l'expliquer d'un côté aux Indiens qui repoussaient les Anglais car ils voulaient rester alliés des Français, et de l'autre aux créoles français qui n'accepteraient jamais de vivre sous domination espagnole ?

Comment réagirait-il, lui, si cela arrivait ?

Ferait-il passer sa réussite avant sa patrie ?

Girard, habituellement gai et serein, demeura de mauvaise humeur plusieurs jours durant.

6

Haute-Louisiane, avril 1764

Benoît Leroux était ravi. Ses hommes, Étienne et lui-même avaient travaillé d'arrache-pied depuis la fin de l'hiver rigoureux et le résultat était à la hauteur. Face au fleuve, les premières constructions du nouvel établissement étaient terminées. Il s'agissait pour la plupart de bâtisses, construites avec des madriers de cèdre rouge et de chêne placés verticalement dans des tranchées qui, une fois comblées, les maintenaient fermement. Les espaces entre les poteaux avaient été bouchés avec de la terre et des pierres, et les toits à double pente bardés de planches de peuplier.

Les parois extérieures de sa maison à lui étaient revêtues de pierres, marquant une différence économique avec les autres. Alors même qu'il conseillait à Étienne de ne pas être dépensier, lui se permettait ce genre de luxe. Il avait cependant ses raisons : il fallait que tout le monde ait la meilleure impression de lui. Un homme puissant devait non seulement l'être, mais le paraître. Il ne lui restait plus qu'à achever les toitures à l'arrière et à lever le mur d'enceinte de sa propriété.

Comme c'était l'habitude en Louisiane, les nouveaux colons – négociants, artisans et fermiers – s'étaient réparti des parcelles rectangulaires au fur et à mesure de leur arrivée. Ils avaient décidé de réserver une partie à la future ville, qui aurait une place publique carrée face au fleuve comme à La Nouvelle-Orléans ; une autre pour les terres agricoles alentour ; et une dernière constituée de terrains communaux destinés au pâturage du bétail, au bois de chauffage et à la chasse. En tant que représentant du roi, le commandant Neyon avait octroyé verbalement à chacun une parcelle de cent vingt sur cent cinquante pieds ; pour en obtenir la propriété, il fallait les occuper et les mettre en valeur pendant un an et un jour. Outre la concession de la parcelle urbaine, les colons recevaient un lopin de terre agricole de quatre-vingts arpents.

Comme ils pouvaient loger dans leurs habitations, les bâtiments annexes – cabanes pour les esclaves, granges, étables, poulaillers et porcheries – seraient vite construits. Il était avant tout urgent de commencer à cultiver les potagers, car le printemps était déjà bien avancé.

Quant au nom, ils avaient choisi Saint-Louis en honneur à Sa Majesté le roi Louis XV de France, dont Leroux espérait rester longtemps le sujet. Il avait le pressentiment que cette ville rivaliserait avec La Nouvelle-Orléans, ou même la surpasserait. Après tout, le sud de la Louisiane avait été peuplé de crapules et de bagnards envoyés par la France – en plus de quelques militaires et émigrants issus de la bonne société comme lui –, tandis que le poste de Saint-Louis n'était parti de rien avec des familles laborieuses.

Étienne interrompit ses réflexions.

— Je voulais te parler de quelque chose, dit celui-ci, un brin nerveux. Neyon a repoussé plusieurs fois son départ pour La Nouvelle-Orléans afin de rentrer en France. Il sera enfin prêt en juin.

— Il ne me manquera pas, fit remarquer Leroux.

Il s'était efforcé de maintenir des relations cordiales avec lui, car c'était l'homme qu'il devait solliciter pour ouvrir le poste de traite de la compagnie Girard et Leroux, mais il ne l'aimait pas. Neyon avait tellement hâte de quitter le fort de Chartres qu'il n'avait même pas essayé de convaincre les colons de Kaskaskia et de Cahokia – désormais en territoire anglais – de s'installer à Saint-Louis plutôt que d'abandonner la Haute-Louisiane ou de prêter serment à un roi protestant. Pourvu que le remplaçant de Neyon soit plus ferme et diligent.

— Je me disais, poursuivit Étienne, que je pourrais en profiter pour descendre avec M. Neyon afin d'aider ma mère à préparer son voyage. Je connais le trajet, je l'imagine mal se débrouiller seule avec les enfants, qui sont encore si petits.

Si Étienne était sincère, il y avait une autre raison : Margaux lui manquait. Il était jeune et fort. Il était prêt à entreprendre de nouveau le long et pénible voyage jusqu'à La Nouvelle-Orléans rien que pour la voir.

Leroux comprit pourquoi son beau-fils avait rougi. Le succès se savourait mieux s'il était partagé avec la personne aimée. Il se languissait terriblement de Cécile et, maintenant que la maison était terminée, il était impatient qu'elle le rejoigne au plus vite.

— Bonne idée, mon garçon. C'est très gentil de ta part de penser à ta mère. Le voyage sera éprouvant.

Les vingt et un bateaux et les six longs canots transportant le ravitaillement quittèrent le fort de Chartres à la mi-juin. Outre la garnison, y avaient embarqué des dizaines de colons français qui refusaient de rester sous le gouvernement britannique ou de s'établir à Saint-Louis.

Étienne voyageait à bord de la barge de Neyon et de sa femme. Comparé à l'interminable et éreintante remontée de l'automne précédent, le périple se déroula sans encombre jusqu'au poste Arkansas, qui se trouvait à mi-chemin.

Il faisait nuit. À l'instar des autres hommes, Étienne s'était hissé sur la berge glissante et escarpée du Mississippi et s'était enfoncé dans les bois qui bordaient le fleuve afin de débroussailler à la hache l'espace choisi pour camper.

Il ramassait du bois pour le feu lorsqu'il vit revenir les soldats partis chasser ; ils n'étaient pas seuls.

Les quatre hommes portaient à bout de bras deux Indiens : ils allongèrent par terre le premier, gravement blessé ; le second était au bout de ses forces.

Étienne s'approcha et découvrit à sa grande surprise que ce dernier était Sarazen, le métis qui avait été son interprète lors de la visite chez les Quapaw et lui avait prescrit les herbes qui l'avaient remis sur pied.

— Que vous est-il arrivé ? demanda-t-il à Sarazen en s'accroupissant à côté de lui.

— J'étais parti chasser avec les hommes de notre village et nous sommes tombés sur un groupe de Chickasaw qui avait capturé des Indiens du Nord, des alliés de notre tribu, et des Français pour ensuite les vendre aux Anglais. Nous les avons suivis pour libérer les prisonniers, car ils auraient fait la même chose pour nous. Nous avons été découverts. Certains ont été tués. D'autres ont fui. Nous, nous avons été blessés, mais nous avons réussi à nous échapper. Depuis trois jours, je marche dans la forêt en essayant de le soigner, expliqua Sarazen. Il est vraiment mal en point. S'il te plaît, aide-nous.

— Bien sûr, promit Étienne, sans savoir comment il honorerait sa parole.

Il partit s'entretenir avec Neyon, qui les observait debout d'un air sérieux, les mains jointes dans le dos, près d'un petit feu de camp, seule source de lumière dans la nuit noire.

Ni lui ni le capitaine du navire amiral ne voulurent faire demi-tour pour emmener les Indiens au poste Arkansas. Étienne ne pouvait les laisser là, abandonnés à leur sort. Il fit un rapide calcul de ce qu'il avait dans sa bourse et décida de s'en occuper et d'assumer les frais de leur voyage jusqu'à La Nouvelle-Orléans.

— Tu pourrais épargner la moitié de ton argent, lui dit Neyon. Le métis pourra être sauvé, l'autre non.

— Je prends le risque, répéta-t-il en se demandant si son beau-père saluerait sa décision ou la lui reprocherait.

Il regarda les deux Indiens par-dessus son épaule ; ils étaient toujours allongés sur la terre meuble. Sarazen bougeait, la poitrine de l'autre se soulevait à peine.

Étienne avait remarqué le tatouage de sauterelle sur le bras du moribond. Voilà pourquoi il lui semblait l'avoir déjà vu. C'était le jeune Indien qui accompagnait le père Meurin lors de la vente aux enchères des biens des jésuites à Kaskaskia.

Sarazen lui expliqua qu'il lui avait retiré la balle du ventre à l'aide de son couteau et lui avait appliqué des emplâtres de plantes pour soigner la blessure, mais qu'il avait perdu beaucoup de sang. Les jours suivants, Étienne et le jeune métis se relayèrent pour lui donner à manger et à boire à intervalles réguliers et en petites quantités.

Ils firent une halte à Pointe Coupée, poste situé à environ trente-cinq lieues de La Nouvelle-Orléans. Ils croisèrent là trois bateaux qui cinglaient en sens inverse et s'arrêtèrent au même endroit pour passer la nuit.

— Ce sont des embarcations royales envoyées par des négociants avec des provisions à destination de l'Arkansas et du Pays des Illinois, expliqua Neyon à Étienne. On me dit que les seuls passagers sont une famille portant le nom de Dubois.

Étienne fut pétrifié de surprise.

Il n'était pas prévu que sa mère voyage si tôt, mais il n'y avait pas d'autres Dubois à La Nouvelle-Orléans…

Il se précipita vers le campement et avisa une grande femme blonde entourée de trois enfants. Une fois passée l'émotion des retrouvailles, Cécile lui présenta la petite dernière de la famille, Victoire, âgée d'à peine trois mois.

— Pourquoi t'es-tu aventurée seule avec les enfants ? demanda Étienne, inquiet. C'est de l'inconscience !

— Je ne supportais plus votre absence.

— Comment as-tu préparé les affaires et les provisions ? Et fermé la maison ? J'étais censé venir t'aider !

Le mécontentement d'Étienne n'était pas seulement lié à l'inconscience de sa mère. Il voulait aller à La Nouvelle-Orléans, voir Margaux. Sans compter qu'il avait maintenant deux Indiens à sa charge. Sarazen pouvait le ramener au poste Arkansas, mais le blessé ne tiendrait probablement pas plusieurs semaines sans soins appropriés. D'un autre côté, sa priorité devait être sa famille. Il ne pouvait consentir que sa mère et ses demi-frères et sœurs affrontent sans lui ce voyage aussi long jusqu'à Saint-Louis.

— Blanche et ses filles m'ont aidée, répondit Cécile. Je n'ai pas emporté grand-chose. Et depuis que nous sommes partis, je suis épaulée par… Tiens, regarde, le voilà !

— Père Meurin ! s'écria Étienne. Je vous croyais en France !

— J'ai changé d'idée au dernier moment, mon garçon.

Plus tard dans la soirée, une fois les enfants endormis, le jésuite donna à Étienne de plus amples explications. La lune au-dessus des eaux du Mississippi et la chaleur de la nuit étaient propices aux longs récits.

— Ironie du sort, les capucins, désormais en charge de la spiritualité de la colonie, nous ont offert le gîte et le couvert. Ils nous ont traités avec courtoisie, mais je voyais bien qu'ils voulaient que nous partions. Je suppose qu'ils se sentaient coupables d'avoir accepté sans protester l'injustice impardonnable commise à notre encontre. Au début du mois de janvier, on nous a fait savoir que nous embarquerions pour l'Europe. La seule clémence que nous avons obtenue du Conseil a été de reporter notre voyage au printemps, période où les eaux sont moins agitées. La veille du départ de La Nouvelle-Orléans, j'étais très en colère, tourmenté. Je ne voulais pas m'en aller. Je voulais repartir en Haute-Louisiane. Même si je n'ai rien d'autre que des problèmes de santé. Je n'ai pas embarqué sur ce bateau.

— Et qu'allez-vous faire à présent ? s'enquit Étienne.

— Les Indiens vont s'occuper de moi. Je ne supporte pas l'idée qu'ils puissent oublier la religion. De plus, qu'aurais-je trouvé en France ? J'ignore s'il me reste de la famille, après toutes ces années. Et quel amour puis-je sentir pour mon premier pays, celui-là même qui a promulgué le décret contre nous ? Je passerai les dernières années de ma vie dans l'endroit où l'on m'apprécie. Je retourne dans ce que je considère comme ma vraie maison. La région de Kaskaskia est désormais anglaise. On ne pourra pas m'expulser.

— Vous êtes courageux, le félicita Cécile.

— Je ne sais pas, mais je sais que pour la première fois de ma vie, je me sens libre.

Étienne aussi aurait souhaité être libre de poursuivre sa route sur le fleuve.

Il se souvint alors que Meurin connaissait l'un des Indiens blessés, puisqu'ils les avaient vus ensemble à la vente aux enchères. S'il lui en parlait, il se sentirait obligé de s'en occuper ; il déciderait peut-être même de l'accompagner jusqu'en ville, en prenant le risque qu'on l'arrête. Non, mieux valait ne pas gâcher la joie du jésuite, encore moins le mettre en danger.

Étienne ne ferma presque pas l'œil de la nuit, ruminant son infortune. Il ne parvenait pas à se faire à l'idée que, arrivé si près de la ville, il était contraint de repartir vers le nord. S'ils avaient fait halte ailleurs ou un autre jour à Pointe Coupée, ils n'auraient pas croisé sa mère et ses frères et sœurs. En même temps, il se sentait coupable de considérer cela comme de la malchance.

Il saisit finalement sa plume : il savait ce qu'il devait faire.

7

La Nouvelle-Orléans, juillet 1764

SUZETTE DÉNOUA LE RUBAN de son chapeau de paille bordé d'un liseré bleu assorti à sa jupe. La chaleur était écrasante, moite, insupportable. Son chemisier en lin lui collait à la peau et elle avait taché la dentelle de sa manchette en essuyant la sueur qui ruisselait sur son visage. Elle n'avait qu'une envie, arriver chez elle pour enfin ôter ses bas et son bustier. Si seulement sa mère était moins stricte vis-à-vis des tenues. Dans sa robe toute simple en coton gris clair, Anne semblait mieux supporter la chaleur.

La promenade n'aurait pu être plus décevante. En raison de la température – et des miasmes qu'exhalaient les ordures accumulées dans les fossés autour des maisons –, les fillettes n'avaient croisé personne.

Absorbée par ses sombres pensées, Suzette avisa au dernier moment les deux jeunes hommes qui attendaient à l'entrée de la demeure des Girard. Le premier patientait debout et le second, à bout de forces, semblait avoir mobilisé tout son orgueil pour se maintenir sur ses jambes, appuyé contre la grille.

Elle comprit que c'étaient des Indiens – ils se seraient fait remarquer n'importe où en raison de leur accoutrement, longue chevelure pour l'un, narines et oreilles perforées ainsi que crâne rasé pour l'autre – et son cœur fit un bond dans sa poitrine. Il y avait bien des sauvages à La Nouvelle-Orléans, mais on ne les voyait jamais dans les quartiers résidentiels. Ils restaient dans leurs camps, aux abords de la ville, de l'autre côté de la palissade qui la protégeait, ou bien installaient leurs étals sur le marché jouxtant le fleuve pour y vendre leurs marchandises. Et surtout, ils portaient davantage de vêtements que ces deux-là.

Elle était sur le point de partir en courant ou de crier, ou peut-être bien les deux en même temps, lorsque l'un d'eux lui demanda en français :

— C'est bien ici qu'habite M. Jérôme Girard ?

Tétanisée, Suzette acquiesça sans rien dire.

— Vous le connaissez, mademoiselle ? s'enquit-il.

Comme elle hochait à nouveau la tête, l'Indien lui tendit une lettre.

— Voici un billet pour lui. Savez-vous s'il est là ? J'ai frappé, mais personne n'a répondu.

Ils étaient probablement tous dans la cour ou à l'arrière de la maison, à attendre que la chaleur suffocante se dissipe, songea Suzette, toujours terrorisée. Cette lettre pouvait être un piège. Entendraient-ils leurs cris si les Indiens les attaquaient ?

Anne fit un pas en avant pour protéger sa maîtresse.

— Écarte-toi, nous allons l'en informer, dit-elle d'un ton ferme.

Sarazen s'exécuta, visiblement conscient d'avoir fait peur aux deux filles. Sans le quitter des yeux, Anne sortit la clef de sa poche, laissa passer Suzette et referma à toute vitesse. Après avoir pris un instant pour se remettre de leur frayeur, elles se précipitèrent dans la cour pour trouver Jérôme Girard.

— Père ! cria Suzette. Un Indien vous réclame à l'entrée !

Face à son regard perplexe, elle tenta d'être plus précise.

— Ils sont deux. Ils ont une lettre. L'un d'eux parle français. L'autre n'a pas dit un mot, mais il a l'air très mal en point.

Girard fronça les sourcils, l'air de se demander s'il ne s'agissait pas là d'une des inventions abracadabrantes de sa fille.

— C'est vrai, monsieur, confirma Anne.

— Dites à Bamboula de les amener ici.

Girard avait assigné à son nouvel esclave la tâche de s'occuper du fonctionnement de la propriété et d'escorter les membres de sa famille. Sa présence était rassurante. Le fait que deux Indiens frappent à la porte d'un notable de La Nouvelle-Orléans était aussi insolite que mystérieux.

Sarazen se présenta et remit la lettre à Girard, que celui-ci parcourut avec une stupéfaction grandissante. Sa maison devenait le refuge des laissés-pour-compte ; d'abord Bamboula et Anne, et maintenant, les deux protégés d'Étienne. Ce dernier lui demandait de s'occuper d'eux – c'était nécessaire, ils étaient dans un état préoccupant – et, lorsque celui qui était le plus gravement blessé serait rétabli, ce en quoi il avait foi, de leur trouver une place sur un bateau pour remonter dans le Nord. La lettre se terminait par un long paragraphe de remerciements et Étienne promettait d'assumer tous les frais de leur séjour. Girard repensa à la manière dont Suzette avait enchéri pour Anne et soupira. Qu'arrivait-il donc à ces jeunes ? Ils se laissaient attendrir par les Noirs et les Indiens…

— Jérôme ? lança Blanche depuis l'intérieur de la maison. Tout va bien ?

— Oui, je vous expliquerai, lui répondit-il avant de s'adresser à Bamboula. Conduis-les à l'arrière et installe-les dans une des cabanes de la cour. Fais en sorte qu'ils se lavent et apporte-leur des vêtements ainsi que de la nourriture. Examine le blessé et demande à Anne de le faire aussi, puisqu'elle semble être douée dans ce domaine.

À La Nouvelle-Orléans, les commérages allaient bon train, aussi Girard voulait éviter que toute la ville apprenne qu'il hébergeait deux Indiens. Plutôt que devoir donner des explications à un médecin, il préférait s'en remettre aux compétences d'Anne. N'était-elle pas intervenue lors de l'accouchement difficile de Cécile ?

La cabane au fond de la cour, en tout point identique aux cinq autres où vivaient les esclaves, devint du jour au lendemain le lieu interdit prisé de tous les enfants.

Margaux, Suzette et Gabriel talonnaient Anne, chargée de prendre soin des Indiens. Très vite, leurs amis vinrent se joindre à la troupe des curieux : la pétillante Louise Le Sénéchal, l'aimable Marie de la Ronde, ainsi que Jeanne et Belmont Fournier. La curiosité l'avait emporté sur la peur, et ils comprirent vite qu'ils ne couraient aucun danger. Les blessés avaient peu ou prou leur âge, le plus mal en point ne bougeait même pas, et Sarazen, qui était bavard, s'exprimait très bien car son père était français. Il répondait à toutes leurs questions et leur livrait des récits passionnants sur la vie dans la forêt, la chasse, l'histoire de sa tribu, leurs coutumes et croyances. À la demande de Margaux, il leur répéta maintes fois comment il avait rencontré Étienne lors de sa venue chez les Quapaw et la façon dont ce dernier les avait ensuite sauvés.

Au bout de quelques jours, le petit groupe avait pris l'habitude de se retrouver les après-midi.

Suzette s'inquiétait pour l'autre jeune homme dont personne ne connaissait encore le prénom, car il n'avait pas eu un seul moment de lucidité depuis que Sarazen l'avait sauvé des griffes de ses assaillants.

Les jours passaient et il ne bougeait toujours pas.

Finalement, devant son insistance, son père consentit à faire appel à un médecin. D'après ce qu'elle avait compris, l'infection s'était étendue et seul Dieu savait si le jeune homme allait gagner la bataille contre la mort. En attendant, il fallait laisser la plaie à l'air libre pour qu'elle suppure, la nettoyer régulièrement et continuer à nourrir le malade afin qu'il ne perde pas ses dernières forces.

Suzette et Anne unirent leurs efforts. La servante se chargeait d'apporter les soins physiques au garçon, tandis que Suzette, en plus de peigner sa longue chevelure, s'occupait de la partie spirituelle. Chaque après-midi, elle lui faisait la lecture.

— J'ignore si tu me comprends ou non, lui disait-elle, mais au moins, je te tiens compagnie. Tu dois te sentir bien seul, intérieurement.

Parfois, lorsqu'elle le trouvait agité, elle appelait Bamboula pour lui jouer un air de flûte.

Blanche ne partageait pas l'enthousiasme de sa fille et se demandait comment mettre fin aux étranges relations qui s'étaient créées entre tout ce petit monde. Elle craignait que tôt ou tard, les autres parents ne lui demandent des explications ou interdisent à leurs enfants de leur rendre visite.

— Je ne sais pas si c'est cette éducation-là que je souhaitais pour mes enfants, se plaignit-elle un soir à son mari, alors qu'elle était allongée dans leur lit, la tête sur son épaule.

— Le monde change, lui répondit Jérôme en jouant avec une mèche de sa longue chevelure noire. On ne sait jamais quelles relations peuvent être intéressantes pour l'avenir.

— Parfois, je me demande si vous n'auriez pas été plus heureux en partant à l'aventure comme votre ami Leroux.

Girard la prit dans ses bras et lui caressa le ventre.

— Ma chérie, avec cinq enfants plus celui qui est en route, dit-il sur le ton de la plaisanterie, je ne me pose même pas la question.

Ishcate cligna plusieurs fois des paupières, puis sa vue s'habitua à la lumière. Il ne reconnaissait pas l'étrange endroit où il se trouvait et ignorait comment il y était arrivé. Il porta instinctivement la main à son cou pour s'assurer que son collier de perles colorées et d'osselets était toujours là. Son amulette l'avait protégé, puisqu'il était vivant. Il prit une inspiration profonde et referma les yeux. Il se sentait extrêmement fatigué.

— Il ne doit pas se rendormir ! entendit-il dire en français.

C'était une voix féminine aiguë. S'ensuivit une seconde phrase qu'il ne comprit pas entièrement. Une autre voix vaguement familière s'adressa à lui dans sa langue :

— Comment t'appelles-tu ?

— *Weenswiaani*... Je m'appelle Ishcate, je suis de Kaskaskia, répondit-il d'une voix à peine audible tellement sa gorge était sèche.

Il se demanda pourquoi la voix aiguë répétait son nom, comme s'il était difficile à mémoriser. Petit à petit, la brume qui voilait son esprit commença à se dissiper. Des Cherokee avaient tué le meunier de Kaskaskia, et lui et son frère Kicounaisa, accompagnés d'autres membres de leur tribu, les avaient poursuivis pour le venger, mais ils s'étaient trop éloignés en direction du sud-est. Des Chickasaw les avaient alors attaqués avec des fusils et des haches, et Ishcate, grièvement blessé, avait été fait prisonnier. D'autres Indiens l'avaient libéré. Il se souvenait de la douleur intense dans son ventre, d'images sur un bateau, de la voix de cet Indien qui s'était présenté comme étant Sarazen, de la voix d'une jeune fille qui lui parlait en français...

— Sarazen, dis-lui que c'était moi !

— C'est ce que j'ai fait.

Ishcate tourna la tête vers l'enfant et découvrit qu'il s'agissait d'une fillette blanche, au visage doux et au regard éveillé.

— Ça fait un mois que tu es là, lui expliqua-t-elle. Tu es à La Nouvelle-Orléans, chez moi. Tu as frôlé la mort. Tu peux remercier Dieu, mais aussi Sarazen qui t'a sauvé, Étienne qui t'a envoyé ici, le médecin pour ses remèdes, et ma servante Anne et moi pour les soins que nous t'avons apportés, résuma-t-elle en souriant.

Ishcate ne comprit que la moitié de cette avalanche de phrases. Grâce aux enseignements du père Meurin, il se débrouillait un peu en français, mais prononcés à une telle vitesse, les mots s'accrochaient aux lambeaux de brume qui subsistaient dans son esprit. Il ferma les yeux. Un mois… Il pensa à sa famille et à la tristesse qu'ils avaient dû éprouver, le croyant mort. Le fait d'avoir été capturé avait blessé son orgueil. Il avait payé très cher sa bravoure – ou plutôt sa stupidité – quand il avait pénétré dans des territoires étrangers pour suivre une fois de plus son imbécile de frère.

Kicounaisa était-il vivant ?

La fillette l'observait avec attention, comme si elle attendait une réponse. La moindre des choses était de leur montrer son immense gratitude. Il regarda d'abord Sarazen puis Suzette et dit, dans un filet de voix :

— Je vous remercie de m'avoir sauvé la vie et d'avoir pris soin de moi.

Suzette lui répondit avec un autre sourire aussi large que sincère. Le rétablissement du jeune homme la rendait heureuse. Après toutes ces journées à lui tenir compagnie, elle connaissait ses traits sur le bout des doigts : son nez, son visage mince ; ses lèvres charnues ; ses tempes qui contrastaient avec ses magnifiques cheveux noirs qui commençaient à repousser. Mais jusqu'à cet instant, elle n'avait pu voir ce qui se cachait derrière ses paupières. Elle lut dans son regard une reconnaissance sertie et oublia la peur que ce garçon lui avait un jour inspirée. Jamais de sa vie elle n'avait vu de regard aussi intense ni d'yeux aussi noirs.

L'été en ville était souvent ennuyeux. Ses amies le passaient dans les plantations familiales, elle les voyait donc peu, et la chaleur ralentissait ou arrêtait purement et simplement toute activité entre le milieu de la matinée et la tombée du jour. Suzette devint la professeure de français d'Ishcate ; elle consacra toute son énergie à consolider ses bases et à enrichir son vocabulaire ainsi que ses expressions. Elle lui montrait des dessins d'objets du quotidien et lui faisait répéter les mots afin qu'il les mémorise. Ensuite, ils s'exerçaient à formuler de courtes phrases pour se présenter ou parler d'eux-mêmes et de leur famille.

Début septembre, ils pouvaient déjà tenir une conversation assez élaborée, et Sarazen intervenait si besoin lorsque cela devenait plus complexe.

— Tu vas me manquer quand je m'en irai, dit un jour Ishcate.

Il le pensait vraiment. Il s'était habitué à cette fillette de « presque neuf ans », comme elle lui avait dit, dont les cheveux châtains renvoyaient des reflets dorés. Elle avait un sourire doux et une voix affectueuse. Elle lui rappelait la petite sœur d'un de ses amis, qui avait ce même regard déterminé et courait déjà derrière les autres enfants alors qu'elle était haute comme trois pommes.

Suzette éprouvait la même chose : les autres enfants de son entourage ne se montraient jamais aussi disposés à discuter avec elle et à répondre à ses innombrables questions, pas même Belmont. De plus, Ishcate lui parlait d'un monde qui s'étendait bien au-delà du sien, en amont du fleuve, jusqu'à des contrées sauvages, et leurs conversations avaient donné à ses rêves de nouvelles couleurs. Lui aussi lui manquerait.

— Si tu penses à partir, c'est que tu es rétabli, dit-elle en fronçant les sourcils.

— Je me sens plus fort, répondit-il sans mentir.

— Tu pourrais rester. Tu ne te plais pas ici ?

— J'aime ma terre et les miens.

— Tu n'apprécies pas les Français ?

Ishcate réfléchit un instant.

— Je les préfère franchement aux Anglais.

— Pourquoi ?

— Parce que vous êtes moins nombreux dans le Nord, là où je vis, dans le Pays des Illinois.

— C'est une bonne raison, dit Suzette avec le sourire qu'elle arborait toujours devant Ishcate.

— Les Français ont perturbé nos vies avec toutes les tentations qu'ils ont apportées dans nos villages, leurs maladies et les conflits européens, mais au moins, leurs garnisons sont réduites et il y a peu de familles de fermiers. Les colons anglais, eux, comptent développer l'agriculture en territoire indien. Ils sont nombreux. Ils vont faire disparaître la chasse, la pêche et nos traditions. C'est pour cela que nous n'aimons pas les Anglais et que nous sommes du côté de Pontiac.

— Qui est Pontiac ? demanda Suzette.

Les conversations avec Ishcate étaient interminables. Il n'y avait ni silences embarrassants ni questions saugrenues. Seulement l'envie d'apprendre, de découvrir.

— Pontiac est un grand chef à la tête de nombreuses tribus indiennes. Il nous dit de rejeter la culture européenne et de récupérer nos traditions pour conserver notre indépendance et ainsi plaire à nouveau au Seigneur de la Vie, celui que vous appelez Dieu. Nous avons bien conscience que vous, les Européens, n'allez pas partir, mais nous pouvons encore choisir ceux qui nous laissent vivre le plus paisiblement : les Français. Pontiac souhaite que nous chassions les Anglais avant que ce soient eux qui nous chassent.

Suzette ne comprenait pas toutes ces informations, mais elle ne voulait pas qu'il la prenne pour une ignare.

— Mon père non plus n'aime pas beaucoup les Anglais, assura-t-elle. Cela nous fait déjà un point commun !

Sarazen et Ishcate éclatèrent de rire et le visage de Suzette s'illumina.

— Et toi, que penses-tu de ce que dit ce Pontiac ? demanda-t-elle à Sarazen.

— Je suis métis, répondit le jeune homme en haussant les épaules. Mes coutumes sont autant indiennes que françaises. Je ne vois pas pourquoi je devrais en choisir certaines plutôt que d'autres.

Sur ces entrefaites, Margaux apparut.

— Suzette ! cria-t-elle en saisissant sa sœur par le bras pour l'entraîner hors de la cabane. Ce ne sont pas des manières dignes d'une jeune fille créole. Tu passes tes journées avec ces Indiens.

— Tu le faisais bien, toi !

— Avant, Su. Au début, moi aussi je me suis laissée emporter par la curiosité, mais c'est terminé.

— Pourquoi ?

— Parce que.

Ce n'était pas une réponse valable pour Suzette Girard.

— Tu devrais les écouter, tu apprendrais beaucoup, Margaux. Cela te sera utile le jour où tu vivras dans le Nord avec Étienne.

Margaux pinça les lèvres sans rien ajouter. Le séjour d'Ishcate et de Sarazen l'avait confrontée à quelques questionnements. Comment allait-elle réussir à s'adapter dans un endroit où les gens avaient des coutumes si particulières ?

Ce doute lui nouait l'estomac.

Elle était très différente de sa petite sœur.

Saint-Louis, Haute-Louisiane, septembre 1764

Même dans ses rêves les plus beaux, Benoît Leroux n'aurait pu imaginer qu'en rentrant chez lui à Saint-Louis un soir de septembre, après avoir passé la journée à négocier avec une tribu indienne des environs, il allait trouver sa famille qui l'attendait sous le porche. Ils arrivaient avec plusieurs mois d'avance et ne l'avaient pas prévenu pour qu'il aille les accueillir au bateau ! Cécile n'avait pas hésité à louer une charrette pour suivre un voisin qui allait dans la même direction qu'eux.

Débordant de joie, Leroux prit d'abord ses enfants dans ses bras et les couvrit de baisers. Puis il étreignit Cécile, caressa ses joues roses, lui glissa derrière l'oreille une mèche blonde qui s'était échappée.

— Comme j'ai hâte de partager mon lit avec toi, lui murmura-t-il. Cette année sans toi m'a paru une éternité.

— Toi aussi, tu m'as manqué, lui répondit-elle en le repoussant tendrement pour lui faire découvrir ce qui se cachait sous la couverture qu'elle serrait contre sa poitrine. Je te présente ta fille, Victoire. Je lui ai donné le même prénom que la petite Girard. Il a un sens, car l'accouchement a été difficile. Nous aurions pu mourir toutes les deux.

Ému, Leroux prit délicatement le bébé dans ses bras et lui caressa les mains.

— Tu as failli mourir en couches et vous auriez pu connaître le même sort tragique au cours de ce voyage si long et périlleux. J'avais l'intention d'envoyer des hommes de confiance armés jusqu'aux dents avec Étienne pour aller vous chercher le printemps prochain.

Il se rappela soudain que l'adolescent était parti pour la ville.

— Étienne ! Il est allé...

— Je sais, l'interrompit Cécile avant de lui expliquer que leurs bateaux s'étaient croisés.

— Je remercie Dieu de la chance que vous avez eue de tomber sur lui et le père Meurin, dit Leroux.

Il lui rendit alors Victoire et la pria de patienter un court instant. Il se dirigea vers l'arrière de la maison, où se trouvaient les étables, le poulailler, la grange et les cabanes des esclaves, et revint aussitôt accompagné de deux Indiennes. Étienne les rejoignit à ce moment-là. Les deux hommes s'étreignirent longuement.

— Voici Theresia et sa fille Manon, présenta Leroux. Je les ai achetées juste après ton départ, Étienne. Elles vont nous préparer le dîner et vous aideront à vous installer.

Fatigué par le voyage et toujours attristé de ne pas avoir pu retrouver Margaux, Étienne se contenta d'adresser un signe de tête à la femme et à la fillette, âgée d'une dizaine d'années, puis il s'éclipsa dans la maison.

Un large sourire aux lèvres, Leroux ouvrit grand la porte et écarta ses bras dans un geste théâtral pour inviter sa famille à entrer.

— Bienvenue dans votre demeure !

Ils pénétrèrent dans une vaste pièce agrémentée de quelques meubles robustes. Deux portes donnaient sur des chambres. Contre le mur du fond se trouvait un âtre où Theresia se dirigea pour attiser le feu et mettre à chauffer deux marmites contenant toujours de la nourriture prête pour son maître aux horaires imprévisibles, tandis que Manon conduisit les enfants dans leurs chambres.

Benoît Leroux et Cécile s'assirent à la grande table aux pieds en bois tourné qui trônait au centre de la pièce.

— Je me suis décidée à venir lorsque les rumeurs sur la cession de la partie française de la Louisiane à l'Espagne ont commencé à grossir, expliqua-t-elle. Je ne voulais pas risquer d'avoir des difficultés à voyager.

— Y a-t-il des informations concrètes à ce sujet ?

— On entend dire que c'est vrai, que c'est imminent, le temps que les Espagnols arrivent, mais quand je suis partie, rien n'avait changé. J'ai laissé la clef de la boulangerie chez une voisine. Si cette crapule de Dubois revient, je ne veux pas qu'il m'accuse de quoi que ce soit. Je n'ai pris que ce qui m'appartenait et tes livres, bien sûr.

Leroux sourit à nouveau. Son bonheur ne faisait qu'augmenter. Il était fier d'avoir une famille merveilleuse et de posséder plus d'une centaine de livres. Il ne les avait pas emportés dans son voyage afin d'éviter de les abîmer en les déplaçant de droite à gauche et les avait donc laissés à La Nouvelle-Orléans jusqu'au moment de connaître l'endroit où il s'installerait définitivement. La plupart des ouvrages traitaient d'affaires et de commerce. À ses yeux, tout ce qu'un homme devait savoir pour s'élever et progresser dans la vie se trouvait dans les livres.

— Quelle aubaine ! Je n'avais plus rien à lire. J'ai lu deux fois les *Essais* de Bacon.

Cécile appela son plus jeune fils et lui murmura quelque chose à l'oreille. L'enfant disparut et revint aussitôt avec un paquet qu'il tendit à son père. Il s'agissait du *Contrat social*, de Jean-Jacques Rousseau.

— Il a été publié il y a deux ans. Je l'ai acheté à un officier qui avait besoin d'argent.

Puis elle ajouta, plus bas :

— Je ne l'ai pas prêté au père Meurin car à la fin, l'auteur attaque le christianisme…

— Tu as trouvé le temps de le lire ! s'extasia Benoît Leroux.

— Oh, oui. Et j'ai hâte que tu fasses de même. Certains points ne me convainquent pas, mais j'y ai découvert des concepts très intéressants. L'officier m'a dit qu'en France, tout le monde se l'arrache.

Benoît imagina les soirées exquises qu'il passerait en compagnie de Cécile. Elle avait pris goût à la lecture au couvent des Ursulines. Les livres l'avaient aidée à oublier l'abandon de son père, qui s'était remarié après la mort de sa mère, puis à supporter un mariage malheureux. Jamais elle n'aurait répondu à ses avances sans avoir la certitude qu'elle pourrait lire librement sans se cacher. Il se sentait chanceux de pouvoir profiter de conversations intéressantes avec la femme qu'il aimait.

Manon disposa des assiettes en porcelaine sur la table. Étienne et ses demi-frères et sœurs – Benoît, Pélagie et Agnès – aussi affamés qu'épuisés, dévorèrent le ragoût. À peine eurent-ils terminé qu'ils allèrent se coucher. Les esclaves débarrassèrent promptement le couvert pour laisser seuls Benoît et Cécile, qui allaitait Victoire.

— Je veux te parler du logement, dit-elle.

— Cette demeure n'est pas très grande, répondit-il en haussant les sourcils, mais si nos affaires continuent à prospérer, nous pourrons bientôt la rendre plus spacieuse et ajouter une galerie…

— Benoît, je m'en suis bien sortie avec la boulangerie en l'absence de Dubois, et grâce aux économies que j'ai pu réaliser ces dernières années, je vais construire ma propre maison, même si elle est plus petite. Il ne serait pas convenable que nous vivions ensemble. Dès demain, je vais demander un terrain.

— Mais…, commença-t-il à protester.

— Étienne m'a dit que les voisins te tenaient en grande estime. Puisque nous prenons un nouveau départ, je ne veux pas de commérages.

— Il y en aura toujours. À qui ressemble le petit Benoît ? À moi !

— Je n'ai pas l'intention de céder.

— Dans ce cas, j'aimerais avoir un bureau pour travailler dans la maison que tu te construiras, dit-il en lui adressant un clin d'œil, où je passerai la plupart de mon temps, même si nous ne vivons pas ensemble.

— Entendu, répondit-elle en souriant.

— Que vais-je faire de cette maison, maintenant ? s'exclama Leroux en ouvrant grand les bras.

— Je suis certaine qu'Étienne sera heureux ici avec Margaux. Le pauvre ! Par ma faute, il n'a pas pu la rejoindre à La Nouvelle-Orléans. J'espère qu'il pourra bientôt y aller.

Leroux prit la main de Cécile, la porta à ses lèvres et l'embrassa. Comme sa compagnie allait lui faire du bien ! La solitude avaient trop duré. Pendant un moment, les retrouvailles avec sa famille avaient réussi à l'abstraire de ses problèmes. Œuvrer à la création d'une nouvelle ville était aussi passionnant qu'excitant, mais il y avait toujours des imprévus et quelqu'un pour profiter de l'absence d'une autorité claire. Les sujets de préoccupation ne manquaient pas : l'apparition soudaine de négociants qui comptaient tirer parti de l'emplacement stratégique de Saint-Louis et essayaient de commercer de manière illégale dans la région du Missouri, alors qu'il en détenait le monopole et s'était battu pour établir un poste officiel ; l'arrivée de tous ces gens de passage, de milieux et horizons différents, qui fragilisait le sentiment de communauté naissant. Il s'inquiétait aussi du fait que ses enfants grandissent dans un entourage peu éduqué. Il n'y avait même pas encore d'église. Il allait devoir demander au père Meurin de s'occuper de leurs âmes en attendant qu'ils en édifient une.

Il se souvint de ses espoirs de l'année précédente, lorsqu'il était parti à l'aventure depuis La Nouvelle-Orléans, du moment où il avait enfin trouvé l'endroit où s'établir, du printemps passé au cours duquel il avait construit sa maison et, durant un court instant, il éprouva une légère sensation d'étouffement.

Il avait une famille à entretenir, de nombreux projets… Mais aussi beaucoup de dettes.

8

La Nouvelle-Orléans, février 1765

Girard fut très touché d'apprendre que le gouverneur d'Abbadie avait succombé à la fièvre jaune après plusieurs semaines d'agonie. Cet homme travailleur était mort beaucoup trop jeune. Cependant, une pensée traversa aussitôt son esprit calculateur : il allait devoir rencontrer bientôt son successeur, M. Charles Philippe Aubry, afin de reconduire ses droits d'exclusivité dans le Nord. « Laisse les morts ensevelir leurs morts », avait très justement dit Jésus. Plus tôt il solliciterait une audience, mieux ce serait.

Un matin, il envoya un domestique préparer sa perruque, sa casaque et son tricorne. Alors qu'il attendait dans le vestibule, on frappa à la porte. Il ouvrit lui-même et découvrit deux Indiens qui lui demandèrent poliment en français si Ishcate était là.

Jérôme Girard leva les yeux au ciel. Comme il avait hâte que les protégés d'Étienne s'en aillent !

La convalescence d'Ishcate avait été longue. Lorsqu'il fut assez rétabli pour supporter un voyage de trois mois sur le fleuve, plus aucun bateau ne partait à cause de l'hiver. Girard savait que des Indiens campaient aux abords de la ville en attendant d'être reçus par le gouverneur. Si les Indiens qui se présentaient chez lui venaient s'enquérir d'Ishcate, il ne faisait nul doute que son séjour à La Nouvelle-Orléans, tout comme celui de Sarazen, touchait à sa fin, Dieu merci. Ses esclaves noirs et les domestiques mulâtres à son service avaient du mal à comprendre pourquoi ces Indiens oisifs séjournaient dans la propriété et étaient traités pratiquement comme des invités, surtout par Suzette.

Quelle enfant indomptable, se dit-il.

Elle allait avoir du mal à s'adapter à un monde qui exigeait d'une femme qu'elle s'occupe de son foyer et de sa famille. Si elle était née garçon, elle aurait été douée pour les affaires. Seulement, naître fille ou garçon était du ressort de Dieu ! Il y avait bien des femmes qui se consacraient au commerce, comme Cécile Dubois, mais le prix à payer était de devenir l'objet de commérages et la certitude de ne jamais pouvoir atteindre les plus hautes sphères de la société. Or, ce n'était pas le destin que Blanche et lui souhaitaient pour leurs filles.

Il demanda au domestique qui venait enfin de lui apporter ses effets d'accompagner les Indiens à l'arrière de la maison et il s'apprêtait à sortir lorsque l'on frappa de nouveau à la porte.

Un officier lui remit une convocation du Conseil de la colonie pour une importante réunion qui aurait lieu entre le gouverneur Aubry et les Indiens du Pays des Illinois le surlendemain. Il n'avait plus besoin de solliciter d'audience. Il ôta sa casaque, son tricorne et sa perruque et s'en retourna dans son bureau d'excellente humeur.

Tout cela était de bon augure. Le fait qu'Aubry exerce la charge de gouverneur signifiait que pour le moment, la colonie ne passait pas aux mains de l'Espagne. Le monopole de son négoce en Haute-Louisiane ne semblait pas menacé, puisqu'il avait été désigné pour représenter les négociants. Il maintint cet optimisme jusqu'au surlendemain, en milieu de matinée.

Dans une salle du bâtiment du Conseil, un groupe conséquent et hétéroclite d'hommes prit place sur des chaises disposées en demi-cercle face à celle qu'occupait M. Charles Philippe Aubry, dont l'embonpoint était notable. L'imposante perruque poudrée qu'il avait coiffée pour l'occasion encadrait son large visage. Ses yeux légèrement écartés affichaient une expression franche.

Il y avait dans l'assistance des officiers français, des notables de La Nouvelle-Orléans et des alentours – comme Fournier, de la Ronde et Le Sénéchal –, une douzaine d'Indiens et des officiers anglais. Girard s'assit près de Fournier.

— Vous sentez-vous bien ? lui demanda-t-il en constatant son teint jaunâtre et sa maigreur.

— Ce n'est qu'un léger malaise, répondit Fournier. Aubry a insisté pour que je sois présent.

— Pourquoi y a-t-il autant d'Anglais ?

— Pour qu'ils voient et comprennent qu'il n'y a pas de connivence entre les Indiens et nous. L'objectif d'Aubry est de maintenir la paix et la tranquillité entre les Français, les sauvages et les Anglais jusqu'à l'arrivée des Espagnols. Une tâche ardue.

Entendant cela, Jérôme fronça les sourcils.

— Les Espagnols arriveront-ils un jour ?

— Bien plus tôt que nous le pensons, je le crains, répondit Fournier sur un ton sérieux.

Aubry souhaita la bienvenue à tout le monde et donna aussitôt la parole au jeune homme qu'il présenta comme le chef de la tribu Kaskaskia.

Girard regarda dans sa direction et étouffa une exclamation de surprise en découvrant celui qui s'apprêtait à parler.

Ishcate respira profondément.

Le hasard avait fait que le grand chef des Indiens de l'Illinois était tombé très malade dans le camp aux abords de La Nouvelle-Orléans et que lui, fils de Couroway, chef kaskaskia, se trouvait en ville. On était allé le chercher pour qu'il prenne la parole au nom du grand chef Levacher et qu'il représente son peuple ainsi que leurs tribus amies devant les chefs blancs.

Il devrait être à la hauteur, car les témoins commenteraient son intervention et il n'avait nulle intention de faire honte à ses ancêtres. Il passa la main sur son tatouage de sauterelle et s'arma de courage pour parler avec la sérénité de son père et la sagesse des anciens, en dépit de son jeune âge. Il voulait que son père soit fier de lui et qu'on oublie l'opprobre de sa capture par les Chickasaw.

Conscient que tous les regards étaient braqués sur lui, il se redressa et prit la longue pipe que lui remit l'un de ses compagnons. Il aspira et exhala la fumée. Il tendit le calumet au gouverneur pour qu'il fume, et seulement alors il commença son discours.

— Les miens sont venus de très loin dans la ville chaude pour que tu nous confirmes ce que nous craignons : le Pays des Illinois à l'est du Mississippi a-t-il été cédé aux Anglais ? Nous sommes surpris que l'empereur ait fait une chose pareille, et, puisqu'il nous a rejetés, nous sommes désormais maîtres de nos corps et de nos terres. Sur ce *wampum*, dit-il en remettant au gouverneur une ceinture en cuir sur laquelle des perles d'argile étaient cousues, se trouvent soixante pierres qui représentent nos nations alliées. Nous ne voulons pas la main des Français, mais le bras entier. Nous ne voulons pas que tu acceptes les exigences des Anglais. Sais-tu qu'ils veulent nous interdire d'acheter de la poudre pour nos fusils ? Veulent-ils que nous mourions de faim ? Nous utiliserons alors nos arcs et nos flèches, annonça Ishcate en regardant les Anglais présents. Vous, Anglais, vous ne cherchez qu'à tuer. Vous avez provoqué la mort de nombreux hommes rouges. Nos cœurs souffrent encore car nous avons vu beaucoup de Français et des Indiens mourir ensemble.

Sur ces mots, Ishcate se tut. Aubry lui répondit :

— Je remercie le Grand Esprit de vous avoir guidés jusqu'à votre père, qui vous reçoit comme des fils bien-aimés et prendra en considération vos besoins. Les empereurs de France et d'Angleterre ont fait la paix. Or, lorsque les nations signent la paix entre elles, elles oublient tout ce qui s'est passé et enterrent la hache de guerre. Au-delà des mers, dans l'univers entier, tous les hommes sont unis et en paix. Le Seigneur de la Vie a voulu que nous nous réconciliions pour votre bonheur et le nôtre. Vous êtes les seuls dans ce recoin du monde à vouloir faire la guerre et c'est à vos dépens.

» Les Anglais sont aujourd'hui nos frères et amis, et mon cœur est affligé de constater que vous faites couler leur sang. Contrairement à ce que vous pensez, les Anglais ne veulent pas prendre vos terres et ne désirent pas faire de vous des esclaves : vous êtes des hommes libres et vous le resterez. Quand je vois vos villages, j'ai de la peine, je compatis à la misère dans laquelle vous vous trouvez. Faites la paix avec les Anglais et vous vivrez dans l'abondance, vous, vos femmes et vos enfants. Les Anglais de la rive droite du fleuve vous donneront ce dont vous avez besoin et lorsque vous irez trouver les chefs français de la rive gauche, ils vont serreront la main et se préoccuperont pour vous.

» Il m'est impossible de vous fournir de la poudre et des munitions pour anéantir les Anglais. Je ne peux pas, je ne le ferai pas. Le grand empereur me l'interdit. Ne rougissez donc pas plus la terre, mes enfants, enterrez la hache de guerre et faites la paix avec eux. Telles sont mes paroles. Que le vent ne les emporte pas. Répétez-les à tous les hommes rouges qui vous ont envoyés et ne prêtez pas attention à ce que peuvent dire les autres. Votre père vous gardera toujours dans son cœur et jamais ne vous oubliera.

Ishcate, qui l'avait écouté attentivement en réprimant à plusieurs reprises son envie de l'interrompre, serra les poings. Le sang bouillonnait dans ses veines. Le chef blanc lui parlait comme s'il était idiot. Dans son village, il n'y avait pas de misère. Au contraire : la nourriture ne manquait pas, grâce aux hommes qui chassaient et élevaient des chevaux, et aux femmes qui tannaient les peaux. À Kaskaskia, ils obtenaient beaucoup de choses par le troc. Les Français n'avaient pas à s'apitoyer sur leur sort.

Le pire, c'était ce mensonge sur la gentillesse des Anglais. Les Anglais n'étaient pas amis des tribus de sa région. Le chef blanc mentait afin de se débarrasser d'eux. Cette rencontre n'était qu'une grande mascarade. En dépit du ton aimable, on attendait des siens qu'ils se soumettent. Il devait répondre maintenant. Qu'aurait dit le grand chef Levacher ? Qu'aurait dit son père ?

— Je serrerai dès aujourd'hui la main des officiers anglais ici présents, dit Ishcate de manière polie mais ferme. Cela dit, je ne souhaite pas qu'ils viennent dans nos villages, car nous ne les accueillerons pas. Nous, les Indiens, sommes inquiets au sujet des terres, que nous voulons conserver. Le jour où les Anglais se conduiront bien avec les hommes rouges, nous les regarderons d'un bon œil. Je n'ajouterai rien d'autre.

Assis à quelques pas d'Ishcate, Girard se pencha vers Fournier :

— Aubry a parlé sagement, mais j'ai l'impression que le jeune Indien est déçu.

— Et encore, il ne lui a pas dit que les terres françaises à l'ouest du Mississippi allaient passer aux mains des Espagnols.

— Dieu nous garde. Comment pourrait-il le comprendre si moi-même je rejette cette idée de toutes mes forces ?

Aubry leva la séance. Alors que des hommes se rassemblaient en petits groupes et que d'autres s'apprêtaient à partir, Jérôme s'approcha d'Ishcate. Jusqu'alors, il l'avait considéré comme un jeune garçon ordinaire, puisqu'il devait avoir tout au plus seize ou dix-sept ans, mais en l'étudiant de plus près, il avait perçu honneur, droiture et virilité. On décelait en lui l'esprit fier d'un chef indien.

— Je dois avouer que j'ai été très surpris de t'entendre et d'apprendre que tu étais le fils d'un chef.

— Tu as bien pris soin de moi. Je vais maintenant retourner auprès des miens. En leur nom, je te remercie. Nous ne t'oublierons pas. Tu seras toujours bienvenu et bien reçu.

Même s'il savait que les Indiens tutoyaient systématiquement les Blancs – y compris le gouverneur –, il fut choqué par la façon dont Ishcate s'adressa à lui. Il répondit cependant à ses remerciements d'un léger hochement de tête.

— Ma compagnie commerce avec vous par l'intermédiaire de Benoît Leroux. C'est le beau-père d'Étienne, qui s'est chargé de te faire venir à La Nouvelle-Orléans. Tu le verras certainement avant moi. Essaie de trouver Leroux et dis-lui que nous nous connaissons.

— Je le ferai. Cette nuit, je dormirai dans le camp indien car nous partirons à l'aube. Je te demande de nous permettre, à Sarazen et à moi, de faire nos adieux à ta famille.

— Bien sûr.

Girard profita de ce que la salle fut vide après le départ des Indiens pour s'entretenir avec le gouverneur Aubry.

— Je présume que vous êtes au courant de la situation de mon négoce. Votre prédécesseur, paix à son âme, a respecté l'exclusivité de mes droits de commercer avec les Indiens. J'ai bon espoir que rien ne changera…

— Je présume également que vous êtes au courant des plaintes des autres négociants, monsieur. Feu d'Abbadie a été vivement critiqué pour avoir privilégié les intérêts de la compagnie Girard et Leroux.

— Dites-moi combien de négociants ont pris le risque, comme moi, d'établir un poste de traite dans le Nord, répliqua Girard, réprimant sa colère. D'après les nouvelles qui me parviennent, Saint-Louis croît de semaine en semaine. Les autres commerçants cherchent juste à tirer des profits de mes efforts.

— Je comprends vos arguments, mais j'ai le regret de vous informer que sur ordre du ministère de la Marine, je suis contraint de révoquer tous ces contrats. Quoi qu'il en soit, c'est une demande absurde, puisque les patentes perdront de toute façon leur validité auprès des Espagnols. Disons que la colonie va repartir de zéro. Vous devrez négocier avec eux. Je suis un simple intermédiaire dans la passation des pouvoirs.

— Je vois..., dit Girard, aussi déçu qu'Ishcate. De belles paroles, mais vides de contenu.

— C'est ainsi que fonctionne la politique, répliqua Aubry en haussant les épaules. Si vous connaissez un moyen de contenter à la fois les Indiens, les Anglais, les Espagnols et les Français, faites-le-moi savoir.

Impossible pour Suzette de se résigner à voir ses nouveaux amis indiens disparaître de La Nouvelle-Orléans, de chez elle, de sa vie. Avec leur départ, son monde se rétrécirait de nouveau et elle craignait que plus jamais il ne s'agrandisse.

— Et si nous ne nous revoyons plus ? demanda-t-elle à Ishcate, les yeux baignés de larmes, tandis qu'ils marchaient pour la dernière fois dans le jardin.

Ishcate demeura silencieux pendant une longue minute, les yeux baissés, tout en continuant à avancer d'un pas tranquille. Puis il porta sa main à son cou, dénoua le collier de perles colorées et d'osselets et le tendit à Suzette. Il avait hâte de retrouver son foyer, la nature sauvage à laquelle il était habitué. Cependant, il était triste de la voir dans cet état.

— Cette amulette m'a toujours accompagné. Elle m'a porté chance. Elle m'a conduit jusqu'ici. Maintenant, elle est à toi.

Suzette n'en croyait pas ses yeux, et pour le remercier de ce magnifique cadeau, elle lui donna en retour sa petite chaîne en or. Elle lui demanda ensuite de l'attendre. « Ne bouge bas ! » Dans un élan, elle se précipita dans la cabane où Ishcate et Sarazen avaient logé ces derniers mois et en revint au bout d'une minute, son habituel sourire aux lèvres. Elle tenait à la main la brosse avec laquelle elle avait coiffé la magnifique chevelure noire d'Ishcate lorsqu'il était inconscient.

— Fais attention à ce que tes cheveux ne s'emmêlent pas, là-bas à *Kaaaskaaskia,* dit-elle, essoufflée par sa course, en allongeant de manière intentionnelle et exagérée les voyelles. (Il lui avait fait répéter jusqu'à ce qu'elle y parvienne.) Quand tu es arrivé, ils ressemblaient à la crinière d'un cheval pleine d'épines. J'ai eu un mal fou à les retirer.

Ishcate sourit, montrant ses dents parfaites, dont la blancheur contrastait avec sa peau cuivrée.

— *Neewe.* Cela veut dire merci.

Il tendit les bras et enlaça le corps menu de Suzette. Elle rougit en le sentant si proche.

— Moi aussi j'ai un conseil à te donner. Enlève cette chose qui t'opprime.

Il se référait à la gaine qu'elle portait sous sa robe.

— Ma mère dit qu'il faut habituer son corps à adopter une posture correcte. Un dos droit est signe de bonne éducation.

— Les femmes de mon peuple sont bien élevées et peuvent respirer normalement.

— Elles ont de la chance, mais tu ne connais pas ma mère. Elle est têtue. Elle ne serait certainement pas d'accord avec ta conception de la bonne éducation.

— Ni moi avec la sienne.

Ils rirent, toujours serrés l'un de l'autre.

— Comme tu es le fils d'un chef, parvint-elle à articuler, quand tu seras grand, tu devras peut-être venir de temps en temps en ville pour parler avec les chefs blancs.

— Je viendrai et j'irai te trouver. Je t'ai expliqué que la sauterelle reste rarement longtemps au même endroit, dit Ishcate en montrant le tatouage sur son avant-bras.

— Tu reviendras ?

Une lueur d'espoir dissipa l'humeur morose de Suzette. Ishcate se pencha vers elle et lui murmura :

— Chaque fois que j'entendrai le mot *France*, je me souviendrai de toi.

— Comment dit-on « adieu, mon ami » dans ta langue ? demanda Suzette.

— *Šaaye niihka.*

Un toussotement les interrompit. À quelques pas de là, accompagné de Sarazen, Girard les attendait. La conversation avait pris fin, la séparation avec Ishcate était imminente.

En effet, en moins d'une minute, les deux Indiens remercièrent à nouveau leur hôte pour ses égards et se dirigèrent vers leurs chevaux qui piaffaient nerveusement, attachés à leur bride accrochée près de la porte.

Après un long moment de silence, Suzette murmura :

— J'ai envie de pleurer. *Šaaye niihka.* Adieu, mon ami.

Girard posa la main sur l'épaule de sa fille.

Suzette venait de vivre la première expérience douloureuse de sa vie. Elle grandissait.

Il savait que l'existence de tout un chacun était faite de retrouvailles et d'adieux, ces derniers pouvant parfois être, hélas, dramatiques et irrévocables.

Quelques semaines plus tard, une nouvelle tragique secoua la société de La Nouvelle-Orléans. Fournier, le père de Belmont et Jeanne, avait à son tour succombé à la fièvre jaune ; il avait quitté cette vie trop tôt, sans avoir eu le temps de marier ses enfants. Girard pria pour son ami, se promit d'aider Belmont dans ses nouvelles responsabilités et de préserver les bonnes relations que les deux familles avaient toujours entretenues.

D'autant que Belmont, très apprécié de ses deux filles aînées, hériterait de la magnifique propriété familiale et serait un soutien de taille pour ses affaires.

9

La Nouvelle-Orléans, janvier 1766

Alors même qu'ils ne s'étaient pas vus depuis deux ans, Benoît Leroux continuait de livrer en temps voulu les cargaisons de ballots de peaux à Jérôme Girard.

Tandis que la colonie souffrait d'instabilité financière du fait de l'incertitude politique qui pesait sur son avenir, Girard voyait ses recettes augmenter. Il put ainsi réaliser l'un de ses rêves : déménager dans le troisième district, plus près du fleuve, où habitaient les familles les plus influentes. La sienne avait besoin d'une demeure plus spacieuse car elle s'était agrandie avec la naissance de Thierry, son sixième enfant.

Le gouverneur Charles Philippe Aubry et le procureur Nicolas Chauvin de Lafrenière étaient désormais ses voisins. Girard reconnaissait qu'Aubry était poli et aimable, même s'il ne lui avait pas renouvelé le monopole du commerce avec les Indiens du Nord. Quant à Lafrenière, il avait changé : il voulait l'impliquer dans ses manigances pour lutter contre la cession de la Louisiane à l'Espagne.

Si Girard, comme tout bon homme d'affaires, restait prudent, Lafrenière cherchait sans s'en cacher des partisans de sa cause, qui n'était autre que de s'opposer frontalement au nouveau gouverneur espagnol, dont l'arrivée était imminente.

Une des stratégies à laquelle Lafrenière recourut pour s'attirer la sympathie de son voisin consistait à encourager l'amitié de sa fille cadette, Cathy, avec Suzette et Margaux, qui avait le même âge qu'elle. Toutes trois s'entendirent tout de suite bien car Cathy était joyeuse, agréable et loquace, et elles se voyaient fréquemment. Il n'eut d'autre choix que de s'habituer à entendre prononcer le nom Lafrenière chez lui plus souvent qu'il ne l'aurait voulu, mais sa femme réussit à le convaincre que les affaires des adultes ne devaient pas avoir d'incidence sur les enfants. Il avait d'ailleurs lui-même utilisé cet argument à certaines occasions pour défendre les Leroux-Dubois.

Le navire du gouverneur espagnol, Antonio de Ulloa, arriva enfin le 5 mars.

Piqués par la curiosité, de nombreux habitants se rendirent au port ce jour-là, mais l'accueillirent sans grand enthousiasme. Les commentaires circulèrent à voix basse et les regards étaient méfiants. La présence du gouverneur Ulloa était le signe indiscutable que l'Espagne comptait désormais administrer la Louisiane. Pourtant, Lafrenière, obstiné, osa dire haut et fort pour que tous autour de lui l'entendent clairement :

— Tant que le drapeau espagnol ne flottera pas dans les airs, ces terres resteront françaises !

Le gouverneur Ulloa, un quinquagénaire vêtu d'une casaque noire élégante et sobre aux manchettes de la même couleur lie-de-vin que son gilet, était accompagné d'une jeune femme de vingt ans, habillée elle aussi de vêtements sombres. Le bruit courut qu'il s'agissait de sa fiancée.

— On dirait son père ! s'exclama Margaux qui avait désormais quatorze ans. Je n'épouserai jamais quelqu'un de si vieux.

Elle pensait à Étienne, dont les lettres arrivaient immanquablement avec chaque cargaison de peaux.

— Moi non plus, approuva Suzette en songeant à Belmont.

— Et moi encore moins..., dit Cathy, qui avait rejoint les deux sœurs.

Les trois amies se trouvaient du côté de la place d'Armes le plus éloigné du fleuve, près de l'église Saint-Louis, avec d'autres familles de notables créoles. Comme tout le monde, elles étaient venues voir à quoi ressemblait l'Espagnol et, depuis leur emplacement privilégié, elles pouvaient suivre l'événement de près. C'était une journée chaude et ensoleillée. Margaux et Cathy portaient toutes deux une robe à la polonaise avec un grand décolleté. Suzette, qui avait horreur de la crinoline car, selon elle, cela la faisait ressembler à une poule, avait choisi une robe confortable avec une ouverture à l'avant en forme de V à l'envers qui laissait apparaître son jupon.

— J'espère pouvoir me marier l'année prochaine, ajouta Cathy.

— Qui est l'heureux élu ? demanda Margaux.

Grande, mince, les yeux clairs et les traits doux, Cathy était l'une des jeunes femmes les plus convoitées de la haute société.

— Jean Payen. Vous le connaissez ?

— Oui, répondit Margaux en essayant de ne pas laisser paraître sa jalousie.

Elle venait de penser à Étienne et à ses lettres, mais elle le comparait à présent avec le fiancé de Cathy, issu de l'une des familles les plus riches de la ville et petit-neveu de son fondateur. Cathy allait jouir d'une vie aisée alors qu'elle, elle partirait dans le Nord.

— Tu es déjà dans les préparatifs ?

— Ma mère et moi commençons à réfléchir à la cérémonie, aux invités... Vous en faites bien sûr partie.

— Ce seront mes premières noces ! se réjouit Suzette.

— Mon père a juré qu'il ne serrerait pas la main du gouverneur espagnol, dit Cathy en portant à nouveau son attention sur ce qui se passait au bord du fleuve.

— Il osera ? demanda Suzette, l'air étonné.

Le gouverneur français Aubry venait de s'approcher de son homologue espagnol Ulloa pour le saluer. Il lui présenta les officiers de plus haut rang, certains membres du Conseil dont Lafrenière – qui refusa effectivement de lui serrer la main – ainsi que des représentants des négociants et des propriétaires terriens, parmi lesquels se trouvait Jérôme Girard. Ils se rendirent ensuite à pied au bureau du gouverneur, non loin de là, où Ulloa allait recevoir des informations générales relatives au fonctionnement de la colonie et à la situation financière préoccupante.

Suzette, Margaux et Cathy traversèrent la place et se promenèrent un long moment le long du fleuve, sans trop s'éloigner du bâtiment, d'où elles virent sortir plusieurs hommes. Elles s'empressèrent alors de retrouver leurs pères respectifs.

— Comment ça s'est passé ? s'enquit Cathy.

— Il parle français, répondit Lafrenière, mais il m'a paru peu disposé à écouter ce que nous avons à lui dire. Ça commence mal ! répondit-il en prenant sa fille par le bras pour s'en aller.

Suzette posa la même question à son père. Celui-ci soupira. Girard avait le pressentiment que des temps difficiles approchaient. Les critiques visant le gouverneur espagnol étaient comme les premiers signes d'un ouragan : des vents légers et variables, des cumulus ci et là dans le ciel ; à peine perceptibles au début, leur intensité augmentait jusqu'à la dévastation.

Il ne se trompait pas.

Kaskaskia, Haute-Louisiane, juillet 1766

— Nous ne devrions pas y aller, insista Ishcate en s'adressant à Couroway. Que faites-vous de nos principes ?

— Pourquoi es-tu si têtu ? lui rétorqua son frère Maughquayah.

Les quatre hommes de la famille s'étaient réunis à l'ombre de la hutte couverte d'étoupe et d'écorces, qu'Ishcate et Kicounaisa partageaient avec leurs parents. Maughquayah, marié depuis peu, vivait désormais dans un tipi en peau de bison. Assis face à Kicounaisa, Ishcate croisa son regard mais n'y décela aucun soutien. Il se souvint des retrouvailles avec les Kaskaskia et sa famille : ils l'avaient accueilli comme s'il revenait du monde des esprits et non de la ville des Blancs, en aval du fleuve. Se sentant coupable de ce qui était arrivé, Kicounaisa s'était montré particulièrement affectueux. Son petit frère était mort et il n'avait pas pu récupérer le corps pour l'inhumer dignement alors que lui, qui était à l'origine de l'affrontement avec les Chickasaw, avait eu la chance de réussir à s'échapper. Depuis le retour d'Ishcate, le lien qui les unissait s'était renforcé, mais voilà qu'il semblait s'étioler.

— Ils jouent avec nous à leur guise, répliqua Ishcate à Maughquayah, en colère. Ce qu'ils veulent, c'est nous arracher une promesse de loyauté, et ils vont finir par y parvenir.

Il était furieux. À quoi bon l'avoir éduqué comme un *maamiikaahkia*, un guerrier, s'il ne pouvait se battre malgré toutes les raisons qui le poussaient à le faire ? Il s'était exprimé au nom des tribus de l'Illinois à la place du grand chef Levacher – décédé entre-temps – devant le gouverneur blanc en personne. Encouragé par les mots de Pontiac, il lui avait transmis le ressenti général. Ils avaient convenu que les tribus de l'Illinois allaient se joindre à la guerre contre les Anglais. Et maintenant, ils perdaient leur temps à se demander s'ils allaient se rendre au fort de Chartres pour voir les présents que leur avaient apportés les Britanniques avec le convoi de la compagnie Baynton, Wharton et Morgan, qui venait de débarquer de Philadelphie par l'Ohio. Les Anglais arrivaient de toutes parts ; depuis quelques mois, ils naviguaient sur le Mississippi.

— Ce n'est pas parce que tu as parlé une fois en notre nom que tu es maintenant un chef, objecta Maughquayah. Et tu ne le seras pas avant Kicounaisa ou moi.

— Je ne prétends pas le devenir ! répondit-il à son frère. Je désire seulement ce qui est le mieux pour les Kaskaskia. Où est passé l'esprit combattant de nos ancêtres ?

— La population du Kaskaskia indien diminue de jour en jour, dit Maughquayah. Je me souviens de l'époque où nous étions deux mille. Combien sommes-nous aujourd'hui ? Six cents ? Et combien de guerriers ? À peine une centaine. Si nous ajoutons les Cahokia, les Peoria et les Michigamea, nous arrivons à quatre cents contre des milliers d'Anglais et d'Indiens qui se sont alliés avec eux. Oublie cette idée de Pontiac.

— Non, je ne l'oublie pas ! Et vous ne devriez pas l'oublier non plus !

Il observa son père.

— Pontiac ne voit plus les choses de la même façon, mon frère, lui dit Kicounaisa en secouant la tête. Il a changé de camp. Il est en bons termes avec les Anglais, maintenant.

Interloqué par ce qu'il venait d'entendre, Ishcate cligna des yeux sans savoir que penser.

— Qu'en disent les autres chefs ?

— Le vieux Tomera est du même avis que toi, répondit Couroway. Le chef Ducoigne croit que nous finirons par accepter les Anglais. Le peuple est divisé, comme nous.

— Père, quelle est ta position ? demanda Ishcate, impatient.

Couroway réfléchit à la réponse qu'il allait donner, conscient de la déception qu'elle allait provoquer chez son plus jeune fils.

— Les Français de Kaskaskia assurent que les Anglais respectent leurs droits de propriété et leur religion, et plusieurs tribus du Nord se sont réconciliées avec les Anglais grâce à l'intervention de Pontiac.

Ishcate ouvrit la bouche, mais son désarroi l'empêcha de parler. Quoi que dise Pontiac, jamais les Kaskaskia ne se réconcilieraient avec les Anglais ! Les familles françaises pouvaient bien faire ce qu'elles voulaient, prêter allégeance au roi anglais ou partir pour Saint-Louis comme le faisaient certaines, lassées de l'incompétence des commandants britanniques du fort de Chartres, emportant avec elles les portes et les cadres des fenêtres des maisons qu'elles avaient abandonnées pour construire une nouvelle vie. Les Kaskaskia ne s'allieraient pas avec les Anglais ni ne quitteraient les terres de leurs ancêtres !

— Tu m'as affirmé un jour que prendre le meilleur de chaque monde était une preuve d'intelligence, dit enfin Ishcate en regardant son père. J'ai respecté les Français. Je t'ai même accompagné pour défendre le père Meurin afin qu'il reste parmi nous. Mais ça, je refuse.

— Alors ce soir, nous irons tous au fort sauf toi, déclara Kicounaisa en haussant les épaules. Nous n'avons pas besoin de toi.

Ishcate lui lança un regard lourd de reproche. Kicounaisa, celui qui lui avait montré le chemin à suivre, celui qui l'avait poussé à tuer pour la première fois, avait changé.

S'il y avait deux choses qu'Ishcate détestait par-dessus tout, c'était l'indétermination et la faiblesse.

Il savait parfaitement quel était le cadeau que préférait son frère. Celui qui transformait les hommes forts en êtres maladifs et vulnérables.

Tenant parole, Ishcate refusa d'accompagner ses frères et son père au fort de Chartres. Il préféra parcourir les terres chères à son cœur sur son cheval tacheté. Depuis la nuit du rituel qui avait fait de lui un homme aux yeux des autres, jamais plus il n'avait eu peur de l'obscurité de la forêt. Il était aussi fort physiquement que mentalement et il avait confiance en sa *takaakani* – sa hache – ainsi qu'en son fusil. Aucun être vivant ne pouvait l'abattre. Il allait parler à d'autres jeunes et ressusciter l'esprit combatif de Pontiac. Les voix de ses ancêtres lui murmuraient de ne pas oublier leurs luttes.

Pourquoi semblait-il être le seul à les entendre ?

Il obtint la réponse à sa question lorsqu'il fut de retour dans son village, le lendemain à l'aube. Les hommes de la tribu, inertes, gisant ci et là sur le sol, lui rappelèrent qu'il existait un ennemi que les armes ne pouvaient vaincre. Un esprit maléfique qui s'emparait de l'âme et du corps des hommes pour les éloigner de leur véritable nature, de leurs racines, de leur dignité. Un esprit maléfique qui faisait de ces hommes la honte des femmes indiennes. *Koteewaapowi.* Maudit alcool.

Il trouva Kicounaisa allongé devant l'entrée de la hutte, une bouteille brisée à côté de lui. Il n'avait même pas réussi à atteindre son lit, pensa-t-il avec mépris. La forte odeur de sueur, d'alcool et de vomissure le dégoûtait.

Les Anglais étaient responsables de tout ce qui arrivait sur son territoire. Enfin, le maudit alcool que les Anglais offraient aux Indiens pour les rendre soumis et dépendants était responsable de tout ce qui arrivait sur son territoire.

Il se sentait capable de lutter contre les hommes, mais pas contre cet ennemi qui décimait les tribus. Quel serait à présent le chemin à suivre ?

Le lendemain, il enfourcha son cheval et partit en direction de la ville nouvelle de Saint-Louis.

La Nouvelle-Orléans, octobre 1766

Durant les mois qui suivirent l'arrivée du gouverneur espagnol, des signes indiquant que des temps tumultueux approchaient apparurent petit à petit, comme lorsque dans la nature la houle changeait et le baromètre chutait. Les premiers fonds espagnols s'avérèrent insuffisants, les seconds disparurent au fond de l'eau en septembre lors du naufrage du navire qui les convoyait, et le gouverneur Ulloa n'avait même pas le courage de résider dans la ville. Il s'était en effet installé à La Balise, un établissement situé à proximité de l'embouchure du Mississippi, à près de trente-cinq lieues de La Nouvelle-Orléans.

— Quelle lâcheté, c'est du jamais vu ! hurlait Lafrenière à qui voulait bien l'écouter. Il a déjà demandé à Aubry de continuer à gérer la colonie ! Nous faut-il davantage de preuves que cette terre est française ? Que les Espagnols fichent le camp ! Ulloa le premier !

Jérôme Girard constatait que de plus en plus de monde partageait l'hostilité de Lafrenière envers les Espagnols. Lui se montrait prudent, sachant que son silence le positionnait du côté des lâches aux yeux des créoles furieux. Les répercussions se faisaient clairement sentir : beaucoup cessèrent d'acheter ses marchandises. L'équité, la neutralité ou l'impartialité – qui lui avaient toujours rapporté des bénéfices en affaires – étaient désormais devenues des qualités antipatriotiques. Il haïssait Lafrenière, qui était à l'origine de ce dissentiment. Et il regrettait d'avoir déménagé dans ce quartier où il était à l'évidence le seul à avoir une opinion différente.

Un dimanche d'octobre, tandis que les Girard profitaient de leur après-midi pour s'adonner à la lecture ou à la couture, un fracas vint rompre la paix de la famille. Une énorme pierre brisa la vitre de la porte-fenêtre du salon et tomba à quelques centimètres du berceau où dormait le petit Thierry, qui se mit à pleurer à pleins poumons.

Girard ouvrit la feuille qui enveloppait la pierre, sur laquelle il découvrit le mot « Traître ».

Furieux, il se précipita dehors mais ne vit personne. La pierre à la main, il se rendit alors chez son voisin.

— Lorsque l'on ne tient pas fermement les rênes, les chevaux s'emballent, monsieur Aubry, lui reprocha-t-il.

À la fois surpris et honteux, le gouverneur essaya de le calmer.

— Ces chevaux appartiennent désormais au roi d'Espagne. Mettez-vous à ma place. Tout ce que je peux faire, c'est continuer à les nourrir et à en prendre soin jusqu'à ce que le nouveau propriétaire s'en occupe. Je représente la loi, et croyez-moi, cela me fait très mal au cœur.

— Dans ce cas, cherchez les coupables et punissez-les selon cette loi. Ils auraient pu tuer mon plus jeune enfant, en plein jour ! s'écria-t-il en brandissant la pierre comme s'il allait la lancer.

Un bruit sourd retentit lorsqu'il la posa sur la table du salon.

— Monsieur Girard, si vous n'avez pas vu le coupable et si vous ne me donnez aucun nom, vous savez aussi bien que moi que nous ne le retrouverons pas, dussé-je envoyer tous les soldats à ses trousses. Et pour être tout à fait sincère, je me réjouis presque que vous n'ayez vu personne. Une accusation de votre part mettrait votre famille encore plus en danger. Les esprits sont échauffés.

— Sans blague ? Je n'avais pas remarqué !

Girard reconnut à contrecœur qu'Aubry avait raison et fit de son mieux pour s'apaiser.

— Nous sommes tous arrivés ici avec la même idée en tête, murmura-t-il. Nous sommes partis de rien et avons créé un monde nouveau. Nous avons lutté ensemble contre les Anglais. Je refuse de croire que nous, les Français, puissions devenir nos propres ennemis.

En arrivant chez lui, tandis qu'il réfléchissait à la manière d'expliquer à sa femme et à ses enfants ce que lui-même peinait à comprendre, il vit un homme devant sa porte. Persuadé qu'il s'agissait encore d'un agresseur, il se jeta sur lui en hurlant.

— Montre ton visage, espèce de lâche !

Il entendit alors une voix familière, un peu paniquée :

— C'est moi, monsieur. C'est moi !

Girard le serra alors dans ses bras, ému.

10

La Nouvelle-Orléans, octobre 1766

Étienne avait bien changé en trois ans. Ce n'était plus l'adolescent gauche aux boucles rebelles qui était parti remonter le Mississippi avec son beau-père, mais un jeune homme de dix-sept ans coiffé d'une perruque de Ramillies à longue queue-de-cheval nouée par deux rubans noirs. Son visage était hâlé, ses muscles saillants et ses mains endurcies par le travail.

Pendant deux heures, il répondit aux dizaines de questions sur sa famille et la vie à Saint-Louis. Ses frères et sœurs étaient bien portants ; la population ne cessait d'augmenter ; un capitaine français, un sexagénaire répondant au nom de Bellerive, exerçait l'autorité.

— Il s'occupe de tout, expliqua Étienne. On a beau dire aux gens que le territoire dépend désormais de l'Espagne, ils en doutent. Il y en a même qui prétendent que nous finirons par appartenir aux Britanniques. Ça leur plairait ! Ils pestent contre nous. Selon eux, l'existence de Saint-Louis les empêche d'avoir un important poste de traite dans l'Illinois. Est-ce notre faute si maintenant, tout le monde veut s'installer dans notre nouvelle ville ? demanda-t-il, un éclat dans les yeux. Vous devriez voir ça. Il y a des Français de France, du Canada, de l'Acadie, de l'Illinois et de La Nouvelle-Orléans, qui vivent côte à côte avec des Indiens de différentes tribus. Et nous avons noué des relations commerciales avec les villages de Cahokia et de Kaskaskia, qui se trouvent pourtant en territoire anglais...

Suzette, qui l'écoutait attentivement, sursauta en entendant sa dernière phrase.

— Kaskaskia ! s'écria-t-elle. C'est de là qu'est Ishcate !

Son ami indien lui avait dit que sa tribu était peu nombreuse. La chance avait-elle pu conduire ses pas jusqu'à Étienne ?

— Oui, dit Étienne avec un sourire. Il est venu me trouver et il m'a raconté que tu avais pris grand soin de lui. Nous avons des accords avec son peuple. Il m'a demandé de te saluer si je te voyais et de te remettre ceci.

Suzette eut du mal à masquer son sourire tandis qu'elle dénouait le petit morceau de cuir qui enveloppait un calumet en bois orné de minuscules plumes de différentes couleurs. *Neewe*, le remercia-t-elle dans sa tête. Elle n'avait pas oublié le mot.

— Je suis ravi de savoir que ce garçon va bien, dit Girard. Sa tribu nous sera fidèle. Puisque le gouvernement ne nous soutient pas, nous devrons recourir plus que jamais à nos compétences.

— À ce propos, monsieur, il y a une chose que je dois vous expliquer, dit Étienne en adoptant un ton sérieux. Les nouvelles selon lesquelles nous n'avions plus l'exclusivité sont arrivées après que nous avons confisqué les biens de deux négociants qui essayaient de commercer sur le Missouri. Ils ont engagé des poursuites contre nous et nous demandent de rembourser leurs pertes.

Jérôme grommela un juron. Encore un contretemps. Comme ils vivaient bien sans les Anglais et sans les Espagnols !

— Le gouverneur est notre voisin. Je lui parlerai pour qu'il intercède.

— Merci, monsieur. J'avoue avoir été un peu triste de découvrir que vous aviez déménagé, mais je suis content que vous vous soyez rapprochés d'un notable aussi influent.

À partir de ce moment-là, la conversation n'intéressa plus Girard. Lorsque les petits s'impatientèrent, Blanche proposa de sortir dans le jardin.

Étienne aurait voulu s'entretenir une minute en tête à tête avec Margaux, mais celle-ci semblait préférer jouer avec ses frères et sœurs et donner des instructions aux domestiques pour préparer le goûter.

— Et maintenant, que vas-tu faire ? lui demanda Suzette.

— Je vais passer l'hiver ici, chez mon père, répondit Étienne, et je repartirai dans le Nord en février. J'aiderai le tien dans les bureaux et nous mettrons les comptes à jour.

Suzette était persuadée que le séjour d'Étienne réjouirait sa sœur, mais à sa grande surprise, celle-ci accordait peu d'attention au jeune homme.

Le soir, dans leur chambre, elle aborda le sujet.

— C'est une bonne chose qu'Étienne reste quelques mois, vous allez pouvoir parler de vos affaires, dit-elle en jouant avec le rabat brodé du drap en lin. Crois-tu qu'il va déjà te demander en mariage, Margaux ?

— J'espère que non, murmura sa sœur.

— Je pensais que tu l'aimais ! s'écria Suzette, surprise, en se redressant sur son lit.

— Oh, tu ne peux pas comprendre…

La voix de Margaux se brisa dans un sanglot. Suzette fronça les sourcils : elle allait bientôt avoir onze ans, elle comprenait plus de choses que ce que croyaient les adultes. Elle écarta sa moustiquaire et s'assit sur le bord du lit. Le clair de lune entrait par la fenêtre, permettant de distinguer sommairement les formes des meubles, qui, à la demande des deux sœurs, avaient été disposés dans la nouvelle maison exactement comme dans la précédente. Les deux lits, rapprochés, avec leurs chevets blancs et leurs moustiquaires ; les coffres aux pieds ; la commode et l'armoire partagées contre chaque mur.

— J'ai bien remarqué la façon dont tu le regardais, dit Suzette. Tu examinais ses vêtements et ses mains. Il ressemble plus à un trappeur qu'à un gentilhomme.

Le silence prolongé de Margaux lui confirma qu'elle avait vu juste. Elle se glissa dans le lit de sa sœur, comme elles le faisaient quand l'une ou l'autre avait besoin de réconfort, et lui caressa les pieds avec la plante des siens.

— C'est ça, n'est-ce pas ? Tu ne veux pas quitter la ville.

— Tu penses sûrement que je suis méchante ! s'emporta Margaux avant de lui tourner le dos. Je sais que toi, tu partirais, si tu pouvais. Seule ou avec n'importe qui !

— Margaux ! cria Suzette, blessée par le ton de sa sœur. Ce n'est pas de moi dont il est question !

Elle avait certes rêvé des prairies dont lui avait parlé Ishcate, tout comme il lui était arrivé d'envier Étienne, pour tout ce qu'il avait vu : ce qu'une « fille de son rang », comme disait sa mère, n'aurait jamais le droit de faire. Lorsqu'elle songeait à son avenir, elle s'imaginait parfois franchir la ligne de l'horizon… Mais ceci s'opposait à son autre rêve, dans lequel elle était l'épouse de Belmont et élevait leurs enfants avec l'aide d'Anne. Si l'aîné des Fournier s'était destiné à devenir négociant comme Étienne, elle aurait eu la chance de vivre à la frontière des deux mondes. Aussi avait-elle du mal à comprendre sa sœur.

Elle attendit une réaction de Margaux, qui ne vint pas. Elle regrettait sans doute ses mots.

— Tu vas devoir le lui dire. Et le plus tôt sera le mieux, conclut Suzette en regagnant son lit.

Toutes les après-midi, après avoir quitté le bureau de l'entrepôt de la compagnie, Étienne passait rendre visite aux Girard. Comme il vivait seul dans la maison familiale, Jérôme insistait pour qu'il reste dîner avec eux, au plus grand dam de Margaux, qui devait faire un effort pour se montrer aimable en sachant que le message qui pouvait être interprété était contraire à ses intentions. Elle aurait dû suivre le conseil de Suzette, mais elle ne trouvait jamais ni le moment ni la détermination. Lorsqu'elle repensait au contenu des lettres que le jeune homme lui avait envoyées au cours des trois dernières années, elle prenait conscience de la douleur qu'elle allait lui infliger.

Un soir, Margaux s'arma de courage et raccompagna Étienne à l'entrée. Elle referma les portes du salon, puis lui demanda d'attendre un instant dans le hall. Elle monta dans sa chambre avant d'en revenir en tenant un paquet.

— Nous avons partagé des illusions dans le passé, Étienne, dit-elle après avoir pris une profonde respiration, mais à présent, nous devons les oublier.

— Pourquoi ? demanda-t-il, soudainement inquiet.

— Jamais je ne partirai avec toi dans le Nord. J'avais déjà des doutes, mais après avoir fait la connaissance de Sarazen et d'Ishcate et les avoir entendus parler, j'ai compris que ce n'était pas pour moi. Je ne pourrai être heureuse là-bas, même auprès de toi. Et je suis convaincue que tu ne pourrais vivre ici, à La Nouvelle-Orléans, pas même pour moi. Je me trompe ?

Étienne secoua la tête. Il n'avait pas envisagé cette possibilité. Son avenir était à Saint-Louis. Il avait pris part à la création de la nouvelle ville et était absolument certain d'y avoir trouvé sa place. Il ne pouvait y renoncer, il n'en avait nulle intention. Alors qu'il avait toujours tenu pour acquis que Margaux le suivrait où qu'il aille, pour la première fois depuis son retour, il observa sa robe de gaze et de soie, puis son visage. Aucune jeune femme à Saint-Louis n'était vêtue de la sorte. Aucune n'avait sa peau fine. Où avait-il eu la tête ? Malgré tout, il ne pouvait accepter d'être ainsi éconduit.

— Tes lettres ont conforté mes illusions, Margaux, répliqua-t-il. Je croyais que tu m'aimais. Toutes ces années perdues à penser à toi…

— Je suis navrée, dit-elle, la gorge nouée, avant de lui remettre le petit paquet d'enveloppes retenues par une cordelette. Ce sont les lettres que tu m'as envoyées. J'espère que tu me rendras les miennes. Si nos chemins se séparent, il vaut mieux ne pas garder nos souvenirs les plus intimes. Adieu, Étienne, conclut-elle les yeux emplis de larmes.

Elle remonta dans sa chambre, se jeta sur son lit et, serrant son oreiller, elle se mit à pleurer.

La raison avait été plus forte que le cœur.

Elle avait fait ce qu'il fallait. Pourtant, le soulagement d'avoir retrouvé sa liberté ne l'emportait pas sur la peine causée par les adieux.

Étienne passa la nuit dans les tavernes près des quais. Un fort mal de tête l'empêcha ensuite de travailler pendant deux jours. Lorsqu'il se présenta enfin dans l'entrepôt, Girard, au courant de la décision de Margaux, posa une main sur son épaule, l'air triste.

— Mon garçon, plus tôt ces choses arrivent, mieux c'est. Il est préférable d'éviter un mariage malheureux.

Il s'abstint de lui dire que son épouse Blanche s'était réjouie de la rupture des fiançailles – par chance pour sa fille, non officielles et assez peu connues dans la bonne société de la ville –, car elle avait d'autres aspirations pour son aînée. Quant à lui, s'il avait espéré renforcer à la faveur de rapprochements familiaux les liens financiers et commerciaux avec Leroux, ce tournant signifierait un changement dans la relation avec son associé et ami, dont l'image s'estompait dans son esprit, après toutes ces années sans le voir.

— Merci, monsieur Girard, murmura Étienne.

Étienne aurait voulu quitter la ville au plus vite, mais aucun bateau ne remontait le Mississippi en décembre et en janvier. Il réussit à obtenir un billet à la fin de l'hiver dans la première expédition espagnole qui se rendait au Pays des Illinois, dirigée par le capitaine Francisco Riú.

Penser à la joie qu'avait représenté son premier voyage ne fit qu'accroître son accablement, aggravé par l'atmosphère étouffante que le despotisme de Riú faisait régner sur le bateau. Ce dernier ordonnait de hisser les drapeaux rouges et jaunes en passant devant les forts de part et d'autre du fleuve pour officialiser la présence espagnole sur la rive gauche. Tous les soirs, il obligeait l'équipage à réciter le rosaire et voulait que la journée de travail commence à l'aube. Obsédé par la crainte d'une attaque indienne, il enjoignait aux quarante soldats de l'expédition de garder leurs armes chargées et prêtes à tout moment, et leur interdisait la moindre goutte d'alcool. Ces exigences entraînaient de nouvelles désertions à chaque halte nocturne. S'il avait pu, Étienne aurait lui aussi trouvé un autre moyen de remonter à Saint-Louis.

Outre les soldats, il y avait à bord huit officiers, un charpentier, un maçon, un tailleur de pierre, un interprète, un forgeron, un chirurgien et un aumônier. Ils étaient tous d'origine française, espagnole ou africaine, et très peu étaient accompagnés de leur épouse. D'après le capitaine, le gouverneur Ulloa aurait voulu envoyer plus de familles, mais aucune n'était disposée à tenter sa chance dans le Nord. La seule femme célibataire était une jeune fille de quatorze ans qui pleurait tous les jours.

Étienne s'enquit de la raison de sa tristesse. Elle lui expliqua qu'elle avait été élevée au couvent des Ursulines de La Nouvelle-Orléans. Pour encourager les mariages, le gouverneur avait pourvu les soldats d'une dot et leur avait promis un logement à condition qu'ils s'acquittent de leurs obligations militaires. Or, il n'y avait pas de femmes blanches libres, et le concubinage avec des Noires ou des mulâtres, bien que répandu, était interdit. Elle était la seule en âge de se marier et on l'avait fiancée à l'un des deux sergents, par chance le plus jeune. Face à cet avenir incertain, elle n'avait qu'une envie : se jeter par-dessus bord. Seul son manque de courage l'en empêchait.

Il ressentit de la peine pour elle et il prit alors conscience qu'il n'avait jamais prêté attention aux véritables désirs de Margaux. Il fallait être doté d'une grande force physique et morale pour résister dans ces contrées.

Il parcourut du regard les eaux calmes du Mississippi et poussa un profond soupir.

Avec tristesse et résignation, il comprit que l'amour ne suffisait pas toujours.

Les rêves et la réalité suivaient des trajectoires différentes.

La Nouvelle-Orléans, avril 1767

Peu après le départ d'Étienne, Blanche mit au monde une autre fille qu'ils prénommèrent Pauline. L'énergie de son premier cri la distingua de son frère Thierry, qui demeurait faible et chétif. La santé de l'enfant était aussi instable que le climat de ce printemps-là, se disait Suzette : tantôt le soleil brillait, tantôt les tempêtes s'acharnaient sur les populations, ravageant les récoltes et obligeant les habitants à puiser dans les réserves de nourriture qui s'amenuisaient de jour en jour.

Un beau matin d'avril, alors que Blanche prenait l'air dans le jardin avec ses petits et ses servantes, Bamboula, devenu l'homme de confiance de la famille, vint lui annoncer qu'un certain René Dubois, boulanger de son métier, souhaitait parler à M. Girard. Ce dernier s'était absenté. Blanche hésita à le recevoir, car elle ne connaissait l'homme que par ouï-dire et imaginait une seule raison pouvant expliquer sa présence : s'enquérir de son épouse. Jérôme était si occupé dernièrement qu'elle préféra lui épargner cette visite peu agréable.

— Fais-le entrer, Bamboula, et ne t'éloigne pas de moi.

En voyant René, Blanche éprouva aussitôt un élan de compassion pour Cécile qui avait été contrainte de partager sa vie avec un tel homme. Il était tout le contraire de Benoît Leroux, pas tant physiquement – il n'avait pas de cheveux blancs et n'avait pas épaissi –, que du fait de ses manières grossières et son air provocateur. En outre, sa casaque démodée à larges revers avait besoin d'un bon décrassage. Il eut au moins la politesse d'ôter son chapeau sale devant elle. Blanche se leva tout en maintenant une certaine distance : il était hors de question qu'elle lui présente sa main à baiser.

— Monsieur Dubois, j'ai cru comprendre que vous étiez en France. Tout s'est bien passé ?

— Mieux qu'ici, cela va sans dire. Je viens d'arriver, je m'attendais à trouver ma femme dans la boulangerie, or, elle n'y est pas.

— Oh, Cécile vous aurait écrit si vous lui aviez communiqué une adresse...

— Ne lui trouvez pas d'excuses ! Ma femme devrait être là où je l'ai laissée.

— Vous comprendrez que ce n'est pas de mon ressort.

En prononçant ces mots, elle lui indiqua la sortie, mettant fin à la discussion, mais René s'approcha d'elle.

— Je veux savoir où elle se trouve.

— Elle a quitté la ville sans dire où elle allait.

— Vous mentez !

Bamboula vint se placer à côté de lui. René leva la tête, comme pour mesurer ses forces : il n'avait aucune chance face à cet homme. Il secoua le chapeau qu'il tenait entre les mains contre sa jambe, avant de le remettre pour partir.

— Je dénoncerai le soutien de votre famille dans la décision de ma femme de changer de vie, ajouta-t-il nerveusement, alors qu'elle est encore légalement mon épouse. Je remuerai ciel et terre, mais je la retrouverai. Je parlerai au gouverneur. Et elle reviendra ici, auprès de moi, là où est sa place. La loi oblige les femmes à vivre où vivent leurs maris !

Blanche avait bien envie de lui rétorquer que dans ce cas, il aurait dû l'emmener avec lui en France. À vrai dire, Cécile avait eu beaucoup de chance qu'il ne l'ait pas fait.

Elle trouva le temps interminable jusqu'au retour de son époux. Elle s'empressa alors de lui raconter la scène déplaisante. Jerôme l'écouta, mais il ne sembla pas y accorder la même importance qu'elle, toujours soucieuse de ne pas ternir le nom de leur famille.

— Il va maintenant colporter des rumeurs malveillantes sur nous, Jérôme. Après tout, Cécile est partie avec votre associé... Vous devez faire quelque chose.

— Et que voulez-vous que je fasse ? Nos voisins et amis nous connaissent et savent que cet homme est une crapule. Il peut dire ce qu'il veut, personne ne lui fera cas. J'ai des choses plus importantes à résoudre.

Blanche le regarda sans ciller, attendant qu'il s'explique.

— Tous mes contrats signés avant l'arrivée des Espagnols ont été définitivement résiliés, poursuivit enfin Girard. Et le Conseil supérieur de la Louisiane s'est prononcé contre la société Girard et Leroux dans l'affaire de la confiscation des biens de ces commerçants du Missouri dont a parlé Étienne. Nous devons débourser six mille cinq cents livres françaises. Sais-tu qui a rendu la sentence ?

— Lafrenière... Je suppose que c'est sa façon de se venger de ne pas l'avoir soutenu dans sa conspiration contre les Espagnols. Il vous montre ainsi son pouvoir.

— Je me sens attaqué de toutes parts, soupira Jérôme.

— Vous êtes bien sérieux, que s'est-il passé ? demanda Margaux qui venait à l'instant de revenir de promenade avec Suzette.

Blanche les mit au courant de la situation.

— Je vous interdis de revoir Cathy Lafrenière, ajouta Jérôme. Évidemment, vous n'assisterez pas à ses noces ni lui offrirez de cadeau. Il est hors de question que je dépense ne serait-ce qu'une livre pour quelqu'un qui m'en fait perdre autant.

Les larmes aux yeux, Margaux s'avança vers son père, avant de s'arrêter, les poings serrés.

— Mais, Père ! protesta-t-elle. Ce n'est pas juste !

— La discussion est close, trancha-t-il avec fermeté, les sourcils froncés.

Margaux chercha le regard de sa mère, mais celle-ci se contenta de soupirer et de secouer la tête, sans rien ajouter. La jeune fille comprit qu'il n'y avait pas de retour en arrière possible et monta dans sa chambre en pleurant à chaudes larmes, talonnée par Suzette.

— Cathy est une bonne amie, dit Margaux entre deux sanglots, le visage enfoncé dans son oreiller. Pourquoi nos parents nous mêlent-ils à leurs problèmes ?

Suzette s'assit à côté d'elle et lui caressa les cheveux.

— Mais si tu y réfléchis, comment pourrions-nous lui parler en toute confiance alors que son père s'en prend au nôtre ?

— Son mariage sera l'événement de l'année ! s'écria Margaux en se redressant, soudain furieuse, les yeux rougis. Oh, Suzette, arrête de trouver des excuses à Père. À cause de son obstination, la moitié de la ville va cesser de nous adresser la parole.

Suzette croyait son père honnête, sincère et travailleur. Elle l'admirait. Que faisait-il de mal pour que sa propre fille se retourne contre lui ? Tout était sens dessus dessous cette année, pas seulement le climat.

Margaux bouda pendant des semaines. Elle tenta de convaincre sa mère de faire changer son père d'avis, mais en vain. Sur cette question, Blanche, pourtant la reine des mondanités, était du même avis que son mari.

Comme Margaux s'y attendait, les noces de Cathy Lafrenière et Jean Payen furent l'événement de l'année.

— On m'a raconté que parmi les témoins, il y avait les gouverneurs Aubry et Ulloa, commenta Blanche après le dîner, le lendemain du mariage. Je n'arrive pas à y croire, quand on sait que Lafrenière et Payen conspirent contre l'Espagnol...

— Leur mésentente ne les a pas empêchés d'assister aux noces, alors que nous, nous les avons manquées, dit Margaux, encore en colère.

— Si le gouverneur espagnol a consenti à être témoin du mariage de la fille de Lafrenière, c'est parce qu'on lui a conseillé de faire un geste envers les créoles. Jérôme, ajouta Blanche à l'adresse de son époux, les autres témoins étaient d'Arensbourg, de la Côte des Allemands, Villeré et Milhet.

Girard claqua sa langue.

— Les relations familiales se renforcent, dit-il sur un ton énigmatique. Ce qui me conforte dans ma décision, mes chères filles... Même si c'est difficile à comprendre pour vous.

En effet, à ce moment-là, ni Margaux ni Suzette n'étaient en mesure de le comprendre. Il leur faudrait encore plusieurs mois pour constater que, comme aux échecs, les parties importantes exigent parfois des mouvements lents.

11

La Nouvelle-Orléans, mi-août 1768

ASSISE DANS LA CALÈCHE qui la conduisait à la réception donnée par les Fournier dans leur plantation, Suzette songea au vœu qu'elle formulerait lors du toast traditionnel. Elle souhaitait de toutes ses forces que le bonheur revienne dans sa ville comme chez elle, où régnait une atmosphère très étrange, et aussi que les Espagnols disparaissent de ces contrées, car tout semblait aller de mal en pis depuis leur arrivée. Ils vivaient tellement bien avant, sans eux !

Hormis les moments de joie apportés par sa nouvelle petite sœur Pauline, dernièrement, les événements malheureux s'étaient succédé. Le décès de M. Fournier peu après le retour d'Ishcate et de Sarazen dans les terres du Nord, le départ d'Étienne à la suite de sa rupture avec Margaux, l'irruption de l'indésirable Dubois, la perte du procès intenté contre la compagnie Girard et Leroux, l'interdiction d'assister aux noces de Cathy, la santé fragile de son frère Thierry, l'isolement auquel les deux sœurs étaient soumises... Elle n'avait même pas pu fêter ses douze ans avec ses amies. Ce fut sans aucun doute l'anniversaire le plus triste de sa vie. Et rien ne laissait penser que cela allait changer. L'été était déjà bien avancé. Dans quatre mois, elle aurait treize ans et elle ne voulait même pas imaginer qu'elle ne pourrait pas les célébrer non plus.

La voiture s'immobilisa devant le porche de la somptueuse demeure, d'où s'échappaient les douces mélodies d'un orchestre. Après presque trois ans de deuil, la famille Fournier avait décidé de reprendre ses activités sociales car, d'après les explications de la veuve, il y avait beaucoup de filles à marier et un héritier à qui il fallait trouver une épouse. Suzette avait entendu des rumeurs selon lesquelles trois jeunes femmes en âge de se marier faisaient la cour à Belmont et elle se sentit soudain peu sûre d'elle. Elle s'examina de la tête aux pieds en se demandant s'il la remarquerait. En tout cas, elle en ferait le vœu lors du toast.

Suzette était excitée car il s'agissait de sa première grande réception. Et puis, elle allait voir Belmont. Hormis quelques rencontres fugaces à l'office dominical, cela faisait longtemps qu'ils n'avaient pas partagé des moments ensemble comme ils le faisaient auparavant, car il avait renoncé aux mondanités pour se consacrer à la gestion du patrimoine familial. Malgré cela, lorsqu'elle pensait à lui, elle le considérait toujours comme le jeune homme le plus attirant de toute La Nouvelle-Orléans.

La porte de la voiture s'ouvrit et Bamboula, qui avait effectué le trajet à côté du cocher, fit descendre les demoiselles Girard. Il s'agenouilla et, comme à l'accoutumée, les aida l'une après l'autre à enfiler leurs chaussons de danse en soie afin que leur tenue soit des plus élégantes. Quand le tour de Suzette arriva, celle-ci refusa.

— Merci, Bamboula, je le fais toute seule, lui dit-elle en lui faisant signe de se relever.

Elle ne supportait pas qu'un homme grand et fort comme lui se mette dans cette position humiliante.

— Cela fait partie de son travail, lui fit remarquer Margaux à voix basse. J'espère que personne n'a rien vu et qu'il n'y aura pas de commentaires.

— Je n'aime pas le voir faire ça et je me moque bien du qu'en-dira-t-on, répondit Suzette en haussant les épaules.

— Aujourd'hui, nous devons nous conduire mieux que jamais, la sermonna Margaux. C'est une soirée importante pour les Fournier.

Devant la porte d'entrée, dont les deux battants étaient grands ouverts, la veuve Catherine Fournier et ses deux enfants, Belmont et Jeanne, respectivement âgés de dix-huit et quinze ans, accueillaient les invités un par un.

Lorsque Margaux et Suzette arrivèrent, Jeanne murmura à son frère :

— Dieu merci, je crois que ce sont les dernières invitées.

Après avoir fait un baisemain à Suzette, Belmont lui dit :

— Tu es magnifique, ce soir, Su.

Suzette rougit. Elle avait choisi une robe couleur crème plissée dans le dos et ornée de petits volants sur les manches et le décolleté, trop simple au goût de sa mère, et elle avait refusé de mettre sous ses jupons un de ces paniers inconfortables qui déformaient la silhouette. Elle n'était peut-être pas à la dernière mode, mais elle se sentait à l'aise ainsi. Lui, en revanche, était très élégant avec sa casaque bleue en soie à la passementerie argentée et sa perruque courte qui se terminait par un cadogan sur la nuque. Elle répéta dans sa tête les mots qu'il venait de lui adresser. Il avait utilisé le même ton chaleureux et cordial que d'ordinaire, toutefois, c'était la première fois qu'il la complimentait et la saluait comme un monsieur le fait à une dame, s'inclinant à peine pour porter sa main à ses lèvres, avec une lenteur excitante. De plus, elle ne l'avait pas entendu formuler d'éloge semblable à Margaux, qui pourtant, du haut de ses seize ans, avait déjà l'air d'une femme dans sa robe de brocart très décolletée et sa coiffure haute ornée de fausses boucles.

Suzette se sentit flotter en pénétrant dans l'immense salon aux grandes baies vitrées, où les invités discutaient debout, autour de tables dressées pour le dîner. La jeune mariée Cathy Lafrenière passa à côté d'elle au bras de son époux. Elle la salua poliment d'une légère inclinaison de la tête mais ne s'arrêta pas pour parler, laissant clairement entendre que l'amitié qu'elles avaient un jour entretenue était à jamais brisée.

Les Girard se joignirent bientôt aux familles Le Sénéchal et de la Ronde ; Suzette et sa sœur retrouvèrent leurs amies Louise et Marie.

— Vous avez vu comme Belmont est beau, aujourd'hui ? chuchota Louise.

Âgée elle aussi de dix-huit ans, elle était l'aînée du groupe mais n'était guère plus haute que Suzette, même si ce soir-là, elle paraissait plus grande grâce au chignon sophistiqué qui couronnait sa tête.

Margaux et Marie ricanèrent. Suzette rougit, contrariée que Belmont soit le centre de l'attention.

— Voyons, Suzette, ne fais pas ta mijaurée, lui dit Margaux. Tu ne trouves pas, toi ?

Lorsque Suzette finit par hocher légèrement la tête, Margaux leva les yeux au ciel.

— Dieu merci !

— Pourquoi tu dis ça ? demanda Suzette, agacée par son ton moqueur.

— Tes goûts m'inquiètent, répondit-elle en haussant les épaules. J'espère qu'aujourd'hui, tu trouveras quelqu'un qui te fera oublier cet Indien.

À ces mots, Suzette rougit jusqu'à la racine des cheveux. Elle aimait Margaux, mais parfois, celle-ci avait des commentaires très désobligeants, surtout depuis qu'elle avait rompu avec Étienne. On aurait dit qu'en soulignant les défauts de Suzette, elle espérait atténuer les éventuelles critiques à son encontre.

— C'était mon ami ! protesta Suzette.

Jamais elle ne l'avait considéré autrement. À aucun moment elle n'avait pensé à lui comme elle pensait à Belmont. Pourtant, pour la première fois, cette récrimination injustifiée l'amena à se poser des questions. Qu'est-ce que cela aurait de mal ?

— Il a un prénom impossible à retenir, dit Marie, la plus jeune de toutes, vêtue d'un ensemble simple composé d'une jupe et d'un bustier roses.

— Ishcate, murmura Suzette. Ce n'est pas si difficile que ça si on fait un petit effort.

— Tu te vexes pour un Indien que tu ne reverras plus jamais ! s'écria Louise. C'est stupide ! Mieux vaut que personne ne le sache. Tu ne trouverais aucun mari, même pas sur les quais.

— De quoi parlez-vous ? demanda Jeanne qui venait de rejoindre le groupe, magnifiquement vêtue d'une robe ornée de fleurs bleues et argentées assorties à la casaque de son frère.

— De Belmont, répondit promptement Marie pour faire retomber la tension. Combien de filles voudront danser avec lui ce soir !

Suzette leur fut reconnaissante de ne pas faire davantage de commentaires. Enfin, pour le moment, car connaissant l'indiscrétion de Louise, celle-ci ne tarderait pas à mettre Jeanne au courant de la conversation.

— J'espère qu'il dansera aussi avec vous, dit celle-ci. Qui sait ? Une de mes meilleures amies pourrait devenir ma belle-sœur !

Les jeunes filles rirent.

— D'ailleurs, le voilà. Je vais lui dire de toutes vous inviter. Ah, mais je vois qu'il est accompagné de..., ajouta-t-elle en croisant les mains sur sa poitrine. Quel bonheur !

Ses amies dirigèrent leurs regards sur le jeune homme qui mettait Jeanne en joie. Aux côtés de son frère se trouvait l'aîné des Laurent, la famille la plus fortunée de La Nouvelle-Orléans. Belmont et Philippe Laurent s'unirent au groupe de filles et restèrent avec elles jusqu'au moment du toast. Le jeune Fournier saisit alors sa coupe pour rejoindre sa mère, face aux invités.

— Mon père aurait été heureux de voir l'effervescence qui règne aujourd'hui dans cette demeure. En son nom et en sa mémoire, je porte ce toast à nous tous, dit-il en brandissant son verre.

Des dizaines de mains levèrent le leur au-dessus des perruques poudrées des hommes et des parures en plumes, perles et rubans qui ornaient les coiffures sophistiquées des femmes.

— Vive la France ! lança quelqu'un.

— Vive la France ! reprirent les invités en chœur, en levant à nouveau leurs verres.

— Et dehors, les Espagnols ! proclama la même personne.

Quelques mains hésitèrent, mais la plupart restèrent en l'air. D'autres, comme celle de Girard, s'abaissèrent.

— Maudit Lafrenière, maugréa-t-il.

— Vous n'êtes pas d'accord avec lui, Père ? demanda Suzette.

— Ce n'est ni le moment ni l'endroit pour en parler, lui répondit-il avant de s'adresser à sa femme. Avez-vous vu comme il promenait son regard dans la pièce ? Il compte combien il a de partisans et cherche à pointer du doigt ceux qui ne partagent pas ses opinions.

M. Aubry, l'air contrarié, s'approcha de Blanche et Jérôme.

— Ceci va mal finir, dit-il, les yeux dans le vide. Lafrenière sait que les fonds ont été suspendus et que le gouvernement espagnol est en danger. Il ne perd pas une occasion d'agiter les esprits.

— Quelle est votre position, monsieur ?

— Je vous ai vu baisser votre verre, Girard, je suppose donc qu'elle ne diffère guère de la vôtre. J'ai une mission à vous confier de la part du gouverneur espagnol. L'heure est venue de prendre parti ouvertement. De votre décision dépendra votre avenir et celui de votre famille.

— Le gouvernement espagnol a commis une grave erreur en annonçant la fin des échanges commerciaux entre la Louisiane et la France ainsi que ses colonies, et en donnant l'ordre de bloquer l'embouchure du Mississippi. En tant que négociant, je ne peux qu'être en profond désaccord avec cette décision. Cependant, une nouvelle guerre serait des plus malvenues en Louisiane. Quelle est donc cette mission ? ajouta-t-il après avoir réfléchi quelques instants.

— Ils veulent que vous apportiez quinze cents pesos aux Allemands afin de régler les dettes qu'ils ont contractées en achetant du maïs et d'autres céréales pour les besoins du service royal d'Espagne.

— Quand ça ? s'enquit Girard.

— À la fin de l'été. Le gouverneur Ulloa a l'intention de hisser enfin le drapeau espagnol dans la ville au plus tard en octobre. Le but de la manœuvre est clair : contenter les mécontents.

— Je comprends... Si ce paiement est effectué par un Français, ce sera un signe évident de soutien aux Espagnols.

— Et certains vous accuseront de trahison..., fit remarquer Blanche sur un ton inquiet.

Sous les ordres de Belmont, les domestiques s'empressèrent de retirer les tables du dîner afin de libérer l'espace pour le bal. L'orchestre commença à jouer quelques notes et plusieurs couples se mirent en place pour danser un menuet. Philippe Laurent tendit la main à Jeanne, pour le plus grand plaisir de la jeune femme.

— Belmont arrive, murmura Margaux à Suzette. Il va certainement m'inviter à danser. Mère m'a dit que Mme Fournier verrait d'un très bon œil une union entre nos deux familles...

Margaux redressa son dos et son visage s'illumina. Ce fut cependant à Suzette que le jeune homme s'adressa :

— M'accorderais-tu cette danse ?

Suzette ressentit une bouffée de chaleur et accepta avec un sourire spontané, sans regarder sa sœur, dont le visage devait trahir une immense déception. Elle voulait savourer cet instant inoubliable. Belmont l'avait invitée à danser. Il l'avait choisie elle parmi toutes les jeunes filles présentes. Et devant tout le monde. Les commentaires fuseraient.

Un peu nerveuse, elle se concentra pour exécuter avec grâce les délicats pas de danse, relevant un pan de sa robe et prenant la main de Belmont lorsque venait le moment d'une salutation ou d'une révérence. Après quelques figures, il se pencha sur elle.

— Ça ne va pas, Su ?

— La danse n'est pas mon fort. Je dois compter les pas, lui répondit-elle en mentant.

C'était plus facile que de lui avouer qu'elle avait l'estomac noué depuis qu'il avait posé une main sur sa taille.

— Su... Nous nous connaissons depuis que nous sommes petits. Je le vois, quand tu es contrariée.

Enivrée par la musique, la proximité de Belmont et son soudain intérêt pour elle, elle aurait aimé que cette danse ne termine jamais. Elle risquait de rompre le charme en lui avouant que son père était peut-être un traître. De plus, elle ignorait quelle était la position de Belmont.

— Le toast de M. Lafrenière t'a dérangé ? lui demanda-t-elle.

Parler des autres, c'était plus sûr.

— Je n'ai pas été surpris, à vrai dire. Lorsque ma mère et moi avons dressé la liste des invités, nous nous sommes fait la remarque que les plus rebelles seraient présents.

Parmi les hommes qu'il cita, Suzette connaissait de nom Milhet, Villeré et Marquis, et en personne Payen, le mari de Cathy Lafrenière.

— Au fond, nous pensons tous comme eux, même si nous ne le montrons pas... Enfin, pour l'instant.

— Jusqu'où tu serais capable d'aller, toi ? Tu prendrais les armes ?

— Mon père a contribué à faire prospérer cette colonie. Je me dois au nom de ma famille. Je me dois à la France. Tu n'es pas d'accord, Su ?

Suzette pensa soudain à Ishcate et à tant d'autres comme lui. Les Indiens désiraient conserver leur indépendance. Les Français aussi.

Et dès que les uns ou les autres essayaient de l'obtenir, on entendait des claquements de sabre et des coups de fusil.

Côte des Allemands, octobre 1768

Girard prit le chemin le plus rapide et le plus sûr pour atteindre la Côte des Allemands. Il devait rencontrer Karl

Friedrich d'Arensbourg pour convaincre les Allemands de ne pas se laisser influencer par les idées contestataires de Lafrenière et pour les attirer dans le camp des Espagnols. Le 24 octobre, peu après le lever du soleil, après avoir passé le troisième méandre du Mississippi en remontant vers le nord, il donna l'ordre d'amarrer son bateau à un petit quai de la rive gauche, de débarquer et de seller son cheval.

— Ne voulez-vous pas que je vous accompagne, monsieur ? lui demanda Bamboula en vérifiant la sangle et les étriers.

Girard secoua la tête. La rencontre devait se tenir dans la plus grande discrétion et les domestiques ne savaient pas garder les secrets.

— Je serai de retour à la tombée du jour.

À une centaine de pas du quai se trouvait un entrepôt. À l'extérieur, quelques hommes empilaient les marchandises qui partiraient dans le bateau suivant. Jérôme demanda son chemin pour s'assurer de prendre la bonne direction. Un individu dégingandé et édenté le lui indiqua. Il galopa vers l'ouest en traversant des terres agricoles sur lesquelles travaillaient des familles aux cheveux blonds. Il aperçut bientôt des greniers à foin et des hangars, signe qu'il approchait de la colonie. Il croisa un charretier qui lui désigna la maison de d'Arensbourg parmi la douzaine de constructions identiques à un étage et au toit à double pente. Par chance, ce dernier se trouvait chez lui – Girard s'épargnait ainsi d'aller le chercher dans les champs – et était disposé à l'écouter.

D'Arensbourg, un Suédois corpulent de plus de soixante-dix ans à la santé de fer, le fit entrer dans la pièce principale qui servait de vestibule et de salle à manger. Il l'invita à prendre place à une table faite de planches robustes et lui offrit un verre de vin accompagné de pain et de fromage, ce que Jérôme accepta volontiers après sa chevauchée de plusieurs heures sous un ciel de plomb.

Il connaissait le passé et la réputation de d'Arensbourg. Celui-ci était arrivé en Louisiane près d'un demi-siècle plus tôt avec la Compagnie des Indes, chargée de coloniser ces terres en échange du monopole commercial. Il choisit la stratégie de la flatterie ouverte et directe pour parvenir à ses fins.

— C'est vous qui avez mené toutes les luttes contre les maladies, les terribles ouragans et les Indiens de la région, et le territoire a prospéré. De nombreux produits que nous consommons en ville sont cultivés ici, où rien ne se décide sans votre avis. C'est pourquoi je vous prie à présent de faire preuve de bon sens. Votre petite-fille a épousé l'un des meneurs des rebelles, le beau-frère de Lafrenière. Faites-le revenir à la raison.

— Ce sont justement toutes les raisons que vous avancez qui font bouillir le sang dans mes veines.

— Un sang qui n'est pas français, tout compte fait, se risqua Girard.

D'Arensbourg se leva et fit quelques pas à travers la pièce, les mains jointes dans le dos. Girard se demanda s'il était allé trop loin, mais s'efforça de garder le silence. Durant un instant qui lui parut une éternité, il n'entendit que les battements de son cœur.

— Pour la France, ma famille et moi avons traversé des périodes de pénurie, rétorqua enfin d'Arensbourg d'une voix irritée. Je mérite le droit de décider et d'avoir mon mot à dire sur l'avenir de ces terres. Nos familles ont tissé des liens étroits avec les familles françaises, mes descendants ont donc des racines qui remontent aux premiers explorateurs. Je sais que vous ne pouvez pas en dire autant, monsieur.

— Si le complot visant à évincer le gouverneur espagnol dirigé par Lafrenière aboutit, les temps à venir seront durs pour nous tous, dit-il en posant une bourse remplie de pièces de monnaie sur la table. Cet argent solde la dette des Espagnols envers les Allemands.

D'Arensbourg réfléchit quelques secondes avant de mettre un terme à la discussion :

— Nous nous posterons à une lieue de la ville le jour voulu, puis nous aviserons. Je n'ai rien à ajouter.

Girard prit le chemin du retour vers son bateau, encore plus inquiet qu'à l'aller. Le dernier commentaire de d'Arensbourg était ambigu, mais il avait clairement laissé entendre qu'il était du côté des Français insurgés. La rébellion semblait plus contagieuse que toutes les épidémies qui dévastaient régulièrement la Louisiane. Il était difficile de faire entendre raison à quelqu'un qui parlait en écoutant ce que lui dictait son cœur. Pourquoi étaient-ils si nombreux à ne pas voir ce qui, pour lui, était limpide ? L'Espagne allait hisser son drapeau contre vents et marées. S'opposer aux Espagnols était une erreur redoutable.

Il avisa la silhouette de l'entrepôt qui se découpait dans le ciel orageux. Les nuages déversèrent soudain l'eau accumulée pendant plusieurs jours. En quelques secondes, la pluie se transforma en averse torrentielle. Le cheval s'affola. Girard se réfugia dans le bâtiment, dans l'espoir que le déluge cesserait vite.

Il n'y avait nulle trace de l'habituel remue-ménage matinal. Les travailleurs devaient déjà être partis. Le tambourinement des lourdes gouttes qui s'abattaient sur le toit couvrait tous les autres bruits et prenait même le dessus sur ses propres pensées. Quelqu'un surgit tout à coup à côté de lui, le faisant sursauter. Il reconnut l'homme qui lui avait indiqué le chemin. Il eut un mauvais pressentiment lorsqu'il vit son regard menaçant et son rictus désagréable. Il sentit une pression dans son dos et comprit qu'on le pointait avec un pistolet.

— Je n'ai pas d'argent, si c'est ce que vous cherchez, dit-il d'une voix puissante pour se faire entendre malgré la pluie.

— Nous ne voulons pas de ton argent, sale traître ! cria l'homme édenté. Comment un Français peut-il être du côté des Espagnols ?

Il lui fit signe d'avancer jusqu'au fond, où quelques caisses étaient empilées. Girard obéit. Ces hommes savaient qui il était et pourquoi il était là. Il se maudit de ne pas avoir accepté l'escorte de Bamboula.

— Vous allez le payer ! hurla-t-il. On viendra me chercher !

L'homme saisit une corde et lui attacha les mains. Puis il ôta le foulard crasseux qu'il portait autour du cou et l'introduisit dans la bouche de Girard.

— La révolution triomphera. En attendant, nous allons nous assurer que tu ne nous mettes pas des bâtons dans les roues. Nous verrons plus tard ce que nous ferons de toi, lança-t-il en le bousculant si violemment que Girard tomba à terre, sa tête percutant le sol.

Le tambourinement de la pluie lui sembla soudain moins assourdissant et les formes devenaient floues. Étourdi, il discerna une ombre énorme qui se rua sur les hommes. Il entendit des cris, des coups, et vit le spectre s'avancer vers lui en brandissant un couteau. Il ferma les yeux et pria, persuadé que sa fin approchait.

— Monsieur…

Le soulagement enveloppa son corps comme la brume couvre les champs. Il cligna plusieurs fois des yeux pour recouvrer la vue.

— Bamboula…

L'esclave coupa la corde qui liait ses poignets.

— Je vous ai vu au loin depuis le quai, puis j'ai trouvé étrange que vous tardiez tant à arriver.

Il signala alors les deux agresseurs, inconscients sur le sol.

— Qu'est-ce que j'en fais ?

Girard se releva et ramassa le pistolet avec lequel il avait été menacé. Il le pointa sur l'homme édenté, qui commençait à remuer.

— Attache-les et laisse-les ici.

Bamboula s'exécuta.

Durant le court trajet de retour à La Nouvelle-Orléans, en redescendant le fleuve, Girard arrangea sa tenue et se lava soigneusement pour faire bonne figure devant sa famille. Une fois descendu sur le quai, il tendit des pièces de monnaie à Bamboula.

— Achète-toi quelque chose au marché, lui dit-il en lui tapotant l'épaule. Aujourd'hui, tu m'as prouvé ta loyauté. Je ne l'oublierai pas, mon garçon.

Il rentra chez lui à pied pour se tonifier les muscles et chasser les sombres pensées de son esprit. Il était vivant. Ce serait une anecdote de plus dans l'histoire de sa vie. Mais cet incident illustrait les temps tumultueux qui approchaient et de la haine grandissante qui sévissait entre compatriotes.

Son cœur fit un soubresaut lorsqu'il arriva chez lui. Deux jeunes gens armés se trouvaient devant sa porte. Oubliant soudain sa fatigue, il gravit rapidement les escaliers.

— Que se passe-t-il ? cria-t-il, inquiet.

L'un des hommes pointa son mousquet sur lui.

— Vous êtes en état d'arrestation. Entrez.

— Je suis un citoyen libre ! J'ai des droits !

— Vous ne quitterez pas votre domicile tant que tout ceci ne sera pas terminé. En attendant, vous obéirez à nos ordres.

— Puis-je savoir pourquoi on m'humilie de la sorte ?

— Parce que vous collaborez avec l'ennemi.

Girard soupira. Il avait été attaqué et failli être enlevé, et voilà maintenant qu'on l'arrêtait. Le soulèvement était en marche et on voulait l'écarter pour l'empêcher d'en entraver le déroulement.

Il esquissa un mouvement pour arracher le mousquet des mains de cet impertinent, mais l'autre homme pointa à son tour son arme sur lui. Girard pensa alors à sa famille et céda. Il valait mieux rester calme. Il ferait prévenir le gouverneur. Ces rebelles n'oseraient pas le garder longtemps prisonnier.

Au cinquième jour d'enfermement, l'atmosphère de la demeure était intenable. Suzette n'avait jamais vu son père dans un tel état de fureur. Il tournait en rond dans la maison, montait et descendait les escaliers, se penchait aux fenêtres et ouvrait la porte d'entrée en proférant des injures. Aucun des hommes armés qui surveillaient la propriété ne lui expliquait ce qui se passait en dehors de ces murs et seuls deux domestiques étaient autorisés à sortir faire des courses.

Désirant savoir ce qui se tramait en ville, Suzette eut une idée.

Elle se rendit dans les cabanes des esclaves et demanda à Anne de lui prêter des vêtements. Comme cette dernière était plus grande qu'elle, elles remontèrent sommairement la jupe grâce à un ourlet et firent quelques points de couture aux manches de la chemise. Puis, un panier sous le bras, les deux jeunes filles s'en allèrent au marché peu avant midi. Les rues étaient envahies de personnes qui criaient et avançaient telle une masse de nuages bas menaçants juste avant l'orage. Les hommes étaient tous armés de mousquets ou de fusils.

Suzette et Anne passèrent devant l'église Saint-Louis. Sa façade donnait du côté du Mississippi, situé un peu plus bas. Alors qu'elle était fermée pour travaux, des hommes étaient juchés sur le clocher octogonal. La place d'Armes, qui s'étendait de là jusqu'au fleuve, était bondée. Aux cris de la foule s'ajouta soudain le tintamarre des cloches, tandis que les insurgés abaissaient le drapeau espagnol et hissaient celui de la France.

Il était difficile de ne pas être emporté par l'esprit de rébellion de cette masse. Il était difficile de marcher contre ce flot humain. Elle répétait dans sa tête les paroles de son père, mais son cœur l'incitait à protester contre les Espagnols. C'était de leur faute si son existence devait changer.

Soudain, quelqu'un lui saisit le coude et elle sursauta.

En se retournant, elle se trouva nez à nez avec Belmont. Il la regardait, les yeux embrasés par le feu qui galvanisait la foule.

— Qu'est-ce que tu fais là, Su ? lui demanda-t-il, nerveux.

— La même chose que toi, je suppose : j'apporte mon soutien à mon pays, répondit Suzette en remarquant qu'il portait lui aussi un fusil.

— Ce n'est pas un endroit pour une femme.

— J'en vois pourtant des dizaines.

— Pour une femme comme toi, je voulais dire. Tu le sais aussi bien que moi, puisque tu t'es habillée comme ça.

— Il va falloir que j'améliore mes talents de déguisement, si tu m'as reconnue si facilement.

— C'est le hasard qui m'a conduit à toi, et tant mieux. J'ai reconnu ta servante, alors j'ai regardé qui l'accompagnait et je t'ai vue. Mais ne change pas de sujet. Que fais-tu ici, Suzette ?

— Je voulais savoir ce qui se passe. Tous ces gens qui soutiennent la France et dont tu fais partie ont attaqué mon père et enfermé ma famille.

Devant l'air étonné de Belmont, elle lui expliqua la situation.

— Je te raccompagne chez toi, Su, je vais lui parler.

Suzette accepta. Arrivé sur place, Belmont mit Girard au courant des événements devant son épouse, ses deux filles aînées et Gabriel, qui avait à présent presque onze ans et écoutait la conversation les yeux écarquillés, aussi avide d'informations que le reste de la famille.

— Le peuple est descendu dans la rue et empêche le gouverneur de débarquer pour prendre en charge l'administration de la colonie, commença le jeune Fournier. Des dizaines d'insurgés sont venus de la Côte des Allemands et d'Acadie sous le commandement de d'Arensbourg. Les milices ont pris les armes sous les ordres de Marquis. Tous nos compatriotes reçoivent des munitions s'ils n'en ont pas. Milhet a fait venir des hommes de l'Ouest, et Villeré, du Nord-Ouest. La foule a hissé le drapeau français.

Inquiet, Girard se frotta la nuque tout en réfléchissant.

— Tout ceci est absurde, finit-il par répondre. Dis à tes chefs de me rendre ma liberté. Ou laissez-moi parler immédiatement à Lafrenière.

— Dans votre intérêt, monsieur, il ne vaudrait mieux pas. Le Conseil supérieur a fait savoir au gouverneur Ulloa qu'il avait trois jours pour quitter la ville. Sachant qu'il dispose à peine d'une centaine de soldats, il est probable qu'il s'exécute.

Girard réfléchit quelques instants et secoua la tête.

— Il partira, mais un autre viendra. Il est encore temps pour toi de rejoindre le bon camp, jeune homme. De plus, ton père n'étant plus parmi nous, je te conseille de rentrer chez toi, de ranger ce fusil et de ne plus te montrer avant que tout cela ne soit terminé. Pour ton bien et celui de ta famille.

— Ils ne nous vaincront pas, monsieur.

— Je crois bien que si !

— Vous auriez dû voir ça, Père, intervint Suzette, tout excitée. Tout le monde était dans la rue, sauf nous. Comment pouvez-vous affirmer que tant de personnes se trompent ?

Girard baissa ses yeux sur elle. Il ne fallait pas être très malin pour comprendre qu'elle était du côté du jeune Fournier. Sur un ton sec qu'elle ne lui connaissait pas, il lui ordonna :

— Monte dans ta chambre et ôte ces vêtements.

Suzette obéit, furieuse contre son père. Rouge de colère, elle quitta la pièce sans même adresser un regard à Belmont. Elle avait jusqu'à présent toujours écouté les conseils de son père, mais quelque chose lui disait que cette fois, il pouvait se tromper. Qu'allait-il se passer ? Aux yeux de beaucoup dans son entourage, elle était la fille d'un traître. Girard fit signe à Margaux et Gabriel de quitter le salon. Belmont resta seul avec le couple.

— Si tu as l'intention de resserrer tes liens avec notre famille par l'intermédiaire de notre fille, dit Girard, tu feras ce que je viens de te dire. Réfléchis bien aux personnes avec qui tu t'allies. Les idéaux sont contagieux. Lorsque les soldats espagnols arriveront, et ils arriveront, nous verrons combien parmi ceux qui aujourd'hui crient si fièrement descendront encore dans la rue. Es-tu assez naïf pour croire que la France entrera en guerre contre l'Espagne pour quelques milliers de Français vivant sur le minuscule territoire américain qu'il lui reste ? Personne ne viendra nous défendre. Je ne compte pas gâcher tous les efforts que j'ai fournis afin de donner le meilleur à ma famille pour un conflit perdu d'avance. Et je n'ai pas non plus l'intention d'oublier l'humiliation qui m'a été infligée. Est-ce clair ?

Belmont sentit un goût amer lui envahir la bouche. Il tarda à répondre.

— Monsieur, vous m'obligez à choisir entre Suzette et la France.

— Ne te méprends pas, mon garçon. La France n'est pas de la partie.

Trois jours plus tard, début novembre, la foule qui avait pris d'assaut la place assista au départ du gouverneur espagnol Antonio de Ulloa avec des cris de jubilation. Toutefois, la joie des insurgés était ternie par le fait qu'il partait à bord du *César*, un navire français, et non sur le *Volante*, sa frégate alors en réparation. Ils allaient devoir supporter encore un certain temps la vue de cette embarcation, comme souvenir de l'indésirable présence espagnole.

Puis les rues se vidèrent. Allemands et Acadiens rentrèrent chez eux. Les prisonniers arrêtés sous les ordres d'Ulloa furent relâchés et ceux qui, comme Girard, s'étaient opposés à l'insurrection populaire retrouvèrent eux aussi leur liberté.

Dès que les soldats quittèrent le pas de sa porte, Girard se prépara pour sortir.

— Où allez-vous ? lui demanda Blanche, assise sur un fauteuil en velours rose de sa chambre.

— Chez Lafrenière. Il va m'entendre ! Ce territoire est aussi le mien. Je ne le laisserai pas bafouer mes droits.

Consciente que rien ni personne ne le ferait changer d'avis, Blanche se leva et se dirigea vers sa coiffeuse pour arranger ses cheveux. Son mari l'observa. Il la trouvait toujours aussi ravissante, malgré la fatigue qui se lisait sur son visage, résultat des nuits à veiller au chevet du petit Thierry, de plus en plus faible.

— Je vous accompagne. Mon père et le sien étaient amis. Ma présence tempérera peut-être l'atmosphère.

Girard ressentit soudain un pincement de jalousie à l'idée que sa femme soit dans la même pièce que Lafrenière qui, autrefois, avait été amoureux d'elle et se trouvait à présent dans le camp des vainqueurs.

— J'aimerais avoir la certitude absolue que vous êtes de mon côté, commenta-t-il.

— Je vais faire comme si je n'avais pas entendu cette phrase, répliqua-t-elle sur un ton irrité avant de couvrir ses épaules d'une légère pèlerine et de se diriger vers la porte.

Ils parcoururent en silence la courte distance qui séparait les deux maisons. Le ciel était nuageux, mais la fraîcheur agréable. Lorsque Lafrenière les accueillit dans le salon de sa demeure, de toute évidence, Blanche avait vu juste : sa seule présence obligea les deux hommes à faire preuve de politesse. Les échanges restèrent courtois malgré leurs différends.

— Je comprends votre colère, monsieur Girard, dit Lafrenière, mais les circonstances exigeaient un contrôle absolu de la situation. Quand on s'obstine à camper sur des positions erronées, on doit en assumer les conséquences.

— Je vous remémorerai ces mots lorsque les vents tourneront, répliqua Girard.

— Rien ne laisse penser que cela puisse se produire.

— Je vous croirais si le gouverneur Aubry était de votre côté. Cependant, autant que je sache, il reste fermement au commandement de la colonie au nom de l'Espagne. Si cela s'avère nécessaire, il n'hésitera pas à réunir ses troupes. Je parle d'un éventuel nouveau soulèvement.

— Dans ce cas, du sang de nos compatriotes coulerait. Et nous ne voudrions évidemment pas en arriver là.

— Cela est difficile à croire sortant de la bouche de celui qui provoque les hostilités.

Lafrenière rougit légèrement mais prit sur lui pour ne pas perdre la face. Il s'approcha d'une table sur laquelle se trouvaient plusieurs documents et en saisit un qu'il tendit à Girard.

— Voici le brouillon du *Mémoire des habitants et négociants de la Louisiane sur l'événement du 29 octobre*. Une fois corrigé, nous le distribuerons pour que tout le monde prenne connaissance de nos motivations. Durant la brève période où nous avons eu à le supporter, Ulloa s'est comporté en tyran. Je présume que vous êtes d'accord avec moi sur ce point-là...

Girard parcourut le texte en diagonale et garda le silence.

— Afin que les positions de chacun soient claires, poursuivit Lafrenière, nous avons préparé ce texte de ralliement à la cause créole, dit-il en lui tendant une feuille. Avant de prendre votre décision, je vous conseille d'examiner attentivement les signatures. Demandez-vous ensuite si vous désirez que votre nom figure ou non à côté de ceux de ces familles. Comme moi, vous êtes libre de signer ou non, monsieur, mais l'avenir de votre famille en dépendra, ajouta-t-il en regardant Blanche.

Girard jeta la feuille par terre et se leva, furieux.

— Partons !

Elle se baissa pour ramasser le document et le rendit à Lafrenière.

— Lorsqu'on profère des menaces dans une phrase où l'on parle de liberté, lui dit-elle en le regardant droit dans les yeux, c'est qu'on perd la raison, monsieur.

12

La Nouvelle-Orléans, fin de l'année 1768

LA SENSATION ENIVRANTE DE TRIOMPHE céda la place à des semaines d'incertitude. Suzette eut le sentiment que la vie était devenue un ouragan, alors que ce n'était plus la saison. L'expulsion du gouverneur espagnol avait été l'œil du cyclone, le moment trompeur où, au cœur de la tempête, les vents commencent à s'apaiser, la pluie cesse brusquement, le ciel s'éclaire et la fureur semble arriver à son terme.

Mais les vents revinrent et les nuages réapparurent.

La nouvelle obsession des créoles insurgés était que les calfats, œuvrant par dizaines sur le *Volante*, finissent une bonne fois pour toutes de réparer la carène et la mâture afin que, de gré ou de force, la maudite frégate disparaisse, et avec elle, le drapeau espagnol flottant dans l'air sans parler, évidemment, des derniers officiers espagnols qui restaient dans la colonie.

Le refus de Jérôme de signer le texte d'adhésion à la cause créole ne fut pas sans conséquences. Certes, il n'y avait plus d'hommes armés à l'entrée de leur demeure pour leur barrer le passage, mais Suzette se sentait toujours prisonnière. N'importe quel membre de la famille risquait de subir l'outrage et l'opprobre publics s'il osait sortir. Les familles ne se réunissaient plus, si bien que Suzette ne pouvait parler à ses amies. Elle n'avait pas revu Belmont depuis le jour du soulèvement. Son père lui avait assuré que la signature du jeune homme ne figurait pas sur le texte d'adhésion à la cause créole. Ainsi, il ne la considérait peut-être pas comme la fille d'un traître et ne la haïssait pas pour cela. Il était aussi possible qu'il ne l'ait pas encore signé au moment où ses parents s'étaient rendus chez Lafrenière. Quoi qu'il en soit, une menace d'expulsion de la colonie planait sur les Girard et tous ceux qui étaient tenus pour sympathisants des Espagnols.

Pendant ce temps, l'autorité et la popularité de Lafrenière augmentaient. Les nouveaux administrateurs qu'il avait nommés au Conseil, dont son beau-frère et le mari de sa nièce, fondèrent une banque indépendante – une caisse de prévoyance – avec le capital des colons les plus fortunés, dont les terres et les négoces servirent de garantie. Le message était clair : ils s'occupaient de tout et n'avaient nul besoin des Espagnols. Ni des amis des Espagnols comme les Girard.

Le drame survint une nuit de mi-décembre, l'avant-veille du treizième anniversaire de Suzette, quand elle fut réveillée par les cris désespérés de sa mère.

— Que se passe-t-il ? demanda-t-elle terrorisée à Margaux, qui s'était déjà levée et se couvrait d'un déshabillé. C'est la guerre ?

— Je ne sais pas.

Les deux sœurs sortirent dans le couloir pour se diriger vers la chambre des enfants, d'où provenaient les cris, à présent devenus des lamentations. Sur le pas de la porte, la servante Anne, qui tenait la petite Pauline effrayée et en larmes dans ses bras, n'articula qu'un mot :

— Thierry.

Suzette éclata en sanglots.

Son frère fut le premier mort qu'il lui fut donné de voir dans sa vie, une expérience qui lui causa un traumatisme dont elle eut bien du mal à se remettre.

Le jour de son anniversaire, il n'y eut pas de fête.

Pas de Noël ni de Nouvel An non plus. Le deuil était pour Thierry, mais aussi pour l'avenir incertain de la colonie, pour les amitiés perdues et pour la paix brisée par la haine.

Début mars 1769, une lettre de Benoît Leroux arriva. Jérôme Girard la lut à haute voix à sa femme et à ses filles aînées.

Cher monsieur,

J'espère que la présente vous trouvera bien portants, vous et votre famille. Grâce à Dieu, nous sommes tous en bonne santé ici. Cécile vous envoie ses amitiés. Les enfants grandissent dans la joie, ce qui n'est pas rien sur ce territoire crucifié par l'incertitude, depuis que le capitaine espagnol Francisco Riú nous a apporté en 1767 la surprenante nouvelle de l'attribution effective de l'ouest de la Louisiane à l'Espagne. Heureusement, des rumeurs me sont parvenues selon lesquelles ce monsieur serait reparti, car rien de ce qu'il proposait n'était atteint ni respecté. Il s'est évertué à infliger des amendes aux négociants qui abusaient du commerce d'alcool et de tafia avec les Indiens et à les obliger à obtenir de nouvelles patentes depuis La Nouvelle-Orléans.

Les Espagnols pourront envoyer tous les capitaines qu'ils voudront, c'est le commandant français Bellerive qui continue d'exercer son autorité. Nous sommes chanceux de les avoir, lui et le notaire Labuxière. Il faut vivre ici pour comprendre la situation. Les gouvernements incertains provoquent une grande instabilité économique et sociale. Par ailleurs, l'imposition de lois commerciales est souvent fâcheuse, car ceux qui les rédigent ignorent comment fonctionnent les relations entre Indiens et Européens de différentes nations. Les sauvages s'enivrent et nous réclament du brandy ; si nous ne le leur fournissons pas, il n'y a pas de négoce. Si les Français ou les Espagnols ne leur donnent pas d'armes, ils les obtiennent des Anglais, avec qui il est difficile de rivaliser. En un mot, les Britanniques ont renforcé leur présence aux frontières et de notre côté, nous maintenons de bons contacts principalement avec les Kaskaskia, les Peoria et les Cahokia.

Compte tenu de la situation, mon cher ami, le retrait du monopole de Girard et Leroux n'aurait pu arriver à un pire moment. Cela a répandu l'idée que n'importe qui pouvait jouir de la liberté de commercer, et la concurrence est féroce. Je crois que, compte tenu de la distance, du temps qui passe et des circonstances, il serait préférable de dissoudre notre société. On m'a concédé quelques arpents de terre dans les prairies voisines, aussi ai-je décidé de me consacrer également à l'agriculture et à l'élevage.

J'ai estimé ma part de la valeur des installations à Saint-Louis et de nos biens en commun (peaux, douze esclaves, bétail et chevaux, porcs, charrues et outillage de ferme et de forge, meubles, ustensiles de cuisine et couverts en argent, maisons, moulin, étables et terres) à quatre-vingt mille livres françaises, dont je m'acquitterai en quatre paiements de vingt mille livres par an, et ce à partir de 1771, si cela vous convient, puisque je suis actuellement dans l'impossibilité de réunir une telle somme.

J'espère que la dissolution de la compagnie ne mettra pas en cause l'amitié que nous avons partagée.

Que Dieu vous garde de nombreuses années.

Girard soupira en se remémorant l'euphorie avec laquelle ils avaient tous deux organisé la première expédition dans le Nord six ans auparavant.

— Il fait maintenant preuve à mon égard d'une formalité excessive, observa-t-il. C'est comme ça. Tout a un début et une fin. Même si, pour être honnête, je ne l'avais pas imaginée si tôt.

— Vous allez donc accepter ? s'enquit Blanche.

— Oui. Je pense qu'il fait erreur, mais une société à deux, c'est comme un couple marié. Si l'un des associés se montre désenchanté, le négoce cesse définitivement de fonctionner. Je préfère éviter qu'un ami me témoigne de la méfiance.

— Ma rupture avec Étienne aurait-elle influencé sa décision ? demanda Margaux en se sentant un peu coupable. Il n'en parle même pas…

— S'il y avait eu des liens familiaux, il n'aurait sans doute pas osé franchir le pas, s'empressa d'intervenir Blanche. Mais compte tenu de l'incertitude actuelle, nous sommes heureux de t'avoir ici, ma chérie, ajouta-t-elle avec un sourire réconfortant. Il a peut-être eu vent de la position de notre famille.

— Si M. Leroux et Étienne avaient été là, fit remarquer Suzette, ils auraient signé le texte d'adhésion à la cause créole.

Girard haussa les sourcils.

— À qui s'adresse ce reproche ? À eux ou à moi ?

Suzette ne sut que répondre.

— Je t'ai posé une question, jeune fille. J'aimerais connaître ton opinion.

— Je ne vois pas Louise, Jeanne et Marie depuis la réception des Fournier, il y a des mois, murmura-t-elle. Je voudrais juste que tout redevienne comme avant.

Si elle avait correspondu avec Louise et Jeanne, elle n'avait aucune nouvelle de Marie, sans doute parce que son père s'était rangé du côté des insurgés.

— Nous le désirons tous, Suzette, dit sa mère. Il est fort probable que cette situation ne dure pas éternellement. Les rebelles ont beau se rassembler, on perçoit des signes de faiblesse. Une de nos servantes m'a raconté que ce matin, au marché, elle a entendu une conversation entre un Allemand qui a un étal de riz et de maïs et un homme qu'elle ne connaissait pas. Ce dernier disait à l'Allemand, pour aviver sa rancœur contre les Espagnols, que tant que le *Volante* serait amarré dans le port, il ne fallait rien vendre, ce à quoi l'Allemand a répondu qu'il aimerait bien qu'il y ait dix frégates comme celle-là, car alors il pourrait certainement tout vendre…

Girard esquissa un sourire.

— Cela fait écho à ce que Bamboula m'a dit avoir entendu d'un domestique de M. Aubry. Certains Allemands ont changé d'attitude. Les insurgés sont allés les chercher pour qu'ils descendent comme ils l'ont fait en octobre, cette fois pour accélérer le départ de la frégate, mais d'Arensboug a prétexté qu'ils ne pouvaient abandonner leurs récoltes et leurs labours ; et il a ajouté que, s'ils recouraient à leur service, ils devraient les payer, on le leur avait promis la fois précédente en alléguant des ordres du gouverneur. En réalité, ceci était faux, ils n'avaient jamais reçu l'argent.

Puissent ses parents avoir raison, pria Suzette.

Cependant, lorsque la maudite frégate espagnole leva l'ancre un mois plus tard, le 20 avril, rien ne semblait présager de véritables changements, ni la possibilité de retrouver sa vie d'avant.

Un incident raviva toutefois ses espoirs.

Fin avril, M. de la Ronde, désormais affaibli, rendit visite à Girard dans son entrepôt. Sa fille Marie l'accompagnait, et par chance, ce jour-là, Suzette était aussi avec son père. Les deux amies, qui ne s'étaient pas vues depuis plus d'une année, s'étreignirent longuement.

— Mais tu me dépasses, Marie ! s'écria Suzette en constatant qu'elle ne devait plus se pencher pour embrasser son amie.

Elle recula pour l'observer.

— Comme tu as changé et comme tu es belle ! Tu m'as beaucoup manqué.

— C'était horrible, se plaignit Marie. Mon père m'a interdit de t'écrire. Il a aussi menacé les esclaves s'ils faisaient quoi que ce soit pour que je rentre en contact avec ta famille.

— C'est ce que j'ai imaginé, chuchota Suzette. C'est horrible que nos pères soient dans des camps différents. Cela dit, si ton père est venu convaincre le mien, il n'y parviendra pas. Nous devons réfléchir à un plan pour pouvoir nous voir comme avant... Jamais plus on ne nous séparera si longtemps !

— J'ai bien peur que ce soit impossible, chère Suzette, répondit Marie, les yeux embués de larmes, avant de retirer une lettre de la poche de sa jupe. Je pensais la remettre à quelqu'un ici pour qu'il te la fasse parvenir. Je ne sais pas ce qui se passe, mais mon père a mis en vente notre plantation et nos esclaves. Je crois que nous allons nous installer en territoire anglais. Je ne pouvais pas partir sans te dire au revoir. Et je ne veux pas m'en aller !

Suzette comprit alors que le vent était en train de tourner. Quelques mois auparavant, la menace de devoir quitter la colonie planait sur sa famille. Si à présent de la Ronde, qui avait soutenu les rebelles, voulait partir, cela ne pouvait signifier qu'une chose : son père avait eu raison depuis le début. Elle regretta d'avoir douté de lui et se réjouit à l'idée que ce cauchemar allait prendre fin, même si sa joie était ternie par la tristesse de son amie. Elle cherchait les mots adéquats pour la consoler quand la porte du bureau de son père s'ouvrit et de la Ronde sortit. Comme il ne s'arrêta pas, les jeunes filles se donnèrent une rapide accolade.

— Moi non plus, je ne veux pas que tu t'en ailles, murmura Suzette à l'oreille de son amie.

— Marie m'a tout raconté, dit-elle une fois qu'elle fut seule avec son père. Pouvez-vous faire quelque chose pour eux ?

— Son père cherche à présent de nouveau mon amitié et mes conseils. Je lui ai recommandé de ne rien vendre, de parler avec le gouverneur Aubry et de rallier le groupe de ceux, de plus en plus nombreux, qui acceptent les Espagnols. Il est encore temps.

Suzette poussa un soupir de soulagement et étreignit son père.

— Merci, Père.

Il lui caressa la tête avec tendresse, en priant en silence pour que ce ne soit effectivement pas trop tard.

Saint-Louis, Haute-Louisiane, avril 1769

Cécile Dubois fut réveillée au petit matin par le son de la pluie tambourinant contre les vitres. Benoît n'était plus dans le lit. C'était un homme matinal qui jamais ne dérogeait à ses habitudes, qu'il pleuve ou qu'il vente. Il devait déjà être dans sa maison de la ville.

Elle se pencha à la fenêtre, mais ne vit pas grand-chose. Le paysage était une tache grise où l'on distinguait à peine les silhouettes des toits des hangars, la clôture en bois du potager, les arbres et les collines au loin. De temps en temps, une telle journée était bienvenue. Comme ils ne pourraient pas sortir, elle laisserait ses enfants dormir un peu plus longtemps. Ils papillonneraient ensuite dans la maison et, pour s'occuper, ils aideraient à préparer le pain ou des pâtisseries, ou encore effectueraient de menus travaux de réparation. Puis ils se plongeraient dans la lecture d'un livre, ce que Benoît et elle encourageaient.

Elle s'habilla et descendit à la cuisine, où Theresia et sa fille Manon, devenue une belle adolescente, s'affairaient déjà aux fourneaux. Benoît conservait sa maison dans le centre de Saint-Louis pour sauver les apparences, mais il passait en réalité son temps dans la ferme Dubois, raison pour laquelle il y avait fait venir les esclaves indiennes.

Assise à la table en bois, Cécile but un café et mangea une tartine de marmelade, savourant l'agréable sensation de tranquillité, que des coups à la porte vinrent interrompre.

Elle alla ouvrir, persuadée qu'à cette heure-ci il ne pouvait s'agir que d'un voisin ayant besoin d'aide. Elle s'assura malgré tout que le fusil et le pistolet étaient à leur place, sur le linteau. Elle n'était pas peureuse et n'avait pas dû utiliser ces armes depuis qu'elle vivait ici, mais il convenait d'être prévoyante sur ce territoire où débarquaient tant d'étrangers.

L'homme trempé qui attendait sous le porche ne lui était pas inconnu. Son cœur se serra.

René Dubois.

Son mari, qu'elle croyait en France.

L'eau dégoulinait de son pardessus en cuir décati. Des images du passé vinrent à l'esprit de Cécile. Le décès de sa mère quand elle était enfant. Le remariage de son père. Le jour où elle fut conduite au convent des Ursulines pour, sous prétexte de recevoir une bonne éducation, s'en débarrasser. Le jour où on l'en sortit inopinément pour la marier de force à un homme plus âgé qu'elle détesta dès le premier instant. La rudesse avec laquelle il la possédait lorsque l'envie le prenait. Les heures de travail pour maintenir la boulangerie à flot, pendant qu'il passait ses après-midi de taverne en taverne. La seule bonne chose que René lui avait donnée était son cher Étienne.

— Que fais-tu ici ?

Elle eut un haut-le-cœur à l'idée qu'il pouvait s'installer en ville.

René tapota son tricorne contre sa cuisse pour en secouer l'eau.

— Tu ne me proposes pas d'entrer ? demanda-t-il sur un ton enjôleur. Quelque chose de chaud ne serait pas de refus.

Il fit mine d'avancer, mais elle lui barra le passage, les bras croisés sur sa poitrine. Elle le fixa. Elle se le rappelait plus épais et plus grand ; son visage avait perdu son aspect juvénile, ses joues s'étaient creusées. En revanche, l'éclat fourbe de son regard n'avait pas changé.

— Tu n'es pas le bienvenu dans ma maison.

— C'est aussi un peu la mienne. Tu l'as certainement payée avec l'argent que tu m'as volé pendant toutes ces années, lança-t-il en jetant un œil autour de lui sans pouvoir dissimuler sa cupidité. Au moins, tu l'as bien investi. On nous en donnera une somme coquette lorsque nous la vendrons, ajouta-t-il en s'approchant d'elle.

— Fiche le camp !

Cécile le poussa et profita des secondes de perplexité de Dubois pour lui claquer la porte au nez, mais il réagit à temps et l'empêcha de fermer le verrou.

— Je sais que tu partages ton lit avec un autre homme, comme une vulgaire traînée, lui jeta-t-il à travers la fente qui augmentait sous la pression de son épaule.

Il la surveillait depuis deux jours et avait soutiré des informations à la propriétaire de la chambre qu'il louait. Il savait qu'elle vivait avec le fameux négociant Benoît Leroux et qu'elle avait quatre enfants en plus d'Étienne.

Il ne faisait nul doute qu'il n'était pas le géniteur. Ils portaient néanmoins son nom et par conséquent lui appartenaient. Étienne avait vingt ans et pouvait prendre ses propres décisions, mais les autres, il les ramènerait à La Nouvelle-Orléans. Hormis le plus petit, ils pourraient travailler à la boulangerie ; et dans quelques années, s'il parvenait à les arracher des griffes de leur catin de mère et à sauver leur réputation, il trouverait des candidats parmi les fils de négociants connus pour marier les filles. Sans compter que le voyage en bateau pour remonter le Mississippi et le logement avaient occasionné beaucoup de frais et une grande perte de temps. Il ne rentrerait pas les mains vides. Il poussa avec plus de vigueur.

À l'intérieur, le dos appuyé contre la porte, Cécile sentit qu'elle ne résisterait pas longtemps. Elle appela en criant les domestiques qui, alarmées, accoururent aussitôt. Tandis qu'elles la remplaçaient, Cécile saisit le fusil et le pistolet. Elle devrait bien viser. Les armes n'étaient chargées que d'une balle.

À un signe de sa part, Theresia et Manon s'écartèrent de la porte qui s'ouvrit d'un coup.

Cécile pointa la poitrine de René avec le pistolet. Celui-ci, le visage figé par la stupeur, leva les mains.

— Je ne vais rien te faire, articula-t-il sur un ton faussement soumis. Je voulais juste te parler de l'avenir de nos enfants.

— Toi et moi, nous ne partageons plus rien.

Lorsque René fit mine d'avancer, Cécile dirigea le canon du pistolet vers le bas et tira près de ses souliers maculés de boue ; elle jeta ensuite l'arme déchargée par terre et pointa le boulanger avec le fusil à barillet unique.

Déterminée, Cécile fixa René dans les yeux pour lui faire comprendre qu'elle n'hésiterait pas à le tuer. Jamais elle ne renoncerait à ce qu'elle avait obtenu elle-même au prix de tant d'efforts. Elle entendit les voix affolées des enfants dans les escaliers et perçut le mouvement de Theresia qui se précipitait vers eux, mais elle ne bougea pas d'un pouce.

Les mains toujours en l'air, René recula jusqu'au porche, où il ramassa son chapeau qui était tombé. Il le brandit dans la direction de Cécile.

— Tu ne te débarrasseras pas de moi si facilement, hurla-t-il avec rage.

13

Kaskaskia, Haute-Louisiane, avril 1769

Ishcate avait appris qu'il devait prendre ses propres décisions, se forger ses propres opinions et ne pas croire tout ce que lui disaient les autres, aussi proches soient-ils.

Fort déçu par le changement de position aussi subit qu'intéressé des partisans de Pontiac, dont son frère Kicounaisa, il avait envisagé de s'installer dans le quartier blanc de Kaskaskia et de trouver un travail fixe auprès des négociants de peaux de Saint-Louis. Cependant, n'étant pas de nature sédentaire, il avait finalement choisi de rester vivre dans sa tribu, sous son propre tipi.

Il consacrait ses journées à chasser en petit groupe et à se rendre à Saint-Louis pour vendre des peaux et des pièces de gibier. Il pouvait ainsi parcourir les prairies et les forêts à cheval. C'était là qu'il se sentait heureux.

Ses affaires avec les commerçants de la nouvelle ville en plein essor marchaient bien, surtout avec Benoît Leroux et Étienne Dubois, les associés de Girard, l'homme qui l'avait recueilli sous son toit à La Nouvelle-Orléans. Le père de Suzette. Il n'avait ni oublié son air sérieux et formel lorsqu'elle lui enseignait le français, ni son visage rond qui s'illuminait quand elle était satisfaite des progrès de son élève. Chaque fois qu'il pensait à elle, il ne pouvait s'empêcher de sourire. Quel âge avait-elle, à présent ? À quoi ressemblait-elle ? Était-elle toujours aussi douce ?

Il se souvenait également de son ami quapaw, Sarazen. Quelle vie menait-il du côté du poste Arkansas ? Il s'était sans doute mis à cultiver du maïs. Ishcate ne l'imaginait pas faire usage d'un arc et de flèches pour tuer, et il priait le Grand Esprit de lui offrir l'occasion de le revoir.

Fin avril, le groupe avec lequel Ishcate avait l'habitude de chasser décida de partir dans la région de Cahokia, à une douzaine de lieues au nord du fort de Chartres, ce qui représentait deux journées de cheval sur un chemin passant au pied d'imposantes falaises.

Une fois arrivés, leurs amis de la tribu Cahokia les emmenèrent chasser sur leurs terres et dans les forêts alentour, puis organisèrent en leur honneur une grande fête où ils partagèrent chants et danses autour des feux. Ishcate se laissa gagner par l'euphorie de la centaine de jeunes hommes qui se passaient des bouteilles d'alcool en riant. Mais lui buvait avec modération et s'arrêtait toujours avant de perdre connaissance. Tous discutaient, plaisantaient, se vantaient des exploits dont eux-mêmes ou leur tribu avaient été les protagonistes, et échangeaient des regards avec les jeunes filles qui se moquaient d'eux à quelques mètres de là. Ishcate devrait bientôt penser à fonder une famille. La plupart de ses amis avaient déjà au moins un enfant. Cependant, s'il avait partagé son lit avec plusieurs femmes, son cœur ne penchait vers aucune en particulier.

Tandis que la nuit tombait sur le village, les Indiens se retiraient dans leurs tipis, et ci et là, gisaient les corps de ceux qui avaient trop bu.

Ishcate rejoignit un petit groupe qui comptait poursuivre la fête dans le local de la compagnie de négociants Bayton, Wharton et Morgan, une échoppe du quartier blanc de Cahokia qui faisait aussi office de taverne. Lorsqu'ils arrivèrent, une demi-douzaine de clients à peine, tous des Indiens, occupaient deux tables. Quelques bougies éclairaient faiblement l'endroit.

Après plusieurs tournées de tafia, les compagnons d'Ishcate s'endormirent sur place et celui-ci engagea la conversation avec un jeune inconnu assis à côté de lui.

— On dirait que la fête est terminée pour aujourd'hui, fit-il remarquer.

— Il ne reste que les meilleurs : nous deux et Pontiac.

— Que dis-tu ? dit Ishcate en riant. L'alcool te donne des hallucinations.

Le jeune inconnu lui asséna un coup de coude pour qu'il jette un œil aux trois occupants de l'autre table.

— Hé, Pontiac !

L'homme assis au milieu était sur le point de s'écrouler sur la table. À en juger par les rides profondes de son visage et ses cheveux poivre et sel coiffés en deux tresses, il avait atteint un âge mûr depuis longtemps.

— Qui m'appelle ? demanda-t-il, la bouche pâteuse.

Le pouls d'Ishcate s'accéléra. En d'autres temps, il aurait été ému de se trouver si près de cet homme, car il avait cru en son discours sur l'union de toutes les tribus contre les Anglais. À présent, il devait se retenir pour ne pas l'affronter ouvertement et lui reprocher son attitude. Il méritait la mort pour trahison. Enfin, s'il s'agissait effectivement de lui.

— Si c'était le célèbre Pontiac, murmura Ishcate sur un ton ironique, il serait entouré de guerriers, comme tous les grands chefs.

L'inconnu cracha par terre.

— Je t'assure que c'est Pontiac, et je t'assure que ce n'est pas un grand chef. Personne ne veut de lui, même pas les siens. Le résultat de nos efforts, de la guerre qu'il a menée et dans laquelle, convaincus par ses propos, nous l'avons tous suivi, a été exactement le contraire de celui escompté. Les Anglais ont renforcé leur présence, d'autres arriveront encore et ils finiront par nous chasser.

— Je suis heureux de rencontrer quelqu'un qui parle avec un esprit sage, même s'il semble un peu brumeux.

Je n'ai jamais accepté qu'il ait trahi ses propres paroles pour passer du côté des Anglais. Un homme ne doit pas vendre ses principes. Je suis Ishcate, fils du chef Couroway des Kaskaskia. Et toi ?

Le jeune inconnu regarda autour de lui, quelque peu nerveux, comme s'il comptait les âmes encore lucides.

— Cela n'a aucune importance. Aujourd'hui, je vais réaliser une grande action et personne ne saura que c'est moi. Mais toi, tu seras témoin de ce qu'a fait le Peoria que tu as devant toi. Tu peux même m'aider, si tu veux. N'as-tu pas toi aussi le sang qui bout dans tes veines ?

Pontiac se leva et avança vers la porte. Le Peoria le suivit, la main posée sur le *takaakani* de sa ceinture.

Ishcate sortit à son tour. Malgré l'obscurité de la rue, il vit le jeune Indien se ruer sur l'ancien grand chef.

— Tu as poignardé l'un des miens et tu nous as tous vendus ! hurla-t-il en lui plantant sa hache dans le dos.

Pontiac émit un son étouffé et se pencha en avant. Il tendit ses bras pour s'appuyer contre un mur. Ses genoux se ployèrent et il tomba lentement à terre, dans une mare de sang. Il ne bougeait plus.

Avant même qu'Ishcate n'ait eu le temps de réagir, l'agresseur s'approcha de lui.

— Fuis, Kaskaskia, si tu ne veux pas avoir d'ennuis.

Ishcate le suivit en courant jusqu'à son cheval. L'engourdissement l'avait subitement quitté. L'homme qui servait à boire savait qu'il avait parlé avec l'assassin. Pontiac avait été tué sous ses yeux. Il se souvint alors avoir entendu le chef kaskaskia Ducoigne raconter qu'il avait vu, quelque temps auparavant, Pontiac poignarder un chef peoria. C'était à cet épisode que le jeune Indien avait fait allusion en lui plantant sa hache dans le dos.

Il talonna sa monture pour s'éloigner au plus vite de Cahokia, mais il ne pouvait pas retourner dans son village. Si le mort était effectivement Pontiac, il allait avoir des problèmes et subirait à coup sûr des représailles. Il devait fuir, mais où ?

Il pensa à l'unique personne qui pouvait l'aider et qui, par chance, se trouvait seulement à deux jours de cheval.

Il chevaucha toute la nuit et toute la journée suivante, s'arrêtant juste le temps nécessaire au repos de sa monture. Le soir, il arriva enfin dans un village appelé Prairie du Rocher, situé à un peu plus d'une lieue du fort de Chartres.

Il faisait déjà sombre lorsqu'il frappa à la porte d'une maison jouxtant une chapelle rudimentaire. Sans tarder, un homme ouvrit.

— Père Meurin...

Depuis son retour dans cette région, le religieux exerçait la fonction de prêtre du diocèse : il avait été autorisé à rester à la condition de ne plus officier en tant que jésuite. Il s'occupait des localités de Sainte-Geneviève, de Kaskaskia, de Prairie du Rocher, de Cahokia et de Saint-Louis, et était par conséquent au fait de tout ce qui se passait dans les environs.

Ishcate lui fit part des événements de la veille et Meurin réfléchit quelques instants.

— Tu vas te cacher ici. De mon côté, je vais aller me renseigner pour savoir s'il s'agissait bien de Pontiac, puis nous prendrons une décision.

Le lendemain, Meurin partit à l'aube.

L'attente fut interminable. Ishcate exécrait cette sensation de ne pouvoir se déplacer librement et de rester des heures à ne rien faire d'autre que patienter et prier le Grand Esprit.

À la nuit tombée, la porte s'ouvrit enfin et Meurin entra.

— C'était bien Pontiac, dit-il sans détour en secouant la poussière accumulée sur ses vêtements en chemin. Des témoins affirment qu'il a été tué par un Peoria, que l'on a vu parler avec un Kaskaskia. Le corps a été emporté à Saint-Louis car les Cahokia ne veulent pas l'enterrer dans leur village. Personne n'a cité de nom, mais s'ils trouvent le coupable, celui-ci pourrait te dénoncer. Je te conseille de disparaître pendant un certain temps pour éviter les représailles.

Meurin pénétra dans sa petite chambre et sortit des vêtements d'une armoire simple en bois.

— À qui la mort de ce traître peut-elle faire de la peine ? lui demanda Ishcate dans l'embrasure de la porte.

— N'importe quel incident peut servir de prétexte pour déclencher la guerre. Les Indiens du Nord ne pardonneront pas l'assassinat de l'un des leurs, même s'il n'avait plus aucun soutien. Ils vont considérer cela comme un affront lancé à l'encontre de toutes les tribus du Nord-Ouest.

— Dans ce cas, je dois rester et défendre les miens. Seuls les coupables et les lâches fuient.

— Et, parfois, les personnes prudentes, dit Meurin en lui présentant une culotte et une chemise. Change-toi.

Le religieux posa d'autres vêtements sur la table de la chambre, puis il étendit un grand tissu, sortit du pain et du fromage d'un garde-manger et enveloppa le tout dedans.

— S'ils t'attrapent et te tuent alors que tu es innocent comme tu l'affirmes, les tiens voudront aussi se venger. Va-t'en. Je préviendrai ta famille, ajouta-t-il en lui tendant le ballot.

Ishcate appréciait Meurin. C'était un homme en qui on pouvait avoir confiance.

Il se changea, attacha ses cheveux, saisit le balluchon et partit au trot sur le chemin qui l'éloignerait de son cher Kaskaskia.

La Nouvelle-Orléans, juillet 1769

Les rumeurs de l'arrivée dans le delta du Mississippi d'un convoi espagnol en provenance de La Havane – capitale administrative et économique espagnole du golfe du Mexique et quartier général de l'armée en terres américaines, que l'Espagne avait reprise aux Anglais à l'issue de la dernière guerre – se répandirent comme une traînée de poudre dans les rues de La Nouvelle-Orléans, les plantations et les établissements jalonnant les méandres du fleuve.

Le bruit courait que les vingt et une embarcations du convoi transportaient une garnison de deux mille hommes sous le commandement d'un capitaine général espagnol au nom d'origine irlandaise : Alejandro O'Reilly. Cette fois, il n'y avait plus aucun doute, les Espagnols étaient venus pour rester.

Le gouverneur Aubry réunit des membres du Conseil de La Nouvelle-Orléans, dont Lafrenière, ainsi que des négociants, parmi lesquels se trouvait Jérôme Girard. Il était accompagné d'un officier espagnol trentenaire qu'il présenta comme étant don Francisco Bouligny.

— Le señor O'Reilly m'a envoyé une dépêche depuis La Balise dans laquelle il me dit avoir été mandaté pour prendre possession de la Louisiane au nom de Sa Majesté le roi Carlos III, déclara Aubry après avoir lu la missive du capitaine général espagnol. Il arrivera dans quelques jours et j'espère que lorsqu'il me remettra en personne lesdits ordres, la paix régnera ici. Je vous préviens, ajouta-t-il au groupe de Lafrenière, que si les habitants s'y opposent d'une manière ou d'une autre, mes troupes se joindront aux Espagnols pour punir leur audace.

Comme personne ne répliqua, il déclara la séance close.

Lafrenière et ses amis restèrent un long moment dans la salle à échanger des commentaires à voix basse. Puis, accompagné de deux hommes, il s'approcha de l'officier espagnol.

— Señor Bouligny, dit Lafrenière, en tant que représentants du peuple de la Louisiane, nous irons avec vous à La Balise afin de parler au señor O'Reilly.

Bouligny accepta et, moins de quarante-huit heures plus tard, les trois Français se trouvaient face au capitaine et inspecteur général d'infanterie des armées royales espagnoles.

Le visage d'Alejandro O'Reilly était marqué par des lèvres sévères, un nez proéminent, un menton carré et une symétrie parfaite des sourcils au-dessus d'yeux brillants et inquisiteurs. C'était un homme imposant à qui le roi avait octroyé le pouvoir d'utiliser tous les moyens nécessaires pour s'assurer de la sujétion de la Louisiane à la Couronne espagnole.

Lafrenière était impressionné. Mobilisant toutes ses forces, il s'éclaircit la voix pour se présenter.

— Nous sommes venus garantir à Votre Excellence la soumission de la colonie aux ordres de Sa Majesté Très Chrétienne et Catholique. La Louisiane n'a jamais eu l'intention de manquer au profond respect qu'elle voue envers le monarque que Votre Excellence représente. Le caractère âpre de don Antonio de Ulloa a été la seule et unique cause des révoltes qui ont éclaté. Les ordres dont vous êtes porteur, Votre Excellence, vous sont suffisants pour vous permettre de prendre possession de ce territoire et seront plus efficaces que les armes. Les Français sont dociles et habitués à être gouvernés avec douceur.

Alejandro O'Reilly, qui avait écouté, l'air sérieux, la harangue du procureur sans l'interrompre, attendit quelques minutes avant de répondre.

— Messieurs, lorsque j'arriverai à La Nouvelle-Orléans, je prendrai un soin particulier à m'informer très précisément sur tout ce qui s'est passé. Tranquillisez le peuple et assurez-le de mes bonnes dispositions. J'ai plaisir à entendre la résolution que vous avez prise. Les hommes guidés par leur délire ne réfléchissent point et ne mesurent pas les conséquences de leurs actes. Vous vous êtes crus capables de résister aux forces de l'un des monarques les plus puissants d'Europe, c'est cela ? Vous avez même pensé que votre roi très chrétien, uni par les liens du sang et par l'amitié la plus étroite au mien, aurait pu soutenir et prendre en considération les cris d'un peuple séditieux !

À ce dernier mot, Lafrenière ouvrit la bouche pour réagir, mais le capitaine général O'Reilly l'arrêta d'un geste de la main.

— En temps voulu, j'écouterai volontiers vos explications. Je n'ignore pas que souvent, ce qui paraît obscur de loin s'éclaircit lorsque l'on s'en approche. Je vous assure que je me renseignerai sur tous les événements avec la considération la plus objective et réfléchie possible, et nous en reparlerons dans quelques semaines.

Les mots de O'Reilly paraissaient aimables, mais Lafrenière, Payen et Milhet le quittèrent en ayant le sentiment que c'était un homme implacable.

Ils rentrèrent à La Nouvelle-Orléans, l'humeur sombre. Alors qu'ils étaient presque arrivés, un orage subit transforma leur court trajet en cauchemar. Comme si le climat annonçait des représailles.

Halé à l'aide de grosses cordes d'amarrage, le convoi de O'Reilly remonta les vingt-quatre lieues qui séparaient l'embouchure du Mississippi de La Nouvelle-Orléans, qu'il atteignit enfin le 17 août.

Jamais on n'avait encore rien vu de semblable et l'événement était sur toutes les bouches. Derrière la frégate du capitaine général naviguaient deux files de dix bateaux entre lesquelles se trouvaient deux navires-hôpitaux. Mais ce n'était que le début du déploiement militaire qui s'étendait au-delà du champ de vision. Quelques curieux se trouvant sur la berge en aval firent rapidement remonter l'information selon laquelle il y avait en plus trois frégates, deux brigantins, six dériveurs, six goélettes, une barge, un paquebot et deux chébecs.

La cérémonie de prise de possession définitive de la colonie par les Espagnols se déroula l'après-midi suivante, sous un soleil accablant.

Au signal du coup de canon tiré du vaisseau amiral, des centaines de soldats débarquèrent des bateaux parés de pavois, de pavillons et de flammes pour se rendre sur la place d'Armes. Ils prirent position face au fleuve, devant une hampe. La maigre troupe de vétérans français et les milices se placèrent à leur gauche et, à la droite de ces derniers, le régiment de Lisbonne forma une colonne. De l'autre côté de la place, en face des Français, s'alignèrent les artilleurs, les fusiliers de montagne, le régiment de dragons et les trois compagnies de Blancs, métis et Noirs. Pour finir, le régiment de La Havane prit place.

Au centre, face à la garde principale, le gouverneur Aubry se tenait aux côtés des membres éminents du Conseil et des notables de la ville. Girard en faisait partie en tant que militaire et négociant.

Lorsque O'Reilly débarqua, l'équipage des frégates cria cinq fois « *¡Viva el rey!* ». Le nouveau capitaine général de la Louisiane arriva sur la place, et, suivi des cortèges espagnol et français, il avança jusqu'au pied de la hampe où il présenta au gouverneur Aubry les ordres stipulant la cession officielle de la Louisiane et les pouvoirs l'autorisant à en prendre possession au nom du souverain espagnol. On arbora le drapeau d'Espagne sur la hampe. Au même moment, d'autres drapeaux furent hissés sur les quatre portes de la ville ainsi qu'en face de la maison qu'allait occuper Alejandro O'Reilly. Les Français, sous les ordres du gouverneur Aubry, proclamèrent cinq fois « *¡Viva el rey!* ». Les troupes espagnoles reprirent l'acclamation encore trois fois, au son de la salve d'artillerie tirée des frégates.

La cérémonie militaire s'acheva par la relève du sergent-major qui conduisit la nouvelle troupe chargée de surveiller la poudre et l'artillerie à son poste. O'Reilly se dirigea alors vers l'église. À l'entrée, le vicaire général, le frère capucin français Dagobert, l'accueillit sous un dais.

Grâce à son père, Suzette assistait à l'événement depuis une position privilégiée et n'en perdait aucun détail. Elle n'avait jamais rien vu d'aussi solennel et, en même temps, d'aussi triste.

Pour ces nouveaux militaires espagnols, c'était un jour de grande fierté. Aux yeux des créoles comme Lafrenière, sous les rubans des cocardes qui flottaient dans les airs, c'était un jour de profonde tristesse. Leurs armes n'auraient pas pu vaincre celles des deux mille soldats espagnols, mais pour eux, il y avait encore plus humiliant que de perdre une guerre : c'était de se voir obligés d'accepter l'ennemi sans même avoir eu la possibilité de livrer bataille. Et ce n'était pas tout. Depuis la rencontre avec O'Reilly, par crainte de représailles, ils ne manquaient plus une occasion de faire l'éloge du militaire espagnol en public.

Suzette tourna alors son regard vers le fleuve, si large et, en apparence, paisible. Ce fleuve qui permettait de rejoindre les terres du Nord, en amont. Les terres sur lesquelles elle imaginait les Indiens, les colons et la nature sauvage ; où elle imaginait Ishcate sur son cheval. Elle aurait aimé parler le langage des poissons qui nageaient à contre-courant – les saumons ou les lamproies – pour qu'ils lui apprennent à devenir libre comme eux.

Elle observa la foule afin de meubler son attente. Les messes spéciales étaient toujours interminables.

Ses yeux se posèrent soudain sur le visage d'un jeune homme qui la fixait.

Elle reconnut Ishcate et son cœur s'emballa. Durant une seconde, elle se demanda si la chaleur excessive ne la faisait pas délirer.

C'était bien lui ! En chair et en os !

Elle dut se retenir de lever une main, le saluer et héler son nom. Elle lui adressa un sourire pour qu'il sache combien elle était heureuse de le voir tout en réfléchissant à la manière de s'échapper de là. La pompe de la cérémonie qui captivait tout le monde jouait en sa faveur. Discrètement, elle lui fit signe de l'attendre.

— J'ai un peu mal au cœur, dit-elle à Margaux. Je crois que c'est bientôt terminé, je rentre à la maison.

Avant que sa sœur ne puisse répondre, elle se faufila parmi la multitude et prit la direction de la rue Toulouse. De temps à autre, elle se retournait pour s'assurer qu'Ishcate la suivait. Elle s'arrêta au coin de la rue de Chartres et attendit. Les rares passants étaient tellement absorbés à commenter la cérémonie qu'ils ne la remarquèrent pas. Elle l'aperçut enfin.

Il était vêtu d'un pantalon en daim à franges et d'une chemise blanche en lin. Une bande de tissu rouge lui entourait la taille et il portait un chapeau en cuir. Il avançait vers elle d'un pas déterminé, un sourire radieux aux lèvres.

Suzette était envahie d'une sensation étrange. Elle voulait courir jusqu'à lui et le serrer dans ses bras, mais elle ne devait pas. Lorsqu'il était parti, elle n'était qu'une fillette et lui un adolescent. À quelques mètres d'elle se tenait à présent un jeune homme de toute beauté – grand, large d'épaules, les traits parfaitement dessinés et les yeux brillants – qui éveillait en elle un désir intense, un élan irrépressible, un mélange de joie et de rêve. C'était un sentiment nouveau qu'elle n'avait jamais éprouvé pour personne, pas même pour Belmont.

— Tu as coupé tes cheveux.

Ce fut la seule chose qui lui vint à l'esprit quand elle se trouva face à lui et dut lever les yeux tellement il était grand.

— Je les ai attachés, j'ai toujours les mêmes longs cheveux que tu me peignais, dit Ishcate en ôtant son chapeau.

Suzette rougit en s'imaginant passer sa main dans les longues mèches.

— Je suis ravie de te voir. Que fais-tu ici ?

Avant qu'Ishcate n'ait eu le temps de répondre, une voix d'homme les interrompit :

— Tout va bien ?

Suzette reconnut un voisin qui se promenait en compagnie de sa femme.

— Oui, monsieur. C'est un des fournisseurs de mon père, improvisa-t-elle. Je lui indique le chemin pour se rendre à ses bureaux.

Elle dut être convaincante, car le couple poursuivit sa route.

Ishcate et elle attiraient immanquablement l'attention. En ce jour spécial, elle avait choisi, comme toutes les femmes de sa famille, une robe de fête en soie, tandis que lui était vêtu de daim. Elle devait trouver un endroit où ils pourraient parler en toute tranquillité. Sachant qu'il valait parfois mieux rester naturel qu'essayer de se cacher, elle le conduisit à la nouvelle demeure des Girard, et plus précisément à l'arrière, dans le jardin qui ressemblait à celui de leur ancienne maison, où ils s'étaient promenés tant de fois ensemble durant son rétablissement. Mais celui-ci était plus grand et agrémenté d'une fontaine encore plus somptueuse. Elle pourrait toujours dire que le jeune homme était venu saluer la famille. Et là, personne ne les dérangerait car son père avait autorisé les domestiques à se rendre à la cérémonie.

Dès qu'ils arrivèrent, elle soumit Ishcate à un véritable interrogatoire. Il lui raconta qu'il vivait depuis quelques mois au poste Arkansas parmi les Quapaw – en éludant toutefois la raison pour laquelle il avait dû fuir le Pays des Illinois – et qu'il était descendu à La Nouvelle-Orléans en compagnie de Sarazen dans le but de recueillir des informations pour ensuite les transmettre au chef Cazenonpoint, furieux de ne plus recevoir de présents ni de la part des Français ni des Espagnols.

— Si nous ne rentrons pas avec de bonnes nouvelles, il est capable de se rendre lui-même en Floride pour exiger des explications aux Anglais, conclut-il sur le ton de la plaisanterie.

— Tu vas rester un peu, alors ? se réjouit Suzette. Je vais demander à mon père de vous prêter une cabane. En voilà une qui n'est pas occupée, dit-elle en désignant celle qui se trouvait derrière elle.

— Nous avons installé notre campement en dehors de la ville. Je pense qu'il est préférable de ne pas abuser de son hospitalité. Mais je te promets que nous nous reverrons.

Ishcate caressa une mèche qui s'était échappée de la chevelure châtain clair longue et soyeuse de Suzette.

— Tu es toujours Suzette, mais tu as changé, murmura-t-il en se remémorant tous les moments où il s'était demandé à quoi elle ressemblait à présent.

Lorsqu'il l'avait quittée, Suzette était une fillette de neuf ans, avide de découvrir le monde. Maintenant, il pouvait entrevoir la femme qu'elle deviendrait : ses traits étaient plus définis, ses lèvres plus charnues, les lignes de son corps et le galbe de sa poitrine se dessinaient. Dans son regard plus profond brillait une flamme nouvelle. Il prit alors conscience que l'enfant de ses souvenirs n'existait plus.

— Tu es… différente, insista-t-il.

Suzette rit. La proximité avec Ishcate lui provoqua une sensation de chaleur.

— Je suis toujours petite. Tout le monde me dit que j'ai le temps de grandir, que je n'ai pas encore quatorze ans. Et j'espère bien prendre encore quelques centimètres. Sinon, tu parles d'une…

Elle allait dire « fiancée ».

Cela faisait des mois qu'elle rêvait du jour de ses noces. Avec Belmont. Elle se sentit soudain coupable de ne pas ressentir cette exaltation à l'égard du jeune Fournier.

Elle devait s'éloigner d'Ishcate. Elle n'en fit rien.

— Le même rire, la même voix, ajouta Ishcate en la fixant avec intensité, mais…

Suzette soutint son regard.

Si elle ne reculait pas d'un pas en cet instant précis, elle regretterait peut-être plus tard ce qui pourrait arriver. Et que pourrait-il arriver ? Qu'ils s'embrassent ? Elle n'avait jamais embrassé personne, mais il ne pouvait rien y avoir de mal à ce que leurs lèvres se rencontrent. Elle savait qu'un baiser sur la bouche était une marque de tendresse entre un homme et une femme. Or, Ishcate l'attirait. S'il se penchait, elle ne reculerait pas. Non, elle ne bougerait pas.

Elle allait l'inviter à s'approcher encore un peu quand un petit bruit s'échappa alors de la cabane. Suzette tourna la tête et vit la poignée en bois se soulever.

La porte s'ouvrit et sa servante apparut, rouge et en sueur, suivie de Bamboula. Le large sourire d'Anne se mua en une expression de surprise à la vue de sa maîtresse.

— Que faites-vous ici ? demanda Suzette.

— Nous terminions une petite réparation, mademoiselle, s'empressa de répondre Anne.

Puis, reconnaissant l'Indien, elle en profita pour changer de sujet.

— Mais c'est Ishcate !

Suzette cligna des yeux, confuse, le temps de reprendre ses esprits. Elle était quasiment dans les bras du jeune homme.

— Nous devons y aller, ajouta Anne. Les maîtres vont bientôt arriver.

À ce moment-là, les cris des enfants Girard envahirent le jardin. Derrière eux apparurent leurs parents et Margaux, très étonnés de reconnaître le Kaskaskia. Comme Suzette avait l'air dépassée, Anne prit les devants. Elle s'approcha de Blanche.

— Le jeune Ishcate est venu vous rendre visite, lui expliqua-t-elle. Il m'a semblé préférable de le conduire ici.

— Merci, Anne.

— Je vois que tu te sens déjà beaucoup mieux, chuchota Margaux avec un sourire ironique.

Après des salutations brèves et polies, Girard interrogea Ishcate sur la situation dans le Nord et sur celle de Leroux. Il espérait que ses affaires marchaient bien, non seulement par sympathie, mais aussi parce que son ancien associé devrait bientôt commencer à s'acquitter des sommes d'argent convenues lors de la dissolution de la compagnie.

— Il continue à développer ses contacts dans le commerce des peaux, dit Ishcate, ainsi que dans la partie anglaise. De nouveaux terrains lui ont été octroyés derrière Saint-Louis et il a acheté du bétail. Quand je suis parti, il songeait à acquérir un moulin et à construire une fabrique de cordes.

Girard fronça les sourcils.

— Il prend beaucoup de risques. Pas trop, j'espère. Lorsque tu le verras, tu lui transmettras mes amitiés.

— Je n'y manquerai pas, monsieur, même si ça ne sera pas dans l'immédiat.

Suzette esquissa un sourire. Cela signifiait qu'ils allaient se revoir. En tout cas, elle, elle ferait tout son possible. Elle allait compter les heures, les minutes et les secondes qui la séparaient de leur prochaine rencontre.

14

La Nouvelle-Orléans, fin août 1769

LES COMMENTAIRES sur l'arrivée triomphale de O'Reilly furent vite remplacés par des rumeurs selon lesquelles ses bonnes intentions, ses réunions avec les notables de la ville et ses paroles aimables sur la nécessité de veiller au bien public et de rendre justice équitablement signifiaient en réalité qu'il avait commencé à recueillir des déclarations sur la révolte des créoles qui avait conduit à l'éviction du gouverneur Ulloa.

— Il a hâte de restaurer la paix et l'ordre, fit remarquer Girard à son épouse dans leur jardin, quelques jours seulement après la prise de fonction de O'Reilly. Tout d'un coup, il n'y a plus ni insurgés, ni critiques, ni insultes à l'encontre des Espagnols. La peur est une arme efficace.

— Nous aspirions à la tranquillité, observa Blanche, alors pourquoi êtes-vous inquiet ?

— Je n'aimerais pas être appelé à témoigner. Or, j'ai bien peur que l'on m'y oblige.

Girard trempa son mouchoir dans l'eau de la fontaine et s'humidifia la nuque et le front. La chaleur des derniers jours était suffocante.

Sur ces entrefaites, une domestique s'approcha, accompagnée de Cathy Lafrenière, visiblement mal en point, les yeux rougis et les mains serrées très fort sur son ventre pour maîtriser sa nervosité.

— Veuillez m'excuser de me présenter à l'improviste, dit la jeune femme, mais je dois vous parler, monsieur. Je vous prie d'accepter de recevoir mon père. Il est à la porte.

Girard échangea un regard avec Blanche avant de demander à la servante d'aller le chercher.

Lafrenière se trouvait dans un état encore plus déplorable que sa fille. Il avait vieilli d'un seul coup et le poids de l'inquiétude lui courbait le dos. Il ne restait plus grand-chose de la fierté qu'il avait arborée moins d'un an auparavant, le jour où il avait présenté le texte d'adhésion à la cause créole.

— J'ai entendu dire que O'Reilly voulait s'entretenir avec vous, dit-il, la voix tremblante, à l'adresse de Girard. Je vous serai éternellement redevable si vous lui faites savoir que depuis son arrivée, je n'ai eu de cesse de parler de lui en les meilleurs termes à mon entourage. Mon opposition était exclusivement liée à l'attitude tyrannique d'Ulloa. Il ne fait pas le moindre doute à mes yeux que le nouveau gouverneur est différent et saura diriger cette colonie avec probité et discernement. Je n'avais nullement l'intention de manquer de respect au roi espagnol.

Jérôme Girard, qui avait tant haï Lafrenière, réfléchit un instant. Par la faute de cet homme, sa famille et lui avaient été insultés et considérés comme des traîtres ; leur demeure avait été caillassée et on leur avait tourné le dos. Il se répétait intérieurement la phrase que Lafrenière avait lui-même prononcée la seule fois où, accompagné de son épouse, il lui avait rendu visite chez lui : « Lorsqu'on s'obstine à camper sur des positions erronées, on doit en assumer les conséquences. » Il ne put cependant s'empêcher de le prendre en pitié.

— Si le cas se présentait, prononça-t-il avec prudence, soyez assuré que je mesurerais mes mots.

Nicolas Chauvin de Lafrenière pencha la tête en signe de gratitude. À voix basse, pour que ses domestiques ne l'entendent pas, Girard ajouta :

— Si vous me permettez un conseil, à votre place, j'envisagerais la possibilité de m'installer du côté anglais.

— J'y ai pensé, mais je ne sais comment m'y prendre, reconnut Lafrenière. Il est impossible de fuir la ville. Les Espagnols surveillent tout.

— Oh, mon Dieu ! s'écria Cathy, alarmée. Nos vies sont-elles en danger ?

Elle ne reçut aucune réponse.

— Mon époux..., balbutia-t-elle en fondant en larmes.

Son mari, Jean Payen, s'était ouvertement rangé du côté de son beau-père, contre l'Espagne. Lafrenière prit le bras de sa fille avec douceur et la conduisit vers la sortie. Avant de partir, Cathy vint se planter devant Girard et le regarda droit dans les yeux.

— Vous n'avez jamais été en bons termes avec mon père, monsieur, ni n'avez voulu entendre ses raisons, mais c'est un homme juste qui pensait seulement au bien de son pays. Il a récemment ordonné au notaire Labuxière d'annuler une vente en Haute-Louisiane où un esclave légitimement marié avait été séparé de sa femme et de ses enfants. Il n'a pas oublié l'affaire, comme c'est très souvent le cas ; il s'est assuré que la loi soit respectée. Aidez-le maintenant, je vous en prie.

Girard serra les lèvres et demeura un long moment silencieux et songeur après le départ de Cathy.

— Je suis bien content que nos filles ne soient pas à la maison aujourd'hui, finit-il par dire à son épouse en soupirant. L'humiliation d'un homme n'apporte aucune satisfaction.

Ishcate s'essuya une nouvelle fois le front tandis qu'il avalait le dernier morceau d'une délicieuse galette fourrée aux petits pois, aux oignons et au poisson. La proximité de l'eau n'atténuait nullement la chaleur accablante qui régnait sur le marché, situé sur une esplanade entre le premier district de la ville et le fleuve, non loin des entrepôts et de la zone de mouillage des quais. Les auvents en toile de jute des marchands européens et indiens offraient peu d'ombre pour protéger leurs produits frais, qu'ils s'empressaient de vendre en proposant à grands cris des prix alléchants. L'endroit était un capharnaüm de langues, d'arômes plus ou moins désagréables – les épices des ragoûts ne dissimulaient pas l'odeur âcre de certaines personnes – et de sons. Les voix des étalagistes, des fermiers, des artisans, des esclaves, des domestiques et des femmes portant des paniers sur la tête se mêlaient au roulement des charrettes, aux gloussements des poules enfermées dans leurs cages, aux aboiements des chiens, au battement d'un tambour, aux glapissements des oiseaux et aux coups d'enclume d'une forge à proximité. De toute évidence, ce marché ne ressemblait guère à celui de Kaskaskia, bien moins animé et bigarré.

Il s'approcha de Sarazen, qui s'était attardé devant un étal d'ustensiles de cuisine, d'étoffes et de bibelots.

— Tu veux apprendre à cuisiner ? plaisanta-t-il.

Sarazen le regarda du coin de l'œil avec un sourire énigmatique. Ishcate comprit qu'il ne s'intéressait ni aux marmites en métal, ni aux poêles, ni aux pétrins ou aux plats de cuisson, mais aux bracelets et aux rubans de soie colorés.

— Je la connais ?

— C'est Mikakh.

Ishcate hocha la tête. C'était une Quapaw jolie, sympathique et déterminée.

— Est-ce qu'elle t'a donné des espoirs ?

— Elle est encore trop jeune. J'attendrai.

Elle a l'âge de Suzette…

Un remue-ménage attira l'attention des garçons. Un chapardeur s'était enfui avec des fruits et le marchand s'était lancé à sa poursuite. À ce moment-là, Ishcate aperçut la tête de Bamboula qui dépassait les autres. Devant lui marchaient Suzette et Anne. Son cœur se mit à battre plus fort, tant il était heureux de la voir. Vêtue d'une robe légère à fleurs rose et bleu et coiffée d'un petit chapeau orné d'un bouquet, elle était magnifique. Elle avançait, attentive à la foule qui l'entourait, comme si elle cherchait quelqu'un. Lorsque leurs regards se croisèrent enfin, elle esquissa un ravissant sourire triomphant et rougit.

Ishcate lui rendit son sourire.

— Quelle coïncidence ! ironisa Sarazen tout bas.

Ils étaient en ville depuis un peu plus de deux semaines et avaient rencontré Suzette une demi-douzaine de fois, presque toujours au marché.

— Que faites-vous ? leur demanda-t-elle, guillerette.

— Sarazen voudrait acheter un cadeau pour une personne spéciale, répondit Ishcate en montrant l'étal. Tu pourrais sans doute être de bon conseil.

Suzette regarda attentivement les bibelots. Elle choisit un bracelet fin en argent orné de petites pierres bleues, qu'elle se passa au poignet.

— Je serais ravie que l'on m'offre celui-ci.

Elle le retira, puis le tendit à Sarazen. Elle s'intéressa alors aux rouleaux de ruban. Elle n'avait pas besoin d'en acheter, mais profitait de l'occasion pour rester tout près d'Ishcate, qui ne la quittait pas des yeux. Ce fut du moins ce qu'il lui sembla.

Des jeunes filles qui voulaient regarder l'étal elles aussi la bousculèrent sans le vouloir et elle perdit l'équilibre. Ishcate la retint par la taille tandis qu'elle s'agrippait à ses mains. Elle sentit la chaleur l'envahir et elle tarda à s'éloigner de lui. Jamais elle n'aurait pensé que le contact physique avec un homme puisse être si excitant. Elle n'avait rien senti de tel quand elle avait dansé avec Belmont. Si un simple effleurement lui causait un tel trouble, elle n'osait imaginer ce qu'elle ressentirait en embrassant Ishcate. D'après Anne, qui lui avait avoué sa relation secrète avec Bamboula, c'était une sensation paradisiaque.

Comme Sarazen avait fait son achat, Suzette reprit sa promenade dans le marché aux côtés d'Anne. Pour éviter de susciter des commentaires susceptibles de parvenir aux oreilles de ses parents, elle devait veiller à ne pas passer trop de temps en compagnie des Indiens.

Les esclaves avaient plus de facilité à se retrouver, pensa-t-elle avec envie. Elle, en revanche, devait se contenter de regarder Ishcate de loin et d'échanger à peine quelques mots lorsqu'ils s'arrêtaient devant un étal. Rien de plus.

Anne l'avertit que l'heure du déjeuner approchait et qu'il fallait rentrer. Suzette prit congé d'Ishcate en souhaitant de tout cœur que le temps passe vite jusqu'à la rencontre suivante.

— Vous vous êtes mis d'accord sur le lieu où vous retrouver la prochaine fois ? demanda Sarazen à Ishcate. Si tu ne veux pas souffrir, tu devrais guider ton cœur pour qu'il s'éprenne d'une femme indienne.

— Et c'est un métis qui me dit ça...

— De père blanc et de mère indienne. Ce n'est pas la même situation. De plus, en tant que fils d'un chef kaskaskia, tu devras assumer des responsabilités envers les tiens.

Ishcate lui donna une tape dans le dos et adopta un ton désinvolte.

— Ne t'en fais pas pour moi. Je te promets de m'intéresser aux amies de Mikakh.

À peine avait-il prononcé ces mots que l'image d'un *sekinaahkwa* – un merle – lui vint à l'esprit, et il se souvint à quel point il aimait son doux gazouillis flûté. Il était très rare qu'un merle siffle deux fois la même mélodie. Parmi tous les oiseaux qu'il avait observés, le merle était le seul à rester monogame jusqu'à la mort de son partenaire.

Alors que Suzette venait de partir, il avait déjà hâte de la revoir.

La Nouvelle-Orléans, septembre 1769

Trois semaines après avoir demandé à Girard d'intercéder auprès des Espagnols, Lafrenière se rendit à neuf heures du matin au domicile de O'Reilly. Il y trouva son beau-frère, son gendre, le mari de sa nièce et huit autres hommes. Ses espoirs d'apaisement se dissipèrent lorsqu'il comprit la situation : les meneurs de la révolte avaient été convoqués séparément et sous des prétextes différents. Ni les notables de la ville ni les représentants des guildes n'étaient là. Ils étaient tombés dans un piège.

— Au nom du roi, vous êtes en état d'arrestation, leur dit O'Reilly sans détour. Les documents que j'ai recueillis depuis que j'ai pris mes fonctions vous accusent d'avoir été les principaux instigateurs de la rébellion contre le gouverneur élu, don Antonio de Ulloa, et le gouvernement de Sa Majesté catholique. Je tiens à ce que vous puissiez vous défendre, aussi serez-vous entendus et jugés selon les lois.

Une tempête de protestations brisa le silence. Les inculpés répétèrent les mêmes excuses, en vain. Un premier groupe fut mené dans une embarcation amarrée au port, un autre à la caserne et un troisième au bâtiment du Conseil. Ils furent conduits à pied, de manière que tout le monde les voie et que la nouvelle se répande rapidement.

Pour apaiser les esprits, O'Reilly fit dès le lendemain usage de son droit de grâce, qui ne s'étendit cependant pas aux meneurs de la révolte.

Deux jours plus tard, les habitants de La Nouvelle-Orléans défilèrent dans le bureau du gouverneur pour prêter allégeance à la Couronne espagnole. Les premiers furent le frère Dagobert et les religieux capucins ; ensuite, les précepteurs et les instituteurs ; puis les propriétaires terriens et les négociants ; enfin, le reste de la population. Les Allemands et les Acadiens envoyèrent des députés pour les représenter. Le serment de fidélité était à chaque fois lu d'abord en castillan, puis en français. Chaque personne devait apposer sa signature ou, si elle ne savait pas écrire, faire une croix sous laquelle un officier inscrivait son nom.

Le jour où les propriétaires terriens prêtèrent serment, les familles Girard, de la Ronde, Fournier et Le Sénéchal restèrent sur la place d'Armes pendant que les chefs de famille signaient.

Malgré l'atmosphère tendue, Suzette était ravie de revoir ses amies Marie, Jeanne et Louise, sans crainte de se faire insulter ou taxer de traître. La peur avait changé de camp. Parce qu'il avait suivi le conseil de son père, M. de la Ronde n'avait pas été inclus dans le groupe des détenus ou des suspects. De même, Belmont s'était finalement maintenu à l'écart de la politique. Les Fournier ne seraient donc pas inquiétés. Quant à Louise Le Sénéchal, fille unique de feu le commissaire de la marine, elle et sa mère avaient passé ces derniers mois en marge de tout conflit.

Suzette débordait de joie de retrouver ses amies, mais plus encore de la présence d'Ishcate à La Nouvelle-Orléans – son grand secret.

Lorsque les hommes et la veuve Le Sénéchal eurent quitté le bâtiment après avoir prêté allégeance, ils s'attardèrent sur la place pendant que les jeunes filles bavardaient. L'été, les familles qui possédaient des plantations venaient peu en ville et profitaient de toutes les occasions pour prendre des nouvelles des uns et des autres. En outre, contrairement aux journées précédentes, la chaleur n'était pas insupportable ce matin-là.

Deux officiers espagnols s'arrêtèrent pour parler aux adultes. Le plus jeune – visage rond, cheveux et yeux châtain clair – se tourna vers Suzette et ses amies et fit un léger salut de la tête.

Alors que les officiers poursuivirent leur chemin, Belmont Fournier s'approcha.

— Nous venons d'apprendre que le beau-frère de Lafrenière, celui qui avait épousé la petite-fille de d'Arensboug, était mort sur l'embarcation où il était détenu. Il était très agité depuis son arrestation et son cœur n'a pas résisté.

— Ce sont ces Espagnols qui vous l'ont dit ? voulut savoir Suzette.

Belmont acquiesça.

— Celui qui vous a salué, c'est le señor Francisco Bouligny, lieutenant d'infanterie. Il exerce maintenant la fonction d'interprète. Le plus âgé, c'est don Tomás Durán, bras droit de notre futur gouverneur, un certain Luis de Unzaga. Il va falloir nous habituer à ces *don* et *señor*. Au fait, ajouta-t-il à l'adresse de Louise, ta mère en a profité pour vanter tes mérites... Ils sont tous deux célibataires.

Louise rougit. Comme elle était encore demoiselle à dix-neuf ans, sa mère ne cessait de lui suggérer des noms de prétendants.

— La connaissant, je suis sûre qu'elle va bientôt organiser un bal.

— Telle était son intention, en effet, mais Mme Girard l'a convaincue d'attendre le procès des prisonniers.

— Pauvre Cathy Lafrenière, dit Margaux. Son père et son mari... Il paraît qu'ils sont complètement ruinés. Ils ont financé la rébellion, et leurs terres ainsi que leurs négoces ont servi de garantie à la banque créole, qui est en train de mettre la clef sous la porte. Quand bien même ils vendraient l'ensemble de leurs biens, ils ne pourront faire face à toutes leurs dettes. Que va-t-elle devenir ?

Jeanne se tourna vers son frère :

— Si tu n'avais pas suivi les conseils de M. Girard, nous serions aujourd'hui dans la même situation.

— Mais nous ne le sommes pas, rétorqua Belmont, légèrement irrité d'entendre sa sœur aborder le sujet.

S'il avait pris la décision la plus sage, la flamme de la passion pour défendre sa terre s'était allumée dans son cœur. Certes, la quiétude recommençait à régner dans les rues de la ville, mais la paix intérieure tarderait à revenir.

— Que dirais-tu d'une petite promenade, Su ? demanda-t-il en montrant le fleuve. J'ai la permission de ton père.

Suzette acquiesça, devant les ricanements de ses amies et le rictus envieux de sa sœur, qui, âgée de dix-sept ans, n'avait pas non plus de prétendant.

Ils marchèrent en silence, profitant de la journée splendide, du retour à la tranquillité à laquelle ils aspiraient depuis des mois, des voix des passants, des cris des enfants.

— Voilà bien longtemps que nous n'avions pas échangé, dit Belmont. J'espère que la saison des bals va vite revenir. J'avais hâte de te revoir.

— Moi aussi, dit-elle en luttant en son for intérieur contre un torrent d'émotions contradictoires.

Bien sûr, Belmont lui manquait lorsqu'ils ne se voyaient pas pendant des semaines. Elle aimait le son de sa voix, sa façon de s'adresser à elle, la spontanéité de leurs conversations, l'intérêt qu'il portait à ses opinions, la légère pression de ses mains dans les siennes ou sur ses hanches le soir où ils avaient dansé... Sans compter qu'elle avait de l'affection pour sa famille. À l'image du fleuve Mississippi, dont l'origine et la destination étaient claires et connues – il prenait sa source dans le Minnesota et se jetait dans le golfe du Mexique – et dont le cours sinueux traversait des terres fertiles, Belmont représentait la promesse d'un avenir agréable.

Mais depuis qu'Ishcate était en ville, elle était bouleversée. Un démon s'était glissé dans son esprit et lui répétait sans cesse que le jeune Kaskaskia était le véritable artisan de son bonheur, présent et à venir. Elle avait beau essayer, elle ne parvenait pas à faire taire cette voix qui lui parlait de torrents et de chutes d'eau sur des terres inconnues. Elle se forçait à ne pas penser à l'avenir, où la possibilité qu'il y ait une place pour Ishcate était réduite à néant.

— Si tu le veux bien, nous pourrions nous retrouver plus souvent, ajouta Belmont en lui offrant son bras, qu'elle accepta. Je suis sûr que tes parents n'y verront pas d'inconvénient.

Suzette acquiesça d'un hochement de tête. Elle fixait toujours l'horizon lorsque soudain, Ishcate entra dans son champ de vision. Elle lâcha instinctivement le bras de Belmont.

Ishcate s'approcha et les salua avec courtoisie.

— Je ne sais pas si tu te souviens de moi, monsieur, nous nous sommes rencontrés il y a quelques années dans la maison de mademoiselle, dit-il en désignant Suzette, qui s'efforçait de ne pas le regarder afin de rester calme.

— Oui, j'ai cru comprendre que tu étais en ville, réagit Belmont sur un ton neutre.

En réalité, il ne savait pas quoi dire à Ishcate, et la réaction de Suzette ne lui avait pas échappé. Un silence gênant s'installa. Pour détendre l'atmosphère, Suzette se tourna vers Ishcate :

— Mon père m'a raconté que Sarazen et toi vouliez vous entretenir avec le nouveau gouverneur. Cela a-t-il été possible ?

Elle connaissait déjà la réponse. Non. Voilà pourquoi Ishcate était encore en ville.

— Nous attendons qu'il nous reçoive, répondit Ishcate avant de regarder Suzette droit dans les yeux, comme pour s'assurer qu'elle comprenne ce qu'il s'apprêtait à lui dire. S'il ne le fait pas d'ici une semaine, nous repartirons.

Le cœur de Suzette s'arrêta.

Une semaine.

Sept jours avant que son bonheur ne s'éteigne.

Cette nuit-là, elle ne parvint pas à dormir. Elle fit les cent pas dans sa chambre en se demandant que faire pour voir Ishcate en tête à tête, pour l'empêcher de partir, pour arrêter le temps. La réponse était toujours la même : rien.

— Peut-on savoir ce qu'il t'arrive ? s'enquit Margaux.

— Il fait très chaud, mentit Suzette.

— Eh bien, tu n'as qu'à sortir un moment dans le jardin.

Suzette se vêtit d'une simple robe décontractée et alla réveiller Anne.

— Il faut absolument que je le voie !

— À cette heure-ci, mademoiselle ? protesta la jeune fille. C'est imprudent.

— Va chercher Bamboula ! Je vous attends à l'entrée.

Elle devait le voir seule à seul sans être interrompue ni compter le temps. Était-ce son imagination ou avait-il lui aussi des sentiments pour elle ? Elle voulait en avoir le cœur net avant qu'il ne reparte. Elle ne pourrait prendre de décision concernant son avenir aux côtés de Belmont tant qu'il existait la moindre chance que le cœur d'Ishcate batte avec la même illusion que le sien.

Le campement où dormaient Sarazen et Ishcate était entouré d'une palissade en piètre état, qui offrait une faible protection ; il était situé après le terrain que l'on appelait la place des Noirs, le seul endroit où les esclaves étaient autorisés à se retrouver pour leurs célébrations ou pour danser les dimanches et les jours de fête.

En ce milieu de semaine, Suzette, Anne et Bamboula ne croisèrent personne dans les rues ni sur la place. Les âmes éveillées en cette nuit estivale se trouvaient à l'autre bout de la ville, dans les tavernes près des quais. La solitude pesait, mais la présence de Bamboula était rassurante. Son gabarit imposant lui permettait de se déplacer entre les ombres sans que des personnes malintentionnées l'approchent.

— Si le maître l'apprend, il me punira, souffla-t-il à Anne. S'il ne me tue pas ou ne me vend pas...

— Il n'y a aucune raison qu'il l'apprenne, lui répondit-elle sans savoir qu'ils étaient suivis.

Ils atteignirent les tentes situées autour d'un feu de camp. Un Indien les accueillit avec méfiance. Il arrivait que des prostituées s'aventurent dans le campement, mais ces femmes étaient trop jeunes, trop bien habillées et protégées par un géant. Il dégaina son couteau et pointa Bamboula.

— Je cherche Ishcate, s'empressa de dire Suzette.

Accompagnant ses mots de gestes, elle lui fit comprendre qu'elle seule irait le voir. Sans quitter Bamboula des yeux, l'Indien lui indiqua un petit tipi et la laissa passer.

Suzette se dirigea à grands pas vers la tente. Elle souleva la peau qui servait de porte, entra et s'agenouilla près du corps qu'elle ne pouvait voir dans la pénombre, et d'où émanait un agréable mélange de fumée, de cuir et de sueur. Ishcate se réveilla en sursaut et, d'un mouvement rapide, se jeta sur elle et lui plaqua un couteau à la gorge.

— C'est moi !

Reconnaissant sa voix, Ishcate s'écarta, surpris, et l'aida à se redresser. Ils restèrent assis l'un contre l'autre.

— J'aurais pu te tuer. Ne t'approche jamais ainsi d'un Indien ! Tu es venue toute seule ? demanda-t-il, soudain inquiet.

— Anne et Bamboula sont dehors, répondit Suzette en posant sa main sur la sienne. Je suis contente que tu te préoccupes pour moi. Et triste que tu repartes, ajouta-t-elle tandis qu'il ne disait rien.

— Ma mission ici est terminée.

— Ces derniers jours, j'ai cru que tu te plaisais en ville. Tu n'as pas songé à rester ?

— Ma place est auprès des miens.

Ishcate fixait toujours la main douce de la jeune fille sur sa peau.

— Tu vas me manquer. Beaucoup.

— Tu as M. Fournier.

Suzette pencha légèrement la tête. Il lui sembla déceler une pointe de jalousie dans le ton d'Ishcate, ce qui la confortait dans l'idée qu'il l'appréciait plus que ce que ses mots ne le laissaient supposer. Son cœur cogna dans sa poitrine.

— Il y a des Indiens qui vivent en ville. Ils vendent sur les marchés ou travaillent sur les quais, ou dans des négoces comme ceux de mon père.

— Je ne cultive pas de maïs et je n'ai pas de maître. Je chasse, vends ou échange des peaux quand j'en ai envie et je me bats quand il le faut.

— Comme j'aimerais être aussi libre que toi, soupira Suzette.

Il leva les yeux et sonda les profondeurs de son regard. Il y vit la même ardeur que celle qu'il ressentait et qu'il s'obligeait à réprimer. Sarazen avait raison : il devait s'éprendre d'une femme indienne auprès de qui cheminer dans la vie. Lorsqu'il avait vu Suzette se promener au bras de ce jeune Blanc, il avait éprouvé de la jalousie et il avait pris conscience que tous deux appartenaient à des mondes radicalement différents.

— Que comptes-tu faire ? lui demanda-t-il.

Suzette caressa alors du bout des doigts le visage d'Ishcate.

— Partir avec toi, répondit-elle sans le quitter des yeux.

Ishcate la repoussa gentiment afin de mettre fin à la torture de ses caresses. Son cœur lui disait d'enlever la jeune fille sur l'heure et de l'emmener loin, où tous les soldats de Louisiane réunis ne pourraient les retrouver. Sa raison lui conseillait cependant d'attendre que le Grand Esprit leur accorde une chance de se revoir ; de laisser Suzette grandir afin qu'elle puisse mesurer les implications de sa fuite avec un Indien.

— Tu parles avec le cœur et non avec la tête. Tu es encore jeune.

— Je vais bientôt avoir quatorze ans, protesta-t-elle, l'âge auquel s'est mariée ma mère. Je ne suis pas comme ma sœur Margaux, qui a rompu ses fiançailles avec Étienne parce qu'elle veut vivre dans la soie et le luxe. De plus en plus de femmes embarquent sur les bateaux en direction de Saint-Louis. Tu m'as toi-même raconté qu'il y avait beaucoup de mariages entre Indiens et Blancs dans ton pays…

Ishcate interrompit ses arguments en plaquant ses lèvres sur les siennes et en la serrant contre lui. Si elle continuait à parler avec autant d'audace et de détermination, elle finirait par le convaincre et il ferait une folie. Si le fait de l'embrasser n'en était pas déjà une.

Suzette s'abandonna à son étreinte avec fougue et appréhension. Elle savoura le premier baiser de sa vie. Elle goûta les lèvres d'Ishcate comme si c'était le fruit le plus délicieux de la Terre. Elle apprécia la texture humide et souple de sa langue et, pendant un long moment de délectation, elle lui prouva qu'elle n'était plus une enfant.

Ishcate la repoussa délicatement. Les baisers de Suzette s'étaient avérés aussi tentants, sinon plus, que ses mots. En écoutant la raison, il s'obligeait à renoncer à des instants exquis comme celui qu'ils venaient de partager.

— Il vaut mieux que tu partes, dit-il d'une voix rauque.

— Ce n'est pas ce que je veux.

Suzette caressa la longue chevelure noire d'Ishcate. Elle avait besoin de s'accrocher à quelque chose pour garder la tête hors de l'eau dans le courant sauvage qui coulait en elle. Elle s'installa sur ses genoux et passa ses bras autour de son cou pour l'embrasser encore une fois. Elle eut de nouveau la sensation que la chaleur et l'agréable humidité de la nuit provenaient de son corps et non de l'extérieur. Elle crut s'évanouir au moment où il lui répondit avec un mélange bouleversant de douceur et d'empressement. Elle sentit ses lèvres sur son visage, son cou ; ses mains sur sa poitrine, ses hanches, ses cuisses. Elle entendit leurs respirations, légèrement haletantes, qui, par un mécanisme magique, vibraient à l'unisson.

Ishcate rompit alors la magie. Il la repoussa de nouveau, se leva et, la prenant par les deux mains, la souleva sans effort. Il sortit et appela Anne, qui accourut, effrayée.

— Mademoiselle va partir, l'informa-t-il avant de se perdre dans la pénombre.

15

La Nouvelle-Orléans, septembre 1769

DURANT LES JOURS QUI SUIVIRENT cette rencontre, Margaux passa son temps à épier Suzette. Elle n'avait parlé à personne de ce qu'elle avait vu dans le campement. Selon ce qu'elle en dirait, cela pourrait paraître impardonnable ou, au contraire, insignifiant.

Sa sœur, accompagnée d'Anne et de Bamboula, avait rendu visite à l'Indien Ishcate et était restée une vingtaine de minutes sous sa tente, seule avec lui. Quand elle en était ressortie, sa tenue était aussi impeccable qu'avant d'entrer.

Si cela venait à se savoir, la réputation de Suzette serait entachée à jamais. Et si une telle rencontre se reproduisait, ce qui n'était pour l'instant pas arrivé, il y aurait plus de risque que quelqu'un l'apprenne. Si elle en parlait à leurs parents, même s'il n'y avait pas lieu de s'inquiéter, un domestique entendrait la conversation – car il y en avait toujours un qui écoutait aux portes – et le remède pourrait alors être pire que le mal. Or, leurs parents avaient déjà bien assez de préoccupations. À l'instar de son père, nombreux étaient les colons qui avaient prêté allégeance à la Couronne espagnole. Toutefois, l'atmosphère restait tendue dans l'attente des procès des meneurs de la révolte qui allaient se tenir sous peu.

En suivant les allées et venues de Suzette pendant une semaine, Margaux s'aperçut qu'elle sortait souvent, généralement sous prétexte d'accompagner Anne au marché, alors que c'étaient les domestiques assignés aux cuisines qui étaient chargés d'acheter les provisions. Au retour, plutôt que d'emprunter le chemin le plus court, elles longeaient la place d'Armes du côté du fleuve, continuaient sur les quais, poussaient jusqu'au couvent des Ursulines, tournaient à gauche, puis rentraient par la rue Bourbon. Autrement dit, elles parcouraient quasiment toute la ville d'un pas leste, et l'attitude de sa sœur était des plus étranges. Suzette était aux aguets, comme si elle s'attendait à voir surgir quelqu'un à tout moment. Puis, une fois arrivée chez elle, elle se rendait dans le jardin, toujours aussi agitée, et l'arpentait de long en large. Elle semblait réfléchir, comme si elle avait une décision importante à prendre. Margaux les vit rencontrer Ishcate une seule fois et Anne s'était éloignée pour les laisser parler seule à seul. La conversation avait duré à peine une dizaine de minutes.

Le dimanche soir, après le dîner, Margaux monta dans sa chambre bien décidée à s'entretenir sérieusement avec sa sœur. Lorsqu'elle franchit le pas de la porte, Suzette referma précipitamment le couvercle de son coffre.

— Que fais-tu ? demanda l'aînée.

— Rien, je cherchais quelque chose. Ce doit être ailleurs.

Margaux s'approcha et la dévisagea. Suzette était pâle.

— Tu as l'air inquiète, ces jours-ci. Tu sais que s'il t'arrive quoi que ce soit, tu peux m'en parler.

— Oui, bien sûr, répondit Suzette en souriant. Tu te couches déjà ? Moi, je vais rester un peu dans le salon avec Père et Mère.

— Je prends un livre et je vous rejoins.

Margaux attendit d'être seule pour ouvrir le coffre, bien décidée à découvrir ce que sa sœur tramait. En fouillant, ses mains se posèrent sur un balluchon. Elle le dénoua et comprit de quoi il s'agissait.

Elle referma le coffre, sortit en hâte de la maison et gagna les cabanes des esclaves, à côté des écuries. Elle demanda à parler à Bamboula, en espérant qu'il ne soit pas allé à la fête dominicale sur la place des Noirs.

Par chance, elle le trouva.

— C'est toi que je viens voir, lui dit-elle sans préambule, car je sais qu'Anne me mentira et que Suzette la défendra. Ma sœur a préparé un paquet contenant les affaires auxquelles elle tient beaucoup et a plié ses robes les plus simples et les moins encombrantes. Elle a aussi rassemblé une petite somme d'argent. J'ai l'impression qu'elle s'apprête à faire un voyage pour lequel elle sait qu'elle ne doit pas emporter trop de bagages.

L'homme grand et robuste baissa la tête sans mot dire.

— Tu te rends compte que tu t'es mis dans de beaux draps en l'aidant ? La semaine dernière, je vous ai suivis jusqu'au campement des Quapaw. Mon père ne pardonnera pas une telle trahison, Bamboula. Je n'aimerais pas être à ta place. Dis-moi, quand compte-t-elle partir ?

— Après-demain, à l'aube.

Margaux avait encore le temps d'intervenir.

— Si tu souffles ne serait-ce qu'un mot de tout cela à qui que ce soit, tu le regretteras. Demain matin, tu me conduiras au campement. À huit heures. Et prie pour que nous réglions la situation sans que mes parents l'apprennent.

Le lendemain, Margaux sortit en prenant grand soin de ne pas faire de bruit. Sa mère et sa sœur se réveillaient généralement plus tard, mais elle, elle aimait se lever tôt et se promener. Elle n'aurait donc aucune excuse à inventer si elle croisait quelqu'un. Bamboula l'attendait. Durant le trajet jusqu'aux abords de la ville, Margaux ne lui adressa la parole qu'une seule fois, pour le réprimander :

— Comment as-tu pu l'encourager à commettre une telle bêtise, Bamboula ? Je pensais que tu étais un homme raisonnable et digne de confiance.

— Mlle Suzette m'a menacé de me séparer d'Anne si je ne tenais pas ma langue, murmura-t-il. L'amour nous fait perdre notre bon sens.

— Que sais-tu donc de l'amour ! grommela-t-elle entre ses dents.

Margaux pressa le pas pour bien lui faire comprendre que le sujet était clos : l'amour était une question d'intérêts. Elle était à présent convaincue que l'attirance qu'elle avait pu autrefois ressentir pour Étienne n'était pas vraiment de l'amour. La flamme se serait éteinte en un rien de temps. Le véritable amour était celui que lui portaient ses parents, qui avaient fondé un foyer heureux et respectable, et veillaient à ce que leurs enfants ne manquent de rien. Et cela, elle n'aurait pas pu l'obtenir avec Étienne, pas plus que sa sœur avec cet Indien. Le seul fait d'y penser lui retournait l'estomac.

À peine arriva-t-elle au campement qu'elle aperçut Ishcate en train de discuter avec Sarazen tandis que les autres Indiens démontaient leurs tentes. Cela lui parut étrange, car Bamboula lui avait dit qu'ils ne partiraient que le lendemain. Elle avança droit vers eux et leur parla sans détour.

— Mon père t'a ouvert la porte de sa maison pour te sauver la vie, et tu as profité de la situation. Ma sœur ne partira jamais d'ici avec toi.

— Mademoiselle Margaux, intervint Sarazen, vous vous trompez...

— Je sais qu'elle a organisé sa fugue en cachette, l'interrompit-elle. Vous partez demain. Je suis venue vous sommer de vous en aller sur-le-champ, ou...

— Ou ? demanda Ishcate en inclinant légèrement la tête.

Pendant un court instant, Margaux comprit pourquoi sa sœur avait perdu la raison. Ishcate le sauvage était un jeune homme très séduisant. Ses traits étaient parfaitement dessinés ; son visage, envoûtant.

— Je parlerai à mon père et au gouverneur. Ils vous chasseront à coups de fusil.

— Cela ne sera pas nécessaire, reprit Sarazen d'un ton calme.

Margaux cligna des yeux. Elle ne pensait pas qu'il lui serait si facile de les convaincre.

— Nous partons ce matin même, ajouta Ishcate. Suzette ne le sait pas.

— Le problème est résolu, alors.

Elle tourna les talons pour rejoindre Bamboula.

Sarazen la rattrapa.

— C'est Ishcate qui a voulu que nous avancions notre départ d'un jour. Il sait que Suzette en aura le cœur brisé, mais il fait ce qu'il faut. Elle n'aurait pas accepté qu'il renonce finalement à la prendre avec lui.

— Allons donc, maugréa Margaux. Si ton ami ne l'avait pas enjôlée, tu n'aurais pas à défendre sa noblesse. Il aurait dû garder ses distances depuis le début. Suzette n'est pas née pour appartenir à un homme comme lui. Il faut être bien sot pour ne pas le comprendre. J'espère seulement qu'il n'est rien arrivé d'irrémédiable entre eux.

— Tous les cœurs souffrent, mademoiselle, répondit Sarazen. Les blancs, comme les noirs et les rouges. La douleur de cette séparation sera insurmontable.

Suzette ne put fermer l'œil de la nuit. Elle égrenait les heures en attendant le moment où Anne et Bamboula devaient l'accompagner au campement. Sa décision était sans appel : elle ne pouvait s'imaginer vivre loin d'Ishcate. S'il ne voulait pas rester à la ville, c'est elle qui partirait avec lui. Tout serait plus simple pour eux deux sur les terres moins peuplées, loin de La Nouvelle-Orléans. Elle prendrait soin de lui. Elle savait tenir les comptes. Avec ce qu'il gagnerait en vendant les peaux et la chair du gibier qu'il chasserait, elle s'occuperait du logis dans lequel ils habiteraient. Elle était prête à renoncer à tout, même à Belmont, pour passer sa vie auprès d'Ishcate. Les baisers qu'ils avaient échangés l'avaient convaincue qu'ils étaient faits l'un pour l'autre.

Certes, elle était triste de s'éloigner de sa chère famille, mais ses sentiments envers Ishcate étaient plus forts que ceux qui l'unissaient à ses parents ainsi qu'à ses frères et sœurs. Elle avait conscience qu'elle allait les blesser. Cependant, tout le monde se remettait d'une séparation avec sa famille après un mariage – d'aucuns s'en réjouissaient même. Les couples ne restaient pas tous à La Nouvelle-Orléans : certains partaient pour la France ou dans les colonies britanniques de l'Est, d'autres au nord, comme les Leroux. Avec le temps, ils sauraient la pardonner car ils l'aimaient. Et alors, ils se reverraient.

Quant à Belmont, lui non plus ne lui en tiendrait pas rigueur. Elle désirait qu'il rencontre une autre jeune femme qui lui permette de l'oublier et ressente la même passion pour lui qu'elle envers Ishcate.

Peu avant l'aube, elle ouvrit sans bruit son coffre et s'empara du ballot où elle avait empaqueté tout ce qui lui était indispensable. Elle s'approcha de sa sœur, déposa un baiser sur son front et se dirigea vers la porte, les yeux emplis de larmes. Sa compagnie et leurs conversations nocturnes allaient beaucoup lui manquer.

— Suzette..., murmura Margaux.

Elle se figea. Elle l'avait réveillée. Elle l'avait pourtant à peine effleurée des lèvres ! Elle resta un instant immobile, en silence. Margaux parlait peut-être dans son sommeil. Mais celle-ci ouvrit la moustiquaire, sortit du lit et avança vers Suzette, sans paraître étonnée de la voir habillée, un paquet entre les mains. Cette dernière balbutia quelques mots pour inventer une explication. Margaux l'interrompit.

— Tu ne vas nulle part, Suzette.

Elle posa ses mains sur ses épaules, chercha son regard dans la pénombre et lui parla sur un ton à la fois affectueux et ferme.

— Ishcate a quitté le campement hier, il ne t'a pas attendue. Il ne veut pas que tu l'accompagnes.

— Qu'est-ce que tu en sais ? répondit Suzette, incrédule, en clignant des yeux.

Elle essaya de se libérer, mais sa sœur la saisit vigoureusement par le bras.

— Un soir, je vous ai suivis. Bamboula m'a tout avoué. Hier, je suis allée parler à Ishcate et je l'ai menacé de révéler vos projets à nos parents. En fait, il avait déjà décidé de partir. Quand je suis arrivée là-bas, ils étaient en train de démonter leurs tentes. Ishcate ne voulait pas te le dire. Non seulement il a joué avec tes sentiments, mais en plus, c'est un lâche.

— Tu ne le connais pas, dit Suzette en fondant en larmes. Ishcate ne ment pas. Toi, si. Il part ce matin... Et je m'en vais avec lui.

Elle regarda sa sœur, les yeux remplis de haine, libéra son bras et quitta la chambre en courant. Margaux saisit une cape dans son armoire et se lança à ses trousses. Suzette commencerait à douter lorsqu'elle ne verrait pas Anne et Bamboula à l'entrée. Elle s'arrêta alors dans la cabane d'Anne et lui ordonna :

— Appelle Bamboula et rejoignez-nous, nous allons au campement.

Une fois dans la rue, elle vit que Suzette, malgré l'obscurité, avait poursuivi son chemin. Elle courut derrière elle mais ne parvint pas à réduire la distance qui les séparait.

En arrivant au campement, qui était vide, Suzette ralentit son allure puis s'immobilisa et s'écroula.

Margaux, qui l'avait enfin rejointe, s'agenouilla à côté d'elle et passa un bras autour de ses épaules.

— C'est mieux ainsi, même si tu ne le comprends pas encore, lui dit-elle d'une voix très douce, mais furieuse contre celui qui causait tant de peine à sa petite sœur. Tu n'es pas née pour être la femme d'un Indien. Un jour, tu auras honte de l'erreur que tu étais sur le point de commettre. Je te donne ma parole de ne plus jamais parler de cette histoire.

Suzette ne dit mot.

Elle pleura jusqu'à l'épuisement.

Lorsque le jour commença à poindre, elle se laissa reconduire par Margaux. Anne et Bamboula marchaient derrière les deux sœurs, en silence.

De retour dans leur chambre, Margaux l'aida à se déshabiller et à revêtir sa chemise de nuit. Puis elle la borda et l'embrassa sur le front.

Dans un moment de lucidité, Suzette songea à fouetter Anne pour la punir de sa trahison et à faire tout son possible pour que son père vende Bamboula. Ils sentiraient ainsi ce qu'est la douleur de la séparation.

Qu'ils aillent en enfer ! L'endroit où elle venait de sombrer.

La Nouvelle-Orléans, octobre 1769

Le procès des instigateurs de la rébellion des colons dura deux mois, période durant laquelle Suzette fut malade.

Elle souffrit tout d'abord d'une fièvre élevée, de frissons et sua abondamment. Pendant dix jours, le fantôme de la mort du petit Thierry plana sur la maisonnée et ses parents craignirent le pire, car le médecin ne parvenait pas à poser de diagnostic. En dépit de ce que les symptômes pouvaient laisser croire, il ne s'agissait ni de la fièvre jaune ni de la malaria. Ce n'était pas non plus la variole. Le plus difficile était de ne pas comprendre ce qui avait plongé la jeune fille dans cet état préoccupant.

Puis la fièvre retomba et Suzette recommença, de force, à manger un peu. Elle resta cependant silencieuse et affaiblie durant plusieurs semaines. Rien ne l'intéressait. Elle désirait seulement qu'on la laisse tranquille pour pouvoir penser à Ishcate : elle imaginait son périple en se remémorant ses descriptions de méandres charmants, de marécages mystérieux, de prairies à perte de vue, de plantes et d'animaux sauvages, de forêts impénétrables. Même si sa sœur lui avait répété à maintes reprises qu'Ishcate ne voulait pas qu'elle parte avec lui, elle s'accrochait à la conviction que lui aussi souffrait de leur séparation. Elle l'imaginait tourmenté. Un jour, ils se retrouveraient et il lui donnerait les véritables raisons de son départ. L'idée qu'elle ait pu être une simple passade lors de son séjour en ville était intolérable.

Ayant épuisé tous les moyens pour tenter de la sortir de son apathie, sa famille entreprit de la tenir informée de ce qui se passait dans la colonie, devenue une province espagnole, et notamment des procès ordonnés par le gouverneur O'Reilly, durant lesquels des dizaines de témoins avaient été entendus et les accusés interrogés. Les avocats de ces derniers alléguèrent qu'ils ne pouvaient être jugés selon la loi espagnole puisque Ulloa n'avait pas pris officiellement possession de la colonie, mais l'argument fut déclaré irrecevable.

Girard fut appelé à témoigner.

Il se limita à narrer en toute objectivité sa rencontre avec d'Arensbourg, l'attaque qui s'était ensuivie à l'entrepôt, puis son assignation à résidence. Il mit l'accent sur la confusion qu'avait pu susciter l'attitude du gouverneur Ulloa chez les insurgés ainsi que sur le fait que O'Reilly avait été largement accepté par tous comme représentant de la Couronne espagnole. Il quitta la salle, envahi d'un sentiment amer : il était impossible de nager entre deux eaux. Bien qu'il ne l'ait pas accusé directement, ses mots ne pouvaient guère jouer en la faveur de Lafrenière.

Le 24 octobre, le tribunal rendit son verdict, qui fut affiché publiquement :

À la suite de l'affaire jugée dans la ville de La Nouvelle-Orléans par-devant son excellence don Alejandro O'Reilly contre les principaux instigateurs de la rébellion qui a secoué cette province, les peines suivantes ont été prononcées :

Sont condamnés à la pendaison : Nicolas Chauvin de Lafrenière, Jean Payen, Joseph Villeré (par contumace), Pierre Marquis, Pierre Caresse et Joseph Milhet.

Sont condamnés à une peine d'emprisonnement dans le fort El Morro de La Havane : Masan, dix ans ; Hardi de Bois-Blanc, six ans ; Petit, perpétuité ; Poupé, six ans ; Milhet (frère du susdit), six ans ; Doucet, dix ans.

Tous les biens des personnes susmentionnées seront confisqués.

Satisfait d'avoir fait appliquer la loi et du jugement rendu, O'Reilly ordonna au gouverneur français Aubry de procéder aux pendaisons dès le lendemain afin de clore l'affaire au plus vite et d'éviter un soulèvement en réaction à la sévérité des condamnations.

Aubry, qui s'était toujours scrupuleusement plié aux exigences de sa fonction, se sentit défaillir lorsqu'il prit connaissance du verdict. La loi était la loi, mais Lafrenière était son voisin. Ils se connaissaient de longue date. Ils avaient été maintes fois en désaccord lors de réunions. Il l'avait averti qu'il encourait de graves problèmes s'il s'opposait au gouvernement espagnol. En vain. Il serait exécuté sous peu. Aubry se consolait en se disant qu'il pouvait tout de même lui épargner l'humiliation d'être pendu aux yeux de tous.

— Votre Excellence, nous n'avons en ce moment aucun bourreau en ville.

Le gouverneur O'Reilly fronça les sourcils. Cette tâche ne pouvait être confiée à n'importe qui, et s'il fallait en faire venir un de La Havane, cela retarderait trop les pendaisons – le trajet durait une vingtaine de jours – et pourrait donner lieu à des émeutes.

— Ils seront donc fusillés. Demain. Que l'information soit rendue publique.

Le lendemain, le 25 octobre 1769, après l'heure du déjeuner, il n'y avait plus âme qui vive dans les rues.

Comme tous les habitants, les Girard se claquemurèrent et attendirent, dans un silence insoutenable, le retentissement des coups de feu qui mettraient fin à ce calvaire.

— Pauvre Cathy, répétait Margaux. J'aimerais tant être à ses côtés pour la consoler.

— Comme si une consolation était possible, murmura Blanche. Perdre son mari et son père le même jour…

Suzette regardait son père, qui faisait les cent pas dans le salon. Ces derniers temps avaient été difficiles pour lui. Même s'il n'était pas du même avis qu'eux, ceux qui se trouvaient face au peloton d'exécution espagnol étaient des compatriotes français. Aux yeux de certains, c'étaient des traîtres. Pour d'autres, ils resteraient des héros. Durant un instant, elle se sentit réconfortée de ne pas avoir empiré les choses en partant avec Ishcate...

L'horloge sonna trois heures.

Il faisait un temps magnifique. Le soleil brillait juste assez pour réchauffer l'atmosphère sans la rendre étouffante.

Par de telles journées, La Nouvelle-Orléans avait encore plus de charme, songea fugacement Nicolas Chauvin de Lafrenière, devant la caserne espagnole. À côté de lui, son gendre sanglotait. Ses trois compatriotes ne disaient mot. Lafrenière se demanda si Dieu le jugerait aussi sévèrement que les hommes. Il avait profité de la vie qui lui avait été donnée. Il avait toujours pris les décisions que sa conscience lui dictait. Il lui était impossible de revenir en arrière et il ne regrettait rien. Tout au plus, la souffrance infligée à sa famille. Mais à penser ainsi, on ne ferait jamais rien. On se contenterait de regarder la vie défiler, assis dans un fauteuil. Vivre, c'était agir. Jusqu'au bout.

— Chargez..., ordonna l'officier à ses soldats. En joue...

— Feu ! cria Lafrenière.

Après le dernier chant de l'oiseau de l'horloge des Girard, la volée de tirs des mousquets rompit le silence pesant.

C'en était fini, pensa Suzette en se rappelant soudain le décès de son frère Thierry et sa douleur après le départ d'Ishcate. Les corps des défunts allaient bientôt perdre leur couleur – de la même manière que s'estompaient les traits des absents dans les souvenirs –, et les vivants qui les avaient aimés allaient devoir supporter un chagrin déchirant, jusqu'à ce que l'impétueux courant du temps l'emporte au loin.

DEUXIÈME PARTIE

Cours moyen

16

La Nouvelle-Orléans, printemps 1770

L'EXÉCUTION DES NOTABLES de la ville, vint confirmer que le nouveau gouvernement espagnol n'y allait pas de main morte.

Soulagés d'avoir échappé au trépas ou à la prison, d'autres agitateurs potentiels acceptèrent les ordres de O'Reilly et ravalèrent leur rage. Le vieux d'Arensbourg fut autorisé à résider à La Nouvelle-Orléans, mais on obligea ses fils à vendre leurs biens et à s'installer sur le territoire du poste des Opelousas, à quarante-six lieues au nord-ouest. Seize négociants au bras long, dont Isaac Monsanto et ses frères, furent expulsés pour commerce illégal, même si tout le monde s'accordait à dire que ce n'était pas un hasard s'ils étaient juifs ou protestants.

Dès la fin du mois de novembre – quelques semaines seulement après les exécutions –, alors que s'enchaînaient sans répit les journées de vent et de pluie, le gouverneur espagnol modifia la loi française et mit en place les nouvelles structures administratives espagnoles. Le *cabildo* remplaça le Conseil supérieur de la colonie en tant qu'organe suprême de gouvernement. Dans ce qu'on appellerait par la suite le Code O'Reilly, le gouverneur prit des dispositions aussi concrètes que les nouvelles unités de poids et de mesures qui devraient désormais être utilisées dans les marchés. Il promulgua aussi un décret en décembre interdisant le commerce des esclaves amérindiens. La traite des Africains continuait d'être régie par le Code noir français, mais O'Reilly introduisit une nouvelle loi restrictive, permettant aux esclaves d'acheter leur liberté et celle de leurs proches. Par ailleurs, les dispositions financières qu'il adopta améliorèrent la situation financière de la nouvelle province espagnole.

Les créoles devaient bien reconnaître que tout semblait fonctionner relativement bien. Ils avaient pourtant surnommé O'Reilly le Sanguinaire, car ils ne pouvaient oublier son attitude impitoyable à l'égard de leurs compatriotes rebelles.

Ce fut donc avec soulagement qu'ils accueillirent en ce printemps 1770 la nouvelle selon laquelle Madrid rappelait O'Reilly pour occuper la côte algérienne et conquérir toutes les places d'Afrique du Nord. Ils apprirent au même moment la mort du dernier gouverneur français : alors qu'il s'apprêtait à fouler sa terre natale, Aubry avait péri au mois de février au large de Bordeaux dans le naufrage du *Père de Famille,* sur lequel il voyageait.

Il fallut des semaines à Jérôme Girard pour se remettre de la tragédie qui avait frappé son ami. Après avoir eu tant de fil à retordre en Louisiane, Charles Philippe Aubry aurait enfin pu se reposer avant d'assumer une nouvelle charge, puisqu'il n'était pas excessivement âgé, mais il s'était noyé en mer. Certains firent allusion à Lafrenière, comme s'il avait déployé ses tentacules d'outre-tombe pour se venger du rôle d'Aubry dans la révolte créole. Homme réaliste et pragmatique, Girard ne croyait pas à la sorcellerie. Il reconnaissait cependant que le destin avait scellé de manière ironique un chapitre de l'histoire de la Louisiane.

Après le départ d'Alejandro O'Reilly, le poste de gouverneur de la Louisiane et la présidence du *cabildo* de

La Nouvelle-Orléans furent confiés au colonel du régiment de La Havane, Luis de Unzaga, que Girard avait aperçu avec son secrétaire, le señor Durán, le jour du serment d'allégeance à l'Espagne.

Le castillan fit peu à peu son entrée dans les conversations entre les militaires espagnols et les jeunes filles créoles. Même le frère Dagobert introduisit des expressions castillanes au début et à la fin des messes en latin, afin de montrer les efforts des citoyens.

Les officiers espagnols profitaient d'ailleurs des célébrations religieuses pour lorgner les demoiselles à marier issues des familles de notables influents de la ville.

Jamais les Girard n'auraient pu imaginer que le cœur de Tomás Durán, le bras droit du nouveau gouverneur, battrait pour Margaux.

Jérôme avait beau vouloir s'accorder tout le mérite, il mettait les fiançailles de sa fille sur le compte de la fortune. La récente obtention d'une nouvelle patente pour son négoce de peaux découlait de son opposition à la révolte créole. Son flair et sa fermeté politiques s'étaient avérés justes. Le fait que sa fille aînée devienne à présent l'épouse du señor Durán était certes dû au hasard, mais de toute évidence, une telle opportunité ne se serait pas présentée s'il avait suivi la voie rebelle de Lafrenière.

Parmi toutes les jeunes filles de la ville, don Tomás Durán avait jeté son dévolu sur Margaux ! se répétait-il avec satisfaction. Il remercia le ciel pour le discernement dont faisait preuve sa fille aînée, qualité qu'elle tenait, selon lui, de son épouse. Comme Blanche avait eu raison ! Elle n'avait jamais été favorable à une union avec le jeune Étienne Dubois. Le mariage de leur fille dans les contrées des sauvages aurait été une grande erreur. Elle jouirait dorénavant d'une vie enviable.

Suzette n'était pas aussi optimiste. Elle se souvenait de l'époque où sa sœur affirmait que pour rien au monde elle n'épouserait un homme plus âgé. Margaux semblait toutefois enchantée de la proposition du señor Durán.

— Il a dix ans de plus que Père, Margaux, lui dit-elle un soir de mai, alors qu'elles se préparaient à se coucher. Durán a cinquante-trois ans, et toi dix-huit !

Depuis le départ d'Ishcate, neuf mois auparavant, elles n'avaient plus reparlé avec la confiance d'autrefois.

— En général, ces mariages fonctionnent bien, argua Margaux. Les hommes comme le señor Durán ont de l'expérience et des biens. Ils veillent à ce que leur épouse et leurs enfants ne manquent de rien.

Suzette repensa au fiancé de sa sœur, un homme brun au visage étroit et allongé, marqué par un nez fin, des lèvres épaisses et une fossette sur le menton. Au premier abord, son allure générale produisait une impression étrange, même si très vite – surtout quand il commençait à parler –, il s'avérait agréable. Suzette fut pourtant parcourue d'un frisson en l'imaginant embrasser sa sœur.

— Seras-tu capable de…

Plutôt que d'aller au bout de sa question, elle préféra la reformuler.

— Es-tu certaine que quelqu'un comme Étienne ne te manquera pas ? Je parle de l'intimité du couple.

Margaux lâcha un rire nerveux.

— Qu'en sais-tu ! À moins que…

Elle ne poursuivit pas sa phrase. Imaginer sa sœur dans les bras de cet Indien la répugnait. En outre, elle comptait respecter sa promesse de ne pas évoquer le sujet. Elle détourna donc la conversation.

— Le señor Durán est un gentleman.

— Est-ce que tu t'entends parler ? Tu ne l'appelles même pas par son prénom !

Suzette se renversa sur son lit et cacha ses yeux derrière ses mains.

— Je ne vois pas ce que cela change.

— Est-ce qu'il t'a embrassée ? demanda Suzette en la regardant entre ses doigts.

— Oui.

— Ça t'a plu ?

Margaux mit quelques secondes à répondre.

— Il sait ce qu'il fait. Je n'en dirai pas plus. Et je compte sur toi pour ne pas être aussi indiscrète avec Louise.

Louise Le Sénéchal s'était fiancée au lieutenant d'infanterie Francisco Bouligny.

— Il a treize ans de plus qu'elle, et non trente-cinq, maugréa Suzette avec l'envie d'en découdre. La différence d'âge n'est pas aussi grande.

— On ne peut pas tout avoir, Suzette. Ceux qui m'ont reproché d'avoir rompu les fiançailles avec Étienne et m'ont rayée de leur liste de bal viendront bientôt me demander des services.

En effet, Margaux n'avait pas oublié l'humiliation qu'elle avait essuyée le soir où Belmont avait invité Suzette à danser. Ceux qui pensaient que l'aînée des Girard était passée à côté de la possibilité de faire un beau mariage allaient être surpris.

— Il faut saisir sa chance quand elle se présente, ajouta-t-elle. Ce mariage est une bonne chose pour moi et pour notre famille. Pour toi aussi.

Suzette demeura en silence. La décision de sa sœur était mue par l'ambition. *Moi, je ne me marierai que par amour*, voulut-elle lui dire. Mais elle n'était pas la personne la mieux placée pour donner des leçons. Elle doutait de pouvoir éprouver pour quelqu'un ce qu'elle avait senti – et sentait encore – pour Ishcate. Si seul l'amour guidait ses pas, elle organiserait une autre fugue et trouverait le moyen de le retrouver. Mais elle ne le ferait pas. Elle n'était pas assez courageuse, sans compter qu'elle ne savait pas s'il désirait la revoir. Tout bien considéré, la fougue de la passion était une chose, la réalité en était une autre.

Or, dans la réalité qu'elle connaissait, les hommes comme Lafrenière étaient exécutés pour être restés fidèles à leurs idées. Et les femmes qui ne faisaient pas de beau mariage vieillissaient, rongées par le ressentiment.

— Je veux juste que tu sois heureuse, chuchota Suzette en se glissant sous ses draps. Lorsque tu seras partie, je me sentirai bien seule dans cette chambre.

Elle avait du mal à en vouloir à Margaux, qui, en bonne grande sœur, s'était donné beaucoup de peine pour elle depuis le départ d'Ishcate.

Elle tendit son bras vers le lit de Margaux, qui en fit de même ; leurs mains s'entrelacèrent dans l'obscurité.

— Ce ne sera certainement que pour un temps, articula Margaux, la voix étranglée. Après une mauvaise période, les bonnes choses se succèdent. Et maintenant, tu dois t'occuper d'une autre petite sœur…

En effet, Blanche avait mis au monde en janvier son huitième enfant : une fillette qu'ils avaient prénommée Géraldine.

— C'est vrai, admit Suzette, mais entre nous, plus rien ne sera comme avant.

17

La Nouvelle-Orléans, juin 1770

DE MÊME QUE LES NOCES entre Louise Le Sénéchal et le lieutenant espagnol Francisco Bouligny, celles de Margaux et de Tomás Durán furent un événement majeur qui alimenta longtemps les conversations. Après des années de tension, de difficultés financières, de climat capricieux, de récoltes médiocres et d'incertitudes quant à l'avenir de la colonie, l'union entre une créole française et un haut responsable espagnol rassembla les fractions jadis adverses dans une ambiance festive.

Ne voulant pas manquer ce grand jour, des centaines de personnes envahirent les longues rues droites et poussiéreuses de La Nouvelle-Orléans, depuis les quartiers les plus humbles où se dressaient encore de vieilles maisons aux murs en planches de cyprès et aux toits en feuilles de palmier, jusqu'aux plus modernes avec leurs constructions chaulées recouvertes de tuiles en forme d'ardoises et flanquées d'élégantes galeries. Le déploiement des magnifiques robes, bijoux et uniformes réussit à redorer l'image de la ville et à raviver les espoirs. Durant la révolte des créoles, les familles fortunées et celles des propriétaires terriens s'étaient retirées dans leurs domaines. Leur retour dans la vie sociale avait renfloué les finances des tailleurs, marchands, cuisiniers et boulangers tels que René Dubois qui, après avoir quitté Saint-Louis sans demander son reste, était rentré à La Nouvelle-Orléans encore plus furieux et déterminé à récupérer sa femme, qu'il n'aimait évidemment pas, mais qu'il considérait comme lui revenant de droit.

Lors de la fête organisée pour le mariage de sa sœur, Suzette, accompagnée de son amie Marie de la Ronde, conversa et dansa jusqu'à n'en plus pouvoir. À l'image de la ville, elle se sentait enfin revivre après une longue période de profonde tristesse.

Les adultes avaient peut-être raison : le temps guérissait tout.

Parmi les invités qu'on lui présenta, elle apprécia particulièrement la compagnie de deux jeunes couples que connaissait Belmont : le capitaine espagnol Fernando de Leyba et María Concepción César, ainsi qu'Oliver Pollock, négociant irlandais venu de la colonie britannique de Pennsylvanie, et Margaret O'Brien. Âgés d'une trentaine d'années, les deux hommes étaient arrivés à La Nouvelle-Orléans avec le convoi du capitaine général O'Reilly. Pollock avait passé plusieurs années à La Havane comme représentant d'une compagnie de Philadelphie.

Suzette savait que son père avait été contrarié de voir Pollock figurer sur la liste des invités. L'année précédente, pour pallier la pénurie de farine et éviter une famine, l'Irlandais avait vendu à moitié prix toute la cargaison de son navire, le *Royal Charlotte.* En guise de remerciement, O'Reilly lui avait octroyé le droit de commercer librement sur tout le territoire et avait mis à sa disposition une maison de marchand en ville pour ses négoces entre la Louisiane espagnole et la Floride occidentale britannique. Ses affaires prospéraient à vive allure grâce à l'approvisionnement en farine et autres vivres qu'il assurait aux troupes espagnoles. Jaloux, Girard enrageait de voir le gouverneur espagnol tolérer les négociants britanniques pour faire fonctionner l'économie. Personne ne semblait se souvenir qu'il avait eu un geste similaire du temps du gouverneur d'Abbadie.

Suzette fit cependant preuve de bonne éducation lorsqu'on lui présenta Pollock.

L'épouse de Leyba s'inquiétait de la nouvelle affectation de son mari au poste Arkansas. Exactement là où se trouvait la tribu de Sarazen.

— Nous avons deux filles en bas âge, expliqua-t-elle, et je ne sais pas si elles seront en sécurité là-bas, avec tous ces Indiens dans les environs.

— Les Quapaw sont pacifiques, assura Leyba. Ils sont restés loyaux envers les Français et je ferai en sorte qu'ils le soient aussi avec nous.

— Je vous conseille alors d'emporter une bonne cargaison de cadeaux, intervint Suzette. La dernière fois qu'ils sont venus ici, ils n'ont pas obtenu d'entrevue avec le gouverneur. Le grand chef Cazenonpoint attendait davantage de la part d'Ulloa et de O'Reilly pour sceller de nouvelles alliances, une cérémonie officielle, une réception, un échange de présents ou encore une invitation à descendre à La Nouvelle-Orléans… Il faut comprendre que les Quapaw ne reçoivent désormais plus rien des Français qui partent ni des Espagnols qui arrivent. Il se pourrait qu'ils aillent chercher auprès des Anglais ce qu'ils ne trouvent pas chez les autres. J'espère que le gouverneur Unzaga agira avec discernement.

Un silence de stupéfaction s'installa soudain. Suzette se sentit rougir. Elle était pourtant certaine de ne rien avoir dit d'inopportun.

Margaret se tourna vers son mari.

— Oliver, comme tu peux le voir, je ne suis pas la seule femme à m'intéresser aux questions politiques.

Sa remarque fit sourire quelques personnes.

— Il est surprenant que ces sujets attirent une demoiselle aussi jeune que vous, ajouta-t-elle à l'adresse de Suzette.

— Elle a des amis indiens, interrompit Marie de la Ronde. C'est pour cela qu'elle est si bien informée.

Suzette lui lança un regard lourd de reproche.

— Est-il possible de nouer une amitié avec les sauvages ? demanda María Concepción Leyba, scandalisée.

Sarazen n'était pas un sauvage. Ishcate non plus. Marie aurait pu s'abstenir de faire ce commentaire, typique d'une enfant de douze ans qui essayait de faire la grande dans une conversation d'adultes, ou qui avait bu une coupe de champagne en cachette. Maintenant, tout le monde regardait Suzette en attendant sa réponse. Belmont aussi, qui semblait s'amuser de la situation.

— Au début du siècle, quatre-vingts pour cent des individus baptisés à Kaskaskia, dans le Pays des Illinois, étaient de père français et de mère indienne, finit-elle par rétorquer. Je dirais qu'il y a eu un peu plus que de l'amitié entre les uns et les autres. Ils ne sont pas très différents de nous.

Belmont la prit par le bras.

— Su, je crois que tes parents te demandent, dit-il en adressant un léger hochement de tête au groupe. Si vous voulez bien nous excuser un instant...

Suzette comprit qu'il essayait de la sauver d'une nouvelle situation embarrassante.

— Je te remercie, mais je sais me défendre seule, lui murmura-t-elle tandis qu'ils traversaient l'immense salle de réception.

— Je n'en doute pas le moins du monde, mais je ne voudrais pas qu'un triste souvenir vienne ternir cette journée si spéciale, lui répondit-il avec un sourire.

Suzette se demandait s'il faisait allusion à Ishcate. Comment pouvait-il être au courant ? Son secret n'avait pas été dévoilé. Margaux, Anne et Bamboula l'avaient bien gardé ; la première, pour protéger la réputation de sa famille, les deux autres, par peur. Si Belmont suspectait ou avait compris quoi que ce soit, ou si sa sœur Jeanne lui avait parlé d'Ishcate, son comportement était des plus nobles en respectant ainsi ses sentiments sans lui adresser aucun reproche. Elle n'avait toutefois aucune envie d'aborder le sujet avec lui et se mit donc à se plaindre des nouveaux arrivants.

— Je déteste ces étrangers présomptueux qui croient tout savoir à propos de notre territoire alors qu'ils ne connaissent absolument rien.

— Tu vas devoir faire un effort pour t'y faire. L'un d'eux est devenu ton beau-frère.

— Ma famille est ravie de cette union, mais ce n'est pas facile pour moi de voir ma sœur au bras d'un homme si âgé, soupira Suzette.

Belmont serra sa main pour lui faire comprendre que les mariés se trouvaient tout près d'eux.

— Vous vous amusez bien ? leur demanda Margaux, qui était aux anges.

— Oh oui, répondit Suzette. Je n'arrive pas à me souvenir des noms de toutes les personnes avec qui j'ai discuté.

Tomás Durán sourit.

— Je comprends, et cela est très gênant lorsque vous les recroisez. Ils vous saluent comme si vous étiez de vieilles connaissances et vous, vous ne savez plus très bien qui ils sont..., dit-il en plaisantant.

Suzette reconnut que son beau-frère avait toujours un bon mot. Après tout, c'était peut-être quelqu'un de bien et sa sœur vivrait un mariage heureux. De plus, si sa famille et les autres créoles appréciaient Durán et le nouveau gouverneur Luis de Unzaga, il devait y avoir une raison. Du reste, une atmosphère différente régnait dans la ville. Unzaga y avait largement contribué en graciant les meneurs de la révolte emprisonnés dans le fort Del Morro de La Havane après le départ de O'Reilly.

Le lieutenant Bouligny s'approcha d'eux, affichant un sourire crispé sur son visage rond et flasque. Il avait pris du poids depuis son mariage avec Louise.

— Je suis navré de vous déranger, j'ai reçu des informations que vous devriez transmettre à Son Excellence. Je sais que ce n'est pas le moment, mais je crois que c'est très important.

Durán s'excusa et suivit Bouligny. Il revint peu de temps après dans le groupe formé autour de son épouse, auquel s'étaient ajoutés ses nouveaux beaux-parents.

— Au mois de mars, à Boston, des soldats anglais ont tiré sur une foule de colons américains qui les menaçaient avec des pierres, leur expliqua-t-il. C'était en riposte à leur provocation, mais il semblerait qu'ils aient fait un usage démesuré de la force. Cinq personnes ont trouvé la mort.

S'ensuivirent des commentaires consternés. Suzette ne put s'empêcher de se souvenir de Lafrenière et des quatre autres créoles que O'Reilly avaient fait exécuter l'automne précédent.

— Je croyais qu'il n'y avait pas de soulèvements contre les autorités dans les colonies britanniques...

— Oh, mais Boston est loin et cet événement s'est produit il y a des mois, dit Margaux. Cela ne pouvait vraiment pas attendre ? Je ne veux pas de contrariétés le jour de nos noces.

— Le procès des soldats est bien plus récent et n'a pas satisfait les colons, car la plupart ont été acquittés. On parle déjà du « massacre de Boston ». Là-bas, le vent est en train de tourner et certains doivent trouver un intérêt à profiter de cet incident. Comme vous l'avez si bien dit, cela peut attendre un peu, ajouta-t-il en regardant tendrement son épouse. M'accorderiez-vous une danse avant que je ne parte retrouver le gouverneur ?

Lorsqu'ils furent seuls, Blanche demanda à son mari :

— Pourquoi froncez-vous les sourcils ?

— J'ai appris par d'autres négociants que la colère gronde dans les colonies britanniques de l'Est.

— Pour quelle raison ? Les colons américains se sont battus du côté des Anglais durant la dernière guerre contre les Français et les Espagnols. Ce sont eux qui ont gagné, ils ont étendu leur territoire. La Grande-Bretagne contrôle désormais les principales routes maritimes, ce qui permet aux colonies de bénéficier d'un commerce prospère. Et puis, il n'y a plus de Pontiac pour attaquer les Anglais dans le Pays des Illinois.

— Comme toujours, tout est question d'argent, répondit Girard. Après la guerre, la Grande-Bretagne a cédé les terres situées à l'ouest des Appalaches aux autochtones, empêchant ainsi l'implantation de nouveaux établissements européens, mais les compagnies de l'Ohio et du territoire du Mississippi, qui appartiennent à des colons américains, veulent investir davantage précisément à cet endroit. D'un autre côté, les plaintes se multiplient contre les augmentations d'impôts ordonnées par la Grande-Bretagne afin de rembourser les dettes contractées durant la guerre et de couvrir les frais occasionnés par la présence des soldats britanniques en terres américaines. Les colons arguent que, puisqu'ils n'ont pas de représentants au sein du Parlement, les Anglais n'ont pas le droit de leur imposer des taxes. En résumé, j'ai bien peur que ce ne soit que le début d'autres révoltes.

— Tout ceci ne peut pas nous affecter, n'est-ce pas ? s'enquit Suzette, craignant un retour de la violence qui avait marqué la cession de la colonie aux Espagnols.

Girard hésita un instant avant de répondre.

— Si deux de tes voisins se disputent, tôt ou tard, tu devras prendre parti pour l'un ou pour l'autre. Que tu le veuilles ou non, tu seras impliqué dans le conflit.

— Espérons que ces événements ne dégénèrent pas, intervint Belmont. Aujourd'hui est un jour de fête. Veux-tu danser, Su ? demanda-t-il en montrant le centre de la salle, où plusieurs couples virevoltaient.

Bien que fatiguée et préoccupée, Suzette accepta l'invitation.

Pourquoi était-il impossible de vivre en paix ? Partout, des gens se plaignaient et se révoltaient. Depuis qu'elle avait l'usage de la raison, toutes les conversations tournaient autour de sujets politiques et de conflits. Les mots *paix* et *guerre* étaient indissociables, et la première arrivait toujours après la seconde. Et une fois qu'on avait obtenu la paix, on rechargeait les canons sous prétexte de la maintenir.

— Ravi de voir que tu n'as plus l'air tracassée, dit Belmont tandis qu'ils dansaient. Malgré les craintes de ton père, je crois que la Louisiane, La Nouvelle-Orléans et nos familles ont de beaux jours devant elles. Puisse la joie d'aujourd'hui continuer de régner. Et rien ne me rendrait plus heureux que d'annoncer nos fiançailles.

Surprise, Suzette cligna des yeux. La musique s'arrêta à cet instant précis et ils se dirigèrent vers un côté de la salle.

— Ce n'est peut-être pas le meilleur moment pour te faire ma déclaration, mais si tu refuses, ce sera pour moi moins violent que si nous étions seuls, ajouta-t-il, voyant qu'elle ne réagissait pas.

Il la regarda droit dans les yeux et lui prit les mains.

— Je sais depuis longtemps que tu es celle que mon cœur a élue pour devenir ma femme, pour fonder une famille et vieillir ensemble ici, à La Nouvelle-Orléans.

Suzette rougit. Elle connaissait Belmont depuis toujours et elle savait qu'il avait du mal à parler de ses sentiments. Elle lisait à présent sur son charmant visage de l'espoir et de l'attente, tandis que ses lèvres serrées trahissaient une certaine nervosité. Elle devait lui répondre. Une proposition aussi directe exigeait une réponse claire. Son union avec Belmont ne surprendrait personne. Chez elle, les plaisanteries allaient bon train lorsque, respectueux des formalités, Belmont demandait à son père l'autorisation d'aller se promener avec elle, comme s'il pouvait ne pas la lui accorder. Suzette appréciait Belmont, mais la plaie ouverte dans son cœur par Ishcate n'était pas complètement cicatrisée. Avec ce dernier, elle avait connu un amour ardent qui, tel un torrent impétueux, avait dévasté les frontières de sa raison. Aux côtés de Belmont, si droit et loyal, elle entrevoyait des jours radieux et des ruisseaux qui s'écouleraient allègrement. Il serait malhonnête de sa part d'accepter d'épouser une personne aussi intègre que lui si elle avait le moindre doute.

Elle le regarda à son tour et serra ses mains, douces et chaudes.

— Si nous étions seuls, j'aimerais que tu m'embrasses.

Ce baiser dissiperait ses doutes. Il lui permettrait d'oublier ceux qu'elle avait échangés avec Ishcate, la convaincrait qu'elle pourrait être heureuse avec Belmont, ce jeune homme auquel elle était attachée et qui l'attirait depuis l'enfance. Un simple contact physique pourrait taire cette voix intérieure et lui permettre de vivre, si ce n'était dans le bonheur complet, au moins dans une joie sereine.

Cette nuit-là, Suzette ne parvint pas à trouver le sommeil. Il faisait chaud, la journée avait été longue et intense, et pour la première fois de sa vie, elle dormait seule dans la chambre qu'elle avait toujours partagée avec sa sœur.

Après s'être retournée encore et encore dans son lit, elle décida d'aller retrouver Anne. Elle devait parler à quelqu'un de la demande de Belmont, et nul ne la connaissait aussi bien que sa servante. Elle lui avait pardonné depuis longtemps, comme à Bamboula, d'avoir révélé à Margaux son projet de fugue avec Ishcate. Elle avait compris que les deux esclaves avaient agi par peur d'être séparés. Une fois sa lucidité retrouvée, elle avait pris conscience qu'il lui serait très difficile de vivre sans Anne, qui était sa confidente et la soutenait en toute circonstance.

Elle s'apprêtait à frapper à la porte de la chambre lorsqu'elle entendit des sanglots et une voix d'homme. Elle ouvrit sans hésiter et découvrit Bamboula et Anne assis sur le lit, les mains entrelacées.

— Tu n'as pas le droit d'être ici, Bamboula !

Anne se leva en séchant ses larmes.

— Il va partir.

— Pas avant que vous m'expliquiez ce qui se passe, exigea Suzette.

Anne regarda Bamboula, qui acquiesça d'un hochement de tête.

— Je suis enceinte, avoua-t-elle.

Suzette reçut cette nouvelle avec autant de surprise que de soulagement. Ce n'était pas si grave.

— Mais alors, vous allez devoir vous marier immédiatement !

— Vous n'êtes pas fâchée ?

— Ce qui me fâcherait, ce serait d'apprendre que l'enfant est un bâtard, rétorqua-t-elle en se tournant vers Bamboula. Mais j'ose croire que le père ne prendra pas la fuite, n'est-ce pas ? Nous devons nous mettre à l'œuvre sur-le-champ, ajouta-t-elle sans attendre sa réponse. Et pas un mot à qui que ce soit.

D'abord les noces de sa sœur, puis la demande en mariage de Belmont, et maintenant, l'annonce de la grossesse d'Anne : de toute évidence, cette soirée-là avait été celle des grands événements.

Les Girard ne se montrèrent nullement surpris en apprenant le mariage de leurs domestiques, car depuis le jour où Jérôme les avait acquis à la vente aux enchères, ils étaient inséparables. Ils les voyaient souvent ensemble : lui, jouant cette mélodie que Suzette continuait de trouver triste ; elle, assise tout près de lui. Et même si elle ne le regardait pas directement, ils étaient unis par le lien invisible que tissaient les notes de la flûte.

Suzette prit en main les préparatifs des noces.

Ils se marieraient à l'église, comme il se doit, puis accompliraient un rituel africain avec les autres esclaves. On ajusterait une robe de Blanche pour Anne et une casaque de Girard pour Bamboula. Ils mangeraient dans le jardin un délicieux *gumbo* aux fruits de mer préparé par la cuisinière de la maison. Ensuite, ils vivraient ensemble dans l'une des cabanes pour esclaves.

Anne, qui n'avait aucune famille, remercia Suzette d'avoir tout mis en œuvre pour faire du jour de son mariage un moment inoubliable.

— Tu m'as bien aidée durant toutes ces années, lui dit Suzette. La seule chose qui m'inquiète, c'est que je ne pourrai renoncer à toi lorsque je me marierai. Je ne supporterais pas de voir quelqu'un d'autre toucher mes affaires.

— Acceptez alors la proposition de M. Fournier, comme ça, vous resterez à La Nouvelle-Orléans. Je pourrai passer la journée avec vous, puis rentrer le soir retrouver

Bamboula. À moins que M. Fournier ne décide de l'acheter, bien entendu…

— Il faudrait pour cela que mon père veuille le vendre, ce qui me semble peu probable. Et le petit ?

— Une esclave s'en occupera. Les enfants grandissent vite. Il pourrait travailler pour vous.

— Tu as pensé à tout, commenta Suzette en souriant. Je vois que je ne suis pas la seule à réfléchir à mon avenir.

Les noces d'Anne et de Bamboula, auxquelles Suzette assista en tant qu'unique représentante de la famille Girard, se déroulèrent comme prévu, même si Bamboula était plus sérieux que d'ordinaire. Suzette attribua cela à l'émotion suscitée par la cérémonie.

Plusieurs mois plus tard, au début de l'année 1771, lorsque Anne mit au monde un garçon qu'elle prénomma Demba et que Bamboula disparut du jour au lendemain, Suzette se souvint de son attitude : Bamboula manigançait sa fuite depuis longtemps déjà.

Ni son épouse ni la naissance de son enfant ne l'avaient fait changer d'avis. Que pouvait-il y avoir de plus important pour un homme que sa propre famille ?

Suzette ignorait alors qu'Anne avait la réponse à cette question douloureuse.

Kappa, village quapaw près du poste Arkansas, avril 1771

Ishcate ressemblait de plus en plus à un *kwaahkwaanshia* – une sauterelle –, l'animal tatoué sur son avant-bras : il ne faisait que sauter de-ci de-là, avançait toujours sans savoir où il arriverait et changeait de direction si nécessaire.

Depuis qu'il avait quitté La Nouvelle-Orléans sans faire ses adieux à Suzette, il vivait tantôt au poste Arkansas, tantôt à Kaskaskia. Cela dépendait des Sioux, des Cherokee, des Sauk, des Fox, des Ottawa, des Chippewa et des Potéouatami, qui, à la suite de l'assassinat de Pontiac, s'acharnaient à rendre la vie impossible aux Indiens de l'Illinois. Ils étaient avantagés, car au fort de Chartres, le détachement militaire était de plus en plus réduit : il ne restait que vingt-cinq hommes sous le commandement d'un officier anglais.

Lorsqu'ils étaient attaqués, les chefs de son village jaugeaient leurs forces : s'ils apprenaient grâce à un espion qu'ils étaient capables de résister à une attaque, ils combattaient ; s'ils estimaient que le nombre de guerriers du camp adverse était largement supérieur au leur, ils se déplaçaient près de Saint-Louis et certains, comme lui, descendaient un peu plus bas, jusqu'au poste Arkansas. Là, il pouvait au moins compter sur l'amitié de Sarazen et sur l'hospitalité des Quapaw.

Depuis un an et demi, Ishcate accomplissait son devoir envers les siens, en gardant toujours un œil attentif. De temps à autre, il passait des moments agréables en allant chasser ou en profitant d'une soirée au calme, à contempler les étoiles et à écouter les sons qu'offrait la nature luxuriante. Il lui arrivait aussi de passer quelques nuits torrides avec de belles jeunes femmes. Même s'il pensait toujours à Suzette, il avait retrouvé le bonheur des choses simples, et plus d'une fois, il s'était surpris à sourire en voyant de loin un jeune enfant tituber, ou en observant les efforts d'un poulain pour essayer de garder l'équilibre. La vie recommençait encore et encore, et il voulait se laisser tenter par les plaisirs qu'elle lui offrait. Aussi regardait-il les amies de Mikakh, la promise de Sarazen, d'un nouvel œil. Sa future épouse se trouvait peut-être parmi elles.

Il était de retour dans le village de Sarazen lorsque le chef Cazenonpoint reçut la visite du commandant du poste récemment nommé, le capitaine espagnol Fernando de Leyba, un homme âgé de trente-sept ans, mince, brun aux yeux noirs, et qui, nerveux ou craintif, serrait ses lèvres fines.

Sarazen était l'interprète du chef indien.

Comme il parlait français, le capitaine blanc, méfiant, avait fait appel aux services d'un soldat français qui avait vécu plusieurs années chez les Quapaw.

Cazenonpoint, qui semblait deux fois plus grand que l'Espagnol, espérait que cette cérémonie compense la déconvenue infligée par O'Reilly quand il avait refusé de le recevoir.

Ils procédèrent comme prévu à un échange de médailles, symbole de la nouvelle alliance entre les Quapaw et les Espagnols. Cazenonpoint remit à Leyba la médaille française qui lui avait été offerte en reconnaissance de sa loyauté envers les Français, et Leyba lui tendit une médaille espagnole.

Le chef quapaw l'examina avec attention. Elle était en argent, mais de petite taille. Son avers montrait le buste d'un homme de profil, aux cheveux courts et coiffé d'une couronne de laurier. Il ne parvint pas à déchiffrer les mots gravés. Sur le revers, deux autres mots étaient entourés d'une couronne de laurier.

— C'est notre roi Carlos III, expliqua Leyba. Il est écrit qu'il est roi d'Espagne et des Indes. Sur le revers, on peut lire « *Al mérito* ». Cela signifie qu'il s'agit d'une médaille spéciale que l'on ne décerne qu'à des personnes dignes de la plus haute considération.

— Elle est plus petite que la médaille française, se plaignit Cazenonpoint. J'en déduis que pour les Espagnols, je suis moins important. Je m'attendais à une médaille plus grande que la précédente.

Leyba s'efforça de contenir son agacement.

— Ce qui compte, c'est la valeur symbolique de l'union entre nos nations, pas la taille d'une simple médaille.

Un guerrier s'approcha de Cazenonpoint et lui murmura quelques mots à l'oreille. Ce dernier fronça les sourcils et haussa la voix en s'adressant à nouveau au capitaine.

— Les armes que vous nous avez apportées sont de mauvaise qualité. Elles sont humides et rouillées.

— C'est à cause de la longue traversée sur l'Atlantique, s'excusa Leyba. Elles sécheront et nous les polirons.

— Nous voulons des armes neuves, insista Cazenonpoint.

— Les fonds que l'on m'a attribués couvrent les présents annuels, mais pas les dépenses extraordinaires, expliqua Leyba, conscient que son trouble était bien visible.

— Le roi est riche. Vous parlez toujours de sa fortune et de la grandeur de son empire, mais ses médailles sont petites et ses cadeaux en mauvais état. Rendez-moi ma médaille française.

Il tendit la main et Leyba n'eut d'autre choix que d'obéir. Le chef indien secoua la tête.

— Je crains que les Quapaw et les Espagnols ne parviennent pas à s'entendre. Et si nous ne parvenons pas à une bonne entente...

Cazenonpoint empoigna le manche du long couteau accroché à sa ceinture.

Leyba réfléchit. Il y avait là plus de trois cents Quapaw aux visages tous plus hostiles les uns que les autres. Il se retint de passer son index sous le jabot en dentelle blanche qui ornait son col pour le desserrer un peu. Il ne pouvait en aucun cas se montrer vulnérable, mais devait faire preuve de compréhension.

— Je vous donne ma parole que je vous apporterai de nouvelles médailles et de bonnes armes pour les chefs des villages de Kappa, Ossoteoue, Touriman et Tonginga, assura-t-il d'un ton ferme. En gage de ma bonne volonté, je vous invite tous à déjeuner demain.

Il lui faudrait une vache, un tonneau de presque trois cents livres de farine et une soixantaine de bouteilles de brandy pour rassasier tout le monde. Une fortune. Mais il venait d'arriver avec sa femme et ses deux filles sur un territoire sauvage. La sécurité de sa famille dépendait de la réaction de ce chef. Un sourire se dessina sur le visage de Cazenonpoint. Soulagé, Leyba se dit qu'il trouverait le moyen d'honorer sa promesse.

Le lendemain, Ishcate profita du repas pour approcher Leyba. Cet homme lui faisait de la peine. Il avait apprécié dès les premiers instants ses efforts pour accomplir le mieux possible son travail, qui consistait essentiellement à contenter la tribu Quapaw dans le but de préserver la paix. Mais Cazenonpoint était coriace et irascible. Ishcate se présenta comme étant le fils du chef kaskaskia et un ami des Girard.

Leyba ne put cacher sa surprise. Il se souvint néanmoins de la conversation qu'il avait eue avec la jeune Suzette lors des noces de sa sœur. En outre, l'Indien semblait bien connaître les différents membres de la famille, cela devait donc être vrai. Cela dit le mot *ami* lui paraissait quelque peu exagéré.

— Si tu me permets de te donner un conseil, lui dit Ishcate, évite de te montrer nerveux ou méfiant à l'égard de Cazenonpoint. Un chef attend toujours d'un autre chef qu'il soit à sa hauteur, même s'il s'agit d'un ennemi.

L'audace d'Ishcate irrita Leyba, mais il inclina légèrement la tête en signe de remerciement. Ses connaissances des relations entre Indiens et Européens lui seraient peut-être un jour utiles. En cas de naufrage, la moindre planche pouvait être salvatrice.

18

La Nouvelle-Orléans, avril 1772

ENCORE UN MARIAGE, pensa Girard au cours du déjeuner que les Fournier organisèrent dans leur plantation afin de préparer les noces de Suzette et Belmont. De nouveaux frais imprévus en une période de vaches maigres.

En réalité, dans le cas de Margaux, il devrait reconnaître que cela avait été un bon investissement : en devenant le beau-père du bras droit du gouverneur, il n'obtiendrait que des avantages, comme l'octroi d'une nouvelle patente pour son commerce de fourrures. Cependant, pour tirer les bénéfices de chaque nouveau négoce, il fallait du temps, et, en attendant, les dépenses quotidiennes restaient les mêmes.

En un mot : il avait besoin d'espèces sonnantes et trébuchantes pour maintenir le niveau de vie de sa famille et financer la noce de Suzette.

Il avait compté sur le premier versement de Leroux correspondant au rachat d'un quart des actifs communs de leur société dissoute. Son ancien associé et ami – pourvu qu'il puisse continuer à utiliser ce terme à l'avenir – aurait dû l'effectuer l'année précédente, mais l'argent n'était pas arrivé. À la place, il avait reçu une lettre dans laquelle Benoît sollicitait un délai supplémentaire, alléguant les excuses habituelles : il n'avait pu réunir la somme convenue, il s'était endetté pour développer ses activités, et ainsi de suite. La parole donnée et signée était sacrée aux yeux de Girard. Il ne fallait pas faire intervenir l'amitié dans les questions financières, car on courait le double risque de perdre l'argent et l'ami. Il priait pour qu'il s'agisse vraiment d'un retard ponctuel et qu'il n'ait pas à saisir les biens immobiliers et les terrains que Leroux conservait encore à La Nouvelle-Orléans.

Les familles Girard, Durán et Bouligny se trouvaient donc chez les Fournier en cette journée d'avril. La conversation portait exclusivement sur les noces de Belmont et Suzette qui se célébreraient deux semaines plus tard. Forts de l'expérience du récent mariage de Margaux et Tomás Durán, ainsi que de celui de Louise et Francisco Bouligny, ils semblaient contrôler la situation.

— Père, dit Suzette en réclamant son attention d'un geste, un boulanger a dénoncé René Dubois pour avoir fait circuler des rumeurs selon lesquelles il versait des gouttes de poison dans ses pâtes à gâteau. Il serait sans doute mieux de ne rien commander ni à l'un ni à l'autre.

— Dubois est une crapule dévorée par l'envie. Il aimerait avoir la clientèle de ses confrères. Un séjour en prison ne lui ferait pas de mal. Nous n'allons pas nous mettre un boulanger à dos pour une calomnie infondée. Tu as encore des questions ?

Tout le monde sourit. Seules les conversations autour de la politique et des affaires intéressaient Girard.

Sur ces entrefaites, un domestique s'approcha de Francisco Bouligny avec un billet posé sur un plateau. L'officiel espagnol l'ouvrit et le lut en silence.

— Bon sang !

— Que se passe-t-il ? s'enquit Durán.

— Le chef Cazenonpoint campe aux abords de la ville. Il sollicite une entrevue avec le gouverneur Unzaga et vous-même.

Suzette sursauta. Sarazen accompagnait souvent le chef quapaw, et penser à Sarazen l'amenait inévitablement à penser à Ishcate. Elle sentit un élancement dans l'estomac, le pincement du désir. Et s'il était redescendu en ville ? Dans ce cas, elle ne ferait rien pour le voir. Leur projet de fuite appartenait au passé. Le message qu'il lui avait laissé ne pouvait être plus clair : son mode de vie errant était plus important que de forger un avenir avec elle. Au fond, il lui avait rendu service. Sa noce avec Belmont serait magnifique, et sa vie auprès de lui confortable. Son futur mari était un jeune homme raisonnable, cultivé, drôle, aimant et généreux. Et très séduisant aussi, d'une façon différente, moins sauvage. Ils s'accorderaient sur l'éducation de leurs enfants, en perpétuant les coutumes créoles.

De toute évidence, l'abandon d'Ishcate avait été une bonne chose.

— Cet homme est tenace, commenta Girard. Que veut-il, maintenant ? La même chose que la dernière fois ?

— Le capitaine Leyba ne s'entend pas avec lui, expliqua Durán. En théorie, les Quapaw ont facilité notre alliance avec les Chickasaw, qui ont aussi accepté le drapeau espagnol et les médailles. Mais dans la pratique, les Chickasaw maintiennent des contacts avec les Anglais de Floride à Mobile et à Pensacola.

— Les Anglais chargés des affaires indiennes dans le Mississippi sont malins, intervint Bouligny. Ils continuent de leur offrir des présents pour bien montrer que nous n'avons pas réussi à remplacer les Français.

La remarque contraria Durán, qui claqua la langue.

— Pour convaincre les Indiens que les Espagnols savent ce qui leur convient, des paroles aimables devraient suffire. Comme le dit le gouverneur Unzaga, les alliances basées sur des présents deviennent un chantage sans fin.

Girard considérait son gendre comme un homme modéré et conciliant. Cependant, sur ce point, il était persuadé qu'il se trompait.

— Avec les Indiens, les paroles aimables fonctionnent uniquement si elles sont assorties de cadeaux.

— Messieurs, intervint la mère de Belmont, je vous suggère de parler de tout cela plus tard. Nous sommes ici réunis pour finaliser les derniers préparatifs des noces de ces deux jeunes gens.

— Vous avez raison, Catherine, dit Blanche. Je crois qu'il ne nous reste plus qu'à relire la clause concernant les biens apportés par les époux avant de signer le contrat de mariage devant le notaire avec les témoins ici présents.

Catherine acquiesça.

— Le marié apporte le patrimoine de la succession des Fournier, en qualité d'aîné et d'héritier. La clause prévoit en outre un apport de cinq mille livres françaises pour la mariée à verser le jour du mariage, ainsi qu'une contribution en cas de décès, Dieu nous en préserve, de trois mille livres à percevoir en argent comptant ou en mobilier, au choix.

— Pour sa part, dit Blanche, la mariée apporte en dot une servante mulâtre d'une valeur de huit cents livres, une calèche et trois chevaux estimés à douze cents livres, deux mille livres en robes et bijoux, et une part du futur héritage que laisseront ses parents.

— Nous sommes d'accord, approuva la veuve Fournier.

Jérôme Girard avait raison. Les alliances se forgeaient avec de bonnes paroles, assorties des meilleurs présents.

Sachant que Sarazen et Ishcate connaissaient l'épouse de Tomás Durán, le bras droit du gouverneur, Cazenonpoint jugea utile qu'ils l'accompagnent à l'entrevue, où ils serviraient également d'interprètes. Le señor Unzaga avait consenti à les recevoir dès la première demande, ce qui était bon signe.

Une fois dans le bureau du gouverneur, où se trouvaient, entre autres, Durán et Girard, Cazenonpoint répéta les mêmes souhaits de bonne entente entre les deux nations qu'il avait prononcés devant Fernando de Leyba au fort Arkansas, un an plus tôt. Unzaga, un homme mince aux cheveux bruns et à l'expression sérieuse, les accepta et les partagea. Ensuite, le chef indien formula deux demandes concrètes :

— Nous voulons de la poudre, des balles et six pesos pour chaque scalp osage que nous t'apporterons. Les Osage occupent nos territoires de chasse et assassinent les *voyageurs* et les trappeurs. Nous voulons venger leur mort. Le gouvernement espagnol interdit qu'on nous vende des armes et les Osage se les procurent auprès des contrebandiers français de l'Illinois britannique. Nous voulons aussi que tu désignes une autre personne pour diriger le poste Arkansas. Le commandant Leyba ne nous comprend pas.

Durán regarda son beau-père en repensant à son conseil d'assortir les bonnes paroles de cadeaux. Si cela allait à l'encontre de ses principes, il fallait parfois céder. Il adressa un petit signe à Unzaga, qui sut ce qu'il devait répondre.

— J'accède à ta première requête, Cazenonpoint. À la seconde, non. Leyba dirige le poste Arkansas depuis un an seulement, c'est très peu. Laissons-lui plus de temps pour mieux vous connaître.

Le chef quapaw accepta. En bon négociateur, il savait qu'il devait demander beaucoup pour obtenir un peu. Il serra la main du gouverneur.

— Notre cœur a souffert quand nous avons appris que vous, les Espagnols, vous remplaciez les Français. Nous serons ravis que tu choisisses une épouse française, comme le font tes hommes de confiance, dit Cazenonpoint en désignant Durán. Ta famille a pris soin de Sarazen et d'Ishcate, ajouta-t-il à l'adresse de Girard. Les grandes faveurs ne s'oublient pas.

— Nous espérons que Mme Margaux et Mlle Suzette se portent bien, intervint alors Ishcate. Envoie-leur nos amitiés.

L'Indien avait beau être une connaissance de la famille, Tomás Durán fut choqué par la désinvolture avec laquelle l'Indien parlait de sa femme et de sa belle-sœur. Sa stupéfaction augmenta lorsque Sarazen ajouta :

— Nous profiterons peut-être de notre séjour pour leur rendre visite.

Cela en était trop pour Durán, qui voulut mettre un terme à la conversation.

— Vous obtiendrez ce que vous avez demandé dans quelques jours, vous pouvez donc repartir dès maintenant.

— Je leur transmettrai vos paroles aimables, dit alors Girard, mais elles sont en ce moment occupées aux préparatifs des noces imminentes de Suzette avec Belmont Fournier.

Ishcate accusa le coup. Suzette allait se marier. Il avait toujours su que, le jour où elle fonderait sa famille avec un autre homme arriverait tôt ou tard. Néanmoins, la nouvelle lui brisa le cœur.

Il lui était insupportable d'être si près d'elle, dans la même ville, et de ne pas la voir, ne serait-ce qu'un instant. Ces derniers jours, il avait battu le pavé autour de chez elle, sans succès. Il n'avait pas l'intention de lui parler. Le plus probable était qu'elle ne le souhaite pas, puisqu'il était parti sans lui faire ses adieux peu après l'arrivée des Espagnols dans la colonie.

Elle l'avait peut-être même oublié.

Il ne lui parlerait pas, mais il ne partirait pas sans la voir.

Tandis qu'elle remontait la longue nef de l'église Saint-Louis au bras de son père devant les visages souriants des invités, debout entre les bancs, Suzette était heureuse et sereine. Du haut de ses seize ans, elle se sentait prête à commencer une nouvelle vie auprès de Belmont Fournier, âgé de vingt-deux ans, qui l'attendait radieux près de l'autel.

L'église, restaurée depuis peu, était magnifique. Une charpente, flanquée de contreforts latéraux, soutenait le toit à double pente. Les espaces entre les poutres de la structure en bois avaient été comblés par des briques provenant des manufactures récemment installées en ville, puis blanchis à la chaux – comme le plafond – et ornés de tableaux. Les fenêtres avaient été vitrées.

Une nouvelle église et une nouvelle vie, se dit Suzette.

La vieille bâtisse et les tristesses appartenaient au passé. Suzette avait la sensation de ne pas avoir été vraiment concernée par tout ce qu'elle avait vécu jusqu'alors. Elle avait été la fille d'un négociant prospère de La Nouvelle-Orléans au cours d'une période troublée, où elle avait été plus observatrice que protagoniste. Dorénavant, elle partagerait ses décisions avec son mari. Son propre avenir brillerait comme la croix d'argent et les six candélabres apportés de France qui reposaient sur l'autel sculpté.

Elle suivit la cérémonie en souriant, les yeux étincelants d'émotion. À ses côtés, Belmont lui lançait des regards complices. Lui aussi avait l'air très heureux. Elle savait qu'il ferait tout pour égayer son quotidien. Preuve de sa générosité, il avait acheté une petite maison en ville afin qu'ils puissent jouir de l'intimité de leurs premières années de mariage. En tant qu'héritier, la plantation familiale lui reviendrait, mais pour le moment, sa mère et ses frères et sœurs y vivaient et, même si Jeanne allait épouser Philippe Laurent en juillet, ils y étaient encore trop nombreux.

Tandis qu'elle redescendait l'allée centrale de l'église en direction de la sortie, cette fois au bras de son époux, Suzette remercia Dieu de son bonheur. Une calèche les attendait pour les conduire à la plantation des Fournier, où aurait ensuite lieu la noce. Le seul bémol de la journée était l'absence de sa chère amie Marie de la Ronde, en deuil à la suite du décès récent et inattendu de son père.

Sur la place d'Armes, la foule qui applaudissait était si nombreuse que les jeunes mariés tardèrent à partir. La célébration de noces aussi fastueuses suscitait toujours la curiosité ; les époux et leurs familles avaient tout intérêt à se montrer aimables pour éviter les commentaires désobligeants par la suite. Telle une reine, Suzette salua les uns et les autres. C'était du reste ainsi qu'elle se sentait, vêtue de sa robe de satin de soie rose clair, garnie de dentelles et d'ornements en argent. Elle connaissait certaines personnes de vue, d'autres de l'église ou du marché...

Elle aurait préféré ne jamais revoir l'une d'elles, ou tout du moins pas dans de telles circonstances.

Ishcate.

Son cœur se serra.

Que faisait-il là, si près qu'elle aurait pu le toucher en tendant le bras ?

Pourquoi précisément ce jour-là ?

Elle voulut détourner les yeux, mais n'y parvint pas. Ses longs cheveux noirs retombaient sur ses épaules, qui s'étaient élargies. La peau de son visage était tannée par l'air et le soleil, quelques ridules plus claires striaient le contour de ses yeux noirs qui la fixaient avec une intensité qui semblait frôler la haine.

Comment osait-il la regarder ainsi ?

Il l'avait abandonnée et elle l'avait haï pour cela et pour la douleur qu'il lui avait infligée et contre laquelle elle avait lutté des mois durant.

— Tu te sens bien, Su ? lui demanda Belmont. Tu es toute pâle.

— Ce n'est rien, dit-elle en retrouvant le sourire. La foule m'a étourdie.

Belmont l'aida à monter dans la calèche. Elle tourna la tête en direction du Kaskaskia. Il avait disparu.

Ishcate passa l'après-midi dans les tavernes du port, écœuré de lui-même : son chagrin l'amenait à adopter le comportement qu'il avait si souvent reproché à son frère. Grâce aux ventes de peaux, il avait toujours un peu d'argent sur lui pour s'acheter des vêtements et des armes, et ce jour-là, il dépenserait ce qu'il faudrait pour s'enivrer jusqu'à en perdre connaissance afin de chasser Suzette de son esprit.

La dernière fois qu'il l'avait vue, elle n'était plus la fillette dont il se souvenait, mais pas encore la femme qu'elle était devenue. Il avait alors éprouvé une forte attirance pour elle ; si forte qu'il avait eu bien du mal à rompre le lien. Désormais loin des échos de l'enfance, elle était dotée d'une beauté envoûtante. Quand il l'aperçut sur le parvis de l'église, resplendissante, il s'était rendu compte que ses sentiments pour elle étaient profonds et qu'il ne pouvait les cacher.

Il avait essayé de se mentir à lui-même en se répétant qu'elle n'était pas importante pour lui, que c'était juste une enfant dont il s'était pris d'affection. Pourtant, lorsqu'il la vit au bras de son mari, la colère l'avait envahi.

S'ils étaient nés dans le même monde, indien ou européen, le Grand Esprit leur aurait sans doute donné une chance de partager leurs vies. Dès l'instant où il s'en était remis à la sagesse et s'était éloigné d'elle, il avait accepté que jamais ils ne pourraient vivre ensemble. Ces maudites noces lui avaient montré que sa place à elle était dans un monde de brocarts, d'or et de distractions ; que ses rêves d'un mariage indien dans son village, aux côtés d'une Suzette drapée d'étoffes colorées et de daim fin, les cheveux châtain clair ornés de fleurs, étaient ridicules.

Il devait l'oublier à tout jamais.

Un autre homme allait jouir de son corps.

Un autre homme serait le père de ses enfants.

La nuit tombait. Assis sur un tabouret en bois dans le recoin le plus sombre de la dernière taverne de la ville, il avait déjà avalé plusieurs verres de brandy lorsqu'il sentit s'animer les quatre hommes blancs assis à trois pas de lui, à la table voisine.

— Je vous le jure sur ma mère ! cria l'un d'eux. Ils ont l'air élégants et respectables, mais ils ne valent pas mieux que ma traînée de femme !

— Arrête, René, dit l'autre. L'alcool te fait trop parler. Des travailleurs de Girard fréquentent cet endroit...

Entendant le nom de famille de Suzette, Ishcate tendit l'oreille.

— Je m'en bats l'œil ! poursuivit ledit René. Qu'ils sachent qui est leur patron ! Il a aidé ma femme à fuir avec son associé, qui lui a donné plusieurs bâtards. Après ça, c'est le premier à aller à la messe. La loi est la même pour tout le monde ! Et la loi dit qu'une femme ne peut pas quitter son époux ! En plus d'être un traître à la France, Girard a violé la loi des hommes et celle de Dieu en laissant Cécile partir. Je préfère ne pas imaginer l'éducation qu'il a dû donner à ses filles.

— Arrête tout de suite, lui conseilla le même homme.

— René n'a pas tout à fait tort, intervint un troisième. Comme il dit, quelle coïncidence que son aînée ait épousé un ponte espagnol. Il a certainement dû la proposer pour toucher sa récompense en échange des services qu'il a rendus aux Espagnols pendant la révolte. De luxe, d'accord, mais une pute aussi, ajouta-t-il en ricanant. Moi, si j'avais eu le choix, j'aurais pris l'autre, celle qui s'est mariée aujourd'hui. Elle, oui, elle a de belles…

— Eh ! cria Ishcate pour empêcher l'homme de terminer sa phrase outrageante à l'encontre de Suzette. Tu vas la fermer !

René regarda l'Indien.

— T'es qui, toi, pour parler comme ça à mon ami ?

— On ne peut pas boire tranquille avec des fanfarons comme vous.

René s'approcha et Ishcate se leva. Il le dépassait de deux têtes, mais le boulanger ne se démonta pas.

— Tu nous insultes ?

Il répéta plusieurs fois la question en lui assénant deux bourrades.

— Pas étonnant que ta femme t'ait quitté…

— Qu'est-ce que t'en sais !

— Je sais qu'elle se porte bien loin de toi parce que je connais Mme Cécile…

René Dubois se rua sur Ishcate. Ses trois compères se levèrent sur-le-champ pour venir en aide à leur ami.

Ishcate dégaina son couteau. Ils étaient quatre contre un, mais c'était un guerrier, le sang des chefs indiens coulait dans ses veines : il pouvait les abattre. Il lutta avec acharnement, malgré son ivresse. Au moment où le premier blessé s'effondra, d'autres hommes se joignirent à l'échauffourée. Alors qu'Ishcate s'était avoué vaincu, les coups cessèrent uniquement lorsqu'il tomba à terre, où il fut immobilisé jusqu'à l'arrivée des soldats qui le conduisirent en prison.

— Il nous a provoqués ! entendit-il René répéter. Maudits Indiens ! S'ils ne savent pas vivre parmi nous, qu'ils restent dans leurs villages misérables !

Dehors, tapi entre les ombres, Sarazen pesta en quapaw. Si seulement il avait retrouvé Ishcate plus tôt ! Cela faisait deux heures qu'il le cherchait dans les faubourgs de la ville, persuadé qu'il lui était arrivé quelque chose, car jamais son ami ne serait reparti sans le prévenir. Les paroles de cette brute accentuèrent son inquiétude.

Il était certain que si un Blanc avait été blessé au cours de l'altercation et si les autorités décidaient de le condamner pour exemple afin de dissuader les autres Indiens, Ishcate finirait au bout d'une corde. À moins qu'il ne fasse quelque chose pour l'éviter.

19

La Nouvelle-Orléans, avril 1772

SARAZEN se précipita chez M. Girard, la seule personne à pouvoir venir en aide à Ishcate. La servante qui le reçut lui expliqua que toute la famille se trouvait dans la plantation des Fournier pour les noces de Suzette et que personne ne serait de retour avant l'aube. Il demanda alors à voir Anne. Par chance, elle était rentrée directement après la cérémonie, et ce fut à elle qu'il raconta ce qui était arrivé.

— Aujourd'hui, il est impossible de faire quoi que ce soit, lui dit-elle.

— Il est gravement blessé, insista Sarazen. Je dois le sortir de prison. Où se trouve la plantation des Fournier ?

Anne soupira en imaginant la réaction de Suzette. Il fallait que cela arrive le jour de son mariage, pensa-t-elle. Elle réfléchit quelques instants avant de prendre une décision.

— Attends-moi devant la porte cochère de la cour.

Dix minutes plus tard, deux esclaves ouvraient les grands battants en bois pour laisser passer une calèche conduite par un domestique. Anne était assise à côté de lui.

— Monte, dit-elle à Sarazen. Il est bientôt l'heure d'aller chercher nos maîtres.

Lorsqu'ils arrivèrent à la plantation, ils se retrouvèrent au beau milieu du désordre causé par les voitures des premiers invités qui repartaient chez eux. Anne ordonna à Sarazen de descendre, de se cacher dans les buissons et d'attendre son retour.

— Maudits Indiens, murmura le cocher tandis qu'ils avançaient dans l'allée bordée de chênes. Nous allons nous attirer des ennuis. Le maître sera furieux qu'on le dérange aujourd'hui.

— Nous ne lui dirons rien, répondit Anne en sautant lestement de la calèche que le conducteur avait arrêtée. Ne t'avise pas de repartir sans moi.

Ne pouvant entrer directement dans la salle de réception, Anne se rendit aux cuisines où elle demanda Alizée, la demi-sœur mulâtre des Fournier. Elle l'avait rencontrée en accompagnant Suzette à l'occasion de ses visites à la plantation et l'avait croisée plusieurs fois au marché. C'était une femme grande et robuste, mais elle avait les mêmes traits délicats que ses frères et sœurs. Alizée s'étonna de la voir.

— Je dois parler à Mme Margaux, expliqua Anne. C'est très urgent. J'attendrai dans le jardin de derrière.

Anne patienta un long moment, en jetant de temps en temps un œil dans la salle à travers les immenses baies vitrées entrouvertes. Elle n'avait jamais vu un tel étalage de verrerie et de vaisselle si raffinées, disposées sur de magnifiques nappes blanches en lin. Dans les plats, elle aperçut des dindes farcies aux noix de pécan, des chapons, des tortues, des truites et des perches, des huîtres et des crabes présentés sur des lits de cresson, des œufs et des légumes. Il y avait aussi toutes sortes de fruits ainsi que du xérès, du madère, du champagne et différentes liqueurs. Au fond de la vaste salle, un orchestre interprétait un air entraînant.

Elle se souvint de ses noces avec Bamboula. Il y avait à peine une douzaine d'invités et un *gumbo* aux fruits de mer, un plat qui ne sortait pas de l'ordinaire, préparé par la cuisinière des Girard et servi dans la cour de leur demeure avec leur permission, mais sans leur présence. La vie était vraiment différente selon la famille dans laquelle on naissait. Son mari lui manquait cruellement, en particulier lorsqu'elle regardait son bébé qui lui ressemblait beaucoup, ou quand, comme en ce moment, elle entendait de la musique. Elle l'avait haï quand il était parti sans prévenir, l'abandonnant elle et leur fils. Elle avait tellement souffert de ne pas savoir où il se trouvait que, sans son petit Demba, elle ne s'en serait pas remise. Mais elle avait fini par le comprendre et désormais, elle priait pour qu'ils puissent un jour se retrouver.

Margaux sortit enfin.

— C'est pour ça que tu viens me déranger pendant la fête ? se fâcha-t-elle après avoir écouté ce qui était arrivé à Ishcate. Il l'a bien cherché. Je ne compte pas demander quoi que ce soit à mon mari pour l'aider.

— Qui est-ce que tu ne veux pas aider ?

C'était la voix de Suzette. Il faisait si chaud dans la salle qu'elle avait suivi sa sœur pour prendre l'air. Elle reconnut alors son interlocutrice.

— Anne ! Que fais-tu ici ? Est-il arrivé quelque chose à la maison ?

Affolée, elle pensa à sa petite sœur de deux ans, Géraldine, la seule à ne pas assister à la fête, et même à Demba, qu'elle traitait comme un membre de la famille.

Anne regarda Margaux sans oser dire un mot.

— Je vais chercher nos parents, dit Suzette.

— Attends ! s'écria Margaux en la saisissant par le bras. Tu n'as rien à leur dire, car il ne se passe rien. Anne voulait seulement venir faire un tour à la fête, et je me suis fâchée parce que le cocher l'a conduite jusqu'ici. Si Père l'apprend, je ne l'aiderai pas. C'est ce que j'étais en train de lui expliquer.

Sarazen, qui avait entendu toute la conversation, surgit alors. Doutant qu'Anne réussisse à trouver de l'aide, il s'était approché de la demeure.

— Ishcate est en prison, il est blessé. Demande à ton mari d'obtenir un document pour le faire sortir ou pour que je puisse y entrer, ajouta-t-il à l'adresse de Margaux.

— Si tu crois que je vais déranger le señor Durán pour ça, tu as perdu la tête. Ton ami devra répondre de ses actes devant la justice.

— Si tu ne le fais pas, c'est moi qui le ferai, répliqua Suzette avec une détermination qui la surprit elle-même.

Margaux regarda sa sœur. Les joues roses qu'elle avait quelques minutes plus tôt avaient fait place à un visage pâle et décomposé. Elle s'accrochait fermement à la balustrade pour ne pas s'effondrer.

— Il a agressé des hommes, Suzette. Il devra en payer les conséquences.

S'efforçant de poser sa voix et de garder un calme qu'elle n'avait pas, Suzette dit :

— Je n'ai pas l'intention de fuir avec lui, si c'est ce qui te tracasse. Mais je ne l'abandonnerai pas.

Margaux ouvrit la bouche, perplexe. Quel sortilège utilisaient donc ces Indiens pour voiler les esprits de la sorte ? Tout au long de la journée, sa sœur avait donné l'impression d'être la femme la plus heureuse au monde. Comment pouvait-elle nourrir des sentiments envers Ishcate alors qu'elle venait d'épouser un mari merveilleux ?

— Très bien, agissons de manière raisonnable, consentit-elle finalement, comprenant qu'elle était la seule à pouvoir trouver une solution et éviter que la situation ne dégénère. Suzette, attends-nous ici. Anne, fais venir la voiture. Sarazen, lorsque nous serons en route, tu grimperas à côté du cocher.

Margaux retourna dans l'immense salle pour chercher son mari, lequel, ce qui tombait à point pour le plan qu'elle avait en tête, était en train de discuter avec les Girard et Belmont. Affichant son plus beau sourire, elle dit à ses parents :

— Votre calèche est arrivée, mais il est encore tôt et la fête bat son plein. Est-ce que cela vous dérangerait que je la ramène en ville ? demanda-t-elle avant de s'adresser à Belmont. Suzette aimerait se rendre dans votre nouvelle maison pour changer de robe.

— Bonne idée, répondit Blanche.

— Je t'accompagne, ma chérie, dit Tomás Durán.

— Ce n'est pas nécessaire, nous serons vite de retour.

Son mari n'insista pas. Un problème en moins.

Dans la calèche, Margaux réfléchit à la manière d'agir avec la plus grande discrétion, car les gens avaient toujours tendance à trop parler. Elle devait devancer les intentions d'Ishcate. Il allait certainement chercher à utiliser ses relations avec les Girard et les Durán pour se sortir d'affaire. Il ne fallait en aucun cas que le nom de cet Indien querelleur soit associé à ses deux familles. À côté d'elle, sa sœur demeurait en silence. Que pouvait-il bien lui passer par la tête ? Margaux redoutait sa réaction lorsqu'elle serait face à Ishcate. Elle espérait seulement qu'il lui resterait assez de bon sens pour se comporter décemment.

La prison était située au rez-de-chaussée de l'ancien Conseil de la colonie, appelé désormais *cabildo*. La demeure du gouverneur, où vivait le couple Durán, se trouvait non loin de là. Margaux entra chez elle et ressortit au bout de quelques minutes, une petite bourse entre les mains.

— Le domestique va te conduire au campement, dit-elle à Sarazen. Reviens ici le plus vite possible accompagné de plusieurs hommes.

Les deux sœurs pénétrèrent dans la prison. À cette heure tardive, il y avait un seul officier de garde à l'entrée, qui dormait à demi sur sa chaise. Voyant s'approcher les deux femmes élégantes, il crut rêver.

— Savez-vous qui je suis ? lui demanda Margaux.

Reconnaissant l'épouse du señor Durán, l'officier se leva d'un bond. Il la regarda poser la bourse sur la table.

— Voici cent cinquante *pesos fuertes* pour vous. Amenez-nous l'Indien qui a été arrêté cette nuit.

— J'ai bien peur qu'il ne soit pas en état de marcher, madame. Il a reçu une bonne raclée.

— Dans ce cas, conduisez-nous à lui.

— Mais... L'endroit n'est pas très agréable... Et je ne sais pas si je dois...

Margaux reprit la bourse posée sur la table. Le lieutenant de caserne, qui ne voulait pas risquer de perdre l'équivalent de trois mois de solde, s'empressa d'ouvrir la porte. Il avança dans un long corridor flanqué d'une rangée de cachots dans lesquels des hommes somnolaient. Une odeur nauséabonde d'urine et de sueur saturait l'atmosphère. Parvenu au milieu du couloir, il s'arrêta devant une cellule.

— Le voici, dit-il.

Suzette vit Ishcate allongé par terre, le corps ensanglanté.

— Ouvrez la porte !

— Madame, nous ne savons pas s'il est dangereux.

— Il ne l'est pas ! rugit-elle.

L'officier obéit. Suzette se précipita vers Ishcate et s'agenouilla à côté de lui.

— Retournez à l'entrée, murmura Margaux à l'oreille de l'officier. D'autres Indiens vont arriver. Laissez-les venir jusqu'ici. Ils emporteront cet homme. Lorsqu'on vous posera des questions, vous direz qu'ils vous ont menacé. Vous ne mentionnerez en aucun cas mon nom. De toute façon, personne ne vous croirait. J'ai l'autorisation de mon mari qui, lui, a celle du gouverneur. Je peux seulement vous dire que cela permet d'éviter un grand conflit. Dans la situation actuelle, de nouveaux problèmes avec les tribus indiennes ne seraient pas souhaitables...

L'officier acquiesça puis tourna les talons.

Margaux ferma les yeux un instant pour contrôler ses nerfs et pria pour que jamais son époux n'apprenne ce qu'elle venait de faire. Elle observa ensuite le couple étrange que formaient sa sœur, dans sa robe de mariée maculée de sang, et cet Indien inerte. Elle avait menti pour Suzette. Parce que c'était sa sœur, et elle l'aimait.

Et parce qu'elle était prête à tout pour éviter sa perte.

Tout en caressant délicatement le visage et les cheveux d'Ishcate, Suzette murmura plusieurs fois son nom. Au bout d'un moment, il entrouvrit les yeux et la reconnut.

— Je voulais seulement te revoir, articula-t-il en essayant d'esquisser un sourire malgré les blessures et les hématomes. Mais pas dans cet état, et encore moins ici.

— Que s'est-il passé ?

— Ils vous ont insultés, toi et ta famille. Chez moi, c'est un affront que l'on ne tolère pas.

— Tu as risqué ta vie, dit-elle en lui prenant les mains et en le regardant dans les yeux. Tu dois vivre. Tu es ma source de joie. Je dois savoir que tu es vivant pour pouvoir rêver de toi, la nuit.

Ishcate effleura du bout des doigts la robe souillée et demeura en silence.

— Si tu n'étais pas parti…, lui reprocha-t-elle en se remémorant ce jour lointain. J'étais prête à tout abandonner pour te suivre.

— Le monde dans lequel je vis est violent. Je suis un guerrier, je tue des hommes et des animaux. Tu avais l'air heureuse en sortant de l'église. Tu as trouvé ta place. Je suis content pour toi.

— Je saurai si j'ai trouvé ma place lorsque ma dernière heure arrivera, répondit Suzette tandis que des larmes coulaient sur son visage. On dit que c'est seulement quand on se retrouve face à la mort que l'on découvre la vérité.

Elle continua à lui caresser le visage et le cou. Ses doigts rencontrèrent une petite chaîne avec une médaille. C'était celle qu'elle lui avait offerte quand elle était enfant. Il la portait encore ! Il ne l'avait donc pas oubliée.

— Tu m'aimais et tu as renoncé à moi…, murmura-t-elle.

— Ne parle pas au passé, je ne suis pas en train d'agoniser, plaisanta-t-il avant d'ajouter, plus sérieux : Je suis lié à toi pour la vie, Suzette.

Elle sourit, se pencha et déposa un baiser sur son front.

— Pour la vie, répéta-t-elle dans un murmure.

Ils restèrent silencieux.

— Sarazen est arrivé, interrompit Margaux.

Suzette se redressa. Quatre Indiens entrèrent dans le cachot et soulevèrent Ishcate avec précaution. Les deux sœurs les suivirent. Anne les attendait dans la calèche pour les accompagner dans la nouvelle demeure des Fournier, située dans la rue Toulouse.

— Merci, dit Suzette à Margaux. Je te rembourserai le contenu de cette bourse jusqu'au dernier peso.

Margaux secoua la tête pour indiquer que cela n'avait aucune importance. Elle n'avait pu refréner son émotion en entendant la conversation entre Ishcate et sa petite sœur. Elle avait été témoin d'une promesse d'amour éternel bien plus réelle, intense et sincère que toutes celles que l'on avait bénies lors des mariages religieux auxquels elle avait assisté. Elle avait compris que rien ni personne ne pourrait jamais rompre le lien qui les unissait. D'une certaine manière, elle les enviait, tout en restant perplexe. De toute évidence, elle ne ressentait rien de semblable pour son mari. Leur relation était sereine et rationnelle, bien plus satisfaisante sur le long terme que la souffrance provoquée par les passions effrénées. Autrement dit, elle ne voulait pas être à la place de Suzette, pour qui la vie conjugale et de futurs enfants ne parviendraient peut-être pas à effacer ce désir de l'impossible.

— La seule chose que je souhaite, c'est retrouver ma sœur radieuse de ce matin, dit-elle en observant la robe tachée, le visage fatigué et la coiffure défaite de Suzette.

Il allait lui falloir du temps pour lui redonner l'apparence d'une fiancée attendant avec hâte sa nuit de noces.

— J'ai menti pour toi. C'est ton tour, maintenant. Ton unique obligation est de satisfaire ton mari.

Suzette regarda dehors. L'obscurité enveloppait les rues et les édifices. Plus la calèche s'éloignait du *cabildo* et la séparait d'Ishcate, plus elle avait la sensation que c'était elle, la prisonnière.

20

Kappa, village quapaw, près du poste Arkansas, avril 1773

ISHCATE avait la nostalgie des siens, même s'il ne pouvait leur pardonner d'avoir adopté les modes de vie anglais. C'était du reste la raison pour laquelle il différait son retour, car, quatre ans après la mort de Pontiac, plus personne ne s'en souvenait. Il avait appris par un voyageur que le fleuve avait emporté le fort de Chartres et que la garnison britannique s'était installée à Kaskaskia, dans la vieille maison en pierre des jésuites. Les Anglais faisaient désormais partie de la vie quotidienne de son village.

Vingt lunes déjà qu'il ne montait pas à Kaskaskia, pensa-t-il en jetant des cailloux dans la rivière Arkansas. Il se sentait chez lui, à Kappa. Il ressemblait presque à un Quapaw : il s'était percé le nez et les oreilles et se peignait le corps comme eux. En revanche, il ne s'était pas orné la nuque de plumes et avait conservé sa longue chevelure noire qui marquait son appartenance au peuple kaskaskia. La couper offenserait ses ancêtres.

S'il menait une existence paisible en territoire quapaw, c'était aussi parce qu'ils n'avaient qu'un seul ennemi, les Osage, et non plusieurs tribus comme dans le Nord. En outre – à quoi bon se mentir ? –, il était plus près de La Nouvelle-Orléans, précisément à mi-chemin. Cela signifiait qu'une nouvelle occasion pouvait se présenter de descendre en ville et de revoir Suzette.

Il se demandait si elle avait déjà des enfants.

Son peuple lui manquait davantage depuis que Sarazen avait épousé Mikakh, qui était enceinte. Lorsqu'ils fondaient une famille, les hommes avaient moins de temps à consacrer à leurs amis. Ce n'était pas son cas. Prendre une femme et avoir des enfants était une loi de la vie, à laquelle il refusait de se plier, malgré toutes les candidates que lui avait proposées Sarazen. Ishcate voulait rester libre d'aller et venir à sa guise sans devoir se justifier. Il ne manquait de rien : il gagnait de l'argent grâce à la chasse, aux scalps osage et aux missions auprès du commandant Leyba. Ce dernier avait congédié son interprète officiel dont il se méfiait. Il était convaincu qu'il était à la solde de négociants britanniques désireux de commercer avec les Quapaw et qu'il faussait les traductions pour le mettre dans une mauvaise posture devant Cazenonpoint. Il n'avait pas tout à fait tort : depuis que le Kaskaskia l'avait remplacé, les Quapaw appréciaient davantage Leyba. Ishcate apprenait le castillan, ce qui lui serait sans doute utile, puisque de plus en plus d'Espagnols arrivaient en Louisiane.

— Hé, Ishcate ! l'interpella Sarazen en courant vers lui, hors d'haleine. Le grand chef est souffrant.

Il se redressa d'un bond. Cazenonpoint était encore jeune et robuste. Il ne tombait jamais malade, même pas un rhume au cours de l'hiver. Il se précipita au village, sur les talons de Sarazen. Des dizaines de personnes attendaient des nouvelles sur le terre-plein central, devant la tente du chef. Environ une heure plus tard, le guérisseur de la tribu, un vieillard sec et voûté, sortit, l'air grave, et annonça que le cœur du grand chef avait cessé de battre et que son esprit était déjà en route pour retrouver Wah-kontah, le dieu de l'Univers. Les hommes baissèrent la tête et les femmes poussèrent des cris de deuil.

Les préparatifs des funérailles commencèrent aussitôt, mais la question qui préoccupait tout le monde était la succession de Cazenonpoint, dont le fils aîné n'avait que neuf ans. Le conseil se réunit plusieurs fois au cours des jours suivants et prit enfin une décision, qui surprit Ishcate : ils demanderaient à Leyba de servir de médiateur et de proposer un nouveau chef.

Ishcate et Sarazen se rendirent au fort et s'entretinrent avec le commandant, qui revenait à peine de La Nouvelle-Orléans.

— Je ne peux accepter, dit-il, embarrassé. C'est une grande responsabilité.

— Tu te trompes, rétorqua Sarazen, c'est un grand honneur. Les Quapaw te seront fidèles.

Leyba souhaitait que son séjour dans ces contrées soit le plus paisible possible pour son épouse et ses filles. Ils avaient vécu des moments de panique, surtout la première année. Un jour, Cazenonpoint avait menacé de poignarder les habitants du poste ; une autre fois, il avait demandé à ses hommes de lui rapporter un tonneau de brandy ou le scalp de Leyba. Le chef indien, qu'il repose en paix, l'avait mis à l'épreuve.

— Et qui dois-je choisir ?

— Personne ne sera surpris que tu nommes Guatanika, répondit Sarazen, satisfait.

— D'accord. Dites à votre peuple que je porterai des présents à la cérémonie. D'ici là, je ferai un geste en ordonnant de baisser les prix de l'échoppe.

— C'est une bonne nouvelle qui les réjouira, réagit Sarazen.

Leyba s'adressa alors à Ishcate :

— As-tu l'intention de te rendre bientôt dans le Nord ? J'ai du courrier de la ville à remettre à Saint-Louis. Il est normalement acheminé par bateau, mais comme c'est urgent, ils ont profité de mon retour pour me le confier. Sauf que maintenant, pour traverser le territoire osage en sécurité, il me faudrait plusieurs soldats… Comme toi tu connais les raccourcis, je me suis dit que tu pourrais le porter. Tu seras bien payé.

Ishcate réfléchit un instant. La mort soudaine de Cazenonpoint l'avait affecté. D'un autre côté, les préparatifs des funérailles et de la cérémonie du nouveau chef occuperaient toute la tribu. Lui, un homme seul, sans famille, appartenant à un autre peuple, aurait l'impression d'être un simple spectateur, voire un intrus.

— Je partirai demain à l'aube, dit-il.

L'un des documents parmi le courrier très urgent qu'il devait remettre en main propre à Pedro Piernas, le lieutenant-gouverneur de la Haute-Louisiane en charge des affaires militaires et civiles, était une sommation à l'attention de Cécile Dubois. Ishcate l'apprendrait à son arrivée à Saint-Louis, après deux semaines de voyage sans incident.

C'était un dimanche matin. Au poste, on l'informa que Piernas était à l'office. Il se dirigea vers la place et il pensa alors à Suzette, car elle ressemblait à celle de La Nouvelle-Orléans. Il attendit la fin de la célébration à la porte de la chapelle, bâtie en rondins bruts. La propriété de Leroux était le mieux situé, preuve qu'il avait été l'un des premiers à choisir son emplacement au début de la construction de la ville. Les autres bâtiments étaient des petites maisons soutenues par des poteaux de cèdre et recouvertes d'un toit à double pente. Certaines disposaient de lucarnes et de volets, ou encore de porches, de galeries et de hangars.

Plusieurs familles, ainsi que des officiers et des soldats espagnols, sortirent enfin de la chapelle. Après avoir échangé de chaleureuses salutations avec les Leroux-Dubois et le père Meurin, Ishcate demanda à parler au commandant, auprès de qui il s'acquitta de sa mission. Il accepta ensuite l'invitation de Cécile, également adressée au religieux, à déjeuner avec eux afin qu'il leur donne les dernières nouvelles de La Nouvelle-Orléans.

Ishcate ne se rappelait pas la dernière fois qu'il avait mangé sur une chaise ni dégusté des plats aussi savoureux et élaborés. Cécile avait préparé des ragoûts de poulet et de gibier frais accompagnés de petits pois, de pain de blé et de pommes au four. Le tout fut servi dans sa meilleure vaisselle en faïence. Leroux ne cessait de lui remplir sa coupe d'un délicieux vin français pour lui délier la langue. Ishcate résuma les épisodes et les incidents survenus au cours des deux ou trois années qui venaient de s'écouler. Son auditoire en connaissait déjà plusieurs, notamment les mariages de leurs relations de La Nouvelle-Orléans. Les nouvelles générales arrivaient avec les bateaux ; c'étaient les détails qui les intéressaient.

La tablée était étrange, mais plutôt agréable. La ferme de Mme Dubois, située aux abords de la ville, était suffisamment grande pour héberger ses cinq enfants, son amant Benoît Leroux, ses esclaves, ainsi qu'une famille de locataires : Bellerive, capitaine français à la retraite, et sa compagne Angélique, une Indienne alors enceinte de leur troisième enfant. L'homme, âgé de plus de soixante-dix ans et à la santé déclinante, était le conseiller aux affaires indiennes du señor Piernas, son successeur espagnol.

— Aujourd'hui, tu m'as volé la vedette, dit Bellerive à Ishcate en prisant du râpé qu'il avait sorti d'une petite boîte en argent. D'habitude, c'est moi qui raconte les histoires.

Craignant que le vieux capitaine n'en profite pour narrer une fois de plus l'une de ses anecdotes – il avait entendu des dizaines de fois la façon dont les Chickasaw avaient brûlé vif son frère –, Leroux interrogea Ishcate.

— Et comment va Girard ? J'ai l'impression que la vie lui sourit : un négoce prospère, deux filles mariées à des notables influents...

Ishcate remarqua qu'Étienne baissait les yeux dès qu'il était question de Margaux. Il le comprenait : il avait lui aussi donné son cœur à une Girard.

— Je l'ai vu l'année dernière, répondit Ishcate en se remémorant la journée fatidique où il avait appris que Suzette allait se marier. Il se portait bien. Il n'a absolument pas changé.

— Sais-tu s'il est fâché contre moi ?

— Fâché ? réagit Ishcate en fronçant les sourcils. Je n'ai rien entendu à ce sujet.

Leroux était navré de ne pas avoir pu tenir parole. C'était la troisième année qu'il manquait à ses engagements : il aurait dû avoir remboursé soixante des quatre-vingt mille livres françaises convenues avec Girard, mais les mauvaises saisons semblaient s'enchaîner les unes après les autres.

— Peu importe, dit-il en balayant l'air pour chasser de telles pensées. Le connaissant, il doit se sentir très satisfait. Son ambition est comblée, ajouta-t-il avec une pointe d'amertume dans la voix.

— Benoît... Nous ne manquons de rien ici, lui chuchota Cécile en lui caressant la main.

Leroux remplit sa coupe. Sa chance était d'avoir fait la connaissance de Cécile. Compréhensive et intelligente, elle ne lui avait jamais reproché que ses affaires ne soient pas plus fructueuses et qu'il se retrouve la corde au cou, à essayer de réunir la somme pour rembourser ses dettes à son ancien associé. Travailleuse infatigable, elle gérait ses propres négoces et sa ferme, qu'elle agrandissait grâce aux nouveaux esclaves. Pour cela il n'enviait pas Girard et se réjouissait de ce qu'il avait. Il ne pouvait toutefois éviter d'être de temps à autre assailli par la pensée que, dans la mesure où ils étaient partis du même point, la richesse aurait pu être répartie plus équitablement, surtout si l'on prenait en compte les efforts qui avaient été les siens pour tout recommencer dans une ville édifiée de toutes pièces, tandis que son associé, vêtu de fines casaques, ne faisait qu'attendre les cargaisons sur les quais de La Nouvelle-Orléans.

Leroux soupira. Il avait une part de responsabilité dans ses échecs : il n'avait pas été aussi intrépide qu'il ne l'avait paru au début. Il en était resté au rang de négociant, ce qui lui apportait moins de revenus. En effet, plutôt que de traiter directement avec les Indiens, il payait des intermédiaires et approvisionnait des commerçants et des voyageurs qui se rendaient en pirogue dans les lointains villages indiens à la fin de l'automne, au début de la saison des pièges et de la chasse. Leroux se contentait de négocier des accords et dès qu'il obtenait un peu d'argent, il prenait de nouveaux risques ; il achetait plus de bétail ou un moulin pour se consacrer aussi au négoce de la farine, ou il logeait les troupes espagnoles. Certes, il ne manquait de rien, mais n'avait jamais d'espèces sonnantes et trébuchantes.

— Tu as raison, Cécile. Chacun est comme il est. Girard sait se mouvoir dans les bureaux. Moi, je suis plus impétueux, c'est toujours plus risqué.

L'un des esclaves de la maison annonça alors que le commandant du poste souhaitait s'entretenir en tête à tête avec Mme Dubois. Intriguée, celle-ci se dirigea vers la porte d'entrée. Le señor Piernas, un homme jeune aux traits larges et incisifs, lui remit une missive. Après en avoir pris connaissance, elle marmonna un juron.

— Venez donc vous joindre à nous, señor Piernas. Je ne vois aucun inconvénient à ce que mes invités apprennent cette aberration.

Dans la salle à manger, Cécile s'adressa à Étienne.

— Ton misérable père exige de faire valoir ses droits maritaux sur ma personne. Il en veut à mes biens et à mon argent. Le gouverneur Unzaga me demande de rentrer avec mes enfants à La Nouvelle-Orléans, plus précisément à la boulangerie de la rue Dauphine.

Les convives poussèrent une exclamation en chœur.

— Il en est hors de question ! s'écria Leroux en se levant avec une telle fougue qu'il renversa sa chaise.

— Mon chéri, je n'ai nulle intention de répondre à cette sommation, lui dit Cécile très calmement. À moins que l'on ne m'emmène contre mon gré en m'enchaînant.

Cela n'avait pas suffi à cette crapule de sortir d'ici sous la menace d'une arme, il se retranchait maintenant derrière les gouvernants.

Le señor Piernas toussota.

— En tant que représentant de la loi, madame, mon devoir est de la faire respecter.

— La loi peut être interprétée, intervint Bellerive. Dites au gouverneur que vous l'enverrez dès que possible à La Nouvelle-Orléans, accompagnée d'Étienne, le seul fil de

Dubois, mais que les autres enfants resteront avec leur père, M. Leroux. Retarder un dossier n'est pas mentir.

— Les enfants portent le nom de famille Dubois, argumenta Piernas. Cela peut compliquer les choses.

— Nous avons pris cette décision pour éviter qu'ils ne soient considérés comme des bâtards, s'écria Leroux, agité. Écoutez Bellerive ! Il connaît mieux que personne les rouages du gouvernement. On lui a toujours fait cas depuis La Nouvelle-Orléans.

Piernas fronça les sourcils. Lorsque O'Reilly l'avait envoyé sur ce territoire, il avait insisté pour qu'il entretienne de bonnes relations avec Bellerive et qu'il conserve les officiers de sa milice à son service. Il se souvenait aussi de sa prise de fonction, trois ans auparavant. Les derniers survivants à la solde de la France, une douzaine d'hommes vêtus d'uniformes en piètre état, devenus soudain des soldats espagnols, ne suivaient que les instructions de Bellerive. En cas de doute, aussi bien la garnison que les habitants de la région obéiraient plus au vieux Français qu'à lui. Il s'en était jusqu'à présent tenu à son travail, qui consistait à maintenir la paix et à traiter de questions administratives – transactions immobilières, contrats de mariage, testaments, inventaires et ventes aux enchères. Or, la seule façon de conserver la paix ici était de bien s'entendre avec le capitaine à la retraite.

En interprétant ainsi la loi dans cette affaire, Bellerive pensait à son propre bien-être : il avait loué une partie de la propriété de Mme Dubois, qui le traitait comme s'il était son père, afin de profiter paisiblement de ses vieux jours. Il ferait de toute attaque à l'encontre de sa logeuse une affaire personnelle.

— J'écrirai au gouverneur en ces termes, consentit Piernas. Laissons le temps passer et nous verrons.

Cécile se tourna alors vers le père Meurin.

— J'espère que la loi de Dieu peut également être interprétée, car jamais plus je n'approcherai ce misérable, qui se considère comme mon mari uniquement quand ça lui convient.

Meurin leva les paumes en l'air, mais ne dit rien.

— Penser à ce vaurien, ivrogne et grossier personnage me rend malade, poursuivit-elle.

Ishcate se rappela l'échauffourée avec les amis de René dans la taverne de La Nouvelle-Orléans, sa détention, puis sa libération par l'entremise de Suzette, le jour de ses noces.

Suzette.

Tout ce qui se déroulait autour de lui, même une conversation en apparence des plus anodines, ravivait son souvenir. Comme la vie de Cécile aurait été différente si elle n'avait pas eu l'audace de suivre son amant jusqu'à Saint-Louis, sans savoir alors comment elle s'en sortirait. Elle serait en train de pétrir du pain à La Nouvelle-Orléans, endurant les cris de son crétin de mari. C'était une femme vaillante.

Suzette aussi s'était montrée disposée à s'enfuir avec lui.

Et lui, il s'était dérobé.

Il était sûr d'avoir fait le bon choix, mais plus le temps passait, plus il le regrettait. Par sa faute, ils n'avaient même pas eu la possibilité d'essayer. En observant la population hétéroclite de Saint-Louis, il s'était dit que personne ne se serait mêlé de leur vie. Si les habitants acceptaient que Cécile, une femme légalement mariée, vive avec un autre homme et ait des enfants de lui, ou encore que le vieux Bellerive ait fondé une famille avec une Indienne, ils auraient sans nul doute accepté que Suzette et lui soient heureux ici. Ah, cela ne serait désormais plus possible. L'eau du fleuve passait une seule fois. Une seule. Lorsqu'on la prenait dans ses mains, on savait que jamais plus ce ne serait la même.

— Et toi, que vas-tu faire maintenant ?

Le père Meurin arracha Ishcate à ses réflexions.

— Si la situation est calme à Kaskaskia, je resterai ici quelque temps.

— Tu ne rencontreras pas de problèmes. Les assauts des tribus qui cherchaient à venger la mort de Pontiac ont pris fin il y a un an. Il semblerait que son influence au moment où il a été assassiné n'était pas aussi importante qu'on le croyait, et de moins en moins d'hommes étaient prêts à mourir pour le venger ou honorer sa mémoire. Au fait, je ne sais pas si tu as appris que les Chickasaw ont attaqué Kaskaskia l'année dernière…

Ishcate éprouva soudain un sentiment de culpabilité. Son village avait été assailli et il n'avait pas été là pour le défendre.

— Détends-toi, Ishcate, poursuivit Meurin. Les Anglais les ont expulsés pour maintenir la paix dans la région. Depuis, la seule chose que je sais, c'est qu'une compagnie veut acheter vos terres.

— Celles des Kaskaskia ?

— Non, mon garçon, celles de toutes les tribus de l'Illinois.

— Ils n'en ont pas le droit, réagit Ishcate en fronçant les sourcils.

— C'est ce que je leur ai dit quand ils sont venus me consulter, mais je crois que les négociations sont bien entamées.

Il n'y avait pas d'hésitation possible, Ishcate devait se rendre de toute urgence dans son village. Il prit congé de la famille Leroux-Dubois et s'achemina vers Kaskaskia, après deux ans d'absence.

Kaskaskia, Haute-Louisiane, juillet 1773

Ishcate sentit son cœur se réjouir et battre au rythme de l'eau de la rivière Kaskaskia lorsqu'il entra dans son village, baigné par le soleil d'une splendide journée estivale. Les membres de sa tribu étaient rassemblés sur le terre-plein central devant les tentes et les huttes disposées en demi-cercle. Il put ainsi saluer tout le monde d'un seul geste.

Une vieille femme l'informa aussitôt qu'il avait trois nouveaux neveux, l'un d'eux étant le fils de Kicounaisa, qui avait pris une épouse l'année précédente. Elle lui dit aussi que les ennemis indiens avaient cessé leurs attaques, ce qui avait ramené la paix dans le village. Elle lui fit savoir qu'ils attendaient présentement les chefs peoria et cahokia pour une réunion importante.

Sa joie s'envola soudain lorsque, après s'être enquis de ses parents, il apprit que sa mère était décédée l'hiver passé.

Sentant tous les regards posés sur lui, il se dirigea vers Couroway, assis avec les autres chefs kaskaskia, entre Ducoigne et Tomera, le grand chef décrépit. Derrière eux Maughquayah et Kicounaisa se tenaient debout. Après avoir serré les avant-bras de ses frères en un salut qui ne lui parut guère affectueux, il s'agenouilla devant son père. Âgé de près de cinquante ans, Couroway semblait être en bonne santé. Ses cheveux étaient moins longs et moins épais, mais il conservait sa carrure et son expression sévère.

— *Aya aya, niniicaanhsa.* Bonjour, mon fils. Je remercie le Grand Esprit de t'avoir ramené à la maison, dit-il en posant ses grandes mains rugueuses sur les épaules de son fils.

— *Aya aya, noohsa,* murmura Ischcate, tête baissée et avec tristesse. Bonjour, Père. Je viens d'apprendre que le Grand Esprit a emporté ma mère. Je regrette beaucoup de ne pas avoir été à ses côtés à ce moment-là.

— Tout homme doit suivre son chemin. Elle a été bien accompagnée et ses souffrances ont été brèves, répondit Couroway, faisant un signe de la tête vers les autres chefs. Quelles nouvelles nous rapportes-tu des terres du Sud ?

Ishcate les mit au courant de ce qu'il pensait être susceptible de les intéresser : l'arrivée du commandant Leyba au poste Arkansas et sa relation difficile avec les Quapaw ; l'anecdote des petites médailles espagnoles ; son voyage à La Nouvelle-Orléans, où la situation avec les Espagnols semblait prendre une bonne tournure ; son travail en tant qu'interprète qui lui avait permis de rencontrer des officiers du gouvernement espagnol ; la mort de Cazenonpoint et la possible nomination de Guatanika pour lui succéder.

Les chefs écoutèrent Ishcate avec attention, et Couroway, avec fierté. Son fils savait se mouvoir dans le monde en dehors du territoire de l'Illinois, il connaissait personnellement des grands chefs blancs et parlait leur langue. Il pourrait être un grand chef, même s'il avait deux frères aînés et n'avait pas encore pris d'épouse avec qui perpétuer la lignée.

— J'ai entendu dire que vous aviez reçu une proposition d'achat des terres…, dit alors Ishcate.

— Nous en discuterons avec les autres chefs, le coupa son père. Les voilà qui arrivent. Va rejoindre tes frères et écoute avant de donner ton avis.

Ishcate obéit et attendit avec impatience que le chef peoria et le chef cahokia saluent les Kaskaskia et partagent le calumet pour commencer à échanger leurs points de vue. En réalité, Ishcate eut l'impression d'assister à la bénédiction d'un accord, et non à un débat. Ses pires soupçons se confirmèrent lorsqu'un homme de petite taille se joignit à la réunion, accompagné d'un interprète.

— Qui est-ce ? demanda-t-il à son frère Maughquayah.

— William Murray. Il travaille pour le compte de négociants anglais et représente l'Illinois Company.

Ishcate serra les mâchoires en voyant l'Anglais remettre des documents au grand chef Tomera, qui les passa à Ducoigne, lequel, légèrement plus âgé qu'Ishcate, était le seul à savoir lire. Avant qu'il n'ait le temps de traduire le contenu de la proposition, Ishcate se leva et demanda l'autorisation d'intervenir. Tout cela était allé trop loin. Les chefs échangèrent quelques mots et accédèrent à la demande d'Ishcate, qui s'approcha de l'Anglais et parla fort pour que tout le monde l'entende :

— La proclamation de 1763 émise par le roi anglais interdit l'achat de terres indigènes dans le Pays des Illinois.

Murray le regarda avec un rictus moqueur, comme s'il trouvait amusant qu'un Indien invoque la loi.

— La loi peut être interprétée et il y a un précédent, rétorqua Murray en omettant de préciser que c'était dans un endroit très loin d'ici, aux Indes orientales.

— Où ça ? s'enquit Ishcate.

C'était la seconde fois en peu de temps qu'il entendait cette phrase au sujet de la loi. À quoi donc servaient les textes si tout un chacun pouvait les interpréter à sa guise ?

— Veux-tu vraiment que je te l'explique ? ironisa Murray avant de s'adresser aux chefs : L'essentiel, c'est que les affaires privées sont, comme leur nom l'indique, privées. Ces terres vous appartiennent, oui ou non ?

Ducoigne et les autres acquiescèrent.

— Je vous ai entendus dire des centaines de fois que, même si les chefs européens imposaient leurs lois, vous obéissiez aux vôtres pour défendre votre territoire. Qui peut vous interdire de céder ce qui vous appartient ? Et puis, si vous voulez vendre et si quelqu'un veut acheter, qu'importe la loi ? Quoi qu'il en soit, c'est l'Illinois Compagny qui sera perdante si la Couronne anglaise ne reconnaît pas les actes de vente.

Ishcate se moquait des lois et de leurs interprétations. Il voulait simplement mettre en avant la terrible erreur que constituerait la cession des terres. Certes, sa tribu recevrait de l'argent, mais elle vendrait ses racines. Elle le regretterait.

— Tu déformes les mots. La loi du roi anglais voulait précisément nous protéger et éviter que vous veniez de l'Est pour nous chasser de nos terres. Comment pouvez-vous accepter cela ? demanda-t-il aux chefs. Nous allons maintenant vendre des parcelles de terre et vivre un certain temps sans chasser ; lorsqu'il n'y aura plus d'argent, nous vendrons d'autres parcelles et il se passera la même chose. Nous serons alors de plus en plus faibles face à nos ennemis.

Son frère Kicounaisa intervint alors.

— Ishcate, tu vas et tu viens à ta guise, libre comme le vent. Si tu vivais tout le temps ici, tu comprendrais notre décision. Le fils d'un chef se doit à son peuple, mais toi, tu as suivi ton propre chemin. Nous vendrons et nous commencerons une nouvelle vie ailleurs, peut-être plus au sud.

Ishcate lança un regard sévère à Kicounaisa, contrarié par le reproche qu'il venait de lui adresser. Il avait du mal à reconnaître le frère qui l'avait un jour poussé à affronter les Anglais, à couper son premier scalp, exaltant l'orgueil du guerrier. Celui qui s'était montré prêt à tuer un enfant en bas âge pour l'empêcher d'arracher, une fois devenu adulte, des terres aux Indiens. Comment un homme pouvait-il rester debout une fois son esprit mort ? Il ne reconnaissait plus son frère, dont les paroles l'avaient blessé. Même s'il ne vivait pas ici tout le temps, il était l'un des leurs.

— Quitter Kaskaskia pour toujours, dis-tu ? s'étonna-t-il, sans en croire ses oreilles.

— À Kaskaskia, nous ne sommes plus que deux cents, et soixante guerriers, intervint alors Maughquayah. Nous sommes les seuls Indiens frères des Français et des Espagnols sur la rive anglaise du Mississippi. Partir est la meilleure chose que nous ayons à faire pour l'avenir de nos enfants. Si tu étais père, peut-être nous comprendrais-tu.

La colère et la tristesse d'Ishcate s'amplifièrent. Certes, il n'avait pas d'enfant, mais il jouissait du même droit qu'eux de donner son avis et de décider du sort de leur *ašihkiwi*, leur terre. Après si longtemps sans les voir, il s'était imaginé que ses frères l'accueilleraient plus chaleureusement. Tous ses souvenirs d'enfance et de jeunesse étaient liés à eux. Ils lui avaient appris ce qu'il savait pour survivre dans la nature. Ils l'avaient fait rire ; ils avaient soigné ses premières blessures. Lorsqu'un homme fondait sa propre famille, il prenait de la distance par rapport à sa famille d'origine. Cela pouvait expliquer la froideur de Kicounaisa et de Maughquayah. Ou alors, ils l'enviaient d'avoir parcouru le monde.

— Et quel prix avez-vous donné à la terre de nos ancêtres ? demanda Ishcate en haussant le ton. Vous croyez qu'elle peut être estimée comme un fût de tafia ou un ballot de peaux ?

Un profond silence s'installa.

Ce qui exaspéra Ishcate un peu plus. Comment se pouvait-il qu'ils soient tous d'accord ? Son père, ses frères, ses amis... Si seulement il était né à une autre époque, avant, bien avant que les Européens n'aient posé un pied sur ces terres. Tout ce qui était lié à ces êtres cupides finissait mal. Leurs tentatives d'approche enjolivées de belles paroles étaient toujours intéressées. Il attendit encore un instant, dans le vain espoir que le sang commencerait à bouillir dans les veines de ses anciens compagnons de la même manière que dans les siennes et qu'ils chasseraient cet Anglais, mais rien de tel ne se produisit.

Il secoua la tête et partit. Il n'assisterait pas à la maudite signature des maudits contrats.

Il passa récupérer ses affaires dans son tipi avant de gagner l'enclos des chevaux, où il trouva Tomera qui tenait à grand-peine sur ses jambes, aidé par deux jeunes. Le vieillard le regarda dans les yeux.

— Ma peau est ridée et mon corps fatigué, dit-il d'une voix grave, mais mon cœur bat comme le tien. Je suis de ton avis, Ishcate. Je regrette que mes mots ne parviennent plus à convaincre les autres. Je prie le Grand Esprit de venir me chercher avant que je sois obligé de quitter ma terre.

Ishcate le remercia de ses paroles, monta sur son cheval et s'enfonça au galop dans la forêt.

Il ne put fermer l'œil de la nuit. Allongé sur la peau d'ours qui le protégeait de l'humidité du sol, il repensa à sa vie. Tout ce qui l'avait jusqu'alors enthousiasmé s'effondrait. Il ne pouvait partager sa vie avec Suzette car il était indien ; il ne pouvait pas non plus vivre comme un véritable guerrier car il était vain de lutter en sachant que les intérêts commerciaux finissaient par imposer une paix intéressée, et que son propre peuple s'apprêtait à vendre la terre qu'il avait juré de défendre envers et contre tous depuis l'enfance. Quelle direction prendre ? Il pourrait travailler en tant que *coureur de bois* ou *voyageur* pour le compte d'un négociant de Saint-Louis comme Leroux. Ou en tant qu'interprète. Agriculteur, non : il manquait de patience pour labourer derrière des bœufs. Il était bon chasseur, mais si son peuple partait, il ne pourrait rester et chasser seul. Il ne tiendrait pas le premier hiver.

Il s'endormit enfin et sombra dans un sommeil agité. Il rêva qu'un événement terrible frappait Suzette et qu'il devait la prévenir.

Il rêva que lui seul pouvait le faire, mais il était si loin qu'il n'arrivait pas à temps.

21

La Nouvelle-Orléans, septembre 1774

SUZETTE eut l'impression qu'on lui plantait un couteau dans les entrailles et poussa un cri.

Belmont se leva en sursaut du fauteuil dans lequel il était en train de lire, et traversa à toute hâte le salon garni de meubles laqués ornés de motifs floraux, et dont les murs clairs arboraient des tableaux représentant des scènes bucoliques dans des tons délicats. Il rejoignit sa femme qui se reposait sur un grand canapé confortable près d'une fenêtre et observait la rue pour passer le temps.

— Déjà ?

Elle acquiesça, en serrant son ventre volumineux entre ses mains. Comme il s'agissait de son premier bébé, elle avait interrogé toutes les mères de son entourage pour connaître les signes annonciateurs de l'accouchement.

Cette douleur ne pouvait signifier qu'une chose : le travail avait commencé.

— Fais venir Anne !

Depuis qu'elle avait montré ses dons avec Cécile Dubois, la servante avait aidé Blanche Girard à mettre au monde ses quatre autres enfants, dont le dernier, Didier, était né un an plus tôt. Suzette ne voulait personne d'autre à ses côtés.

Belmont courut dans toute la maison. Il demanda aux domestiques de préparer la chambre de son épouse, de faire bouillir de l'eau et d'appeler Anne. Mais la jeune servante était introuvable.

— Où a-t-elle bien pu aller aujourd'hui ? cria Suzette, en colère.

Depuis quelques mois, Anne disparaissait sans prévenir et ses excuses étaient des plus farfelues.

— Je vais chercher le médecin, dit Belmont, nerveux, en l'aidant à rejoindre sa chambre.

— Demande d'abord à Alizée de venir.

Suzette voulait avoir à ses côtés une femme qui avait déjà enduré ces douleurs et en qui elle avait confiance. Sa mère avait beaucoup d'expérience, mais sa belle-sœur habitait plus près. Depuis qu'elle avait acheté sa liberté aux Fournier pour trois cent vingt pesos l'année précédente, Alizée, la demi-sœur mulâtre de Belmont, tenait avec son mari Pompe une auberge située à quatre rues de là. Suzette la voyait de temps à autre et apportait des cadeaux à ses enfants.

Elle s'allongea sur le lit et tenta de garder son calme en contrôlant sa respiration. Tous ses sens étaient en alerte, focalisés sur son ventre. Entre les contractions, de plus en plus fréquentes et intenses, elle priait pour que tout se passe bien et que le bébé naisse en bonne santé. Elle essayait d'étouffer ses cris, sans y parvenir. Personne n'était là pour la soutenir, l'encourager ou la réconforter, hormis la nouvelle cuisinière et une servante, toutes deux si jeunes qu'elles se trouvaient complètement démunies. Elle leur ordonna en hurlant de la déshabiller, de l'aider à revêtir une chemise de nuit en lin, d'étaler des serviettes sur le lit, de se laver soigneusement les mains. Elle fléchit alors les genoux et sentit une envie irrépressible de pousser. La douleur était insupportable.

Alizée arriva enfin et prit la situation en main. À partir de ce moment-là, l'esprit de Suzette se voila. Durant un temps qui lui parut interminable, elle cria et poussa en serrant les dents chaque fois qu'une voix, celle de sa belle-sœur d'abord puis celle du médecin, le lui demandait.

Dans un endroit nommé Galliard situé à l'est de La Nouvelle-Orléans, sur les terres marécageuses proches du lac Borgne, non loin de l'embouchure du Mississippi, Anne quittait Bamboula à contrecœur.

Ces dernières années, ils se retrouvaient de temps à autre en cachette la nuit, dans des cabanes d'esclaves ou des plantations, car Bamboula ne voulait pas qu'elle sache où il vivait. Quelqu'un informait Anne du lieu et de la date du rendez-vous. Cependant, elle avait tellement insisté que Bamboula avait fini par consentir à ce qu'elle connaisse le repaire où il habitait depuis trois ans avec d'autres esclaves fugitifs, que l'on appelait les « marrons ».

L'un d'eux l'avait accompagnée jusqu'à la limite que Bamboula pouvait approcher sans danger. Sur une planche clouée à un arbre, des mots étaient gravés. Grâce aux leçons de Suzette, Anne parvint à les déchiffrer : « Maudit soit le blanc qui franchira cette frontière. » Puis, après avoir traversé des marécages impénétrables, où des cyprès s'élançaient au-dessus d'une eau boueuse peuplée de grenouilles, de ratons laveurs, d'alligators et de couleuvres, ils atteignirent la grotte où vivait son mari.

— Comment puis-je te laisser vivre dans un tel endroit ? dit Anne, en larmes.

— Voilà pourquoi je ne voulais pas que tu viennes, se lamenta Bamboula. Ce n'est pas si terrible que ça en a l'air, et tu sais que je ne suis pas seul. Nous sommes déjà une trentaine. Depuis que Jean Saint Malo est notre chef, il en arrive de nouveaux chaque mois.

Jean Saint Malo était un esclave qui s'était enfui de la propriété de d'Arensbourg, sur la Côte des Allemands. Grâce à lui, les marrons étaient assez bien organisés. Ils faisaient même quelques travaux agricoles pour des esclaves en échange d'armes et de munitions, ou coupaient du bois de construction pour des Blancs qui ne les dénonçaient pas, car ils leur coûtaient moins cher que les autres travailleurs. Ils vivaient suffisamment loin pour rester cachés, mais assez près pour rendre visite à leurs proches et se procurer des ustensiles de cuisine ainsi que de la nourriture afin de varier leur alimentation, constituée principalement d'animaux sauvages, de racines et de plantes.

— J'ai du mal à te comprendre, Bamboula, lui reprochait-elle chaque fois qu'ils se voyaient. Tu pourrais acheter ta liberté en payant petit à petit. D'autres l'ont fait. Les Noirs libres mènent une vie plus ou moins normale.

— Je ne paie pas pour un droit qui me revient en tant qu'être humain. C'est une question de principe.

— Tu pourrais aussi obtenir ta liberté en t'engageant comme soldat...

— Les guerres des Européens ne sont pas les miennes.

— Oh, Bamboula ! s'écria-t-elle, désespérée. La seule solution que nous avons pour être ensemble est donc que je reste ici avec toi ! D'ailleurs, Saint Malo a lui-même fait venir son épouse.

— Tu dois prendre soin de notre petit Demba, lui dit Bamboula en la regardant dans les yeux. Il ne survivrait pas dans cet endroit sombre, et toi, tu ne pourrais pas te passer de lui.

Bamboula avait raison. Anne acquiesça, rongée par la douleur.

— N'oublie pas, il ne doit jamais prononcer mon nom. Nous ne pouvons pas prendre le risque qu'il dise m'avoir vu.

Les yeux d'Anne s'emplirent à nouveau de larmes. Elle n'avait même pas expliqué à l'enfant que cet homme qui le serrait parfois dans ses bras, la nuit, et lui fredonnait des mélodies nostalgiques était son père. Mais Demba n'avait que trois ans. Il ne pouvait pas comprendre les raisons qui avaient poussé Bamboula à les abandonner, et elle doutait que le temps lui permette de le faire.

Comme tous les marrons, Bamboula préférait vivre dans la misère - mais libre - plutôt que demeurer esclave. Il ne pouvait supporter que les Indiens aient davantage de libertés que lui. Les nouvelles instructions espagnoles demandaient d'adopter une attitude pacifique envers les Indiens, de commercer avec eux et de leur offrir des présents, alors que le fouet était toujours de mise pour les Noirs. Si Girard s'était comporté en bon maître, Bamboula n'ignorait pas comment les autres colons traitaient les esclaves. Le fouet était humiliant, mais l'obéissance absolue, l'exécution rapide des ordres et le fait de devoir garder la tête constamment baissée, un faux sourire aux lèvres, ne l'étaient pas moins. Lorsque les jésuites avaient été expulsés du Pays des Illinois, sur le bateau qui les avait conduits jusqu'à La Nouvelle-Orléans, Bamboula s'était juré qu'il ne retournerait plus dans le Nord, où certains s'enfuyaient à présent, car là-bas, il resterait à jamais un citoyen de condition inférieure. Et devoir payer pour la liberté, un droit qui devrait être sacré, lui semblait aberrant. Par conséquent, pour le moment, sa place était là.

— Et répète-lui chaque soir, dit Bamboula, la voix brisée, que son père n'est plus un esclave, qu'il n'accepte d'ordre ni de la part de missionnaires, ni de négociants, ni de propriétaires de plantations. Dis-lui que j'ai obtenu ce que je désirais tant depuis mon enfance, lorsque j'ai été emmené d'Afrique jusqu'ici, enchaîné avec mes parents sur un de ces abominables navires : ma liberté. Un jour, Demba sera un homme et saura me comprendre.

— Nous devons partir, dit quelqu'un à l'intérieur de la grotte.

Ils avaient convenu qu'Anne rentrerait à la tombée du jour, accompagnée d'un marron qui souhaitait passer la nuit en ville.

Elle regarda une dernière fois la petite cachette qui abritait son colosse de mari. Elle lui avait apporté quelques vêtements, deux couvertures, un oreiller, un réchaud, une poêle, deux assiettes et deux tasses en faïence, ainsi qu'un panier contenant des victuailles. Elle essaya de se convaincre que l'endroit était à présent plus chaleureux qu'avant sa visite.

Elle couvrit le visage de Bamboula de baisers et le serra fort dans ses bras une dernière fois, ne sachant pas quand elle le reverrait.

Il faisait nuit noire lorsqu'elle arriva au domicile de ses maîtres. Elle réfléchirait le lendemain à ce qu'elle inventerait pour expliquer à sa maîtresse son absence durant le dîner, si toutefois celle-ci l'avait remarquée. Elle commençait à être à court d'excuses : elle avait abusé des visites à ses amies dans les plantations et des aventures rocambolesques, comme quand elle avait raconté qu'elle était tombée, s'était cogné la tête et était restée inconsciente sans que personne ne lui porte secours. Par chance, Suzette était bonne avec elle. Elle était concentrée sur sa nouvelle vie de jeune mariée, se dévouait à son époux, veillait à ce que tout soit parfait chez elle, parlait de ses journées avec ses amies et était si préoccupée par sa grossesse que bien souvent, elle ne lui prêtait aucune attention. Anne avait ainsi eu toute la liberté d'aller retrouver Bamboula.

Lorsqu'elle entendit les cris, son cœur s'emballa. Elle comprit immédiatement que sa maîtresse était en train d'accoucher, qu'elle n'avait pas été présente au début du travail et que cela ne serait pas sans conséquences.

Qu'allait-elle bien pouvoir inventer cette fois-ci ?

Et comment allait-elle lui expliquer – car il ne lui serait bientôt plus possible de le cacher – qu'elle était enceinte de son mari fugitif ?

Elle mit trois mois à oser en parler à Suzette.

Début décembre, la saison des pluies et des ouragans était terminée. La petite Adrienne faisait la joie de ses parents et les agréables températures annonçaient un hiver doux. Anne profita d'une promenade en compagnie de Suzette dans le jardin pour se confier à elle, mais elle décida finalement de ne pas mentionner Bamboula. En effet, c'était un esclave de Girard, ce serait donc demander un trop grand effort à sa maîtresse de cacher cette information à son propre père qui, trois ans plus tard, n'avait toujours pas digéré la fuite d'un homme à qui il pensait avoir offert une vie décente.

Elle inventa alors une histoire de viol : une nuit, en revenant d'une fête sur la place des Noirs, l'obscurité était totale, elle ne put voir son visage. À sa façon de parler, elle supposait qu'il s'agissait d'un Noir. Pas d'un Indien ni d'un Blanc. Conséquence de cette agression, un bébé grandissait dans son sein.

— Oh, Anne ! s'émut Suzette. Pourquoi as-tu attendu si longtemps pour me le dire ?

— Je ne voulais pas ternir votre bonheur après la naissance d'Adrienne...

— Tu es forte, Anne. Et tu n'as pas cherché à recourir aux services de ces guérisseuses pour te défaire de l'enfant. Tu le mettras au monde et tu l'élèveras parmi nous.

Anne lâcha un soupir de soulagement.

Elle aurait souhaité être libre et vivre avec Bamboula, former un couple comme tant d'autres en ville, tenir une petite affaire, prendre soin de sa famille et s'occuper de son foyer, participer aux différentes festivités. Ce qui pour beaucoup était normal s'avérait impossible pour elle, car elle était mulâtre, esclave et mariée à un marron. Peu de ses semblables avaient la chance, comme elle, d'avoir une maîtresse compatissante et généreuse. Cela dit, il était plus facile de se montrer charitable et d'avoir le cœur sur la main lorsqu'on ne manquait de rien. Elle trouvait injuste que sa couleur de peau l'empêche de choisir et de décider de sa vie.

Anne partageait les idées de Bamboula, mais son instinct maternel l'empêchait de s'enfuir.

Un jour peut-être, elle arriverait à acheter sa liberté. Ou sa maîtresse la lui accorderait...

Au moins, elle était libre de rêver.

Cette après-midi-là, elle s'était délivrée d'un lourd fardeau en avouant sa grossesse à Suzette. Grâce au soutien de sa maîtresse, ses enfants vivraient dans un environnement sûr.

C'était pour l'instant sa plus grande ambition.

Saint-Louis, Haute-Louisiane, fin décembre 1774

Le jour était à peine levé. Cécile sortit pour accueillir le notaire Labuxière et le commandant Piernas, qu'un domestique était allé chercher. Les enfants Leroux-Dubois arpentaient la galerie malgré le vent glacial et les esclaves indiennes allaient et venaient ou restaient près de la porte d'entrée pour parler avec Angélique qui, recroquevillée sur une chaise, séchait ses larmes. La nuit avait été éprouvante pour tout le monde : M. Bellerive avait rendu l'âme.

Cécile les conduisit dans une chambre à l'étage, où gisait le corps du capitaine enveloppé dans un épais drap de chanvre. Avec l'aide de Piernas et du père Meurin, qui avait accompagné Bellerive dans ses dernières heures, les hommes de la maison le portèrent dans une remise tandis que le notaire établissait la liste des biens du défunt et scellait l'armoire de la chambre ainsi que la porte avec de la cire et des bandes de papier. Comme l'exigeait la loi, personne ne devait rien toucher avant que ses dernières volontés ne soient exécutées. Ils se réunirent ensuite dans la salle principale, où Cécile les attendait avec du café qu'elle venait de préparer.

— Si vous le voulez bien, dit Labuxière en prenant place à table, nous allons procéder à la lecture du testament.

— Faisons entrer Angélique, intervint Cécile qui se dirigea vers la porte.

— Ce n'est pas nécessaire.

— Comment ça ? C'est la mère de ses enfants et c'est elle qui a veillé sur lui ces dernières années, tout au long de sa maladie.

— Cécile, dit Leroux, je crois qu'il serait préférable que tu parles plus tard avec elle.

Elle fronça les sourcils mais comprit qu'il y avait une raison pour laquelle l'Indienne ne devait pas entendre le testament. Elle s'assit donc.

Labuxière commença la lecture :

— En bon chrétien, catholique, apostolique et romain, M. Louis Bellerive a remis son âme à Dieu, à la Sainte Vierge et à tous les saints de la cour céleste afin qu'ils intercèdent en sa faveur auprès du Très-Haut...

Le testament du défunt stipulait que l'argent résultant de la vente aux enchères de ses biens – une vache, une génisse, un taureau, des vêtements de bonne facture, plusieurs tabatières en argent, un sabre au pommeau en argent et trois livres – solderait quelques petites dettes et réglerait le loyer qu'il devait à Mme Dubois depuis l'été. Il léguait en outre trois esclaves indiennes – une mère et ses deux fillettes – à sa nièce.

Sans laisser le temps à Cécile de protester, le notaire expliqua :

— Le décret promulgué par O'Reilly a mis un terme à l'esclavage des Indiens, mais l'acquisition d'Angélique fut antérieure au décret. Les dispositions du défunt sont donc légales.

Cécile frémit de rage. Elle se leva et sortit en claquant la porte. Convaincue qu'il fallait toujours régler les ennuis sans attendre, elle alla voir Angélique. Ses deux filles étaient assises à ses pieds.

— Qu'allons-nous devenir, maintenant ? demanda l'Indienne à voix basse.

Cécile lui répéta les mots du notaire. Elle avait d'abord pensé à parler à la nièce de Bellerive afin que celle-ci permette à Angélique de rester chez les Dubois, mais tout bien réfléchi, le capitaine avait habité dans sa maison en contrepartie du paiement d'un loyer pour trois chambres, pour lui-même, sa concubine et leurs trois enfants, dont le dernier était décédé quelques mois plus tôt, peu après sa naissance. Même si elle trouvait injuste que l'homme n'ait pensé ni à Angélique ni aux fillettes dans son testament, elle ne pouvait pas s'encombrer de plusieurs bouches supplémentaires à nourrir, d'autant plus que le ventre de la jeune Manon s'arrondissait. Cécile avait expliqué à Étienne qu'il devrait honorer son obligation d'éduquer son descendant dans la foi catholique et subvenir à ses besoins jusqu'à son mariage.

Elle se pencha et tapota l'épaule d'Angélique, sur laquelle reposait une longue tresse de cheveux poivre et sel, en lui disant :

— Je connais la nièce de Bellerive. C'est une bonne personne.

Angélique sécha ses larmes et se redressa.

— J'aimerais que Louis soit enterré à côté de la tombe de notre enfant. C'est aussi là que je souhaiterais reposer lorsque mon heure sera venue. S'il vous plaît, parlez-en au commandant.

Cécile acquiesça, sidérée par l'étrange affection de cette femme envers un individu qui n'avait pas été capable de penser à elle à la fin de ses jours, après de nombreuses années de vie commune. Durant les dix-huit mois où Bellerive avait vécu chez elle, Cécile n'avait pas entendu de cris ni vu de comportements répréhensibles. Il avait peut-être aimé Angélique, mais en homme posé et discipliné qu'il était, dévoué à rendre service et à œuvrer pour l'intérêt général, comme il le disait souvent, il laissait ses sentiments dans l'intimité de la chambre.

Cécile s'estimait heureuse que Leroux soit tout le contraire et ne cache pas son amour pour elle.

Le lendemain de l'enterrement, alors que Cécile, Benoît et Étienne saluaient Meurin qui s'apprêtait à rentrer chez lui, un cavalier s'approcha d'eux. Ils reconnurent immédiatement Ishcate sur son cheval tacheté.

Étienne fut surpris. D'ordinaire, ils se réunissaient une fois par mois pour parler affaires et leur dernière rencontre datait de moins de deux semaines.

Ishcate descendit de sa monture et leur serra la main.

— Je pars avec ma tribu pour les terres du Sud.

— Ce moment est donc arrivé…, dit tristement Étienne.

Il avait appris qu'une grande partie du territoire indien de Kaskaskia avaient été vendue et qu'Ishcate avait fait tout son possible pour convaincre les chefs, un à un, de refuser, mais après des mois de délibérations, la cession des terres avait finalement été signée. L'Indien allait lui manquer. C'était un bon chasseur et un homme de parole.

— Où allez-vous vous installer ?

— Dans les environs du poste Arkansas.

— Que ferez-vous, là-bas ?

Étienne essayait de dissimuler sa jalousie. Lui aussi aurait aimé se rapprocher de La Nouvelle-Orléans. Ce n'était pas pour Margaux, qui n'était plus qu'un souvenir lointain dans sa mémoire. En réalité, ce qu'il regrettait parfois, c'était l'atmosphère de la ville. Saint-Louis était un grand village. Ses premières illusions avaient été vite dissipées par le manque d'argent. Son beau-père s'obstinait à investir en prenant des risques et cherchait toujours des excuses pour empêcher Étienne de s'émanciper. À vingt-cinq ans, le jeune homme n'avait pas encore sa propre maison. Il allait élever l'enfant que Manon attendait chez sa mère. Il n'avait pas l'intention de l'épouser, mais ils auraient au moins pu bénéficier d'un peu de confort et d'intimité. S'il souhaitait parfois être libre comme Ishcate pour tout recommencer ailleurs, son sens aigu des responsabilités lui imposait d'aider sa mère ainsi que ses frères et sœurs.

Ishcate haussa les épaules sans répondre. Il ferait ce qu'il avait toujours fait : chasser et vendre des peaux.

— Vous allez me manquer, dit le père Meurin en donnant des tapes amicales dans le dos d'Ishcate, comme lorsque celui-ci était enfant. Je ne devrais pas le dire tout haut, mais c'est vous, les Kaskaskia, que mon cœur préfère. J'espère que vous reviendrez vite et que je serai encore vivant à ce moment-là.

— Revenir où ? demanda Ishcate, en colère. Je leur ai dit de ne pas vendre les terres, mais personne ne m'a écouté. Le seul qui était du même avis que moi, le grand chef Tomera, n'est plus de ce monde. Et le nouveau grand chef Ducoigne, bien qu'il soit jeune, affirme que nous devons partir car il en va de notre sécurité.

— Seule la mort est définitive, déclara Meurin. Je suis moi aussi parti pour ne jamais revenir, et pourtant me voilà !

Ishcate esquissa une moue sceptique et grimpa sur son cheval.

— Peux-tu attendre une minute ? demanda Benoît Leroux.

Ishcate acquiesça. Il n'était pas pressé, car sa tribu se déplaçait à pas lents à cause des anciens et de tout ce qu'ils transportaient. Il pourrait les rattraper à tout moment.

Leroux disparut dans la maison et en ressortit aussitôt avec une lettre et quelques pièces de monnaie qu'il tendit à Ishcate.

— Si tu descends à La Nouvelle-Orléans, remets-les à M. Girard et transmets-lui mes amitiés. Si tu n'y vas pas, envoie-lui cela par bateau depuis le poste Arkansas. Personne ne quittera Saint-Louis avant le printemps et le dernier courrier est parti aujourd'hui. Je n'ai pu arriver à temps.

Ishcate s'éloigna lentement des terres du Missouri, où il avait grandi et s'était imaginé vieillir et mourir. Alors que la plupart des Kaskaskia de son âge n'avaient connu d'autres contrées que celles-ci, lui, il avait franchi les frontières du Pays des Illinois et avait découvert les mœurs, la culture et la langue des Quapaw, des Français et des Espagnols. Si cette expérience lui avait permis d'envisager une existence différente de celle réservée à un homme comme lui, elle lui avait montré que rien n'était aussi solide et tangible que l'appartenance à une tribu. Il allait regretter les prairies et les forêts de Kaskaskia, les mille nuances de vert, le murmure de l'eau sur les rochers, le ciel sous lequel avaient vécu ses ancêtres, mais il devait accepter que sa place était parmi les siens, quel que soit l'endroit où ils vivent.

Il caressa la médaille que Suzette lui avait offerte lors de leurs premiers adieux et qu'il n'ôtait jamais. L'avantage considérable qu'il voyait à ce déplacement vers le poste Arkansas était qu'il serait plus près d'elle. C'était son grand secret. Même si chacun suivait son propre chemin, il avait la certitude, depuis leur dernière rencontre dans la prison, que la jeune femme pensait autant à lui que lui à elle.

Et penser à Suzette l'aidait à aller de l'avant.

Après tout, il lui avait promis de rester vivant pour qu'elle puisse rêver de lui.

Il se souvint alors du rêve récurrent. Un événement terrible frappait Suzette et il n'arrivait pas à temps pour la prévenir.

Les premières fois, il pensa que c'était lié à son profond désir de la voir, mais dernièrement, il voyait là un signe du Grand Esprit lui indiquant que sa décision de partir vers le sud avec les siens était la bonne. Ou, pensa-t-il en souriant, l'explication était bien plus élémentaire : Suzette essayait d'établir avec lui une communication qui transcendait les barrières de l'espace, du temps et des sens.

Oui, c'était peut-être simplement Suzette qui l'exhortait à retourner auprès d'elle.

22

La Nouvelle-Orléans, juin 1775

UNE SEMAINE après l'apparition des premiers symptômes – fatigue, frissons, maux de tête et nausées –, Belmont n'était plus que l'ombre du jeune homme distingué et déterminé que Suzette avait épousé. La terrible fièvre jaune l'avait consumé. La maladie était arrivée trop vite et avec trop de véhémence.

Allongé sur son lit, l'aspect cadavérique, il ne demandait plus à voir la petite Adrienne et ne parlait presque pas. Il voulait seulement que Suzette lui tienne la main et évoque les souvenirs de leur enfance partagée, leur premier bal, leur premier baiser, la joie avec laquelle ils avaient commencé leur vie commune dans cette maison, la façon dont ils l'avaient décorée, l'attente de la naissance du bébé… Il se refusait à parler de l'avenir de son épouse bien-aimée et de leur adorable fillette par crainte de ne pas en faire partie.

La nuit où il pressentit l'imminence de la fin, il se tourna péniblement pour contempler Suzette. Elle ne l'avait pas quitté un seul instant ; l'épuisement avait sillonné son joli visage. Elle lui sourit avec tendresse.

— Que puis-je faire pour toi ?

— Prie, mon amour.

— Je le fais, Belmont. De toutes mes forces.

— Pour mon âme, Su. Mon corps se meurt.

Le menton de Suzette se mit à trembler. Elle lutta pour ne pas pleurer devant lui et enfouit son visage dans son giron. Certains organes avaient commencé à lâcher. Son cœur s'apprêtait à suivre le même chemin, un cœur noble et généreux qu'elle avait eu la chance de connaître.

Belmont caressa sa longue chevelure.

— Parle de moi à Adrienne tous les jours... Qu'elle ne m'oublie pas.

Suzette hocha la tête sans la lever.

— J'ai été pleinement heureux à tes côtés, Su, murmura-t-il. Je te remercie.

Ce furent ses ultimes paroles.

L'esprit de Suzette devint un marécage ravagé par mille ouragans et inondations.

Se redresser, s'effondrer, se relever.

Telle était la mentalité des Louisianais, lui répétait son père. Les bâtiments de La Nouvelle-Orléans craquaient régulièrement sous les fortes rafales de vent et ses rues étaient submergées par les débordements colossaux des eaux du lac Pontchartrain, au nord. Le tumulte s'apaisait et les habitants craintifs murmuraient leurs prières catholiques ou africaines jusqu'à ce que les eaux du Mississippi retournent dans leur lit et que la ville retrouve peu à peu son pouls.

La plupart du temps, la vie reprenait son cours. Ce n'était qu'une question de temps.

Combien ? Combien de temps lui faudrait-il pour réussir à vaincre cette tragédie ? Il lui semblait impossible de pouvoir un jour reprendre une vie normale.

Toutes les familles surmontaient la disparition d'un de leurs êtres chers. La mort était omniprésente. Un accident. Une guerre. Une attaque d'autochtones en amont du fleuve. Variole. Malaria. Fièvre jaune.

Le temps arrange tout, lui disait-on.

Cependant, le temps était devenu un monstre exécrable et lent qui la paralysait, alors qu'elle désirait de tout son cœur le sentir avancer pour l'éloigner de cet instant et de cet endroit. Ses pensées étaient un mélange marécageux de réminiscences et de sensations : elle se souvenait tour à tour de la petite Suzette qui avait la vie devant elle, de l'adolescente amoureuse d'un Indien, de la jeune femme attendant avec impatience le jour de ses noces ; elle entendait la voix tonitruante de son père, se revoyait jouer avec ses nombreux frères et sœurs ; le visage rosé d'un bébé venait se superposer aux traits livides d'un homme mort.

Elle avait épousé Belmont Fournier à peine plus de trois ans auparavant dans cette même église Saint-Louis où elle se trouvait à présent, et pas une seule fois elle ne l'avait regretté. Pas un seul instant. Ni la nuit où elle était entrée dans son nouveau foyer, vêtue de sa robe de mariée tachée du sang d'un autre homme. Pas même lorsque les mains douces de Belmont l'avaient dénudée – elle s'était efforcée de ne pas imaginer que c'étaient celles d'Ishcate qui lui arrachaient ses premiers gémissements –, pas même à ce moment-là. L'amour qu'elle portait à son époux était différent, mais tout aussi sincère. Leur mariage avait été une grande réussite. Ils s'entendaient à merveille. Ils habitaient une ravissante maisonnette flanquée de balcons en bois au centre de la ville, où ils profitaient de leur indépendance et de leur intimité, échafaudaient des plans pour leur avenir avec la petite Adrienne. Un jour, ils s'installeraient dans la plantation familiale qui reviendrait à Belmont, où ils pourraient fuir la chaleur humide et écrasante des longs mois d'été…

Plus rien de tout cela n'existait.

De nouvelles larmes roulèrent sur ses joues. Elle allait devoir s'habituer à parler de lui au passé.

Elle s'était mariée à seize ans et demi. Elle avait mis au monde son premier enfant à dix-huit ans. La voilà à présent veuve et mère d'une fillette de neuf mois.

Qu'on cesse de lui ressasser cette histoire de temps qui guérissait tout, elle n'y croyait pas.

Adrienne grandirait sans son père, elle n'aurait aucun souvenir de son visage ni du son de sa voix. Suzette aurait beau lui parler de lui tous les jours, il serait à jamais un étranger avec lequel elle partageait son nom de famille.

— Suzette, murmura Margaux à ses côtés. C'est l'heure de sortir.

La cérémonie avait pris fin sans qu'elle s'en aperçoive. Lorsque tout le monde louerait le discours du père Cirilo de Barcelona, le remplaçant espagnol de frère Dagobert, elle devrait se contenter d'acquiescer.

Déjà les hommes des deux familles portaient le cercueil sur leurs épaules et attendaient qu'elle se place derrière eux pour amorcer la procession jusqu'au cimetière.

Elle parcourut la longue allée en sentant les regards de compassion de l'assistance, debout entre les bancs en bois. Elle compta cent pas. Elle repensa au jour de son mariage, au baptême d'Adrienne et aux autres célébrations familiales. L'élégante bâtisse lui parut soudain ténébreuse et grotesque.

La démarche chancelante, elle suivit le cortège jusqu'à la place d'Armes, où elle fut prise d'un léger vertige. Sa mère la soutint. Sa mère, qui en était au septième mois d'une nouvelle grossesse ; sa mère, qui avait enterré ses parents et un enfant en bas âge…

Suzette aurait voulu avoir sa force.

Elle s'agrippa à elle pour traverser la place et marcher jusqu'au petit cimetière paroissial de la rue Saint-Pierre, qui débouchait sur le Mississippi. Le murmure de l'eau rompait la paix attendue dans un tel endroit ; la voix du fleuve se mêlait peut-être à celle des morts. Le prêtre dut parler plus fort pour l'ultime oraison funèbre avant que le cercueil ne soit déposé dans la fosse.

Suzette sentit sur son dos chaque pelletée de terre jetée sur le corps de son mari. À chaque nouveau sanglot, son âme se liquéfiait un peu plus. Elle marmonnait des mots décousus. Ses pensées étaient erratiques. Sur une tombe voisine, un caméléon au soleil dardait sa langue pour chasser des mouches. Elle parvint toutefois à se souvenir d'une chose qu'elle devait faire. Elle chercha Anne du regard, qui s'approcha pour lui donner un sac de coton finement brodé que Suzette jeta sur le cercueil.

C'était la longue tresse de ses cheveux, qu'elle avait coupée pour accompagner Belmont dans son ultime voyage.

Elle se remit à sangloter.

Il fallait qu'elle se ressaisisse. Elle allait recevoir les condoléances. Belmont appartenait à l'une des familles les plus connues de la ville. Elle devait un dernier effort à son mari pour éviter que ses funérailles soient l'objet de commentaires désobligeants. Elle voulait que l'on se souvienne de lui comme il le méritait.

Des dizaines de personnes lui présentèrent leurs profonds témoignages de sympathie : officiers civils et militaires du gouvernement espagnol, négociants, propriétaires de plantations et connaissances des grandes familles de La Nouvelle-Orléans. Cependant, Suzette se rappellerait uniquement les personnes les plus proches : Jeanne Fournier et son mari, Philippe Laurent ; Marie de la Ronde ; Louise Le Sénéchal sans son époux, Francisco Bouligny, parti en Espagne ; Oliver Pollock dont l'épouse résidait désormais en Pennsylvanie où il allait et venait ; et sa belle-sœur mulâtre Alizée, qui, accrochée au bras de son mari Pompe, était inconsolable.

On la ramena enfin chez elle, où le seul réconfort qu'elle parvint à trouver fut l'odeur de la peau fraîche et innocente de la petite Adrienne. Elle la serra fort contre elle, comme si elle avait besoin de s'assurer que sa fille était réelle, son unique raison pour aller de l'avant, la seule corde qui la sortirait du gouffre obscur dans lequel elle se sentait précipitée.

Dieu ne l'avait pas faite pour l'amour. Elle avait dû renoncer à Ishcate. Puis elle avait dû dire adieu à Belmont. Toute son affection irait dorénavant à sa fille.

Adrienne se mit à pleurer. Anne s'approcha pour s'en occuper et réussit à la calmer.

— Oh, Anne, dit Suzette entre deux sanglots. Comment as-tu pu surmonter la mort de ton fils ? J'ai vraiment été insensible. Puisses-tu me le pardonner !

Anne se mordit la lèvre pour retenir les larmes qui allaient jaillir à tout moment. Son chagrin était encore déchirant, mais elle devait se contenir. Son deuxième fils était décédé quelques semaines après sa naissance, deux mois plus tôt. Croyant que c'était le fruit d'un viol, Suzette avait laissé entendre que Dieu l'avait libérée du souvenir de l'agression. Elle lui avait suggéré de porter son attention sur le petit Demba pour tenir le coup, comme si la présence de l'un suffisait à effacer la douleur de l'absence de l'autre. Suzette avait dû vivre l'expérience du décès de Belmont pour comprendre l'ampleur de la blessure d'Anne.

— Je pense à lui tous les jours, répondit-elle. Je sens qu'il me tient compagnie depuis le ciel.

— Belmont..., gémit Suzette.

Anne lui serra la main. Si elle était peinée par la mort de M. Fournier, elle s'inquiétait aussi de son avenir, lié à celui de sa maîtresse. Dans le contrat du mariage, une clause prévoyait une somme destinée à Suzette, mais elle ignorait si elle suffirait à conserver tous les esclaves de la maison, et elle avait Demba, un enfant qui ne pouvait pas encore travailler, pas même comme messager. Au cours de la veillée funèbre, elle avait entendu M. Girard dire qu'il serait préférable que sa fille s'installe à la nouvelle plantation familiale au bord du lac Pontchartrain. Elle doutait qu'il souhaite avoir près de lui une personne qui lui rappellerait au quotidien l'absence de Bamboula.

— La tristesse s'est emparée de cette maison, murmura Suzette. Que vais-je faire maintenant ?

— Vous reposer et bien manger, répondit Anne, résolue à veiller personnellement au rétablissement de sa maîtresse.

Deux mois après les obsèques, Suzette commença à s'aventurer au-delà du jardin.

Toujours accompagnée de la fidèle Anne, elle sortait, le visage voilé et vêtue du noir de rigueur malgré la chaleur insoutenable du mois d'août. Elle s'était donné pour objectif d'avancer chaque jour d'un pâté de maisons. Le moindre progrès était un triomphe qui rendait plus supportable le lent écoulement des jours. Ses parents insistaient pour qu'elle s'installe avec eux, mais l'inévitable chahut provoqué par ses six frères et sœurs âgés de deux à dix-sept ans ne lui faisait guère envie, sans compter que sa mère s'apprêtait à accoucher. Suzette avait besoin d'avancer doucement. Pour cela, il lui fallait de la paix et du silence.

— Si nous allions chez Alizée ? suggéra Anne un lundi matin.

Suzette acquiesça. Sa belle-sœur lui avait témoigné sa sollicitude depuis la mort de son demi-frère. Elle lui avait rendu visite plusieurs fois et lui avait envoyé des pâtisseries délicieuses. Suzette appréciait la compagnie d'Alizée. Celle-ci n'était pas très bavarde, et ses yeux et son sourire lui rappelaient Belmont.

Lorsqu'elles arrivèrent chez Alizée, rue Saint-Philippe, à quatre pâtés de maisons de chez elle, Suzette se sentait physiquement et mentalement épuisée. Elle avait dû saluer plusieurs connaissances, désireuses de papoter, et la chaleur était plus suffocante qu'à l'ordinaire. L'humidité collait ses sous-vêtements à sa peau et ses cheveux, encore courts, à son front.

Alizée les accueillit affectueusement dans la grande salle au rez-de-chaussée qui servait de réception et de salle à manger de l'auberge. Elle les invita à passer dans un petit salon décoré avec simplicité, très propre et confortable, et leur offrit un thé.

Suzette se souvint du jour où elle avait insisté auprès de Belmont pour aller visiter le négoce qu'Alizée s'était risquée à ouvrir après avoir acheté sa liberté. Il avait fini par reconnaître qu'il était admiratif et fier de la réussite de sa demi-sœur. Dans une maison de taille moyenne bâtie avec des pierres et du mortier, Alizée et Pompe avaient aménagé douze chambres qui donnaient sur la rue ou sur la cour et le jardin intérieur. Ils cultivaient un petit potager et élevaient des poules afin de pouvoir utiliser leurs légumes, leurs œufs et leur viande dans les ragoûts qu'ils proposaient aussi bien aux clients de l'auberge qu'aux travailleurs des quais. Ils s'étaient rapidement constitué une clientèle fixe ; les établissements de ce type étaient encore rares à La Nouvelle-Orléans.

Suzette enviait la force d'Alizée : elle avait consacré sa vie à travailler pour sa liberté et sa famille, mais elle avait toujours le sourire aux lèvres. Elle, qui avait grandi dans le luxe, entourée de servantes, ressemblait à une vieille dame qui marchait en traînant des pieds.

— Nous n'allons pas te voler beaucoup de ton précieux temps, nous te savons très occupée.

— Tout peut attendre, madame. Et puis, mes aînés m'aident.

— Je suis ravie de voir que les affaires prospèrent, dit Suzette en s'éventant avec ses mains. Je me demande toutefois comment on peut venir en ville par cette chaleur.

— De nombreux bateaux marchands remontent ou descendent le fleuve en ce moment, madame.

Alizée marqua une pause en voyant passer devant la porte de la petite pièce une silhouette qui se dirigeait vers la grande salle.

— Veuillez m'excuser un instant.

Elle s'éloigna pour savoir ce que voulait le client. Soudain, Suzette eut la sensation que son cœur cessait de battre.

Cette voix…

Il n'y avait aucun doute.

Au regard qu'Anne lui adressa, elle comprit qu'elle ne se trompait pas.

Ishcate. C'était la voix d'Ishcate. Ishcate se trouvait à deux pas. Comment ? Pourquoi ?

Elle sentit son corset la serrer, l'air lui manquer. Elle mit ses mains sur sa poitrine. Puis elle se leva d'un bond, comme si elle avait soudain retrouvé son énergie perdue. Elle gagna la porte et s'arrêta pour le regarder.

Il était de dos. Ses longs cheveux étaient retenus par une lanière de cuir. Il portait une longue chemise de lin, une culotte en daim fin qui lui descendait jusqu'aux chevilles et des mocassins. Elle avisa à ses pieds un ballot, signe qu'il avait l'intention de loger ici, précisément ici, à moins qu'il ne soit sur le départ.

— Où puis-je laisser mon cheval ? l'entendit-elle demander.

— L'écurie se trouve derrière, expliqua Alizée. Ça fera un demi-peso de plus la nuit.

Ishcate acquiesça.

Il vient d'arriver, se dit Suzette. Il logerait tout près de sa maison. Tout près d'elle.

Il lui aurait suffi d'ouvrir la bouche et de prononcer son nom pour qu'il se retourne et qu'elle puisse voir son visage après plus de trois ans sans nouvelles.

Trois ans. Une éternité.

Depuis le jour de son mariage avec Belmont.

Suzette s'éloigna de la porte et appuya son front contre le mur en essayant de contrôler sa respiration. Comment pourrait-elle lui parler devant Alizée ? Sa belle-sœur percevrait l'éclat dans ses yeux, le tremblement d'excitation dans sa voix, la résurrection de sa joie. Comment son corps pouvait-il la trahir ainsi ? La mémoire de Belmont serait déshonorée. Elle eut honte d'elle-même.

Anne s'approcha et Suzette posa un doigt sur ses lèvres pour lui enjoindre de garder le silence. Lorsqu'elle comprit que la conversation avait pris fin, elle se rassit comme si de rien n'était et écouta avidement les explications d'Alizée qui était revenue dans le petit salon.

— Comme les temps changent ! Des Indiens dans une auberge… D'ordinaire, ils campent aux abords de la ville, mais celui-ci voyage seul.

— Il ne vous a pas dit pourquoi ? demanda Anne avec naturel, voyant que Suzette avait perdu la parole.

— Non, mais il a beaucoup d'argent sur lui. Certains apportent leurs peaux afin de les vendre en ville et restent quelques jours pour prendre du bon temps. J'espère qu'il ne me ramènera pas de prostituées dans la chambre, ajouta-t-elle en fronçant les sourcils. Cet établissement est un endroit décent.

— Je te remercie, Alizée, pour ce moment si agréable, déclara Suzette en se levant.

Il fallait qu'elle parte au plus vite. Ishcate pouvait ressortir d'un instant à l'autre et elle ne voulait pas le croiser.

En fait, elle le désirait de toute son âme, mais cela ne pouvait arriver.

Pas encore.

Ah, comment pouvait-elle envisager cette possibilité ?

Suzette lutta contre ses sentiments pendant une semaine au cours de laquelle elle se montra plus active et déterminée que jamais. Elle se levait tôt pour marcher dans le jardin, s'occupait d'Adrienne, faisait du tri dans ses armoires, coffres et commodes, se souciait des achats et des comptes de la maison, s'inquiétait de son apparence.

Il fallait qu'elle reste affairée pour éviter de penser à Ishcate.

Elle était troublée de le savoir à deux pas de chez elle et se demandait pourquoi il n'avait pas encore cherché à la voir. (*Heureusement qu'il ne l'a pas fait.*) Il pouvait bien repartir (*Jamais je ne lui pardonnerai !*) sans qu'elle ait l'occasion de revoir son visage (*Il n'a pas dû beaucoup changer.*) ou d'échanger quelques mots (*Tu t'es marié ? Tu as des enfants ? Tu es heureux ?*).

Rongée par la culpabilté, elle s'en voulait d'être indécente et impénitente. Comment pouvait-elle caresser des désirs de vie si intenses alors qu'elle était endeuillée par le décès de son époux ? Quelle conclusion pouvait-elle tirer de ses sentiments ?

Encore récemment, elle souhaitait que le temps passe vite, et voilà maintenant qu'elle aurait aimé qu'il s'arrête.

Elle crut devenir folle.

Elle ne pouvait avouer à personne son péché, son dilemme moral.

Les larmes qu'elle avait versées à l'enterrement de Belmont étaient sincères. Elle avait beaucoup souffert. Le chagrin l'avait fait chavirer. Que peut-on contre la mort ? se disait-elle à présent. La mort est incapable de mettre fin à l'amour ! D'autres avaient refait leur vie après leur veuvage. La société accordait l'absolution après une longue période de deuil, mais combien de temps devait-il s'écouler pour que s'efface le sentiment de culpabilité ?

Finalement, un dimanche en fin d'après-midi, peu avant la tombée de la nuit, Suzette céda.

— Il faut que je le voie ! dit-elle à Anne. Va le chercher. Et jure-moi sur l'âme de ton fils disparu que tu garderas le secret.

Anne ne réagit pas. Elle devait profiter de ce moment de fébrilité de sa maîtresse. Elle prit une profonde inspiration.

— Je vous aiderai si vous me donnez votre parole que jamais vous ne me vendrez.

Suzette ébaucha son premier sourire depuis longtemps, prélude à ceux qu'elle souhaitait voir arriver.

— Oh, Anne ! Tu n'as pas besoin de promesses. Je te voudrai auprès de moi jusqu'à la fin de mes jours !

Anne partit soulagée et Suzette mit son plan à exécution.

D'abord, elle se changea et passa une robe à fleurs légère et simple qui lui descendait jusqu'aux chevilles et se refermait sur le devant. Elle prépara ensuite un plateau de biscuits et des boissons qu'elle disposa sur une table basse dans le petit salon attenant à la chambre d'amis, la plus éloignée de celle qu'elle avait partagée avec Belmont. Elle avait toujours vu Ishcate en cachette et à la hâte. Pour une fois dans sa vie, elle voulait profiter tranquillement de sa présence. Enfin, elle donna congé aux trois esclaves qu'elle avait gardés à son service et leur suggéra de se rendre à la place des Noirs, qui devait être très animée en ce dimanche. Elle s'occuperait des enfants jusqu'au retour d'Anne, qui ne saurait tarder.

— Nous devons retrouver peu à peu une vie normale, dit-elle aux domestiques en prenant Adrienne dans ses bras et Demba par la main. Vous n'êtes pas sortis depuis le décès de M. Fournier.

Assise sur un fauteuil du petit salon qui donnait sur le jardin, tandis qu'elle berçait sa fille et veillait à ce que le curieux Demba ne casse rien, elle se sentait nerveuse comme une adolescente, tout en étant certaine de vouloir dissiper la tristesse de son âme. Or, la seule personne qui détenait ce pouvoir était Ishcate.

On frappa doucement à la porte.

— Entrez, dit Suzette.

C'était Anne. D'un signe de tête, elle lui fit comprendre qu'il était là. Elle quitta la pièce avec les deux enfants, et un instant plus tard, Ishcate s'approcha de Suzette d'un pas déterminé.

Enfin, le temps s'arrêta, exactement comme elle l'avait souhaité.

— Tu as mis trois ans à venir me voir, lui reprocha-t-elle après un bref silence.

Elle lui tendit les mains pour qu'il les prenne, puis contempla son visage. Il n'avait presque pas changé, mais portait des petits ornements aux oreilles et avait les narines percées. Il était tel qu'elle se le rappelait : séduisant, lumineux, naturel, résolu. Elle refréna son élan de l'étreindre, de se serrer contre sa poitrine pour que tout disparaisse alentour. Elle demeura immobile.

— Trop, admit-il.

Suzette le conduisit jusqu'au divan de soie couleur crème où ils prirent place. Elle se pencha sur la table basse, servit deux verres de vin et lui en tendit un.

Ils avaient tant de choses à se dire et si peu de mots pour les exprimer... Suzette brisa le silence.

— Alors, où es-tu allé lorsque je t'ai fait sortir de prison ?

Ishcate lui raconta son séjour chez les Quapaw et Sarazen, son retour à Kaskaskia, puis lui donna des nouvelles de la famille Leroux-Dubois à Saint-Louis.

— Maintenant je vis en amont de la rivière Arkansas, conclut-il, près du fort espagnol. Ma tribu s'est unie aux Quapaw. Le commandant...

— Leyba, oui, l'interrompit-elle. Je l'ai rencontré, lui et sa femme.

— Je parlais de l'actuel commandant : Balthazar de Villiers. Leyba est parti récemment à Saint-Louis. Je suis content pour lui : il ne se sentait pas bien en Arkansas. Villiers nous a souhaité la bienvenue et nous a offert des terres pour planter du maïs.

Suzette sourit en l'imaginant empêtré entre des râteaux et des charrues.

— Tu t'en sors avec l'agriculture ?

— Je suis un guerrier et un chasseur, répondit Ishcate en lui retournant un sourire moqueur. Nous avons décliné sa proposition et dit que nous préférions vivre à l'écart, en amont de la White River. Il a refusé. Le gouverneur Unzaga aussi. Nous nous sommes donc installés avec les Quapaw. Certains cultivent du maïs, mais Sarazen et moi chassons beaucoup. Je me débrouille. Entre les peaux et mon travail d'interprète, je ne manque de rien…

Il s'interrompit et la regarda droit dans les yeux. Il avait menti. Suzette lui manquait tous les jours. Cependant, inutile de se leurrer : elle se trouvait certes devant lui en cet instant, mais ils seraient de nouveau bientôt séparés. Il baissa les yeux sur sa main délicate qu'il prit entre les siennes pour la caresser.

— J'ai senti ta souffrance dans mes rêves, reprit-il. Je suis venu à La Nouvelle-Orléans uniquement pour te voir. J'ai appris la mort de ton mari le jour de mon arrivée et j'ai enfin compris. Je voulais te rendre aussitôt visite, mais je ne savais pas si j'étais le bienvenu. J'ai rôdé dans ta rue. Si tu n'avais pas envoyé Anne me chercher, j'ignore si j'aurais tenu plus longtemps. Au fait, comment as-tu su où je me trouvais ? lui demanda-t-il étonné.

— La propriétaire de l'auberge est la demi-sœur de mon défunt mari. Je t'ai vu lorsque tu y es entré, lui avoua-t-elle. J'étais là. J'ai voulu m'approcher, te parler…

Et te serrer dans mes bras…

Pourquoi ne pas le dire ouvertement ?

— Et te serrer dans mes bras.

Ishcate la regarda dans les yeux avec une intensité qui la fit frémir et la remplit d'un torrent d'émotions : elle se sentait comme le ruisseau qui murmure de nouveau au printemps après le silence de l'hiver ; comme la cascade impétueuse et vertigineuse ; comme la pluie qui arrose les bourgeons des plantes, heureuses de reverdir.

— Le souhaites-tu toujours ? demanda-t-il.

La voyant acquiescer, Ishcate l'attira contre sa poitrine et l'enveloppa de ses bras. Elle était si menue par rapport à lui… Elle avait à peine grandi depuis les baisers sous la tente aux abords de la ville, le jour où elle s'était montrée disposée à abandonner sa famille pour s'enfuir avec lui. Si elle l'avait fait, si elle avait vécu à ses côtés dans le Nord, sa peau ne serait maintenant pas si douce et rosée, pas plus que l'arôme de ces beaux cheveux châtains de la couleur de la terre fraîchement labourée ne serait si sucré.

— Tu as coupé tes cheveux, remarqua-t-il.

Suzette lui expliqua pourquoi.

— Tu as pensé comme une Indienne, murmura Ishcate, ému.

Ses mains, rendues rugueuses par le vent et le froid des hivers, s'accrochaient aux fleurs brodées de l'étoffe de la robe de Suzette tandis qu'il lui caressait le dos.

Elle s'écarta pour pouvoir se lever et dénoua les rubans qui fermaient sa robe. Elle éprouvait l'urgence de se libérer de la barrière qui la séparait du contact de la peau d'Ishcate.

Elle se sentait audacieuse.

Son expérience avec la mort lui avait enseigné que la vie allait trop vite, qu'il ne fallait pas passer à côté des moments de bonheur. Et sa brève et satisfaisante vie de couple lui avait appris comment profiter du corps d'un homme. C'était une femme consciente de ses actes.

Elle voulait aimer Ishcate et être aimée de lui.

Elle n'éprouverait aucun remords. Elle n'aurait rien à regretter. Elle boirait son esprit pour ensuite supporter son absence.

Car il partirait.

Il s'en irait puisqu'ils ne pourraient jamais vivre ensemble.

Non, jamais ils ne pourraient vivre ensemble, mais ils ne pourraient pas non plus vivre séparément.

Unis pour la vie ; elle se répéta à elle-même la promesse qu'ils s'étaient faite trois ans auparavant.

Suzette ôta son jupon et, couverte d'une simple chemisette de mousseline, elle tendit la main à Ishcate et le conduisit dans la chambre voisine. Au bord du grand lit en noyer, elle l'aida à retirer sa chemise et toucha avec délice son torse hâlé et musclé.

Elle leva la tête et chercha ses yeux.

Elle vit alors qu'Ishcate la désirait autant qu'elle le désirait et que rien d'autre ne comptait.

Ni les doutes, ni la culpabilité, ni les règles sociales, ni leurs mondes différents, ni le passage du temps.

23

La Nouvelle-Orléans, mars 1776

JÉRÔME GIRARD avait longtemps réfléchi au nom à donner à la plantation qu'il avait achetée afin de fuir les étés suffocants de la ville, de montrer à la société que ses affaires prospéraient, et de cultiver de la canne à sucre, ce qui, d'après ses calculs, lui rapporterait davantage de bénéfices que l'indigo. Il avait finalement opté pour le nom mélodieux de la région de France dont il était originaire et qui selon lui évoquait le luxe et la splendeur, même si sa propriété n'était pas aussi grande que d'autres dans la région.

La plantation Auvergne s'étendait sur quarante arpents carrés au nord-est de la ville, entre les bayous Saint-Jean et Sauvage, des bras du fleuve aux eaux marécageuses formés à partir d'anciens méandres du Mississippi qui s'écoulaient lentement. Sur une crête élevée moins sujette aux inondations, juste en face du lac Pontchartrain, Girard avait fait construire une maison à deux niveaux de soixante pieds sur quarante, dans le style colonial français, accessible par un chemin flanqué de jeunes chênes à l'ombre desquels il espérait se promener dans ses vieux jours. Et lorsqu'il serait fatigué, il s'assiérait sous la galerie filante pour se repaître de la vue sur le lac.

Mais tout cela était encore bien loin. Âgé de quarante-neuf ans, il se sentait en pleine forme et débordait d'énergie.

Il parcourut du regard l'immense jardin où galopaient ses trois plus jeunes enfants et se dit avec satisfaction qu'il avait eu une bonne intuition en achetant cette propriété. La maison en ville était pratique pour les deux ou trois mois les plus froids de l'hiver, mais elle était peu spacieuse. La famille passait donc le plus clair de son temps dans la plantation, où tout le monde semblait heureux.

À ses côtés, son épouse Blanche surveillait Élodie, la benjamine, qui marchait à quatre pattes sur une couverture étalée à même le sol, et discutait avec Margaux, son bébé de cinq mois dans ses bras, sous les regards de Gabriel, Jules et Victoire, respectivement âgés de dix-huit, quinze et douze ans. Suzette allait bientôt arriver avec Adrienne. Lorsqu'elle réunissait tous ses enfants, Blanche avait toujours une triste pensée pour son fils Thierry, mais elle remerciait Dieu d'avoir atténué cette perte en lui donnant une progéniture abondante.

Dès qu'il vit Suzette, Girard sut immédiatement que quelque chose la tracassait. Pendant les deux mois qui avaient suivi le décès de son mari, survenu au début de l'été précédent, Suzette n'avait voulu côtoyer personne. Puis elle s'était remise à sortir un peu pour se promener et semblait reprendre goût à la vie. Blanche et lui avaient insisté pour qu'elle s'installe à la plantation, pensant que la petite Adrienne serait heureuse en compagnie de ses jeunes oncles et tantes, mais Suzette s'y était refusée.

Girard la laissa saluer sa mère ainsi que ses frères et sœurs, puis il se leva avec une lenteur exagérée.

— Allons nous promener, Suzette. Je suis resté assis trop longtemps.

— Elle vient tout juste d'arriver ! protesta Blanche.

Suzette prit le bras de son père.

— Nous allons jusqu'au lac et nous revenons.

À peine s'étaient-ils éloignés de quelques pas que Girard lui demanda sans détour :

— Que se passe-t-il ?

La jeune femme sortit une lettre de la poche de sa jupe.

— L'automne dernier, Ishcate est venu à la ville et a cherché à vous voir. Il apportait cette lettre de la part de M. Leroux. Je lui ai dit que je vous la remettrais et j'ai oublié. Je suis navrée. J'espère que ce n'était pas trop important.

C'était vrai, elle avait oublié. Dans les bras d'Ishcate, elle avait perdu la notion du temps.

Girard la parcourut en diagonale et soupira.

— C'est toujours la même rengaine : la famille Leroux-Dubois va bien et Benoît est dans l'impossibilité de me payer.

Jérôme observa attentivement sa fille, qui ne semblait guère soulagée.

— Comme tu peux le voir, cela n'aurait rien changé que tu me la remettes plus tôt. Maintenant, dis-moi ce qui te préoccupe vraiment.

Suzette tarda à répondre.

— L'apport que j'ai perçu à la suite du décès de Belmont me permet à peine de couvrir toutes les dépenses du foyer, et je vous assure que je ne gaspille rien. Son frère est à présent l'héritier de la propriété Fournier et je ne veux rien avoir à lui demander.

— Reviens vivre avec nous, alors. Ici, ce ne sont pas les distractions qui manquent. Tu retrouveras vite ton sourire.

Oh, mais elle l'avait déjà retrouvé ! En compagnie d'Ishcate. Et durant plusieurs semaines. Si elle avait tiré une leçon de ses vingt années de vie, c'était que le bonheur était fugace. À présent, il allait et venait au gré des allées et venues d'Ishcate.

Cette situation ne pouvait durer, elle le savait. Ishcate était contraint de chasser pour ensuite vendre les peaux et payer sa pension en ville, et elle se refusait à renoncer à leurs rencontres pour une raison purement financière. L'argent de Belmont devait aussi servir pour la future dot d'Adrienne. Elle ne pouvait pas – ne devait pas – la priver de ce droit pour vivre son histoire d'amour avec Ishcate. Et ce n'était pas tout : jusqu'à présent, ils avaient eu la chance que personne n'ait rien remarqué. Si cela arrivait, la réputation de sa fille serait entachée à jamais. Réputation, honneur, opprobre... Tels étaient les mots qu'utilisait sa sœur Margaux. Suzette en avait compris le sens profond en devenant mère.

Pour Ishcate, elle se moquait de perdre son honneur. Mais lorsqu'elle pensait à Adrienne, elle était submergée de doutes.

— Je pourrais vendre la maison et en acheter une plus petite, pensa-t-elle tout haut.

Girard réfléchit un instant.

— Les personnes de notre milieu ne comprendraient pas que tu vives seule, finit-il par dire. Devenir veuve à un âge avancé est une chose, l'être à ton âge en est une autre. Disons que tu perdrais la possibilité de trouver un bon parti à épouser.

— Ce n'est pas quelque chose que j'envisage pour le moment, Père.

— Je conçois qu'il est encore tôt, mais la vie est plus longue qu'elle n'y paraît. Je te recommande de ne pas te fermer de portes. Les regrets se multiplient avec l'âge.

L'air pensif, elle parcourut le paysage du regard. La nouvelle résidence de ses parents se trouvait au bord d'un des nombreux bayous de La Nouvelle-Orléans. Il fallait être très observateur pour déterminer si le faible courant, à peine perceptible, coulait en direction de la mer ou remontait vers l'amont, ce qui dépendait de la marée.

C'était ainsi qu'elle se sentait, tel un ruisseau indécis.

Suzette se refusait à perdre son indépendance, qui lui permettait de maintenir sa relation avec Ishcate. Si de temps à autre elle faiblissait, dès qu'elle se retrouvait dans les bras de son bien-aimé, comme en cette délicieuse nuit d'avril passée dans la chambre d'amis, devenue leur nid d'amour, son cœur lui dictait sa propre loi : retourner vivre dans la maison familiale mettrait fin à ces rencontres secrètes qui donnaient un sens à sa vie. Jamais elle ne pourrait aimer un autre homme comme elle aimait Ishcate. Quelques jours en sa compagnie étaient bien plus précieux qu'une vie avec le meilleur parti de La Nouvelle-Orléans.

— À quoi penses-tu ? lui demanda Ishcate en lui caressant le dos.

— J'aimerais que cette nuit ne termine jamais, avoua-t-elle, le visage posé sur son torse nu.

— Le destin a été plus généreux avec nous que je ne pouvais l'imaginer.

— Toi aussi, tu pressens que notre relation va prendre fin. Je refuse d'y croire. J'ai déjà été prête à m'enfuir avec toi. Nous pourrions acheter une petite maison loin de la ville...

Ishcate se redressa légèrement. À plusieurs reprises, ils avaient rêvé à la possibilité d'une vie ailleurs, ensemble, là où personne ne les connaîtrait, mais ils en arrivaient toujours à la même conclusion : ils étaient tous deux trop attachés à leurs mondes respectifs, radicalement différents l'un de l'autre. Néanmoins, à l'intonation de sa voix, il comprenait que Suzette parlait sérieusement.

— D'autres enfants français vivent dans la région du poste Arkansas, poursuivit-elle. Adrienne aura des amies. Je garderai l'argent de son père jusqu'à ce qu'elle soit majeure et décide ce qu'elle souhaite en faire.

— Tu te couperas de ta famille...

— Mais tu seras mon mari.

— Si tu trouves un prêtre qui accepte de bénir notre union.

— Nous pourrions demander à ton ami, le père Meurin. Je me souviens avoir été impressionnée à l'époque par son caractère revêche et sérieux. Mais d'après ce que tu m'as raconté, il semble être plus souple qu'il ne le paraît. Nous pourrions aller au Pays des Illinois, je serais ravie de le découvrir !

Ishcate sourit. Suzette avait réfléchi à tout. Il l'écarta avec douceur pour se lever du lit et arpenter la chambre.

— Quand et comment ? demanda-t-il alors, animé par cette proposition. La saison est propice pour entreprendre ce voyage. L'été approche et de nombreux bateaux remontent le fleuve. Nous pourrions aussi louer une calèche. Ce serait plus rapide... Non. Aussi plus dangereux... À moins que Sarazen et d'autres guerriers nous accompagnent. Je peux aller les chercher. Dans deux mois tout au plus, je serai de retour. Est-ce que cela te laisserait le temps de vendre la maison et de t'organiser ? Anne peut t'aider...

Suzette éclata de rire, contaminée par son rêve.

— Je n'avais pas pensé à elle ! Elle a beau m'appartenir, je ne l'obligerai pas à me suivre. S'il s'agit de commencer une nouvelle vie, je ne veux que du bonheur. Elle acceptera sûrement car rien ne la retient ici. Elle n'a que moi et je serai ravie qu'elle et Demba travaillent dans notre future maison. Oh, Ishcate ! Notre maison ! Comme c'est bon de prononcer ces mots ! s'écria-t-elle en se jetant dans ses bras.

Il la serra fort, puis la regarda droit dans les yeux.

— Dans ce cas, ne perdons pas de temps. Je te laisse choisir le moyen de transport.

— Nous irons par les chemins. Sur les quais, beaucoup d'hommes travaillent pour mon père. Ils pourraient le prévenir.

— Je pars aujourd'hui même et je reviendrai avec des renforts.

Suzette lui adressa un sourire radieux. Qu'étaient-ce donc que huit semaines d'attente pour une telle récompense ? Avec tout ce qu'elle aurait à faire, ces deux mois fileraient à toute vitesse. Elle allait utiliser l'excuse de son déménagement chez ses parents pour vendre la maison et empaqueter ses affaires sans éveiller les soupçons. Lorsque sa famille comprendrait, elle serait déjà en route vers le nord.

René Dubois sourit en son for intérieur.

Il n'avait pas passé tout ce temps à épier en vain. Le hasard avait voulu qu'un jour, il reconnut l'Indien qui l'avait affronté et avait rendu son ami boiteux. Quand d'autres sauvages l'avaient fait sortir de prison cette même nuit, menaçant de tuer le soldat de garde selon les dires de ce dernier, il ne put déposer une plainte car personne ne connaissait son nom. Après avoir recueilli les déclarations de plusieurs témoins, les autorités avaient considéré l'incident comme une simple rixe entre hommes ivres.

Quatre années s'étaient écoulées, mais René n'avait pas oublié le visage du sauvage. Jamais il n'aurait imaginé que la fortune lui offrirait une occasion en or de se faire de l'argent et, au passage, de se venger des Girard. Il ne gagnerait rien à dénoncer l'Indien. En revanche, faire chanter la famille Girard sous peine de salir leur nom lui rapporterait beaucoup.

Il se félicita d'avoir gardé son calme et suivit cet homme au lieu de signaler l'auberge où il logeait pour que les autorités l'arrêtent.

Chaque soir, l'Indien quittait la pension et se rendait dans une maison située non loin de là. Caché dans les broussailles qui avaient envahi une propriété abandonnée juste en face, René avait observé ce qui se passait ensuite. Au portail du jardin, une domestique mulâtre le faisait entrer furtivement, et il ne ressortait qu'à l'aube. Cela avait tout l'air d'être une rencontre amoureuse clandestine. Tirant les vers du nez à des voisins et à des clients de sa boulangerie, il avait vite appris qui vivait là et, en toute logique, avait conclu que les destinataires des faveurs de l'Indien ne pouvaient qu'être Suzette Girard ou sa servante personnelle.

Il allait devoir approfondir un peu son enquête et prier pour que l'heureuse élue soit la jeune veuve blanche. Cela n'intéresserait personne de savoir ce que faisait une esclave de ses nuits. Et puis, il ne pouvait fonder son chantage sur des soupçons ou des intuitions. Il lui fallait des preuves irréfutables.

Ce matin-là, il décida alors de confronter l'Indien devant des témoins. Il le suivit jusqu'à la pension et, lorsque celui-ci se trouva à trois ou quatre pas de la porte, où la propriétaire était en train de balayer, il l'interpella.

— Hé, toi ! Le sauvage !

Ishcate se retourna et reconnut l'homme qui s'élançait à toute vitesse sur lui en le braquant avec un pistolet à silex. Il maudit sa malchance et par réflexe, posa sa main sur le couteau de sa ceinture, même si cela ne lui était guère utile dans une telle situation.

Affolée, Alizée se réfugia dans la maison et s'enferma à double tour. Pompe était absent, il s'était levé tôt pour se rendre à une vente aux enchères de chevaux en dehors de la ville. Elle observa la scène depuis une fenêtre entrouverte du salon.

— Voilà bien longtemps qu'on ne s'était pas vus ! s'exclama René sur un ton sarcastique. Et tu dois avoir une sacrée bonne raison pour te risquer à revenir ici.

— Cela ne te regarde pas, rétorqua Ishcate sans quitter l'arme des yeux.

Son adversaire ne disposait que d'un seul tir à la fois : à moins qu'il ne le touche du premier coup en plein cœur ou dans la tête, Ishcate lui planterait son couteau avant qu'il n'ait eu le temps de recharger le pistolet.

— Bien sûr que cela me regarde, et comment ! Tu as blessé mon ami et tu n'as pas payé pour ça. Je compte bien te livrer à la justice, sauf si nous trouvons un accord.

— Je n'ai nullement l'intention de faire affaire avec toi.

René força un éclat de rire, les yeux braqués sur le visage d'Ishcate pour ne perdre aucun détail de sa réaction face au commentaire qu'il s'apprêtait à faire.

— Ah, bien sûr. Tu obtiens tout ce dont tu as besoin de la jeune veuve Suzette Fournier, lança-t-il d'une voix puissante.

Ishcate rougit de colère. Le nom de sa bien-aimée, à nouveau souillé sur les lèvres de ce misérable. Il avait envie de le frapper, mais il ferma les paupières un instant. Il se souvint des mots de son père après cette nuit passée dans la forêt, lorsqu'il était adolescent. Couroway lui avait conseillé de demander au Grand Esprit des forces pour endurer une vie difficile. Son cœur avait réagi à chaud, sa raison lui recommandait de garder son calme. Il ne devait pas répondre à la provocation. Il réfléchirait plus tard à ce qu'il ferait de René Dubois. Il prit une inspiration et fit demi-tour pour s'en aller.

— Hé ! Ne me tourne pas le dos ! cria René en se ruant sur lui.

Ishcate fit volte-face avec la vivacité d'un loup. Il souleva René Dubois par le col et le poussa contre le mur. Le son d'un coup de feu raviva son instinct de défense de guerrier et il lui frappa la tête contre les pierres. Quand il s'aperçut que l'homme ne bougeait plus, il se calma d'un coup. Il le lâcha. Le corps de René Dubois s'écroula par terre.

Ishcate mit quelques secondes à prendre conscience de ce qu'il avait fait et des conséquences qui en découleraient. Il s'agenouilla et baissa la tête. Abasourdi, il resta un instant immobile.

Quelqu'un s'approcha de lui. Il leva les yeux et croisa ceux de sa logeuse. Suzette lui avait expliqué qui elle était. Jusqu'à ce moment, Alizée ignorait qui il était, lui. Ishcate se demanda si elle avait entendu les mots de René Dubois et si elle y avait cru. Quoi qu'il en soit, il lisait dans ses grands yeux noirs de la compréhension.

— Tu dois partir, lui enjoignit la femme. Le coup de feu a alerté les voisins. Il est possible qu'une autre personne ait tout vu, et les badauds vont s'attrouper.

Ishcate se releva. Un filet de sang coulait le long de son bras, sur le tatouage de sauterelle. Il suivit Alizée jusqu'à la pension. Un paquet se trouvait par terre, à l'entrée : il s'agissait de la peau dans laquelle il emballait ses affaires. Prévoyante, Alizée s'était empressée de les sortir de la chambre.

— Tu es blessé, remarqua-t-elle. Je vais chercher de quoi te soigner.

— Ce n'est pas nécessaire, c'est une égratignure. Je te remercie.

Il ne comprenait pas pourquoi cette femme l'aidait, mais il n'oublierait pas ce geste. Il fut tenté de lui demander autre chose : d'expliquer à Suzette que, par précaution, il tarderait plus que prévu à revenir ; de lui dire de l'attendre et de l'assurer qu'il reviendrait la chercher. Pour ne pas courir davantage de risques, il garda le silence. Il mit le ballot sur son épaule en contenant une grimace de douleur et se dirigea vers les écuries pour récupérer son cheval.

La balle l'avait seulement effleuré. La plaie serait vite guérie.

Une fois de plus, il devait fuir, s'éloigner et laisser passer un peu de temps.

Les rêves partagés avec Suzette ne deviendraient pas réalité de sitôt. D'ici là, son cœur blessé ne cesserait de saigner.

Alizée sut qu'elle devait parler à Suzette. Elle raconta le strict nécessaire aux autorités : elle avait entendu des cris, avait regardé par la fenêtre et avait vu deux hommes se battre. L'un d'eux était parti en courant et l'autre était tombé par terre. Il semblait mort, c'était pour cela qu'elle les avait alertés. Elle connaissait le boulanger Dubois de nom, et d'après les rumeurs, c'était un homme impulsif et querelleur. Sans autres informations au sujet de l'assaillant, tout laissait croire à un règlement de comptes. Un seul témoin avait déclaré avoir vu un Indien à cheval dans la rue Saint-Philippe, qui galopait en direction de la sortie de la ville. Il l'avait décrit avec précision, mais les Indiens se ressemblaient tellement qu'il serait difficile de le retrouver.

À Suzette, Alizée devait raconter la vérité. Elle avait ressenti une certaine curiosité à l'égard des habitudes singulières de cet Ishcate de Kaskaskia : il quittait la pension le soir et rentrait, toujours sobre, à l'aube. Il lui était difficile de croire qu'il entretenait une relation amoureuse avec Suzette. C'était toutefois la seule explication possible à son immense désarroi après la mort du boulanger. Avant de partir, il l'avait regardée comme s'il voulait lui faire des aveux, mais n'avait rien dit. Sans vouloir chercher à comprendre, elle décida d'agir pour aider. Elle sentait que la mission de transmettre un message lui incombait.

Une fois arrivée chez Suzette, elle demanda à parler seule à seule avec elle. Elles s'installèrent sur un petit banc en bois à côté d'une fontaine, dans une partie pavée du jardin. La matinée était splendide, trop chaude pour une fin de mois d'avril.

— Je suppose que vous avez appris la mort du boulanger Dubois…, commença Alizée après avoir été invitée à s'asseoir.

Suzette pensa qu'elle cherchait seulement à engager la conversation. Elle était intriguée de savoir ce qu'elle avait à lui raconter de si important et secret. S'efforçant de dissimuler le bonheur qu'elle ressentait dernièrement, alors qu'elle portait encore le deuil de son mari, elle répondit sur un ton neutre.

— On ne parle que de ça. Que Dieu ait son âme, car ici, sur terre, il n'était guère apprécié.

Son beau-frère, le bras droit du gouverneur, avait même exprimé devant sa famille son soulagement car régulièrement, Dubois insistait auprès de lui, et de manière brutale, pour qu'il applique la loi et fasse revenir de force son épouse de Saint-Louis.

— J'imagine combien il a été désagréable pour toi que cela se produise sur le pas de ta porte.

Alizée acquiesça.

— Vous souvenez-vous du jour où vous êtes venue me rendre visite, à la fin de l'été dernier ?

Suzette fronça les sourcils. Quelle était la raison de ce subit changement de sujet ?

— L'Indien qui est arrivé chez moi ce jour-là, poursuivit Alizée avec prudence, est revenu après Noël. Ensuite, il est reparti, puis il a réapparu il y a un mois.

Le cœur de Suzette cessa de battre durant quelques secondes. Pourquoi lui parlait-elle d'Ishcate ? Elle s'efforça d'ébaucher un sourire, néanmoins crispé, et attendit qu'Alizée aille droit au but.

— C'est lui qui a tué Dubois.

Suzette regarda ses mains croisées sur ses genoux et écouta le récit complet des faits. Ses yeux s'emplirent de larmes, qui coulèrent sur ses doigts. Elle mit une éternité avant de pouvoir parler.

— Tu l'as dit aux autorités ?

— Non.

— Mais tu le feras.

— Bien sûr que non ! rétorqua Alizée, visiblement blessée. Je ne salirai jamais votre nom, madame.

Même son mari ne connaissait pas la vérité. Elle lui avait raconté la version qu'elle avait donnée aux autorités. Suzette la regarda, surprise. N'importe qui aurait profité de la situation pour obtenir un avantage en échange du silence. Soulagée, elle sécha ses larmes.

— Pourquoi, Alizée ?

— Cet homme vous aime, madame. Et je déduis de votre réaction que vous aussi.

Suzette eut envie de nier, de lui jurer qu'elle n'aimait que Belmont, mais elle était consciente que ses yeux la trahissaient et elle se contenta de baisser à nouveau la tête.

— Je sais que vous aimiez mon frère, dit Alizée, qui semblait lire dans ses pensées.

Le terme qu'avait choisi sa belle-sœur interpella Suzette. Mais Alizée avait vu Belmont marcher à quatre pattes et faire ses premiers pas, plus tard, devenir un jeune adulte montrant un aplomb et des principes inébranlables, puis un homme à la hauteur de ce que l'on pouvait attendre d'un Fournier. Pour elle, Belmont serait toujours un frère et non un demi-frère.

Suzette acquiesça, envahie par la tristesse du deuil.

— Je l'aime encore, murmura-t-elle, sincère.

Alizée hocha légèrement la tête.

— Vous méritez de continuer à vivre, madame. Mon frère souhaiterait qu'il en soit ainsi. Et si cet Indien peut vous y aider…

Elle laissa la phrase en suspens. Durant un instant, Suzette sentit la main de Belmont sur son épaule, comme si lui aussi la comprenait. Les larmes lui étranglèrent la gorge.

— Il n'est pas coupable de ce qui est arrivé, poursuivit Alizée. Je devais vous le dire. Il s'est défendu contre

Dubois, qui voulait d'abord le faire chanter en le menaçant avec un pistolet, puis qui l'a attaqué par-derrière. Ne pensez pas que je suis venue pour vous juger. Je crois que votre ami n'a pas osé me demander de vous informer qu'il ne reviendrait pas ici de sitôt.

Suzette hocha la tête.

— C'est mieux ainsi.

— Oui, au moins jusqu'à ce que cette affaire soit oubliée, ajouta Alizée en se levant. Je devais vous le dire, répéta-t-elle. Je ne parlerai plus de cet incident ni avec vous ni avec personne. Vous avez ma parole.

Une fois seule, Suzette fit les cent pas dans la cour. Pourquoi cela devait-il arriver maintenant, alors qu'elle venait de décider de son avenir avec Ishcate ? La tristesse avait peu à peu fait place à la colère contre ce mauvais coup du sort, qui s'acharnait à lui arracher son bonheur. Au bout d'un moment, le tourbillon de pensées qui traversaient son esprit convergea en un point : elle n'abandonnerait pas son projet de vendre la maison, elle agirait comme si Ishcate allait revenir la chercher à la date convenue. Elle se convainquit qu'il trouverait le moyen d'honorer sa promesse. Si, tel qu'il l'avait affirmé, d'autres Indiens l'accompagneraient, il n'y avait aucune raison qu'on le remarque lui. Ou bien, s'il considérait qu'il était imprudent pour lui de venir en ville, il enverrait Sarazen. De plus, elle avait une confiance absolue en la discrétion d'Alizée, et René Dubois n'était pas assez important pour que sa mémoire perdure.

Croyant dur comme fer que rien ni personne ne pourrait la séparer d'Ishcate, elle alla chercher Anne. Elle devait l'informer de ses projets et aurait besoin de son aide. Elle la trouva dans la chambre des enfants. Adrienne jouait avec un hochet, une petite calebasse remplie de pierres, qu'Ishcate avait fabriqué pour elle. Suzette envoya Demba à la cuisine en inventant une excuse afin qu'il n'entende pas la conversation, et à voix basse, elle raconta tout à sa servante, qui l'écouta en silence, les sourcils froncés.

— Après ce que nous avons vécu ensemble, conclut Suzette, je sais que je peux avoir confiance en toi et que tu ne diras rien à personne. Je te le répète, tu es libre de choisir : soit tu viens avec nous, soit je te cherche une autre maison où travailler. Désormais, je veux profiter de la vie. Je ne tiens pas à connaître ton avis, je te demande seulement de prendre une décision.

Anne pensait à Bamboula, reclus dans sa grotte au milieu des marais. Dans aucune autre famille elle ne se sentirait à l'aise comme avec Suzette, qui ne pouvait soupçonner l'immense difficulté que comportait ce choix, en apparence si simple. Les trois possibilités qui s'offraient à elle impliquaient chacune des renoncements douloureux : vivre aux côtés de Bamboula en entraînant Demba dans une vie misérable ; suivre Suzette et s'éloigner de son mari ; travailler pour une autre famille, avec le risque de pouvoir être vendue à tout moment, en quittant Suzette pour toujours, qui avait été comme un ange gardien pour elle.

— Je vais réfléchir, madame, se contenta-t-elle de répondre, en priant pour qu'un événement ramène sa maîtresse à la raison.

24

Territoire osage autour du poste Arkansas, mi-mai 1776

ISHCATE s'imposa une routine stricte pour pouvoir faire le trajet jusqu'au poste Arkansas le plus rapidement possible sans épuiser son cheval.

Il chevauchait environ six lieues par jour, cherchait un endroit pourvu d'herbe tendre et d'eau fraîche pour dormir, et se nourrissait du gibier qu'il chassait en chemin : canards, faisans ou perdrix, faciles à vider et à griller. Il connaissait bien la région et savait éviter les sentiers les plus empruntés. Par chance, il ne croisa personne, hormis quelques groupes d'Indiens amis. Les températures agréables en journée et pas trop froides la nuit facilitèrent son périple. Il était habitué à des conditions bien plus rudes. Seul son esprit en proie à l'inquiétude l'empêchait de profiter pleinement de ces journées au milieu de la nature. Il voulait arriver au plus vite et demander à Sarazen de partir aussitôt chercher Suzette. Il lui avait dit qu'il en aurait pour deux mois et il tiendrait sa promesse, même s'il ne descendrait pas lui-même. Sarazen était son ami. Il pouvait compter sur lui. Il n'y avait aucune raison que leurs plans soient contrariés.

Trois semaines après avoir quitté la ville, il entra dans le village quapaw de Kappa par une chaude matinée de mai. Il perçut aussitôt l'effervescence qui régnait. Des femmes changeaient les peaux de leurs tipis ; d'autres empilaient des branches cassées. Les habitants étaient peut-être en train d'organiser un *pow-wow*. À un autre moment, Ishcate se serait volontiers joint à un rassemblement festif, mais là, il avait d'autres priorités. Il demanda à une femme où se trouvait Sarazen ; celle-ci lui indiqua, l'air préoccupé, l'enclos des chevaux.

Ishcate fut encore plus surpris d'apercevoir son ami exhorter une trentaine de jeunes à finir de se préparer en hâte. Il ne se souvenait pas de la dernière fois qu'il l'avait vu à demi nu, le corps entièrement peint et les cheveux aussi courts, comme un guerrier. En raison de son travail d'interprète, il avait l'habitude de se couvrir d'une chemise et d'une culotte longue.

Quelque chose n'allait pas.

— *Hawé kkótawítta*, le salua Ishcate en quapaw. Bonjour, mon ami. Que se passe-t-il ?

Sarazen le regarda avec des yeux fous.

— Ma femme a été enlevée. Je la retrouverai coûte que coûte.

Ishcate poussa un profond soupir. Ce n'était certainement pas le moment de lui parler de ses problèmes.

— Je pars avec toi. J'ai juste besoin d'un autre cheval.

Sarazen hocha la tête. Il attendit qu'Ishcate soit prêt, puis leva le bras, poussa un cri et prit le galop vers le nord, suivi de ses compagnons.

Ishcate dut patienter jusqu'à la tombée de la nuit pour s'enquérir de ce qui s'était passé.

— Il y a environ une lune, les Osage nous ont attaqués par surprise, lui expliqua Sarazen en fixant les flammes du feu de camp. Ils ont profité de ce que la plupart d'entre nous étions partis à la chasse pour enlever plusieurs femmes, dont Mikakh. Certains hommes de la tribu nous demandent de les oublier, car nous n'avons trouvé aucune piste depuis. Mais même si je dois continuer seul et si c'est la dernière chose que je fais dans ma vie, je retrouverai la mère de mes enfants.

Ishcate pensa à Suzette. Lui aussi donnerait sa vie pour elle.

— Tu ne seras pas seul, lui promit-il.

Pendant trois semaines, Ishcate et ses compagnons quapaw sillonnèrent à cheval le territoire osage entre le Missouri et le cours inférieur de l'Arkansas. Toutes les deux ou trois nuits, ils changeaient l'emplacement de leur campement et inspectaient les environs. Ils se cachaient dans les bois et attaquaient tous les chasseurs osage qu'ils croisaient. Ils demandaient aux blessés où se trouvaient les femmes quapaw et quelle que soit leur réponse, ils les tuaient et les scalpaient. Ils assaillaient les petits villages et, selon la défense qu'on leur opposait, ils luttaient ou battaient en retraite.

Ils passaient leurs journées dans la rage et le sang.

L'âme guerrière d'Ishcate, longtemps en sommeil, s'éveilla à mesure qu'il accumulait des scalps osage, pour lesquels le gouvernement espagnol payait un bon prix. Le Grand Esprit avait probablement besoin de lui pour lutter et venger les affronts contre les siens et non pour qu'il habite avec une Blanche délicate comme Suzette. Que penserait-elle de lui si elle le voyait couvert du sang d'autres hommes ? La vie était en réalité une succession de ripostes contre des attaques reçues. Ceux qui étaient attaqués, à leur tour, se vengeaient, de sorte que jamais les représailles ne cessaient.

Exténué par ces semaines meurtrières et démoralisé par le manque de résultats, Sarazen consentit à quelques jours de repos. Ils établirent leur campement au bord du Mississippi, presque en face des berges escarpées du territoire chickasaw, à la confluence de la rivière aux Loups.

Une après-midi de début juin, un groupe d'Indiens s'approcha. L'un d'eux portait un bâton au bout duquel était fixé un tissu blanc. Ishcate comprit que c'étaient des Chickasaw, car ils n'avaient pas le moindre poil sur leurs corps tatoués et leurs fronts étaient aplatis par une technique qu'on leur appliquait peu après leur naissance. Ayant été capturé et blessé douze ans auparavant par eux, il les connaissait bien. D'un bond, il se redressa et empoigna le manche du couteau accroché à sa ceinture, mais Sarazen, qui s'était aussi levé, lui fit signe de garder son calme.

— Un Indien écoute toujours celui qui arrive en paix, lui rappela-t-il.

Ishcate obéit. Après tout, il devait la vie à Sarazen, qui l'avait sauvé des Chickasaw. Ils avaient peut-être des informations utiles. Pour son ami, il accepterait toute aide, quelle que soit sa provenance.

Au milieu du groupe se détachait la silhouette d'un Européen d'une cinquantaine d'années, aux cheveux roux et dont les yeux clairs brillaient sur sa peau tannée et toute ridée. Logan Colbert était un chef bien connu de la communauté chickasaw, haï par le gouvernement pour ses assauts répétés contre les navires espagnols remontant le fleuve.

— Je te cherchais, dit le nouveau venu sans détour.

— Je sais qui tu es, réagit Sarazen, bien que je ne t'aie jamais vu. Ce que j'ignore, c'est la raison pour laquelle tu me cherches. Tu n'aurais même pas dû oser t'aventurer de ce côté-ci du fleuve.

— J'ai des nouvelles qui pourraient t'intéresser.

Sarazen l'invita à s'asseoir. Si les Chickasaw étaient de féroces guerriers et torturaient leurs prisonniers, ils traitaient bien les femmes et les enfants capturés, et finissaient par les adopter. La meilleure chose qui ait pu arriver à Mikakh et aux autres captives quapaw serait que les Osage les aient vendues aux Chickasaw.

— Je suppose que tu es au courant de ce qu'il se passe avec les Britanniques, déclara Colbert. Ils se battent maintenant entre eux.

Sarazen acquiesça. En effet, il n'ignorait pas que les colons anglais de l'Est souhaitaient s'affranchir du roi tout là-bas en Europe. Cela faisait douze mois que la guerre entre Américains et Anglais avait commencé. Le premier face-à-face avait eu lieu dans la colonie de la baie du Massachusetts, après le massacre de Boston six ans auparavant, qui avait agi tel un détonateur. Les Anglais avaient pris Lexington et Concord, puis les colons avaient assiégé Boston. Dans les collines voisines de cette ville, les deux armées s'étaient affrontées. Les Britanniques étaient supérieurs en nombre, mais les Américains avaient montré qu'ils étaient déterminés à se battre pour parvenir à leurs fins et obtenir leur indépendance.

— Il y a maintenant des rebelles et des hommes fidèles au roi, résuma Sarazen. De quel côté es-tu ?

— Qu'il soit français, espagnol ou anglais, il vaut toujours mieux qu'un roi gouverne ces contrées. Que seraient nos tribus sans un grand chef ? Ce n'est pas tout : si les rebelles gagnent, nos terres, tout comme les vôtres, seront en danger. Les colons de l'Est penseront qu'ils ont plus de droits sur nos territoires et commenceront à nous repousser vers l'ouest. Pour nous, les Chickasaw, c'est clair. Et vous, les Quapaw, vous devriez suivre notre exemple et vous allier aux Anglais. Cette triple coalition sera bénéfique pour tout le monde.

— Encore faudrait-il que nous apprenions l'anglais, murmura Ishcate sur un ton sarcastique, car il n'avait jamais vu d'un bon œil une alliance avec les Anglais.

— Pourquoi me le dire à moi ? demanda Sarazen à Colbert. Pourquoi ne parles-tu pas à mes chefs ?

— Je ne sais pas s'ils voudront m'écouter. Ils sont aveuglés par le gouverneur espagnol et ses cadeaux. Mais quand vous avez besoin d'aide, notamment pour lutter contre les Osage, est-ce que les Espagnols vous envoient des soldats ?

— Qu'est-ce que j'obtiendrai si je parle dans ton sens ?

— Je sais que tu cherches ta femme et je te dirai où la trouver.

Sarazen se leva d'un bond. La nuit s'apprêtait à tomber, mais dès qu'il apprendrait des lèvres de cet homme le lieu de captivité de Mikakh, il n'attendrait pas une seconde pour partir à sa recherche.

— Il faut plusieurs jours pour y aller, lui dit Colbert, comme s'il avait lu dans ses pensées. Il vaut mieux que tu attendes l'aube. Tu dois te diriger vers l'ouest, en amont de la rivière Arkansas. Cherche la bande d'un certain Brind'amour. Les Osage leur ont vendu des esclaves indiennes.

Sarazen fit la grimace. Toutes ces semaines perdues à parcourir le nord et l'est… Comment n'avait-il pas pensé à commencer ses recherches là-bas ? Il savait qui était Brind'amour : le chef d'un groupe de déserteurs du poste Arkansas qui, refusant le commandement espagnol, avaient fui quelque temps auparavant. Amis des Osage, ils pratiquaient la contrebande et complotaient avec des tribus hostiles aux Espagnols. Sarazen tuerait ce Brind'amour. Il les tuerait tous. Ils achetaient des Indiennes esclaves qu'ils forçaient à devenir leurs concubines et, lorsqu'ils s'en lassaient, ils les passaient à d'autres ou les revendaient. Il les tuerait tous. Il aurait dû l'avoir fait depuis bien longtemps.

— Si tu as raison, dit-il à Colbert, je transmettrai tes paroles aux chefs de ma tribu.

Il leur fallut une semaine pour parcourir la distance qui séparait la confluence du Mississippi et de la rivière aux Loups du cours moyen de l'Arkansas. Les sabots de leurs chevaux au galop écrasaient les petites fleurs printanières des prairies osage. Les lames de leurs couteaux égorgeaient ceux qui refusaient de répondre à leurs questions sur l'emplacement exact du camp des renégats, et de nouveaux scalps osage furent accrochés à leurs ceintures.

Enfin, alors que la nuit tombait un soir de juin, des compagnons de Sarazen suivirent les indications du groupe de chasseurs qui les avaient suppliés de leur laisser la vie sauve. Ils arrivèrent à l'endroit recherché : une douzaine de huttes dans une clairière non loin du fleuve, habitées par des hommes blancs et des femmes indiennes, qui ne levaient pas les yeux du sol. Parmi elles, ils reconnurent Mikakh.

Les Quapaw, qui campaient à trois lieues de là, organisèrent une attaque-surprise dès le lendemain à l'aube.

Ils entrèrent dans le village tels des démons enragés ; ils hurlaient, brandissaient leurs haches, lançaient des flèches ou des balles sur les hommes ensommeillés qui ouvrirent leurs portes avant de se défendre en tirant par les fenêtres. Certains parvinrent à s'enfuir dans la forêt, mais la plupart périrent sans comprendre ce qui se passait. Lorsque le vacarme cessa et qu'il ne resta plus un seul homme blanc, les femmes sortirent des huttes.

Sarazen sentit un immense soulagement en voyant Mikakh. Elle était sale et émaciée, ses cheveux noirs rassemblés en une longue tresse accentuaient sa maigreur. Il remercia le Grand Esprit de lui avoir fait garder l'espoir de la retrouver en vie.

Mikakh se précipita dans les bras de son mari.

— Il faut que nous emmenions toutes les femmes, lui dit-elle, même celles qui n'appartiennent pas à notre tribu.

Sarazen ordonna à ses compagnons de rassembler tous les chevaux des Blancs pour transporter les rescapées. Alors qu'ils étaient prêts à repartir, Mikakh regarda autour d'elle.

— Il manque Kawutz !

Elle sauta de son cheval et se précipita dans l'une des habitations, suivie par Sarazen. Peu après, ce dernier se pencha par la fenêtre pour appeler Ishcate.

Sarazen lui montra la jeune Indienne, les bras enchaînés à un anneau accroché en hauteur dans le mur.

— Je ne pense pas qu'elle résiste au voyage, mais Mikakh ne partira pas sans elle.

Ishcate s'agenouilla près de la femme, qui ouvrit les yeux non sans difficulté.

— Sortez-moi d'ici, murmura-t-elle.

Elle était très belle. Son visage ovale ne portait aucune marque, mais son corps avait été roué de coups. Il l'observa et la palpa avec délicatesse pour conclure qu'elle avait plusieurs côtes cassées et une plaie béante sur la cuisse, par laquelle elle avait perdu beaucoup de sang.

— Brind'amour ne la frappait pas au visage pour ne pas la défigurer, leur expliqua Mikakh. Je suis bien contente qu'il fasse partie de ceux que vous avez tués.

Elle tendit à Ishcate un trousseau de clefs récupéré sur un cadavre.

Il en essaya plusieurs sur la manille qui unissait le maillon de la chaîne à l'anneau accroché au mur et fut soulagé en constatant que l'une d'elles fonctionnait. Il aida Kawutz à baisser tout doucement les bras. La jeune femme respirait fort pour supporter la douleur sans se plaindre.

— Vous ne pouvez pas imaginer ce qu'elle a enduré, dit Mikakh tandis qu'elle se dirigeait vers le feu qu'elle attisa pour faire bouillir de l'eau. Les Osage ont tué sa famille caddo. Elle n'a personne. Je prendrai soin d'elle.

Elle fouilla dans un coffre d'où elle sortit un drap qu'elle déchira en morceaux. Elle lui lava la plaie, d'abord à l'eau puis avec de l'alcool. Elle enfila une aiguille et regarda les hommes, qui comprirent qu'ils devaient tenir fermement Kawutz pour que Mikakh puisse lui recoudre la chair. La jeune fille endura sans crier les premiers points, puis s'évanouit. Mikakh en profita pour se hâter avant qu'elle ne revienne à elle. Elle lui banda d'abord la plaie suturée, puis le ventre en serrant fort, à l'aide de deux planches et d'un grand morceau de toile.

— Va demander aux femmes de prendre le plus de nourriture possible dans les huttes et préviens les hommes que nous allons partir, dit-elle à l'adresse de son mari avant de se tourner vers Ishcate : Toi, tu te chargeras de Kawutz. Si tu veux que je continue de te considérer comme un ami, tu veilleras sur elle comme si c'était ta chair et ton sang.

Ishcate admirait la détermination de Mikakh. Malgré ce qu'elle avait subi au cours de sa captivité, elle avait trouvé la force de s'occuper de Kawutz. Il prit la jeune femme dans ses bras et sortit. Des hommes l'aidèrent à la hisser sur son cheval et il s'installa derrière elle en l'adossant contre sa poitrine. Incapable d'être près d'une femme sans la comparer à sa bien-aimée, il remarqua qu'elle était moins menue que Suzette, et ses traits n'étaient pas aussi délicats. Mais ses lèvres indiennes épaisses qu'elle tenait serrées pour ne pas gémir, son nez proportionné et ses grands yeux expressifs transmettaient détermination, fierté et témérité. Elle avait survécu au pire : la mort des siens, l'esclavage et le viol.

Malgré cela, elle s'accrochait à la vie.

25

La Nouvelle-Orléans, septembre 1776

Le temps pressait pour Suzette.

Elle avait conclu verbalement la vente de sa maison, mais elle repoussait le moment de s'en séparer, car c'était son espace de liberté. Sa fille Adrienne y avait passé des jours heureux durant l'été, enchantée par toute cette animation autour d'elle, et Suzette ne voyait pas d'inconvénient à se rendre aux réunions de famille dominicales, mais elle se refusait à s'y installer.

Elle devait prendre une décision. Presque six mois s'étaient écoulés depuis le départ d'Ishcate. Elle n'avait reçu aucune nouvelle de lui, et ses amis n'étaient pas venus la chercher. Il s'était certainement produit quelque chose de grave qui l'avait empêché de tenir parole.

Suzette peinait à se concentrer sur la conversation. Elle devait fournir un effort immense pour se comporter comme si de rien n'était, alors qu'elle ne cessait de penser à Ishcate.

— Tu viens, Suzette ? lui demanda Margaux, une main posée sur son ventre arrondi par sa deuxième grossesse.

Les deux sœurs et leurs amies s'étaient réunies chez les Durán. Il y avait Louise Le Sénéchal, dont le mari, Francisco Bouligny, était encore en Espagne, Marie de la Ronde qui, à dix-huit ans, n'était ni mariée ni fiancée, et Jeanne Fournier, ravie d'être là. En effet, en raison des nombreux engagements de son époux fortuné, Philippe Laurent, rares étaient les occasions où elle pouvait profiter de ses amies.

— Où allons-nous ? s'enquit Suzette.

Margaux éclata de rire.

— Redescends sur terre, ma chère sœur. Nous venons de dire que nous aimerions regarder les cartes dans le bureau de Tomás.

Il n'y avait plus d'autres sujets de conversation que l'indépendance des colonies d'Amérique du Nord, qui avaient officiellement déclaré la rupture de tous leurs liens avec le royaume de Grande-Bretagne le 4 juillet, lors du Congrès continental à Philadelphie, en Pennsylvanie, songea Suzette.

Margaux montra du doigt ces colonies situées sur la côte est une par une, du nord au sud, en les nommant à voix haute :

— New Hampshire, Massachusetts, New York, Rhode Island, Connecticut, Pennsylvanie, New Jersey, Delaware, Maryland, Virginie, Caroline du Nord, Caroline du Sud et Géorgie… Elles constituent désormais les treize États unis d'Amérique. Mon mari dit que cette révolution est imparable. La mèche s'est si bien embrasée que cela deviendra bientôt un incendie. La méfiance règne maintenant au sein même des familles. La rumeur court qu'un général anglais aurait renvoyé son épouse en Angleterre car il la soupçonnait de sympathiser avec la cause des rebelles. Vous souvenez-vous de la révolte des créoles français ici, en Louisiane, contre l'arrivée des Espagnols ?

Toutes acquiescèrent.

— C'était une période très désagréable. Des disputes entre voisins, des amitiés perdues…

— Lorsque j'entends parler de cette nouvelle rébellion, elle me semble lointaine, remarqua Louise, mais sur la carte, je la trouve bien trop près.

— Il n'y a aucune raison qu'elle nous touche, intervint Jeanne, ni qu'elle ait de conséquences sur nos vies.

Margaux baissa la voix.

— Les insurgés américains ont établi des relations diplomatiques avec d'autres pays afin que ceux-ci reconnaissent leur indépendance. Certains d'entre eux voudront peut-être profiter de l'occasion pour s'opposer aux Anglais. Par exemple, la France et l'Espagne, qui ont beaucoup perdu sur ces terres lors de la dernière guerre... Tomás affirme que tôt ou tard, nous devrons choisir un camp. Les rebelles ont déjà contacté le gouverneur Unzaga. Ils lui ont demandé d'envoyer en Virginie mousquets, uniformes et médicaments, en particulier de la quinine. Ils en ont besoin, ils n'ont rien de tout ça. Ils recrutent des agriculteurs et des chasseurs dans les colonies pour se battre.

— Que va-t-il faire ? s'enquit Marie.

— Pour l'instant, observer ce qu'il se passe et agir avec discrétion. Le régiment de Louisiane n'est pas assez puissant pour envisager d'entrer en guerre contre qui que ce soit.

Margaux ne voulut en dire davantage. Le gouverneur Luis de Unzaga avait reçu l'ordre de conserver une neutralité favorable à l'égard des colons d'Amérique du Nord. En fait, il les aidait déjà secrètement en autorisant le libre commerce sur le Mississippi avec les rebelles et en offrant parfois refuge aux navires américains poursuivis par les Britanniques. Il était aussi en train d'organiser avec le négociant irlandais Oliver Pollock, fervent défenseur de la cause révolutionnaire et représentant officieux du Congrès continental à La Nouvelle-Orléans, l'envoi de deux embarcations chargées de poudre vers le poste Arkansas, qui repartiraient après l'hiver pour rejoindre le fort Pitt, en Pennsylvanie, en remontant l'Ohio.

— Pourvu que nous soyons épargnés par cette guerre ! lança Suzette tout haut, supposant qu'une fois de plus, les alliances avec les Indiens seraient nécessaires.

Et si Ishcate devait combattre ? L'absence de nouvelles de sa part lui était insupportable, alors comment supporterait-elle de le savoir sur le champ de bataille ? Et ce n'était pas tout... Comment concrétiser son projet de partir vivre avec lui si le pays était sens dessus dessous ?

— À La Nouvelle-Orléans, nous sommes tranquilles, insista Jeanne, la voix légèrement tremblante, avant de s'adresser à Margaux : Le gouverneur est serein, n'est-ce pas ? Il saura quelles décisions prendre pour nous maintenir hors du conflit.

Margaux se racla la gorge.

— Je voulais toutes vous voir pour vous annoncer que bientôt, un nouveau gouverneur dirigera la colonie...

Cette nouvelle fut suivie par un concert d'exclamations.

— Seuls nos parents le savent, ajouta Margaux en regardant Suzette. L'Espagne a confié au señor Unzaga la création de la capitainerie générale du Venezuela. Il souhaite que mon époux l'accompagne.

Elle fit à nouveau glisser son index sur la carte, de La Nouvelle-Orléans à l'île de Cuba, puis jusqu'à la partie septentrionale de l'Amérique du Sud.

— C'est là que nous habiterons, dit-elle en pointant la ville de Caracas. D'autres provinces de la vice-royauté de Nouvelle-Grenade s'uniront à celle du Venezuela.

Abasourdie, Suzette peinait à trouver ses mots.

— Tu vas partir ? Quand ? Caracas est très loin ! Et tu attends un enfant... Je ne verrai pas grandir mes nièces et neveux !

— Je pensais que tu te réjouirais pour moi, Suzette, la coupa Margaux en souriant, tout en étant bien consciente que sa sœur laissait parler son cœur. C'est important pour la carrière de mon mari. Il sera peut-être promu général.

— Bien sûr, je me réjouis, répondit Suzette, les yeux emplis de larmes. Mais tu vas me manquer !

— J'espère que le nouveau gouverneur ne détruira pas ce que le señor Unzaga a mis en place, dit Marie, qui s'intéressait à tout ce qui touchait à l'éducation, à la culture et à l'histoire. Nous avons vécu des années paisibles, la ville a changé grâce à ses travaux, et de nombreux enfants bénéficient désormais d'un enseignement en français, en espagnol et en anglais dans les écoles espagnoles. Imaginez que son remplaçant soit vieux jeu et qu'il ne veuille pas soutenir l'Académie des Ursulines ? Je ne crois pas qu'il existe ailleurs dans le monde beaucoup d'établissements gratuits dans lesquels des jeunes filles blanches, indiennes et noires apprennent côte à côte. Il faut bien le dire, son épouse y a largement contribué.

Elle parlait d'Isabelle de Saint Maxent, une jeune femme créole, fille d'un riche négociant de la ville.

— Oui, je suppose qu'il pense aussi à elle en nous demandant, à Tomás et à moi, de l'accompagner. Là-bas, je pourrai lui tenir compagnie.

— Je suis sûre que mon mari, M. Bouligny, ferait un candidat idéal pour le poste de gouverneur de La Nouvelle-Orléans, car il connaît bien cette région, s'empressa de faire remarquer Louise. Je sais que c'est ambitieux, mais je peux rêver… Je croyais qu'il n'avait que des affaires privées à régler avec sa famille en Alicante. Cependant, dans sa dernière lettre, il m'a écrit qu'il a remis un mémoire historique et politique sur la Louisiane au secrétaire des Indes en personne, don José de Gálvez…

— Merci pour vos paroles aimables, mes chères, interrompit Margaux. Ce sera justement un neveu du ministre Gálvez qui succédera à Unzaga.

— Ah… Que sais-tu sur lui ? demanda Louise sur un ton chantant pour essayer de dissimuler sa déception.

— Il s'appelle Bernardo, il a trente ans et une solide expérience militaire.

— Et un oncle à la cour, fit remarquer Jeanne avec une certaine ironie.

— Je sais aussi qu'il est célibataire, conclut Margaux, regardant tour à tour Suzette et Marie.

Les jeunes femmes éclatèrent de rire. Margaux ne perdait pas une occasion de trouver un bon parti pour sa sœur veuve et son amie célibataire, car elle désirait que toutes deux soient aussi heureuses qu'elle.

Suzette songea que Margaux était plus forte qu'elle n'en avait l'air. Son monde tournait autour de son mari et de sa famille, et elle acceptait son sort sans verser une seule larme. Elle lui manquerait beaucoup. Suzette serra les lèvres pour ne pas éclater en sanglots. En préparant son projet de fuite avec Ishcate, elle s'était convaincue qu'elle pourrait vivre sans les siens. Maintenant qu'elle savait que Margaux allait quitter La Nouvelle-Orléans et qu'elle ne la verrait que rarement, elle comprenait combien elle l'aimait et à quel point son absence l'affecterait.

Une terrible sensation de solitude s'empara de son cœur.

Les personnes qu'elle chérissait le plus l'abandonnaient.

Poste Arkansas, novembre 1776

Le temps pressait pour Ishcate.

Il ne pouvait se risquer à descendre à La Nouvelle-Orléans pour chercher Suzette, et Sarazen – le seul à qui il accepterait de confier la sécurité de sa bien-aimée – se trouvait dans l'impossibilité d'y aller, du moins pour le moment, car il ne voulait pas s'éloigner de son épouse, traumatisée par sa captivité. Sarazen lui avait proposé d'attendre le mois de mars suivant, après l'hiver rigoureux. Peut-être qu'alors, plus personne ne parlerait de l'Indien qui avait tué le boulanger et ils pourraient alors entreprendre ce voyage ensemble.

Ishcate décida de contacter Suzette pour lui dire qu'il ne l'avait pas oubliée, mais il ignorait comment s'y prendre. Ni lui ni personne de confiance dans son entourage ne savait écrire. Sa seule solution était de demander à un soldat du poste Arkansas de le faire pour lui ou, mieux encore, au commandant Balthazar de Villiers qui avait, depuis plus d'un an déjà, remplacé Leyba. Mais celui-ci se moquerait si Ishcate lui dictait un texte trop personnel. Il se résolut alors à inventer un accord commercial que Suzette saurait interpréter.

Le commandant au nez proéminent et au menton fuyant approchait la cinquantaine. Il écrivit sur une feuille le message d'Ishcate, qui ne manqua pas de l'étonner :

Les peaux que vous avez demandées arriveront au printemps. J'espère qu'après leur bonne réception, vous ne tarderez pas à envoyer la marchandise convenue.

Il fut encore plus surpris lorsqu'il découvrit le nom de la destinataire.

— Je sais qui est M. Girard, mais j'ignorais que sa fille avait entrepris de lui faire concurrence.

— Je connais cette famille, répondit Ishcate. Il y a quelques mois, lors d'un de mes passages à La Nouvelle-Orléans, Madame a apprécié la texture de mes peaux et a insisté pour que je lui en envoie personnellement.

Cette explication sembla convaincre Villiers.

— La lettre partira avec le prochain courrier. Madame devrait la recevoir à la mi-décembre. Au fait, rien à voir : mon prédécesseur m'a parlé de toi. J'espère pouvoir compter sur tes services d'interprète et d'éclaireur.

Ishcate acquiesça et se disposa à se retirer.

— Encore une chose, lui dit Villiers en l'arrêtant avant la porte. Je sais que tu es le Kaskaskia qui passe son temps avec les Quapaw. Quelle est donc cette histoire de rapprochement soudain entre les Quapaw et les Chickasaw, qui sont amis avec les Anglais ? Dis-leur que c'est une erreur de s'unir aux Britanniques. La nouvelle guerre entre Américains et Anglais mettra à nouveau les alliances en péril. Ne vous trompez pas de camp.

Ishcate était lui aussi de cet avis, mais Sarazen avait respecté sa part du marché passé avec Colbert : comme il avait retrouvé son épouse, il avait parlé aux chefs quapaw des avantages d'une union avec les ennemis chickasaw. Des divergences commençaient à se faire sentir au sein de la tribu Quapaw, tout comme chez les Kaskaskia. Son propre frère Kicounaisa, qui avait tant exécré les Anglais, était favorable à cette alliance car il croyait que ces derniers allaient vaincre les Américains. À en croire les rumeurs, ils étaient en supériorité numérique, des milliers de soldats étaient arrivés à New York, et les forces américaines dirigées par George Washington battaient en retraite à de nombreux endroits. Et ce n'était pas tout : d'après ce qu'avait dit Colbert, les Américains, désireux de poursuivre leur colonisation vers l'ouest, pouvaient représenter pour les Indiens une menace plus importante que les Britanniques. D'autres, comme le grand chef Ducoigne, préféraient se montrer prudents. Il était encore tôt pour se ranger d'un côté ou de l'autre.

La position d'Ishcate était très claire : Suzette était française, il devait donc faire preuve de loyauté envers la France et, par extension, envers l'Espagne, deux pays ennemis des Anglais dans toutes les guerres.

— Un homme ne doit jamais vendre ses principes, affirma-t-il à Villiers en se souvenant des mots qu'il avait dits à l'assassin de Pontiac, le traître. Nous, les Kaskaskia, resterons à vos côtés. Je parlerai aux Quapaw. Et puis, il est possible que ce conflit s'achève sous peu. Le bruit court que les troupes américaines seraient affaiblies.

Balthazar de Villiers serra fermement la main de cet Indien dont les paroles étaient pleines de bon sens, même s'il n'était pas d'accord avec sa dernière remarque.

— Les nouvelles circulent à vive allure à travers les vallées, les forêts, les chemins et les rivières, puis passent par de nombreuses bouches sur les bateaux de pêche, dans les tavernes et les postes de traite. Il est trop tôt pour savoir ce qui est vrai ou pas. Dans le doute, mieux vaut se tenir prêt.

Ishcate retourna à Kappa, plus serein car il avait pu envoyer sa missive pour Suzette, mais aussi plus inquiet. Il allait devoir convaincre les Quapaw de ne pas se laisser enjôler par les Chickasaw. Il aurait le temps d'y œuvrer durant les nombreuses veillées des mois à venir.

Il scruta l'atmosphère autour de lui.

En quelques heures, la température avait brusquement chuté. On entendait à peine le chant des pigeons, des tourterelles, des faisans, des perdrix et des tétras des prairies. Certains animaux devaient avoir migré vers le sud, d'autres s'étaient tapis dans leur terrier avant l'arrivée imminente des premiers froids, prélude au long hiver qui approchait.

Un croassement brisa le silence.

Ishcate leva les yeux et vit un corbeau qui tournoyait dans le ciel.

Il lui sembla qu'il décrivait volontairement des cercles au-dessus de sa tête, comme s'il l'avait choisi lui parmi tous les humains qui peuplaient ce territoire.

TROISIÈME PARTIE

Cours inférieur

26

La Nouvelle-Orléans, décembre 1776

Accoudé au bastingage du *Santa Catalina*, Sebastián Orlac admirait la vue magnifique sur La Nouvelle-Orléans qui s'étendait devant lui sous la forme d'un croissant de lune. En ce troisième jour de décembre, la température lui sembla plutôt amène pour la saison ; il ajusta toutefois son foulard autour du cou afin de protéger sa gorge de l'humidité. Il ignorait quel accueil on avait réservé au nouveau gouverneur intérimaire de la Louisiane et colonel du régiment d'infanterie en garnison, don Bernardo de Gálvez. Il fut surpris de voir si peu de monde sur les quais.

À quoi pouvait ressembler la vie dans cette vaste province à la population si hétéroclite, française dans l'âme, mais espagnole de droit ? La gouverner ne devait pas être aisé.

Sebastián avait bon espoir de servir de secrétaire à son supérieur immédiat, Bernardo de Gálvez. Il avait connu à ses côtés bien des péripéties, d'abord lors des batailles d'Alger, puis dans les provinces de la Nouvelle-Espagne, peu avant leur affectation en Louisiane. Âgé de trente ans,

Orlac avait une riche expérience militaire. Sa personnalité était marquée par la force de volonté, la foi, l'intuition et l'ambition. Il était accoutumé à recevoir des ordres depuis l'enfance, d'abord de son père autoritaire, puis de son frère aîné, Rinaldo, qui avait hérité du titre de baron d'Orlac. Il défendait deux convictions : dans la vie, il fallait toujours se tenir prêt à saisir les opportunités qui pouvaient se présenter à n'importe quel moment ; tout un chacun était en mesure de s'élever grâce à ses propres mérites.

Au cours de la longue traversée sur le brigantin, il n'avait pas perdu son temps. Il connaissait sur le bout des doigts le mémoire du capitaine Bouligny à propos de la Louisiane. Il s'était par ailleurs informé de la situation concernant la révolution américaine en lisant la *Gazette de Leyde*, le journal étranger de référence qui assurait une couverture très complète sur la question sans trop d'ingérences gouvernementales.

Il fut étonné de constater qu'à peine une demi-douzaine d'officiers supervisaient les manœuvres d'amarrage sur le quai. Lorsqu'on plaça la planche pour le débarquement, ils demandèrent l'autorisation de monter à bord. Celui qui dirigeait le groupe devait être le gouverneur sortant, don Luís de Unzaga, supposa Sebastián. Cependant, l'homme qui s'approcha de lui la main tendue se présenta comme Tomás Durán, secrétaire du Malaguène.

— Bienvenue en Louisiane, señor Orlac, déclara Durán. Vous souhaitez certainement vous reposer après un si long voyage depuis l'Espagne. J'ai pris des dispositions pour que don Bernardo de Gálvez reçoive le commandement militaire et passe en revue les troupes du régiment d'infanterie ainsi que de la milice la semaine prochaine.

Telle était donc la raison de l'absence de soldats et de civils.

— Le señor Gálvez remercie la discrétion avec laquelle vous l'accueillez. Nous aurons bien le temps de célébrer, répondit Sebastián sur un ton sincère.

— La cérémonie d'allégeance de la province aura lieu au moment du départ du señor Unzaga, dans un mois.

Je l'accompagnerai en Espagne. En attendant, vous serez logé chez moi, l'informa Durán en souriant. Nous vous avons installé dans une partie paisible de la maison. Nous attendons la naissance de notre deuxième enfant d'un instant à l'autre.

Au cours des froides journées qui suivirent, les bras droits des gouverneurs Unzaga et Gálvez se réunissaient régulièrement. Tomás Durán présenta Sebastián Orlac aux officiers en charge de la gestion de la colonie, répondit à toutes ses questions et évoqua avec lui les sujets les plus épineux.

— Il nous faudrait davantage de troupes pour un territoire si vaste et aussi peu peuplé, résuma Durán un matin tandis qu'ils sirotaient un verre de xérès dans la pièce qui lui faisait office de bureau. Il serait bon de faire venir des colons espagnols et de promouvoir l'agriculture. Il est important de ne pas négliger les relations avec les Indiens afin qu'ils restent fidèles à l'Espagne. Enfin, la contrebande, qui est fort préjudiciable à nos revenus, doit être contrôlée, en sachant qu'il est malaisé de trouver un équilibre qui satisfasse à la fois notre souverain et les négociants de la province. Ce n'est pas un territoire facile, je vous l'assure.

— Oui, cela fait écho avec ce que j'ai lu dans le mémoire du capitaine Bouligny. Le connaissez-vous ? s'enquit Sebastián.

— Il devrait revenir d'Espagne prochainement. Son épouse l'attend, une créole, Louise Le Sénéchal. Quoique très ambitieux, Bouligny est quelqu'un de fiable.

— Je vous remercie infiniment pour votre patience et votre franchise.

Sebastián remua sur son fauteuil et contempla la frange du fleuve derrière la place d'Armes, avant d'aborder une question qui le préoccupait particulièrement.

— J'aimerais soulever un dernier point, finit-il par dire enfin en fixant son hôte, l'indépendance des colonies américaines.

Tomás Durán s'agita.

— Auriez-vous des nouvelles d'Espagne ?

Sebastián hésita quelques secondes à lui parler à cœur ouvert, mais il n'avait aucune raison de se méfier de Durán.

— L'ambassadeur espagnol en France a reçu les délégués américains Franklin, Lee et Deane. Son Excellence est très favorable à une alliance avec la France pour faire la guerre à la Grande-Bretagne et éradiquer, ou tout du moins affaiblir, sa présence dans le golfe du Mexique, afin de garantir la sécurité et le commerce de nos possessions dans le Nouveau Monde. En attendant que le roi décide quelle sera sa posture officielle dans ce conflit, le gouverneur a reçu des directives officieuses pour à la fois soutenir le mouvement indépendantiste des colonies américaines et éviter un affrontement militaire avec l'Angleterre. Si je comprends sa stratégie, elle ne sera pas facile à mettre en œuvre…

— Je peux vous garantir que ce n'est pas si difficile.

Sebastián arqua les sourcils. Durán lui expliqua que des marchandises sollicitées par les rebelles de Virginie avaient été envoyées par bateau sur le Mississippi.

— Notre contact direct est l'Irlandais Oliver Pollock, ajouta-t-il, un négociant connu ici, à La Nouvelle-Orléans, qui travaille en tant qu'agent d'approvisionnement des Américains. Depuis l'Espagne, don Diego de Gardoqui nous aide ; nous attendons cent soixante-dix mille dollars espagnols et des marchandises d'une valeur de près d'un million.

— Une somme importante, dit Sebastián en secouant la tête avec étonnement.

— Je ne vous le fais pas dire. Nous espérons recevoir mousquets, baïonnettes, munitions, poudre, grenades, canons, tentes, uniformes et quinine, que nous enverrons aux rebelles. Le tout est parti d'Espagne et arrivera ici en passant par La Havane. Pollock se charge des relations avec les révolutionnaires américains. La seule chose qui nous préoccupe est la défense du Mississippi et de La Nouvelle-Orléans, qu'il faut renforcer car les Anglais pourraient venir jusqu'ici sans difficulté.

Sur ces entrefaites, on frappa à la porte et Durán se leva d'un bond. Sa femme était peut-être en couches. Ce fut précisément elle qui entra.

— Excusez-moi de vous interrompre, dit Margaux avant d'ajouter en souriant à l'adresse de Sebastián : Mes parents vont donner dans leur plantation une petite fête de bienvenue en l'honneur du nouveau gouverneur. Ce sera samedi à midi. J'espère que le señor Gálvez et vous-même accepterez leur invitation. Vous n'imaginez pas à quel point mon père est tenace.

— J'en témoigne, murmura Durán en souriant.

— Ce sera un plaisir de faire la connaissance de votre famille, señora, dit Orlac en inclinant légèrement la tête.

Suzette posa sur sa coiffeuse en marbre les pinces en fer chaudes avec lesquelles elle tentait d'onduler ses cheveux. Elle n'avait ni l'habileté ni la patience d'Anne, pas plus qu'elle n'était d'humeur à se pomponner. Ses parents avaient organisé un déjeuner avec plusieurs militaires espagnols auquel elle n'avait aucune envie d'assister. À cet instant, elle aurait dû se trouver loin d'ici, auprès d'Ishcate. Elle n'avait pas le cœur à converser ou à festoyer.

— Ah, te voilà, s'écria-t-elle en souriant lorsqu'elle vit sa servante entrer dans la chambre. J'espère que tu pourras arranger ce désastre.

En guise de réponse, la jeune femme lui remit une lettre.

— Elle vient d'arriver, elle a été envoyée du poste Arkansas.

Intriguée, Suzette la décacheta. Le commandant Villiers lui faisait parvenir un message de la part d'un Indien nommé Ishcate. Son cœur se mit à battre la chamade. Elle comprit aussitôt la teneur de la missive.

— Anne ! Ishcate viendra me chercher au printemps ! s'exclama-t-elle en tournoyant dans sa chambre, saisie d'une subite énergie. Dieu merci, il va bien ! Je me suis tellement inquiétée !

Anne se força à sourire. Elle était aussi préoccupée que sa maîtresse était enjouée. Elle attendrait le dernier moment pour lui avouer que jamais elle ne quitterait La Nouvelle-Orléans, car elle voulait vivre près des marécages où se cachait Bamboula. D'ici là, elle prierait pour qu'un événement empêche définitivement le projet insensé de sa maîtresse de se concrétiser.

— Je suis contente de vous voir si heureuse, madame.

Le sourire du visage de Suzette ne s'effacerait pas de la journée.

Dans la plantation Auvergne, ses parents s'aperçurent tout de suite de son changement d'attitude.

— Ma chère Blanche, tout est parfait, dit Girard à l'oreille de son épouse. Et une fois de plus, je dois vous donner raison…

Les étagères garnies de livres, la table de billard en acajou, les tables basses qui faisaient aussi office d'échiquiers, le globe terrestre et le globe céleste, ainsi que les miroirs sertis de cadres dorés scintillaient et confortaient la sensation d'opulence.

Blanche inclina la tête et le regarda avec coquetterie. Son mari avait d'abord envisagé d'inviter toutes ses connaissances pour impressionner le nouveau gouverneur. Elle l'avait toutefois persuadé d'organiser une rencontre intime, un déjeuner, en arguant qu'elle ne préparerait pas une fête où d'autres jeunes filles minauderaient devant deux hommes brillants et célibataires – Gálvez et Orlac –, alors qu'il fallait trouver un époux pour Suzette. À vrai dire, l'idée venait de Margaux, qui avait déjà demandé à Durán de vanter discrètement les vertus de sa belle-sœur auprès des nouveaux arrivants.

Pour l'heure, tout le monde semblait profiter d'une agréable discussion, animée à ce moment-là par le notaire Andrés Almonaster, un veuf âgé de quarante-huit ans que la famille Girard avait pris d'affection.

— Avez-vous remarqué Suzette ? ajouta Girard à voix basse. Elle est particulièrement souriante. J'ai l'impression qu'elle quitte le deuil et qu'elle est prête à reprendre sa vie sociale.

— Dans ce cas, il ne manque plus que la touche finale, répondit sa femme en chuchotant aussi.

Elle posa alors ses yeux sur la magnifique pendule murale et patienta quelques secondes que les oiseaux sortent des petites trappes. Lorsqu'ils sonnèrent treize heures, elle haussa la voix pour s'adresser aux invités :

— Messieurs dames, si vous le voulez bien, passons dans la salle à manger.

Blanche attendit que tous se lèvent et offrit son bras à Gálvez, qu'elle conduisit dans la pièce attenante pour lui indiquer sa place. La grande table était admirablement décorée de fleurs dans des vases délicats, d'assiettes en porcelaine blanche et de couverts en argent. Elle avait assis Suzette à gauche du gouverneur et en face de son secrétaire : elle savait que c'était viser très haut, mais pouvait-elle imaginer un meilleur parti pour sa fille que le jeune Gálvez ?

— Vous êtes donc de Málaga, comme le señor Unzaga ? demanda par politesse Suzette à don Bernardo.

Elle se sentait intimidée par la présence de cet homme au visage rectangulaire, au front large et aux yeux vifs.

— D'un village voisin appelé Macharaviaya, répondit-il.

— Comment est-il ?

— Petit, froid en hiver, chaud en été, mais pittoresque. Les collines qui ondulent jusqu'à la mer sont couvertes de genêts balayés par le vent, de figuiers de barbarie, d'oliviers et d'amandiers.

— Vous oubliez les vignes, señor, intervint Sebastián, avec une lueur de malice dans son regard clair et sincère.

Le nouveau gouverneur lui retourna un sourire franc.

— Les vignes, bien sûr.

— Êtes-vous aussi de Málaga ? demanda Suzette à Sebastián.

— Hélas, je viens d'un endroit moins poétique, quoique bien plus vibrant. Madrid, la capitale.

Suzette rit du bon mot. Elle avait conclu de son court instant passé en compagnie de ces messieurs espagnols qu'en comparaison avec Ishcate, aucun homme ne l'attirait, même si, en toute objectivité, Sebastián était un jeune bien fait de sa personne, grand, aux cheveux châtains, aux yeux marron et aux traits proportionnés. Il dégageait vigueur et détermination. On voyait qu'au-delà du respect évident qu'il témoignait à son supérieur, il considérait Bernardo comme un ami.

— Que pouvez-vous nous raconter sur La Nouvelle-Orléans et de la province ? lui demanda ce dernier.

Suzette réfléchit quelques secondes.

— J'ai trois conseils à vous donner, commença-t-elle en les énumérant sur ses doigts. Nous sommes en décembre, mais quand la chaleur et les moustiques arriveront, n'y prêtez pas trop attention, vous vous y habituerez vite ; n'essayez pas de convaincre les habitants de la Louisiane de renoncer aux produits français, aussi délicieux soient le vin, les olives et l'huile espagnols ; et demandez à votre roi des médailles plus grandes pour contenter les Indiens.

Sebastián la regarda, perplexe. Il s'attendait à des remarques sur la beauté des paysages, les coutumes créoles ou les plats typiques. Or, elle lui avait fait passer des messages clairs sur le commerce et les affaires indiennes. Il dut reconnaître qu'il se sentait à son aise en compagnie de cette femme menue âgée de vingt et un ans. Elle avait un joli visage rond, des yeux vifs, un port élégant et semblait intelligente.

Tout le monde autour de la table avait entendu l'ingénieuse réponse de Suzette.

— Nous parlons toujours de tout devant nos enfants, cela participe de leur éducation, intervint Girard sans faire cas de Blanche qui lui faisait signe de rester à l'écart de la discussion. Aussi bien Margarita que Susana s'y connaissent en affaires et en politique. Elles ont beaucoup lu. En témoigne la quantité de livres que nous possédons ici.

— Comment nous avez-vous appelées, Père ? demanda Margaux en faisant mine d'être fâchée.

— Par déférence pour nos hôtes espagnols, j'ai pensé traduire nos noms. Le mien aussi : Jerónimo.

Son accent fit rire l'assistance.

— Et moi, Père ? interrogea la benjamine de la tablée.

— Victoria ! intervint le notaire Almonaster, amusé. Et vous…

— Julio et Gabriel.

Ce fut Sebastián qui traduisit au vol les prénoms des deux jeunes Girard. Les garçons regardaient les deux militaires espagnols avec une admiration béate.

— Son prénom à lui ne change pas, réagit Victoire, les sourcils froncés, scrutant son grand frère comme si quelque chose lui échappait.

— C'est parce que nos pays ont des racines communes, expliqua Sebastián en se tournant vers Girard. Nous avons beaucoup de similarités. Personne ne changera ce qui n'a pas besoin de l'être.

Pour le plus grand plaisir de Suzette, la conversation prenait un tour intelligent.

— Qui décide ce qui doit l'être ?

— Eh bien pour commencer, mon cher Jerónimo, dit son épouse, avant que la discussion n'emprunte des chemins politiques scabreux, si cela ne vous ennuie pas, je décide que je continuerai à m'appeler Blanche. Mon gendre m'a raconté un jour qu'en Espagne, les filles ne s'exprimaient pas librement dans les réunions de famille, ajouta-t-elle à l'adresse du nouveau gouverneur.

Ce dernier comprit que la maîtresse de maison défendait la franchise de sa fille tout en essayant de le mettre à l'épreuve.

— Je suis convaincu que le señor Durán se sent fortuné d'avoir à ses côtés une épouse avec laquelle débattre des multiples sujets qui requièrent son attention.

— Tout à fait, réagit Durán. J'admire l'éducation qu'a reçue Margaux. Un homme instruit a besoin d'une épouse intelligente. C'est la formule qui garantit un mariage harmonieux.

Blanche sourit en adressant un regard triomphant à son mari.

Suzette avait fait une fort bonne impression sur les deux hommes, cela sautait aux yeux. Que le gouverneur jette son dévolu sur leur fille était sans doute trop demander, mais le señor Orlac était lui aussi un parti intéressant. Girard avait appris que son frère aîné possédait le titre de baron. Leur cadette pourrait s'apparenter à la noblesse.

La graine avait été semée. Il fallait à présent attendre qu'elle germe et donne des fruits.

27

La Nouvelle-Orléans, janvier 1777

SUZETTE avait tant à faire qu'elle ne trouvait pas le temps de réfléchir sereinement à son avenir.

Le surlendemain du déjeuner avec le nouveau gouverneur Gálvez et le señor Orlac, Margaux accoucha. À peine remise, elle dut commencer à emballer ses affaires. Suzette l'aida, stupéfaite par la force que déployait sa sœur pour diriger les opérations, et par son enthousiasme à l'idée d'entreprendre ce long voyage qui la conduirait en terre inconnue avec deux enfants en bas âge.

Suzette allait et venait entre la demeure de Margaux et la plantation Auvergne. Elle se promenait ou déjeunait en compagnie de Sebastián Orlac, que ses parents avaient invité à toutes les fêtes de famille entre Noël et le jour de l'An, prétextant qu'il était seul. Gálvez passait quant à lui son temps dans la résidence des Saint Maxent, car, disait-on, il était intéressé par leur cadette, Félicité, qui se trouvait être la belle-sœur de Luis de Unzaga. Lorsque, au cours d'une conversation, quelqu'un évoquait la chance des Saint Maxent, au comble du bonheur de voir chacune de leurs deux filles mariée avec un gouverneur, Blanche ravalait sa jalousie et priait pour que, au moins, la relation entre Suzette et Sebastián se concrétise.

Le 1er janvier, la cérémonie officielle d'allégeance de la province au nouveau gouverneur se déroula sur la place d'Armes, devant le régiment d'infanterie de Louisiane. Suzette put y assister depuis un emplacement privilégié grâce à l'invitation personnelle que Sebastián lui avait adressée à elle ainsi qu'à sa famille. Elle prit plaisir à contempler la tache homogène que formaient les tricornes, les casaques blanches et les culottes bleues, immobiles face à Gálvez, sérieux, droit et élégant dans sa tunique sombre ornée de passementerie dorée. Elle ne pouvait cependant cesser de penser que le temps passait trop vite. Margaux allait bientôt partir. Sebastián entrait peu à peu dans sa vie.

Elle devait prendre une décision.

L'heure des adieux arriva.

À côté de la rampe d'accès au bateau qui emporterait sa sœur loin de La Nouvelle-Orléans, Suzette la serra dans ses bras sans parvenir à retenir ses larmes.

Jusqu'à cet instant, elle n'avait pas vraiment pris conscience que Margaux allait beaucoup lui manquer. À l'exception de ce qui concernait Ishcate, elle avait partagé avec sa sœur au cours des dernières semaines confidences, moments de peine et de fête, nouvelles arrivées et départs. Suzette avait une fois de plus le sentiment que la vie filait trop vite. Alors que ses souvenirs d'enfance étaient encore frais dans sa mémoire, elle et sa sœur étaient déjà devenues deux jeunes mères et allaient suivre des chemins différents. Elles seraient séparées par les eaux du golfe du Mexique et ne pourraient plus se retrouver quand elles le souhaiteraient. Elles se verraient au mieux une fois l'an. Leur relation allait désormais devenir épistolaire.

— Ma chère Suzette, dit Margaux en reculant un peu pour lui caresser le visage, reprends ton calme. La vie est faite de rebondissements. Le destin qui est celui de mon mari aujourd'hui n'est peut-être que provisoire.

Suzette pleurait aussi parce qu'elle ne pouvait lui confier son secret ni les doutes dont elle se sentait assaillie.

Elle était en guerre contre elle-même.

Elle portait son propre ennemi en elle.

Ishcate viendrait la chercher au printemps. Était-elle toujours convaincue que c'était réellement ce qu'elle désirait ? Si elle souffrait tant de la séparation imminente avec Margaux, pourrait-elle supporter de s'éloigner volontairement de sa famille ? Son amour pour Ishcate pourrait-il lui procurer un bonheur si grand qu'elle n'éprouverait jamais de regrets ? Sa fille Adrienne lui reprocherait-elle un jour d'avoir égoïstement fait passer ses sentiments avant la raison ?

Elle n'avait pas vu Ishcate depuis des mois. Suzette l'aimait, mais elle avait réussi à surmonter son chagrin. Dernièrement, les moments de rires et de distraction s'étaient même multipliés lors des retrouvailles familiales.

Elle se disait parfois que l'idée que l'on se faisait de l'amour était plus intense que ce que l'on vivait réellement.

Sa sœur n'éprouvait peut-être pas de passion ardente pour Tomás Durán, pour autant jamais elle ne se départait de son sourire. En revanche, elle, même si Ishcate la comblait dans ses désirs, vivait aux prises avec l'inquiétude, l'angoisse, la peur et l'incertitude.

Le navire commença à s'éloigner. Suzette se tenait immobile, contrite. Sebastián s'approcha d'elle.

— Cela me brise le cœur de vous voir si triste, señora, d'autant que je sais, puisque j'ai souvent eu à faire des adieux, que rien de ce que je pourrais dire ne vous consolerait.

— Dites-moi seulement que ma sœur sera en sécurité au Venezuela. Je crains que l'esprit indépendantiste ne soit contagieux. Et si les tambours de guerre se mettent à retentir là-bas aussi ?

— Pour l'instant, ce territoire est paisible. Et votre beau-frère est un homme prudent. Il prendra grand soin de Margaux.

Suzette acquiesça. La voix de Sebastián était toujours caressante, et ses paroles, pertinentes.

— Le jour où plus personne ne se sentira opprimé arrivera-t-il ? Tout le monde lutte pour se libérer des chaînes que d'autres leur ont mises.

Suzette parlait de politique, mais aussi d'elle-même. Elle se sentait opprimée par l'amour d'Ishcate – une chaîne qui commençait à lui peser.

— Il en est effectivement ainsi dans tous les endroits où j'ai combattu. Les discours officiels évoquent de nobles idéaux pour justifier la guerre, alors qu'en réalité, ce sont toujours des intérêts, le plus souvent commerciaux, qui la motivent. Durant ma lutte contre les Apaches, lorsque j'ai été affecté en Nouvelle-Espagne, j'ai appris que les Indiens se vengeaient des affronts que nous leur avions infligés. Les Apaches se battent soit par nécessité, soit par haine. La nécessité se comprend aisément. La haine, en revanche, naît du désir de vengeance. Et la vengeance appelle la vengeance, ce qui crée un cercle vicieux de violence.

Suzette avait besoin d'Ishcate et le haïssait de l'avoir abandonnée. À deux reprises, elle avait été sur le point de s'enfuir avec lui – la première fois, emportée par son élan amoureux, la seconde, après une décision réfléchie – et elle se trouvait encore là, à La Nouvelle-Orléans, menant toujours la même vie, qui avançait avec une lenteur angoissante chaque fois qu'elle pensait à lui et avec une rapidité vertigineuse quand elle se laissait porter par les événements autour d'elle.

L'absence d'Ishcate lui était insupportable ; sa sœur partait loin ; Sebastián était bien trop près.

Kappa, village quapaw, près du poste Arkansas, janvier 1777

Ishcate s'était cru invincible.

Pour lui, la véritable force se gagnait grâce à la persévérance, à la puissance de l'âme et au respect voué au Grand Esprit. Il était possible de surmonter les vicissitudes de la vie si l'on comprenait leur véritable nature : ce n'étaient que des épreuves sur le chemin de l'existence.

Néanmoins, rien ne l'avait préparé à affronter une telle horreur.

Il assistait à la disparition de tout un village.

On enterrait chaque jour plusieurs habitants, pour la plupart des personnes âgées et des enfants, mais aussi des hommes et des femmes jeunes.

Les soldats du poste Arkansas ne laissaient personne entrer ni sortir de Kappa et veillaient à ce que les corps soient rapidement déposés au fond de fosses creusées dans un terrain voisin, au lieu d'être ensevelis sous les habitations comme le voulait la coutume. Dans de telles situations extrêmes, plus rien ne semblait revêtir d'importance et tout perdait du sens : l'heure n'était pas aux adieux traditionnels ni aux rites de deuil. Le monde se réduisait à un petit cercle d'êtres humains isolés, menacés par la variole à l'intérieur et par les fusils à l'extérieur.

La seule information qu'Ishcate avait réussi à obtenir du dehors était que la maladie n'avait pas atteint l'établissement des Kaskaskia au bord de la White River, ce qui lui laissait penser que son père, ses frères et leurs familles se portaient bien. En remerciement pour l'aide apportée par les Kaskaskia lors d'une attaque des Chickasaw contre le fort Arkansas, le commandant Villiers les avait finalement autorisés à s'installer à cet endroit.

Sous sa tente, Ishcate s'emmitoufla dans ses fourrures. Le froid était glacial. Il était seul et n'avait rien d'autre à faire qu'attendre qu'on vienne lui demander de creuser une nouvelle tombe. Il gelait, mais ses muscles le brûlaient, conséquence des heures, des jours et des semaines à piocher la terre durcie par l'hiver.

Il entendit quelqu'un l'appeler et se leva. Mikakh passa sa tête sous le pan de cuir qui fermait sa tente.

— Sarazen veut te voir, murmura-t-elle.

Ishcate la suivit d'un pas rapide. Les épaules de la jeune femme se courbaient davantage chaque jour. Elle avait enterré deux de ses trois enfants et à présent, elle était au chevet de son mari. On les accusait, elle et les autres femmes qui avaient été enlevées par les Osage, d'avoir apporté la maladie chez les Quapaw. À la douleur de la perte de leurs proches s'ajoutaient les regards suspicieux et réprobateurs de ceux qu'elles considéraient pourtant comme des leurs.

Ishcate s'agenouilla auprès de son ami. À quelques pas de lui, la jeune Kawutz portait dans ses bras le dernier enfant de Mikakh encore en vie.

Ishcate avait du mal à reconnaître le visage de Sarazen, couvert de pustules ressemblant à de petites balles incrustées sous sa peau. Il n'était pas nécessaire de le toucher pour comprendre qu'il avait beaucoup de fièvre, car il suait et grelottait malgré les fourrures qui l'enveloppaient.

— Laissez-nous seuls, demanda Sarazen.

Il attendit que Mikakh et Kawutz soient sorties pour se livrer péniblement à Ishcate.

— Wah-kon-tah m'appelle, mon ami. Je retrouverai bientôt mes ancêtres et mes enfants.

— La maladie suit son cours normal, répondit Ishcate. Tu es fort. D'autres se sont rétablis. Dans quelques jours, la fièvre tombera et tes boutons deviendront des croûtes. Tu seras encore plus moche qu'avant, mais je t'assure que nous chasserons à nouveau ensemble.

La plaisanterie d'Ishcate arracha un léger sourire à Sarazen.

— Un homme sait quand son heure arrive. Le Grand Esprit offre à chacun de nous une chanson. J'ai chanté la mienne. Je t'ai appelé pour te demander trois choses. Prends soin de Mikakh et de mon fils lorsque je ne serai plus de ce monde.

— Tu sais que je le ferai.

— Prends Kawutz pour épouse, il te faut une femme indienne.

Ishcate pensa à Suzette. Elle occupait constamment son esprit. Il l'imagina sous cette tente, ou dans une des cabanes en bois à côté du poste, et sa raison lui répéta une fois de plus qu'elle n'était pas faite pour endurer le froid ni le contact direct avec la terre. Mais ses sentiments restaient inchangés : il la désirait et la voulait auprès de lui.

— Je ne peux pas te promettre cela.

— Au moins, j'aurai essayé…

Ce fut au tour d'Ishcate de sourire.

— Et la troisième chose ?

— Fais en sorte que jamais nous ne nous unissions aux Anglais et aux Chickasaw. La vie repartira après cette épidémie dévastatrice, comme si de rien n'était. Il faudra prendre de nouvelles décisions. Je crois qu'une alliance entre les Quapaw, les redoutables Osage et les Espagnols sera toujours préférable à toute autre.

— Cette promesse-là, je peux te la faire. Je suis du même avis que toi, mais je doute que les Osage veuillent se rapprocher de nous. Tu te souviens de tous les hommes que nous avons tués pour délivrer ton épouse ? Les Espagnols nous ont payé un bon prix pour les nombreux scalps que nous leur avons rapportés.

— Si vous leur proposez qu'il y ait un négociant officiel osage au poste Arkansas, ils accepteront un accord. C'est ce qu'ils veulent, commercer aussi bien à Saint-Louis qu'ici. Si vous vous réunissez, n'oublie pas de faire cette suggestion. La vérité, c'est ce que les gens croient. Convaincs-les.

— Je m'en souviendrai.

— Bien.

Sarazen ferma les yeux et demeura longuement en silence avant de murmurer :

— Nous avons vécu beaucoup de choses ensemble, toi et moi.

Des images fugaces du moment où il avait sauvé Ishcate lui vinrent à l'esprit. La cabane dans le jardin des Girard. Les allées et venues à La Nouvelle-Orléans. Les journées de chasse, les rires. Leur amitié avait perduré, inébranlable, même après son mariage avec Mikakh et la naissance de leurs enfants. Son bon *kkóta* kaskaskia l'avait aidé à la libérer des griffes des ravisseurs. Il avait aussi enterré ses deux fils aînés. Son *kkóta,* son ami. Sarazen frissonna. La douleur qui accablait son âme était plus difficile à supporter que celle de son corps. Mais il n'était qu'un être insignifiant, contraint d'accepter la volonté du Grand Esprit. Peut-être devait-il mourir pour aller retrouver ses enfants, si seuls dans les ténèbres de l'inconnu.

— Mikakh..., murmura-t-il.

La femme, qui ne s'était pas éloignée de l'entrée, s'approcha et s'agenouilla à côté de lui.

Ishcate chercha la main du moribond sous les peaux et la serra fort. Il ne dit rien car il redoutait de lui transmettre le profond chagrin qui l'envahissait. Il ne savait pas de quelle manière lui montrer combien son amitié avait compté pour lui. Sarazen lui avait sauvé la vie et l'avait accueilli dans sa famille comme un frère. Il lui manquerait tellement qu'une douleur envahissait sa poitrine. Ishcate s'accrochait à l'espoir que Sarazen vaincrait cette maudite maladie.

Il retourna dans son tipi et attendit, immobile, car il n'avait ni la capacité ni la volonté de faire quoi que ce soit.

Il veilla toute la nuit, écoutant le vent glacial frapper les peaux des tentes. C'était pour lui le signe que le Grand Esprit cherchait un tipi sur lequel descendre.

Le lendemain matin, Kawutz l'informa que Sarazen avait rendu son dernier souffle à l'aube.

Ishcate gagna le lieu qui avait été désigné comme cimetière et se mit à piocher rageusement la terre gelée. Il lui fallut des heures pour creuser la tombe de son ami, des jours pour accepter l'idée que jamais plus il ne le reverrait.

Puis il fut bientôt pris de fièvre, de malaises, de maux de tête, de vomissements. Des taches rouges apparurent sur sa langue et dans sa bouche, qui devinrent des plaies ouvertes. Des pustules apparurent peu à peu sur sa figure, ses bras, ses mains et son torse.

Lui, qui se croyait invincible, avait été contaminé par la variole. Les miasmes de la mort planaient aussi sur son tipi.

Dans ses nuits de délire, il entrevoyait le visage de Suzette, qui lui parlait avec la voix de Kawutz.

28

La Nouvelle-Orléans, juin 1777

Ce printemps, le temps avait été clément, et la guerre qui opposait les Anglais et les colons américains ne semblait pas affecter La Nouvelle-Orléans et encore moins les territoires situés à l'ouest du Mississippi. Il n'y avait donc aucune raison climatologique ou militaire qui empêchait Ishcate de tenir sa promesse. Cependant, les semaines passaient et il n'était toujours pas venu chercher Suzette. L'acquéreur intéressé par sa maison s'impatientait des ajournements consécutifs de la vente. Suzette dut emprunter de l'argent à son père pour faire face aux dépenses quotidiennes. Elle était consciente que ses parents avaient du mal à la comprendre : elle ne voulait pas s'installer à la plantation Auvergne avec eux, pas plus qu'elle avait emménagé dans un logement plus petit. Elle se limitait à compter les jours, à attendre.

Faire comme si de rien n'était devant ses proches l'épuisait. De plus, sa mère s'était lancée dans une campagne ouverte en faveur de Sebastián. Sous le nouveau prétexte que les conversations avec un négociant et militaire rompu comme Girard pouvaient être utiles au trentenaire, la plupart des réunions de travail entre les deux hommes se terminaient par une invitation à déjeuner ou à dîner les jours où, comme par hasard, Suzette se trouvait chez eux.

Sebastián Orlac semblait désormais faire partie de la famille, et Suzette devait reconnaître qu'elle s'était habituée à sa présence. Les promenades autour du lac Pontchartrain étaient devenues une habitude aussi agréable qu'apaisante.

Un matin de juin, Suzette perçut une humeur sombre chez Sebastián, d'ordinaire communicatif, spirituel et allègre.

— Quelque chose vous tracasse, señor ? lui demanda-t-elle.

— Si je vous répondais en toute franchise, je crains de vous assommer avec un long monologue ennuyeux autour de problèmes et de questions politiques.

— Commencez par le plus grave et peut-être vous aiderai-je en vous donnant mon point de vue.

Sebastián la regarda. La jeune femme avait toujours été sincère avec lui.

— Le commandant Villiers a assisté aux pourparlers de paix entre les Osage et les Quapaw. Il a notamment été convenu qu'un négociant officiel travaillerait pour les Osage au poste Arkansas...

Suzette leva les yeux au ciel.

— Si vous aviez interrogé mon père, il aurait refusé catégoriquement. Il est difficile de traiter avec les Osage, il vaut mieux qu'ils commercent uniquement au poste de Saint-Louis.

— Villiers décrit dans son rapport les accolades et bonnes paroles que le chef quapaw Guatanika et les six Osage ont échangées. Un interprète a servi de médiateur, un homme que Villiers tient en haute estime et qui apparemment connaît votre père.

— Ce doit être Sarazen.

Le pouls de Suzette s'accéléra. Elle lui raconta les circonstances dans lesquelles sa famille avait rencontré le Quapaw des années auparavant. Parler de Sarazen et se remémorer cette époque l'amenait inévitablement à penser à celui à qui elle avait donné son cœur. Forçant un sourire, elle essaya de paraître spontanée.

— La vie a fait que nous sommes restés en contact, conclut-elle, quoique de loin en loin.

— J'ai le regret de vous informer que ce Sarazen a péri au cours de la terrible épidémie de variole qui a décimé son village.

Suzette éprouva physiquement l'impact de la nouvelle. Elle déplorait sincèrement la mort du Quapaw, mais une autre préoccupation la hantait : Ishcate allait-il bien ? Et s'il n'avait pas respecté sa promesse pour une raison aussi inacceptable que la mort ? Elle serra les paupières afin de briser le voile de larmes qui lui était monté aux yeux sans crier gare.

— Dans ce cas, je suppose que l'interprète doit être son ami Ishcate…, murmura-t-elle tandis que la peur tordait ses entrailles.

— Oui, je crois que c'est le nom que M. de Villiers a mentionné, dit Sebastián en remarquant la pâleur du visage de Suzette. Je suis désolé de vous avoir consternée avec ces tristes nouvelles.

Submergée par un tourbillon d'émotions, elle se tourna vers le lac. Le soulagement d'apprendre qu'Ishcate était en vie n'avait duré que le temps d'un soupir. S'il n'était pas mort, pourquoi n'avait-il pas tenu sa promesse ? S'il avait le temps, la santé et l'énergie d'assister à des pourparlers de paix, pourquoi n'était-il pas venu la chercher ? Ah, jamais elle ne le lui pardonnerait. D'après ce qu'elle déduisait du récit de Sebastián, Ishcate continuait à travailler et à mener sa vie tandis qu'elle se consumait d'impatience. Ce qu'elle avait pu être naïve ! N'avait-elle pas entendu son père répéter des dizaines de fois que les Indiens n'étaient pas des hommes de parole ? Elle avait perdu trop de temps à penser à lui, à l'attendre, à s'imaginer vivre à ses côtés dans une humble cabane dans le Nord… Elle avait été prête à renoncer à sa famille et à son confort pour lui ! Pour un homme qui avait peut-être déjà rencontré une autre femme !

Tout son amour se mua soudain en colère.

Elle ferma les yeux et inspira profondément avant de se retourner vers Sebastián, qui avait respecté son silence. Elle lui indiqua d'un signe qu'ils pouvaient poursuivre leur promenade. Les rayons du soleil faisaient scintiller les eaux du lac.

— La mort de Sarazen m'a attristée. C'était un homme bon… Mais je vais bien, ne vous en faites pas, señor Orlac.

Pour la première fois depuis qu'ils se connaissaient, et sans réfléchir, Suzette prit le bras de l'officier pour continuer à marcher. Elle ne s'en aperçut que lorsqu'elle le vit fixer sa main. Elle voulut aussitôt la retirer, mais d'un geste tendre, il l'en empêcha.

— Je vous en prie, restez près de moi : je serai ravi d'être un soutien pour vous dans ces moments… et ceux qui viendront.

Suzette sourit et le remercia.

— Ne me remerciez pas trop vite, répliqua-t-il pour essayer de l'égayer, tandis que ses yeux pétillaient de son habituelle malice. Je ne vous le propose qu'à deux conditions, qui ne sont pas négociables.

Suzette le regarda, intriguée.

— La première est que vous m'appeliez par mon prénom, dit-il. La seconde est que nous nous tutoyions.

Suzette composa une expression faussement sérieuse et hocha la tête en signe d'acquiescement.

— Marché conclu.

— Ah ! se réjouit-il. Si seulement les négociations entre Villiers et les tribus indiennes avaient aussi bien abouti.

— Comment se sont-elles terminées, *Sebastián* ? demanda-t-elle en insistant sur le prénom. J'ai du mal à comprendre que des pourparlers de paix puissent être problématiques.

— Le gouverneur est également d'avis qu'il faut maintenir les Osage au nord, c'est pourquoi il a abrogé l'accord. En conséquence, lorsqu'ils sont arrivés au lieu convenu pour vendre leurs marchandises et que le négociant n'était pas là, ils ont envoyé sept hommes auprès du commandant Villiers pour lui rappeler ce qui avait été décidé. De retour dans leurs villages, cinq d'entre eux ont été assassinés. Les deux survivants ont tué et scalpé trois Français. Chasseurs et commerçants français accusent à présent les Espagnols de les avoir attaqués, et les Osage comme les Quapaw nous considèrent indignes de confiance. Ils vont donc probablement grossir les rangs des Indiens alliés aux Britanniques.

Suzette réfléchit quelques instants.

— Veux-tu connaître mon point de vue ?

— Comme toujours, répondit-il sans hésiter.

— À votre place, je convoquerais une rencontre entre le gouverneur et toutes les tribus de son territoire, de La Nouvelle-Orléans à l'Arkansas. Montrez-leur que c'est un homme puissant, qui refuse d'engager des pourparlers dans de petites réunions, mais qui traite avec les chefs. Organisez une cérémonie solennelle au cours de laquelle ils recevront de ses propres mains armes et présents.

Sebastián s'arrêta pour la regarder.

— C'est une idée brillante. Non seulement l'incident sera oublié, mais nous consoliderons nos alliances et en créerons de nouvelles.

— Ah, la loyauté, murmura Suzette en entortillant le ruban de son chapeau de paille à larges bords. Il n'est rien de plus difficile à obtenir en ce bas monde.

— Je ne suis pas d'accord, Suzette, réagit Sebastián, qui s'éclaircit la voix avant de lui confier le fond de sa pensée : Selon moi, il est encore plus difficile d'aimer.

— Il est plus facile d'aimer que d'être loyal. L'amour est un sentiment qui surgit et vole librement, tandis que respecter et honorer ses engagements exige un réel effort, ainsi que de la bonne volonté.

Songeur et intrigué, Sebastián fronça les sourcils et posa son regard sur les eaux sereines et bleutées du lac. Suzette était encore jeune pour avancer des affirmations aussi tranchées. Son veuvage précoce lui avait sans doute permis d'acquérir une telle maturité. Il regretta d'avoir perdu l'occasion de mieux formuler sa pensée. Il aurait voulu lui dire que, comme c'était son cas avec elle depuis quelque temps, il était difficile d'avoir la certitude d'être aimé en retour par l'élue de son cœur.

Sitôt de retour chez elle, Suzette s'en alla chercher Anne. Elle la trouva dans la buanderie, à côté de la cuisine, en train de finir de lisser, à l'aide d'une plaque de fer chaud, la dentelle amidonnée du col d'une chemise en lin. Depuis que sa maîtresse avait repris sa vie sociale, la bonne avait davantage de labeur. Suzette remarqua qu'elle avait l'air épuisée.

— Là où nous allons, tu n'auras pas à travailler autant, lui dit-elle. Va préparer les malles.

Le cœur d'Anne chavira. Depuis des mois, elle redoutait cet instant, et comme le temps passait sans nouvelles d'Ishcate, elle avait pris pour acquis qu'il ne viendrait plus, que les choses suivraient leur cours comme avant et qu'elle pourrait continuer à voir Bamboula. Elle était surprise de ne pas avoir eu vent de l'arrivée du Kaskaskia, mais si sa maîtresse parlait de voyage et de valises, cela signifiait qu'il n'y avait pas de retour en arrière possible. Elle ne pouvait plus retarder le moment de lui avouer la vérité.

— Madame, je ne peux pas partir avec vous, lui déclara-t-elle sans détour afin de dissiper le moindre doute. Vous m'avez donné le choix et j'ai choisi de rester. Je vous serais reconnaissante de bien vouloir me rédiger une lettre de recommandation.

Suzette cligna des yeux, perplexe. Elle s'aperçut qu'Anne était perturbée et lui cachait quelque chose.

— Puis-je savoir pourquoi ?

— J'ai mes raisons.

— Elles doivent être de poids pour que tu te risques à travailler ailleurs, où on ne te traitera pas comme je le fais.

Anne acquiesça, tête baissée, sans rien dire.

— J'aimerais les connaître, insista Suzette. Il n'y a pas de secrets entre nous. Serais-tu tombée amoureuse ? C'est cela ? demanda-t-elle en se rappelant les escapades furtives d'Anne. Si c'est le cas, je comprendrai. Personne ne mérite plus que toi de fuir la douleur que t'a infligée Bamboula. Maudit soit-il, où qu'il se trouve ; si ce lâche n'avait pas...

— Mon mari n'est pas un lâche ! la coupa Anne avant de baisser la voix. C'est un marron.

Suzette ouvrit la bouche, mais le choc l'empêcha de parler. Elle se mit à marcher de long en large.

— Il vit donc depuis toutes ces années dans les marécages ? finit-elle par demander.

Anne hocha la tête, les yeux rivés par terre, en regrettant de s'être emportée.

— C'est pour cela que je ne peux pas m'éloigner de La Nouvelle-Orléans.

— Ce viol ? Ta grossesse ? se souvint alors Suzette. L'enfant mort peu après sa naissance... ? C'était le fils de Bamboula...

La servante acquiesça de nouveau. Suzette s'arrêta devant elle.

— Regarde-moi, Anne.

Elle attendit que sa bonne lève la tête pour fixer longuement ses grands yeux noirs avant de reprendre la parole.

— Je ne peux imaginer les souffrances que tu as endurées. Tu aurais dû m'en parler pour décharger ta peine. Je crois que tu m'as mal comprise : je ne pars pas dans le Nord, mais chez mes parents. Je vais enfin vendre cette maison, solder mes dettes et me donner un peu de temps pour décider de mon avenir.

Ce fut au tour d'Anne de cligner des yeux avec stupeur, à la fois honteuse de sa maladresse et préoccupée. Elle voulait croire aux paroles chaleureuses et compréhensives de sa maîtresse, mais celle-ci savait maintenant où se trouvait son mari.

— Bamboula appartient à votre père. Vous n'allez pas...

Suzette secoua la tête en lui prenant les mains.

— Je garderai ton secret, comme tu as gardé le mien.

Anne perçut la force du pacte scellé et invisible qui les liait. Elles étaient toutes les deux condamnées à aimer clandestinement. La trahison de l'une signifierait la perdition de l'autre.

— Merci, madame. Est-ce que je peux vous demander la raison de ce changement ?

— Ishcate ne viendra pas, Anne. Il est possible qu'il me rende un grand service.

Elle allait devoir mentir à sa famille au sujet de Bamboula, mais cela lui était égal. Si son histoire d'amour était terminée, puisse au moins Anne vivre la sienne. Suzette serra les dents pour maîtriser les tremblements de son menton provoqués par la colère et son envie aussi soudaine qu'incontrôlable de sangloter. Elle ferait tout son possible pour oublier Ishcate. Elle se convaincrait de la grave erreur qu'elle avait commise en donnant son cœur et ses espoirs à un Indien.

Il avait fait le choix de continuer son existence sauvage. Puisqu'il en était ainsi, elle opterait pour la civilisation.

Pointe Coupée, septembre 1777

Sebastián fut chargé d'organiser la rencontre entre le gouverneur Gálvez et les tribus indiennes au poste que les Espagnols appelaient Punta Cortada, situé à environ trente-cinq lieues de La Nouvelle-Orléans, sur la rive gauche du Mississippi, après les forts anglais de Manchac et de Baton Rouge, qui eux se trouvaient sur la rive droite. Le trajet jusqu'à Pointe Coupée était relativement court : une dizaine de jours de bateau. Entre l'aller et le retour, la délégation espagnole – à laquelle s'était joint Jérôme Girard – ne s'absenterait pas plus d'un mois.

Sur le pont du bateau qui remontait le fleuve imposant, Sebastián passait de longues heures à contempler le paysage. Entre La Nouvelle-Orléans et Baton Rouge, au-delà des talus des berges, là où des arbres avaient été taillés, il avisait des plantations, avec leurs rangées de cabanes à esclaves et leurs moulins à sucre. La fumée qui s'élevait des tas de tiges indiquait que la récolte de la canne avait commencé. Derrière les sucreries se dressaient les murs sombres que formaient des centaines de cyprès.

Après Baton Rouge, une forêt dense remplaçait la plaine qui s'étendait sur les deux rives du Mississippi, comme si le fleuve était ceint par la nature. On apercevait toutefois quelques trouées ou des fermes.

Pourvu que la mission soit couronnée de succès. Que le gouverneur en personne daigne quitter La Nouvelle-Orléans pour aller lui-même porter des présents aux Indiens, exactement comme Suzette le lui avait suggéré au cours de leur promenade au bord du lac, était en soi extraordinaire. Naturellement, s'il avait appris une chose de son expérience passée avec les Indiens dans les provinces de la Nouvelle-Espagne, c'était qu'il fallait toujours anticiper pour prendre les bonnes décisions, qu'elles soient militaires, politiques ou amoureuses. Il était persuadé d'avoir gagné l'affection de Suzette. De fait, Girard le traitait avec une familiarité accrue ces derniers temps : sachant qu'il était très proche de ses enfants, Sebastián se dit qu'elle lui en avait peut-être touché un mot.

Le poste de Pointe Coupéen, composé d'un petit fort et de deux ou trois cabanes, était dénué de charme. Son seul atout était sa position stratégique. Sebastián se souvint de ce qu'il avait lu dans le mémoire de Bouligny : il fallait renforcer cet endroit afin de protéger la rivière Rouge et empêcher le passage des Anglais ainsi que des colons américains, lesquels, s'ils obtenaient leur indépendance, viseraient la vice-royauté de la Nouvelle-Espagne à travers le Texas. Certes, l'Espagne aidait actuellement les Américains, mais il fallait se garder d'être ingénu. Toutes les nations nourrissaient l'ambition d'étendre leur domination. Une fois indépendants, les colons de l'Est dirigeraient leurs efforts vers l'ouest, en traversant la Louisiane, et l'amitié qui les avait unis se muerait en rivalité.

Plusieurs heures s'écoulèrent entre l'amarrage du navire et le déchargement des marchandises qui furent acheminées au fort – des opérations que Girard supervisa lui-même. Pendant ce temps, le message annonçant l'arrivée, comme promis, du Père suprême espagnol et la convocation pour une rencontre le lendemain, le 11 septembre, vola vers les différents campements indiens installés dans les environs, où les chefs des tribus attendaient depuis plusieurs jours.

Girard glissa la clef de la réserve dans sa poche et ordonna à plusieurs soldats de la défendre au péril de leur vie contre toute tentative de vol. La marchandise entreposée valait une fortune : outre les présents destinés aux Indiens, il y avait des denrées pour la garnison espagnole et des vichailles pour la rencontre du lendemain. Naturellement, c'était lui qui avait tout fourni, à la faveur de son amitié avec le señor Orlac. Ce dernier avait échafaudé une stratégie pertinente ; dans la mesure où ces présents équivalaient aux frais militaires d'une année en temps de guerre, s'ils contribuaient au maintien de la paix pendant cinq ou six ans, la dépense en valait la peine.

Jérôme parcourut une dernière fois l'inventaire détaillé dressé par le comptable du Trésor royal de Louisiane et conclut qu'il était préférable qu'il y en ait trop que pas assez. Il y avait des biscuits, des petits pois, du riz, six quintaux de lamelles de viande de bison séchée, de la graisse d'ours, des fûts d'eau-de-vie, ainsi que des barils de grattons et de maïs concassé. Ils pouvaient inviter à déjeuner sans difficulté plus de cent personnes.

En observant le lendemain matin la procession des Indiens qui s'acheminaient vers le poste, Girard craignit un instant d'avoir sous-estimé ses calculs. Chaque tribu était représentée par plus d'une douzaine d'hommes. Les chefs se distinguaient grâce à leur tenue soigneusement choisie pour l'occasion. Ils portaient des tuniques peintes ou brodées, de flamboyantes coiffes en plumes, des colliers de graines, des queues d'animaux et des perles de bois sculpté. Girard fut vite rassuré : seuls les chefs et quelques accompagnants prirent place en demi-cercle en face du gouverneur ; les autres guerriers, qui ne participeraient pas au repas, se retirèrent à bonne distance.

Au moment de la distribution des présents, Jérôme se tint debout aux côtés d'Orlac et du commandant Balthazar de Villiers, venu du poste Arkansas.

Les chefs défilèrent devant le gouverneur Gálvez ; ils représentaient les Alabama, les Chitimacha de la grande terre, les Chitimacha du fleuve, les Taensa, les Houma, les Bayagoula, les Tunica-Biloxi, les Avojele, les Ofogoula, les Mobilian, les Chacta, les Atakapa, les Appakousa, les Bicategüni, les Nilchez et les Carcoucy. Afin de ne pas froisser les susceptibilités, chacun reçut une quantité égale de carabines, poudre à canon, balles, chevrotines, pierres de fusil, briquets à amadou, tire-bourres, couteaux, houes, herminettes, haches, harpons, uniformes, casaques, chemises, chapeaux, collerettes, ceintures, souliers, bas, miroirs, marmites, peignes, perles de verre, cannes, tabac, aiguilles, fils et barils de nourriture.

Le long défilé des salutations se termina par Angaska, désormais grand chef de tous les Quapaw, et son prédécesseur Guatanika. Ils étaient accompagnés de leur interprète qui traduisit en français les mots que ce dernier adressa au gouverneur.

— Mon cœur désire que cette fois, tu tiennes parole. J'ai accepté la proposition de ton commandant Villiers de me réunir avec nos ennemis les Osage parce qu'il nous a dit que tu souhaitais que toutes les nations de ton territoire soient en paix. Les Osage ne respectent pas les trêves, mais nous leur avons donné une dernière chance. C'est toi qui as abrogé l'accord promis aux Osage qui stipulait la présence d'un négociant officiel sur la rivière Arkansas. Cette mauvaise décision avait coûté la vie à des commerçants, ainsi qu'à des chasseurs français et quapaw.

Gálvez réfléchit un instant avant de répondre, en français.

— Les Osage ne sont pas là aujourd'hui. Il vaut mieux qu'ils fassent leurs affaires plus au nord, dans la région de Saint-Louis. Je te promets de vous protéger, toi et toutes les tribus ici présentes, si tu garantis ta loyauté envers le grand roi d'Espagne, que je représente.

— Nous, les Quapaw, intervint alors Angaska, nous devons défendre nos territoires de chasse contre les Osage du Nord, les Caddo du Sud, les Chickasaw et les Chacta de l'Est, mais aussi contre des groupes d'Iroquois, de Lenape, de Miami, de Chaouanon et de Potéouatami. Nous tenons à rester en sécurité sur nos terres. Nous avons besoin de cette alliance. Mais pas plus que vous, ne l'oublie pas.

Les chefs quapaw se retirèrent, mettant un terme à la longue cérémonie solennelle. Sebastián se tourna alors vers Villiers.

— Connaissez-vous l'interprète ? Je suis surpris de sa maîtrise du français.

— C'est le fils d'un chef indien kaskaskia. Il vit depuis des années parmi les Quapaw.

— Comment s'appelle-t-il ?

— Ishcate.

— Ce nom me dit quelque chose. Il me semble que Suzette l'a mentionné. Est-ce lui que vous avez soigné chez vous ? demanda-t-il à Girard.

Ce dernier acquiesça. Il n'avait presque pas vu le visage de l'Indien, en partie caché par ses longs cheveux noirs détachés, mais il avait reconnu sa voix.

— Nous les avons accueillis lui et Sarazen, paix à son âme. Voilà bien longtemps que je n'avais pas croisé Ishcate ni n'avais entendu parler de lui.

— Au fait, voulut savoir Villiers qui se souvint du message qu'il avait envoyé à la demande du Kaskaskia, votre fille a-t-elle bien reçu les peaux ?

— J'ignore de quoi vous parlez..., s'étonna Girard.

— Ishcate m'a demandé d'écrire quelques lignes à Suzette Girard. Il lui disait que les peaux arriveraient au printemps. J'ai plaisanté sur le fait qu'il faisait affaire avec elle et non avec vous...

— Ah oui, le coupa Jérôme avec un sourire forcé et l'envie de mettre fin à cette conversation. J'avais oublié.

Il ne comprenait rien, mais pouvait tout de même déduire que sa fille et Ishcate étaient toujours en lien. Et si Suzette ne lui avait pas parlé de cet achat de peaux, une conclusion s'imposait : ils communiquaient en secret.

Il fronça les sourcils.

Il fallait qu'il parle à Ishcate pour lui faire clairement entendre que toute amitié passée entre eux n'avait ni sens ni avenir.

Il profita du remue-ménage du repas pour aller retrouver le jeune Kaskaskia, qui se tenait debout près de Guatanika. Lorsqu'il vit sa silhouette droite, grande, robuste, plus musclée et plus mince que la dernière fois, il se souvint du jour de la réunion avec le gouverneur Aubry où, en l'observant, il avait entrevu le chef indien qu'il pouvait devenir.

— Ishcate…

Ce dernier se retourna et, reconnaissant Jérôme Girard, lui tendit la main pour le saluer.

— Monsieur…

— Les nouvelles de l'épidémie sont arrivées en ville, lui dit Jérôme sur un ton sincère, tout en remarquant les cicatrices sur les bras du jeune homme. Ma famille et moi-même regrettons la mort de Sarazen. Cela a dû être dur pour toi.

Ishcate acquiesça d'un léger hochement de tête.

— Tu vis toujours avec les Quapaw…, ajouta Girard. Ta famille a-t-elle souffert de la maladie ?

— Elle va bien, merci, monsieur.

Il ne pouvait l'affirmer car il n'avait pas vu son père ni ses frères depuis longtemps. Il aurait bien interrogé Ducoigne à leur sujet, mais à sa grande surprise, celui-ci n'était pas venu à la rencontre, alors même que le campement kaskaskia de la White River se trouvait non loin de Pointe Coupée.

— J'espère que ta famille aussi va bien.

Girard en profita pour lui transmettre le message qu'il tenait à lui formuler de manière neutre, purement informative, mais avec suffisamment de détails pour que l'Indien le saisisse.

— Mes fils aînés commencent leur carrière militaire. Margaux est partie vivre au Venezuela avec son mari, elle nous manque beaucoup. Il est possible que ce ne soit pas la seule de mes filles à prendre pour époux un haut commandant de Louisiane ; Suzette et le señor Orlac s'entendent à merveille.

Il soutint le regard intense d'Ishcate qui resta impassible. Au bout de quelques secondes tendues, celui-ci déclara :

— Salue-les de ma part. Et dis à Suzette que je lui souhaite une longue et heureuse vie.

Ishcate inclina légèrement la tête et s'éloigna, l'estomac noué par la colère contenue.

À quoi s'attendait-il ?

Le printemps et l'été étaient derrière lui et il n'avait pas tenu sa promesse.

Il avait compris qu'il ne pouvait pas le faire le jour où il avait enterré Mikakh, la dernière à avoir succombé à l'épidémie dans le village. Il ne pouvait s'empêcher de penser que si Suzette était partie avec lui, comme ils l'avaient prévu, elle pourrait à présent être morte. L'horreur dont il avait été le témoin lui avait fait comprendre qu'il était impensable de l'entraîner dans une vie dure à laquelle elle n'était pas préparée. Il l'aimait tellement que jamais il ne la mettrait dans une situation périlleuse. Il serait capable de tout pour la protéger, y compris de renoncer à elle. Sans lui, Suzette aurait un plus bel avenir. Au nom de l'immense amour qu'il éprouvait pour la seule femme qu'il avait aimée, qu'il aimait et qu'il aimerait, il avait conclu qu'il se devait de lui rendre sa liberté.

Il avait songé à lui faire parvenir un message lui expliquant les raisons de son renoncement, mais finalement, afin d'éviter toute insistance de sa part, il avait misé sur le passage du temps pour qu'elle se dise qu'il n'avait pas tenu parole ou le croie mort.

Mais la pensée que Suzette – qu'il imaginait souffrir autant que lui de la séparation et de l'absence – n'avait en réalité pas tardé à lui trouver un remplaçant le rendait furieux. Ni plus ni moins que le bras droit du puissant gouverneur.

Il se dirigea à grands pas vers le cercle formé par les officiers espagnols. En avançant, il saisit machinalement le manche de son couteau accroché à sa ceinture et le serra avec vigueur, autant pour se calmer que pour se rassurer. La vie semblait sourire à certains, tandis que d'autres, comme lui, devaient se frayer un chemin, semé d'embûches. Le chemin du *maamiikaahkia*, du guerrier.

— Eh, Ishcate ! l'interpella le commandant Villiers en se plantant devant lui, inquiet de voir le jeune Indien une main sur son arme. Où cours-tu comme ça ?

À quelques pas de là, les officiers espagnols interrompirent leur conversation et les observèrent avec curiosité. Ishcate s'aperçut que l'un d'eux avait détaché son pistolet de sa ceinture. Son attitude devait paraître suspecte. Nul n'était autorisé à approcher les hommes du gouverneur, encore moins un Indien.

Ishcate improvisa une explication.

— Maintenant que j'ai accompli ma mission pour Angaska et Guatanika, il est probable que je parte pendant un certain temps. Je suis venu te dire au revoir, commandant, et t'informer que tu vas devoir engager un autre interprète.

En prononçant ces mots, il se rendit compte que c'était précisément ce qu'il lui fallait : galoper de nouveau sans attache, sentir l'air lui fouetter le visage et partir retrouver son esprit, qui semblait l'avoir quitté à la mort de Sarazen ; comme si, depuis quelques mois, il avait fui pour accompagner son ami dans les *Mihši Ahka* – les grandes prairies – et chasser une dernière fois avec lui. Il était temps qu'il revienne.

Le visage de Villiers se détendit.

— J'espère que la paix durera si longtemps que je n'aurai pas besoin d'interprète d'ici ton retour.

— Que fais-tu ici, Ishcate ? demanda Girard en s'approchant de lui.

— Il s'en va..., répondit Villiers à sa place.

— Avant de partir, j'aimerais présenter mes respects au nouveau gouverneur.

Ishcate savait que c'était impossible, mais son objectif était l'autre, le dénommé Orlac. Lorsqu'il avait traduit le discours de Guatanika, il ne l'avait pas observé avec attention. Or, il voulait voir de près celui qui tiendrait dorénavant Suzette dans ses bras, serait le père de ses enfants et le supplanterait au lit. Il haïssait désormais cet homme même s'il était conscient d'être en partie responsable de la situation. Il devait s'assurer qu'il n'y avait pas de méchanceté dans ses yeux.

— Je serais honoré de le saluer au nom des Kaskaskia. Je n'aurai certainement pas d'autre occasion de le faire, insista-t-il.

Villiers fronça les sourcils. Il échangea un regard avec Girard, qui alla consulter Orlac. Celui-ci se leva et s'approcha d'Ishcate.

— Je parlerai au nom du gouverneur, dit Sebastián, en tendant la main à Ishcate. Si tu as contribué à la présence des Quapaw aujourd'hui, je t'en remercie.

— J'ai fait une promesse à un homme de paix et je l'ai tenue.

Ishcate empoigna la main qui caresserait Suzette et la soutiendrait quand elle en aurait besoin. Il ressentit un élancement dans l'estomac. Il dut toutefois reconnaître que le regard de l'homme était limpide, et le ton de sa voix, sincère. Sa peau, cependant, était trop blanche, trop fine... Comme celle de Suzette. Il porta ses doigts à son cou et effleura la médaille qu'elle lui avait offerte bien des années auparavant. Il songea à l'arracher et à la donner à l'officier espagnol pour qu'il la lui rende, mais il craignit de se sentir nu sans elle.

Ni le geste ni l'objet ne passèrent inaperçus aux yeux de Sebastián. Une médaille religieuse si délicate au cou d'un tel homme était pour le moins surprenant. Il se demanda d'où il la tenait et pourquoi il la portait, mais s'abstint de tout commentaire. Il eut l'impression qu'Ishcate voulait lui dire quelque chose et n'osait pas.

— Tu connais la famille Girard, fit-il remarquer pour briser le silence, en avisant l'étrange éclat dans le regard d'Ishcate.

— Oui, je les connais et je les apprécie : M. et Mme Girard... Suzette...

Sebastián sentit que sa façon de prononcer le prénom dissimulait une question implicite. Or, il n'était pas homme à éluder les réponses.

— Une affection profonde me lie aussi à eux. En particulier à elle. Si Dieu et le destin le veulent, j'ai bon espoir de lui apporter le bonheur qu'elle mérite.

S'il avait été inquiet pour la sécurité de sa bien-aimée, Ishcate pouvait être rassuré : ce grand chef blanc y veillerait.

— Je voyagerai peut-être un jour vers le nord, ajouta Sebastián. J'aimerais connaître le Pays des Illinois et la ville de Saint-Louis. Puisses-tu emporter nos paroles là où tu pars. L'Espagne n'oublie jamais ceux qui lui sont loyaux et se battent à ses côtés.

Orlac était convaincu que l'aide fournie aux Américains sous la forme de provisions, de munitions, de matériel et d'argent ne leur suffirait pas à gagner la guerre contre les Britanniques ; l'Espagne, comme la France, allait tôt ou tard devoir s'engager dans la bataille et y entraîner les Indiens alliés.

— Les principes de loyauté ont autant de poids qu'une plume, ironisa Ishcate en pensant à cette réunion de paix achetée à grand renfort de présents, à la vente des terres des Kaskaskia à la Compagnie des Terres de l'Illinois, et, quoique fugacement, à ce qu'il considérait comme une trahison de la part de Suzette. Les colons américains vous font maintenant miroiter des promesses en échange de votre aide pour gagner leur guerre. Lorsque ce sera fait, ils voudront davantage. Ils se déplaceront vers l'ouest et vous ne pourrez pas les arrêter. Ils vous chasseront et nous chasseront aussi. Nous ne vivrons peut-être pas assez longtemps pour le voir, mais ça arrivera.

Sebastián était d'accord avec Ishcate, qui semblait comprendre parfaitement les tenants et les aboutissants des relations politiques. L'avenir d'une personne dépendait en partie de sa volonté, mais aussi de ses opportunités. La plupart des hommes avec qui il avait travaillé considéraient les Indiens guère plus que comme des sauvages. Il ne partageait pas cette opinion. Si un homme au regard intelligent comme Ishcate avait eu d'autres possibilités et une autre éducation, il aurait sans doute pu se consacrer à des activités plus nobles que la chasse et la vente de peaux.

— Si tu changes d'avis, Villiers aura toujours du travail pour toi. Chaque homme est important, surtout s'il sait, comme toi, se battre et s'exprimer.

Ishcate hocha la tête, mettant fin à la conversation. Orlac lui avait fait bonne impression, et s'il était soulagé, il n'en restait pas moins qu'il se sentait aussi piqué au vif. Une belle vie attendait Suzette à ses côtés, cela ne faisait aucun doute. Il lança un rapide coup d'œil à Girard et s'en alla chercher son cheval.

Au bout d'un moment, Sebastián demanda à Villiers.

— Est-il marié ?

— Je ne saurais vous le dire, mais il m'est arrivé de le voir à l'échoppe du poste avec une jeune Indienne et un enfant.

Sebastián éprouva un vague pincement. Il pensa à l'intense journée passée en compagnie des Indiens et parvint à la même conclusion que lors de ses expériences passées avec les Apaches en Nouvelle-Espagne. Pour justifier les campagnes menées contre eux, on les taxait de cruels. Quand il s'agissait de signer des accords, on disait au contraire qu'ils étaient raisonnables et n'utilisaient la violence que pour se venger d'affronts.

Au fond, tout un chacun – y compris lui – était pacifique ou agressif selon ce que l'autre attendait de lui.

29

Kappa, octobre 1777

ISHCATE rassembla le peu d'affaires qu'il possédait, les enveloppa dans sa peau d'ours et les attacha à l'aide de lanières en cuir aux anneaux de la selle rudimentaire de son cheval, à côté de son fusil.

Il jeta un dernier coup d'œil autour de lui.

La tristesse causée par l'épidémie dévastatrice survenue quelques mois plus tôt accablait encore le village de Kappa. Trop d'hommes et de femmes avaient succombé à la maladie. L'abattement dans lequel étaient plongés ceux qui en avaient réchappé les ralentissait dans leurs préparatifs pour affronter l'hiver qui approchait. Avant, lorsqu'il partait, Ishcate faisait ses adieux à Sarazen et à Mikakh, dont il garderait des souvenirs impérissables. À présent, il lui semblait que personne ne se souciait de ses faits et gestes.

En passant à proximité du poste Arkansas, il hésita à se diriger vers le village voisin des Kaskaskia, installé sur les berges de la White River, où vivaient son père et ses frères. Il désirait les revoir, mais il ne supporterait pas la douleur causée par d'autres pertes. La raison pour laquelle Ducoigne n'avait pas assisté à la rencontre entre les tribus était sans nul doute liée à l'épidémie. Ishcate décida de passer son chemin et continua en direction du nord. Il traversa les terres les plus proches du Mississippi pour éviter les Osage et, à un moment, il constata qu'il se trouvait exactement à mi-chemin entre La Nouvelle-Orléans et Saint-Louis. Avant l'épidémie, il serait parti vers le sud pour rejoindre la chaleur et l'air que respirait Suzette. Mais son avenir était désormais en amont du fleuve.

Après plusieurs jours de route, un soir, alors qu'il s'apprêtait à dormir, il entendit une sorte de miaulement puissant. Il se leva, s'empara de son fusil et se tint prêt à faire face à l'attaque d'un animal. Rien ne se produisit. Il se recoucha, soulagé de ne pas avoir à trahir sa présence par un coup de feu, un risque à éviter quand on voyageait seul. Peu après, les miaulements se firent plus insistants mais ne semblaient pas se rapprocher. Il devait s'agir d'une bête blessée. Décidé à abréger ses souffrances – et par la même occasion, à se procurer un peu de nourriture –, il se dirigea sans bruit vers l'endroit d'où provenaient les cris. Il espérait pouvoir régler cela d'un simple coup de couteau. Il entendit alors de légers pleurs et avisa à quelques pas de lui une silhouette humaine accroupie par terre. Il saisit son fusil.

— Ishcate, c'est moi !

Il reconnut immédiatement la voix de celle qui lui avait susurré de doux mots, nuit après nuit, tout au long de sa maladie, et dont la chevelure noire lui avait caressé le visage lorsqu'elle se penchait sur lui. Elle avait veillé sur sa personne au péril de sa propre vie.

— Que fais-tu ici, Kawutz ?

Il s'agenouilla à côté d'elle et comprit aussitôt que ce qu'il avait pris pour des miaulements était les pleurs du bébé qu'elle serrait contre sa poitrine.

— Tu es parti sans rien dire et je t'ai suivi, répondit-elle avant de durcir le ton. Tu n'as pas honoré ta promesse de prendre soin de la famille de Sarazen. Je vous ai entendus, la nuit de sa mort.

— Je n'ai pas oublié, Kawutz. J'ai contribué au maintien de la paix avec les Espagnols, et le petit Sarazen est entre de bonnes mains auprès de toi...

Il ne mentionna pas la troisième requête de son ami, qui était de l'épouser, car il ne le lui avait pas promis. Il se demanda si Kawutz l'avait aussi entendue.

— Mikakh était ma seule amie, dit-elle en caressant tristement le bracelet en argent que Sarazen avait offert à sa bien-aimée et dont cette dernière lui avait fait cadeau juste avant de rendre l'âme. Chaque famille a perdu plusieurs de ses membres et les bras manquent au village. Crois-tu vraiment que j'aurais pu me procurer du bois et de la nourriture pour passer l'hiver en m'occupant de cet enfant ?

Ishcate se reprocha son égoïsme. Il réfléchit aux seules possibilités qui se présentaient désormais à lui : retourner à Kappa ou les emmener tous deux avec lui vers le nord. Il opta pour la seconde.

— J'ai suivi tes traces, poursuivit-elle. Le soir, j'attachais mon cheval loin pour que tu ne m'entendes pas, et je m'approchais de toi au cas où un danger surgirait.

— Tu as été imprudente. Courageuse, aussi..., reprit Ishcate en caressant la tête de l'enfant, que le murmure des voix avait calmé. Tu as bien fait. Je prendrai soin de vous, lui dit-il en lui tendant la main pour l'aider à se relever. Tout comme tu as pris soin de moi.

Le voyage, qui dura plusieurs semaines, se déroula sans incident. Une agréable routine s'était installée. Ishcate découvrit que Kawutz était aussi douée que lui pour la chasse et qu'elle ne cherchait pas à meubler les silences de mots inutiles. Elle prenait soin de l'enfant comme si c'était son propre fils.

Juste avant d'arriver à Saint-Louis, après plusieurs journées pluvieuses, le bébé commença à s'agiter.

— Il a de la fièvre, remarqua Kawutz, inquiète. Il est trop petit pour que je lui prépare un remède avec des plantes.

— Nous ne sommes plus qu'à deux jours de la ville. Faisons confiance au Grand Esprit.

Ishcate essayait de rassurer Kawutz, mais il peinait à croire ses propres mots. Il avait l'impression que le Grand Esprit l'avait abandonné.

— J'ai bien peur qu'il ne tienne pas jusque-là. Ne perdons pas de temps.

Exténués, tout comme leurs chevaux, ils entrèrent dans Saint-Louis au petit matin d'un des derniers jours d'octobre.

La ville s'était agrandie depuis la dernière visite d'Ishcate, trois ans plus tôt, mais il se souvenait de l'endroit où se trouvait la maison du médecin, non loin de la place. Une domestique les informa que celui-ci était parti s'occuper d'un patient chez Mme Dubois. Réunissant les maigres forces qu'il leur restait, ils ressortirent de Saint-Louis.

Arrivés à la ferme, malgré l'heure matinale, ils virent à travers les fenêtres qu'une vive agitation régnait dans la demeure. Avant même qu'ils n'aient eu le temps de frapper, la porte s'ouvrit, et une femme vêtue d'une jupe indienne à fleurs rouges et vertes ainsi que d'une chemise aux manches retroussées apparut dans l'embrasure.

— Je vous ai déjà dit que le père ne peut recevoir personne…

— Madame Dubois…, prononça Ishcate en reconnaissant Cécile.

Elle plissa les yeux. La voix lui semblait familière, mais l'aspect souillé et négligé de l'homme la laissa perplexe.

— Ishcate !

— Nous avons besoin du médecin, dit-il en montrant l'enfant dans les bras de Kawutz. On nous a dit qu'il était ici.

— Grand Dieu ! s'exclama Cécile. D'où viens-tu ? Bon, tu nous raconteras ça plus tard.

Elle les fit entrer dans la cuisine et prit aussitôt les choses en main. Elle ordonna aux bonnes de prévenir le médecin, de préparer une des chambres à l'étage et de monter de l'eau chaude ainsi que des vêtements secs pour qu'ils puissent se laver. Pendant ce temps, elle leur servit du thé et des biscuits tout juste sortis du four, puis chauffa du lait pour le petit Sarazen. À une extrémité de la grande table en bois, une jeune femme jouait avec un garçonnet de deux ans.

— Cela fait si longtemps que tu n'es pas venu que je ne sais pas si tu te souviens de tout le monde ici, dit Cécile en aidant Kawutz à retirer les peaux et les tissus qui enveloppaient Sarazen. Voici ma fille aînée, Pélagie, et lui, c'est mon petit-fils, l'enfant d'Étienne et de Manon. Agnès et Victoire dorment encore.

Elle toucha le front de Sarazen, qui bougeait à peine, puis humidifia un linge propre dans un seau d'eau et lui essuya délicatement le visage.

— Benoît, Étienne et son petit frère se trouvent auprès du père Meurin, poursuivit-elle. Quand il est tombé malade, nous l'avons fait venir ici pour nous occuper de lui. Depuis, les Indiens n'arrêtent pas de lui rendre visite. Je savais qu'il était apprécié, mais pas à ce point.

Lorsque le médecin arriva dans la cuisine, Cécile lui montra Sarazen. Soulagé d'entendre l'homme dire qu'il avait vu des cas plus graves se rétablir, Ishcate s'approcha d'elle.

— J'aimerais voir le père Meurin.

Elle l'accompagna jusqu'à la chambre où le jésuite, les yeux fermés, était allongé sur un lit couvert de draps blancs. Il n'avait pas encore soixante ans et avait pourtant l'air d'un vieillard affaibli.

Cécile posa un doigt sur sa bouche pour faire signe à Benoît et à ses fils de garder le silence, puis elle se dirigea vers Meurin.

— Père, j'ai une surprise pour vous.

Elle invita Ishcate à s'approcher. Celui-ci s'agenouilla à côté du lit. Meurin entrouvrit les paupières et tarda quelque temps à reconnaître l'Indien. Un sourire se dessina alors sur ses lèvres.

— Ah, Ishcate ! Quel dommage que tu me voies dans cet état…

— J'ai été très malade et je me suis remis. Toi aussi, tu te rétabliras.

— Ton cœur parle mais tes yeux mentent. Ne t'ai-je pas appris à ne pas mentir ? Qu'as-tu fait durant tout ce temps ? Quelles nouvelles nous rapportes-tu du Sud ?

Ishcate hésita avant de lui répondre vaguement car il ne voulait pas le perturber.

— Je suis resté autour du poste Arkansas. Les tribus y vivent à présent en paix.

— Et il a enfin une femme et un enfant, interrompit Cécile.

Ishcate aurait préféré qu'elle ne fasse pas ce commentaire mais se garda de dissiper le malentendu.

— Je suis content pour toi, dit Meurin. L'as-tu baptisé ?

— Je comptais sur toi, mentit Ishcate.

— Pour l'heure, je suis fatigué. Peut-être plus tard.

Meurin ferma les yeux. À tâtons, il approcha sa main osseuse d'Ishcate et dessina le signe de croix sur son front.

— Que Dieu te bénisse, mon fils. Couroway sera enchanté de te savoir de retour.

L'homme délirait. Son père était très loin d'ici. Comme le silence se prolongeait, il se releva pour le laisser se reposer.

— As-tu vu Bamboula ? demanda soudain Meurin.

Ishcate avait appris par Suzette que l'esclave de Girard s'était enfui quelques années plus tôt. Il se trouva contraint de mentir une nouvelle fois.

— Il s'est marié, il a un fils, et c'est maintenant un homme libre.

— Ils nous ont tout pris et nous ont insultés, murmura Meurin, comme si parler de Bamboula lui rappelait l'époque de l'expulsion des jésuites. D'abord la France, puis l'Espagne. Et tout cela parce que les rois, qui se considèrent comme souverains de droit divin, trouvaient dangereux que nous prêtions allégeance au pape plutôt qu'à eux. Ils nous ont chassés comme de vulgaires chiens. Mais je suis là, conclut-il en esquissant avec difficulté un léger sourire.

Meurin s'assoupit. Cécile chuchota à son jeune fils de veiller sur lui, et ils passèrent dans la petite salle attenante. Là, Benoît Leroux et Étienne serrèrent la main d'Ishcate.

— Nous parlerons à table, intervint Cécile pour libérer Ishcate de l'avalanche de questions que lui posaient les deux hommes.

Elle le poussa alors doucement vers la porte de la chambre qu'elle avait fait préparer pour lui.

— Tu dois te laver et te reposer un peu. Je vais à la cuisine chercher ta femme et ton enfant pour que vous vous installiez.

— Ce n'est pas ma femme, rectifia Ishcate. Et le bébé est le fils de mon ami Sarazen, qui a été emporté par la variole.

Cécile demeura immobile. Elle n'avait qu'une seule chambre libre mais, de toute façon, sa demeure n'était pas un foyer conventionnel. Elle vivait sous le même toit que Benoît Leroux sans qu'ils soient mariés, son fils avait un enfant avec une des esclaves indiennes, et le père Meurin, au fait de tout cela, avait accepté ses soins de bonne grâce.

— Puisque vous êtes venus ensemble, j'espère que vous ne verrez pas d'inconvénient à partager la chambre, dit-elle. Dans le cas contraire, tu devras dormir dans la grange.

Ishcate entra dans la pièce. Elle était plutôt petite, mais c'était l'endroit le plus luxueux qu'il avait connu depuis les nuits inoubliables chez Suzette. Elle était meublée d'un lit agrémenté d'une robuste tête de lit en bois, d'une armoire et d'une commode surmontée d'un miroir. Au milieu se trouvaient une cuvette et une grande bassine pleine d'eau fumante. Sur le matelas en laine moelleux étaient posés des vêtements d'homme et de femme, des serviettes et une couverture délicate. Il se déshabilla, remplit la cuvette avec l'eau de la bassine et y trempa une serviette. Il était en train de se frotter de la tête aux pieds lorsque Kawutz ouvrit la porte, le petit dans ses bras. Ishcate se vêtit à la hâte.

— Je connais ton corps, plaisanta-t-elle. J'ai fait ta toilette quand tu étais malade.

Ishcate ne sut que répondre et, gêné, feignit de ne rien avoir entendu.

— L'eau de la bassine est propre, vous pouvez vous en servir, se contenta-t-il de dire.

Kawutz dénuda l'enfant et le baigna. Le petit Sarazen apprécia le contact de l'eau et poussa des cris de joie.

— Le médecin lui a donné un remède appelé « écorce de jésuite », que le père Meurin avait dans ses affaires. Il m'a dit qu'il n'en aurait plus besoin et que je pouvais garder le reste. Et Sarazen a repris des couleurs après avoir mangé.

Elle le sécha, l'enveloppa dans la petite couverture et l'installa entre les bras d'Ishcate. Il s'allongea sur le lit, le bébé contre sa poitrine. Du coin de l'œil, il regarda Kawutz retirer ses vêtements et entrer dans la bassine. Elle était non seulement dotée d'un bon caractère et de courage, mais aussi d'un corps magnifique. Il sentit le désir s'éveiller en lui. La jeune Caddo et cet être minuscule qui dormait dans ses bras constituaient désormais son monde. Pour la première fois de sa vie, il comprit ce que signifiait avoir une famille, quelqu'un de qui se soucier, quelqu'un à aimer et à protéger, un but, un sens.

Bercé par le son de l'eau s'écoulant sur la peau de Kawutz, Ishcate s'assoupit. Il ignorait combien de temps il avait dormi lorsqu'elle le réveilla.

— Nous sommes attendus pour manger.

Il ne put s'empêcher de sourire en la voyant.

— Les vêtements européens te vont plutôt bien, lui dit-il.

— Ce n'est que provisoire, répondit-elle sèchement. Je n'ai pas l'intention de rester longtemps dans une maison où il y a des esclaves indiennes. Je croyais que les Espagnols avaient interdit l'esclavage des Indiens. Il semblerait que les lois ne parviennent pas jusqu'ici.

Ishcate se leva et la suivit. Quelle que soit sa tenue, Kawutz était indienne jusqu'au bout des doigts : c'était une femme forte, fière, une guerrière.

Au cours du repas, Ishcate put enfin satisfaire la curiosité de la famille qui les accueillait. Même si, durant son séjour parmi les Quapaw, ce qui avait le plus compté pour lui avait été son voyage à La Nouvelle-Orléans et ses retrouvailles avec Suzette, il prit conscience qu'il s'était passé beaucoup de choses. Il raconta la libération de Mikakh et de Kawutz, l'épidémie de variole, le décès de Mikakh, de ses deux aînés et de Sarazen. Étienne rappela alors à voix haute comment il avait rencontré et aidé Sarazen et Ishcate. Ce dernier évoqua enfin la réunion de paix des tribus, ce qui fit dévier la conversation vers des sujets politiques autour de l'indépendance des colonies américaines.

— La grande question est la suivante : la France et l'Espagne entreront-elles en guerre contre l'Angleterre ? intervint Leroux. Et si c'est le cas, quand ? Des négociants venus de l'Est nous ont informés il y a peu que le moral des rebelles était bon après la défaite des Anglais à Trenton et Princeton, et que les efforts de Benjamin Franklin, Silas Deane et Arthur Lee, les délégués envoyés en France et en Espagne, avaient porté leurs fruits puisqu'ils ont reçu des armes et de l'argent et que des accords commerciaux ont été signés. Nous ignorons si les Américains prennent le dessus sur les Britanniques à Saratoga, mais ils nous ont aussi expliqué que les forces étaient quasiment à égalité. Des compagnies vont en tirer parti. Plutôt que des peaux, c'est de la poudre que nous devrions vendre !

— Mon cher..., interrompit Cécile en faisant mine de s'inquiéter, tu as encore envie de t'embarquer dans de nouvelles affaires ?

— Je n'en ferai rien, tu peux être tranquille. Tout du moins, pas avant d'avoir réglé certaines questions. Même si à Saint-Louis, pour le moment, la guerre ne nous affecte pas, ajouta-t-il en s'adressant à Ishcate, j'espère que je pourrai voyager en toute sécurité sur le Mississippi, car dans quelques jours, je pars pour La Nouvelle-Orléans. Qui aurait dit, lorsque je suis arrivé ici, que j'aurais attendu quatorze ans pour retourner dans cette ville ! ajouta-t-il en soupirant.

— Tu la trouveras très changée, fit remarquer Ishcate.

Il saisit alors l'occasion pour parler de René Dubois. Il ignorait s'ils avaient eu des nouvelles à son sujet.

— Je suppose que tu ne pourras pas l'accompagner à cause de la sommation de ton mari…, dit-il à Cécile.

— Oh, M. Dubois est mort l'année dernière, répondit-elle sans laisser paraître la moindre peine. On m'a raconté qu'un Indien l'avait assassiné, un soi-disant règlement de comptes… Cela ne m'a pas étonnée, il était tellement odieux. Benoît voyage justement pour aller s'occuper de l'héritage d'Étienne.

Leroux lui fut reconnaissant d'en rester là. En réalité, l'héritage d'Étienne n'était qu'une affaire de second plan, car il s'agissait seulement de vendre la propriété de La Nouvelle-Orléans et de payer les créanciers de Dubois. Il ne resterait pas grand-chose au jeune homme. La principale raison de son voyage était Girard. Il devait aller le supplier en personne de lui accorder un peu plus de temps pour régler l'énorme dette dont il devait encore s'acquitter. Les années passaient et il ne parvenait pas à réunir la somme.

Ishcate songea que les événements qui jalonnaient la vie étaient comme l'eau des rivières : rien ne pouvait modifier leur cours. S'il n'avait pas tué Dubois, il n'aurait pas été contraint de quitter La Nouvelle-Orléans si précipitamment et ne serait pas là, en ce moment précis, à envier Benoît Leroux et son voyage imminent. Son désir le plus cher était d'embarquer sur une de ces barges qui descendaient le fleuve pour transporter des peaux, de la farine, du plomb, des pommes et des oignons jusqu'à la ville. Il pourrait arriver en trois ou quatre semaines. Quelle serait la réaction de Suzette en le voyant : l'accueillerait-elle les bras ouverts ou le repousserait-elle pour rester avec ce Sebastián Orlac ? Hélas, il ne le saurait jamais car il ne la mettrait pas dans cette situation et ne voulait pas se risquer à être éconduit. Il avait déjà pris sa décision et ne ferait pas marche arrière.

— Je ne crois pas que tu auras des problèmes sur le fleuve, dit-il à Leroux. Comme tu l'as justement fait remarquer, la guerre est encore loin. Seuls les navires anglais peuvent rencontrer des difficultés à cause des Espagnols. Assure-toi de voyager à bord d'un bateau français ou espagnol.

Le jeune Benoît fit irruption dans la pièce, tout affolé.

— Le père Meurin est très agité !

Cécile, Leroux, Étienne et Ishcate se précipitèrent dans la chambre. Meurin remuait la tête d'un côté à l'autre, clignait des yeux et tenait des propos incohérents. Cécile s'assit à côté de lui et prit sa main dans la sienne.

— C'est la fin, murmura-t-elle aux hommes.

En effet, Meurin trépassa en milieu d'après-midi.

Durant la veillée funèbre et l'inhumation, qui eut lieu le lendemain, Ishcate ne put chasser de ses pensées l'idée que ceux qui l'avaient aidé, ceux pour qui il éprouvait de l'affection disparaissaient peu à peu de sa vie. Il avait dû creuser bien trop de tombes. Le jour où il avait quitté l'Arkansas, il ignorait quelle serait sa destination. Saint-Louis était une des possibilités. Il ne lui serait guère difficile de conclure de nouveaux accords commerciaux avec des négociants de peaux comme les Leroux-Dubois. Néanmoins, il ressentait à présent le besoin irrépressible de retourner sur les terres kaskaskia où il était né et avait grandi. La vie passait bien trop vite. Il devait tirer des enseignements de ses expériences, même des plus douloureuses, pour continuer à aller de l'avant. Malgré tout ce qui était arrivé, la seule chose qui perdurait en lui était la fierté de se sentir kaskaskia. *Kaahkaahkia.* Son âme s'exaltait lorsqu'il entendait, prononçait ou pensait à ce mot.

Cécile insista pour qu'ils restent plus longtemps, jusqu'à ce que le petit Sarazen soit complètement rétabli, car ils avaient deux ou trois jours de route devant eux, mais Kawutz appuya la décision d'Ishcate. Comme elle avait été enlevée dans son enfance puis vendue à différents Européens, elle ne tenait pas à séjourner avec eux plus que nécessaire. Même si les souvenirs qu'elle avait de sa famille et des siens étaient flous, elle était indienne et désirait vivre et mourir dans un village indien.

Ishcate, Kawutz et Sarazen partirent à l'aube, le lendemain de l'enterrement de Meurin. La pluie avait rafraîchi l'atmosphère, mais le ciel était dégagé et le demeura les jours suivants.

Durant le trajet, Ishcate se demanda qui habitait encore dans son village natal. La plupart des siens s'en étaient allés vers le sud après la vente d'une grande partie des terres. Seuls quelques anciens et trois ou quatre familles avaient décidé de rester. Lorsqu'en arrivant à proximité de Kaskaskia il avisa plus d'une douzaine de tipis, il fut très surpris, et sa surprise fut décuplée quand il apprit que son père vivait dans l'un d'eux.

Meurin n'avait pas déliré.

Couroway avait pris de l'âge en peu de temps et perdu la vue. Ishcate s'agenouilla à côté de lui. Ému, le vieillard lui caressa le visage de ses mains décharnées.

— *Aya aya. Weeyaakiteehiaani.* Je suis heureux de t'avoir près de moi.

— Je ne m'attendais pas à te trouver ici, père.

— Quand l'épidémie a commencé à se propager chez les Quapaw, plusieurs d'entre nous ont décidé de quitter le village au bord de la White River et de revenir à Kaskaskia auprès de Ducoigne.

— Et mes frères…

— Kicounaisa est mort, l'interrompit-il. Une nuit, il s'est cogné la tête en tombant de cheval.

Ishcate n'eut pas besoin d'explication pour comprendre que son frère était ivre lorsque cela était arrivé. Au final, le tafia avait eu raison de l'âme du guerrier. Il ressentit un pincement de douleur dans la poitrine en apprenant cette triste nouvelle, mais admirait la force avec laquelle son père continuait de parler.

— Maughquayah a décidé de rester avec ses enfants et le fils de Kicounaisa en Arkansas. En arrivant ici, nous avons découvert que notre village kaskaskia n'existait plus. Les Fox et les Sauk l'avaient brûlé. Tu avais raison, Ishcate.

Nous avons eu tort de vendre nos terres. Nous avons eu tort de les abandonner. Avec la guerre qui sévit entre les Anglais et les Américains, personne n'est encore venu ici. Nous continuerons donc à chasser et à vivre de la nature. Qui t'accompagne ? demanda-t-il en entendant les babillements de Sarazen.

Ishcate réfléchit un instant à la manière de faire les présentations afin d'éviter un nouveau malentendu. Kawutz le prit de court.

— Je m'appelle Kawutz et le petit, c'est Sarazen.

Un large sourire se dessina sur les lèvres de Couroway.

— Tu as une épouse et un fils…

— Le bébé est sous notre responsabilité, rectifia Kawutz. C'est l'enfant de Sarazen et de Mikakh, qui sont décédés.

— Les vôtres viendront bientôt, dit Couroway en posant une main sur l'épaule d'Ishcate. Ce qui compte aujourd'hui, c'est que tu aies souhaité revenir ici. Tu connais les deux mondes, celui des Blancs et celui des Indiens. Tu es important pour nous. Nous allons nous battre pour faire annuler la vente, car comme tu l'as dit, l'achat de terres appartenant aux autochtones est interdit. La guerre entre les colons et les Anglais jouera en notre faveur. Nous aiderons les Américains si eux aussi nous aident. Prépare un tipi pour Ishcate et sa famille, demanda-t-il à l'une des femmes qui s'occupaient de lui. Qu'on leur apporte du bois et de la nourriture. Ils doivent se reposer. Demain, nous fêterons le retour de mon fils.

Ishcate jugea préférable de ne pas dire à son père qu'il se méprenait sur deux points : Kawutz n'était pas sa femme, et il ne faisait pas confiance aux rebelles qui, une fois leur indépendance obtenue, voudraient eux aussi s'emparer de leurs terres. Maintenant qu'il était de retour, il aurait le temps de discuter calmement avec Couroway. Il ressentit une certaine fierté à se savoir important pour la communauté. Peut-être était-ce précisément le but de son existence. Il avait voyagé, il avait connu la ville et le mode de vie européen. Le Grand Esprit avait orchestré les événements pour le conduire jusqu'à ce moment précis.

Son frère aîné n'était plus dans ce village et son autre frère était mort. Son père avait besoin de lui à ses côtés.

Cette nuit-là, il fit siens les mots qu'avait prononcés Meurin : « Seule la mort est définitive. Je suis parti pour ne jamais revenir, et je suis bien là. » Le religieux avait tenu sa promesse de s'éteindre près des Kaskaskia qu'il aimait tant.

Ishcate se sentit réconforté d'avoir répondu à l'appel de son sang.

Sous le tipi, Kawutz se blottit contre lui et il accepta sa chaleur.

30

La Nouvelle-Orléans, octobre 1777

SEBASTIÁN revint satisfait de la rencontre avec les tribus indiennes, car un accord de paix avait été conclu. Son objectif était à présent de retrouver sa sérénité intérieure. La distance et le voyage avaient été propices à de longs moments de réflexion. Il en avait conclu qu'il éprouvait de réels sentiments pour Suzette : il était amoureux et voulait l'épouser.

Pétri de convictions, habitué aux batailles et aux intrigues politiques et d'un naturel calme et pondéré, il ne parvenait pourtant pas à maîtriser sa nervosité à l'idée d'être éconduit. Si cela arrivait, il lui faudrait fournir un effort considérable pour l'ôter de son esprit et de son cœur. Il trouvait Suzette intelligente, diserte et chaleureuse, des adjectifs objectifs avec lesquels il aurait pu décrire les femmes qu'il avait connues dans sa vie. Mais chez Suzette, ces qualités venaient s'ajouter à sa beauté et s'extériorisaient dans ses expressions, ses sourires et ses gestes singuliers. Sebastián était troublé, tel un adolescent.

Il se rendit, fébrile, au dîner qu'avait organisé Girard pour célébrer le succès de l'expédition. Il n'attendrait pas un jour de plus pour exprimer ses sentiments à Suzette. Il s'était également pris d'affection pour sa famille et, dans le cas où il se verrait opposer un refus, il serait malheureusement contraint de rompre avec les Girard.

Loquace et triomphant, Jérôme monopolisa la conversation, donnant tout le loisir à Sebastián de répéter en silence ce qu'il dirait à Suzette, s'ils se retrouvaient en tête à tête. Celle-ci arborait un air sérieux. Elle feignait d'écouter la discussion avec intérêt et souriait même à certaines remarques. Pourtant, ses pensées semblaient se trouver à mille lieues de l'assiette dont elle peinait à lever les yeux. Concentré sur ses réflexions, Sebastián n'était guère plus bavard.

Après les desserts, des petits groupes se formèrent dans le salon, les uns pour jouer aux cartes, les autres pour continuer à converser. Les fenêtres étaient grandes ouvertes pour laisser entrer un peu de fraîcheur en cette chaude soirée automnale. Prétextant qu'elle voulait prendre un peu l'air, Suzette sortit sur la galerie.

Sebastián attendit quelques minutes et la rejoignit.

Tout au fond, cachée dans la pénombre et accoudée à la balustrade, elle contemplait le reflet de la lune sur le lac Pontchartrain. Elle trouvait mystérieux que des eaux aussi peu profondes puissent provoquer, lorsqu'elles étaient courroucées, de terribles crues.

— Quelle belle estampe, murmura l'officier espagnol.

— En effet.

— Je parlais de toi.

Flattée, Suzette se redressa et esquissa un sourire. Enhardi, Sebastián s'avança un peu plus.

— Tu as été bien silencieux pendant le dîner, observa-t-elle. Je suppose que tu ne t'es pas encore remis du voyage.

Elle l'a remarqué, se dit-il pour s'encourager. *Cela signifie que je ne lui suis pas indifférent.*

— Si je reconnaissais mon état de fatigue, je ferais piètre figure en comparaison de ton père qui, bien que plus âgé que moi, est euphorique ce soir.

Suzette sourit de nouveau.

— Mon père revit lorsqu'il rentre à la maison. J'ai parfois l'impression qu'il a découvert dans ce lac la fontaine de Jouvence que cherchait votre Ponce de León en Floride. Ce serait merveilleux, n'est-ce pas ?

Ces derniers temps, elle avait la sensation que la vie lui glissait entre les doigts. Sans y prendre garde, elle serra les poings sur la balustrade.

— La fontaine de Jouvence ? répéta sur un ton grave Sebastián. Je renoncerais volontiers à cette immortalité pour une vie non éternelle à tes côtés.

Il desserra doucement ses doigts de la rambarde, prit sa main et fit en sorte qu'elle le regarde dans les yeux.

— Tu m'as tellement manqué au cours de ces semaines, Suzette, que je me suis rendu compte qu'il m'était impossible de concevoir ma vie sans toi.

Suzette rougit, mais ne retira pas sa main de celle de Sebastián. Quand elle était à ses côtés, elle avait l'impression qu'il n'existait ni ennui ni tristesse et elle ne se départait pas de son sourire. Il était paré de toutes les qualités : responsable, inébranlable dans ses principes, dévoué à son travail pour sa patrie et son roi, plein d'esprit, attentif, aimant et gentil avec elle. De plus, il adorait la petite Adrienne.

— Toi aussi tu m'as manqué, lui dit-elle en toute sincérité.

Son père l'avait informée de sa conversation avec Ishcate et de l'intention de ce dernier de repartir dans le Nord. Elle devait se faire à l'idée qu'il ne reviendrait pas. Or, avec une fillette en bas âge et des soucis pécuniaires, elle n'avait qu'une alternative : retourner définitivement vivre chez ses parents ou accepter les attentions que lui portait Sebastián qui, nonobstant sa position et son expérience, tremblait devant elle, nerveux et excité, comme un tourtereau.

— Dois-je comprendre que tu acceptes de partager ta vie avec moi ? lui demanda-t-il.

Suzette le regarda dans les yeux et y vit un avenir radieux.

— Oui.

Sebastián se pencha pour l'embrasser sur les lèvres avec fougue et soulagement. Elle passa ses bras autour de son cou et ils s'étreignirent un long moment, n'interrompant leurs baisers que pour échanger quelques mots autour de leur avenir et de leurs illusions.

— Penses-tu que nous pouvons l'annoncer dès maintenant à ta famille ? Combien de temps faut-il pour organiser des noces ? J'espère qu'une semaine suffira. Oh, non..., s'écria-t-il en s'apercevant qu'il avait omis un point.

— Que se passe-t-il ? voulut-elle savoir, soudain alarmée.

— Je n'ai pas de tête... J'étais certain d'avoir songé à tout, mais j'ai oublié qu'il me fallait la permission du roi pour me marier. Or, elle mettra des mois à arriver !

— Celle du gouverneur ne suffit pas ?

— Non, dit Sebastián en se penchant pour l'embrasser de nouveau. Et je ne veux pas attendre aussi longtemps. Je mourrai si...

Tandis qu'il prononçait ces mots, une idée lui vint à l'esprit.

À l'expression de son visage, Suzette comprit que Sebastián, un homme à l'esprit vif et bouillonnant, avait trouvé la solution.

Deux semaines plus tard, à la mi-novembre, le père capucin Cirilo de Barcelona, vicaire général, juge ecclésiastique de la province de Louisiane et prêtre de l'église Saint-Louis à La Nouvelle-Orléans, accéléra le pas, nerveux et intrigué.

Il venait de recevoir une dépêche urgente, très succincte, du secrétaire du gouverneur. Dans le cas où il devrait administrer l'extrême-onction, il avait pris son coffret contenant les saintes huiles.

Il n'habitait pas loin, aussi arriva-t-il en quelques minutes. M. Girard lui ouvrit.

— Que se passe-t-il ?

— C'est le señor Orlac, l'informa Girard avec une expression indéchiffrable. Entrez, je vous prie.

Père Cirilo suivit le notable, traversa la cour intérieure et gravit les escaliers jusqu'à un hall carré qui donnait sur plusieurs portes à double battant. Il pénétra ensuite dans un élégant salon menant à une chambre à coucher. Le señor Orlac était allongé sur le lit, les yeux fermés. Assise à ses côtés, la veuve Fournier lui tenait la main.

Le capucin s'approcha. Il perçut sur le visage de Suzette moins de préoccupation que de nervosité. Quant au malade, bien que pâle, il n'avait pas le teint céruléen. Le religieux fronça les sourcils. Les jeunes s'effrayaient trop vite à l'idée de la mort. On l'avait réveillé au beau milieu de la nuit pour rien. Il lui administrerait les derniers sacrements, si tel était son désir, et dans moins d'une demi-heure, il serait de retour chez lui.

— Que puis-je faire pour vous ? demanda Cirilo à Orlac en s'inclinant légèrement.

Sebastián tourna la tête et plissa les yeux, comme s'il avait du mal à distinguer le prêtre.

— Père, je suis gravement malade…

— Quel est le diagnostic ?

— Ce serait quelque chose au niveau du foie, intervint Suzette à voix basse. Le médecin est allé chercher un médicament. Il ne va pas tarder.

— Connaissez-vous la señora Fournier ? demanda Sebastián au religieux, qui acquiesça. C'est ma promise. Dans l'état où je me trouve…

— Je vois…, l'interrompit père Cirilo, un brin moqueur.

Il savait parfaitement ce que l'officier s'apprêtait à lui dire : il voulait l'épouser, car dans le cas où Dieu le rappellerait à lui, il mourrait sans la consolation d'avoir tenu parole. Ce n'était pas la première fois depuis l'arrivée des Espagnols qu'il mariait une personne à l'article de la mort. S'il avait de sérieux doutes sur la gravité de l'état du malade, il ne lui convenait guère de s'opposer aux désirs d'un haut responsable espagnol. Girard et Orlac étaient à la fois influents et généreux envers l'Église. D'après la loi, un officier ne pouvait contracter de mariage sans autorisation royale. Il risquait d'être déchu de ses fonctions et de perdre ses privilèges. Néanmoins, s'il se mariait *in extremis* et se rétablissait ensuite, il gagnait du temps pour recevoir l'autorisation.

Personne n'ignorait la relation étroite qui unissait le señor Orlac et Mme Fournier ; les rumeurs allaient bon train dans la ville, elles se propageaient comme une traînée de poudre. Un homme jeune et vigoureux et une belle veuve, par conséquent expérimentée ; ne pouvaient-ils donc pas attendre ?

La décadence morale que père Cirilo avait rencontrée à son arrivée cinq ans plus tôt parmi les paroissiens de la colonie ne pouvait être que le résultat du relâchement des enseignements de son prédécesseur, le frère Dagobert – qu'il repose en paix –, avec lequel il s'était si souvent querellé.

Il se souvint de la myriade de scandales, résultat d'un laisser-aller généralisé, qu'il ne cessait de dénoncer à ses supérieurs. Plutôt que de vêtir l'habit ecclésiastique, les capucins français portaient chemises, vestes, culottes, bas et souliers. Ils se délectaient de copieux déjeuners servis par de jeunes mulâtres sur des tables richement garnies avec des couverts en argent. Ils se rendaient à des fêtes et certains, dont Dagobert lui-même, avaient de sérieux problèmes avec le jeu, au point de s'être vus contraints d'hypothéquer la ferme de la paroisse. Ils n'enseignaient pas la catéchèse toutes les semaines et administraient les sacrements mal ou trop vite – comme les offices, qui duraient à peine un quart d'heure – pour se replonger dans la tentation du cinquième et du septième péché capital, et qui sait, peut-être du troisième, puisqu'ils toléraient l'union libre et le concubinage... Des hommes affreusement négligents ! Ils n'avaient même pas remplacé la Sainte Hostie du tabernacle principal, rongé par les vers, en deux ans ! Et combien de fois avait-il dû changer de ses propres mains l'eau stagnante du bénitier ! Pour le bien de cette province, le monarque l'avait envoyé afin de la réformer et de faire la volonté de Dieu.

Il recentra ses pensées pour se remémorer les formules du rituel du mariage.

Dès que le père Cirilo et un Girard satisfait quittèrent la chambre, Sebastián écarta le drap et tapota le lit pour inviter Suzette à s'allonger à ses côtés.

— Il va falloir que tu m'aides, lui dit-elle en souriant.

Elle lui tourna le dos afin qu'il lui dégrafe sa robe. Elle avait choisi pour l'occasion une tenue élégante et discrète composée d'une jupe de soie grenat et d'un dolman taillé dans de la toile de Jouy, dont les motifs champêtres étaient de la même couleur que le bas. Encore un peu nerveuse, elle attendait la suite des événements. Ces dernières semaines, sa vie avait fait une soudaine volte-face.

Elle se releva et ôta son dolman, son corset, sa jupe, ses jupons. Lorsqu'elle en vint aux bas de soie, noués au-dessus de ses genoux par un ruban, elle sentit le regard ardent de Sebastián et s'empourpra. Puis, couverte de la seule chemise en lin clair dont le décolleté et les poignets étaient garnis de dentelle, elle se glissa dans le lit et se blottit entre ses bras.

— Crois-tu que père Cirilo y a cru ? lui demanda-t-elle.

— Pas un instant ! s'écria Sebastián en riant. Je ne pense pas qu'il ait déjà célébré une noce aussi vite. Mais ne t'en fais pas. L'important, c'est que nous sommes mariés. Tu es maintenant la señora Orlac, Suzette. Je suis heureux, ajouta-t-il en l'embrassant sur le front. Et je prie Dieu pour qu'il me permette de vivre de longues années en ta compagnie.

— Je le souhaite aussi, Sebastián.

— J'espère que tu deviendras espagnole dans l'âme, même si tu restes française de naissance.

Alors qu'elle lui caressait le bras, Suzette sentit du bout des doigts une aspérité sous le tissu.

— Une blessure de flèche, expliqua-t-il. J'en ai une autre sur la poitrine. J'ai bien peur de ne pas être un homme parfait.

— Pourvu que tu n'aies plus jamais à te battre.

— Je me dois à mon pays, commenta-t-il en lui passant la main sur les cheveux, le visage et le cou. Et à toi, maintenant.

Ses doigts rencontrèrent un pendentif. Il se redressa pour l'observer. C'était un joli collier tout simple fait d'osselets et de perles colorées, qui lui rappela une amulette indienne.

— Je vais l'enlever, je serai plus à l'aise.

Suzette prononça ces mots avec sincérité et naturel, mais elle regrettait d'avoir oublié de retirer le bijou. Cette étourderie lui avait rappelé Ishcate au moment le moins opportun. Elle posa le pendentif sur la robuste table de chevet en acajou. Quelques mois plus tôt, elle prévoyait de fuir avec le Kaskaskia et de vivre dans une humble maisonnette sur les terres du Nord. Elle était à présent la señora Orlac. Elle ne pourrait se donner entièrement à Sebastián avec ce collier autour du cou. Ce ne serait pas juste.

Orlac repensa alors fugacement à cet Indien qui portait une petite médaille religieuse au cou. Il s'agissait d'une curieuse coïncidence. Néanmoins, il ne sentait rien qui puisse s'apparenter à de la jalousie ou à de la méfiance. Il avait toujours vécu dans le présent, le regard rivé vers l'avenir. Peu importe le passé de Suzette, elle commençait une nouvelle vie avec lui. Il la serra encore plus fort et continua à lui prodiguer des caresses. Ils s'étaient déjà maintes fois embrassés, pris dans les bras et effleurés au cours des dernières semaines, sans jamais franchir la barrière des vêtements ni aller plus loin. L'urgence de signer l'acte de mariage s'expliquait en partie par un désir d'intimité. Ni l'un ni l'autre n'étaient des novices. Ils savaient ce qui se passait entre un homme et une femme. Sebastián voulait procéder doucement. De cette nuit dépendrait en grande partie leur bonheur futur.

Il chercha ses lèvres et l'embrassa, d'abord délicatement, puis avec de plus en plus d'intensité. À la façon dont elle réagit, il sut qu'ils partageaient le même désir.

Lorsque Girard arriva à la plantation Auvergne, il fut accueilli par des rafales, des éclairs et des coups de tonnerre impressionnants. Cette année, la région avait été plutôt épargnée par les ouragans dont la saison se terminait généralement en novembre. Il espérait que cet orage n'était qu'une énième tempête, comme celles qui s'étaient abattues sur la ville au cours des dernières semaines.

Blanche l'attendait, éveillée.

— Alors ? lui demanda-t-elle.

— Tout s'est passé comme prévu.

— Ma chère Suzette ! s'écria-t-elle en joignant les mains sur sa poitrine. Je suis si heureuse pour elle ! Pour eux deux. Ils forment un joli couple, n'est-ce pas ? Enfin, je vous sais davantage intéressé par l'aspect financier et le rang social...

— Comment pouvez-vous dire une chose pareille ? lâcha-t-il, faignant de se fâcher. Je vous rappelle que c'est vous qui avez organisé un déjeuner où, comme par hasard, Suzette était la seule femme en âge de se marier. Et étonnamment, vous n'avez pas considéré les noces secrètes comme un affront à nos habitudes de les célébrer en grande pompe pour complaire à la société.

Blanche le regarda d'un air coquet et dénoua la cordelette du décolleté de sa chemise de nuit.

— Comme vous le dites si bien, il faut savoir saisir les opportunités.

Girard se déshabilla en hâte et s'allongea à ses côtés.

Ils riaient depuis quelques minutes lorsqu'on vint frapper à la porte avec insistance pour couvrir le vacarme de l'orage. Girard enfila une chemise et ouvrit d'un coup. Il entendit des cris fuser dans le couloir.

— Que se passe-t-il, bon sang ? demanda-t-il à son plus fidèle domestique, celui qui avait remplacé Bamboula.

— Nous devons partir, monsieur. Le lac menace de déborder.

Girard comprit l'urgence. À la saison des fortes pluies, les crues étaient fréquentes. La maison était construite sur de petits pilotis, afin que l'eau s'écoule sans entrer à l'intérieur. Très souvent, le jardin et les terres alentour se retrouvaient submergés. Le garçon n'aurait pas donné l'alerte si la situation ne présentait pas de péril.

M. et Mme Girard s'habillèrent rapidement et mirent dans un sac leurs biens les plus précieux. Enfants et domestiques les attendaient dans deux voitures.

— Vite, monsieur ! Madame, allez ! les pressa le cocher.

Les coups de fouet claquèrent sur les chevaux, qui prirent le galop en direction de la résidence des Girard en ville.

En entrant à La Nouvelle-Orléans, ils entendirent entre les grondements de tonnerre un murmure inquiétant dont l'intensité redoublait de temps à autre. Au milieu de la rumeur effrayante qu'ils connaissaient si bien surgirent les cris d'effroi des gens, les hennissements, les meuglements, les bêlements et les grognements des animaux, ainsi que les crissements des gonds de portes et des volets qu'on fermait. Tandis que la famille entrait dans la maison, les domestiques dételèrent les chevaux des calèches et les emmenèrent dans les écuries. Tout le monde se rassembla ensuite dans le salon pour prier.

Les eaux du lac Pontchartrain et du Mississippi inondèrent les rues de la ville pendant des heures tandis que le vent et la pluie s'attaquaient impitoyablement aux bâtiments.

À l'aube, lorsque le vacarme cessa, Girard osa se pencher à la fenêtre ; il découvrit, soulagé, que son quartier, hormis la boue qui recouvrait tout, s'en tirait sans trop de dégâts, ou tout du moins pas davantage que d'autres fois. Les nouvelles commencèrent à circuler de bouche en bouche et Girard apprit très vite que les berges du Mississippi, les quais et la place d'Armes avaient été les plus touchés. Il chaussa des bottes hautes et ordonna qu'on lui selle un cheval. En tant que l'un des notables les plus influents et les plus fortunés de la colonie – et maintenant le beau-père du bras droit du gouverneur, même si ce dernier occupait ce poste de façon provisoire –, il considéra qu'il était de son devoir de contribuer à la remise en état de la ville.

Il croisa son gendre à la porte de l'église. Suzette l'accompagnait, le visage consterné et les yeux rougis. Une épaisse couche de boue mêlée à des branches, des troncs, des bouts de bois ainsi que des cadavres d'animaux et de gens s'étendait devant eux jusqu'au fleuve. L'air sentait la vase et la végétation morte. Les cris désespérés de ceux qui cherchaient un être cher leur parvenaient, ainsi que de temps à autre des coups de feu contre des alligators qui profitaient du désastre pour s'offrir un festin.

Un jeune capitaine couvert de boue s'approcha.

— La plupart des corps proviennent du cimetière qui a presque entièrement disparu. D'après nos estimations, nous aurons cette fois peu de morts à déplorer.

Si, au vu des circonstances, c'était plutôt une bonne nouvelle, Suzette éclata en sanglots. Les tombes s'étaient ouvertes précisément lors de sa nuit de noces, quand elle s'était souvenue d'Ishcate et non de son premier mari. L'un de ces corps difformes et souillés pouvait être celui de Belmont.

Sans être superstitieuse, elle vit dans l'incident un mauvais présage. Elle regarda son père avec effroi.

— Je dois savoir ce qui est arrivé à Belmont, lui dit-elle d'un ton suppliant.

Girard acquiesça, compréhensif. Comme la vie était fluctuante. Ce funeste événement entacherait le souvenir de la nuit de noces de sa fille.

— Je vais m'en occuper personnellement.

Suzette dut attendre deux jours pour que son père lui assure que les eaux n'avaient pas ouvert la tombe de son premier mari. Son passé restait enseveli. Elle pouvait désormais se consacrer pleinement à la nouvelle étape de sa vie.

31

La Nouvelle-Orléans, décembre 1777

Un mois après l'inondation, il ne restait guère de traces des dégâts qu'elle avait causés.

Benoît Leroux, qui n'avait entendu parler que de cela depuis son arrivée à La Nouvelle-Orléans, s'étonna de la rapidité avec laquelle la vie avait repris son cours. La ville lui sembla même plus propre que dans ses souvenirs.

Devant le bâtiment à deux étages où se trouvaient les bureaux et les entrepôts de Girard, à l'intersection de la rue de Toulouse et de la rue de Chartres, la principale avenue commerçante, il prit une profonde inspiration. Après avoir réglé la question de l'héritage d'Étienne, Benoît avait mis trois jours à réunir la force et le courage d'affronter son ancien associé. En même temps, il avait hâte de le revoir ; quatorze années s'étaient écoulées depuis son départ vers le nord.

Il poussa la porte. Six comptables s'agitaient sur leurs bureaux, entourés de documents et de registres. Avec une pointe de jalousie, il nota que les affaires de Jérôme marchaient bien. Leroux avait conservé son ancienne demeure en ville, et le couple à qui il avait confié sa maison durant son absence l'avait informé que Girard était devenu l'un des hommes les plus fortunés de La Nouvelle-Orléans : il possédait désormais plusieurs plantations, une scierie, une entreprise de construction et deux cents esclaves. Non seulement il poursuivait ses activités dans le commerce de peaux, mais il avait en outre négocié de juteux contrats pour l'approvisionnement des frégates espagnoles.

Leroux ne doutait nullement de l'ardeur, du dévouement et des efforts de son ami – s'il pouvait encore le considérer comme tel –, mais la chance avait également contribué à son succès. Quelle était la probabilité qu'une personne d'origine modeste voie ses deux filles épouser des hommes influents ? Sa vie aurait-elle été aussi opulente que celle de Girard s'il n'était pas parti à l'aventure dans le Nord ? Mais de l'eau avait coulé sous les ponts. À quoi bon remettre ses choix en question ? Personne ne l'avait forcé à se lancer dans ses investissements. Il avait lui-même décidé d'écouter ses rêves et son cœur plutôt que son bon sens. Il n'entreprendrait désormais plus rien d'important dans sa vie. Tout au plus aiderait-il Étienne à redresser leurs affaires. Telle était du reste la raison de sa présence à cet endroit.

Un des comptables l'accompagna à l'étage, jusqu'au cabinet de Girard. Avant de franchir le seuil, il prit à nouveau une profonde inspiration. L'enjeu de cette rencontre était de taille, et il craignait le pire.

— Mon cher ami Leroux ! s'exclama Girard en le voyant.

Il se leva, s'approcha de lui et lui serra vigoureusement la main.

— Quelle agréable surprise ! ajouta-t-il en l'invitant à prendre place dans un confortable fauteuil tapissé installé à côté d'une grande fenêtre.

Tandis qu'ils se donnaient des nouvelles récentes de leurs vies respectives et discutaient de choses et d'autres sur un ton cordial, les deux hommes s'examinaient l'un l'autre.

Pour Leroux, Girard semblait très bien conservé. Après toutes ces années, il n'avait pas changé. Seules quelques taches sur sa peau et des ridules autour de ses yeux étaient apparues. Il dégageait toujours autant d'énergie et de détermination, et sa perruque sophistiquée lui conférait un air distingué.

Aux yeux de Girard, Leroux s'était voûté. Comme il ne portait pas de perruque, Jérôme remarqua sa chevelure clairsemée et eut du mal à trouver ne serait-ce qu'une infime surface de peau rose et lisse sur son visage et ses mains. Néanmoins, sa voix était aussi mélodieuse et agréable que dans ses souvenirs.

Après un court silence arriva le moment déplaisant que tous deux redoutaient. Leroux se racla la gorge.

— Jusqu'à présent, j'ai communiqué avec vous par lettres…

— Je t'en prie, ne fais pas tant de manières pour t'adresser à moi ! Rien n'a changé entre nous !

Leroux esquissa un léger sourire.

— Compte tenu de la gravité de la situation, je ne pouvais plus attendre pour m'armer de courage, poursuivit-il. Je tenais à venir te dire en personne que je n'ai pas encore réussi à réunir la somme que je te dois. Je t'assure que c'est l'une de mes priorités, mais les affaires n'ont pas toujours été bonnes.

Girard acquiesça et demeura silencieux quelques secondes, puis il posa ses coudes sur la table, entrecroisa ses mains et le regarda droit dans les yeux.

— Si j'en suis là aujourd'hui, c'est parce que j'ai su dissocier les affaires et l'amitié, dit-il enfin sur un ton affectueux. En ce qui te concerne, c'est en souvenir de notre jeunesse que j'ai fait preuve de bienveillance. Je crois qu'à présent, bien trop d'années ont passé. Nous vieillissons, Benoît. La mort peut frapper d'un instant à l'autre. Tu conviendras qu'il est préférable de quitter ce monde sans garder de dettes, pour notre propre confort comme pour celui de nos enfants.

Leroux comprit que Girard procéderait à la saisie de ses biens hypothéqués. La tension lui donnait la nausée. Il allait perdre tout ce qu'il avait obtenu au cours de sa vie. Jusqu'à ce qu'il parvienne à se relever de ce coup de massue – s'il y arrivait –, il devrait dépendre de Cécile. Cela ne la gênerait pas, mais avec le temps, elle le mépriserait. Qui pouvait aimer un perdant ?

— Mon cœur et mon esprit sont en lutte, poursuivit Girard. Je ne dormirais pas sereinement si je te dépossédais de tout. Je vais garder ta propriété de La Nouvelle-Orléans ainsi que la moitié de tes biens, bâtiments et terres de Saint-Louis. De cette manière, je récupère une partie de mon argent et toi, tu gagnes du temps pour solder ta dette.

C'était un bon arrangement. Surpris par la générosité de son ami, Leroux ne se sentait cependant pas soulagé. Il y avait encore pire qu'être un perdant : être un perdant sans dignité. Cette offre le maintiendrait pieds et poings liés à Girard. Il ne voulait plus supporter un tel fardeau sur ses épaules ni accepter sa charité. Il pensa à Cécile. Elle l'avait toujours soutenu et comprendrait sa décision. Il était venu demander du temps à Girard, et il se sentit en quelque sorte libéré de tout perdre et de tout recommencer.

— Je te remercie pour cette proposition, dit-il en se redressant, mais je dois la refuser. J'assume mes erreurs. Comme tu le dis si bien, je souhaite vivre sans dettes.

Girard demeura un instant silencieux, se demandant s'il devait insister malgré le ton ferme de Leroux.

— Comme tu voudras, finit-il par ajouter. Tu peux rester chez toi aussi longtemps que nécessaire. Je verrai plus tard ce que je ferai de ta maison. Maintenant que nous repartons sur de bonnes bases, je suis prêt à vous vendre, à Étienne et à toi, une cargaison de marchandises que je pourrai vous envoyer dès l'année prochaine afin que vous les commercialisiez.

Leroux eut du mal à masquer sa stupéfaction.

— Tu ne m'en veux pas, alors ?

— Puisque l'outrage est réparé, il n'y a aucune raison que je te garde rancune, répondit Girard en riant, l'air satisfait, tout en s'approchant du bureau où il rangeait ses documents. J'ai appris cela des Indiens.

Ce soir-là, dans la chambre de la demeure qui avait été la sienne, là où il avait commencé à aimer Cécile, vu Étienne grandir, engendré ses quatre enfants et imaginé ses projets d'avenir dans le Nord quand il n'était encore qu'un jeune homme courageux convaincu d'être destiné à des exploits extraordinaires, Leroux écrivit, à la lumière ténue et vacillante des bougies, une longue lettre destinée son beau-fils qu'il conclut en ces termes :

Si je meurs, liquide tout mon patrimoine, du moins ce qu'il en restera après avoir payé Girard. Qu'il est difficile de devoir mourir en conservant des dettes ! On ne lègue alors que douleur et problèmes à ses proches.

Sa tristesse et sa mélancolie redoublèrent les semaines qui suivirent. Il s'était certes libéré d'une grande partie de ses dettes, mais il avait l'impression qu'en perdant ses biens, il avait aussi perdu ses forces. Il n'avait guère envie de sortir de chez lui et se sentait tel un étranger dans les rues de La Nouvelle-Orléans. Un étranger et un prisonnier, car en hiver, aucun bateau ne remontait le Mississippi.

Dès qu'apparurent les premiers signes du printemps, il embarqua sur un navire à destination de Saint-Louis avec la marchandise promise par Girard. Il se prépara à affronter encore trois mois de solitude. Il pensait chaque jour à sa famille, à ses enfants et à son petit-fils métis qui grandissaient, et surtout à Cécile. Elle soignerait son âme meurtrie. Elle était son guide dans la vie. Comme il aurait aimé la conduire par le bras jusqu'à l'autel et légaliser leur union devant Dieu et les hommes ! Il lui ferait sa demande dès son retour à Saint-Louis. Mais son excitation soudaine se dissipa à la vitesse de l'éclair : accepterait-elle sa proposition alors qu'il n'avait rien d'autre à lui offrir que son amour ?

À bord du bateau, par une journée ensoleillée de mai, il se surprit à s'imaginer se promenant dans les rues pavées de Bedous, son village natal, avec ses maisons en pierre aux toits en ardoise, niché dans les montagnes pyrénéennes. Il se rappelait l'église Saint-Michel, les fontaines, la brume, la solide tour carrée de sa demeure familiale et les visages des voisins qu'il n'avait pas vus depuis des décennies. Qu'étaient devenus les enfants qui avaient partagé ses jeux et ses espiègleries ? Et les membres de sa famille avec qui il ne correspondait que très rarement ? Les images du paysage de sa lointaine Aquitaine remplacèrent peu à peu la réalité des berges du Mississippi tandis que les nausées, les vomissements, la fièvre, les frissons et une douleur abdominale persistante s'étaient emparés de son corps. Un matin, alors que le bateau naviguait en direction du poste Arkansas, il s'effondra sur le pont et ses pensées s'envolèrent pour disparaître dans l'oubli.

Le capitaine du navire informa le commandant Balthazar de Villiers du décès du célèbre négociant Benoît Leroux, emporté par une colique biliaire. Comme ils se trouvaient à plusieurs journées du poste Arkansas, ils l'inhumèrent dans la forêt, près du fleuve.

Villiers dressa un inventaire détaillé des marchandises que le défunt rapportait à Saint-Louis. Il garda une copie et en remit une au capitaine afin que celui-ci la fasse parvenir au commandant de l'Illinois. Le capitaine fronça les sourcils face à cette honnêteté aussi scrupuleuse qu'agaçante ; Villiers avait même noté qu'un tonneau de vin de Málaga et trois de tafia avaient été consommés. L'eau-de-vie de canne lui importait peu, mais il allait regretter le délicieux vin que M. Leroux lui avait fait goûter lors des dîners. Le message de Villiers était clair : si le capitaine avait pensé un instant garder quelques marchandises pour lui, il pouvait oublier cette idée. Les Espagnols fermaient les yeux sur bien des choses. Toutefois, quand il s'agissait d'un décès, ils faisaient preuve d'un sérieux inébranlable. Ainsi, lorsque le bateau jeta l'ancre à Saint-Louis en juillet, le nouveau commandant Fernando de Leyba, qui avait été nommé lieutenant-gouverneur de la région, constata que rien ne manquait.

Celui-ci fut chargé d'annoncer la triste nouvelle à Mme Dubois, dont il connaissait le caractère joyeux, fort et dynamique. Elle ne dit rien. Seuls des sanglots s'échappèrent de sa gorge.

— J'ai ordonné de sceller les portes et les fenêtres de la maison de M. Leroux avec des bandes de papier et de la cire jusqu'à ce que vous trouviez la force d'assister à l'inventaire de ses biens, dit Leyba à Étienne, abattu.

La ferme de la famille Dubois demeura fermée aux visites. Cécile ne souhaitait recevoir de condoléances de personne. Elle voulait croire que Benoît allait apparaître par surprise sur le bateau suivant. Elle envoyait un de ses fils sur le quai et attendait que le miracle se produise. En vain. Elle n'avait ni la volonté ni la force de faire quoi que ce soit. Elle délégua toutes ses tâches à ses enfants et ses domestiques, et se cloîtra dans sa chambre. La réalité était si cruelle qu'elle pleurait jusqu'à l'épuisement. Quand elle finissait par s'endormir, les cauchemars la réveillaient et la hantaient, même les yeux ouverts. Son grand amour était parti à jamais. À l'extérieur, la vie ne s'était pas arrêtée pour autant. Elle entendait à travers la porte les pleurs des petits, les murmures et le remue-ménage des activités quotidiennes. Elle mit trois jours à trouver la force de sortir du lit.

Le visage émacié et les yeux pénétrés de douleur, elle demanda à Étienne d'aller trouver le lieutenant-gouverneur et le notaire l'après-midi même afin de procéder à l'inventaire.

Leyba rompit les scellés de la maison en pierre sous les yeux de Cécile et d'Étienne. En entrant, il fut surpris par l'ameublement, des plus spartiates. Leroux vivait la plupart du temps chez Mme Dubois ; il était donc logique qu'il n'y ait pas grand-chose dans cette maison. La chambre, où ils ne trouvèrent que des caisses et des tonneaux, rappelait un débarras. Le notaire inscrivit sur la liste deux lits, une armoire, une table faite avec une planche et deux tréteaux, un miroir, une étagère, deux cents livres, une écritoire, un sceau à cacheter en argent, une paire de lunettes, deux candélabres en laiton, une loupe, un coffret de rasage contenant des lames et une pierre à aiguiser, un trousseau à pharmacie avec des sels d'Epsom et de nitrate, des racines de rhubarbe et d'autres remèdes, ainsi que deux vieux pistolets. Ce fut dans l'armoire qu'ils découvrirent les objets les plus précieux : des boucles de ceinture en argent, des chemises de bonne facture, des culottes en coton, en lin, en laine, en satin et en soie, des cols en futaine, des bas, plusieurs costumes élégants garnis de passementerie argentée, un manteau de satin blanc et une épée de cérémonie avec un pommeau en argent.

— M. Leroux avait très bon goût, fit remarquer Leyba pour tenter d'atténuer la tristesse de Cécile.

Celle-ci soupira et essaya de contenir ses larmes en ébauchant un bref sourire.

— C'était un homme distingué et travailleur qui aimait par-dessus tout s'adonner à la lecture. La chance ne lui a pas toujours souri, mais je crois qu'il a eu une vie heureuse.

— J'aimerais garder les livres et l'épée, intervint Étienne.

Leyba ouvrit sa pochette en cuir et en sortit plusieurs documents qu'il lui tendit.

— M. Leroux avait ces papiers sur lui. Tous les biens de votre beau-père seront vendus aux enchères afin de solder ses dettes. Si vous avez une demande particulière, vous devez vous adresser à M. Girard, son principal créancier.

Étienne parcourut les documents les dents serrées. Il regarda alors sa mère en contenant son envie de hurler.

— Tous les bâtiments sont hypothéqués, Mère. La maison, la ferme, le moulin…

Cécile acquiesça.

— Tu le savais ?

Elle hocha à nouveau la tête. Elle se souvint à cet instant d'Angélique, la maîtresse indienne de feu le capitaine Bellerive et mère de ses trois enfants, qui l'avait aimé au point de demander à être enterrée à ses côtés alors qu'il ne l'avait pas reconnue comme épouse, ni de son vivant ni sur son testament. L'amour était un sentiment tellement irrationnel qu'il faisait pardonner l'impardonnable et justifier l'injustifiable. Benoît Leroux l'avait convaincue de le suivre sur ces terres où elle avait dû travailler aussi dur, sinon plus, que dans la boulangerie de La Nouvelle-Orléans. Il avait été imprudent dans ses aventures commerciales. Il lui avait maintes fois promis un avenir opulent et placide qui n'était jamais arrivé. Et voilà qu'il la laissait seule, avec toute une famille à s'occuper. Au milieu de son chagrin, une subite pensée lui vint à l'esprit : par chance, elle n'avait pas épousé Leroux après être devenue veuve et n'héritait donc pas de ses dettes. Elle regrettait que ses enfants ne puissent recevoir aucun des biens de leur père, mais ses biens à elle, gagnés grâce au commerce de peaux, au travail de la terre et à la vente de céréales, étaient épargnés. Sa ferme s'était agrandie. Elle avait un jardin potager, une étable, une cabane pour ses esclaves et avait les moyens d'engager des employés pour les tâches agricoles. Ses enfants ne manqueraient de rien et elle veillerait à ce qu'ils agissent avec plus de discernement que Leroux.

Dans un long soupir bruyant, Étienne expira l'air qui comprimait sa poitrine.

— Qu'allons-nous faire, maintenant ? murmura-t-il.

Cécile promena son regard sur les vêtements qui portaient encore l'odeur de son amant, le père de quatre de ses cinq enfants, l'homme qu'elle aurait suivi jusqu'au bout du monde, puis elle répondit :

— Ce que lui-même aurait fait : tout recommencer.

32

Kaskaskia, juillet 1778

MOINS D'UNE ANNÉE S'ÉTAIT ÉCOULÉE depuis le retour d'Ishcate à Kaskaskia lorsque Couroway commença à montrer d'inquiétants signes d'affaiblissement. Il restait prostré à longueur de journée. Ishcate, qui vivait dans son propre tipi avec Kawutz et le petit Sarazen, s'installa dans celui de son père. Les rôles s'étaient inversés depuis son rite de passage à l'âge adulte ; c'était désormais lui qui veillait sur le sommeil du vieux chef kaskaskia, lequel, frappé de cécité, avançait seul dans le crépuscule de sa vie.

Un soir, après plusieurs jours de chaleur insupportable, d'épais nuages assombrirent le ciel. Le grondement rauque du tonnerre lointain annonça l'arrivée imminente d'une violente tempête.

Couroway tendit la main pour prendre celle d'Ishcate. Le tambourinement des grosses gouttes sur le cuir de la tente couvrait sa voix.

— Je suis né une nuit de forte pluie et je quitterai cette vie comme je suis venu. Ces derniers temps, j'ai compris ce que m'a dit un jour mon père : nous naissons sans rien apporter et nous mourons sans rien emporter ; mais dans cet intervalle, qui est notre existence, nous nous battons pour ce que nous n'avons pas apporté et pour ce que nous n'emporterons pas. *Myaalisiaani.* Je sais que je meurs. Je suis prêt à me reposer.

Couroway lui répéta alors les traditions et les coutumes anciennes qu'il ne devait pas oublier. Ishcate l'écouta attentivement, le cœur serré. Bien que conscient de l'imminence de sa mort, son père se montrait serein. Ishcate se demanda si ce calme était réel ou si, comme lui sur la branche du cèdre, Couroway essayait de repousser ses peurs pour ne pas faire honte aux ancêtres. Quoi qu'il en soit, sa voix ne tremblait pas et ses yeux étaient dépourvus de larmes.

— Mon cher fils, poursuivit Couroway en lui serrant la main, j'ai vécu des temps difficiles, mais j'ai aussi connu des moments de fête. Quoi qu'il arrive, ne laisse pas ton cœur s'endurcir comme la roche et étouffer les voix des terres de l'Illinois. Nos ancêtres parlent à travers le vent dans les feuilles, le cri de l'aigle dans le ciel et la pluie sur l'herbe. Que leurs voix guident tes pas sur le chemin de la sagesse, de la prudence et de l'honneur afin que tu sois en paix et puisses garder la tête haute lorsque tu viendras me rejoindre dans le monde des esprits.

Après avoir aspiré une bouffée d'air avec difficulté, il ajouta :

— *Eehkwi kati ašiihkiwi pimaamhkihsinki, alenia eehkwi mihtohseeniwici, kati nintaayaacimekooki noohsemaki, nintaayaalhsoohkaalikooki.* Aussi longtemps que la terre résistera, aussi longtemps que l'homme vivra, mes descendants parleront de moi et raconteront des histoires sur moi.

Ce furent les ultimes paroles qu'il prononça avec clarté. Il s'enfonça dans un sommeil léger interrompu par des murmures incompréhensibles. À l'aube, il rendit son dernier soupir.

Ishcate resta un long moment près de lui avant d'aller prévenir le chaman. Le Grand Esprit lui arrachait un nouvel être cher et mettait une fois de plus sa force à l'épreuve.

Il aida le chaman à laver le corps de son père et à l'envelopper dans une fine peau. Il le veilla toute la journée et toute la nuit. Le lendemain matin, ils le portèrent à plusieurs jusqu'aux abords du village, où ils l'enterrèrent près d'un gros rocher avec ses amulettes, ses objets personnels et une plume d'aigle. Pendant une semaine, Ishcate ne mangea rien et but à peine. Il ne parla à personne. Il resta dans le tipi de son père, les cheveux couverts de cendres en signe de deuil.

Le septième jour, le chaman alla le chercher pour qu'il l'accompagne à la rivière, où il proféra ses incantations tandis qu'Ishcate retirait ses vêtements sales et plongeait dans l'eau pour se laver. Plus tard, autour du feu principal du village, il alluma un bouquet de sauge blanche séchée et enfuma d'abord le tipi vide de Couroway, puis le terre-plein où les villageois étaient assis afin de purifier l'atmosphère. La fumée dégageait une fragrance intense et agréable, qui perdura dans l'air jusqu'à la fin du dîner organisé en l'honneur de Couroway.

À ce moment-là, le grand chef Ducoigne se tourna vers le fils du défunt et l'invita à se lever devant les autres :

— Tu prendras la place de ton père, Ishcate. Tu connais nos traditions ainsi que la façon de penser des Européens.

Il saisit une couronne de plumes qu'il noua autour du crâne d'Ishcate.

— Les Kaskaskia auront besoin d'hommes comme toi pour l'avenir incertain qui les attend, ajouta-t-il.

Ishcate reçut l'honneur avec émotion, même si son visage n'en laissait rien paraître. Il se contenta d'un léger hochement de tête avant de poser ses yeux sur l'horizon et de demander au vent, aux montagnes et aux rivières de lui donner de la force pour que son chemin soit dorénavant marqué par la sagesse et la sérénité.

Kawutz s'approcha et lui prit la main.

— Ton père serait fier de toi. Si l'enfant que j'attends est un garçon, nous l'appellerons Couroway. Il sera fier, lui aussi.

Ishcate accueillit la nouvelle avec un sourire. La circularité de l'existence le réconforta : la vie continuait dans le sein de Kawutz.

Allongé sur le flanc, Ishcate caressa avec délicatesse le ventre de Kawutz, qui somnolait paisiblement. Blotti contre elle, Sarazen dormait en enserrant la balle en cuir qu'Ishcate lui avait offerte et qu'il ne lâchait jamais. Il était trop petit pour donner des coups de pied dedans en essayant d'atteindre un poteau, tel que le faisaient les autres enfants, mais observateur et dégourdi comme il l'était, il apprendrait vite.

Ishcate savoura la placidité du moment. Il aimait la famille qu'il avait formée, ainsi que l'idée d'être père d'un enfant de son sang, même si cela impliquait une nouvelle responsabilité. Jusqu'à présent, il avait pris ses décisions en ne pensant qu'à lui ; il devait désormais considérer deux autres personnes et bientôt, trois. Il se demanda s'il serait un bon père, s'il saurait prendre soin de son enfant et lui donner tout ce dont il aurait besoin. Il n'aurait pu trouver une meilleure compagne que Kawutz.

La jeune femme cligna des paupières avant d'ouvrir les yeux. Sentant la caresse d'Ishcate, elle appuya sa main contre la sienne et le gratifia d'un sourire.

— Bonjour, *waapanwi*.

Ishcate avait pris l'habitude de l'appeler ainsi dans l'intimité. Cela signifiait « aube ». Kawutz avait apporté de la lumière à sa vie.

— Il reste encore beaucoup de lunes avant la naissance de l'enfant, mais ça ne m'ennuierait pas de me réveiller comme ça tous les jours.

Ishcate se pencha sur elle et l'embrassa. Elle lui caressa la nuque et lorsque ses mains touchèrent la médaille qui pendait à son cou, elle lui dit :

— Un Indien digne de ce nom ne porte pas des bijoux de Blancs. À plus forte raison maintenant que tu es chef.

— Ce que j'ai vécu fait ce que je suis. Je ne me débarrasserai pas de mon passé.

Il avait renoncé à Suzette ; leurs vies empruntaient des chemins différents, mais il la gardait dans son esprit et dans son cœur.

Soudain, des cris et le vacarme de chevaux au galop leur parvinrent aux oreilles. Sarazen se réveilla, effrayé. Il se mit à gémir. Ishcate se précipita hors du tipi et aperçut Ducoigne qui parlait à un guerrier.

— Des centaines de soldats sont arrivés au village de Kaskaskia ! expliquait ce dernier lorsque Ishcate les eut rejoints.

— Vous avez entendu des coups de feu ? demanda Ducoigne.

— Non, pas un seul.

— Les Anglais seraient-ils revenus ? s'étonna Ishcate.

Les dernières troupes anglaises avaient quitté le Pays des Illinois deux ans auparavant pour apporter un renfort à la lutte contre la rébellion généralisée des colonies de l'Est. La garnison de Kaskaskia était réduite à une vingtaine de soldats aux ordres du commandant Rocheblave.

— Nous le saurons demain. Prouve que nous avons bien fait en te choisissant pour chef, ajouta Ducoigne, une main posée sur l'épaule d'Ishcate.

Le lendemain, au lever du jour, Ishcate, Ducoigne et un bon nombre de guerriers chevauchèrent jusqu'aux abords de Kaskaskia, où campaient des dizaines de soldats qui, en les voyant, empoignèrent leurs armes. Les officiers portaient des tuniques bleues à revers et poignets rouges ainsi que des culottes blanches ; c'étaient des Américains. Ducoigne hissa un tissu blanc pour signaler qu'ils venaient en paix et annonça qu'il voulait rencontrer les chefs. Ils furent aussitôt reçus dans la vieille bâtisse en pierre des jésuites qui abritait à présent la garnison britannique.

À l'exception des soldats qui campaient, il n'y avait âme qui vive dans le village. Tous les volets étaient fermés. On ne voyait aucune trace de lutte.

Dans la maison se trouvaient le commandant Rocheblave, plusieurs notables de Kaskaskia, le père Gibault – un prêtre corpulent qui avait remplacé Meurin –, ainsi qu'un lieutenant-colonel américain. Ce dernier, répondant au nom de George Rogers Clark, était grand et avait des cheveux châtains ondulés. Ses traits étaient marqués et ses yeux, tombants. Il était arrivé avec plus de deux cents hommes de Virginie par l'Ohio pour prendre le Pays des Illinois. Il y était parvenu de manière pacifique, puisque les quelques soldats britanniques de Kaskaskia n'avaient pas risqué leurs vies dans une bataille perdue d'avance.

Clark s'adressa à Ducoigne et à Ishcate.

— Je vous répète ce que j'ai dit à la population blanche de Kaskaskia : nous, les Américains, nous garantissons la liberté de religion des habitants et leurs droits de propriété. La seule chose que nous exigeons de vous, c'est la loyauté. Au cas où vous ne le sauriez pas, l'Espagne s'est rangée de notre côté, contre les Britanniques. Vous avez toujours apprécié les Français. J'espère que vous êtes toujours avec eux, et par conséquent avec nous.

— Il y a cinq ans, nous avons cédé nos territoires à l'Illinois Company, répondit Ducoigne. Les Anglais, ajouta-t-il en signalant le commandant Rocheblave, ont admis qu'il s'agissait d'une cession illégale au regard de leurs lois. Est-ce que vous êtes du même avis ?

— La terre vous appartient et nous respecterons vos droits, répondit Clark avec fermeté.

Il sortit d'une pochette en cuir deux ceintures, une rouge et une blanche, et les posa sur la table :

— Je me retire pour que vous puissiez débattre et décider si vous voulez la guerre ou la paix.

Il n'y avait pas grand-chose à débattre, pensa aussitôt Ishcate. Les Blancs de Kaskaskia, en particulier le père Gibault, estimaient que le plus raisonnable et le plus pratique était de prêter allégeance aux Américains. Le commandant Rocheblave n'avait pas assez d'effectifs à sa disposition et doutait que les milices loyalistes réagissent face à un tel déploiement de soldats américains.

— Qu'en penses-tu, Ishcate ? demanda Ducoigne.

— Je comprends que la situation est difficile, mais cela m'inquiète, répondit-il en regardant les Blancs. Pour vous, il est facile de prêter allégeance aux nouveaux venus, car votre vie ne changera pas beaucoup. Vous continuerez à travailler dans vos fermes et à commercer. Mais nous, les Indiens de l'Illinois, nous sommes contraints d'accepter ceux qui finiront par nous chasser de ces terres. Les Américains n'ont qu'une chose en tête : s'emparer des territoires à l'ouest.

Ducoigne tendit les bras, paumes vers le haut.

— Et que proposes-tu ? De lutter ?

— Ce serait une folie ! s'écria le père Gibault. Vous périrez tous ! Tu as entendu Clark. Ils respecteront vos propriétés !

— Nous pourrions forger de nouvelles alliances..., insista Ishcate.

Il repensa à la façon dont Pontiac avait autrefois réussi à unir nombre de tribus contre les Anglais. Certes, le projet avait échoué, mais l'idée de départ était bonne. Ducoigne l'interrompit.

— Les alliances entre ennemis pour attaquer un ennemi plus puissant sont instables. Un chef doit agir avec prudence, Ishcate.

Il fut irrité par le ton que Ducoigne employa pour s'adresser à lui, comme s'il était un jeune passionné, ignorant et impulsif. Or, c'était loin d'être le cas. Il ravala sa colère pour ne pas lui répondre avec agressivité devant tout le monde. La prudence était une chose, la peur ou la commodité en était une autre.

Lorsque Clark revint, Ducoigne lui remit la ceinture blanche, signe que les Kaskaskia choisissaient la paix.

La Nouvelle-Orléans, août 1778

Suzette vérifia que tout était parfaitement en ordre sur la table de la véranda, qui donnait sur la cour intérieure de sa nouvelle maison, située non loin de la résidence du gouverneur. Sebastián l'avait louée après leurs noces précipitées de l'automne précédent. La température était délicieuse en cette fin de journée. Elle avait disposé des tasses en porcelaine décorée de petites fleurs pour le thé ou le café, des verres pour les rafraîchissements et des plateaux de pâtisseries tout juste sorties du four. Sa grossesse était bien avancée ; elle se sentait lourde, nerveuse aussi à l'idée de retrouver ses amies pour le thé. Ravies de se distraire de l'ennui du long repos estival – la chaleur empêchait les réunions familiales –, elles avaient toutes répondu présentes. Les jeunes femmes ne s'étaient pas vues depuis les adieux à Margaux, deux ans auparavant, et les fois où Suzette avait croisé Louise et Jeanne, elle avait perçu une certaine froideur.

Le premier sujet de conversation fut inévitablement leurs familles. Louise était enceinte de six mois, c'était son quatrième enfant avec Bouligny ; Jeanne Laurent, qui avait un fils de quatre ans, s'inquiétait de ne pas retomber enceinte ; et Suzette pouvait accoucher d'un moment à l'autre. Consciente que Marie de la Ronde, l'unique célibataire à vingt ans passés, n'appréciait guère, sans toutefois le dire, les discussions autour des enfants ou des succès des maris, Suzette s'empressa de changer de sujet.

— Je suis ravie que vous ayez pu venir aujourd'hui. Vous m'avez manqué. Quand ma sœur Margaux vivait ici, nous ne passions jamais plus de trois mois sans nous voir. Nous devrions essayer de reprendre ces habitudes.

— J'ai reçu une lettre d'elle récemment, annonça Jeanne. Elle semble heureuse au Venezuela. Malgré ses engagements, elle trouve toujours le temps d'envoyer quelques lignes. Ses engagements et ses enfants… Elle attend le quatrième pour janvier !

— Par chance, elle doit être beaucoup aidée, observa Louise. Comme toi, Suzette.

— Aucune de nous ne manque de rien…

Louise esquissa un bref sourire.

— Je dois dire que je suis ravie que ton accouchement ne soit pas arrivé plus tôt, dit cette dernière. J'ai prié pour cela.

— Pourquoi donc ? voulut savoir Marie en regardant Suzette. Tu as eu un problème ?

— Oh non, c'est à cause des racontars, poursuivit Louise. Des noces si rapides, sans cortège ni fiançailles... Et le fait qu'elles n'ont pas été publiques... La moitié de la ville a compté les mois.

Suzette s'empourpra. Le ton et l'attitude désagréables de Louise à son encontre n'étaient pas nouveaux. Quelque chose n'allait pas chez celle qu'elle considérait comme son amie. Elle avait changé depuis le retour d'Espagne de son mari, peu après l'arrivée de Sebastián. Suzette s'était trompée en pensant qu'un goûter dans l'intimité pourrait rétablir leur amitié.

— Eh bien, la moitié de la ville tire des conclusions erronées. Mon mari se sentait très malade et n'a pas voulu risquer de décéder sans honorer sa promesse de m'épouser.

Ce n'était pas vrai, mais ils avaient convenu que ce serait l'explication officielle à leur précipitation.

— Dès que l'autorisation royale arrivera, poursuivit-elle, nous ratifierons publiquement notre union. Alors les maudits racontars cesseront.

— Ne te fâche pas, Suzette, intervint Jeanne. Tu sais bien comment les gens aiment jaser. Mais tu dois comprendre que tes secondes noces nous ont tous beaucoup surpris. Comme tu avais déjà été mariée, disons que... tu connaissais déjà les plaisirs de... Bref, il n'y avait aucune urgence.

En prononçant ces mots, Jeanne avait rougi. Suzette la regarda peinée et déçue. Ses soupçons selon lesquels sa belle-sœur n'avait pas très bien accepté son remariage secret et hâtif, à peine deux ans après la mort de Belmont, n'étaient pas infondés. Elle aurait préféré leur en parler ouvertement afin d'éviter d'être la cible de commérages. Sebastián et elle avaient certes recouru à une ruse pour accélérer leurs noces, mais jamais elle n'aurait imaginé que ses amies la jugeraient plutôt que de se réjouir pour elle.

— Entre nous, murmura Louise en penchant son corps menu et arrondi en avant, j'aurais probablement fait la même chose. Dans ta situation, veuve et avec une fille en bas âge… Je n'aurais pas laissé passer une telle occasion.

Suzette sentit la colère monter du fond de ses entrailles.

— Donc, selon toi, j'ai épousé Sebastián par intérêt ? Jeanne, tu veux me dire que tu n'as pas été éblouie à l'idée d'être l'épouse de l'héritier Laurent ? Et toi, Louise, dois-je te rappeler comme tu fanfaronnais à chaque exploit de ton mari, le señor Bouligny, comme si son but était de devenir gouverneur ?

Jeanne baissa la tête, quelque peu gênée, mais Louise explosa.

— Il avait toutes les qualités pour le devenir ! Et il répondait à tous les critères attendus, puisqu'il était plus âgé et plus expérimenté ! Jamais le señor Gálvez n'aurait pu être si bien renseigné sans le mémoire qu'a rédigé mon époux. Le gouverneur et ton mari ont utilisé ses informations pour un poste qui aurait dû lui revenir !

— Je comprends enfin ton changement d'attitude à mon égard, dit Suzette en élevant la voix. La jalousie t'a rendue injuste, Louise !

Elle se leva, les poings serrés. Du coin de l'œil, elle vit que Jeanne gardait la tête baissée, tandis qu'une expression de frayeur s'emparait du visage de Marie. Pour quelle raison n'intervenaient-elles pas : était-ce par lâcheté ou parce qu'elles approuvaient Louise ? Elle se sentit déçue, blessée et abandonnée par celles qu'elle estimait être ses amies. Les retrouvailles, qu'elle avait attendues avec tant d'impatience, viraient au désastre. Louise aurait pu lui parler seule à seule pour lui faire part de ses inquiétudes, mais pas hurler et cracher sa haine de cette façon. Elle ne pourrait plus lui faire confiance et aurait du mal à pardonner aux autres. Les amitiés sans loyauté finissaient tôt ou tard par péricliter. Son unique certitude à ce moment-là était qu'elle serait toujours loyale envers Sebastián. Elle l'avait juré devant Dieu.

— Partez.

Sa voix était si ferme que les trois jeunes femmes obéirent sans mot dire. Suzette demeura debout, consternée, pantoise. La dispute, mais aussi la chaleur et l'humidité accablantes, l'avaient épuisée. La sueur suintait sur sa peau et elle avait du mal à respirer.

Marie revint peu après, les yeux remplis de larmes.

— J'aurais dû arrêter Louise. Ou te prévenir qu'elle était en colère contre toi. Tu as toujours été une amie fidèle. Et ton père a judicieusement conseillé le mien pendant la révolte des créoles. Il nous a sauvé la vie. Oh, Suzette, que puis-je faire pour que tu me pardonnes ?

Suzette éprouva une douleur si vive dans le ventre qu'elle se plia en deux. Elle s'appuya sur la table et répondit.

— Va chercher Anne !

Ce soir-là, elle mit au monde sa deuxième fille, qui fut prénommée Estelle.

Entre la naissance, les suites de couches, la joie de Sebastián, père pour la première fois, et la jalousie d'Adrienne, unique centre d'attention de sa mère pendant quatre ans, Suzette, qui n'avait pas oublié la dispute avec Louise, tarda à trouver le moment de parler de l'incident à son époux.

Elle profita d'une agréable soirée devant le feu de l'âtre pour lui en faire part. Dehors, la tempête sévissait ; après un été terriblement sec, les pluies diluviennes et les orages s'enchaînaient en cet automne 1778.

— Si Louise a eu le courage de me le dire en face, je suis certaine qu'elle ne rate pas une occasion de te diffamer, toi et le gouverneur.

Sebastián se frotta les sourcils, les yeux rivés sur le verre de liqueur qu'il tenait dans la main.

— Bouligny est un homme ambitieux et opiniâtre qui n'écoute guère la voix de la raison. Il convoite une charge et des fonctions qui ne lui correspondent pas. Il prétend que Gálvez a envoyé des lettres aux commandants des postes pour les informer de sa nomination en tant que lieutenant-gouverneur et adjoint du commandement militaire, mais Bernardo ne se souvient pas de les avoir signées et je soupçonne Bouligny de l'avoir fait. Je suis désolé que cela soit retombé sur toi et que ton amitié avec Louise en ait souffert, ajouta-t-il en levant les yeux sur son épouse.

— Lorsque ma sœur Margaux a rompu avec Étienne Dubois, elle lui a rendu les lettres qu'il lui avait écrites et lui a demandé les siennes pour les détruire. Cela m'avait alors paru très triste, mais avec le temps, j'ai compris qu'elle avait bien fait de ne pas garder de preuves de ses sentiments… Toute histoire a un sens au moment où elle a lieu. Après, elle peut être mal interprétée.

Sebastián réfléchit un instant aux paroles de Suzette et saisit rapidement le message : elle lui suggérait de faire disparaître la preuve de la nomination de Bouligny entérinée par erreur. Il pourrait demander aux commandants des postes de lui retourner ces lettres. Cela lui parut une bonne idée.

— Je ne me suis pas trompé en appréciant ton intelligence, dit-il tandis qu'il prenait la main de Suzette pour la baiser.

Elle reçut le compliment avec un sourire.

— Cette idée répandue selon laquelle les femmes ne s'intéressent pas à la politique me semble détestable… Je suis sûre qu'à l'heure qu'il est, beaucoup d'Américaines de l'Est commentent les avancées de la guerre contre les Anglais.

— D'autres conseils, alors ?

— Puisqu'il est si ambitieux et veut tellement travailler pour la Louisiane, vous pourriez confier à Bouligny des missions difficiles…

Sebastián plissa les yeux, songeur. Les colons des Canaries et de Málaga étaient sur le point d'arriver, et il faudrait les escorter jusqu'à leurs nouveaux établissements. Il y avait aussi la question des marrons.

— Plusieurs propriétaires terriens, dont ton père, viennent de présenter une plainte auprès du gouverneur. De plus en plus d'esclaves fuient et deviennent des marrons. Ils ont ensuite l'audace de revenir la nuit pour rendre visite à leurs femmes, avec qui ils ont encore des enfants. Quelques-uns travaillent dans le commerce du bois pour des Blancs qui ne les dénoncent pas, car ils disposent ainsi de main-d'œuvre très bon marché ; d'autres aident des esclaves dans les champs en échange de fusils et de munitions. Les propriétaires craignent que la présence de marrons n'ait une influence néfaste sur leurs esclaves. Ils ont remarqué que certains d'entre eux deviennent de plus en plus insolents. Ils accusent le gouvernement espagnol d'être trop laxiste sur la question. D'ailleurs, je me souviens que ton père m'a parlé un jour de cet esclave qui s'est échappé...

— Bamboula ? demanda Suzette dans un filet de voix.

— Il s'agit sans doute de celui que l'on connaît comme le « flûtiste des marécages », l'un des meneurs. Il y a toujours des esclaves prêts à parler en échange d'une récompense...

— Ou de bourrades...

Un bruit près de la porte attira l'attention de Suzette. C'était Anne. Lorsque ses maîtres se retiraient tard, elle avait l'habitude de les prévenir qu'elle allait se coucher, dans le cas où ils auraient besoin de quelque chose. Suzette se leva et s'approcha d'elle, en espérant qu'elle venait d'arriver. À la vue de la lueur d'effroi dans ses yeux et de son visage crispé, elle comprit que la jeune femme avait entendu la conversation. Depuis qu'ils avaient autorisé l'importation d'esclaves africains pour développer l'agriculture, Anne n'aimait pas les militaires espagnols – et Sebastián n'était pas une exception. Certes, leur politique d'esclavagisme était plus modérée que celles des Français, mais ils avaient répondu favorablement à la demande des puissants propriétaires terriens créoles nécessitant de la main-d'œuvre, puisque de plus en plus d'esclaves pouvaient acheter leur liberté ou fuyaient. Suzette espérait qu'elle n'allait pas de nouveau être confrontée à un conflit de loyauté.

— Tu sais que je ferai tout ce qui est à ma portée pour protéger ton mari, murmura-t-elle en posant une main sur l'avant-bras d'Anne. Il en a été ainsi jusqu'à présent et je ne compte pas revenir sur ma promesse.

Anne acquiesça sans grande conviction avant de se diriger vers sa chambre.

33

La Nouvelle-Orléans, janvier 1779

Accompagnée d'Anne, Suzette assista au départ des colons de Málaga. Vêtues de simples capes, les deux femmes se mêlèrent à la foule de curieux qui contemplait le déploiement de voitures, de soldats à cheval et de familles espagnoles.

Francisco Bouligny conduisait un groupe hétéroclite constitué de soldats, de colons et d'esclaves noirs qui allaient construire l'établissement de La Nouvelle-Ibérie.

Chaque chef de famille dirigeait une charrette rudimentaire tirée par un bœuf ou une mule. La femme et les enfants étaient assis à l'arrière, adossés aux ridelles, entourés d'outils agricoles, de cadres de lit, de corbeilles et de seaux remplis de matériel et d'aliments, ainsi que de volaille et de porcelets offerts par la Couronne pour les aider à démarrer leur nouvelle vie. Les crissements des roues sur les pavés, les caquètements, les grognements et les expressions espagnoles que lançaient les colons – avec un accent très différent de celui de Sebastián, nota Suzette – animaient cette fraîche et terne matinée de janvier.

Elle leur souhaitait toute la chance du monde et ressentait un certain trouble à l'idée que sa vie aurait été semblable à celle de ces immigrantes si elle était partie avec Ishcate. Elle aurait désormais une petite maison, un potager et des animaux, et ses filles porteraient de simples robes en coton, la peau de leurs mains et de leur visage serait tannée par les longues heures de travail au soleil. Elle devrait se soucier des maladies, des attaques d'Indiens et des récoltes. Elle scruta l'expression des femmes qui passaient devant elle et y perçut autant de peur que d'excitation. Plusieurs d'entre elles souriaient même. Elle se demanda si elle serait heureuse dans de telles conditions et lâcha un soupir. Lorsqu'on naviguait sur un fleuve, il était vain de se demander à quoi aurait ressemblé le voyage si l'on avait choisi un autre itinéraire.

Un mois plus tard, ce fut au tour de son frère Gabriel de partir comme second du commandant du nouvel établissement de Valenzuela, non loin du bayou La Fourche des Chetimaches. Il s'agissait cette fois-ci de plusieurs centaines de colons venus des Canaries. Le jeune Girard avait pour mission de superviser les travaux de défrichage, la construction d'habitations, les semailles et l'instruction militaire. Suzette se faisait du souci pour lui. À vingt et un ans, il n'avait ni l'âge, ni l'expérience, ni le tempérament tenace de Bouligny.

Derrière les fenêtres de sa vaste et confortable demeure, elle repensait à ces familles et en voulait à l'univers entier de leur avoir infligé l'une des années les plus pluvieuses qu'elle avait connues. Sebastián, peut-être plus habitué aux intempéries en raison de ses campagnes menées en Nouvelle-Espagne, lui répétait toujours : « Que Dieu ne nous envoie pas toutes les calamités du monde. » Il se replongeait ensuite dans ses documents et ses pensées qui tournaient seulement autour de la guerre entre les Américains et les Anglais, maintenant que la politique du gouverneur Gálvez visant à augmenter la population espagnole était en bonne voie grâce aux établissements de La Nouvelle-Ibérie, Galveztown, Barataria, Valenzuela et San Bernardo.

Pendant que les colons de Málaga et des Canaries s'installaient tant bien que mal sur des territoires inhospitaliers, la France s'était unie aux indépendantistes américains et avait déclaré la guerre à l'Angleterre.

L'Espagne allait suivre le même chemin, ce n'était qu'une question de temps.

Par une après-midi suffocante de fin juin, tandis que les enfants faisaient la sieste, Bernardo de Gálvez convoqua Sebastián dans son bureau. Lorsque celui-ci retrouva Suzette une heure plus tard, il était nerveux. Elle le vit faire les cent pas dans le salon, très perturbé.

— Que se passe-t-il ? lui demanda-t-elle en interrompant sa lecture.

Sebastián la regarda d'un air hésitant. Il ferma les portes du balcon près duquel elle s'était installée, à la recherche d'un peu de fraîcheur, et s'assit tout près d'elle.

— Personne ne doit le savoir pour le moment, murmura-t-il comme si des espions se cachaient derrière les meubles. Ça y est, l'Espagne déclare la guerre à l'Angleterre. En avril, la France et l'Espagne ont signé un traité à Aranjuez. La déclaration officielle tardera à arriver jusqu'ici, ce qui nous laisse un peu de temps.

— Du temps pour quoi faire ?

— Pour prendre des initiatives. Nous avons deux mois pour tout préparer et lancer les hostilités contre les Britanniques.

Suzette fut soudain effrayée à l'idée que son mari doive prendre les armes. Ses yeux se perdirent dans le vide. Elle allait sur ses vingt-quatre ans et, d'aussi loin qu'elle se souvenait, le monde dans lequel elle vivait n'avait connu que de rares et courtes périodes de paix. Durant son enfance, elle n'avait entendu parler que de la guerre de Sept Ans, à l'issue de laquelle les territoires français avaient été cédés à l'Espagne. Cela faisait maintenant dix ans que les créoles français à la tête du soulèvement contre les Espagnols avaient été exécutés. À peine les blessures semblaient-elles se cicatriser que de nouvelles menaces surgissaient. Elle se rappelait avoir redouté, à l'époque où Unzaga était gouverneur, que les premiers conflits dans les colonies de l'Est n'affectent les habitants de la Louisiane. À ce moment-là, tout paraissait loin, dans le temps comme dans l'espace. Mais les années passaient, les combattants se déplaçaient et la guerre se rapprochait. Elle allait à présent devoir se faire du souci pour la vie de son mari et des militaires de sa famille.

— À quoi penses-tu, Suzette ?

— Quel intérêt ont la France et l'Espagne à s'engager dans cette guerre ? demanda-t-elle sans répondre à la question de Sebastián, l'air songeuse. Je suppose que ces deux pays cherchent à récupérer des territoires perdus et je comprends qu'il y aura de juteux contrats commerciaux en jeu avec la nouvelle nation si les Américains gagnent, mais il existe le risque que plus tard, s'ils sortent vainqueurs grâce à notre aide, ils décident de soumettre la Louisiane, ou même que leurs idées révolutionnaires se répandent jusqu'aux provinces de la Nouvelle-Espagne, de la Nouvelle-Grenade, du Pérou ou encore du Río de la Plata. Est-ce que tu imagines ce qui se passerait ? Ma sœur est au Venezuela…

— C'est l'occasion unique de nous venger des Anglais après toutes les défaites qu'ils nous ont infligées durant des décennies, et de réaffirmer la position de l'Espagne dans toute l'Amérique. Je suis de l'avis de l'ambassadeur d'Espagne en France, le comte d'Aranda, qui a représenté notre pays devant les treize colonies américaines et pense que pour garantir la prospérité de la monarchie espagnole, la meilleure stratégie consiste à expulser les Britanniques d'Amérique centrale, de Gibraltar et de Minorque. Les grands empires naissent d'actions localisées et concrètes. Nous défendrons La Nouvelle-Orléans ainsi que la Louisiane et récupérerons les deux Florides.

Suzette savait que pour Sebastián, le sens du devoir passait avant tout le reste, y compris sa famille. Elle avait accepté l'idée que pour lui, une journée ordinaire était une succession de longues réunions et de décisions mûrement réfléchies. Hormis durant les quelques voyages de reconnaissance de la région qui n'avaient jamais duré plus d'une vingtaine de jours, elle avait pris l'habitude de profiter de son agréable compagnie le soir.

Désormais, elle allait devoir se préparer à oublier l'homme pour vivre aux côtés du militaire.

Kaskaskia, Haute-Louisiane, février 1779

Ishcate avait beau veiller à ce qu'elle ne réalise aucune activité harassante ni ne soulève de charges, Kawutz s'adonna à ses tâches quotidiennes jusqu'à ce qu'elle ressente les premières douleurs de l'accouchement. Elle l'envoya alors chercher les deux femmes du village les plus habituées aux naissances, qui se tenaient prêtes à intervenir à tout instant. Elles obligèrent Ishcate à rester à l'extérieur du tipi.

Après un certain temps qui lui sembla infiniment long, il entra, nerveux et effrayé par l'alternance de cris et de silences. On lui intima de ressortir, mais Kawutz lui tendit la main pour le garder près d'elle. Elle était accroupie et, malgré le froid, de grosses gouttes de sueur perlaient sur sa peau. L'une des femmes lui massait le ventre et, lorsqu'elle sentait que c'était le bon moment, lui demandait de pousser.

La tête du bébé apparut enfin, immédiatement suivie du corps. La femme le prit entre ses mains et annonça qu'il s'agissait d'un garçon. Ne sachant que faire, Ishcate caressa la chevelure de Kawutz, dont les yeux s'humidifièrent quand elle entendit qu'il était en bonne santé même s'il ne pleurait pas. L'autre femme coupa le cordon ombilical et le mit dans un morceau de daim qu'elle tendit à Ishcate. Elle lava l'enfant à l'aide d'un linge trempé dans de l'eau tiède, l'enveloppa d'une douce couverture en peau et l'installa entre les bras de sa mère afin qu'il prenne le sein.

Les jours suivants, les femmes du village veillèrent au rétablissement de Kawutz – elles ceignirent son ventre d'une large bande de tissu pour empêcher son estomac de se relâcher –, s'occupèrent de Sarazen et firent en sorte que la famille ne manque de rien. Transgressant la coutume de ne pas se mêler de ces choses-là, Ishcate, fasciné par la magie de la nature, prenait le petit Couroway dans ses bras, lui parlait tendrement ou lui caressait le visage et jouait avec ses menottes lorsqu'il était couché dans le berceau en chêne tapissé de peau de cerf qu'il avait lui-même fabriqué.

Une semaine après sa naissance, il le couvrit d'une fourrure, le serra contre sa poitrine et l'emmena sur une colline surplombant le point de rencontre entre la rivière Kaskaskia et le Mississippi. Abrité par d'épaisses forêts d'arbres à feuillage persistant, le large cours d'eau terminait son voyage solitaire et en commençait un nouveau avec le *Mihsi-siipiiwi*, le fleuve Mississippi, le « père des eaux » dans sa langue. Le soleil brillait dans un ciel splendide et un oiseau annonçait timidement de son chant la fin de l'hiver. Les températures étaient toutefois encore glaciales.

Ishcate s'agenouilla et, d'une main, creusa à l'aide de son couteau un petit trou dans lequel il disposa le morceau de daim qui contenait le cordon ombilical.

— Voici la terre sur laquelle tu es né et à laquelle tu te sentiras attaché à jamais.

Il éleva alors Couroway au-dessus de lui et le dirigea vers les quatre points cardinaux en demandant au Grand Esprit :

— *Niniicaanhsa*, mon fils, descendant de chefs kaskaskia, est né sous la lune *ayaapeensa kiilhswa*, la lune du jeune cerf. Je souhaite qu'à son image, il devienne agile et rapide, qu'il vive en harmonie avec la forêt sans toutefois baisser la garde, et que son chemin soit empreint de bonheur.

Tandis qu'il rentrait au village, il lui raconta ce que son père lui avait maintes fois répété. Il lui parla de l'époque où le grand peuple des Kaskaskia vivait plus au nord, sur les terres près de la rivière Illinois – l'*Inoka siipiiwi* –, de l'arrivée des missionnaires qui cohabitèrent avec les Kaskaskia, les Peoria et les Miami, de la violente attaque des Iroquois qui voulaient étendre leurs terrains de chasse, et de l'hostilité permanente des Fox qui les avaient obligés à se déplacer plus au sud, jusqu'à ces terres fertiles aux riches pâturages situées à côté du cours d'eau qui prendrait le nom de *Kaahkaahkia siipiiwi*, la rivière Kaskaskia. Il lui raconta aussi comment il avait hérité des coutumes de sa tribu et la façon dont il avait découvert les mœurs des Français qui s'étaient installés à cet endroit.

Ishcate rendit le petit Couroway à sa mère lorsque celui-ci commença à sortir sa langue et à remuer sa tête de droite à gauche. Il observa Kawutz tandis qu'elle l'allaitait et éprouva un sentiment de plénitude, comme si la sauterelle à laquelle il s'identifiait depuis toujours avait enfin trouvé son refuge. Il se considérait chanceux : le Grand Esprit avait mis une femme forte sur son chemin, qui avait fait de lui un père de famille en paix avec lui-même. Sa place sur terre était là où se trouvaient Kawutz, Sarazen et Couroway.

Il la regarda avec une tendresse profonde et sincère.

— *Neewe, waapanwi*, lui dit-il pour la remercier.

Il serait prêt à donner sa vie pour eux.

La Nouvelle-Orléans, août 1779

Sebastián sortit du conseil de guerre préoccupé par l'opiniâtreté du gouverneur, qui avait l'intention de conquérir un à un les forts et les postes anglais. Il avait donné l'ordre de commencer les préparatifs en secret. Seulement, les soldats étaient en nombre insuffisant : l'armée espagnole comptait seulement cinq cents hommes – contre huit cents vétérans britanniques –, dont plus de la moitié étaient des recrues venues de Mexico et des Canaries.

Avec un tel effectif, ils pouvaient uniquement défendre La Nouvelle-Orléans, pas se lancer dans des campagnes militaires.

Quatre jours avant la date fixée pour le départ, un violent ouragan secoua la ville. En moins de trois heures, il coula toutes les embarcations, dont celles qui transportaient les provisions pour l'expédition, sauf une, la frégate *Volante*. Son intensité fut telle qu'il détruisit de nombreuses maisons et la plupart des bâtisses situées dans un rayon de quinze lieues autour du fleuve. Il dévasta les récoltes, tua des centaines de bêtes et laissa derrière lui le spectacle dantesque de cadavres d'animaux et d'arbres gisant dans la boue. Les hommes et les femmes étaient une fois de plus accablés par l'implacable force de la nature.

Le gouverneur ne suspendit pas la mission pour autant.

— Gálvez ne compte pas changer d'avis, expliqua Sebastián, inquiet, à son beau-père. Il pense que c'est le meilleur moment pour prendre les Anglais par surprise. Ils nous croiront vaincus, abattus et occupés à reconstruire notre ville. Nous nous mettrons en route dans une semaine. Vous, vous allez nous précéder et partir sur-le-champ pour Manchac, notre premier objectif, en compagnie du capitaine Saint Maxent. Grâce à votre statut de négociant, vous vous ferez passer pour des Français mécontents sans éveiller les soupçons. Il nous faut connaître de première main l'état de la place forte et de la garnison ainsi que les lieux les plus propices pour lancer l'attaque.

Girard laissa échapper un grognement. Il allait devoir épousseter son uniforme de capitaine de milice. À cinquante-deux ans, les affaires l'intéressaient davantage que les opérations militaires. Il n'était plus le jeune homme impétueux qui acceptait l'ordre de combattre les Anglais pour des raisons politiques ou d'honneur. À présent, il préférait rester chez lui en compagnie de sa femme, de ses filles célibataires et de ses enfants les plus jeunes. Pour se donner de l'entrain, il se dit que s'il accomplissait sa tâche avec succès, il obtiendrait une promotion. Et cela impliquerait une augmentation de sa solde. En outre, ses fils commençaient leur carrière militaire et le capitaine Saint Maxent était le beau-père du gouverneur en personne, qui avait fini par épouser Félicité. Il avait donc tout intérêt à accepter cette mission.

Au cours des cinq jours qui suivirent, des habitants de La Nouvelle-Orléans à qui Leyba avait transmis son esprit belliqueux contre les Anglais se portèrent volontaires pour aider à sortir du fond de l'eau une goélette et trois canonnières, puis à les réparer. Ils y embarquèrent munitions, canons et vivres. De jeunes gens blancs, noirs et des mulâtres libres s'enrôlèrent comme soldats pour unir leurs forces à celles du régiment d'infanterie et de la milice. Le négociant Oliver Pollock, à la tête d'un petit groupe de volontaires américains, se joignit également à eux. Fin août, l'expédition composée de six cents hommes partit à pied à l'aventure, cap vers le nord, sous le commandement du général de brigade Gálvez.

Cap vers le nord, vers l'aventure et la folie, pensa plus d'une fois Sebastián durant leur trajet sur la rive droite du Mississippi. Afin d'avancer sans être repérés, ils empruntaient des sentiers à peine praticables au milieu de marécages reculés. La chaleur était insupportable, l'humidité étouffante, et des millions de moustiques s'acharnaient sur les soldats. Souvent, l'eau ou la boue leur montaient aux genoux et la nuit, ils n'avaient pas de tentes où s'abriter pour dormir.

Dans de telles conditions, il était surpris de voir la large colonne formée de Noirs, d'Indiens, de mulâtres et de soldats provenant de différents régiments, qui suffoquaient sous leurs casaques et culottes bleues, leurs gilets blancs et leurs tricornes, grossir petit à petit avec les nouvelles recrues venues de la Côte des Allemands et des tribus Appalousa et Atakapa. Leur but commun – vaincre les Anglais – leur insufflait un courage impressionnant.

Après onze jours de marche, lorsque leur premier objectif fut en vue – le fort Bute, à Manchac –, les maladies et la fatigue avaient eu raison d'un tiers des membres de l'expédition. Sebastián douta que les plans du gouverneur puissent être menés à bien. Le plus sage était de se reposer puis de faire demi-tour, mais cela dépendrait aussi des informations que Girard et Saint Maxent rapporteraient du fort.

Tandis que l'expédition attendait les deux éclaireurs, le lieutenant-colonel Bouligny et le jeune Gabriel Girard arrivèrent de La Nouvelle-Ibérie et de Valenzuela. Ils étaient accompagnés de quelques dizaines de soldats, de jeunes esclaves et de colons espagnols formés pour servir à la guerre. Leurs rapports n'étaient guère encourageants, en particulier celui de Bouligny. Des inondations l'avaient contraint à déplacer le premier établissement et à tout recommencer. Plusieurs familles se trouvaient toujours sans habitation et les dépenses dépassaient ce qui avait été prévu. Les colons devraient recevoir du riz et du maïs pour tenir l'hiver suivant. Si les nouvelles du jeune Girard – extrêmement timide, contrairement à son père – faisaient état de moins de décès, il demandait aussi des rations de nourriture pour les colons de Valenzuela.

La désolation de Sebastián ne faisait qu'augmenter. Les pauvres familles envoyées pour peupler ces terres hostiles devraient encore affronter bien des calamités. Elles se voyaient en outre obligées de renoncer à leurs hommes les plus forts puisque la guerre entreprise par Gálvez était devenue une priorité.

Sebastián conversait avec Bouligny et Gabriel Girard lorsque son beau-père apparut enfin, sale et fatigué, mais apparemment très enthousiaste.

— D'où venez-vous, Père ? demanda Gabriel après l'avoir chaleureusement salué.

— De Manchac. Le capitaine Saint Maxent et moi avons loué une chambre dans le village sous prétexte de vouloir créer des liens commerciaux. Nous nous sommes rendus plusieurs fois au fort pour proposer différentes marchandises. Personne ne s'est douté de rien. La meilleure nouvelle que je vous apporte est qu'il n'y a guère de mouvement du côté des tuniques rouges. (Girard désignait ainsi les Anglais en raison de la couleur de leurs uniformes.) Je ne crois pas me tromper en vous disant que ce sera un jeu d'enfant, conclut-il avec un sourire satisfait.

Si Dieu le veut, songea Sebastián.

Le lendemain, à l'aube, les officiers transmirent l'ordre du gouverneur d'assaillir le fort. L'effet de surprise fonctionna. En quelques heures et sans déplorer aucune perte, ils avaient capturé toute la garnison britannique.

— Si seulement toutes les victoires pouvaient être aussi rapides et faciles ! fit remarquer Girard, épuisé et fier de l'exploit qu'il allait pouvoir raconter à sa famille.

Comme il connaissait bien le fort, il était de ceux qui étaient entrés par une embrasure.

— Une victoire, aussi minime soit-elle, remonte le moral, admit Sebastián, à la fois satisfait et soulagé. Et celui qui remporte la première victoire part avec un avantage.

Cet avantage se confirma : Baton Rouge succéda à Manchac, et avant le début du mois d'octobre, la garnison du fort Rosalie – rebaptisé Panmure par les Britanniques –, situé à Natchez, à une cinquantaine de lieues en amont, capitula également.

Le soir où il apprit la reddition et la fin de l'expédition militaire, Girard dit à Sebastián :

— Si les habitants de ces terres étaient auparavant divisés entre partisans des insurgés américains et partisans des Anglais, j'ose penser qu'ils sont désormais tous unis contre les Espagnols et Sa Majesté Catholique.

Sebastián saisit l'ironie de la remarque et répondit d'un bref sourire.

Son beau-père leva son verre de vin.

— Je bois à la santé du gouverneur Gálvez. Grâce à son audace, l'Espagne a arraché le Mississippi à la Grande-Bretagne.

Sebastián l'imita. S'il lui était arrivé de douter de Gálvez, il admirait à présent sa détermination. En quelques semaines, celui-ci avait pris trois forts aux Anglais, qui avaient capitulé face aux attaques. Jamais plus il ne remettrait en question les compétences de son supérieur.

Il le suivrait où qu'il aille.

34

La Nouvelle-Orléans, décembre 1779

Ce fut avec une profonde consternation que Jérôme Girard reçut la nouvelle du décès de son ancien associé et ami Benoît Leroux peu après son passage à La Nouvelle-Orléans. De tous ses proches, il était le dernier à l'avoir vu vivant.

Il l'apprit une après-midi d'hiver par Étienne Dubois, qui était descendu à la ville pour s'occuper des affaires de son beau-père. Girard eut du mal à reconnaître l'homme qui se tenait devant lui et qu'il n'avait pas recroisé depuis plus d'une décennie ; il ne restait rien du garçon épris de sa fille Margaux. Ses traits s'étaient durcis et son regard exprimait, outre la détermination de la maturité, une pointe de ressentiment. Peut-être que s'il n'avait pas fait cas de son ami orgueilleux, s'il n'avait pas ordonné d'hypothéquer ses biens, Benoît n'aurait pas vécu ses derniers jours dans la tristesse et l'accablement... Les yeux humides, il se souvint des illusions que les deux hommes avaient partagées dans leur jeunesse.

— Je n'arrive pas à croire qu'il est mort, soupira Girard, affligé. J'espère que Cécile surmontera ce terrible coup du sort. Je sais que tous deux se vouaient un grand amour.

— Ses obligations quotidiennes et mes frères et sœurs la maintiennent occupée, répondit Étienne sur un ton sérieux, mais elle est méconnaissable. La saisie des biens a été une épreuve très désagréable pour elle. Au printemps, le commandant Leyba a autorisé la mise aux enchères du moulin, de la ferme et des terres. Ma mère et moi avons enchéri, ce qui nous a permis de les récupérer. Comme vous pouvez le constater, ajouta-t-il en lui tendant des papiers, le produit de la vente ne rembourse toujours pas notre dette envers vous. Nous avons pensé que si vous hypothéquiez également la maison en pierre de Saint-Louis et la conserviez, nous serions pratiquement quittes.

Cécile et Étienne avaient bien essayé, mais ils n'étaient pas parvenus à réunir la somme pour pouvoir l'acheter.

Girard parcourut les documents en silence. La première bâtisse que Leroux avait construite à son arrivée en Haute-Louisiane servait désormais de caserne pour les officiers espagnols, ce qui lui permettrait de percevoir un loyer mensuel. En considérant les notes d'Étienne, il déduisit que le jeune homme était plus prudent et avisé en affaires que son beau-père. En souvenir de son ami défunt, il résolut de faire preuve de bienveillance à l'heure de clore une bonne fois pour toutes les comptes qui restaient à régler. Il se racla la gorge pour libérer la boule de tristesse qui l'étranglait.

— J'accepte cette proposition, dit-il, et je réitère celle que j'ai faite à Leroux de continuer les relations commerciales avec votre famille.

— Je vous remercie. Il se trouve que je n'ai pu me procurer que du café, du sucre et un peu d'alcool. Je suppose que la guerre est responsable de cette pénurie de denrées à échanger avec les Indiens. De plus, je ne peux presque rien acheter puisque personne n'accepte les notes de crédit américaines qui circulent à Saint-Louis. J'avoue que je n'y avais pas pensé en venant. Il faudrait vraiment que vous prépariez une cargaison pour éviter que les Indiens s'allient de nouveau aux Britanniques et pour qu'ils continuent à soutenir les Américains. C'est d'autant plus important maintenant que, comme je viens de l'apprendre, l'Espagne est officiellement entrée en guerre.

— Je croyais que le calme régnait au Pays des Illinois, dit Girard, perplexe.

— L'année dernière, le lieutenant-colonel George Rogers Clark a pris Kaskaskia, Cahokia, Prairie du Rocher et Vincennes au nom des patriotes américains, grâce au matériel militaire provenant des envois de Pollock à l'armée continentale et aux provisions que Leyba lui a remises à Saint-Louis. Clark avait besoin de vivres pour pouvoir rester sur place et assurer la sécurité de la ville. Je suppose que vous comprenez l'enjeu : Saint-Louis ne doit pas tomber. C'est la gardienne du fleuve. Si la ville tombe, le Mississippi et La Nouvelle-Orléans tomberont aussi.

— J'ai été soulagé d'apprendre que les mesures mises en place par le gouverneur avaient contré une éventuelle attaque britannique sur La Nouvelle-Orléans, mais sincèrement, je ne pensais pas que le danger pouvait aussi venir des territoires lointains du Nord. Je ferai tout mon possible pour te préparer une cargaison. Maintenant plus que jamais, toute menace britannique doit être écartée. Je vais demander au gouverneur Gálvez d'envoyer des renforts. As-tu l'intention de rester quelque temps ici ?

— J'ai bon espoir d'embarquer sur le dernier bateau pour Saint-Louis avant que l'hiver n'empêche la navigation.

— Tu pourrais dîner à la maison un soir…

— Je vous remercie, monsieur.

Étienne se montra courtois, sans pour autant confirmer qu'il acceptait l'invitation. Se voir contraint de traiter avec Girard était une chose, faire comme si rien ne s'était passé entre les deux familles en était une autre. Or, il n'avait pas oublié la façon dont Margaux l'avait éconduit. Comme son beau-père, il considérait avec une certaine amertume la différence de réussite entre les uns et les autres. Il était convaincu que les préoccupations pécuniaires de Benoît étaient à l'origine de sa mort prématurée. En réalité, Girard n'était responsable de rien, mais il était impliqué dans les événements, ce qui était à ses yeux une raison suffisante pour limiter ses relations avec lui aux affaires. En outre, même s'il l'avait dispensé de payer pour les livres et l'épée de son beau-père, Étienne le savait intransigeant sur les questions financières.

Dès qu'il eut pris congé d'Étienne, Girard se rendit chez Sebastián Orlac. Il avait laissé passer un laps de temps prudent avant de rendre visite à son gendre pour que celui-ci se repose et profite de sa famille après le succès de l'expédition militaire qui avait permis à l'Espagne d'étendre son territoire sur plus de trois cents lieues – les meilleures terres du Mississippi et d'excellents établissements. Il ressentait le besoin urgent de lui faire part de son inquiétude à propos de ce que lui avait raconté Étienne.

Par chance, le mari de Suzette n'était pas en réunion, comme c'était presque tout le temps le cas, mais dans le salon avec son épouse et les petites Adrienne et Estelle. En entrant, Girard heurta son fils Jules, qui sortait précipitamment.

— Père ! Je pars en Espagne ! s'écria ce dernier en brandissant des documents. Le gouverneur m'a confié la mission de porter en personne les dépêches officielles relatant nos victoires. J'embarque demain ! Je dois préparer mes bagages.

— Ta mère...

Girard n'acheva pas sa phrase. De toute façon, son fils était déjà dans la rue. Les dangers d'un aussi long voyage par temps de guerre préoccuperaient Blanche, mais tout comme lui, elle savait que les enfants devaient suivre leur propre chemin.

Suzette s'approcha et l'embrassa sur la joue. Elle lui expliqua, d'un air amusé, les raisons de la réaction de son frère.

— Le gouverneur a sollicité de nombreuses promotions après la victoire qui lui a permis de prendre les forts aux Anglais. Il souhaite aussi décerner des doubles médailles d'argent du mérite aux milices de couleur. Quant à Jules, la coutume veut que l'officier qui porte de bonnes nouvelles soit récompensé, il s'imagine donc déjà capitaine. Le señor Gálvez l'a aussi proposé à Gabriel. En ce qui vous concerne, Père, vous serez peut-être promu lieutenant-colonel des milices !

— C'est une bonne nouvelle pour toute la famille..., dit Girard avant de se tourner vers Sebastián à qui il demanda sans préambule : Est-il prévu d'envoyer des troupes à Saint-Louis ?

— Pourquoi ? s'enquit Suzette.

Elle savait que le gouverneur préparait déjà une nouvelle expédition, mais elle espérait que ce ne serait pas imminent et que son époux n'aurait pas à partir aussi loin.

Girard rapporta la conversation qu'il avait eue avec Étienne. Sebastián l'écouta attentivement.

— Nous ne disposons que du nombre de soldats nécessaire pour défendre La Nouvelle-Orléans, et le prochain objectif du gouverneur se trouve à l'est, et non au nord. Selon lui, le succès remporté sur les forts britanniques du Mississippi est un entraînement pour les nouvelles victoires qu'il entend remporter. Pour l'instant, il assure ses arrières.

— L'Est ? Mobile et Pensacola ? s'écria Girard. C'est une folie. Ces villes sont protégées par d'imposantes forteresses !

— Nous avons sollicité un soutien naval à Cuba. Il est impossible d'envoyer des soldats à Saint-Louis. Il faudra compter sur l'expérience de Leyba...

— Et sur nos prières, marmonna Girard en regardant Suzette d'un air soucieux.

Il prit congé en hâte pour aller trouver Étienne et l'informer qu'en cas d'attaque sur Saint-Louis, ils ne recevraient pas de renforts.

Suzette servit le café dans deux tasses et en tendit une à Sebastián.

— Dois-je partager la préoccupation de mon père ?

— Mobile est plus facile à prendre que Pensacola, mais comme le ravitaillement de Pensacola se fait à partir de Mobile, si celle-ci tombe, il ne sera plus trop difficile de s'emparer de la place forte de Pensacola.

— Combien d'hommes faudra-t-il ?

— Quatre mille, et quatre navires de ligne. Le gouverneur partira, que Cuba envoie des renforts ou pas. Et je le suivrai, ajouta-t-il à l'adresse de Suzette en toussotant. Ce sont ses ordres.

Elle pinça les lèvres. Elle prierait pour qu'il revienne sain et sauf. Elle avait deux filles et l'idée de redevenir veuve la terrifiait. Elle s'efforça cependant de taire ses craintes pour ne pas accabler son mari.

— Puisse Dieu vous aider.

— Dieu reçoit des demandes de tous côtés, mais il laisse les hommes prendre leurs décisions. Je te promets que je reviendrai, ajouta-t-il en tendant le bras pour lui serrer fort la main. Je tiens à réaliser mon rêve de t'emmener en Espagne.

Suzette sourit et accepta de changer de sujet pour apaiser la tension.

— Comment supporterai-je une aussi longue traversée alors que je n'ai jamais voyagé en bateau ? Je n'ai fait que des petits trajets sur le fleuve dans des conditions optimales…

— Je serai à tes côtés.

Suzette ferma les yeux et s'imagina à bord d'un navire en haute mer, enveloppée d'eau et de ciel, le regard enivré par les limites diffuses de l'horizon.

Une pensée surgit alors dans son esprit, la faisant soudain frissonner.

Cela lui arrivait de temps en temps. Il suffisait d'un mot, d'une association d'idées, d'un souvenir…

À quoi bon se mentir ?

À tout moment et pour n'importe quelle raison.

Et là, les palpitations de son cœur l'alertèrent que plus elle s'approcherait du continent européen, plus elle s'éloignerait de la Louisiane et d'Ishcate.

Kaskaskia, janvier 1780

Les jours où il s'apprêtait à partir à la chasse, Ishcate préparait toujours une surprise afin d'éviter que Sarazen ne s'agrippe à sa jambe en pleurant pour l'accompagner. Ce matin-là, il lui offrit un petit arc en bois et des flèches à la pointe émoussée. L'enfant oublia aussitôt le départ imminent d'Ishcate.

Tandis que le garçonnet regardait fièrement son cadeau, Kawutz leva les yeux au ciel. Ishcate voulait coûte que coûte faire de ses fils de véritables guerriers, et sur ce point ils étaient d'accord, même si, selon elle, il allait un peu trop vite en besogne. Comme si le temps lui filait entre les doigts.

— Un arc et des flèches à trois ans ? Tu veux donc qu'il chasse son propre dîner à quatre ans ? plaisanta Kawutz.

— Le sien et le nôtre, sourit Ishcate. À son âge, j'utilisais de vraies flèches.

Kawutz rit et le regarda dans les yeux, sans savoir s'il exagérait. Puis elle devint sérieuse et lui caressa la joue avec tendresse et préoccupation.

— Sois prudent.

Ces derniers temps, Ishcate s'éloignait de plus en plus vers l'est, autour du poste de Vincennes. Il était conscient du risque qu'il prenait à se déplacer sur ces territoires en raison des conflits perpétuels entre Anglais et Américains, sans compter que de nombreuses tribus – Sioux, Fox, Sauk, Chaouanon, Kickapou et Potéouatami – n'hésiteraient pas à égorger un Kaskaskia ami des Français et des Espagnols. Mais il appréciait les paysages sauvages des terres bordant la rivière Ouabache – Wabash maintenant pour les Anglais –, l'une des principales routes commerciales qui reliaient le Canada et les Grands Lacs au Mississippi et à la Louisiane. Il y trouvait d'excellentes pièces de gibier qu'il vendait ensuite à bon prix à Saint-Louis.

Ishcate embrassa Kawutz, ébouriffa les cheveux de Sarazen et pinça le nez de Couroway.

Il avait du mal à se séparer de sa famille. Néanmoins, au-delà de son goût pour la chasse, s'éloigner de Kaskaskia l'aidait à tempérer son ardeur. Il ne s'entendait pas bien avec le chef Ducoigne. Non seulement ce dernier avait accepté la présence de l'Américain Clark, mais il lui avait mis des traqueurs à disposition et avait négocié en sa faveur avec d'autres tribus. L'idée d'expulser les soldats américains avait été écartée ; du reste, ils étaient de moins en moins nombreux à Kaskaskia, la plupart étant partis rejoindre les expéditions militaires.

Ishcate aimait la solitude, mais depuis qu'on l'avait nommé chef et qu'il était père de famille, son sens de la responsabilité le ramenait à l'ordre lorsque son désir de liberté dépassait certaines limites. Par précaution, il s'habillait en trappeur ; il pouvait ainsi rejoindre des coureurs de bois pour passer la nuit dans la forêt. Occupés par les alliances de la guerre, les Indiens n'attaquaient généralement pas de pauvres chasseurs qui se montraient toujours disposés à leur offrir un peu d'alcool ou à faire du troc. Outre la sécurité physique qu'elle lui procurait, la compagnie des trappeurs lui permettait de rester informé. Ils étaient une demi-douzaine à se retrouver régulièrement et il n'était pas rare qu'un nouveau vienne se joindre au groupe et apporte des nouvelles fraîches.

Cette nuit-là, le froid glacial et la neige qui s'amoncelait sur sa peau d'ours lui firent regretter la chaleur de Kawutz et du feu dans son tipi à Kaskaskia.

Des voix brisèrent le silence de ses compagnons blottis autour de l'immense foyer au centre d'une clairière. Instinctivement, ils saisirent leurs fusils et pointèrent les intrus. Ils étaient deux : l'un d'eux s'écroula de fatigue, en tombant sur ses genoux ; l'autre essayait de maîtriser le claquement de ses dents et finit par expliquer avec difficulté :

— Dieu merci. Voilà des heures que nous tournons en rond. La tempête de neige nous a désorientés. Laissez-nous nous réchauffer.

Les coureurs de bois leur offrirent du vin chaud, un peu de nourriture et des peaux sèches. Lorsque les deux hommes reprirent leurs esprits, ils racontèrent qu'ils étaient des éclaireurs et qu'ils venaient de l'est, de l'Ohio.

— On a beau avoir de l'expérience, dit celui qui s'était évanoui, l'âge ne pardonne pas. J'avais juré qu'après soixante ans, je ne retournerais plus dans la forêt et me voilà, miraculeusement en vie.

Le sujet de la guerre se glissa dans la conversation. Le même homme, après s'être assuré qu'aucun Anglais ne se trouvait dans le groupe, se déclara fervent partisan de la cause des insurgés américains et, avivé par la grande quantité de vin qu'il avait bue, il demanda :

— Est-ce qu'il y a ici quelqu'un de l'Illinois ?

Deux ou trois trappeurs levèrent la main.

— Pourquoi tu poses cette question ? voulut savoir l'un d'eux.

— Parce que nous avons entendu dire qu'une importante expédition anglaise venant du Canada se préparait à attaquer Saint-Louis.

La nouvelle capta toute l'attention d'Ishcate.

— Combien d'hommes ? intervint-il

— Plus d'un millier. Trois cents tuniques rouges, des miliciens canadiens et des centaines de Sioux. Voilà longtemps que je ne vais pas à Saint-Louis, mais si ma famille y était, je ferais mes bagages et je déguerpirais.

Comme ses compagnons de l'Illinois, Ishcate, inquiet, resta silencieux. Il rentrerait chez lui le lendemain à l'aube. Il devait prévenir le commandant Leyba au plus vite.

Il pensa à Kawutz et aux petits Sarazen et Couroway.

Si cette information était vraie, rien, pas même l'union du Dieu chrétien et du Grand Esprit, n'arrêterait une telle armée.

35

Baie de Mobile, février 1780

Les éclairs qui déchiraient l'horizon sombre et les murmures intermittents d'un vent de sud-ouest annoncèrent un orage.

Une tempête puissante se leva. Les vagues s'écrasaient vigoureusement contre les coques des navires, qui oscillaient comme des marionnettes dont les fils invisibles semblaient être manipulés par un individu en proie à la folie. Le tonnerre qui grondait sans relâche, les déluges de grêle drue qui s'abattaient en un fracas inquiétant contre le bois et le métal, et la foudre qui fendait la nuit noire, cherchant un mât sur lequel tomber, étaient tels que Sebastián, pourtant rompu aux déchaînements du ciel, se mit à prier pour son âme.

Quelle autre calamité pouvait encore accabler ce trajet si court ? se demanda-t-il en soupirant d'exaspération. Ils avaient quitté La Nouvelle-Orléans avec du retard. À cause de la boue et des bancs de sable du delta du Mississippi, ils avaient dû répartir la cargaison des embarcations les plus lourdes sur celles à plus faible tirant d'eau. Alors qu'ils approchaient de leur destination et s'apprêtaient à franchir la barre de la baie de Mobile sous un ciel menaçant, la frégate *Volante* et plusieurs autres navires, dont celui du gouverneur, s'étaient échoués sur un banc de sable.

Sebastián était à bout de forces. Il n'avait pas dormi depuis trois jours. Les embarcations les plus légères parvenaient à traverser la barre tandis que les autres heurtaient le fond et commençaient à prendre l'eau. Les soldats s'activaient sans répit pour tenter de sauver les équipages, les vivres et le matériel, tandis que l'orage qui redoublait et faiblissait à sa guise les menaçait dangereusement. Il était impossible de savoir ce qui se passait au beau milieu de cet enfer d'eau, de vent, de cris, de confusion, de faim et d'épuisement.

Le petit matin apporta le calme après la tempête.

La baie de Mobile offrait un spectacle désolant.

Les bateaux abandonnés se balançaient, comme vaincus, sur l'eau. Sur la plage de sable, les hommes ressemblaient plus à des naufragés qu'à des soldats.

— Combien ? demanda Sebastián à son beau-père.

— D'après nos calculs, sept cents hommes ont péri en mer. Les survivants sont exténués et en colère. Ils n'ont plus de provisions ni de munitions.

Sebastián sentait le découragement s'emparer de lui. Sept cents ! Presque la moitié des soldats. Quelle tragédie… Comment les malheureux pourraient-ils avoir le cœur à se battre après une telle catastrophe ? La baie était une anse étroite qui s'étendait sur une dizaine de lieues vers le nord. Pour parcourir la distance les séparant du fort Charlotte, qui protégeait la ville de Mobile, les hommes allaient devoir remonter sur les bateaux.

Toujours aussi obstiné, le gouverneur Gálvez n'avait pas attendu les troupes de Cuba. Si les soldats luttaient pour la gloire de l'Espagne, les volontaires imaginaient tirer un bénéfice financier de leur participation à la bataille. Le risque de désertion était donc présent.

— Nous ignorons si les Anglais sont au courant de notre situation, commenta Girard comme s'il pensait tout haut, mais nous savons qu'ils n'ont pas été assez malins pour envoyer un détachement ici, à l'entrée de la baie. Nous attendrons l'arrivée des renforts de Cuba.

Sebastián regarda son beau-père avec gratitude et essaya de se convaincre que les vents allaient tourner.

De fait, ils tournèrent.

Des renforts arrivèrent une semaine plus tard : d'abord, un dériveur, puis une frégate, un paquebot, un brigantin et une goélette.

Parmi les officiers, Sebastián reconnut le sergent-major Antonio Cornel, un homme de son âge, qu'il avait rencontré quatre ans plus tôt lors de la bataille d'Alger. Ce soir-là, il l'invita sous sa tente, pensant que cela lui changerait les idées de discuter avec quelqu'un de loquace et vaillant.

— Le destin a voulu qu'un Aragonais de Benasque arrive à temps pour nous sauver, dit-il en lui offrant un verre de vin.

Sebastián se souvenait que dès que l'on prononçait le mot *Benasque,* Cornel ne pouvait s'empêcher de vanter la beauté incomparable des montagnes et des prairies de sa ville natale, nichée au cœur des Pyrénées espagnoles. Mais le sergent-major était sombre et ne semblait guère d'humeur à plaisanter.

— Puis-je vous demander quelle est la raison de votre abattement ? interrogea Sebastián, conscient que cet état pouvait miner le moral de ses soldats qui, au contraire, avaient besoin d'entrain.

Cornel se perdit un instant dans ses pensées, le regard fixé sur son verre.

— J'ai appris récemment qu'une tragédie a frappé Saragosse. Un incendie a embrasé le théâtre. Une quarantaine de personnes ont péri… Dont ma fiancée.

Par respect, Sebastián garda le silence. Il imaginait que si une telle chose arrivait à sa chère Suzette, lui aussi serait accablé d'une infinie tristesse. Habitué aux harangues militaires et aux débats interminables, il ne trouvait pas de mots pour le réconforter.

— Nous avons encore une longue vie devant nous, dit-il simplement.

— La mienne sera solitaire, car je me suis juré de ne pas me marier. On offre son cœur une seule fois. Les suivantes ne sont que des pis-aller.

Sebastián frémit. Jamais il ne lui était venu à l'esprit qu'il pouvait n'être qu'un pis-aller pour Suzette.

L'abattement était bel et bien contagieux.

Le hasard fit que durant les semaines suivantes, le déroulement de la bataille sembla aussi labile que la ligne vulnérable qui séparait la joie de la tristesse, l'illusion du désespoir, la gloire de la défaite.

Les Espagnols avancèrent petit à petit jusqu'au fort Charlotte. Le 12 mars, conscients que les réserves de nourriture et de munitions diminuaient, ils déchaînèrent sans pitié leurs canons contre la place forte du lever au coucher du soleil. Le lendemain, le commandant anglais annonça la reddition. Le projet ambitieux visant à éradiquer la présence britannique dans le golfe du Mexique avait commencé par un triomphe, mais lorsque les troupes atteignirent Pensacola – le centre des opérations des Britanniques dans cette partie de la Floride et du golfe, à seulement vingt-sept lieues à l'est –, la bataille s'enlisa, faute de munitions. La détermination de Gálvez ne suffit pas à poursuivre les combats, alors qu'il aurait été capable de se lancer seul à la conquête du fort sans attendre l'aide qui devait arriver.

— Les bateaux venant de Cuba ne seront pas là avant trois semaines, annonça-t-il à Sebastián devant sa table recouverte de cartes, de schémas et de documents divers. J'ai détaillé mille fois mon plan, et il a été mille fois mal interprété… J'ai reçu l'ordre d'attendre, alors que nous aurions dû entrer dans la baie et lancer une attaque surprise contre la place forte de Pensacola depuis la mer ! Il est maintenant trop tard pour le faire. Un assaut terrestre serait trop risqué. Continuer ou se retirer ? interrogea-t-il en se frottant les yeux, découragé. Quel est le meilleur choix pour servir le roi ?

— Abandonner l'opération, répondit Sebastián, lui aussi navré d'avoir perdu une bonne occasion de vaincre les Anglais, mais heureux de retourner chez lui auprès de Suzette.

Kaskaskia, Haute-Louisiane, fin avril 1780

Ishcate entra sous son tipi dans l'intention de faire sortir Kawutz par la force s'il le fallait. Il avait essayé en vain de la convaincre de se réfugier avec les enfants à Saint-Louis en raison de l'attaque que préparaient les Indiens et les Anglais, attaque qu'il avait signalée quelques semaines plus tôt au lieutenant-gouverneur de la Haute-Louisiane, le capitaine Fernando de Leyba.

Mais Kawutz refusait de partir. Le village natal d'Ishcate était devenu son foyer. Pour la première fois de sa vie, elle était heureuse. Elle avait fondé une famille et ne manquait de rien. Elle n'avait pas conscience du risque qui inquiétait tant Ishcate, occupé par ses allées et venues à Saint-Louis.

— Le danger approche, Kawutz, lui dit-il en lui prenant le petit Couroway des bras. Rassemble les affaires, nous partons.

— Qu'est-ce qui a changé ? demanda-t-elle. Si tu n'apportes pas de nouvelles informations, nous ne bougerons pas. Les Anglais veulent attaquer la ville, pas les villages indiens. Es-tu sûr que nous ne serons pas plus en sécurité ici ? Clark, l'Américain, contrera les assaillants depuis son campement de Cahokia et aidera son ami espagnol.

— J'ai bien peur que les choses ne se passent pas ainsi. D'après Étienne, des éclaireurs les ont prévenus que les Anglais et leurs alliés indiens attaqueront Cahokia et Saint-Louis en même temps. Les guerriers défendront les villages, mais je ne peux pas me battre si je sais que ta vie et celle des enfants sont en danger.

Kawutz était à court d'arguments.

— Vous irez chez les Dubois, ajouta Ishcate en s'asseyant à côté de Sarazen qui était en train de construire un petit tipi avec des bâtons et des morceaux de peau. Nous partirons demain à l'aube.

Quatre jours plus tard, lorsqu'ils arrivèrent à la ferme des Dubois, Ishcate fut surpris par la rapidité avec laquelle la famille avait préparé la défense de la propriété. Comme celle-ci se trouvait à l'extérieur de la ville, elle n'était pas protégée par la palissade en bois délabrée. Ils avaient érigé un parapet avec des pierres, des sacs de sable, des tonneaux et des planches. Tout le monde travaillait d'arrache-pied, y compris Cécile et ses filles.

Étienne, épuisé et couvert de poussière, salua Ishcate d'une petite tape dans le dos.

— Je suis content de t'avoir ici. Tu es plus habitué à te battre que moi. Viens, je vais t'expliquer comment Leyba a organisé la riposte.

Ishcate n'avait pas l'intention de rester, car il devait rejoindre Ducoigne pour défendre les villages situés de l'autre côté du Mississippi, mais il le suivit. Il voulait s'assurer que Kawutz et les enfants seraient plus en sécurité à Saint-Louis qu'à Kaskaskia.

Ils se dirigèrent vers la partie ouest de la ville, où des hommes étaient en train de bâtir un mur en pierre.

— Là, il y aura une tour de trente pieds de haut. L'idée est d'installer cinq canons au sommet. Leyba avait prévu d'en édifier quatre, une à chaque coin, mais il n'a pu réunir que mille pesos. Peu importe, car s'il est vrai que les ennemis se trouvent à moins de trois cents lieues d'ici, je crois que nous n'aurons pas le temps de construire les autres tours.

De petits groupes d'hommes inspectaient la palissade pour remplacer les planches pourries et reclouer celles qui étaient mal fixées. Devant, d'autres, plus nombreux, étaient à pied d'œuvre pour creuser une longue tranchée d'est en ouest. Le fleuve, au sud, protégerait leurs arrières.

— Combien savent tirer ? demanda Ishcate.

— La garnison ne compte que trente soldats. Si nous rajoutons les habitants, les volontaires de Sainte-Geneviève et les esclaves noirs, nous arrivons à trois cents.

Ishcate soupira. Il aurait dû écouter Kawutz et rester à Kaskaskia.

— Nous sommes très peu nombreux. Il y a des fermiers, des commerçants, des bateliers, des chasseurs..., dit Étienne avant d'ajouter avec un sourire moqueur pour dissimuler son inquiétude : Et un Indien !

— J'espère que des renforts seront envoyés de La Nouvelle-Orléans.

Étienne secoua la tête.

— Girard en a fait la demande au gouverneur et Gálvez a refusé. Leyba lui a également écrit, pour insister. Il a reçu la même réponse.

Ishcate pensa à Suzette. Si elle était au fait de la situation, si elle savait que lui aussi courait un danger, convaincrait-elle les chefs espagnols qui abandonnaient les populations du Nord à leur triste sort d'envoyer des soldats ? Hélas, il était déjà trop tard.

— J'ai bien peur que nous ayons à nous débrouiller seuls, dit Étienne.

— Je dois retourner auprès des miens, murmura Ishcate, inquiet.

Il était chef kaskaskia. Il devait se battre aux côtés de Ducoigne.

Ils s'approchèrent d'un groupe d'hommes parmi lesquels se trouvait le capitaine Leyba. Son visage émacié était creusé de cernes. Il devait avoir une quarantaine d'années, dix ou douze ans de plus qu'Ishcate, mais paraissait bien plus âgé. Depuis le décès de son épouse l'année précédente, il avait piètre allure.

— Les provisions vont bientôt manquer, affirma-t-il. J'en ai envoyé beaucoup à Clark et nous ne recevons presque rien de La Nouvelle-Orléans. Ishcate, tu pourrais te joindre aux chasseurs afin que nous ayons au moins de quoi manger. Protégez bien ta maison, ajouta-t-il en se tournant vers Étienne, et dis à ta mère que lorsque l'attaque sera lancée, les femmes et les enfants devront aller se réfugier chez moi. Ma sœur Teresa s'occupera d'eux.

Les semaines suivantes, tous les habitants de Saint-Louis travaillèrent à un rythme effréné, angoissés de savoir qu'à tout moment, les balles d'une armée dont ils ignoraient la puissance pouvaient s'abattre sur eux. Quand la palissade et la tranchée furent terminées, beaucoup retournèrent à leurs labeurs dans les champs car les cultures ne pouvaient être abandonnées en plein mois de mai. Tout le monde attendait en priant.

Ishcate avait fait plusieurs allées et venues entre Kaskaskia et Saint-Louis. Le hasard voulut – *ou la chance,* se dit-il – que l'attaque le surprenne alors qu'il se trouvait en ville.

Le vendredi 26 mai, en milieu de matinée, il tenait son fils dans ses bras lorsqu'il entendit des coups de feu précédés de hurlements de centaines d'Indiens. En quelques secondes, la panique s'empara des habitants de Saint-Louis. Un cri retentissait à chaque coin de rue.

— Aux armes !

Les plus jeunes filles de Cécile et la domestique Manon emmenèrent à la hâte le fils d'Étienne ainsi que les petits Sarazen et Couroway chez Leyba, qui vivait dans la bâtisse en pierre construite par Leroux. Cécile, son aînée Pélagie, la servante Theresia et Kawutz, armées chacune d'un mousquet, restèrent pour se battre aux côtés d'Ishcate, d'Étienne et de son demi-frère Benoît.

Derrière le solide parapet, Ishcate serrait la mâchoire, conscient de la puissance de l'ennemi qu'ils allaient affronter. Les éclaireurs avaient parlé de centaines, presque d'un millier d'hommes réunis par les Anglais pour prendre le contrôle du commerce sur le Mississippi. D'après les hurlements et la quantité de flèches et de balles qui pleuvaient sur les champs et la ville, ils ne s'étaient guère trompés. Il était rassuré d'être auprès de Kawutz et des enfants. Il les défendrait jusqu'à la mort.

— Ils n'arriveront pas jusque là-bas ! s'écria Cécile, horrifiée, en regardant en direction des champs. Ils vont se faire tuer !

Des dizaines de paysans partis travailler ce matin-là couraient vers la porte de la palissade tandis que ceux qui étaient postés derrière tiraient sans répit. Beaucoup tombèrent sous les balles des ennemis. Les cris redoublaient. Le vacarme était insupportable. Les boulets des canons installés sur la tour creusaient d'énormes trous dans le sol, mais les Indiens ne s'arrêtaient pas pour autant. Au contraire, ils étaient déterminés à s'approcher de la palissade à cheval ou à pied, et en chemin, ils achevaient d'un coup de couteau les paysans blessés. On aurait dit des loups en furie.

— La plupart sont des Sioux, dit Étienne.

— Il y a aussi des Sauk et des Fox, ajouta Ishcate. Je les croyais du côté des Espagnols. Les Anglais ont dû leur promettre un joli butin.

— Il faudra d'abord qu'ils arrivent jusqu'ici ! cria Benoît, terrorisé.

— Mon Dieu, gémit Pélagie en s'asseyant par terre et en cachant son visage entre ses mains, comme pour empêcher le spectacle qu'elle venait de voir de rester gravé dans son esprit.

Les Indiens s'acharnaient sur les cadavres des paysans. Ils leur coupaient les membres et leur ouvraient le ventre pour arracher leurs entrailles, les empaler sur leurs couteaux et les faire tournoyer en l'air.

Un message se répandit de bouche à oreille à travers toute la ville.

— Ordre de Leyba : personne ne doit bouger de là où il est. Continuez à riposter. Que personne n'abandonne son poste !

En réaction à la provocation des Indiens qui outrageaient les cadavres, les habitants de Saint-Louis tiraient sans relâche. Les boulets des canons déchiraient la terre et la chair.

L'affrontement dura plusieurs heures. Les assaillants tentaient de se rapprocher tandis que les défenseurs de la ville maintenaient leurs positions, puisant leurs forces dans la douleur et la peur.

Étienne visait puis appuyait sur la gâchette sans jamais rater sa cible : il était devenu un excellent tireur, l'un des meilleurs qu'Ishcate ait vus. Il s'entraînait quotidiennement depuis ce jour lointain où son beau-père lui avait confié la responsabilité des marchandises, et où un Indien l'avait réveillé en pleine nuit en lui plaquant un couteau sous la gorge pour voler du tafia.

Kawutz n'était pas aussi rapide mais n'avait rien à lui envier quant à l'adresse et à la précision. Ishcate la regarda du coin de l'œil, fier d'elle. Il admirait sa force. Si quelqu'un lui avait dit qu'un jour, elle se battrait aux côtés des Espagnols contre des Indiens et les tuniques rouges, elle l'aurait pris pour un fou. Kawutz était du même avis que lui. Si les Américains gagnaient la guerre, ils ne s'arrêteraient pas là et se déplaceraient vers l'ouest en chassant les Indiens de leurs terres. Néanmoins, comprenant que la vie de sa famille était en jeu, elle n'avait pas hésité à prendre les armes pour tirer sur les Anglais.

Ishcate s'apprêtait à lui tendre des munitions lorsque, soudain, elle tituba comme si on lui avait asséné un coup de poing et s'écroula par terre. Il abandonna son poste et s'agenouilla à côté d'elle. Elle avait reçu une balle dans le cou et perdait beaucoup de sang. Il comprima la blessure sans la quitter des yeux et il se retrouva plongé dans un effroyable silence.

Il lui sembla que le vacarme des hurlements, des tirs et des hennissements s'était subitement tu.

Il n'entendait plus que son cœur qui cognait à chaque clignement de paupières de Kawutz, de plus en plus lentement.

— Ne pars pas, Kawutz, lui murmura-t-il. Ne me laisse pas seul.

Il appuya plus fort sur la blessure, exhortant le Grand Esprit à garder le sang à sa place, à l'intérieur du corps jeune et robuste de sa compagne et mère de ses enfants. Couroway et Sarazen avaient besoin d'elle. Lui aussi avait besoin d'elle. Il avait trouvé la paix à ses côtés. Il chassait et vendait des peaux pour rentrer chaque soir dans son humble foyer, où il était bien accueilli, toujours avec un sourire chaleureux, une caresse douce, une attitude silencieuse et complice. Il avait besoin d'elle pour être chef kaskaskia. Il avait besoin d'elle pour être lui-même et ne pas perdre son chemin. Elle était sa lumière, son soleil.

— Tiens bon, ma *waapanwi,* souffla-t-il d'une voix brisée, les yeux embués de larmes. Le médecin va arriver, il soignera la blessure. Nous rentrerons au village.

Il répéta plusieurs fois ces mots, ces mensonges, pour ne pas hurler de rage, pour éloigner la peur.

Kawutz souleva une main et lui caressa le bras, juste à l'endroit où commençait son tatouage. Elle lui adressa un regard serein et tendre. Elle voulait le remercier de l'avoir rendue heureuse après les horreurs qu'elle avait endurées au cours de sa courte vie. Elle voulait lui dire qu'il était un bon père et que son cœur était noble.

Elle n'en avait cependant plus la force.

Elle ferma les yeux.

Au bout de quelques minutes, elle succomba.

Ishcate demeura immobile, abasourdi, agenouillé à côté du corps inerte de Kawutz qui perdait déjà sa couleur et sa chaleur. Penché au-dessus d'elle, il lui caressait les cheveux, contemplait ses traits, revivait leur histoire.

Tout autour, les hurlements et le son des balles cessaient petit à petit.

Cécile s'approcha de lui et posa une main sur son épaule.

— Ils ont battu en retraite, Ishcate, lui annonça-t-elle. La ville est sauvée. Ils pensaient remporter une victoire rapide et ne s'attendaient pas à ce que nous ripostions comme nous l'avons fait.

Elle lui répéta ces mots d'une voix calme afin qu'il puisse assimiler l'information.

— Nous sommes sauvés, ils se sont retirés. Tes enfants sont en sécurité, et c'est aussi grâce à Kawutz.

— Elle ne voulait pas venir, murmura-t-il. J'aurais dû l'écouter. Nous devrions être à Kaskaskia.

Il porterait désormais cette culpabilité. Il avait pris une mauvaise décision qui avait entraîné la mort de Kawutz.

Au moment où elle quittait ce monde, il se rendait compte qu'il l'avait aimée.

Il se haïssait et haïssait le Grand Esprit, qui le vouait à la solitude.

Voyant les assaillants battre en retraite, le capitaine Leyba décida d'envoyer des groupes à leur poursuite. Ishcate se joignit à eux.

Pendant plusieurs jours, il tua chaque ennemi qui avait le malheur de croiser son chemin. Il voulait venger la mort de Kawutz et libérer la rage qui voilait sa lucidité. Ce n'était pas un homme, mais un être blessé. Il hurlait avant d'abattre sa hache, avec la même violence que celle des événements dont il avait souffert. Il était mû par le ressentiment et le sang bouillonnant d'un guerrier à qui l'on avait arraché la paix, si difficile à trouver. Il resta dans les sous-bois jusqu'à ce qu'il n'y ait plus personne à poursuivre. L'épuisement avait ankylosé son corps ; des soldats réussirent à le convaincre de retourner à la ville.

Entre-temps, la vie avait peu à peu repris son cours à Saint-Louis.

Le capitaine Leyba reçut les hommes chez lui afin d'entendre leur récit. Depuis plusieurs jours, il était extrêmement fatigué. Il avait de la fièvre, des frissons, des nausées et des maux de tête. Le médecin avait confirmé ce qu'il savait déjà : il s'agissait de la malaria. Il sentait sa fin approcher, mais il devait terminer son rapport pour Gálvez.

— Le danger est passé, conclut-il après avoir écouté les guerriers. Nous avons non seulement défendu la ville, mais aussi les intérêts de l'Espagne. Nous avons peut-être même changé le cours de l'histoire… Je demanderai au gouverneur de vous récompenser pour vos services.

Lorsque les hommes commencèrent à se retirer, Leyba pria Ishcate de rester. Il voulait lui parler seul à seul.

— Vingt personnes ont péri durant l'assaut. Je regrette que ta femme en fasse partie.

Ishcate hocha légèrement la tête.

— J'ai aussi perdu la mienne il y a un an, poursuivit-il. La douleur ne disparaît pas. Seul le sens du devoir envers mes filles et mon pays m'a aidé à ne pas sombrer.

Il s'évada quelques instants dans ses pensées. Dernièrement, il songeait souvent à sa ville natale, Ceuta, à ses parents, à ses frères et sœurs et à son épouse. Lorsqu'il mourrait, sa sœur Teresa, qui était venue avec lui jusqu'à Saint-Louis, s'occuperait de ses chères filles. Si elles étaient trop jeunes pour comprendre les vicissitudes de la vie, le temps les aiderait à les surmonter.

— Je ne sais pas à quelle nation tu te sens appartenir, Ishcate, mais tu as deux fils. Tu trouveras peut-être en eux la raison de vivre jusqu'à ce que Dieu te rappelle à lui.

Ishcate médita ces paroles. Depuis la mort de Kawutz, il n'avait pas pensé aux petits Sarazen et Couroway. Ils ne manquaient de rien chez les Dubois, mais c'était lui qui en avait la responsabilité.

Il regarda le capitaine et crut percevoir dans ses yeux l'expression qu'avait Kawutz peu avant de s'éteindre. Ils lui transmettaient tous deux le même message : si certains marcheurs cessaient leur ambulation, le chemin ne s'arrêtait pas pour les autres.

Il se rendit chez Cécile, où tout le monde se réjouit de le voir. Il apprit que Benoît avait été blessé à un bras, que Pélagie n'avait pas retrouvé la parole depuis la scène horrible des cadavres éventrés, et que la première dent de Couroway pointait.

La vie continuait dans les gencives de son fils.

Son fils. Son sang.

Son devoir.

— Tu peux rester ici, Ishcate, proposa Cécile.

Elle aussi avait perdu son bien-aimé. Elle n'avait cependant pas manqué de forces au moment de défendre sa famille et sa maison durant l'attaque.

— Mon frère Maughquayah vit non loin du poste Arkansas, répondit-il. J'irai peut-être le rejoindre. Je n'ai plus personne à Kaskaskia.

Il sentait que les siens ne l'écoutaient pas. Ils suivaient aveuglément Ducoigne, obstiné par la paix et la coopération avec les Américains. Clark s'intéressait davantage aux campagnes militaires sur les terres de l'Ohio que sur celles de l'Illinois. La population blanche de Kaskaskia se trouvait sans autorité ni protection, mais plus personne ne remettait en question la loyauté envers les Américains.

— C'est un voyage très long et difficile pour un homme seul avec deux petits garçons, insista Cécile.

— Tu peux embarquer sur mon bateau, intervint alors Étienne. Le capitaine Leyba m'a chargé de descendre à La Nouvelle-Orléans pour aller chercher des provisions et des soldats. Certes, nous avons gagné cette fois-ci, mais nous ne sommes pas à l'abri d'une nouvelle attaque. Nous avons besoin d'aide et la seule façon d'en obtenir est de la demander directement au gouverneur. Je serai prêt à lever l'ancre la semaine prochaine.

Peu de temps avant le départ, ils apprirent que Leyba venait de rendre l'âme. Ils durent alors attendre les funérailles, car les filles et la sœur du capitaine embarqueraient elles aussi pour La Nouvelle-Orléans.

Une fois à bord, Ishcate pensa à ses parents, à son ami Sarazen et sa femme Mikakh, à Kawutz et à lui-même. Comme l'eau du fleuve qui s'écoulait, toujours la même mais toujours différente, les êtres humains faisaient un bref passage sur terre avant de disparaître, emportant avec eux leurs luttes, leurs désirs et leurs inquiétudes.

Il était difficile de saisir le sens de l'existence.

36

La Havane, février 1781

JAMAIS, AVANT D'ÉPOUSER SUZETTE, Sebastián n'avait remis en question son travail de militaire. De plus, pour sa femme et ses filles, ses efforts avaient du sens. Plus sa position était élevée, meilleure était la vie qu'il pouvait leur offrir. S'il désirait toujours aussi fermement servir sa patrie, il détestait les longues séparations avec sa famille.

Il n'avait pu passer que trois mois à La Nouvelle-Orléans après son retour de la baie de Pensacola.

Le gouverneur Gálvez, qui n'avait pas supporté le report de la prise du fort à cause de ses supérieurs à Cuba et du retard des renforts, s'était installé à La Havane, où, après plusieurs conseils de guerre et grâce à ses contacts et ses arguments, on l'autorisa à repartir. L'expédition qui devait être la définitive prit le large à la fin du mois de février.

La flotte comprenait treize cents marins et quinze cents soldats de l'infanterie wallonne et de huit unités espagnoles – les régiments du Roi, du Prince, d'Espagne, de Navarre, de Soria, de Guadalajara, d'Hibernie, d'Aragon –, douze cents officiers, quarante-sept artilleurs et cent creuseurs de tranchées, ainsi que des médecins, des forgerons, des charpentiers, des armuriers et des tonneliers.

À la faveur du temps clément, ils cinglèrent tout droit vers Santa Rosa Island. Formant une barrière naturelle oblongue de douze lieues, cette île protégeait la baie de Pensacola des assauts de la mer et des ennemis. Dès la première semaine de mars, un détachement espagnol s'empara de l'artillerie légère que les Anglais avaient déployée et dressa une batterie pour mettre leur escadre en sûreté.

Tout se passait comme prévu jusqu'au moment où les navires voulurent pénétrer dans la baie. La manœuvre était malaisée et les exposait aux boulets des puissants canons lancés depuis les falaises appelées Barrancas Coloradas, sans compter qu'il fallait faire preuve d'une certaine habileté pour tourner rapidement dans une anse étroite et peu profonde. La quille du premier bateau qui s'y essaya – le *San Ramón*, le navire de ligne au plus fort tirant d'eau – se planta dans le fond, mettant à l'arrêt l'ensemble des opérations. Les commandants des autres embarcations brandirent des excuses pour ne pas entrer dans la crique. Gálvez insistait pour qu'ils essaient, mais les jours passaient et personne ne bougeait.

Au bout d'une semaine, le gouverneur, furieux et las d'attendre, envoya un message aux capitaines des vaisseaux – un texte concis et ferme :

Que ceux qui ont de la dignité et du courage me suivent. J'avance avec le Galveztown *pour conjurer la peur.*

Gálvez avait perdu la raison à vouloir entreprendre seul une telle manœuvre, mais Sebastián savait que lorsque son ami et supérieur avait une idée en tête, il était impossible de le faire changer d'avis.

Sans attendre de réponse, Gálvez donna l'ordre de pénétrer dans l'anse en restant près du rivage dans les périlleux virements de bord. Pendant ce temps, les canons anglais tiraient depuis les falaises et quelques boulets transperçaient les voiles, endommageant le gréement du brigantin. Sebastián craignit pour sa vie et pria en pensant à Suzette, Estelle et Adrienne, comme s'il ne les reverrait plus.

Le vacarme était assourdissant. Des éclats de bois pleuvaient sur le pont.

Cependant, l'embarcation poursuivait son avancée.

Sebastián s'aperçut alors que la plupart des boulets anglais tombaient dans l'eau. Les falaises étaient trop loin. La chance était de leur côté. Il se joignit aux cris partagés par les soldats et les marins qui célébraient la victoire de l'imprudence, désormais qualifiée de prouesse. À l'exception du *San Ramón*, les autres navires suivirent le sillage du *Galveztown*.

Les Espagnols se trouvaient à présent dans la baie de Pensacola, le moral au beau fixe, la gloire et la récompense toujours plus proches. Le plus difficile restait toutefois à faire : prendre le fort, une énorme masse composée de quatre tours et de deux bastions, entourée de douves et protégée par une défense supérieure en nombre.

Les travaux de déblai commencèrent. Il fallait construire une position d'attaque près de l'un des bastions et creuser des tranchées à l'arrière du fort pour disposer les batteries. Jour après jour, semaine après semaine, Sebastián supervisait et informait le gouverneur de l'avancée des opérations, ce qui supposait un risque car les soldats anglais et indiens s'acharnaient sans répit contre les Espagnols.

Début avril, il fut victime d'un de ces assauts alors qu'il allait faire son rapport. Des dizaines de balles provenant de différents endroits sifflèrent sous son nez, tandis que des boulets de canon de petit calibre s'écrasaient par terre, ricochant et détruisant ce qui se trouvait sur leur trajectoire.

Sebastián n'eut pas le temps de se mettre à l'abri. Il éprouva brusquement une douleur aiguë à l'abdomen et sentit du sang couler à gros bouillons et imbiber sa chemise sous sa casaque.

Il pensa à sa femme et à ses filles.

Il ne pouvait pas mourir. Qu'allaient-elles devenir ?

Il vit Cornel courir vers lui, le visage crispé, au milieu d'un silence anormal.

Sa vision se brouilla, il tomba à genoux.

La douleur cessa et il fut envahi d'un calme étrange.

Il comprit que jamais plus il ne reverrait sa chère Espagne.

La Nouvelle-Orléans, avril 1781

Suzette souffrait de l'absence de Sebastián.

Assise à une petite table ronde près du balcon, elle relut sa dernière lettre. Après des mots affectueux pour elle et les filles, qui lui manquaient, il passait très vite au récit détaillé de la campagne. Où se trouvait-il à cet instant, quels dangers devrait-il affronter et quand le reverrait-elle, si toutefois il ne mourait pas au combat ? Lui, son père et ses frères.

En pensant aux hommes de sa famille partis à la guerre, elle décida d'aller rendre visite à sa mère, qui vivait elle aussi très mal l'absence de son mari et de ses fils. Elle s'apprêtait à appeler Anne pour faire prévenir le cocher lorsque celle-ci entra dans le salon pour annoncer Françoise de Villiers, la femme du commandant du poste Arkansas, qui avait passé l'hiver à La Nouvelle-Orléans.

Suzette avait connu Françoise par l'intermédiaire de Félicité de Saint Maxent, avec qui elle entretenait une relation simplement cordiale ; malgré leurs nombreux points communs – toutes deux filles de négociants prospères, elles étaient devenues veuves jeunes et s'étaient remariées à des Espagnols –, elles n'étaient pas très proches. Avec Françoise, au contraire, de dix ans son aînée, Suzette avait aussitôt sympathisé et durant tout l'hiver, elles avaient partagé de longues conversations enjouées.

— Pardonnez-moi de me présenter à l'improviste, Suzette, dit Françoise. Je suis venue vous dire au revoir et vous remercier pour tout ce que vous avez fait pour moi. Je repars dans trois jours.

Suzette l'invita à s'asseoir près d'elle et demanda que l'on serve le thé.

— Nos promenades et nos discussions vont me manquer, lui répondit-elle.

Elle était sincère. Après la dispute avec ses amies d'enfance, elle ne voyait plus, encore que rarement, que Marie de la Ronde, la seule en qui elle se sentait en confiance.

— Sans la compagnie de mon mari, les journées passent trop lentement. Les petites m'occupent, mais ce n'est pas pareil.

— Je suis de votre avis même si, permettez-moi la confidence, je n'ai pas eu le temps de me languir de mon mari ces derniers mois en ville. Plus sérieusement, ce qu'il y a de bien avec les au revoir, c'est qu'ils préludent à de fougueuses retrouvailles.

Suzette rit de bon cœur. En effet, lorsque Sebastián revenait de ses batailles, ils passaient des heures enfermés dans leur chambre.

— Et comment comptez-vous vous rendre au poste Arkansas ?

— Je pars avec une connaissance jusqu'à Natchez. De là, je rejoindrai mon mari à bord d'une barge qu'il va m'envoyer.

— Si ça ne tenait qu'à moi, je me joindrais à vous ! lâcha Suzette sans réfléchir. Sebastián m'a promis de m'emmener en Espagne quand la guerre sera finie et l'idée me terrorise. Je n'ai jamais navigué sur un grand bateau en mer ! Bon, à vrai dire, je n'ai jamais voyagé tout court. J'ai visité des dizaines de fois les environs de La Nouvelle-Orléans, sans aller plus loin.

En disant cela, Suzette se revit à l'âge de sept ou huit ans, debout, dans le port, à regarder les navires lever l'ancre pour remonter le fleuve et à rêver de devenir adulte et de courir le monde. Où était donc passée sa soif de découverte ?

— Pourquoi ne viendriez-vous pas avec moi ? proposa Françoise. Depuis que le gouverneur Gálvez a pris les postes anglais, le voyage est assez sûr. De plus, nous embarquerons sur un bateau léger, bien plus rapide que les navires des marchands. Je pense qu'il faut compter un mois tout au plus.

Beaucoup trop longtemps sans voir les filles, se dit Suzette. D'un autre côté, une telle occasion ne se représenterait sans doute pas.

— Si je me décide et si j'arrive à régler la question du retour, je vous le ferai savoir.

En quelques heures à peine, l'excitation l'emporta sur la prudence.

Le soir même, elle préparait les malles avec l'aide d'Anne, qui redoubla d'efforts pour la dissuader.

— Votre mari dira que c'est une mauvaise idée, lui répéta-t-elle plusieurs fois. Et vous allez laisser les enfants toutes seules ?

— Elles restent avec toi, Anne. Elles ne pourraient pas être sous meilleure garde. Estelle est encore petite et Adrienne ne pense qu'à courir après Demba. Je ne crois pas que je vais leur manquer. Françoise aussi a un fils, qu'elle n'a pas vu depuis des mois.

— Ça peut être dangereux…

— Moins que d'aller dans les marécages comme tu le fais, et je ne te l'interdis pas.

— Ne comparez pas, madame. Vous êtes quelqu'un d'important. Votre mari est colonel.

— C'est justement la raison pour laquelle je peux décider par moi-même. J'ai vingt-cinq ans et je n'ai jamais quitté La Nouvelle-Orléans !

Un brin nostalgique, elle repensa à ses projets d'aller vivre avec Ishcate dans le Nord et retrouva un peu l'effervescence de cette époque. Cinq ans seulement s'étaient écoulés et cela lui semblait une éternité.

— Vous aurez d'autres occasions, madame. La guerre va finir et vous pourrez voyager avec votre époux.

— Depuis quand es-tu si prudente, Anne ?

— Si jamais il vous arrive quelque chose, c'est à moi que le maître s'en prendra.

— Je vais mettre par écrit que tu t'es opposée à mon départ, comme ça tu seras rassurée.

Le lieutenant-colonel Pedro Piernas, en charge de la force militaire de la ville en l'absence des autres officiers, recourut aux mêmes objections qu'Anne lorsque Suzette lui fit part de son projet d'accompagner Mme de Villiers jusqu'à Natchez, mais elle ne céda pas.

— Je n'ai aucune intention de renoncer à ce voyage. Si vous ne voulez pas avoir d'ennuis avec mon mari et si ma sécurité vous préoccupe tellement, trouvez-moi une solution pour le retour.

— Vous serez en permanence escortée par six soldats, capitula-t-il. J'enverrai une dépêche à Natchez pour qu'un bateau se tienne prêt à redescendre immédiatement.

Piernas était très inquiet ; un tel périple était une imprudence qui pouvait le compromettre directement. Il connaissait bien la région pour avoir séjourné en Haute-Louisiane. Nerveux, il essuya les gouttes de sueur qui perlaient sur son nez fin.

Avant de quitter La Nouvelle-Orléans, Suzette écrivit une lettre à sa mère pour tout lui expliquer. Elle n'avait nulle envie d'entendre les mêmes arguments que ceux donnés par Anne et le señor Piernas.

La nuit précédant son départ, l'excitation l'empêcha de dormir. Depuis le temps qu'elle rêvait de découvrir les terres du Nord, son vœu allait enfin se réaliser. Elle verrait de ses propres yeux ce qu'elle connaissait par les lettres d'Étienne à Margaux, ainsi que par les récits de son père et de Sebastián.

Elle repensa aussi aux mots qu'employait Ishcate pour décrire la façon dont le fleuve sinuait sur la terre, au milieu d'une nature sauvage, vierge, colorée, splendide.

Elle avait écouté les témoignages des uns et des autres avec un vif intérêt, mais elle découvrit très vite que ceux-ci ne rendaient pas justice à la réalité. Alors qu'elle remontait le fleuve en ce mois d'avril où le printemps commençait à déployer ses charmes, elle fut surprise de constater que ses sens semblaient eux aussi se réveiller d'une longue léthargie, comme s'ils voulaient absorber, aspirer et savourer les effluves de la nature. L'eau, l'air, la lumière du soleil... Hors de La Nouvelle-Orléans, elle découvrait un monde différent, ainsi qu'un profond sentiment de liberté, malgré la présence des soldats. Une sensation qui touchait à la fois son corps et son esprit. Elle ne pouvait s'empêcher de penser à Ishcate, qui avait grandi dans ces espaces immenses et magnifiques.

Les journées s'écoulaient paisiblement, entre la contemplation du paysage et l'agréable compagnie de Françoise. Celle-ci lui raconta que la nouvelle de l'entrée en guerre de l'Espagne était arrivée au poste Arkansas après la prise de Manchac, Baton Rouge et Natchez. Son mari, qui n'était pas très sûr du statut du territoire situé entre Natchez et le poste Arkansas, avait aussitôt traversé le Mississippi avec trois soldats et autant de civils destinés à servir de témoins et avait pris officiellement possession de Concordia, un minuscule établissement britannique qui se trouvait de l'autre côté de l'embouchure de l'Arkansas. En décrivant la cérémonie, Françoise rit aux éclats : Villiers avait enterré au pied d'un palmier une petite boîte en fer-blanc qui contenait une pièce de monnaie portant les armoiries de Sa Majesté Catholique.

Le soir, le bateau faisait halte et les deux femmes se promenaient dans les environs. Elles se retiraient ensuite dans la cabine qu'elles partageaient sur la barge. Les bateliers passaient la nuit dans un campement de fortune le plus près possible du rivage, tandis que les soldats se relayaient pour les tours de garde. Suzette se couchait, épuisée par les émois de la journée.

À mi-chemin entre Baton Rouge et Natchez, Suzette et Françoise furent réveillées en pleine nuit par des coups de feu et des cris. La peur les saisit. Le silence qui suivit le fracas leur sembla encore plus terrifiant.

Main dans la main, elles gravirent les quelques marches qui menaient sur le pont. Suzette glissa rapidement la tête par la porte.

— Que se passe-t-il ? demanda-t-elle à voix basse au jeune soldat en faction.

— Je ne sais pas, répondit-il dans un murmure. Rentrez dans votre cabine et ne faites pas de bruit.

Les femmes obéirent. Terrorisées à l'idée de devoir fuir, elles décidèrent néanmoins de s'habiller. Puis elles s'assirent sur l'un des grabats, attentives au moindre son.

Elles entendirent un gémissement étouffé, suivi d'une chute dans l'eau, puis des pas accélérés et le grincement des gonds de la porte.

Soudain, deux Indiens surgirent devant elles. Elles crièrent au secours. Ils les traînèrent brutalement à l'extérieur et les poussèrent sur la passerelle jusqu'au rivage, où ils les montrèrent à plusieurs hommes comme s'il s'agissait de pièces de gibier. Leur chef était vêtu d'une casaque rouge élimée, et ses yeux clairs et vifs contrastaient avec les rides de son visage et les fils gris qui parsemaient ses cheveux roux.

— Je suis Logan Colbert, mesdames, se présenta-t-il, et vous êtes mes prisonnières. À qui ai-je le plaisir de parler ?

Sans cesser de trembler, elles restèrent toutes deux muettes.

Colbert fit signe à un Indien, qui s'enfonça dans l'obscurité et revint peu après avec l'un des soldats. Il le força à s'agenouiller et lui mit son couteau sur la gorge.

— Je répète ma question…, dit Colbert.

— Je suis l'épouse du commandant Villiers en charge du poste Arkansas, murmura Françoise en sanglotant.

Colbert centra son attention sur Suzette.

— Et vous ?

À la fois abasourdie et horrifiée, Suzette n'arrivait pas à détourner son regard du soldat ni à réfléchir avec clairvoyance. Quoi qu'elle dise, le pauvre garçon serait certainement tué. Elle prit une profonde inspiration en essayant de se ressaisir et fixa Colbert droit dans les yeux.

— Jurez-moi que si ma réponse vous surprend plus que ce que vous l'imaginez, vous laisserez partir ce jeune homme.

Colbert esquissa un sourire moqueur.

— Marché conclu, dit-il, intrigué.

— Je suis l'épouse du secrétaire du gouverneur et je n'aimerais pas être à votre place quand il vous trouvera... Car je vous assure qu'il viendra à ma recherche avec toute l'armée de Louisiane.

Colbert eut l'air stupéfait. Il fit un petit geste de la main. L'Indien trancha le cou du soldat et le renversa sur le sol, où, après quelques convulsions, celui-ci expira dans une mare de sang.

Suzette sentit ses yeux s'embuer tandis qu'une vague de rage lui montait du fond de ses entrailles.

— Vous m'aviez donné votre parole ! cria-t-elle à Colbert en se précipitant contre lui pour le frapper à la poitrine.

Sans le moindre effort, il la saisit par les poignets et la repoussa vers Françoise.

— Gardez votre énergie, madame. Vous allez en avoir besoin.

Colbert s'enfonça dans la pénombre du sous-bois, satisfait du coup de fortune grâce auquel il comptait se venger des Espagnols, des Français et des Américains, ainsi que de leurs alliés indiens, tous ennemis des Anglais et des Chickasaw avec lesquels il vivait. De nombreux colons britanniques de la rive droite du Mississippi, en particulier ceux du district de Natchez, n'avaient pas accepté de bon gré les Espagnols et avaient seulement feint de faire allégeance à la Couronne – la condition pour pouvoir rester dans leurs villages. Depuis lors, ils n'avaient de cesse de comploter pour en reprendre possession. Colbert apportait précisément aux insoumis de Natchez un message clair de la part du général anglais Campbell : tout soulèvement serait soutenu et applaudi. En chemin, l'Écossais avait recruté cinquante guerriers choctaw ; avec les Chickasaw et les rebelles locaux menés par un certain Blommart, meunier de son métier, le fort tomberait à coup sûr et reviendrait aux Anglais. Si les choses tournaient mal, il disposait maintenant de deux précieux atouts pour négocier. Il avait eu de la chance. C'était le meilleur butin obtenu des assauts incessants qu'il lançait contre des bateaux espagnols sur le Mississippi.

Derrière lui, Suzette pensa à ses filles chéries et à Sebastián. Elle implora Dieu de la prendre en pitié, de lui permettre de les revoir. Elle était trop jeune pour mourir, elle ne pouvait laisser Adrienne et Estelle orphelines. Elle voulait faire encore beaucoup de choses dans sa vie. Elle voulait revoir Ishcate. Où était-il ? S'était-il marié ? Avait-il des enfants ? Elle ne lui avait pas pardonné, mais elle était incapable de l'oublier. Lorsqu'elle pensait à lui, elle sentait une agréable palpitation dans la poitrine et se remémorait le sentiment de douce plénitude qu'elle avait vécue à ses côtés au cours de ces mois dans sa maison de La Nouvelle-Orléans, avant qu'il ne s'évanouisse dans la nature, avant qu'il ne l'abandonne à une vie inconcevable sans lui. À présent, tremblant de peur de mourir entre les mains de Colbert, elle se rendit compte qu'elle lui avait pardonné, car l'amour qu'elle lui vouait était plus grand que son ressentiment.

Après cinq jours de marche, sans que les captives ne soient informées de leur destination, ils s'arrêtèrent près de Natchez. Plusieurs Indiens restèrent dans la forêt pour les surveiller ; d'autres, menés par Colbert, partirent en hurlant et en brandissant leurs fusils.

— Nous avons convenu avec mon mari qu'il viendrait me chercher ici, lui murmura Françoise. Ils vont nous délivrer, Suzette. Aucune personne saine d'esprit n'oserait nous faire du mal.

Suzette n'était pas aussi optimiste. Elle était sale, épuisée et affamée. Comment Françoise pouvait-elle demeurer si sereine ? Peut-être était-elle habituée aux soldats, aux Indiens, à la forêt et aux batailles, puisqu'elle habitait au poste Arkansas. Elle, en revanche, vivait dans l'atmosphère sophistiquée de la ville.

Une pensée subite lui traversa alors l'esprit.

Comment aurait-elle pu s'acclimater à un endroit aussi hostile ? Et ces Indiens qui les retenaient... Ils n'étaient guère différents d'Ishcate ! Ils avaient grandi et vécu comme lui, comme ce qu'ils étaient : des sauvages. Elle comprit avec effroi qu'aimer Ishcate à distance en évoquant leurs souvenirs communs était une chose, partager son quotidien auprès de lui loin de La Nouvelle-Orléans en était une autre.

Sur ces entrefaites, Colbert revint de Natchez.

— Chères mesdames, je vous informe que le fort Panmure est tombé. Il redevient anglais. Vous y serez logées. Nous verrons qui osera tirer dessus.

Pensacola, avril 1781

Jérôme Girard laissa échapper un soupir de soulagement en voyant son gendre ouvrir les yeux. Il lui laissa le temps de se remémorer ce qui lui était arrivé, avant de lui fournir des explications :

— Cornel n'a pas perdu une seconde, il a colmaté votre blessure et vous a conduit à l'hôpital. Le médecin vous a aussitôt retiré la balle de l'intestin. Vous avez perdu beaucoup de sang et êtes resté inconscient jusqu'à maintenant. J'étais très inquiet.

En tentant de se redresser, Sebastián sentit une douleur aiguë dans le ventre.

— Depuis combien de temps suis-je ici ?

— Presque une semaine. Il va falloir vous reposer.

— Y a-t-il eu d'autres pertes ? demanda-t-il en se référant à l'attaque dans les tranchées.

— Un mort et dix blessés, dont le gouverneur, qui est à présent hors de danger.

— Les renforts de La Havane sont-ils arrivés ?

— Oui, grâce à Dieu. Ils ont apporté des canons, des armes et des vivres. Les soldats étaient inquiets. Depuis un certain temps, ils ne recevaient que deux rations de fèves par jour.

Sebastián ferma les yeux. Il était épuisé. Puisque tout était sous contrôle, il pouvait se permettre de se reposer.

Quelques jours plus tard, il commença à supporter de courtes marches sans ressentir trop de douleur. Il ne put cependant prendre part à l'offensive qui débuta à ce moment-là.

Girard le tenait informé. Les combats étaient intenses, aucun camp ne prenait le dessus. Les Espagnols donnaient l'assaut et les Anglais ripostaient par d'importants tirs d'artillerie et des attaques latérales. Les Espagnols continuaient d'avancer avec acharnement.

À la fin de la première semaine de mai, le moral baissa.

— Les munitions commencent à manquer, déclara Girard, découragé. Nous utilisons les boulets des canons ennemis que nous trouvons par terre. Certains officiers s'impatientent et les soldats sont épuisés.

— Ne pas pouvoir lutter m'est insupportable, se plaignit Sebastián, les poings crispés.

— Priez. À moins d'un miracle, Pensacola sera bientôt synonyme d'échec.

Le lendemain matin, une forte explosion sortit Sebastián du mauvais grabat de sa tente.

Il se précipita dehors et avisa une large et dense colonne de fumée s'élever au-dessus du fort. La main appuyée contre sa blessure, il marcha aussi vite qu'il le put vers l'arrière-garde, où on l'informa qu'une grenade était entrée par un trou de la poudrière du premier bastion, provoquant l'explosion qui avait pulvérisé la fortification et fauché plus d'une centaine de soldats britanniques.

Les Espagnols profitèrent de la confusion pour prendre le bastion d'assaut ; ce fut l'affaire de quelques minutes. De là, ils tirèrent boulets de canon et obus contre le deuxième, dont ils s'emparèrent en milieu de journée. Peu après, le commandant anglais annonça la reddition. Le fort et la ville de Pensacola passaient aux mains espagnoles.

Le miracle s'était produit au dernier moment. Un coup de fortune avait fait pencher la balance.

La Floride occidentale redevenait espagnole grâce à Bernardo de Gálvez.

Quant à lui, il pouvait regagner ses pénates sain et sauf. Suzette panserait son orgueil mis à mal par son impossibilité à participer aux combats.

37

Poste Arkansas, début mai 1781

VILLIERS était en train d'écrire dans le livre de comptes du fort Carlos III – c'était le nom qu'il avait choisi pour le nouveau poste Arkansas. Deux ans plus tôt, après avoir longuement insisté, il avait finalement obtenu l'autorisation du gouverneur de le déplacer sur un site où il serait à l'abri des inondations. Il ne se trouvait donc plus à proximité de la confluence de la rivière Arkansas et du Mississippi, mais près d'un méandre à douze lieues en amont, sur un terrain surélevé qui surplombait l'endroit où la White River se jetait dans l'Arkansas. Les Quapaw ainsi que des familles franco-espagnoles et anglo-américaines qui avaient fui le conflit de l'Est s'étaient installés sur les collines environnantes. Les Kaskaskia étaient restés dans leur village, à côté de la White River.

Après l'effervescence qui avait accompagné le déplacement du fort, il régnait un tel calme qu'il était difficile de croire qu'une guerre sévissait dans la région.

Villiers sortit pour se dégourdir les jambes. La journée était splendide. Il attendait avec hâte le retour de sa femme, dont il n'avait jamais été si longtemps séparé. Leur fils non plus, mais il passait son temps à jouer avec d'autres enfants ou à s'entraîner au tir avec des soldats. Heureusement, le bateau qu'il avait envoyé à Natchez pour la chercher ne tarderait pas. Il comptait les jours.

Il s'approcha d'un des étals installés près de l'entrée du poste et croisa l'Indien Ishcate, venu acheter quelques marchandises. Villiers appréciait cet homme solitaire et mystérieux qui dégageait une certaine dignité. Jamais il ne retrouverait un interprète ni un pisteur de son acabit. Il l'accosta et prit des nouvelles de ses fils.

Le claquement des sabots de chevaux arrivant au galop rompit la tranquillité de cette magnifique matinée printanière. C'étaient deux soldats, que Villiers ne connaissait pas. Ils passèrent à côté de lui puis, au milieu de la place, ils sautèrent de leur monture et demandèrent à grands cris où se trouvait le commandant.

Villiers les rejoignit à toute vitesse, suivi d'Ishcate.

— Me voilà. Qu'y a-t-il ?

L'un d'eux lui tendit un document.

— De la part du commandant du poste de Natchez.

Villiers lut en silence la missive et, lorsqu'il l'eut terminée, proféra une série de jurons.

— Je vais les tuer, ces bâtards ! Maudits Anglais ! Maudit Colbert et maudits Indiens ! Ils ont attaqué le fort Panmure, expliqua-t-il à Ishcate. Le commandant a besoin de renforts. Il dit qu'il ne tiendra plus très longtemps. Et ils retiennent ma femme ainsi que celle du señor Orlac en otage ! Ils les ont enlevées près de Natchez après avoir assassiné les bateliers et les soldats qui les escortaient.

Suzette.

Il était impossible pour Ishcate de se défaire de cette pensée. Suzette se trouvait à seulement soixante lieues de lui. À deux jours de navigation en aval. Prisonnière. En danger. Pourquoi était-elle venue jusque-là ? Le cherchait-elle ? Il sentit son envie de vivre, éteinte depuis la mort de Kawutz, se raviver, telle une petite flamme qui ne demandait qu'à devenir un gigantesque feu.

Il devait aller la retrouver. Il devait la sauver. Il devait la voir.

Rien ne pouvait arriver à Suzette.

Comme elle le lui avait dit lors de cette lointaine nuit où elle l'avait aidé à s'échapper de prison, il avait lui aussi besoin qu'elle continue à vivre pour rêver d'elle lorsque, oubliant ses préoccupations quotidiennes, il s'abandonnait aux souvenirs, à l'illusion et au désir.

Ishcate se joignit à l'expédition de Villiers. Ils partirent le lendemain matin sur l'une des nombreuses barges qui descendaient le fleuve. Dix soldats – la moitié de la garnison – avaient chargé des provisions, quelques armes et des chevaux et, sur les conseils du Kaskaskia, des tenues civiles, des peaux et de l'argent.

Ils avaient également arrimé un canot, plus rapide et facile à manœuvrer si nécessaire.

Deux jours plus tard, ils débarquèrent au nord de Natchez et improvisèrent un bivouac dans une forêt. La ville s'étendait entre le fleuve et le fort, érigé au sommet d'une petite colline. À l'ouest, de minces colonnes de fumée indiquaient la présence d'un campement indien.

Ishcate se mit aussitôt en route en emportant un ballot de peaux. Il voulait se faire passer pour un trappeur et ainsi recueillir des informations. À son retour, il rapporta à Villiers ce qu'il avait appris.

— Le fort est tombé hier. C'est le meunier Blommart qui mène les rebelles. Il a environ deux cents hommes avec lui. Il a utilisé la ruse. Il a trompé le commandant en lui assurant qu'ils avaient mis une quantité suffisante de poudre au pied du fort pour le faire voler dans les airs. Celui-ci l'a cru et s'est rendu. Les rebelles sont divisés en deux clans, les Britanniques et les Américains, provisoirement unis contre les Espagnols. Ils se sont disputés pour décider quel drapeau hisser. Le commandant et les soldats ont été faits prisonniers. Certains pensent qu'ils seront emmenés à Pensacola, d'autres à La Nouvelle-Orléans ou à Pointe Coupée.

— Et mon épouse ? demanda Villiers, inquiet.

— Ils l'ont conduite au fort avec celle du colonel. Ils disent que de cette façon, vous n'oserez pas pointer vos canons dessus.

— Mais de quels canons parlent-ils, bon sang ? S'il n'y a aucun artilleur, ici !

Désespéré, Villiers lissa ses cheveux en réfléchissant et se souvint alors du canot.

— Je vais envoyer deux soldats à La Nouvelle-Orléans pour aller chercher des renforts.

Il estima qu'il leur faudrait six jours pour descendre le fleuve. Entre l'organisation de l'expédition et la remontée des cent cinquante lieues, ils ne seraient pas de retour avant trois semaines, voire un mois.

— Qu'allons-nous faire d'ici là ?

Ishcate avait lui aussi fait ses calculs et ne comptait pas attendre autant.

— Je suppose que tu as du papier et de l'encre.

Villiers acquiesça.

— Écris à Blommart, suggéra Ishcate. Dis-lui que des troupes sont en route depuis Saint-Louis, l'Arkansas et La Nouvelle-Orléans. Convaincs-le que ce qu'il fait ne sert à rien. Demande au soldat qui lui apportera le message de mémoriser la configuration du fort. Lorsqu'ils auront transféré les prisonniers, ils baisseront la garde et nous trouverons le moment de délivrer les femmes.

Villiers accepta. Il s'habilla en trappeur pour accompagner Ishcate à la ville. Entre les informations qu'avait rapportées le soldat, leurs observations et les questions qu'ils posaient avec prudence aux habitants, ils comprirent bientôt qu'Ishcate avait vu juste : après le transfert des prisonniers – à Baton Rouge, finalement –, les rebelles passaient plus de temps chez eux. Il y avait par conséquent beaucoup d'allées et venues en journée entre la ville et la colline, mais la nuit, il ne restait qu'une poignée d'hommes pour monter la garde au fort. Ces derniers ne prenaient même pas la peine de fermer les grandes portes. D'après le messager, les femmes étaient enfermées dans l'une des chambres du premier étage du bâtiment principal et sortaient se promener deux fois par jour sous escorte.

Le temps passait et Ishcate commençait à s'impatienter. Cela faisait trois semaines qu'ils attendaient le moment opportun. Peut-être serait-il plus pertinent de pénétrer dans le fort avant l'arrivée des soldats espagnols.

Un soir, tandis qu'il aiguisait son couteau sur une pierre à côté du feu, Ishcate prit sa décision.

— Aiguise aussi le tien, dit-il à Villiers. Nous irons les chercher demain. Toi et moi, personne d'autre.

Le lendemain, à minuit, alors que tout le monde dormait, ils ramassèrent leurs affaires et laissèrent les chevaux à la lisière de la forêt, entre la ville et la colline, sous la surveillance de huit soldats également habillés en trappeurs. Ishcate avait choisi cette nuit en fonction de la lune. Elle éclairait juste ce qu'il fallait, ni trop ni pas assez.

Ils rampèrent jusqu'aux grandes portes devant lesquelles étaient assoupis deux hommes, assis, qui n'eurent pas le temps de voir le visage de ceux qui leur tranchèrent la gorge. Rasant la palissade en bois, ils longèrent la tour de guet et, après avoir vérifié qu'il n'y avait aucun bruit, ils rejoignirent en hâte l'arrière du bâtiment. Ishcate grimpa avec agileté pour atteindre la fenêtre du premier étage, où devaient être enfermées Suzette et Françoise. Il força un battant à l'aide de son couteau ensanglanté, attendit un peu pour s'assurer que le craquement n'avait réveillé personne, pas même les femmes, puis s'introduisit dans la chambre où se trouvaient deux grabats.

Il contempla pendant quelques secondes la peau rose du visage de Suzette. Il avait été si heureux lors des moments où il l'avait embrassée et caressée qu'il souffrait rien que d'y repenser. Il écouta sa respiration. Des images de ces nuits passées chez elle, à La Nouvelle-Orléans, lui vinrent à l'esprit. Il désirait plus que tout au monde revivre ces instants.

Il s'approcha d'elle et lui couvrit la bouche de sa main pour l'empêcher de crier. Il fut navré de lire de l'effroi dans ses yeux mais il n'avait pas le choix.

— C'est moi, Suzette, lui murmura-t-il à l'oreille.

Il sentit son corps se détendre et vit son regard s'illuminer. Il lui fit ensuite signe de réveiller Françoise et d'aller chercher quelques vêtements.

Lorsque Mme de Villiers comprit qu'Ishcate était là pour les libérer, elle suivit ses indications. Elle regarda par la fenêtre ; en reconnaissant son mari, des larmes lui montèrent aux yeux. Elle s'assit sur le rebord. Ishcate la souleva par le bras, puis la lâcha pour qu'elle saute par terre.

Quand ce fut au tour de Suzette, avant qu'Ishcate ne lui lâche la main, celle-ci lui caressa le visage avec une exquise tendresse.

Suzette mettrait du temps à oublier sa longue captivité. Elle avait redouté de ne plus jamais revoir ses filles et ses proches. Elle désirait par-dessus tout rentrer au plus vite à La Nouvelle-Orléans. Elle était épuisée. Cependant, appuyée contre Ishcate, entre ses bras, elle sentit son corps se relâcher complètement.

Elle l'observa. Elle reconnaissait tous ses traits. Son regard était toujours aussi intense et sincère. Les nouvelles cicatrices étaient les traces des douleurs physiques ; la souffrance intérieure en laissait de bien plus profondes. Il n'avait pas changé, mais dans ses yeux sombres entourés de fines ridules, elle décela un mélange de résignation et d'affliction.

Suzette s'abandonna aux caresses des mèches rebelles de la chevelure noire d'Ishcate qui semblaient vouloir l'embrasser, comme si le moindre morceau de son corps la réclamait. Elle arrêta son regard sur le cou d'Ishcate et toucha instinctivement le sien.

— Tu portes ma médaille !

Il acquiesça et ne répondit rien, mais Suzette savait ce qu'il pensait : il avait remarqué qu'elle n'avait plus le collier qu'il lui avait offert lorsqu'elle était enfant. Elle l'avait retiré le soir de ses noces avec Sebastián pour ne pas sentir la chaleur dévorante du souvenir sur sa peau. Du souvenir et de la rancune qu'elle gardait après qu'il l'eut abandonnée.

Elle se redressa pour le regarder droit dans les yeux, afin qu'il comprenne qu'elle parlait avec son cœur.

— J'ai souffert parce que tu n'as pas tenu parole. Je t'ai attendu, Ishcate.

Il soutint son regard pendant quelques secondes. Le temps avait perturbé l'ordre de sa vie présente pour le ramener dans le passé. Suzette n'avait presque pas changé : le même visage rond, la peau rose et douce, les cheveux châtains soyeux, la voix caressante. Il sentait qu'il avait été créé pour faire son chemin avec elle. Hélas, c'était impossible.

— Les esprits ont voulu t'écarter de ma route, lui dit Ishcate, avant de lui parler de l'enlèvement de la femme de Sarazen, de l'épidémie qui avait frappé le village quapaw, du bébé dont il était devenu responsable.

— Tout ceci n'explique pas que tu m'aies abandonnée. Longtemps après l'assassinat du boulanger, comme tu ne venais toujours pas, j'ai cru que tu étais mort. Puis j'ai su que non. Je ne te l'ai pas pardonné.

Ishcate se résolut à être sincère.

— Certains rêves ne peuvent se réaliser. J'ai compris que je ne devais pas t'entraîner dans un monde pour lequel tu n'étais pas préparée.

— Oh, Ishcate, tu as douté de ma force ! Et tu as décidé pour nous deux.

— J'ai rencontré ton mari... J'ai su qu'il t'offrirait une vie que je ne pourrai jamais te donner. Les choses devaient peut-être se passer ainsi.

Les choses n'auraient pas dû se passer ainsi, songea Suzette. On ne pouvait cependant rien y changer. Tous deux s'étaient vus contraints d'apprendre à se résigner et à chercher le bonheur ailleurs.

— Et toi, tu as une famille ?

— Kawutz a pris soin de moi et m'a donné un fils.

Ishcate lui raconta alors la bataille de Saint-Louis. Il sentit un pincement de douleur à ce souvenir.

— Après, je suis parti du côté du poste Arkansas rejoindre mon frère aîné et les siens. Ce fut une bonne chose pour mon fils et celui de Sarazen, que je traite comme le mien.

— Je suis heureuse que tu aies rencontré Kawutz, dit Suzette, sincère. Les enfants donnent un sens à notre vie. J'imagine que tu leur apprends tout ce que tu sais.

Ishcate sourit.

— Couroway est encore trop petit pour aller chasser, mais son grand frère s'entraîne déjà au maniement de l'arc.

— La mort de Sarazen me fait de la peine. Je l'appréciais beaucoup. Il t'a sauvé la vie, c'est grâce à lui que j'ai eu la chance de te rencontrer.

— Il était mon seul ami. Quand j'ai appris que tu étais prisonnière, j'ai repensé à lui...

Ishcate s'abstint de lui expliquer qu'il avait alors compris la réaction de Sarazen après l'enlèvement de Mikakh, son désespoir de la croire disparue, en danger, peut-être morte. Lui-même avait survécu au décès de Kawutz, mais comment pourrait-il continuer à vivre si Suzette mourait ?

— Moi aussi, je suis ton amie, Ishcate. Malgré tout ce qui s'est passé. Je le serai toujours.

Ému, il hocha légèrement la tête. Entre le néant et l'amour réciproque, l'amitié pouvait s'avérer réparatrice.

Mais ce n'était pas suffisant.

Comme s'ils pensaient tous deux à la même chose, ils chevauchèrent ensuite en silence.

Ils se dirigeaient vers Concordia, le petit établissement anglais qu'avait conquis Villiers, situé à cinquante lieues de là. Après cela, ils rejoindraient le fort Carlos III pour organiser le retour de Suzette à La Nouvelle-Orléans.

Peu de temps avant d'y arriver, Ishcate exprima à voix haute ce qu'il ruminait depuis des heures.

— Je connais ton monde. Toi, tu ne connais pas le mien. Tu ne reviendras peut-être plus jamais sur ces terres. J'aimerais que tu repousses ton départ de quelques jours et que tu viennes avec moi au village. Ce n'est pas Kaskaskia, mais tu rencontreras ma tribu.

Lui aussi veut retarder le moment de nous séparer, pensa Suzette, partagée entre le devoir de retourner auprès de ses filles et de son mari et le désir qui brûlait en elle. Lui aussi se refuse à accepter l'inévitable.

Une fois arrivée, Suzette put profiter d'un long bain chaud – cela faisait plus d'un mois qu'elle en était privée – et savourer de délicieux ragoûts préparés par la cuisinière de Françoise. Elle jeta au feu sa robe, qui n'était plus qu'une guenille.

— Dire que je m'étais procuré tant de magnifiques étoffes à La Nouvelle-Orléans ! se désola Françoise en lui prêtant sa plus jolie tenue.

— Dès que je serai rentrée, pour vous remercier, je vous rachèterai tout ce qu'ils nous ont volé sur le fleuve et même plus, répondit Suzette avec un sourire nerveux.

Dans leurs conversations, toutes deux faisaient comme si rien de grave n'était arrivé, comme si le fait d'avoir vu un homme se faire égorger de sang-froid sous leurs yeux n'avait pas laissé de voile dans leurs regards, comme si ces semaines de captivité n'avaient pas instillé la peur dans leurs entrailles. Comme si elles étaient les mêmes qu'à leur départ de La Nouvelle-Orléans. Elles s'aidaient mutuellement à conserver à la fois leur masque et l'espoir que, comme l'eau du fleuve, tout passe avec le temps.

Perplexe, Suzette observa la robe que son amie lui tendait.

— En auriez-vous une plus simple pour me rendre dans le village d'Ishcate ? Je ne veux pas paraître pompeuse ni l'abîmer.

Françoise conduisit Suzette jusqu'à son armoire pour la laisser choisir elle-même.

— Cela inquiète beaucoup mon mari que vous y alliez, il trouve que c'est une idée extravagante. Des soldats vous accompagneront. Après ce qui est arrivé, il ne veut pas prendre le moindre risque.

— Ishcate et moi sommes des amis d'enfance, lui expliqua Suzette en essayant d'adopter le ton le plus naturel possible pour cacher l'euphorie qui bouillonnait en elle. Ma famille le connaît bien, et je vais enfin rencontrer la sienne. Je serai entre de bonnes mains. Et puis, ce n'est pas loin.

Suzette dut à nouveau recourir à tous ses dons de persuasion pour que Villiers abandonne l'idée de la faire escorter. Elle voulait être avec Ishcate et personne d'autre. Ce seraient peut-être les derniers moments qu'ils pourraient partager, grâce au hasard qui les avait réunis.

— Une femme blanche seule sur ces terres ! protesta Villiers. Qui plus est, l'épouse d'un de mes supérieurs. C'est ma carrière qui est en jeu !

— Personne ne le saura…

— On vous verra partir. Les soldats parlent. Tout se sait très vite !

— Si cela arrive, nous dirons que je suis allée remettre en personne un message très important de la part des autorités. Quant à votre carrière, après l'exploit que vous avez accompli en nous sauvant, mon mari vous sera extrêmement reconnaissant. N'insistez pas. Je ne veux pas que la présence de soldats vienne troubler une expérience unique.

— Si vous n'êtes pas de retour dans trois jours, se résigna Villiers à contrecœur, j'irai moi-même vous chercher.

Comme Suzette était peu habituée à monter à cheval, Ishcate avait attaché sa monture à la sienne à l'aide d'une bride. Dès qu'ils eurent perdu le fort de vue, il l'invita à s'installer sur son cheval, devant lui, ce qu'elle accepta avec joie.

Ce dont elle avait si souvent rêvé devenait réalité. Elle chevauchait, son corps contre celui d'Ishcate, traversant des prairies abondamment fleuries. Elle s'émerveillait de toutes les explications qu'il lui donnait, riait comme elle ne l'avait pas fait depuis si longtemps. Elle se reprocha ses pensées injustes envers ceux qu'elle avait qualifiés de sauvages, en y incluant Ishcate, après la peur qui l'avait assaillie au moment où Colbert l'avait enlevée. Elle se sentait différente. Comme si quelqu'un d'autre – une femme légère, allègre, audacieuse, sereine – habitait son corps.

— Quand j'ai appris que tu étais prisonnière à Natchez, murmura-t-il en lui caressant les cheveux, j'ai cru que tu étais venue sur ces terres pour me chercher.

Elle effleura le tatouage de sauterelle sur son bras en se souvenant de ce qu'il lui avait un jour expliqué.

— J'aimerais être libre pour aller où je veux.

— Nous pourrions disparaître, Suzette.

— Oui, mais je ne le ferai pas. Je n'abandonnerai pas mes filles.

— Je pourrais t'enlever, alors.

— Mais tu ne le feras pas.

Durant les heures qu'elle passa en sa compagnie, Suzette oublia tout. Elle décida de profiter pleinement de la vie qui aurait pu être la sienne si elle avait suivi Ishcate. Elle jouait avec ses fils et les enfants de ses frères. Elle imagina Adrienne et Estelle vêtues de robes en daim à franges gambader autour des tipis et s'amuser par terre avec des chiens, des bâtons, des os. Elle apprit à faire du feu, à griller la viande. Elle discutait avec les femmes qui tannaient les peaux. Ses questions, qu'Ishcate traduisait, les faisaient rire. Elle les laissa la coiffer comme elles. Jamais elle n'avait été aussi heureuse de toute sa vie. Elle aurait peut-être pu s'habituer à cette existence en apparence placide et simple, mais dure, surtout pour les femmes qui avaient très peu de moments de répit entre la préparation des repas, le travail des peaux et les enfants.

Ils apprêtèrent un petit tipi à côté de celui d'Ishcate et de ses fils.

La première nuit, lorsque Ishcate vint s'allonger à côté d'elle, Suzette ne put réprimer un sentiment de culpabilité.

Elle connaissait ce corps ferme et musclé, elle le désirait. Elle voulait se blottir contre lui pour rattraper le temps perdu depuis la dernière fois où ils s'étaient aimés. Blottie dans ses bras, elle avait envie que cet instant dure indéfiniment. Elle voulait oublier la réalité.

Cependant, la réalité était qu'elle allait tromper son mari, un cœur aussi généreux que noble. Aux yeux de Dieu et des hommes, l'infidélité était un péché.

Les lois humaines étaient injustes. Si, en temps de guerre, on comprenait et acceptait que les loyautés changent constamment de camp, comment ne pas s'attendre à ce qu'il en soit de même pour l'amour, la force la plus incontrôlable qui soit ?

La faible lumière émise par les braises d'un feu brouillait les traits d'Ishcate. Pourtant, elle les distinguait clairement.

D'après les lois des hommes et de l'Église, Ishcate représentait sa faiblesse morale, le côté obscur de son âme. Pourtant, en sa présence, elle se sentait rayonnante, resplendissante.

Elle ferma les yeux, chercha ses lèvres. Ses derniers doutes se dissipèrent au contact de sa peau douce et humide.

Elle était prête à pécher, car c'était lui qu'elle aimait depuis toujours. Ce qui était juste n'était-il donc pas ce que lui dictait son cœur, si sage et sincère ? Si. Elle avait le droit de profiter de son amour pour Ishcate, même si elle se conformerait ensuite à ce que son milieu et sa famille attendaient d'elle.

Elle s'autorisait à penser à elle durant le peu de temps dont ils disposaient. Quelques heures. Deux nuits d'abandon, de sincérité absolue, de tendresse et de désir ardent.

Derrière les peaux du tipi guettaient les griffes de la réalité et la responsabilité.

À l'intérieur, elle était la vraie Suzette.

Une jeune femme dont la seule ambition était de vivre une véritable histoire d'amour.

Une histoire impossible mais authentique.

— À quoi penses-tu ? demanda-t-elle à Ishcate le dernier matin, la tête posée sur sa poitrine.

— À une légende de Kaskaskia.

— J'aimerais l'entendre.

— Une jeune fille prénommée Marie, fille d'un négociant fortuné, et un jeune homme qui réussissait également en affaires se rencontrèrent lors d'un bal et s'éprirent l'un de l'autre. Mais le père de Marie s'opposa à leur relation car le jeune homme, même s'il était accepté par les colons et s'était converti au christianisme, était un chef indien. Le père le fit chasser de Kaskaskia et personne ne sut rien de lui pendant un an. Une nuit, Marie disparut. Les amants avaient réussi à fuir. Le père organisa des recherches, qu'il n'interrompit pas avant de les avoir retrouvés. Ils enfermèrent alors Marie à Kaskaskia et emmenèrent le jeune homme au bord du Mississippi, l'attachèrent à un tronc d'arbre et le jetèrent à l'eau. Se sachant condamné, le jeune homme pria le ciel et proféra une malédiction : que le village de Kaskaskia disparaisse de la surface de la terre, qu'il ne reste plus que son nom. Quand j'étais petit, on me disait que les nuits noires d'orage, le fantôme de l'Indien flottait sur l'eau. Mais je ne l'ai jamais vu, conclut-il en souriant.

— C'est une histoire bien triste.

Il la prit dans ses bras et la serra fort contre lui.

— Je me suis souvent rappelé cette légende. Et lorsque j'y pense, je pense à nous, car nous ne pouvons pas être ensemble et je redoute un avenir sombre pour ma terre natale.

Si Ishcate se plaisait dans la région de l'Arkansas, Kaskaskia lui manquait. Il recevait très peu de nouvelles de son village natal.

— Mais nous sommes vivants, murmura Suzette. Un jour peut-être, nous ne devrons plus nous séparer. C'est mon vœu le plus cher.

Il s'allongea sur le côté et lui caressa délicatement le visage.

— Même si tu dois partir, je remercie le Grand Esprit de t'avoir mise à nouveau sur mon chemin. Quelques gorgées d'eau n'étanchent pas la soif, mais elles sont salvatrices.

— De quoi t'ai-je sauvé ? susurra Suzette.

Elle connaissait la réponse car elle ressentait la même chose. Elle voulait cependant l'entendre de ces lèvres qui avaient tatoué sa peau.

— De moi. Durant toutes ces années, j'ai vécu aigri à cause de notre séparation. Savoir que tu m'aimes encore comme je t'aime donne un sens à mon existence. *Kila neehi niila. Moošaki.* Toi et moi. À jamais. Tu es *ni siipiiwi.* Mon fleuve. Je ne peux te posséder, je dois te laisser couler, mais même loin de moi, tu continueras d'irriguer mon âme.

38

La Nouvelle-Orléans, juin 1781

— OÙ EST SUZETTE ? hurla Sebastián à sa belle-mère en entrant chez lui, le cœur battant la chamade.

Il redoutait la réponse à cette question depuis qu'il avait débarqué. Il n'avait pas aperçu sa femme parmi la foule qui s'était rassemblée sur la place d'Armes pour accueillir les héros de la prise de Pensacola. Bien qu'habitué à la guerre, il refusait de penser que la maladie ou la mort pouvaient toucher son épouse ou les fillettes. Derrière lui, Girard était nerveux et inquiet, tandis que le lieutenant-colonel Pedro Piernas, à qui on avait confié le commandement de la ville, gardait les yeux fixés par terre.

Blanche balbutia quelques mots entre deux sanglots. En voyant son mari, elle se précipita dans ses bras.

— Elle est partie ! parvint-elle à articuler. Elle s'est fait enlever !

Sebastián adressa à Piernas un regard plein de haine. Celui-ci raconta la vérité : il n'avait pas réussi à s'opposer au départ de Suzette et avait ensuite reçu la nouvelle de l'assaut lancé contre Natchez, où elle était retenue prisonnière avec l'épouse du commandant Villiers.

— Et qu'avez-vous fait ?

— Une colonne de quarante hommes est en route. D'après mes calculs, ils ne devraient plus être loin.

Sebastián appela Anne à grands cris, laquelle ne tarda pas à apparaître car elle écoutait à la porte, terrifiée par la réaction prévisible de son maître.

— Toi aussi, tu étais au courant ?

— Quand elle se met quelque chose dans la tête, Suzette n'en démord pas, s'interposa Blanche pour prendre la défense d'Anne en montrant la lettre que sa fille lui avait écrite avec les détails de son voyage. Elle a obligé Anne à garder le secret. Voyant qu'elle n'était pas rentrée à la date prévue, Anne s'est inquiétée et elle est venue chez moi. Nous avons reçu la nouvelle de l'enlèvement peu après.

— Préparez un détachement de cavalerie ! ordonna Sebastián à Piernas.

Il mesura ses forces, et son bon sens lui dit que s'aventurer dans l'obscurité à cette heure avancée de la journée était une mauvaise idée.

— Nous partirons demain à l'aube !

Empruntant le même chemin qu'il avait pris deux ans plus tôt pour conquérir les forts anglais du bas Mississippi, Sebastián mena ses hommes et ses chevaux au galop jusqu'à Baton Rouge, où ils arrivèrent exténués au crépuscule du troisième jour.

Girard ne connaissait pas ce côté irrationnel et égaré de son gendre. Il était impossible de lui parler, ne serait-ce que pour l'avertir du risque que sa plaie se rouvre. Or, il l'avait souvent vu porter sa main sur son ventre, signe que la blessure continuait de le gêner. La colère et l'impatience qui le consumaient étaient proportionnelles à l'amour qu'il éprouvait pour sa femme. À sa place, Girard aussi aurait pu tuer pour retrouver Blanche.

Sebastián refusa de dormir dans le fort, si bien qu'ils campèrent près de la berge. Il voulait guetter le moindre mouvement sur le fleuve. Un bateau pouvait descendre et apporter des nouvelles de Natchez.

Il méditait, absorbé par le murmure de l'eau, lorsque des voix attirèrent son attention. Il regarda en amont du fleuve et aperçut à une centaine de pas une barge qui manœuvrait pour accoster. Sans alerter ses hommes, il se précipita sur la rive, suivi de Girard, qui ne le quittait pas des yeux.

Sebastián distingua la silhouette familière de la femme qui acceptait en souriant la main d'un Indien pour descendre la rampe jusqu'au rivage. Il s'approcha un peu plus.

C'était bien elle.

Son cœur bondit de joie et de soulagement. De jalousie aussi. Il reconnut l'Indien. Celui-ci n'avait aucunement le droit de toucher la main de son épouse ni de provoquer son sourire. Il eut envie de le tuer.

— Suzette ! cria-t-il en se dirigeant à grandes enjambées vers elle.

Pétrifiée de surprise, Suzette accepta son étreinte.

— Grâce à Dieu, tu vas bien, murmura-t-il en caressant ses cheveux.

Elle se réjouit de le voir ; il était lui aussi revenu vivant de sa campagne. Elle était néanmoins troublée de sentir le corps de Sebastián alors qu'elle ne cessait de repenser aux moments partagés avec Ishcate. Elle se détacha de lui pour prendre son père dans ses bras.

Sebastián constata alors qu'en plus de l'Indien, plusieurs soldats et un homme qui se présenta comme Étienne Dubois se trouvaient à bord de l'embarcation.

Girard s'approcha du jeune négociant et lui serra chaleureusement la main.

— Je t'assure que je remplirai cette barge avec les meilleures marchandises de La Nouvelle-Orléans pour te remercier d'avoir ramené ma fille chérie saine et sauve.

Suzette tint à préciser que son sauveur était Ishcate. Elle leur raconta à grands traits le déroulement des événements.

— Il s'est trouvé que par hasard, le premier bateau qui passait au poste Arkansas était celui d'Étienne, mais sans Ishcate, je ne sais pas si je serais ici aujourd'hui.

Les regards de Sebastián et d'Ishcate se croisèrent.

Comme le jour de la rencontre des tribus à Pointe Coupée, Sebastián remarqua que le Kaskaskia était un homme spécial. Il comprenait à présent, au ton que son épouse employait pour parler de lui, qu'il l'était sans aucun doute pour elle aussi.

Il sentit la main de Suzette sur son bras.

— Les renforts tardaient à débarquer à Natchez. Ishcate et le commandant Villiers ont pris les devants et nous ont sauvées, Françoise et moi, dit-elle d'une voix fatiguée et émue. Il a ensuite voulu m'accompagner pour s'assurer que j'arrivais à bon port.

— Je te remercie sincèrement, dit Sebastián sur un ton neutre.

Il dut fournir un effort pour ne pas montrer sa jalousie. Suzette ne semblait pas avoir beaucoup souffert de cette terrible expérience.

— Moi aussi, intervint Girard en tendant la main pour serrer celle d'Ishcate.

— Je regrette vraiment tout ça, dit Suzette.

Les larmes qui embuaient ses yeux étaient moins liées aux scrupules qu'à la tristesse, puisque le moment de se séparer d'Ishcate approchait.

— Je voulais juste faire un petit voyage en bateau et découvrir un autre endroit que La Nouvelle-Orléans, se justifia-t-elle.

Sebastián passa son bras autour de sa taille dans un geste éloquent de possession. Il ne la laisserait plus seule. Il l'emmènerait partout où il irait. Il l'éloignerait de cet Indien.

— Rentrons à la maison, Suzette, dit-il sans quitter Ishcate des yeux, comme pour s'assurer que ce dernier comprenait que jamais plus il ne la reverrait. Dès que tu te seras reposée, nous partirons à Cuba. Le gouverneur y a été transféré et m'a demandé de l'accompagner.

Suzette et Ishcate échangèrent un long regard, qui ne passa pas inaperçu aux yeux de Sebastián. Cuba était très loin. Désormais, la mer les séparerait.

Ishcate posa alors son regard sur le Mississippi.

En présence de Sebastián et des autres, leurs adieux ne pouvaient malheureusement pas être plus affectueux. Le cœur serré par le chagrin, Suzette comprit la signification de ce léger geste.

Le fleuve.

Où qu'elle aille, lui aussi serait à jamais pour elle son souffle et sa nourriture.

Ni siipiiwi. Son fleuve.

39

Non loin de La Nouvelle-Orléans, juin 1781

BAMBOULA s'arrêta devant la planche clouée à l'arbre qui marquait la frontière entre le territoire sûr des marais et la civilisation. Jusqu'alors, aucun maudit Blanc ne s'était risqué à franchir cette limite. Cependant, depuis quelque temps, les hommes de Bouligny s'étaient montrés plus audacieux. Le bruit avait couru parmi les marrons qu'ils devaient être de plus en plus prudents. Les récompenses offertes pour leur capture étaient si alléchantes que les soldats cessaient soudain d'avoir peur des marécages et des animaux sauvages qui les peuplaient.

Il hésita à faire demi-tour, mais il devait à tout prix savoir ce qui allait arriver à Anne. Par précaution, il ne l'avait pas vue depuis plusieurs semaines. Or, il avait appris que le gouverneur et son secrétaire Orlac allaient quitter La Nouvelle-Orléans. Il se pouvait donc que l'épouse de ce dernier emmène avec elle sa servante. Suzette avait déjà laissé à Anne la possibilité de décider de rester à la ville. Comment pouvait-il être certain que cette fois, elle aurait encore le choix ? Jamais il ne s'opposerait à la décision de sa femme, mais il ne pouvait souffrir l'idée qu'elle parte avec son fils sans pouvoir leur dire au revoir.

Bamboula se cachait depuis des années. Il s'était habitué à l'humidité et était rompu à la chasse, à la pêche ainsi qu'à la taille de bois de cyprès. Il s'était fait au goût des racines et des plantes sauvages, et il n'hésitait pas à voler du bétail ainsi que de la nourriture dans les étables et dans les granges. Tout cela, il le faisait pour survivre, libre, mû par le bonheur de retrouver Anne en de rares occasions.

Comme les autres fois, il se faufilerait parmi les ombres de la nuit et enverrait quelqu'un la prévenir depuis l'une des plantations voisines pour qu'elle vienne le rejoindre.

Il palpa la poche de sa culotte dans laquelle se trouvait une flûte qu'il avait taillée pour Demba. Par précaution, Anne n'avait pas encore révélé à son fils qui était son père. Les enfants ne savaient pas garder les secrets. Demba croyait que Bamboula était un parent de sa mère à qui ils rendaient parfois visite dans la plantation où il travaillait.

Il jeta un œil autour de lui. Aucun bruit étrange, rien d'autre que le calme du crépuscule. Il ne verrait bientôt plus rien. Seul quelqu'un comme lui connaissant si bien ces lieux pourrait s'y déplacer sans se faire remarquer.

Il tapota le panneau marquant la frontière et se promit de revenir. Jamais un Blanc ne l'attraperait. Jamais un Blanc ne poserait ses mains répugnantes sur lui.

La Nouvelle-Orléans, juillet 1781

Les préparatifs du déménagement à La Havane occupèrent l'esprit de Suzette après son intense expérience dans les terres du Nord. Elle était passée de la peur de mourir entre les mains de Colbert et de ses sbires au plaisir de profiter de moments inoubliables dans les bras d'Ishcate. Lorsqu'elle s'était abandonnée à lui, elle savait que ce serait une rencontre fugace et qu'elle retrouverait ensuite son rôle d'épouse parfaite d'un militaire de haut rang promis à une brillante carrière.

Après avoir rempli les malles de la famille, Suzette écrivit une lettre pour faire ses adieux à Jeanne Fournier, puis elle alla voir en personne Marie de la Ronde et Alizée. Depuis la dispute, elle n'avait pas revu Louise Le Sénéchal. Ses grands airs et sa langue de vipère ne lui manquaient pas. Le plus difficile fut de dire au revoir à sa mère, qui devait également prendre congé de son bien-aimé Jérôme, à qui le gouverneur avait demandé d'accompagner son beau-père, M. Saint Maxent, jusqu'en Espagne pour raconter de vive voix au roi les exploits de Mobile et de Pensacola.

Si Suzette était triste de quitter sa terre natale où elle laissait toute une vie, elle était aussi très enthousiaste à l'idée de changer d'environnement et de découvrir de nouvelles contrées.

Quelques jours avant le départ, tandis qu'elle choisissait les bibelots qu'elle emporterait, elle essaya une fois de plus de communiquer à Anne son engouement pour ce voyage. Ses tentatives n'avaient jusque-là pas porté leurs fruits. Sa servante refusait catégoriquement de l'accompagner et Suzette ne voulait pas l'obliger. Si Anne lui avait clairement laissé entendre quelques années auparavant – lorsque Suzette préparait sa fuite en Arkansas – qu'elle ne quitterait jamais La Nouvelle-Orléans, elle avait davantage de raisons de décliner la proposition cette fois-ci, car Cuba était bien plus loin.

— Je comprends que tu ne veuilles pas abandonner Bamboula, Anne, lui dit-elle sincèrement, mais nous vivons ensemble depuis notre enfance et les filles t'adorent. Et si je fais promettre à mon mari que nous reviendrons bientôt ? Nous découvrirons La Havane…

— Les expéditions de votre époux ne sont jamais courtes, même s'il dit le contraire, répliqua Anne. Je vais rester m'occuper de la maison pour que vous la retrouviez comme vous l'aimez si, comme vous l'affirmez, vous revenez vite.

— Je vois que ta décision est prise, soupira Suzette. Oh, Anne, tu vas beaucoup me manquer !

C'était vrai. Suzette vouait une profonde affection à Anne. Elle avait passé plus de temps avec elle qu'avec ses frères et sœurs. Elle n'avait pas revu Margaux depuis son départ pour le Venezuela quatre ans auparavant et entretenait avec elle une relation épistolaire. Gabriel avait été envoyé à Galveztown dans l'espoir que son expérience à Valenzuela serve à améliorer les conditions de vie dans la colonie, mise à mal par des ouragans, des crues, des sécheresses, de mauvaises récoltes, et décimée par la famine et la mort. Jules se consacrait corps et âme à sa carrière militaire. Victoire s'apprêtait à épouser un jeune officier de marine. Quant aux derniers de la fratrie, elle était moins proche d'eux.

Sebastián entra dans le salon, un papier à la main. Anne se retira pour les laisser seuls.

— J'ai pensé que cette nouvelle t'intéresserait, Suzette. Lorsque les soldats de La Nouvelle-Orléans sont arrivés à Natchez en annonçant que Pensacola était tombée, les rebelles ont perdu tout espoir et ont négocié la reddition.

— Colbert a été arrêté ?

Cet homme la répugnait, même si c'était en partie grâce à lui qu'elle avait pu retrouver Ishcate. Le sort de l'Écossais lui était égal, c'était de la simple curiosité.

Sebastián secoua la tête.

— Il s'est enfui avec ses Indiens.

Ils entendirent soudain un énorme vacarme accompagné d'aboiements et se précipitèrent sur le balcon.

Un groupe de soldats avait provoqué un attroupement. Ils conduisaient des hommes noirs enchaînés, couverts de boue et de vêtements en lambeaux. Ceux-ci tiraient une petite charrette sur laquelle gisaient deux corps.

Sebastián sortit à la hâte pour savoir ce qui se passait. Suzette demeura sur le balcon, mais lorsqu'elle entendit le cri déchirant d'une femme, elle eut un terrible pressentiment et descendit dans la rue.

Sebastián discutait avec Bouligny, qui saignait d'un bras. Suzette se souvint alors qu'il était en charge, entre autres, de la question des marrons. Il n'avait pas tardé pour partir les traquer depuis son retour de Pensacola.

— Ceux qui se trouvent sur la charrette sont morts, señor, dit-il. Nous en avons capturé six. Cela faisait plusieurs jours que les chiens étaient à leurs trousses. Le chef, Saint Malo, nous a encore échappé, mais nous le retrouverons.

Anne pleurait à fendre l'âme à côté de la charrette. Elle caressait et frappait l'un des corps, comme si elle pouvait le ramener à la vie. Suzette sentit son cœur se briser. Pauvre Bamboula. Pauvre Anne. Pauvre Demba. Elle voulait s'approcher d'elle mais s'en abstint, car elle savait qu'aucun mot ne pourrait la consoler. Elle écouta alors la conversation des hommes.

— Faites en sorte que ceux-ci soient enterrés et les autres rendus à leurs maîtres, dit Sebastián, indifférent à la réaction d'Anne.

— Permettez-moi, señor, intervint Bouligny en parlant assez fort pour que tous l'entendent, nous devrions pendre les cadavres sur la place et les laisser pourrir en guise d'exemple. Il faudrait aussi marquer les autres au fer rouge sur la joue devant tout le monde. Ça leur passera le goût de l'insolence.

Le cœur de Suzette se serra. Elle épargnerait davantage de souffrance à Anne et ne voulait pas que ces scènes effroyables restent gravées dans les souvenirs de Demba. Elle s'approcha de Sebastián.

— Tu ne devrais pas être là, lui murmura-t-il en l'entraînant à l'écart.

— L'un des morts est Bamboula, le mari d'Anne, dit-elle sans sécher les larmes qui coulaient sur ses joues. Tu ne peux pas les autoriser à le pendre. Je le connaissais bien. Je me souviens parfaitement du jour où mon père l'a acheté à la vente aux enchères. Il aimait beaucoup la musique. C'était un homme bon, Sebastián, il ne méritait pas de passer les dernières années de sa vie poursuivi par des chiens, enchaîné ou traqué comme un animal.

— Il savait ce qu'il risquait. Il y a deux ans, le gouverneur a gracié tous les marrons qui retournaient chez leurs maîtres.

— Il ne l'a pas fait pour des hommes comme Bamboula, mais pour satisfaire les propriétaires qui exigeaient des indemnisations en compensation des fugitifs morts, ce qui aurait lourdement grevé les finances royales.

Sebastián réfléchit. Il n'avait pas le temps d'en parler à Gálvez. Il voulait régler cela au plus vite. Il s'adressa alors à Bouligny d'une voix puissante et claire.

— Mon épouse m'informe que l'un des esclaves décédés appartient à son père. Par conséquent, c'est lui qui décidera ce qu'il adviendra du corps. Quant aux autres, vous avez l'autorisation d'en faire ce que bon vous semble.

Bouligny répondit à voix basse afin que seul Sebastián l'entende.

— J'ai souvent suggéré aux propriétaires de plantations de mieux traiter leurs esclaves s'ils ne veulent pas les voir fuir. Ils n'ont pas tenu compte de mes conseils et maintenant, ils exigent des mesures exemplaires. Je vous assure que je ne tire aucun plaisir de situations comme celle-ci, mais j'accomplis mon devoir, tel que vous me l'avez demandé au nom du gouverneur.

Sebastián hocha légèrement la tête et rentra chez lui, un goût amer dans la bouche. Il ne supportait pas de voir ces hommes chassés comme de la vermine. Il devait néanmoins veiller au respect de la loi. Une loi très claire qui dictait les droits des esclaves et des Noirs libres pour que tous sachent à quoi s'en tenir. Un Noir libre jouissait des mêmes droits de propriété qu'un Blanc, avec quelques conditions : il ne pouvait protéger aucun esclave fugitif et devait faire preuve de respect envers son ancien maître ainsi que sa famille. La loi stipulait également que les esclaves avaient le droit d'être nourris et soignés correctement, ce qui n'était pas toujours le cas. En outre, ceux qui les maltraitaient pouvaient toucher une indemnisation s'ils les perdaient. Il eut soudain envie que les jours passent plus vite pour quitter la Louisiane, au moins pour un temps.

Suzette rentra à son tour chez elle, affligée. Elle ordonna à ses domestiques de transporter le corps de Bamboula sous un appentis du jardin. Elle veillerait à organiser des funérailles dignes et chrétiennes, et aiderait Anne à surmonter le deuil, comme cette dernière l'avait fait pour elle après la mort de Belmont.

Ce proverbe selon lequel « l'homme propose et Dieu dispose » était donc vrai. Sa pauvre et chère Anne serait désormais prête à partir n'importe où pour oublier ce cauchemar.

Anne lava délicatement le corps de son mari avec des linges blancs. Ses gestes étaient lents. Les yeux noyés de larmes, elle parcourait de ses mains chaque ride, cicatrice ou pli de sa peau. Elle le caressait comme s'il pouvait encore la sentir. Elle lui parlait comme s'il pouvait encore l'entendre. Quand elle eut terminé, elle plaça entre ses mains jointes sur la poitrine la flûte qu'elle avait trouvée dans sa poche. Dans un moment de lucidité, elle remarqua que ce n'était pas l'instrument qu'il avait l'habitude de jouer, mais une nouvelle flûte, à peine plus courte. Elle se dit qu'il avait dû la tailler pour Demba et décida de la garder. Lorsque son fils serait plus grand, il apprendrait l'histoire de son père et serait heureux d'avoir un souvenir de lui.

Elle caressa une dernière fois ses cheveux crépus, lui posa un ultime baiser sur les lèvres et lui murmura quelques mots d'adieu à l'oreille en sanglotant.

Suzette redoutait qu'Anne ne se remette jamais de cette épreuve. Sa servante s'était repliée sur elle-même. Elle accomplissait ses tâches, mais rien ne suscitait chez elle le moindre signe de joie ou d'étonnement.

Durant leur voyage vers Cuba, Suzette, désireuse de chasser les idées noires d'Anne, commentait à voix haute et avec un vif enthousiasme tout ce qui l'émerveillait. Les marécages du delta nervuré du Mississippi, qu'ils traversèrent lentement ; la sensation enivrante de petitesse qui s'empara d'elle au beau milieu de l'immensité des eaux du golfe du Mexique ; l'entrée étroite – protégée par deux forteresses – du magnifique port naturel de la baie de La Havane ; les premières impressions laissées par la ville cubaine fortifiée, sous la lumière intense du mois d'août, tandis que le bateau naviguait parmi des dizaines d'embarcations flottant dans trois anses ; la tour du formidable Castillo de la Real Fuerza…

Anne l'écoutait en silence.

Suzette la comprenait, mais comment aurait-elle pu ressentir sa douleur ? Anne venait de perdre Bamboula pour toujours. Tant qu'il se cachait dans les marais, elle vivait avec l'espoir de le voir. Il lui faudrait désormais trouver un nouveau sens à son existence. D'une certaine manière, Suzette était elle aussi mue par l'illusion de revoir un jour Ishcate, même s'ils devaient être séparés plusieurs années. Elle pouvait rêver de lui et imaginer que le rêve se réaliserait. Cet espoir donnait à son cœur la force de battre. Si Ishcate venait à mourir, elle ne pourrait survivre.

Malgré les tragédies individuelles, le monde ne s'arrêtait pas de tourner à la mort de ceux qui l'habitaient.

Au début du mois de novembre, quatre ans jour pour jour après le mariage de Suzette et Sebastián, ce dernier lui fit une proposition qui la surprit.

Après le dîner, alors que leurs filles étaient couchées et qu'ils passaient une agréable soirée dans le salon, Sebastián s'éclipsa un instant et revint en cachant quelque chose entre ses mains. Il prit place à côté d'elle dans le divan de brocart doré et lui tendit un paquet délicatement emballé. Celui-ci contenait une magnifique bague sertie d'une émeraude verte et de petits diamants.

— Veux-tu m'épouser ? lui demanda-t-il.

— Nous sommes déjà mariés ! s'exclama Suzette, amusée, en passant la ravissante alliance à son doigt.

— J'entends encore des commentaires désobligeants à notre propos. Je tiens à ce que rien ne salisse ton nom ni que personne ne remette en question la légitimité de ma fille Estelle ainsi que celle des autres enfants que j'espère te donner. J'aimerais que l'évêque de La Havane nous accorde sa bénédiction pour officialiser notre union. Tout cela doit te sembler très formel, ajouta Sebastián en s'éclaircissant la voix et en rougissant légèrement, mais je serais très heureux de renouveler mes vœux de mariage comme preuve de mon amour indéfectible pour toi. Acceptes-tu ?

Suzette était émue. Sebastián n'était pas homme à extérioriser ses sentiments. Ces derniers mois, il avait fait preuve de mille et une attentions envers elle, comme s'il voulait rattraper le temps perdu lors des expéditions de Mobile et de Pensacola, mais aussi comme s'il avait senti qu'elle pouvait lui échapper.

Une pensée fugace traversa l'esprit de Suzette. Son amour indéfectible, c'était Ishcate. Seulement, son avenir se trouvait aux côtés de Sebastián.

Peut-être devait-elle considérer l'officialisation de leur mariage comme une nouvelle étape de sa vie avec le père de ses filles, cet homme spécial, prévenant, persévérant et généreux. Cet homme qui lui offrait chaque jour un amour sincère et serein alors même qu'il était très occupé.

Cependant, elle ne pouvait se mentir. La première fois, elle avait épousé Sebastián en pensant qu'Ishcate l'avait abandonnée. Elle s'était crue libre et s'était dit que c'était la meilleure décision à prendre pour elle et Adrienne. Elle ne ressentait pas de passion dévorante pour lui, mais elle n'avait pas menti devant Dieu. Si maintenant elle acceptait sa proposition, elle se mentirait à elle et au Très-Haut. Elle avait été infidèle à son mari et savait qu'elle recommencerait chaque fois qu'Ishcate croiserait son chemin. Elle assumait ce péché, mais sa conscience l'empêchait de traverser une église au bras de Sebastián et de recevoir la bénédiction de l'évêque.

Elle prit les mains de Sebastián entre les siennes puis se pencha pour déposer un baiser tendre et bref sur sa joue.

— Notre mariage a été célébré dans l'intimité et la simplicité, dit-elle. C'est ainsi que je veux m'en souvenir. Je n'ai nul besoin d'officialiser quoi que ce soit.

Sebastián se redressa, déçu.

— Serait-ce que tu ne m'aimes pas ?

— Comment peux-tu penser une chose pareille ? Tu es mon mari et le père d'Estelle.

Un voile sombre s'abattit sur Sebastián. Suzette avait contourné la réponse qu'il attendait – « Bien sûr que je t'aime. » –, les seuls mots qu'il voulait entendre et qui auraient dissipé ses doutes. Il était en train de la perdre. La femme qu'il aimait lui échappait et il ne savait que faire de plus pour la retenir, pour ne pas la voir lui glisser entre les doigts.

C'était à cause de cet Indien. Il avait remarqué la façon dont ils se regardaient. Ce qu'il pouvait le haïr !

Suzette ne sera jamais libre de m'aimer tant que cet individu sera vivant, pensa Sebastián.

Il devait peut-être intervenir.

Suzette n'avait guère d'occupations à Cuba. En revanche, Sebastián n'arrêtait pas une seconde, surtout depuis qu'elle avait décliné sa demande en mariage. Le travail lui fournissait une bonne excuse pour s'absenter toute la journée. Le gouverneur Gálvez, en plus de diriger à distance la Louisiane et la Floride occidentale, venait d'être nommé capitaine général et commandant du corps expéditionnaire espagnol en Amérique. Son prochain objectif était d'éradiquer la présence des forces britanniques dans les Caraïbes en préparant une intervention contre l'île de Jamaïque, leur bastion le plus important dans tout le golfe du Mexique.

Sebastián passait ses journées avec Gálvez à revoir les plans. Plusieurs mois seraient nécessaires pour que tout soit fin prêt. Ils devaient trouver des fonds pour les vingt mille hommes dont ils auraient besoin et les navires qui arriveraient d'Espagne ainsi que d'autres régions d'Amérique. En attendant, les mille soldats de la caserne du Castillo del Príncipe, une forteresse érigée sur une colline proche de La Havane, continuaient de s'entraîner au tir, au maniement de l'artillerie et au creusage de tranchées.

Suzette était consciente qu'elle bénéficiait d'une situation privilégiée : elle ne manquait de rien et avait du personnel à son service qui s'occupait de tout. Elle disposait de temps pour se promener, lire et jouer avec ses filles. Il lui arrivait de dîner en compagnie des officiers et de leurs familles, mais elle sentait un vide dans sa poitrine. Sebastián avait une mission à accomplir pour son pays. Il en était convaincu depuis son plus jeune âge. Il aspirait à la réussite, autant la sienne que celle de sa patrie. Chaque pas qu'il faisait dans sa vie visait à remporter une nouvelle victoire et à gagner plus d'argent. Jamais Suzette, qui allait avoir vingt-six ans, ne s'était demandé quelle était sa mission, hormis celle de fonder une famille, ce que l'on attendait d'une femme de sa classe sociale. Elle n'avait rien réalisé de très utile et ne laisserait guère de trace, à part le fait d'avoir été l'épouse d'un militaire de haut rang. Elle attribua ce manque de confiance en elle à sa nostalgie de la Louisiane, qui ne faisait qu'augmenter.

Sa terre lui manquait.

Pourtant, elle n'était à Cuba que depuis quelques mois.

Peu avant Noël, Sebastián invita Antonio Cornel à dîner. L'homme qui lui avait sauvé la vie à Pensacola lui était particulièrement sympathique. Ayant déjà eu l'occasion de le rencontrer, Suzette appréciait sa conversation et son caractère jovial. Il était un bon exemple confirmant la théorie selon laquelle le fait de ne pas tomber dans l'oisiveté permettait, sinon d'oublier, au moins de rendre les peines plus supportables. Accaparé par les missions sur les îles du Vent, il sentait s'éloigner la mélancolie qui le rongeait depuis la mort de sa fiancée. Suzette aurait aimé être plus occupée pour chasser ses idées sombres.

Ils commentèrent les dernières nouvelles sur la guerre entre les Britanniques et les Américains. L'ultime bastion anglais en territoire américain – Yorktown, en Virginie

– était tombé à l'automne. Grâce à l'aide de la France et de l'Espagne, la fin de la guerre semblait imminente.

— Si la chute de Yorktown marque la fin de la guerre entre les colonies américaines et l'Angleterre, les interventions dans les Caraïbes seront-elles suspendues ? s'enquit Suzette, impatiente de retrouver son foyer.

— Nous poursuivrons notre objectif de chasser les Anglais des îles du Vent et de conquérir la Jamaïque, répondit Sebastián.

— Je ne comprends pas.

— Nous ne luttons pas en faveur des Américains, mais contre les Britanniques.

— Pourtant, l'Espagne a épaulé les Américains dans leurs différentes conquêtes.

— Le fait que nous ayons le même ennemi ne signifie pas que nous sommes alliés. Il n'a jamais été question d'utiliser l'armée ou la marine de Sa Majesté pour aider les Américains dans leur guerre contre leur mère patrie. Ce que nous avons obtenu, c'est pour l'Espagne, qui se trouve être également en guerre contre la Grande-Bretagne.

Perplexe, Suzette fronça les sourcils.

— Ma chère, intervint Cornel, l'Espagne n'a jamais reconnu officiellement l'indépendance des États américains. Si nous le faisions, quel exemple donnerions-nous aux provinces espagnoles de nos vice-royautés ? Si vous analysez la situation sous cet angle, vous comprendrez pourquoi les Américains n'ont pas applaudi les victoires de l'Espagne. Ils auraient souhaité s'emparer eux-mêmes de Manchac, Baton Rouge et Natchez pour contrôler la navigation sur le Mississippi, ainsi que de Mobile et de Pensacola en Floride occidentale afin de s'approprier l'accès aux Caraïbes.

Suzette but une gorgée de vin et réfléchit quelques instants.

— Je ne veux même pas imaginer que la nouvelle nation puisse devenir elle aussi une menace pour l'Espagne. Depuis ma plus tendre enfance, je n'ai fait qu'entendre parler de guerres. Les unes derrière les autres, sans fin.

Je me demande si les choses seraient différentes si les femmes gouvernaient.

Après le silence que provoqua cette remarque surprenante, les deux hommes se mirent à rire.

— Je ne sais pas quoi répondre ! s'exclama Cornel. J'ai beaucoup de mal à concevoir une chose pareille.

— L'ambition est inhérente à l'être humain, déclara Sebastián. J'ai bien peur que ça ne change absolument rien.

— Vivre dans l'attente est angoissant, commenta Cornel, qui avait remarqué l'abattement de Suzette. Moi aussi, j'aimerais que les soldats soient déjà là pour en finir une bonne fois pour toutes avec cette guerre et ainsi retrouver ma chère Espagne...

— Cela nous ferait peut-être du bien à tous de changer d'air, dit Sebastián en regardant Suzette. Nous pourrions nous installer sur l'île Guarico*. C'est là-bas que la flotte doit arriver et que les troupes seront prêtes au printemps.

Suzette avala une autre gorgée de vin. Lorsque Sebastián proposait quelque chose, cela se concrétisait, tout simplement.

Son souhait de rentrer à La Nouvelle-Orléans ne se réaliserait pas.

* Nom donné au XVIIIe siècle à la partie francophone de l'île de Saint-Domingue (NdT).

40

Paris, août 1782

En approchant son visage de la petite fenêtre de la calèche pour prendre un peu d'air, Jérôme Girard regretta de s'être si souvent plaint de la chaleur de La Nouvelle-Orléans. En ce début de matinée, Paris était une fournaise. Il espérait régler au plus vite l'affaire qui l'avait conduit ici et quitter l'Europe dès que possible. Cela faisait plus d'un an qu'il se trouvait loin de son épouse et de sa famille.

Heureusement pour lui, ce voyage s'était avéré particulièrement bénéfique.

Honneurs et distinctions avaient été rendus au gouverneur Gálvez, et tous ses proches, dont Girard, avaient été promus pour leur loyauté, leur zèle et leur service au roi. Jamais, pas même dans les rêves les plus insensés de son humble jeunesse, Jérôme n'aurait pu imaginer qu'il irait aussi loin dans la vie, et il était convaincu que ce n'était pas fini.

Alors qu'il se dirigeait vers l'ambassade d'Espagne, il se souvint de son audience avec le roi Carlos III. Ce dernier avait accepté son projet ambitieux. Il voulait amasser et entreposer à La Nouvelle-Orléans des marchandises d'une valeur d'environ quatre-vingt mille *pesos fuertes* pour des présents ; un autre lot d'une valeur de deux cent mille pour ravitailler les commerçants qui seraient envoyés chez les Indiens ; et une réserve de denrées de cent mille *pesos fuertes* en cas de guerre ou d'interruption du commerce. En échange, il s'engageait à s'approvisionner auprès des principales fabriques espagnoles et à acheter en France uniquement ce qui n'était pas produit en Espagne ou était plus cher.

Les marchandises acquises dans les deux pays attendaient dans ses bateaux mouillés à Bordeaux. Il ne lui restait plus qu'une chose à faire à Paris : s'entretenir avec l'ambassadeur d'Espagne.

Il regarda dehors et, malgré la chaleur, apprécia le charme de l'avenue bordée d'arbres, de pavillons et de terrasses de café qui traversait le centre de la ville. À première vue, rien ne semblait avoir changé en France depuis sa jeunesse. Les paysages étaient toujours aussi beaux, surtout en Auvergne, sa région natale, où il s'était rendu. À Paris, la population avait considérablement augmenté, et on percevait l'effervescence liée à l'indépendance des colonies américaines. La ville regorgeait de bistros et de clubs où l'on débattait de tout. Les gens se plaignaient de la cherté des aliments, des salaires de misère et du manque de travail. Les mots qui revenaient le plus étaient *liberté* et *démocratie.* Certains osaient même remettre l'autorité du roi en question et considéraient la révolution américaine comme un modèle à suivre. Les bouleversements politiques n'en finissaient pas, et aucun endroit du monde n'y échappait.

Au bout de l'avenue, la calèche s'arrêta sur la place Louis XV devant un somptueux bâtiment en pierre, l'hôtel du duc d'Aumont, qui abritait l'ambassade d'Espagne.

Le cabinet du comte d'Aranda était encombré de livres et de documents répartis sur plusieurs tables.

L'ambassadeur sexagénaire au menton proéminent serra fermement la main de Girard. Son maintien grave et noble trahissait son assurance. Aranda l'invita à s'asseoir et orienta aussitôt la conversation sur des questions liées à la Louisiane. De toute évidence, il n'avait pas de temps à perdre.

— À quoi dois-je l'honneur de votre visite ?

Girard avait eu l'audace de solliciter à ses risques et périls une entrevue avec l'ambassadeur espagnol. Il ignorait quand se présenterait de nouveau l'occasion d'apporter sa pierre à l'édifice louisianais. Il s'agissait à ses yeux d'une question morale. Il lui tendit un document sur lequel on pouvait lire, en première page, *Confins de la Floride et de la Louisiane*, ainsi que son nom en lettres capitales : DON JÉRÔME GIRARD. Il l'avait rédigé au cours de la longue traversée à bord de son bateau. Il remarqua que ses mains tremblaient légèrement. Il avait beau être un militaire et négociant chevronné, il se sentait soudain nerveux. Une mauvaise impression de la part de quelqu'un jouissant d'une telle influence pouvait ruiner la réputation d'un homme.

— J'ai remis une copie au ministre des Affaires indiennes en Espagne. J'ai voulu profiter de mon voyage en France pour vous en donner une en main propre, en me disant que ce document pourrait vous être utile.

Pendant qu'Aranda le feuilletait avec intérêt, Girard demeura immobile. La carte interpella particulièrement l'ambassadeur.

— J'ai l'impression que cela recoupe la discussion que j'ai récemment eue avec le señor Saint Maxent, le beau-père du gouverneur Gálvez.

Girard se sentit un brin déçu ; il attendait une remarque plus spécifique ou un compliment.

— Je suis ravi de savoir que je ne suis pas le seul à me préoccuper de l'avenir de la Louisiane, déclara enfin Aranda.

Jérôme respira, soulagé. L'ambassadeur avait très vite compris son message.

— J'en déduis que vous aussi, vous craignez la puissance croissante de la nouvelle nation américaine.

Aranda acquiesça.

— La fin de la guerre entre l'Espagne et l'Angleterre va entraîner trois problèmes entre l'Espagne et les États-Unis : le remboursement des emprunts contractés par notre pays, la démarcation de la frontière avec la Floride et la navigation sur le Mississippi. Maintenant que les Américains ont vaincu les Anglais, ils veulent obtenir les droits sur les territoires britanniques à l'est du Mississippi et, par la même occasion, sur les terres indiennes à l'insu des anciennes colonies.

— Des territoires que *nous*, les Espagnols, avons pris aux Anglais, précisa Girard.

Il insista pour montrer qu'il se sentait espagnol comme les autres et qu'il craignait de perdre ses privilèges commerciaux.

— Les seuls droits qu'ont les États-Unis sur le Mississippi sont ceux que nous leur avons concédés et en aucun cas ceux qu'ils veulent usurper. Ils devraient donc faire montre de gratitude à notre égard. J'ai tracé, ajouta-t-il en signalant la carte, les frontières qui selon moi doivent être respectées dans les négociations : du golfe du Mexique, péninsule de Floride comprise, jusqu'au lac Érié en remontant les Appalaches. Toute autre proposition doit être refusée.

Le sourire crispé de l'ambassadeur fit craindre à Girard d'avoir outrepassé ses prérogatives. Il n'avait aucune intention de remettre en question ses talents de négociateur.

— La carte me sera très utile, le rassura ce dernier. Je la consulterai lors des réunions avec les représentants américains. Le señor Franklin est assez souple, mais John Jay est un dur à cuire. Il affirme obstinément que tout le Mississippi devrait lui revenir. Or, il se trouve que je ne suis nullement disposé à céder.

Girard embarqua pour rentrer en Louisiane, satisfait. Son projet d'affaires approuvé par le roi d'Espagne et l'assurance que lui avait transmise Aranda lui assuraient le maintien de son monopole sur le commerce avec les Indiens. Pour obtenir un tel succès, il avait commis un seul petit péché qu'il ne pensait naturellement pas avouer : il avait acheté des marchandises anglaises. Ni en Espagne ni en France il n'avait pu se procurer les articles préférés des Indiens, de plus en plus exigeants sur la qualité. Il se débarrassa vite de son faux sentiment de culpabilité : il est impossible de prospérer en affaires si l'on se conforme à la légalité.

Les semaines s'écoulèrent paisiblement sur les eaux de l'Atlantique. Même le temps était au rendez-vous. Cependant, quelques jours avant d'arriver à Cuba, la voix du moussaillon brisa le calme de son voyage triomphal :

— Navires de guerre anglais en vue !

Malgré l'imminence de la fin du conflit entre l'Espagne et l'Angleterre, sans document signé pour l'attester, à cette distance de l'Europe, rien n'avait changé.

Pour la première fois de sa vie, ni son rang, ni ses supplications, ni ses talents commerciaux, ni ses menaces ou les noms de ses gendres importants ne lui furent d'aucun secours. Avec pour témoins la mer et le ciel limpide, loin de sa France natale et de sa chère Louisiane, Girard recommanda son âme à Dieu et fit ses adieux à chaque membre de sa famille, en dédiant une pensée plus passionnée à Blanche, son épouse qui lui manquait tant et qui allait devoir lutter pour s'occuper seule de ses enfants en bas âge.

Île Guarico, décembre 1782

Assise dans la galerie de la demeure louée non loin du campement militaire, Suzette berçait dans ses bras le petit Guillermo, âgé de trois mois, sous le regard attentif d'Adrienne et d'Estelle. Sebastián lisait.

En dépit des magnifiques paysages verdoyants, de la mer cristalline et du va-et-vient des habitants originaires de différents horizons, Guarico n'était pas aussi intéressante que La Havane. La seule chose que la famille avait faite ces derniers temps – hormis recevoir, pour son plus grand plaisir, des connaissances, tel Cornel – avait été attendre : attendre la naissance du bébé et attendre que la flotte et les troupes soient enfin prêtes à partir à la conquête de la Jamaïque. Comme cela ne se concrétisait pas, le petit Guillermo était devenu le centre de l'attention.

Sebastián regarda son fils et lorsqu'il leva les yeux sur sa femme, celle-ci vit dans les siens une détermination qui lui était familière.

— Guillermo étudiera en Espagne, déclara-t-il de but en blanc. J'espère qu'il sera accepté au Séminaire des nobles de Madrid, puis dans une école militaire. Une bonne éducation est essentielle pour l'avenir d'un homme. Et qui sait, si mon frère ne se marie pas et n'a pas d'enfant, Guillermo héritera du titre de la famille. Il devra s'y préparer.

— Et moi ? demanda Adrienne, une lueur d'excitation dans ses grands yeux bruns. Moi aussi, je pourrai étudier dans une école espagnole ? Nous partirons tous avec lui, pas vrai ?

— C'est encore loin, ma chérie, intervint Suzette.

Au fond d'elle, elle était effrayée par la vitesse avec laquelle le temps passait. Elle se souvenait comme si c'était la veille des naissances d'Adrienne et d'Estelle, qui avaient déjà huit et quatre ans.

Elle caressa le petit visage de Guillermo et se demanda ce que l'avenir lui réserverait. Depuis qu'elle avait accouché, elle n'était pas parvenue à chasser ses sombres pensées, comme si le bébé lui avait transmis sa fragilité. Elle se sentait en permanence triste et fatiguée. Elle était prise de sanglots à tout instant. Rien ne procurait plus de satisfaction que d'élever trois beaux enfants comme les siens, et pourtant, il lui était impossible de se débarrasser de ce sentiment désespérant d'insécurité et de désenchantement. Elle avait entendu dire que certaines femmes souffraient de mélancolie après l'accouchement. L'explication permettait de continuer de tromper Sebastián, mais dans son cas, l'origine de son abattement résidait dans l'intime conviction que sa vie avait été une série d'erreurs. Jamais elle n'aurait dû s'éloigner autant de sa terre natale.

Elle aurait mieux fait de se battre pour vivre son histoire d'amour avec Ishcate. Au lieu de cela, elle acceptait les sollicitations charnelles de son mari ainsi que leurs conséquences : un autre enfant. Un autre lien à une vie qu'elle ne désirait pas. Elle caressa la joue de Guillermo et soupira. Elle aimait ce bébé de tout son cœur et serait une bonne mère pour lui, qui n'était aucunement responsable de ses errements.

— Il faut organiser son baptême, poursuivit Sebastián. Un banquet, de la musique, un bal... Qu'en penses-tu ? Peux-tu t'occuper de faire confectionner un uniforme de grenadier du régiment de la Couronne de la Nouvelle-Espagne pour Guillermo ? Je veux que le roi sache que mon fils s'engagera au service de Sa Majesté.

Au bout de cinq années passées auprès de lui, Suzette savait que les suggestions de Sebastián étaient des ordres. Elle n'était pas d'humeur festive, mais penser à autre chose qu'à elle-même ne lui ferait pas de mal.

— J'aimerais que mes parents soient présents, répondit-elle. Si nous les prévenons maintenant, nous pourrons célébrer le baptême dans deux ou trois mois.

Du coin de l'œil, Sebastián vit Demba rôder dans la galerie. Le garçon, âgé de onze ans, et Adrienne étaient inséparables et s'entendaient comme des frères et sœurs. Il lui fit signe d'approcher et lui demanda d'aller chercher Anne pour qu'elle s'occupe des petits. Lorsqu'il fut enfin seul avec Suzette, il prit place dans un fauteuil en osier près d'elle.

— Ma chérie, j'ai quelque chose à t'annoncer. Tu as l'air si triste ces derniers temps que je n'ai pas trouvé l'occasion de t'en parler... Il s'agit de ton père.

Suzette entrelaça fort ses doigts.

— Je t'en prie, dis-moi qu'il va bien.

— Son bateau a été attaqué alors qu'il rentrait d'Europe, en septembre. Nous sommes sans nouvelles, mais il est possible qu'il soit en Jamaïque.

Incapable d'imaginer son père mort, Suzette s'accrocha à l'idée qu'il était prisonnier. Jusqu'alors, elle s'était réjouie que l'expédition contre la Jamaïque ait été retardée. Elle souhaitait à présent ardemment que l'ensemble des forces militaires espagnoles et françaises lancent l'assaut contre les Anglais.

— Fais tout ce qu'il faut pour le ramener.

— Ce n'est pas si facile, dit Sebastián en secouant la tête. S'il est viv... Enfin, s'il est tombé aux mains des Anglais et s'il est vrai que les articles préliminaires du traité de paix entre l'Espagne et l'Angleterre sont en cours de rédaction, il y aura un échange de prisonniers. Nous devons attendre.

Folle de rage, Suzette se leva et arpenta la galerie, les mâchoires contractées. D'après ce que Sebastián venait de lui raconter, cela faisait plus de deux mois qu'il était prisonnier.

— Calme-toi, Suzette. Assieds-toi et parlons.

Elle se tourna brusquement vers lui.

— Tu me demandes de me calmer ?! s'écria-t-elle. Ramène-le, Sebastián. Je t'en supplie. Tu le connais aussi bien que moi, tu sais qu'il ne supportera pas un enfermement si long. Parle avec Bernardo, ajouta-t-elle en élevant la voix. Il t'écoute toujours et je ne t'ai jamais rien demandé. Envoyez vos espions. Négociez tout ce qu'il faut. Sauvez-le !

— Nous ne négocions pas avec les Anglais.

— Pas même pour libérer un membre de ta famille ?

Elle lui posa cette dernière question en le défiant du regard, mais Sebastián était un homme habitué aux affronts.

— L'intégrité implique des fardeaux et des dilemmes moraux, dit-il d'un ton sentencieux.

Suzette laissa échapper un soupir et se rassit.

— Gálvez a négocié comme bon lui a semblé avec les Indiens. Il a employé des ruses pour se lancer à l'assaut de Manchac, Baton Rouge et Natchez. Il a fait fi des consignes pour s'emparer seul de Pensacola. Et toi, tu l'as suivi aveuglément. La droiture absolue n'existe pas.

Sebastián rougit de colère devant ces reproches inattendus. Il prit une profonde inspiration avant de répondre.

— Je mets tes remarques injustes sur le compte de l'étrange mélancolie dont tu souffres.

— Je sais très bien ce que je dis, rétorqua-t-elle fermement. Tu feras ton devoir et je ferai le mien. Nous baptiserons notre fils exactement comme tu le souhaites. Tu impressionneras le gouverneur. Tes hommes en parleront et leurs mots arriveront aux oreilles du roi d'Espagne en personne. Ensuite, je retournerai en Louisiane, avec ou sans toi.

Sebastián se leva pour la défier.

— Nous verrons cela. Je suis ton mari : tu feras ce que je dirai et tu iras là où j'irai.

Suzette sentit quelque chose se briser en elle. Jamais Sebastián ne lui avait parlé de la sorte. Rien de ce qu'elle pourrait dire ne le détournerait de ses objectifs ; mais qu'il la considère comme un soldat à qui l'on exige l'obéissance lui parut intolérable.

Elle le regarda fixement et eut l'impression de voir une personne différente de l'homme gentil qu'elle avait épousé, de celui qui l'avait fait rire et l'avait conquise lors de promenades au bord du lac Pontchartrain. Sa vie était une erreur.

Drapée de tristesse, elle se dirigea vers sa chambre.

Dans la galerie, Sebastián demeura un long moment debout, essayant de se calmer. Il se chercha des excuses, sans en trouver. Ses propos avaient surgi d'un recoin obscur de son être, là où était tapie la crainte sourde que la nostalgie de Suzette pour la Louisiane ne soit pas tant liée à sa famille, au paysage ou aux coutumes qu'elle connaissait, mais à cet Ishcate.

Jamais son épouse ne retournerait en Louisiane.

Kappa, avril 1783

De temps en temps, Ishcate rendait visite à ses amis quapaw qui vivaient près de l'embouchure de la rivière

Arkansas. Il y passait quelques jours au cours desquels il se remémorait les années partagées avec Sarazen. Parfois, comme à cette occasion, il emmenait Couroway et Sarazen, âgés maintenant de quatre et six ans, afin qu'ils gardent le contact avec la tribu et que le fils de son ami disparu ne s'éloigne pas de ses racines. Le grand chef l'aimait bien et faisait apprêter un tipi près du sien. Ishcate appréciait également Angaska, malgré son penchant pour l'alcool.

Un jour, peu après midi, un guerrier vint prévenir qu'une flottille composée de deux pirogues, d'une galère de quarante rames et d'un autre bateau approchait de la rive. Angaska donna l'ordre à ses hommes de se poster près de la rivière et de se tenir prêts à attaquer si besoin. Il avait passé avec les Espagnols un accord de protection mutuelle : personne ne pouvait avancer vers le poste Arkansas sans sa permission.

Lorsque Ishcate apprit qui était à la tête de la flottille, il se mit sur ses gardes. Logan Colbert. Le chef des Chickasaw. Celui qui avait enlevé Suzette et l'épouse du commandant Villiers. Celui qui attaquait des navires espagnols et séquestrait des gens importants sur le Mississippi. Il était accompagné ce jour-là de Chickasaw et de Natchez, ainsi que d'une douzaine de Blancs. Ishcate ne crut pas un mot de l'explication qu'il donna à Angaska.

— Ces Américains, dit l'Écossais en désignant les Blancs, veulent présenter leurs respects au nouveau commandant de l'Arkansas. Mes fils et moi les escortons par sécurité.

S'il était vrai que Villiers, décédé l'année précédente à la suite d'une opération à La Nouvelle-Orléans, avait été remplacé, Colbert, père de onze enfants à moitié indiens, avait en réalité une double mission à accomplir.

D'une part, il voulait occuper la place qui appartenait aux Espagnols. Sa diligence n'avait pas empêché la défaite des Anglais à Mobile et à Pensacola, après le revers honteux qu'ils avaient essuyé à Manchac, Baton Rouge et Natchez. Son ascendant sur les Chickasaw permettait en revanche d'instaurer un climat instable sur le Mississippi. Du reste, l'Écossais gagnait de l'argent grâce aux rançons qu'il exigeait pour libérer ses otages. Il haïssait les Espagnols de toute son âme : à cause du soutien de ces derniers aux rebelles américains, les Anglais allaient perdre leur influence sur ces terres ; et l'alcool qu'ils fournissaient à toutes les tribus bafouait la dignité des Indiens qui devenaient des êtres soumis et égarés. Il s'était fait la promesse que tant qu'il vivrait, les Espagnols de cette région ne dormiraient pas tranquilles.

D'autre part, Colbert avait eu vent de la somme offerte par un inconnu à quiconque tuerait un certain Ishcate de Kaskaskia ; une récompense suffisamment alléchante pour se risquer à faire d'une pierre deux coups. Il avait appris par des espions travaillant à son service que l'Indien en question se trouvait en ce moment au poste Arkansas et était en contact avec les Quapaw de Kappa.

Ishcate espérait qu'Angaska ne soit pas assez ingénu pour laisser Colbert et ses hommes traverser ses terres. Hélas, le chef, qui avait de la peine à dissimuler son ivresse, les autorisa à poursuivre leur route.

— Tu ne sais donc pas qui est Colbert ? lui reprocha Ishcate. Rien de bon ne vient de lui. Tu aurais dû le renvoyer de l'autre côté du Mississippi.

— Serais-tu devenu le chef des Quapaw pour donner des ordres ? lui demanda à son tour Angaska, irrité.

— Au moins, je suis sobre et peux faire preuve de discernement et de sagesse.

Ishcate prit ses enfants et gagna à vive allure son village non loin du poste Arkansas. Il devait les mettre à l'abri avant de prévenir le fort de l'arrivée de Colbert.

Il faisait déjà nuit noire lorsqu'il atteignit les maisons qui bordaient un méandre en forme de fer à cheval, au-delà de la palissade de la place forte. Tout semblait calme. Il se dirigeait vers les portes de la forteresse quand un fracas de cris et de coups de feu brisa la paix. Les hommes de Colbert firent irruption dans le village, tirèrent sur les serrures des humbles habitations dans lesquelles ils pénétrèrent, et brutalisèrent les occupants dont les visages ensommeillés reflétaient la peur. Ceux qui réussirent à s'échapper allèrent chercher refuge dans le fort, d'où sortaient les soldats alertés par la fusillade.

Ishcate les rejoignit et expliqua la situation au commandant du poste, qui décida de défendre la place forte. Toute la nuit, les hommes de Colbert essayèrent de s'en emparer, mais ils furent repoussés par les boulets de canon des Espagnols, tant et si bien qu'ils durent battre en retraite dans un ravin non loin de là. À l'aube, un émissaire s'approcha du fort avec un drapeau blanc et une femme en guise de bouclier pour communiquer ce qu'exigeait son chef. Le commandant refusa de se rendre et prépara sa contre-offensive. Il se tourna vers Ishcate.

— Il y a dans le fort plusieurs Quapaw. Réunis-les, prends quelques-uns de mes soldats et apprenez-leur vos cris de guerre. Faisons croire à Colbert que toute la nation quapaw est là pour nous aider.

Ishcate s'exécuta. Entraîné dans un conflit inattendu, il était de son devoir de prêter main-forte aux Espagnols et aux Quapaw.

Sur l'ordre du commandant, les soldats quittèrent le fort à cheval en poussant des hurlements à la manière des Indiens et se dirigèrent vers le ravin. Pris de surprise, les hommes de Colbert commencèrent à se replier vers leurs bateaux.

L'Écossais écuma de rage face à la lâcheté des siens.

— Ne reculez pas ! beugla-t-il. Continuez de tirer ! Tenez votre position !

Certains lui obéirent en se jetant à terre à côté de lui et firent pleuvoir sans pitié des salves de balles sur les cavaliers qui s'approchaient.

L'un des soldats espagnols cria alors :

— À droite, Ishcate !

Colbert remercia sa bonne fortune, alors qu'il se trouvait dans une impasse. Combien d'hommes ainsi prénommés pouvait-il y avoir dans cette région si peu peuplée ? Il pointa son fusil vers l'Indien, visa sa poitrine et appuya sur la gâchette.

Ishcate sentit une douleur aiguë.

Pas maintenant, pas comme ça, se dit-il.

Suzette...

Il perdit connaissance et tomba de son cheval.

Kingston, Jamaïque, fin avril 1783

Après avoir surmonté la rage et le désespoir des premiers mois d'enfermement, Girard s'était habitué au rythme de la prison. Il avait perdu beaucoup de poids en raison des maigres rations de nourriture. Ce qu'il détestait par-dessus tout, c'était se sentir constamment sale. Mais au bout d'un certain temps, il était arrivé à la conclusion que sa vie n'était pas en danger. Au courant des rumeurs qui circulaient autour de la possible signature du traité de paix entre l'Espagne, la France et l'Angleterre, les geôliers entretenaient des rapports plutôt cordiaux avec les prisonniers. Jérôme ne manquait pas une occasion de répéter qui il était, au cas où l'information parviendrait aux oreilles de quelqu'un qui pourrait le sortir de là. L'espoir de retrouver sa vie et sa famille lui donnait de l'allant pour tenir bon entre les quatre murs humides en pierre.

Enfin, un matin, le miracle se produisit. La porte de sa cellule s'ouvrit, et un homme grand et mince, aux yeux vifs, élégamment vêtu, entra et se présenta : Mr Allwood, négociant anglais. Après un bref échange, Girard s'estima chanceux de tomber sur un homme anglais de son acabit. Allwood avait l'habitude de faire le tour des prisons pour trouver des personnes potentiellement utiles à ses intérêts. Il ne tarda pas à lui présenter une proposition concrète.

— Je vous accorde un crédit pour payer votre rançon et en contrepartie, vous emportez mes marchandises dans les territoires espagnols.

Girard comprit qu'il s'agissait de contrebande.

— Je prends de gros risques, répondit-il. Je vais devoir affronter les ouragans des Caraïbes et les tempêtes du Trésor.

— D'après les produits anglais que j'ai vus sur votre bateau, j'en déduis que vous êtes habitué à prendre des risques et à ne pas vous embarrasser de scrupules.

Girard ne voulait pas croupir en prison, il avait hâte de rentrer chez lui. Si au cours de tous ces mois, personne, pas même ses gendres, n'avait réussi à le sortir de ce trou, il ne lui restait plus qu'à accepter la proposition de l'Anglais.

Il le fit en pensant aux retrouvailles avec Blanche, dont le souvenir l'avait accompagné tout au long de sa captivité, mais aussi aux longs bains et aux copieux repas.

Allwood aida Girard dans ses démarches pour récupérer sa frégate, son carénage et son habilitation. Il lui fournit une cargaison importante de farine, de toiles de bâche, de barils de viande salée, de pièces de gréement, de jarres d'huile et de seaux de saindoux. La dette contractée pour sa libération s'élevait à plus de soixante mille pesos. Une fortune, pensait Girard avec une certaine inquiétude, à bord de son bateau en partance pour La Havane. Comment se procurerait-il autant d'argent pour la solder ? Il résoudrait la question le moment venu.

Pour l'heure, il voulait seulement jouir de sa liberté retrouvée.

Il arriva à La Havane en mai, dans le but de régler ses affaires avec Allwood. Il ne s'attendait pas à trouver ses filles Margaux et Suzette. Son gendre Tomás Durán était toujours au service d'Unzaga, désormais à la tête de la capitainerie générale de Cuba, tandis que Sebastián Orlac était revenu de Guarico avec Gálvez, car, en raison de la paix hispano-britannique, il n'y avait plus de bataille à mener. En prenant ses filles dans ses bras, Girard sentit s'atténuer la souffrance des derniers mois.

— Nous avions si peur que vous soyez mort ! lui répéta Margaux en larmes lors du premier dîner qu'ils partagèrent chez les Durán. Personne ne savait où vous étiez.

Parfaitement remis de ses émotions, Girard leur raconta en détail son voyage en Espagne, où il avait obtenu une audience avec le roi ; ses impressions sur l'enthousiasme de la France pour l'indépendance des États-Unis et pour les concepts de liberté et de démocratie ; sa modeste contribution à l'avenir de la Louisiane lors de son entrevue avec le comte d'Aranda ; sa capture par les Anglais ; et sa captivité en Jamaïque.

— Grâce à Mr Allwood et à mon esprit ingénieux, dit-il en lançant un bref regard mécontent à ses gendres, j'ai pu sortir de prison. Enfin, à toute chose malheur est bon : cette expérience m'a permis d'amorcer de nouvelles affaires. Qu'ai-je manqué au cours de ces mois, en plus de la grande nouvelle de la naissance de mon petit-fils Guillermo ?

Margaux se chargea de le mettre au courant.

— Il y a quelques semaines, Guillaume de Lancastre, fils du roi George III, est passé à La Havane. Nous avons eu l'occasion de faire sa connaissance. Et le père du gouverneur Gálvez a été nommé vice-roi de la Nouvelle-Espagne.

Girard hocha la tête en signe d'approbation.

— Eh bien, je vois que mes filles fréquentent la famille royale. Quand certains sont promus, la place devient libre pour les suivants, ajouta-t-il en regardant ses gendres.

Tout le monde rit, hormis Suzette, plongée dans ses pensées.

— Tu vas bien, ma fille ? lui demanda-t-il.

Plus rien n'avait été comme avant depuis sa dispute avec Sebastián, qui ne s'était jamais excusé. En présence des autres, il adoptait une fausse attitude affable et gaie à son égard ; quand ils étaient seuls, il ne lui adressait pas la parole, comme s'il attendait qu'elle admette avoir été injuste. Revoir son père sain et sauf lui avait procuré un moment de grand bonheur ; au fond de son être, cependant, demeurait ancré le sentiment désagréable de ne pas être maîtresse de sa vie.

Ne voulant pas être le centre de l'attention, elle changea de sujet.

— Nous étions vraiment très inquiets tous ces mois sans avoir de vos nouvelles. Vous pouvez à présent vous hâter de rentrer à La Nouvelle-Orléans rassurer Mère. Tant qu'elle ne vous aura pas vu, elle ne croira pas que vous vous portez bien.

Margaux, qui, pendant le peu de temps qu'elle avait partagé avec sa sœur à La Havane après tant d'années sans la voir, s'était également aperçue de son humeur morose, vint à son secours.

— Durant votre absence, il s'en est passé des choses à La Nouvelle-Orléans, Père, dit-elle d'une voix animée. La sœur et les filles de feu le capitaine Leyba de Saint-Louis sont entrées au couvent des Ursulines. Apparemment, Teresa Leyba avait eu une liaison avec le lieutenant-colonel George Rogers Clark, celui qui a pris le contrôle du Pays des Illinois. D'après les rumeurs, il est descendu la chercher pour lui demander sa main, mais elle lui a répondu qu'elle était entrée dans les ordres et qu'elle ne pouvait se marier.

Lorsqu'elle avait lu la lettre de sa mère qui racontait tout cela, Suzette s'était souvenue de Cathy Lafrenière, cette jeune femme avec laquelle Margaux et elle avaient été si proches et qui avait également fini au couvent. Si son père n'avait pas décidé de soutenir les Espagnols au cours de la révolte des créoles, sa vie aurait été complètement différente. Elle n'aurait probablement pas épousé Sebastián. Elle ne serait pas en ce moment à La Havane, mais encore en Louisiane. Les choix des uns pouvaient aussi marquer au fer le destin des autres.

— Et il est reparti sans elle ?! s'écria Girard avant d'ajouter, une lueur malicieuse dans les yeux : Si ç'avait été votre mère, je l'aurais enlevée.

— Père ! lança Margaux, feignant d'être scandalisée.

— Le commandant Balthazar de Villiers du poste Arkansas est décédé l'année dernière, dit à présent Suzette en s'efforçant de prendre part à la conversation. Il s'était rendu à La Nouvelle-Orléans pour se faire opérer d'une tumeur au foie et n'a pas survécu. Cela m'a fait beaucoup de peine pour Françoise et son fils. C'était un brave homme.

Girard remplit son verre.

— Penser à eux t'a sûrement rappelé le danger auquel tu t'es exposée, Suzette. Ta sœur ne t'a pas raconté qu'elle a été enlevée ? demanda-t-il à Margaux en voyant son expression perplexe.

Bouche bée, Margaux regarda son mari qui sembla aussi surpris qu'elle. Ils avaient évoqué les événements qui avaient marqué leur existence respective, mais apparemment pas tous.

— Père ! protesta Suzette.

Girard haussa les épaules.

— Les aventures qui finissent bien doivent être racontées, dit-il avant de résumer l'incident.

— Ishcate t'a sauvée ! s'exclama Margaux en regardant sa sœur avec un mélange de préoccupation et de perplexité.

Ce regard et le ton employé par Margaux lorsqu'elle avait prononcé le nom de l'Indien n'échappèrent nullement à Sebastián. Il y perçut de la surprise et une certaine complicité.

Il avait lui aussi des nouvelles fraîches de Louisiane. De bonnes nouvelles pour lui. L'occasion ne pouvait être meilleure. Son épouse serait soulagée du fardeau émotionnel qu'elle avait toujours porté, soupçonnait-il. Grâce à lui, elle serait libérée des chaînes du passé.

— Après Suzette et Mme de Villiers, Colbert a enlevé la femme du commandant Esteban Miró, le lieutenant-gouverneur de l'Illinois, commença-t-il. Heureusement, elle a aussi été sauvée. J'ai appris par ce dernier qu'il y a un mois, Colbert a lancé un nouvel assaut contre le poste Arkansas. Il l'a attaqué de nuit et a demandé la reddition. La garnison a résisté. La fusillade s'est prolongée pendant des heures. Les hommes de Colbert se sont retranchés dans un ravin non loin de là, avec la ferme intention de ne pas se retirer tant que les Espagnols ne céderaient pas.

Suzette écoutait Sebastián sans comprendre où il voulait en venir avec un récit si détaillé.

— Quelques soldats et guerriers indiens ont alors chargé par surprise le groupe de Colbert, poursuivit-il, sans la regarder directement. Il y a eu plusieurs blessés.

Sebastián marqua une courte pause ; il était conscient du mal qu'il causerait à Suzette, mais il était convaincu qu'avec le temps, elle s'en remettrait.

— Deux défenseurs ont été tués. Selon le rapport que j'ai reçu, l'un d'eux est l'interprète, votre ami Ishcate de Kaskaskia.

QUATRIÈME PARTIE

Mer

41

La Havane, juin 1783

SUZETTE se refusait à croire qu'Ishcate était mort. Quoi que dise le rapport, il ne pouvait avoir quitté ce monde. Elle l'aurait senti. Elle en était certaine. Elle rêvait encore de lui. Il était donc toujours en vie. L'abjecte description des faits indiquait que le chef Angaska avait emporté son corps pour l'enterrer selon la tradition indienne. Mais Ishcate ne pouvait être mort. Non. Il fallait qu'il soit vivant !

Des jours durant, elle se répéta encore et encore ces mots pour ne pas devenir folle, ne pas s'effondrer et continuer à remplir son rôle de mère.

Il lui était inconcevable de vivre dans un monde sans Ishcate.

Elle devait rentrer en Louisiane. Son père avait de nombreux contacts parmi les Indiens. Elle parcourrait autant de lieues qu'il le faudrait pour connaître la vérité.

Une belle matinée de juin, Suzette partit trouver Jérôme Girard, qui passait ses journées sur les quais à vendre les marchandises de ses bateaux et à en acheter de nouvelles. Il avait recouvré toute sa vitalité. Vêtu de sa casaque malgré la chaleur – d'après lui, il était important de soigner son apparence en toutes circonstances –, il examinait des documents et donnait des ordres ci et là.

Lorsque Girard avisa Suzette depuis le pont, il s'empressa de la rejoindre.

— Ce n'est pas un endroit pour une femme de ton rang, et encore moins non accompagnée.

— Je voulais vous parler en tête à tête. Tout est prêt pour votre retour à La Nouvelle-Orléans ?

— Presque. Je dois vendre les derniers produits périssables et commencer à rembourser ma dette envers Allwood. Je pense pouvoir lever l'ancre dans une semaine.

— J'ai besoin que vous m'aidiez à convaincre Sebastián de profiter de ce voyage pour partir avec vous. Cela fait si longtemps que je n'ai pas vu Mère ni mes petits frères et sœurs. J'aimerais leur présenter Guillermo et leur montrer qu'Adrienne et Estelle ont bien grandi.

Girard fronça les sourcils. Il connaissait bien sa fille. Il l'avait observée. Depuis qu'elle avait appris la mort d'Ishcate, elle était distraite et constamment absorbée par ses pensées, même quand ses enfants réclamaient son attention.

— Le convaincre ? Serait-ce qu'il refuse, ou bien ne lui as-tu pas encore demandé ?

— J'ai l'impression que Sebastián ne veut plus retourner en Louisiane.

Suzette secoua la tête, et ses yeux se perdirent dans le vol de deux mouettes, qui bataillaient dans les airs à grands cris et battaient violemment des ailes.

— C'est mon foyer, ma terre natale. Je n'aurais jamais pensé que la Louisiane allait autant me manquer, ajouta-t-elle dans un murmure.

— Tu dois désormais te consacrer à ton mari et à tes enfants.

— Je le sais ! répondit-elle en haussant le ton et avec des yeux suppliants. Certains militaires parcourent le monde sans entraîner leur famille avec eux. Pourquoi mes enfants et moi ne pouvons-nous pas vivre à La Nouvelle-Orléans ?

Son père regarda soudain derrière elle et serra les lèvres. En se retournant, elle aperçut Sebastián. Elle comprit à son expression qu'il l'avait entendue. Lorsqu'il prit la parole, sa voix était pourtant très douce.

— Je te cherchais pour t'annoncer une grande nouvelle, ma chérie. Notre séjour à La Havane prend fin. Je vais enfin pouvoir réaliser mon rêve de te faire découvrir Madrid. Le roi va recevoir Gálvez, et ce dernier souhaite que je l'accompagne.

Madrid.

Suzette laissa échapper un soupir à peine perceptible.

Girard esquissa un léger sourire. Son gendre était un homme important, ce qui était un atout pour ses affaires et, sans aucun doute, pour l'avenir de toute la famille. La nostalgie compréhensible de sa fille se dissiperait sans doute avec l'expérience extraordinaire qui l'attendait. Les îles de Cuba et Guarico étaient magnifiques. Elles jouissaient d'une nature et d'un climat exceptionnels mais pouvaient aussi s'avérer étouffantes. Suzette était depuis trop longtemps enfermée dans une vie réglée, entre ses enfants et les militaires. Une ville comme Madrid regorgeait de surprises. Girard se tourna vers sa fille.

— Je suis sûr que Sebastián fera tout son possible pour que tu te sentes bien dans son pays.

Suzette dut faire un gros effort pour ne pas hurler. Son espoir de rentrer en Louisiane venait de s'envoler. Elle vivrait avec l'incertitude de ne pas savoir si Ishcate était mort ou non, et avec la certitude que son chemin était déjà tout tracé.

Elle n'avait nulle intention d'aller à Madrid.

— Guillermo est encore trop petit pour un voyage si long, objecta-t-elle.

Sebastián pinça les lèvres dans un sourire crispé.

— Nous en discuterons à la maison. Si tu veux bien nous laisser un moment, je dois m'entretenir avec ton père.

Il attendit qu'elle s'éloigne pour s'adresser à Girard.

— L'intendant m'a informé que vous avez sollicité une exonération de droits sur vos transactions en alléguant qu'il s'agissait de marchandises pour le négoce avec les Indiens et le service officiel. Je dois vous avertir que cela vous sera refusé. Votre présence ici me met dans une situation embarrassante. Vous avez fait venir des produits de contrebande, vous achetez des Noirs sans payer les taxes et facilitez le commerce illégal de marchands étrangers.

Girard rougit.

— Il faut bien que je trouve une manière de rembourser la dette que j'ai contractée pour ma libération, se défendit-il. Si je n'avais dû compter que sur mes gendres, à l'heure qu'il est, je serais en train de croupir dans un cachot en Jamaïque.

— J'ai bien peur qu'il ne s'agisse pas seulement de votre dette, monsieur. Vous êtes prévenu. Si vous n'y mettez pas un terme, je me verrai obligé de vous dénoncer et de vous faire arrêter. Dans la position dans laquelle je me trouve, je ne peux accorder de faveur à personne, encore moins à mon beau-père. À moins que…

Girard attendit que Sebastián termine sa phrase.

— Vous ne convainquiez votre fille de faire ce qu'il convient.

Girard fit appel à la complicité de Margaux. Pour le bien de ses finances, il fallait que Suzette revienne à la raison. Margaux était consciente des implications sociales d'un scandale qui éclabousserait tous les membres de la famille. Les Espagnols se montraient très sévères envers leurs épouses.

Margaux se rendit alors chez sa sœur.

— Père m'a raconté la scène sur le quai. Tu n'es donc jamais contente ? lui reprocha-t-elle. À ta place, je partirais sur-le-champ ! D'après tout ce qu'en dit Tomás, l'Espagne doit être un pays merveilleux. Il aimerait que nos enfants y soient instruits. Comme il vieillit et commence à avoir des problèmes de vue, il espère être bientôt libéré de sa mission pour rentrer dans ses foyers. Profite bien, ma chère sœur, en attendant que je te rejoigne.

Mère de cinq enfants à trente et un ans, Margaux avait conservé sa magnifique chevelure noire, son sourire et sa vitalité. Suzette, qui avait cinq ans de moins, se sentait épuisée et avait perdu sa joie de vivre.

— Je ne veux pas aller en Espagne, lâcha-t-elle sur un ton catégorique.

— C'est la chance de ta vie ! s'exclama Margaux pour essayer de lui transmettre son enthousiasme. Tu rencontreras des nobles et qui sait, peut-être même les rois ! Qui aurait pu imaginer cela quand nous étions petites ?

C'était précisément le problème de Suzette. Jamais une telle possibilité ne lui avait traversé l'esprit. Certes, elle avait désiré découvrir le monde, mais à présent que l'occasion s'offrait à elle, elle prenait conscience qu'elle avait des chaînes et non des ailes. Elle n'avait jamais eu la même ambition sociale que sa sœur. Elle se sentait parfois dépassée d'avoir plus que ce qu'elle avait rêvé. Elle aurait sans doute été heureuse aux côtés de Belmont à La Nouvelle-Orléans et, s'il n'était pas mort si jeune, elle serait en train d'y élever leurs enfants et retrouverait de temps à autre ses amies, avec lesquelles elle ne se serait peut-être pas disputée. Peut-être aurait-elle souhaité avoir la même vie que sa mère Blanche, rythmée par les préoccupations quotidiennes.

Elle s'était souvent sentie telle une passagère d'un bateau naviguant sur les eaux mouvementées d'un fleuve en crue : elle ne pouvait ni ralentir sa course ni revenir en arrière. Mais une chose était claire pour elle : avec Ishcate, elle avait toujours été heureuse. Elle ne s'éloignerait jamais plus de la Louisiane sans savoir avec certitude ce qu'il était advenu de lui. Son cœur lui disait que la distance ne lui permettrait ni de l'oublier ni de s'apaiser.

Margaux la regarda droit dans les yeux et lui parla sur un ton ferme, comme si elle devinait ses pensées.

— Oublie-le. Je ne me réjouis de la mort de personne, mais je dois reconnaître que dans ce cas, je suis soulagée. Tu vas enfin pouvoir vivre ta vie.

— Ma vie, c'était lui, murmura Suzette dans un filet de voix à peine perceptible. Ma vie, c'est lui.

Elle refusait de parler de lui au passé.

— Ce sont des bêtises de jeunesse. Un Indien ne mérite pas les pensées d'une dame de ton rang.

— Je n'ai pas l'intention d'aller en Espagne. Que peut faire Sebastián ? M'emmener de force ?

— Ton obstination n'est pas une bonne chose. Es-tu consciente des conséquences du qu'en-dira-t-on ?

Margaux voulait se montrer autoritaire, mais en voyant les yeux embués de sa sœur, elle n'eut pas le courage d'insister. Elles avaient passé tellement de nuits ensemble, dans la même chambre, qu'elle savait que Suzette devait être vraiment effondrée pour pleurer. Elle laissa échapper un soupir de défaite.

— Très bien, je vais essayer de t'aider.

Margaux invoqua toutes sortes d'arguments pour convaincre son beau-frère de permettre à Suzette de rester, au moins à La Havane. Guillermo n'avait pas encore neuf mois et les hivers à Madrid étaient froids. Quant à Suzette, son mal du pays démesuré et sa nostalgie pour sa famille pouvaient la rendre malade.

Sebastián consentit à ce que Suzette ne l'accompagne pas, mais refusa de lui signer un sauf-conduit l'autorisant à aller à La Nouvelle-Orléans. Il la punissait : elle n'irait ni à Madrid ni sur sa terre natale.

Suzette lui fit froidement ses adieux. Elle ne lui pardonnerait jamais de disposer de sa vie en l'empêchant d'aller en Louisiane. Contrairement à ce qu'affirmait Margaux, elle doutait fort que cette séparation soit bénéfique à leur relation, qui se dégradait.

Girard était un peu affligé d'avoir déçu Suzette. Il avait fait passer ses propres intérêts financiers ainsi que le prestige et le statut social de sa fille avant son bonheur à elle. Il n'était pas dupe : il avait toujours su que Suzette et Ishcate étaient unis par des liens très particuliers. Les enfants avaient tendance à croire, à tort, que leur vie était différente de celle de leurs parents, comme si ces derniers n'avaient jamais été jeunes ou comme si l'expérience ne leur avait pas appris à comprendre les choses au-delà des apparences. Cependant, quand les sentiments s'enflammaient, le plus sage était de recourir à la raison. La mort d'Ishcate était survenue au bon moment. Le mal du pays et le souvenir d'un amour impossible étaient de mauvais compagnons de route. Girard était convaincu qu'avec le temps, Suzette parviendrait à oublier ce passé qui la tourmentait et à trouver la paix auprès des siens.

— Regarde toujours devant, jamais derrière, lui dit-il le jour des adieux, debout sur le quai tandis que la houle fouettait la coque du bateau, comme pour essayer de le réveiller. C'est ce que j'ai appris tout au long de mes cinquante-six années de vie. Durant mon séjour en France, je me suis rendu dans mon village natal en Auvergne. J'ai pensé que mes ancêtres seraient fiers de voir combien leurs descendants étaient arrivés loin. Tu as hérité de l'orgueil des Girard et de la gentillesse des Bonnet. Avec ces deux qualités, tu t'en sortiras toujours, quoi qu'il se passe.

Suzette l'étreignit fermement.

— Emmenez-moi avec vous, Père.

— Cela m'est impossible, ma fille. Ton époux ne m'en a pas donné l'autorisation.

— Vous auriez dû me prévenir que le mariage est une prison pour la femme !

— Ne sois pas injuste, Suzette, répliqua-t-il en fronçant les sourcils. Sais-tu combien aimeraient être à ta place ? Tu as tout ce que tu veux.

— Sauf ma liberté !

Ma liberté et mon souffle, songea-t-elle.

— Vous, les hommes, vous n'avez pas d'autorisation à demander pour voyager, lança-t-elle.

— Nous avons besoin de sauf-conduits…

— Vous savez très bien de quoi je parle.

— Ce n'est pas moi qui rédige les lois, ma fille.

— Je vous en prie, Père, dites-moi qu'Ishcate n'est pas mort. Rien de plus. Promettez-moi de vous informer à ce sujet et de m'écrire, ajouta-t-elle en le fixant droit dans les yeux.

Le désespoir de sa fille meurtrissait Girard au plus haut point.

— Je te le promets, répondit-il en soutenant son regard.

Suzette priait pour qu'Ishcate soit vivant. Elle ne demandait pas grand-chose à Dieu, rien d'autre que cela, même si elle ne le reverrait jamais en châtiment d'avoir fait passer son amour pour lui avant le sacrement de son mariage.

Elle n'implorait qu'une chose : qu'il soit vivant.

Elle attendit des mois durant une lettre de son père lui apportant des nouvelles d'Ishcate. Elle se rendait au port, contemplait le large, vers l'ouest, en direction de la Louisiane. Elle comptait les heures, les jours, les semaines. Grâce à ses trois enfants, elle tenait le cap. Devant eux, ainsi qu'avec ses neveux et nièces, elle s'efforçait de se montrer joyeuse. De temps en temps, elle rendait visite à Oliver Pollock en prison pour lui tenir compagnie et évoquer avec lui les bons moments vécus en Louisiane.

Les geôles des débiteurs se trouvaient dans le sous-sol d'un des immenses bâtiments officiels de la place d'Armes, à quelques pas du domicile de Suzette. Dehors, le soleil brillait et réchauffait chaque recoin de la ville, y compris les âmes des passants. À l'intérieur de la cellule en pierre minuscule et humide, aucun rayon ne parvenait à traverser la grille de l'embrasure. L'aspect du négociant la bouleversait. Ses traits étaient creusés par son extrême maigreur et les cheveux qui lui restaient avaient blanchi. Il n'avait pas cinquante ans et ressemblait à un vieillard.

Même si elle avait la liberté de profiter de la lumière du soleil et de se promener, Suzette se sentait elle aussi en prison sur l'île. Elle savait que ses visites remontaient le moral à Pollock. Celui-ci l'accueillait avec un sourire et ses yeux se mettaient à briller en témoignage de son affection.

— Je préfère mille batailles à cet enfermement, chère Suzette, lui disait-il. J'envoie lettre sur lettre au Congrès américain pour réclamer mon dû. J'ai contracté des dettes pour aider la cause de mon pays. Comment puis-je me sortir de cette situation si je suis privé de la possibilité de travailler ?

En l'écoutant, Suzette songeait aux ironies de la vie. Pollock avait lutté contre les mêmes ennemis que son mari et le gouverneur Gálvez, cependant ceux-ci recevaient des honneurs alors que Pollock avait perdu tous ses biens.

L'humidité de la prison lui rappelait aussi Ishcate. Elle l'avait libéré d'un endroit semblable avec l'aide de Margaux, la nuit de ses noces. Comme tout cela était loin, à présent. Chaque fois que, pour une raison ou une autre, elle pensait à lui, une immense tristesse l'envahissait.

Elle devait se faire à l'idée qu'il était mort. Puisque son père ne lui avait pas écrit, il devait en être ainsi. Il lui fallait reprendre son existence en main, s'habituer à une vie sans lui. Se résigner.

Comme si un fleuve pouvait, de son plein gré, ralentir son cours.

La Havane, février 1785

Un an et demi après son départ, Sebastián revint à La Havane. Adrienne et Estelle s'émerveillèrent des cadeaux qu'il leur avait rapportés et écoutèrent les anecdotes sur son voyage et son séjour en Espagne. Guillermo, âgé de deux ans, eut quant à lui bien du mal à accepter les cajoleries de cet étranger.

Suzette le trouva changé. Il avait grossi et son regard trahissait une certaine fatigue.

— J'espère que tu as profité de mon absence pour reprendre tes esprits, Suzette, lui dit-il par une fraîche après-midi de février, tandis qu'ils se promenaient sur les quais, quelques pas derrière les Durán. Je me dois à mon travail et à mon pays. Tu le savais lorsque nous nous sommes mariés. Vous m'avez beaucoup manqué, les petits et toi. Je ne me séparerai plus jamais si longtemps de ma famille, mais je ne peux te forcer à me suivre. Je dois bientôt accompagner Bernardo à Mexico. Le roi l'envoie là-bas pour remplacer feu son père. Je serai alors secrétaire du vice-roi de la Nouvelle-Espagne.

Incapable d'assimiler cette information, Suzette resta sans voix. La Nouvelle-Espagne était un vaste territoire qui englobait une bonne partie de l'Amérique du Nord. Elle comprenait les royaumes du Mexique et de Nouvelle-Galice, le nouveau royaume de León, les capitaineries générales du Yucatán et du Guatemala, les territoires des Californies, la Nouvelle-Navarre, la Nouvelle-Santander, la Nouvelle-Biscaye, la Nouvelle-Estrémadure, les Nouvelles-Philippines, le Nouveau-Mexique, la Floride, la Louisiane, ainsi que les îles de Cuba, Porto Rico, Saint-Domingue et les Philippines. Son mari allait avoir beaucoup de travail et de nombreuses obligations sociales. Cependant, si elle avait bien entendu, il lui laissait la liberté de l'accompagner ou non.

— Mexico est trop loin pour que tu reviennes nous voir régulièrement...

Sebastián s'immobilisa face à elle et la regarda fixement afin qu'elle saisisse bien chacun de ses mots.

— Il semblerait que tu n'aies pas bien compris. Je partirai avec Estelle et Guillermo. Ce sont mes enfants, ils m'appartiennent. J'aimerais qu'Adrienne et toi veniez avec nous, mais je ne t'y obligerai pas. C'est à toi de décider.

Suzette ferma les yeux pendant quelques secondes pour réfléchir. Jamais elle n'aurait pensé devoir faire face à une telle situation. Sebastián lui offrait une liberté qu'elle ne pouvait accepter. Pour rien au monde elle n'abandonnerait ses enfants. Elle aurait pu le faire après qu'Ishcate l'avait sauvée des mains de Colbert. Néanmoins, elle avait aussitôt écarté cette possibilité. Elle se souvint alors du jour où, petite, elle avait dit à son père qu'elle ne voudrait jamais vivre ailleurs que dans la rue Dauphine, à La Nouvelle-Orléans. La vie s'acharnait à l'éloigner de tout ce qu'elle connaissait, contrôlait, désirait. Elle n'avait aucune raison fondée de ne pas accompagner son mari.

Les enfants, même Guillermo, étaient à présent assez grands pour supporter ce voyage et Ishcate appartenait au passé. Elle devait reprendre sa vie en main. Trouver sa place dans le monde.

À l'image de son mari qui suivait Gálvez, elle devait suivre son mari. C'était aussi simple que cela. Elle dépendait de lui.

Les Durán ralentirent le pas pour les attendre. Margaux, qui avait bon espoir que les retrouvailles entre sa sœur et son époux remettent leur couple sur pied, s'inquiéta en voyant l'expression de Suzette.

— Que se passe-t-il ?

— Nous partons pour Mexico, dit-elle avec un sourire crispé.

Sebastián la regarda d'un air satisfait. Sa menace avait fonctionné. Il n'était pas fier d'avoir utilisé ses enfants pour influencer la décision de Suzette, il n'avait cependant pas eu le choix. La distance qui s'était installée entre eux le faisait souffrir. Il n'avait jamais cessé de l'aimer, mais il sentait qu'elle lui échappait toujours. Avec le temps, Suzette se rendrait peut-être compte que c'était la décision la plus sage pour sa famille.

— Gálvez a été nommé vice-roi à la place de son père, expliqua-t-il. Il m'a demandé de l'accompagner.

Tomás Durán lui donna une brève accolade fraternelle et lui tapota l'épaule, tandis que le sourire de Margaux se figea sur son visage. La carrière de son beau-frère ne faisait que s'élever, alors que celle de son mari, qui avait célébré ses soixante-huit ans, déclinait. Les Durán s'apprêtaient à partir pour Málaga, car Tomás désirait passer sa retraite en Espagne, dans sa patrie. Elle réagit avec une joie forcée.

— Je suis si heureuse pour vous ! s'exclama-t-elle en serrant Sebastián puis Suzette dans ses bras. Quelle merveilleuse nouvelle pour toute la famille ! Comme Père et Mère seront surpris et ravis ! Quand partirez-vous ? demanda-t-elle avant d'embrasser à nouveau Suzette. Tu vas devoir bien te préparer pour participer aux conversations lorsque vous habiterez à Mexico, et aussi renouveler ta garde-robe.

Suzette acquiesça, triste de revivre encore et toujours la même situation. Elle avait en effet reconnu sur le visage de Margaux l'expression de jalousie que celle-ci n'avait pas réussi à dissimuler le soir où Belmont Fournier ne l'avait pas invitée à danser.

Sa propre sœur rêvait d'avoir ce qu'elle lui aurait volontiers cédé. Se hisser au sommet. Côtoyer des vice-rois. Malgré tout l'amour que Margaux vouait à Tomás et à ses enfants, malgré une vie plus luxueuse que tout ce dont elle avait imaginé dans son enfance, ses sentiments les plus intimes l'avaient trahie.

Comme la nature humaine était étrange. Il était facile d'apaiser la faim dans l'estomac, mais l'âme était insatiable.

Sa sœur l'enviait. Si Margaux avait la moindre idée de ce qu'elle ressentait intérieurement, elle ne la jalouserait pas ! Il serait impossible qu'elle désire ne serait-ce qu'un millième de l'immense et insupportable sensation de fragilité qui la consumait.

42

Saint-Louis, juin 1785

ISHCATE n'avait jamais assisté à un mariage européen. Parce qu'il était le seul Indien, il ne se sentait guère à son aise. Il n'avait cependant pu décliner l'invitation d'Étienne Dubois. Âgé de trente-six ans et père d'un enfant métis, celui-ci épousait la fille d'un riche négociant.

Il lui devait bien cela. Deux ans plus tôt, Étienne lui avait sauvé la vie pour la seconde fois. Le Français descendait le fleuve en direction de La Nouvelle-Orléans et, apprenant qu'après l'attaque de Colbert, le corps d'Ishcate avait été transporté au village quapaw, il s'y était rendu pour lui faire un dernier adieu et prier sur sa tombe. Immense fut sa surprise de le trouver encore en vie. Malgré les faibles chances qu'il s'en sorte, Étienne l'avait fait embarquer et emmené à la ville, où un excellent médecin l'avait opéré. La balle s'était fichée près de son cœur, mais le Grand Esprit n'avait pas voulu que celui-ci s'arrête de battre.

Ishcate porta la main à son cou par réflexe, car la médaille que lui avait offerte Suzette ne s'y trouvait plus. Il s'était aperçu de son absence en se réveillant après l'opération. Le croyant mort, on avait dû la lui voler. Sans ce pendentif, il se sentait nu.

La convalescence avait duré des mois et, après avoir rendu visite à ses fils et à son frère au village d'Arkansas, il avait décidé d'accepter la proposition d'Étienne de superviser ses livraisons à La Nouvelle-Orléans, ainsi que l'acheminement à Saint-Louis des marchandises achetées en ville. Après avoir frôlé la mort, il s'était promis que s'il survivait, il renouerait avec Kaskaskia, sa terre natale. Peut-être qu'un jour, quand ses enfants seraient grands, il s'y installerait définitivement avec eux, mais pas maintenant.

Étienne avait organisé le repas de noces qui suivit la cérémonie religieuse dans la ferme de sa mère. Jamais Ishcate ne l'avait vu aussi gai et aussi élégant. Il portait un gilet de brocart de soie et une redingote plissée, ainsi qu'un foulard au cou de la même couleur corail que la robe de son épouse, deux fois plus jeune que lui. Ils se croisèrent sous le porche. Le marié, un brin éméché, lui donna une tape dans le dos.

— Mon bon ami Ishcate, depuis combien de temps nous connaissons-nous ? Plus de vingt ans ! Je parie que toi aussi tu pensais que je ne me marierais pas, et regarde-moi ! Je suis enfin prêt à fonder ma propre famille. Je me sens chanceux. J'espère que tu trouveras un jour une femme belle et bienveillante comme la mienne… et comme Kawutz…

Assailli par le souvenir de l'horreur de l'attaque contre Saint-Louis cinq ans plus tôt, Étienne s'interrompit un instant.

— Nous n'oublierons jamais votre aide lors de la défense de la ville, finit-il par ajouter. Ma foi, nous ne nous faisons plus tout jeunes… Écoute mon conseil et ouvre ton cœur.

Ishcate esquissa un sourire, sans rien dire. L'alcool avait délié la langue d'Étienne, d'ordinaire plutôt taciturne. Son frère Maughquayah insistait aussi pour qu'il prenne une femme, mais il n'en avait aucune intention. Il avait connu un bonheur intense avec Suzette, puis le calme avec Kawutz. Certains hommes ne supportaient pas d'être seuls, ils se mariaient peu après être devenus veufs. Ishcate, lui, était habitué à la solitude.

— Je me souviens d'avoir envié M. Girard pour les beaux mariages de ses filles, poursuivit Étienne. Eh bien, le mien me rapportera de bonnes rentrées d'argent. Après tant d'efforts, les résultats arrivent. Je suis ravi que tu aies accepté de superviser mes livraisons à La Nouvelle-Orléans, je pourrai ainsi me concentrer sur mes affaires dans le Nord.

Étienne et le jeune Benoît s'étaient en effet adaptés aux nouveaux temps. Les Britanniques installés au Canada sur les deux rives du Mississippi monopolisaient le commerce et s'en sortaient mieux que leurs rivaux espagnols. Le gouvernement leur imposait moins de restrictions et d'impôts. Comme d'autres négociants résidant en territoire espagnol, les frères Dubois empruntaient la route canadienne pour exporter des peaux à Londres, via Montréal. Peu leur importait de traiter avec des Anglais, car ceux-ci déboursaient des sommes exorbitantes pour de bonnes fourrures. En outre, le climat plus frais du Nord réduisait les pertes dues à la détérioration au cours du transport, si bien que le détour en valait la peine. Les gains des frères Dubois ne cessaient d'augmenter.

Ishcate était tout à fait conscient que les principes de loyauté ne comptaient plus dès lors qu'il y avait de l'argent et des bénéfices en jeu. Si Français et Anglais avaient toujours été en guerre les uns contre les autres, c'était le pragmatisme et l'intérêt de chacun qui régissaient la vie quotidienne. Chacun luttait pour son propre profit. Ishcate continuerait à travailler pour les Dubois tant qu'ils conserveraient la route de La Nouvelle-Orléans, qui n'impliquait que des relations avec les Français et les Espagnols.

Cécile s'approcha des deux hommes. Elle frisait la cinquantaine et sa chevelure avait blanchi ; pourtant, elle dégageait toujours une sensation de force. La chaleur faisait briller sa peau hâlée.

— Nous avons eu de la chance avec le temps, mes os me préviennent que des orages se préparent, dit-elle avant d'ajouter à l'adresse d'Ishcate : Maintenant que tu vas travailler avec nous, pourquoi ne louerais-tu pas une maison ici pour que Sarazen et Couroway aillent à l'école ?

— Je préfère qu'ils apprennent les coutumes indiennes. Ils sont bien dans la famille de mon frère Maughquayah. Quand ils deviendront des hommes, ils décideront de leur propre chemin.

— Si tu savais lire, écrire, et acquérais quatre notions de calcul, tu pourrais avoir ton négoce à toi, Ishcate. Donne-leur cette chance. L'avenir sera différent de ce que nous avons connu.

— Apprends-moi, Cécile, et je te promets que je leur transmettrai ce que j'aurai appris. Je suis sûr que tu es une excellente professeure.

Cécile rit et ils se serrèrent la main pour conclure le marché.

Ils s'y mirent dès le lendemain, au moment où le mauvais temps arriva. Il plut sans répit pendant deux semaines. Les orages s'enchaînaient et, après avoir déchargé leur eau furieuse, les nuages continuaient d'arroser la région des heures durant. Il n'y avait rien d'autre à faire que de s'occuper des animaux domestiques et de s'enfermer à la maison. Ishcate avait accepté l'invitation des Dubois à rester quelques jours chez eux. Cécile était effectivement une excellente professeure qui donnait des explications claires et précises. De son côté, Ishcate était un bon élève.

Jamais il n'aurait cru qu'apprendre à lire et à écrire pouvait être à la fois si difficile et si exaltant. Il lui semblait qu'un monde nouveau, inconnu et intrigant s'ouvrait à lui. Des lettres et des mots unis par un élément aussi simple que l'encre. Ses pensées couchées sur le papier. Ses idées galopaient. Ce n'était pas tant la possibilité de gérer son propre négoce qui l'intéressait, mais le rêve de pouvoir un jour surprendre Suzette en lui écrivant une lettre. Il l'imaginait la recevoir là où elle se trouverait et sourire en lisant tout ce qu'il lui raconterait après tant d'années sans se voir : les changements de la nature en Louisiane, ses enfants qui grandissaient, lui, qui se languissait d'elle. Il évoquerait la tristesse que lui causait la décadence de Kaskaskia, comme si sa terre natale était frappée d'une malédiction.

Des deux cents maisons qui existaient dans le village cinq ans auparavant, il en restait à peine quarante. Il demanderait à Suzette, qui avait tant appris des officiers espagnols grâce à son mari, quels conseils elle donnerait à un chef comme lui, sans peuple à qui s'adresser. Quelle consolation offrirait-elle à un chef de son acabit qui avait accepté un travail fixe pour les Blancs ? Comprendrait-elle sa déception et son sentiment de trahir ses racines ? Ou louerait-elle le bon sens et la fierté dont il faisait preuve pour maintenir l'équilibre entre le passé et le présent, pour s'adapter aux nouveaux temps dont tout le monde parlait ? En réalité, personne ne saisissait bien la nouveauté, mais tout le monde acceptait les directives édictées par ceux qui détenaient le pouvoir.

L'encre, le papier et la sensation de maîtriser la parole écrite donnaient à Ishcate l'impression d'être un homme plus réfléchi.

Un soir, Étienne entra chez sa mère, le visage décomposé.

— Que Dieu nous vienne en aide, dit-il dans un filet de voix. C'est la première fois de ma vie que je vois une chose pareille. Le fleuve…

Les pluies persistantes des deux dernières semaines et la fonte annuelle des neiges avaient accru le débit des affluents du Mississippi, qui s'étaient gonflés comme jamais. En conséquence, le fleuve déborda, inondant des lieues et des lieues de terre. Il était difficile de connaître l'étendue de la calamité ; le peu d'informations provenait de ceux qui, ayant tout perdu, arrivaient depuis Sainte-Geneviève.

Plusieurs semaines s'écoulèrent avant qu'Ishcate n'ait pu se rendre à Kaskaskia. Les dégâts causés par les fortes crues étaient à peine croyables et il se dit que sa terre natale était bel et bien victime d'une malédiction. Les eaux du Mississippi avaient inondé tous les bâtiments de l'ancienne ville française. Si de nombreux habitants, las de l'anarchie ambiante et des abus du remplaçant de Clark, s'étaient déjà installés du côté espagnol, à Cahokia – une ville alors en pleine expansion – ou à Saint-Louis, ceux qui étaient restés ne tarderaient pas à partir à leur tour. Cela affecterait forcément Kaskaskia, lié par le commerce et la proximité avec son homonyme français. Cette année, les Kaskaskia ne pourraient pas troquer leurs produits avec leurs voisins, lesquels pourraient s'estimer chanceux s'ils arrivaient à sauver une partie de leurs biens.

La rivière Kaskaskia était elle aussi sortie de son lit. Ishcate constata que sa tribu avait déplacé les tipis à une lieue du campement précédent. Des femmes prévoyantes s'affairaient dans de petits potagers. Quelques rares enfants coursaient des chiens. Il perçut une certaine placidité, malgré ce qui s'était passé. Après la tempête venaient le calme, puis le courage de continuer à aller de l'avant jusqu'au prochain orage. L'absence des hommes le surprit. Il s'adressa à deux vieillards assis au soleil ; après les avoir salués, il leur demanda où se trouvait Ducoigne.

— Il est parti à la chasse, lui répondit le premier. Il va falloir sécher beaucoup de viande de bison pour l'hiver.

Ishcate leur remit les paquets de semences, le sel et les outils qu'il avait rapportés de Saint-Louis.

— Tu vas rester avec nous, Ishcate ? voulut savoir le second. Nous avons besoin de chefs forts.

Il secoua la tête. Il aimait Kaskaskia, mais il avait compris depuis un moment qu'il était impossible d'éviter le conflit avec Ducoigne. Comme il l'avait fait autrefois avec les Anglais, ce dernier coopérait à tout-va avec les Américains, convaincu que la bonne volonté serait réciproque, tandis que les jeunes Kaskaskia partaient vers des endroits plus attrayants. Ishcate avait parfois l'impression que le grand chef se préoccupait davantage de lui-même et de ce qu'il pouvait obtenir des Américains que de son peuple.

— Vous dites avoir besoin de chefs forts, mais vous êtes satisfaits de la façon dont Ducoigne vous dirige.

— Il vit parmi nous, lui reprocha le premier. Tu le critiques, mais toi, tu vas et viens à ta guise. Tu ressembles à un *peehkiyani.*

— *Pihkihsiiwaani* ! protesta Ishcate. Je ne suis pas un étranger.

— Tu rêves de l'impossible. Les temps glorieux de nos ancêtres ne reviendront pas, Ishcate, et les sentiments, aussi nobles soient-ils, ne suffisent pas pour survivre. Toi, tu négocies avec les Français et les Espagnols, tout comme Ducoigne le fait avec les Anglais et les Américains, et nous, les Kaskaskia, nous sommes toujours sur nos terres.

Ishcate reçut la réprimande en baissant respectueusement la tête. Il attendit d'être remonté sur son cheval pour donner libre cours à sa colère. Il s'éloigna au galop de Kaskaskia. Certes, on écoutait les anciens pour leur sagesse, mais ce qu'il avait perçu chez ceux avec qui ils venaient de converser était de la résignation et de la docilité.

La cause de son indignation était cependant plus profonde ; il se refusait à admettre qu'il avait beaucoup de points communs avec ceux qu'il critiquait. Il s'était adapté aux nouveaux temps des Européens. Il avait commercé avec eux et à présent travaillait pour eux. Il avait observé leurs coutumes et était en train d'apprendre à lire et à écrire. Mais surtout, il avait donné son cœur à une Française et il renoncerait complètement à son âme s'il pouvait mêler son sang au sien.

De quel droit se permettait-il de juger Ducoigne et d'autres comme lui ?

Le seul droit qu'il avait était de suivre son propre chemin et de s'efforcer à respecter celui des autres.

Mexico, juin 1785

Après des semaines épuisantes, Suzette était impatiente d'arriver dans sa nouvelle demeure. Cela faisait presque un mois qu'ils avaient débarqué à Veracruz, où ils avaient séjourné cinq jours. Ils étaient ensuite passés par Perote, Puebla, Tlaxcala, Buenavista, Apan, San Juan de Teotihuacán et San Cristóbal. Peu avant d'entrer dans la capitale, ils s'étaient arrêtés au sanctuaire dédié à Notre Dame de Guadalupe, protectrice de Mexico. Partout, l'arrivée du nouveau vice-roi Bernardo de Gálvez et de son épouse avait suscité un vif enthousiasme.

Par la petite fenêtre de la voiture dans laquelle elle voyageait avec Sebastián et les enfants, Suzette observa attentivement le centre de Mexico. Elle vit d'abord des quartiers aux humbles habitations précaires, où vivaient Indiens, Noirs, mulâtres, métis, mineurs, artisans et paysans travaillant dans les terres voisines. Elle aperçut ensuite des avenues bordées de magnifiques maisons. À travers leurs grandes portes ouvertes, elle distingua les halls d'entrée et les patios. C'étaient les demeures des classes privilégiées de la ville que formaient riches propriétaires terriens et négociants, employés des postes les plus honorifiques du vice-royaume, de l'Audiencia, du Trésor royal et du sommet de la hiérarchie ecclésiastique. Le contraste lui parut encore plus saisissant qu'à La Nouvelle-Orléans ou à La Havane, où tout semblait plus mélangé, moins cloisonné.

Une fois installés dans une maison spacieuse et luxueuse non loin du palais, ils reprirent leurs habitudes. Toutefois, celles de Sebastián changèrent tellement que Suzette eut de la peine à le reconnaître.

Habituée à ses absences – son mari passait son temps en réunion – et à son caractère prudent et avisé, elle le voyait à présent prendre part à toutes les mondanités festives du nouveau vice-roi. Ils se rendaient ensemble à des spectacles de théâtre ou de danse au Coliseo ou encore à des corridas. Ils se promenaient dans les jardins de l'Alameda, ainsi que sous les arcades de Flores et Mercaderes où l'on vendait étoffes, bijoux, épices, porcelaines et autres articles de luxe européens.

Un jour, ils assistèrent à un divertissement très particulier. L'éditeur et l'imprimeur de la *Gazeta de México*, connaissant la passion du vice-roi Gálvez pour les globes aérostatiques, en firent venir un dans la cour principale du palais. Parfaitement sphérique, la montgolfière mesurait une vingtaine de mètres de circonférence et pesait quarante-huit livres. Tout autour, sur quatre rangs, on avait placé des lanternes et des feux de Bengale. Le ballon s'éleva et bientôt, pour la plus grande joie des enfants du vice-roi et de son secrétaire, on put lire sur une pancarte lumineuse, dans cette langue qu'Adrienne, Estelle et Guillermo maîtrisaient à la perfection grâce à leur père et que Suzette apprenait peu à peu : *VIVAN SUS EXCELENCIAS.*

L'engin prit de l'altitude avant de s'éloigner vers le nord-est.

— Pourquoi tant de faste et un tel présent pour le vice-roi, Sebastián ? lui demanda Suzette à l'oreille. Ne crains-tu pas que le peuple accuse les Espagnols d'être inconséquents alors que la plupart vivent, comme tu l'as vu de tes propres yeux, dans une profonde misère ? Je n'ai pas le souvenir que les Gálvez aient été aussi ostentatoires en Louisiane…

Sebastián porta instinctivement sa main sur son ventre et son regard s'assombrit un peu.

— Quelles étaient les chances qu'un jour je puisse jouir de tels privilèges ? Je me demande qui peut en dire autant parmi ceux qui ont fait leurs classes avec moi. Profitons de ces bons moments, Suzette, avant que le vent ne les emporte, comme cette montgolfière ! Elle aura beau voler très haut, elle finira par se précipiter dans le vide.

Comme si les paroles de Sebastián avaient été prémonitoires, deux mois après leur arrivée à Mexico, l'horreur déferla dans la région. La cause était un phénomène si inouï, si incompréhensible, qu'elle ne pouvait être attribuée qu'à l'intervention du diable en personne. Après une terrible sécheresse, une gelée subite détruisit la récolte de maïs à la fin du mois d'août. La famine et la maladie s'abattirent alors sur les villages, laissant derrière elles des milliers de morts.

Au cours de l'automne 1785 et du début de l'année 1786, le vice-roi prit des mesures d'urgence. Il contrôla les céréales jusqu'au dernier grain, collecta des dons, suspendit les impôts pour les fermiers et les paysans, ordonna que l'on alimente les bêtes de somme de luzerne et que l'on réduise les déplacements en calèche pour économiser le maïs, fixa des tarifs publics pour freiner la spéculation des riches marchands et des propriétaires terriens. Il fallait à tout prix empêcher que des milliers d'Indiens et de paysans ne quittent leurs terres et gagnent la ville en quête de nourriture.

Malgré ces efforts, au printemps, Mexico fut envahie de gens affamés qui furent reçus dans des hospices ou engagés dans des chantiers, s'ils avaient la force de travailler.

Après cela survinrent les épidémies. Des centaines de personnes mouraient chaque jour de toutes sortes de fièvres malignes ; il fallut construire de nouveaux cimetières.

Face à tout ce malheur, Suzette accorda moins d'attention à sa nostalgie de la Louisiane. Elle ne ménagea aucun effort pour soutenir Sebastián, qui faisait passer son devoir avant sa santé. Il trouvait à peine le temps de manger et le soir, il s'effondrait dans le lit, exténué. Suzette admirait son dévouement. Il veillait à l'exécution des ordres du gouvernement pour soulager la souffrance des pauvres ; malgré la distance qu'elle ressentait encore à son égard, elle se souvint de la raison pour laquelle elle l'avait un jour aimé et estimé.

Par chance, vers le milieu de l'année, la situation commença à s'améliorer. Les pluies annoncèrent que les récoltes seraient sauvées. Et ce fut le cas.

Mais un événement que personne n'aurait pu imaginer se produisit. Le vice-roi Bernardo de Gálvez, âgé de quarante ans, tomba gravement malade à l'automne. On le conduisit dans le palais épiscopal à Tacubaya, à environ quatre-vingts lieues au nord-ouest, où le climat était plus sec. Hélas, il expira le 30 novembre.

Sebastián se chargea d'organiser les funérailles dans la ville. Bouleversés par la nouvelle, les habitants plongèrent dans un deuil collectif.

Le corps du vice-roi, revêtu de l'uniforme de lieutenant général des armées royales et couvert du manteau de l'Ordre royal de Carlos III, arriva de Tacubaya dans un carrosse escorté par douze hallebardiers et une centaine de soldats à cheval munis de torches. La chapelle ardente resta ouverte trois jours durant dans le grand vestibule du palais vice-royal, les cloches des églises sonnèrent et des coups de canon retentirent toutes les demi-heures. Le jour des obsèques, un cortège de soldats à cheval et six compagnies de grenadiers et d'artilleurs, tous en uniforme de cérémonie, se déploya sur une demi-lieue entre le palais et la cathédrale au rythme des tambours désaccordés. Deux des chevaux de Gálvez, que personne ne montait, portaient des caparaçons noirs brodés du blason de la famille sur lequel on pouvait lire la devise « *Yo solo* » en souvenir de ses exploits à Pensacola.

Suzette n'avait jamais rien vu ou imaginé de tel dans sa vie. Elle se demanda avec une profonde tristesse comment avaient été les funérailles d'Ishcate. Naturellement, nulle comparaison possible avec cela.

À la demande de son mari, elle tint compagnie à la veuve de Gálvez, qui se trouvait alors dans les derniers jours de sa quatrième grossesse. Sachant par expérience qu'il n'y avait pas de paroles de réconfort dans une telle circonstance, elle s'assit simplement à côté d'elle. Une semaine après les obsèques, Félicité mit au monde une petite fille. Les habitants de Mexico troquèrent alors les rubans de deuil accrochés à leurs balcons contre d'élégantes draperies damassées et des bannières. On organisa un somptueux baptême, comme si la célébration de la vie pouvait faire oublier rapidement la tragédie de la mort.

Au cours de ce rare moment de joie, Suzette eut le sentiment que cette énergie était contagieuse. À l'exception des premiers mois, elle garderait de son séjour à Mexico le souvenir d'une période marquée par la désolation et la souffrance. Le décès du vice-roi impliquait des changements imminents dans sa vie, puisque Sebastián allait devoir quitter Mexico. Elle ignorait sa nouvelle destination, mais quelle qu'elle soit, elle espérait pouvoir rentrer en Louisiane, au moins pour un temps.

Il était possible que Sebastián se voie confier le poste de gouverneur de la Louisiane. Elle priait pour que cela se produise.

Pourtant, les semaines s'écoulaient sans que rien ne change.

Un jour, au début du mois de janvier 1787, Sebastián l'informa qu'il avait enfin reçu des instructions d'Espagne.

— Le roi me demande d'accompagner la veuve de Bernardo en Espagne, pour respecter les dernières volontés de son époux. Nous partirons au printemps.

Suzette ne put cacher sa déception. Elle se voyait de nouveau prisonnière des circonstances.

— Je pensais rester quelque temps à La Nouvelle-Orléans, protesta-t-elle. Voilà plus de cinq ans que je n'ai pas vu ma mère ni mes frères et sœurs. Ils ne connaissent même pas le petit Guillermo.

Sebastián fronça les sourcils. Il n'avait plus de raison de douter de Suzette. La tentation de son passé n'existait plus. Il n'aurait pu imaginer de meilleure mère pour ses enfants et, au cours de leur séjour à Mexico, elle avait retrouvé le caractère affectueux qui l'avait séduit. En outre, il comprenait sa nostalgie, car il avait lui aussi le mal du pays.

— Tu pourrais partir avant et aller en Louisiane, proposa-t-il. Nous nous rejoindrons ensuite à La Havane où nous embarquerons ensemble pour l'Espagne.

Suzette le serra dans ses bras. Elle allait enfin pouvoir rentrer chez elle ! Après l'insoutenable lenteur des dernières semaines, le monde se mit à tournoyer à une vitesse vertigineuse.

Au début du mois de février, Suzette, ses enfants, Anne et son fils quittèrent Mexico en direction de Veracruz, où ils prirent un vapeur pour La Havane. De là, un autre bateau les conduirait chez eux.

43

La Nouvelle-Orléans, mars 1787

Depuis qu'il travaillait pour Étienne Dubois, Ishcate se rendait régulièrement à La Nouvelle-Orléans, où il lui arrivait de croiser Girard. Ce jour-là, sans qu'Ishcate en comprenne la raison, Jérôme devint livide en le voyant entrer dans son bureau.

Le Kaskaskia le trouva affaibli et plongé dans un abattement qu'il ne lui connaissait pas. La saisie de ses biens de valeur à la suite de l'accusation pour contrebande, fraude et trafic illégal d'esclaves n'était un secret pour personne. Cela s'était produit trois ans auparavant, quelques mois après son retour d'Europe et sa détention en Jamaïque. Depuis que le Conseil des Indes avait été chargé de l'affaire, on savait seulement que l'embargo dont il était frappé n'avait pas été levé. Il venait peut-être de recevoir une information préoccupante à ce sujet, se dit Ishcate.

— Si tu ne te sens pas bien, je peux revenir demain. Je vais rester quelques jours en ville, lui fit-il savoir en remarquant qu'il parcourait les documents si vite qu'il ne retenait probablement pas les informations.

Comme la fois précédente, Ishcate était venu voir Girard pour lui transmettre l'inventaire des marchandises se trouvant sur les bateaux ainsi que les longues listes de commandes d'Étienne. En attendant que tout soit prêt pour repartir, Ishcate profiterait de son temps libre pour se remémorer avec plaisir les instants passés auprès de Suzette. Il ferait aussi quelques emplettes : des cadeaux qui surprendraient Sarazen et Couroway, désormais âgés de dix et huit ans, des objets utiles, divers présents et de la nourriture pour sa famille. Il ne dépenserait pas la totalité de ses gages au cas où, un jour, le destin lui offrirait une bonne occasion de les investir. Il lui arrivait encore d'imaginer la maison dans laquelle il aurait pu vivre avec Suzette. Même s'il s'agissait d'un rêve impossible, cela le réconfortait de savoir que si elle réapparaissait dans sa vie, il aurait les moyens d'acheter un logis.

Il avait appris par Girard qu'elle était à Mexico et qu'elle le croyait mort. D'un côté, c'était mieux ainsi, un abîme séparait leurs vies. En même temps, quelle immense douleur elle avait dû ressentir. Si cela avait été l'inverse, si lui l'avait crue morte, il n'aurait pas supporté cette épreuve. Il devait trouver le moment opportun pour demander à Girard s'il lui avait révélé la vérité.

— Je vais examiner les inventaires et si j'ai besoin de toi, j'enverrai quelqu'un te chercher, dit alors Jérôme, perdu dans ses pensées et visiblement désireux de mettre un terme à la conversation. Tu loges toujours au même endroit ?

Ishcate acquiesça. Il se sentait bien chez Alizée. Il avait hésité à revenir dans cette pension, mais l'assassinat de René Dubois était oublié depuis bien longtemps et Alizée ne s'y était pas opposée. Chaque fois qu'elle lui remettait la clef de sa chambre, elle lui racontait ce qui s'était passé en ville durant son absence.

— Je suppose que la nouvelle de la mort du vice-roi Gálvez est arrivée jusqu'aux terres du Nord, lui dit Alizée dès qu'elle le vit.

— Oui, j'ai entendu dire qu'il était décédé, répondit Ishcate. Il était encore jeune. Est-ce que cela aura des conséquences sur la Louisiane ?

— Je ne pense pas.

Après le départ de Gálvez, Esteban Miró avait été nommé gouverneur. Ishcate l'avait déjà rencontré. Il ne jouissait pas de la notoriété de son prédécesseur, mais personne ne disait de mal de lui. Le plus grand reproche qu'on pouvait lui faire était peut-être de trop encourager les Américains à s'installer en territoire espagnol, alors même que des efforts avaient été déployés pour freiner leur avancée à la fin de la guerre de l'Indépendance.

Ishcate allait bientôt avoir l'occasion de le revoir. Les chefs quapaw Guatanika, Angaska et le fils de Cazenonpoint, Wapatesa, l'avaient accompagné afin de s'entretenir avec Miró et auraient besoin de ses services d'interprète. En tant que chef kaskaskia, Ishcate souhaitait se joindre à la requête de ses homologues. Ils voulaient lui demander d'interdire le commerce de l'alcool dans la région de l'Arkansas, qui provoquait trop de troubles. Le fait qu'Angaska, lui-même buveur invétéré, soit conscient de l'effet pernicieux de la boisson sur les siens et appuie cette demande réjouissait Ishcate. Encore faudrait-il que les mesures prises par le gouverneur aient une incidence sur les négociants avides d'argent, sur les Indiens devenus dépendants à l'alcool et sur les autorités désireuses de conserver leur amitié.

Si Alizée n'était pas de nature cancanière – elle avait tenu sa promesse faite à Suzette de ne plus reparler de l'assassinat de René Dubois –, elle ne pouvait taire à Ishcate une information qui le concernait de près. Elle hésita quelques instants, car elle savait que c'était un sujet délicat. D'un autre côté, elle appréciait sa belle-sœur qui ne l'avait pas oubliée et lui avait envoyé des cadeaux de Mexico. Elle finit par se décider.

— Les Girard attendent l'arrivée de Mme Suzette d'un jour à l'autre.

Ishcate resta sans voix. Son cœur se gonfla de nouveaux espoirs que son esprit essaya d'étouffer avant qu'ils ne prennent racine. Suzette à La Nouvelle-Orléans. Lui aussi. Il se sentit soudain nerveux. Si elle l'avait cru mort pendant tout ce temps et si personne ne lui avait révélé la vérité, elle devait à présent avoir surmonté le deuil et s'être résignée à son absence. Le désir de se blottir à nouveau dans ses bras renaîtrait-il en elle ? L'aimerait-elle avec la même passion qu'autrefois ?

Il balaya ses doutes et se fit une promesse. Il ne pourrait vivre en paix sans connaître les réponses à ces questions. Si par le passé, il avait souvent laissé au destin, ou au Grand Esprit, le soin de décider si leurs chemins devaient se croiser, cette fois, il ne quitterait pas La Nouvelle-Orléans sans l'avoir vue.

Le dernier jour du mois de mars, alors qu'il attendait le bateau sur lequel Suzette devait arriver, Girard hésita à faire part à Blanche de son inquiétude, qui ne cessait de croître depuis qu'Ishcate était passé dans son bureau. Son épouse était la seule personne de sa famille à savoir qu'Ishcate était vivant. Il voulait éviter que l'information soit ébruitée et que Suzette l'apprenne. Cela devait rester secret.

Pourquoi diable fallait-il que cet Indien se trouve en ville à ce moment précis ?

Ses employés lui avaient dit qu'il se rendait tous les jours sur les quais sous prétexte de surveiller les marchandises, alors que ce n'était absolument pas nécessaire. Peut-être avait-il eu vent du retour de Suzette, mais comment ? Pensait-il pouvoir la voir ? Son audace, ne fût-elle que le fruit de son imagination, lui était insupportable. Suzette était la mère des enfants de don Sebastián Orlac. Il était impensable qu'elle le revoie. Il devait peut-être aller lui intimer de laisser sa fille en paix. Il se figura une scène ridicule où il le menaçait pour le faire repartir dans le Nord, puis il rejeta l'idée. Qui était-il pour se mêler de la vie des autres ? Et si cela produisait l'effet inverse ? Il valait sans doute mieux faire confiance au bon sens de Suzette : elle était assez grande pour savoir où était sa place et comment se conduire.

— Pourquoi faites-vous cette tête, mon cher ? questionna Blanche en le prenant par le bras. Oubliez vos affaires ne serait-ce que quelques heures. Je tiens à ce que Suzette et nos petits-enfants nous voient sous notre meilleur jour.

— Je pensais à Margaux, Pauline et Victoire, mentit-il après avoir finalement décidé de ne rien lui dire. Je me demande si nous aurons à nouveau l'occasion de nous retrouver tous ensemble.

Margaux vivait à Málaga, et leurs deux autres filles avaient épousé des militaires espagnols qui avaient été envoyés hors de la Louisiane.

— C'est mon vœu le plus cher, mais je ne me fais pas d'illusions. À partir du moment où les enfants fondent leurs propres familles, la vie se complique, soupira Blanche. Vous souvenez-vous du jour où nous avons appris que la Louisiane passait aux mains des Espagnols ? Nous ne voulions pas le croire. Nous repoussions cette idée. Puis vous avez agi avec discernement et vous avez su l'accepter. Maintenant, une partie de notre famille est espagnole. Qui aurait pu imaginer que nous serions un jour si unis à l'Espagne ?

Girard posa un baiser sur le front de son épouse sans mot dire. Au fond, il était plus sentimental qu'elle. Penser à l'avenir le rendait triste. Certes, ses ambitions avaient été comblées lorsqu'il avait marié ses filles à des notables, mais toute ambition impliquait un renoncement. Elles étaient désormais liées à une autre patrie et se devaient à leurs nouvelles obligations. La vie s'écoulait trop vite, il avait déjà soixante ans. Durant un instant, il voulut revenir dans le passé, au temps des rires en famille dans le jardin de leur première demeure de La Nouvelle-Orléans, à l'époque où la ville était encore française et où il nourrissait mille illusions concernant son avenir.

Soudain, les cris euphoriques des enfants annoncèrent l'approche du bateau qui ramenait Suzette dans sa Louisiane tant aimée, tout droit vers sa tentation.

Suzette pleura en étreignant ses parents, ses frères et ses sœurs sur le quai. À l'exception de Gabriel et de sa famille qu'elle verrait plus tard dans la plantation, ils étaient tous venus l'accueillir. À ses côtés, Adrienne, Estelle et Guillermo assistaient, timides mais souriants, aux effusions de tendresse et de joie. Sa mère, désormais âgée de cinquante-deux ans, avait conservé sa minceur. Seules quelques rides striaient la peau claire de son visage. Ses cheveux avaient à peine grisonné. En revanche, ceux de son père étaient presque tout blancs, de même que ses épais favoris. Il avait l'air fatigué et Suzette le trouva légèrement voûté.

Après que les domestiques eurent chargé les énormes malles sur la calèche, la famille Girard se mit en route pour la plantation Auvergne. Suzette demanda à passer par les principales rues de la ville. Elle était heureuse et volubile, partageant avec ses enfants les souvenirs qui lui restaient de ces lieux qu'elle n'avait pas revus depuis si longtemps. Adrienne désignait elle aussi du doigt différents endroits en poussant des exclamations, elle-même surprise de se les rappeler. Tout était exactement comme avant. Les maisons en bois, avec leurs porches et leurs balcons peints. Les fossés qui bordaient les habitations. Les rues bondées de gens s'écartant au passage des voitures. Et la lumière intense de La Nouvelle-Orléans, qui réchauffait l'âme de Suzette. En passant devant la demeure que Belmont avait achetée, entre les rues Conti et Bourbon, son humeur s'assombrit. C'était là qu'elle avait vécu de beaux moments avec lui et qu'Adrienne était née. C'était aussi là qu'Ishcate et elle s'étaient aimés, qu'elle avait préparé sa fuite avec lui dans le Nord, puis qu'elle l'avait attendu jusqu'au jour où, n'ayant plus de nouvelles de lui, elle s'était fiancée à Sebastián.

Dans la plantation familiale, les chênes qui flanquaient l'allée de l'entrée avaient beaucoup poussé, les autres plantes aussi. Une sensation de luxuriance et de fraîcheur s'en dégageait. Les enfants se mirent aussitôt à gambader en lançant des cris de joie. Tout le monde semblait content, hormis Anne, qui n'avait pas dit un mot depuis l'arrivée du bateau à l'embouchure du Mississippi. Suzette comprit qu'elle avait besoin de temps. Ses derniers souvenirs de La Nouvelle-Orléans étaient liés à la mort de Bamboula.

Après s'être installés dans les chambres à l'étage, ils se retrouvèrent tous autour d'un copieux dîner. Puis, profitant de la température agréable, les jeunes et les enfants sortirent dans le jardin, tandis que Suzette et ses parents demeurèrent sous le porche qui surplombait le lac. Blanche endossa pour Suzette le rôle de chroniqueuse officielle des récents événements de La Nouvelle-Orléans.

— Étienne Dubois a épousé une jeune femme de bonne famille. Cécile m'a dit dans une de ses lettres qu'elle était ravie, car celle-ci a accepté qu'Étienne ait eu un fils avec sa domestique.

— Ce qu'Étienne aurait dû faire, c'était se marier avec la mère de l'enfant.

— Voyons, Suzette, quelle idée saugrenue ! s'étonna Blanche avant de poursuivre : Je suis heureuse que ses affaires marchent. Leroux n'a pas eu autant de chance. Sais-tu qu'Ishcate travaille pour Étienne, maintenant ?

Blanche se tut, mais il était déjà trop tard. Lorsqu'elle se mettait à parler en toute confiance, elle oubliait ce qu'elle pouvait dire ou non. Elle échangea un bref regard avec son mari, qui avait subitement pâli.

Suzette sentit la joie envahir son corps, tel un fleuve grossi par les orages comblant tous les vides sur son passage.

— Ishcate..., murmura-t-elle en se retenant de sauter et de hurler de joie. Il est donc vivant...

Elle se répéta ces mots plusieurs fois, comme le refrain d'une chanson redonnant du baume au cœur.

— Je crois que c'était une mauvaise idée de ne pas t'avoir dit la vérité, reprit Blanche sur un ton naturel, puisqu'elle ne pouvait faire marche arrière. De toute façon, tôt ou tard, tu l'aurais su. Le plus tôt est le mieux. Cécile dit que c'est un bon négociant et qu'il a très vite appris à s'occuper des comptes. Ton père fait maintenant des affaires avec lui.

Suzette lui jeta un regard furieux ; il l'avait maintenue dans l'erreur et l'avait laissée souffrir. Elle l'avait supplié de lui écrire s'il avait des nouvelles d'Ishcate. Elle ne lui avait rien demandé d'autre. Elle était profondément déçue. Girard baissa la tête, aussi honteux qu'un enfant surpris en pleine faute, même s'il était convaincu d'avoir fait ce qu'il convenait.

— Je suis ravie que les choses se passent bien pour lui, dit Suzette avec un calme feint, tout en se demandant comment savoir où il se trouvait pour partir à sa recherche, dût-elle parcourir toute la Louisiane.

Elle ne s'en irait pas sans l'avoir vu.

Blanche sourit, soulagée de voir que sa fille ne semblait pas particulièrement bouleversée. Son époux lui avait fait part de ses soupçons quant à la relation entre Suzette et Ishcate – raison pour laquelle ils avaient décidé de ne pas lui révéler qu'il avait survécu à sa blessure –, mais après tout ce temps, Blanche attribuait cette amourette à l'insouciance de la jeunesse. Suzette avait agi avec intelligence et avait su saisir les opportunités que la vie lui avait offertes. Elle avait bon espoir qu'il en serait toujours ainsi et changea de sujet.

— Ton frère Gabriel est heureux et désormais apaisé avec sa femme et ses enfants en ville. Pendant un temps, je me suis beaucoup inquiétée pour lui. Il a passé des années très difficiles à Galveztown. Il ne parlait que d'inondations, de famine, de maladies, de désertions, d'Indiens qui terrorisaient les colons et tuaient leurs animaux. Pauvres gens. Partir dans un autre pays sans rien, dans l'espoir de tout recommencer, pour ensuite devoir endurer ces calamités... Lorsqu'on a l'impression que la fortune ne nous sourit pas, il suffit de se comparer à d'autres pour remercier Dieu d'avoir autant de chance.

Suzette saisit le message. Pour sa mère, toujours aussi pragmatique, tout était supportable tant qu'on avait de l'argent.

Girard se leva.

— Puisque je sais déjà tout cela, si vous permettez, je m'en vais rejoindre mes petits-enfants.

Suzette comprit qu'il avait besoin de s'éloigner d'elle pour chercher la manière de se faire pardonner l'impardonnable. Il pouvait aller où bon lui semblait, elle ne lui adresserait pas la parole de sitôt. Les deux femmes le regardèrent se diriger d'un pas calme vers le jardin où les plus petits s'amusaient à pourchasser des lézards. Blanche se tourna vers Suzette, un sourire affectueux aux lèvres.

— Jeanne Fournier et Philippe Laurent attendent leur quatrième enfant, poursuivit-elle, et Louise en a déjà six. Savais-tu que Bouligny a encore été promu ? Il y a deux ou trois ans, lorsque le gouverneur Miró est parti à Mobile et à Pensacola pour se réunir avec les Indiens, Bouligny l'a remplacé. Il a alors organisé une expédition qui s'est soldée par la capture du chef des marrons, le fameux Saint Malo. Ils l'ont pendu sur la place d'Armes et ont laissé le corps pourrir à la vue de tous pour servir d'exemple. Ce fut très désagréable, mais il faut bien faire comprendre d'une manière ou d'une autre aux esclaves qu'ils appartiennent à leurs maîtres.

Suzette avait eu vent de ces atrocités par son mari et les amies avec qui elle correspondait. Elle ne put s'empêcher de frémir en se rappelant la mort de Bamboula. Elle préféra détourner la conversation vers des sujets plus légers. Elle était tellement heureuse qu'Ishcate soit vivant qu'elle ne voulait entendre que d'heureuses nouvelles.

— J'écris toujours à Jeanne et à Marie. J'ai hâte de connaître mon filleul.

Jeanne lui avait demandé d'être la marraine de son fils, à présent âgé de deux ans, ce que Suzette, considérant cela comme une preuve d'affection, avait accepté.

— Marie m'avait annoncé ses fiançailles et son mariage pour le mois de mars. Hélas, je l'ai raté de peu.

— Comme son époux était veuf, ils l'ont célébré sans faste. Personne ne pensait que Marie trouverait un mari à son âge, mais l'attente en valait la peine. Le notaire Almonaster, tu te rends compte ! Tu verras les changements qu'il a apportés dans le quartier où ils vivent, près de la place d'Armes. Il a acheté des vieux hangars français et y a construit des habitations ainsi que de petits entrepôts en vue de les louer. Cela ne lui a pas coûté cher, car il a fait travailler ses propres esclaves. De plus, le bois et les briques provenaient de ses forêts et de ses fours. Une bonne affaire pour lui. Ton père l'admirait tout en le jalousant un peu à cause de sa réputation grandissante, mais maintenant, il l'a vraiment pris en grippe car c'est lui qui a dressé l'inventaire des biens qui nous ont été saisis. Nous devons désormais l'informer de la moindre transaction. Te souviens-tu qu'il a dîné à la maison la première fois que Sebastián est venu avec Gálvez ? Il était sur ma liste des candidats potentiels pour toi, dit-elle en riant avant de redevenir sérieuse. Cela me fait penser que tu devrais commencer à songer à Adrienne. Elle va bientôt avoir treize ans et a passé l'âge de vagabonder avec Demba.

La remarque de Blanche replongea Suzette dans son enfance, à l'époque où elle tenait compagnie à Ishcate, blessé, dans la cabane du jardin de la première demeure des Girard, et lui apprenait le français. Elle haïssait les préjugés, qui dressaient des murs entre les gens.

— Ils ont grandi ensemble, Mère. Ils sont comme frère et sœur.

— J'ai bien vu comment il la regarde. Ce n'est plus un petit garçon, mais un gaillard de seize ans aussi costaud que son père. Margaux m'en a touché deux mots dans une de ses lettres, je n'invente rien. Si tu ne parles pas à Adrienne, je le ferai.

Suzette fut prise d'un subit accès de colère contre sa mère et le monde dans lequel elle était née. Depuis qu'elle avait des enfants, elle avait pu analyser, comprendre et comparer l'éducation qu'elle avait reçue avec celle qu'elle leur donnait. Contrairement à Blanche, elle avait bercé ses petits dans ses bras, les avait embrassés chaque soir et consolés lorsqu'ils pleuraient. Elle voulait qu'ils se sentent libres, soient le plus heureux possible et connaissent l'amour sans être obsédés par l'argent. Ce n'était pas juste. Elle n'avait pas encore trouvé sa place ni le sens de son existence que la société – parfaitement représentée par sa mère – lui intimait déjà de dresser sa fille aînée. Elle se souvint du jour où Ishcate lui avait conseillé de se libérer du corset qui l'oppressait. Cette gaine était le symbole de ce que sa famille et le monde dans lequel elle vivait avaient fait d'elle : un être qui devait se conformer à ce qu'on lui demandait et satisfaire les autres. Elle en avait assez d'obéir à sa mère et décida de lui tenir tête.

— Mes enfants, c'est moi qui m'en charge, lui lança-t-elle sur un ton irrité.

Surprise par la réaction de Suzette, Blanche pinça les lèvres mais voulut avoir le dernier mot.

— Toi et ton mari. Je me réjouis de savoir que Sebastián insiste pour que ses enfants soient instruits en Espagne. Leur éducation et leur avenir comptent plus que tout, désormais. Tes enfants subiront les conséquences de chacune de tes décisions, ajouta-t-elle en se levant pour rejoindre Jérôme. Faire passer un caprice avant la raison mène au désastre, conclut-elle. Dans tous les domaines. Ne l'oublie pas.

Ce soir-là, alors que toute la maisonnée était endormie, Suzette n'arrivait pas à trouver le sommeil. Il fallait qu'elle trouve un moyen de se renseigner au sujet d'Ishcate. Tout en brossant sa longue chevelure châtain face au miroir de la coiffeuse, elle décida que dès le lendemain, elle se rendrait à la pension d'Alizée. Seules deux personnes pouvaient savoir où il était : son père et sa belle-sœur. Naturellement, ce n'était pas au premier qu'elle allait poser la question.

Anne frappa alors à la porte et entra dans la chambre.

— Que se passe-t-il ? s'enquit Suzette en voyant son visage sombre.

— Quelqu'un vous demande, madame. Je lui ai dit que ce n'était pas une heure pour une visite, mais la personne a insisté et ce n'est pas à moi de décider ni de juger de quoi que ce soit.

Anne fit quelques pas vers la porte pour laisser entrer l'homme.

Prise d'un pressentiment, Suzette se leva d'un bond.

À cette distance, à la lueur ténue des bougies, la silhouette n'était encore qu'une ombre dont la stature correspondait exactement à celle du corps qu'elle revoyait souvent en rêve. Reconnaissables entre toutes, la carrure et la manière de se mouvoir ne pouvaient être que celles d'Ishcate. Elle étouffa un sanglot. Elle avait déjà bien trop pleuré pour lui lorsqu'elle avait dû accepter son absence.

Ishcate avança d'un pas timide, comme s'il avait peur, comme s'il voulait retarder le moment de la prendre dans ses bras. Il savait que le temps qui le séparerait des prochains adieux commencerait alors à décompter.

— Suzette…, murmura-t-il de sa voix grave.

Incapable de prononcer un mot, elle se contenta de le regarder. C'était sa voix. La même que celle qu'elle entendait dans ses souvenirs. La voix qui lui donnait la chair de poule et la comblait de bonheur.

Elle s'approcha lentement de lui, comme s'il s'agissait d'une apparition susceptible de s'évanouir au moindre bruit. À chacun de ses pas, les traits d'Ishcate se faisaient plus nets.

Ah, Ishcate. C'est toi. Tu es là.

Ishcate. Ses longs cheveux noirs. Son corps, grand et fort. Sa peau striée de cicatrices. Lui. Vivant. Attendant sa réaction pour réagir à son tour, ouvrir ses bras et l'inviter dans son étreinte.

— Ishcate…

Suzette prononça son prénom avec passion et avança vers lui.

Il ouvrit les bras, elle s'y réfugia. Après des mois de tristesse et de solitude, après des années de séparation, elle trouva enfin le réconfort dont elle avait besoin, la chaleur qui ravivait son cœur glacé, le salut de sa vie.

44

La Nouvelle-Orléans, mai 1787

Peu avant le lever du jour d'une chaude matinée printanière, Suzette posa sa main sur la poitrine d'Ishcate et caressa la cicatrice laissée par la balle de Colbert.

— Comment dit-on « mon cœur » dans ta langue ?

— *Ninteehi.*

Elle répéta le mot. Dieu merci, ce jour-là, Ishcate n'avait perdu que sa chaînette et non la vie.

Elle leva les yeux pour croiser son regard.

Elle allait sur ses trente-deux ans. Mais en compagnie d'Ishcate, elle avait le sentiment d'être une adolescente. Son cœur battait à tout rompre. Sa respiration était saccadée. L'air lui manquait.

— Si seulement le temps pouvait s'arrêter là, maintenant, murmura-t-elle.

Au cours des quelques nuits qu'ils avaient partagées pendant deux mois, ils avaient pu se retrouver, s'aimer, concrétiser leurs désirs, leurs rêves et revivre leurs souvenirs. Avec toutes les précautions imaginables prises pour ne pas être découverts, ils s'étaient vus tantôt dans la pension d'Alizée, tantôt dans cette chambre chez les parents de Suzette. Le reste du temps, celle-ci avait agi avec naturel et avait participé à toutes les mondanités organisées par sa mère et ses amies, attendant, le cœur battant, un message d'Ishcate par l'intermédiaire d'Anne, complice de leurs rencontres.

L'heure de se séparer approchait.

Ils avaient envisagé différentes solutions, toutes impossibles.

Jamais elle n'abandonnerait ses enfants. Elle pourrait les emmener dans le nord de la Louisiane, comme l'avait fait Cécile Dubois, mais Sebastián enverrait une troupe de soldats à leurs trousses. D'après les lois des hommes, la chair à qui elle avait donné vie ne lui appartenait pas. Quant à Ishcate, même s'il le voulait, il ne pouvait se rendre en Espagne sans sauf-conduit. Il allait sans dire que Girard veillerait à ce que personne ne le lui fournisse.

Son père ne savait que trop bien ce qui avait amené Ishcate à prolonger son séjour à La Nouvelle-Orléans au lieu d'embarquer pour Saint-Louis sur l'un des bateaux d'Étienne. Dans son regard, elle voyait un mélange de récrimination, de mise en garde pour son imprudence, d'incompréhension face à une attitude attentatoire à la morale, d'incapacité d'arrêter cette folie sans provoquer un scandale qui minerait la réputation des Girard, et enfin, d'impatience qu'arrive le mois de juin pour que sa fille reparte et que la vie familiale se poursuive en paix.

Ishcate parcourut du bout des doigts le visage de Suzette.

— Je remercie le destin pour ce présent.

— Un présent bien cruel. J'ai cru devenir folle quand on m'a annoncé que tu étais mort et voilà que je dois de nouveau renoncer à toi.

— Nous ne pouvons pas changer le passé ni trouver une solution à ce qui n'en a pas, dit-il. Pour moi, le plus important, c'est que tu m'aimes encore.

Suzette sentit les larmes lui monter aux yeux.

— Pourquoi ne puis-je pas être libre de prendre mes propres décisions ? Ces semaines ne m'ont pas suffi. Je n'ai pas assouvi ma soif de toi. Je ne résisterai pas. Il m'est impossible de retourner auprès de Sebastián.

Elle se souvint de son sentiment de culpabilité la première fois qu'elle lui avait été infidèle dans le village indien de l'Arkansas ; il n'en restait à présent aucune trace. Elle s'était donnée à Ishcate sans doute ni mauvaise conscience. Elle lui vouait son amour le plus profond.

Il l'attira vers lui et se pencha pour embrasser ses lèvres. D'abord avec avidité, puis avec tendresse, comme si c'était l'eau douce et fraîche d'une source qui lui avait redonné vie.

— L'eau fait oublier à l'assoiffé sa souffrance passée et lui permet de poursuivre sa route. Tu dois accomplir ton devoir, Suzette. Nous nous reverrons. Si tu tardes à rentrer à La Nouvelle-Orléans, je trouverai le moyen de me rendre en Espagne.

— La soif reviendra vite, Ishcate, murmura-t-elle. Je serai alors en plein désert.

Elle l'embrassa une dernière fois, l'âme déchirée. L'heure était venue de lui dire adieu. Les bagages étaient prêts. L'aube commençait à poindre à l'horizon. L'idée de se retrouver quelques jours plus tard à bord d'un bateau l'angoissait. Elle haïrait le sillage qu'il laisserait derrière lui, comme elle haïrait la mer et le ciel qui conserveraient leurs couleurs vives tandis qu'elle, elle s'éteindrait loin, très loin de la Louisiane.

Au large de La Havane, juin 1787

Pour Suzette, la lenteur avec laquelle le navire quitta le port de La Havane était un signal annonciateur de son avenir proche.

Les retrouvailles avec Sebastián avaient été cordiales, mais elle avait dû fournir de réels efforts pour ne pas repousser son étreinte. À cause de lui, elle s'éloignait de sa terre natale et d'Ishcate.

Les journées en haute mer s'enchaînèrent dans un ennui qui accentuait l'angoisse sourde qu'elle éprouvait. Elle pouvait reprocher à son mari, à Dieu et au monde entier de contrôler son existence, c'était elle, au bout du compte, qui avait pris la décision finale. Elle imaginait Ishcate l'enlever et disparaître avec elle dans les forêts de Louisiane ou embarquer sur un bateau pirate cinglant vers une île inconnue. Si elle aimait profondément Ishcate, l'amour qu'elle portait à ses enfants était sacré. Ce n'était pas une question de courage ou de lâcheté à l'heure d'affronter les normes, elle ne pouvait tout simplement pas les abandonner.

La présence de Félicité l'aida à relativiser son infortune. Elle se souvint que les jeunes femmes de la haute société de La Nouvelle-Orléans l'avaient enviée au moment où elle avait épousé le gouverneur Gálvez. Elle allait devoir à présent élever ses enfants seule en terre étrangère, car son défunt mari avait pris des dispositions pour qu'ils soient instruits en Espagne. Elle aurait peut-être aimé retourner en Louisiane. Or, malgré son chagrin, elle conservait une allure digne et élégante, s'efforçait de converser avec entrain. Elle n'avait pas oublié la présence silencieuse et réconfortante de Suzette au cours des funestes journées qui avaient suivi la mort de son époux ; sa gratitude s'était muée en amitié.

Les enfants des deux femmes couraient, jouaient et riaient ensemble sur le pont, l'âme ouverte à la moindre nouveauté, qu'il s'agisse d'un nuage, d'un nœud à une corde, d'une cachette encore inédite ou de la forme de l'écume. De leur côté, les adultes se promenaient, méditaient, lisaient et bavardaient.

Espagne, septembre 1787

Sous un soleil aussi implacable que la journée estivale la plus chaude de La Nouvelle-Orléans, ils débarquèrent à Cadix au terme d'une traversée de trois mois. Suzette se dit qu'elle avait mis autant de temps à arriver en Espagne qu'elle ne l'aurait fait pour remonter le Mississippi jusqu'à Saint-Louis : une coïncidence qui pouvait aussi bien être source d'espoir que de découragement.

À Cadix, ils louèrent des berlines pour se rendre à Málaga, berceau de Bernardo Gálvez et de sa famille. L'escorte de sa veuve à Madrid incluait une halte de quelques jours dans cette ville, ce dont Suzette fut reconnaissante car elle allait pouvoir rendre visite à Margaux.

Au cours du voyage, il lui fut impossible d'éviter de comparer la Louisiane avec ce pays qui allait devenir sa terre d'exil et celle de ses enfants. Ils traversèrent une vaste région où les chaînes de montagnes, les plaines, les campagnes vallonnées, les prairies, les pâturages, les oliveraies et les vignes dessinaient de magnifiques paysages très différents des terres marécageuses à la luxuriante végétation qu'elle connaissait ; où les voies charretières, les chemins creux et les sentiers remplaçaient le Mississippi et ses affluents ; où les fermes éparses, les mas, les auberges et les hameaux rappelaient les forts, les postes et les établissements palissadés de la Louisiane.

Les retrouvailles avec Margaux furent émouvantes, malgré leurs derniers adieux à La Havane, avant que Suzette ne parte à Mexico. Il ne restait plus rien de la jalousie qu'elle avait pu ressentir chez sa sœur. Margaux semblait heureuse de vivre à Málaga et de revoir Suzette. Elle lui montra la ville, l'amena faire des emplettes et ordonna de préparer les meilleurs plats.

Un jour, alors qu'elles empruntaient la nouvelle promenade publique sur la grève non loin de la mer, Suzette lui confia qu'elle aimerait, s'il lui arrivait quelque chose, que sa dépouille repose à La Nouvelle-Orléans.

— Sebastián le sait, mais je ne suis pas certaine qu'il respectera mes dernières volontés.

— Mais que dis-tu, voyons ! s'écria Margaux. Tu es si jeune !

Elle accéléra le pas pour atteindre un grand terrain.

— Regarde, c'est ici que nous allons construire notre maison. L'attente va me sembler interminable !

Margaux n'avait pas le temps d'être triste. Même s'il assumait désormais moins de responsabilités, son mari septuagénaire était encore très actif. Entre la famille, les engagements sociaux et la construction qui allait bientôt démarrer, elle était toujours occupée, sans pour autant cesser de sourire.

— J'aimerais tellement pouvoir rester ici avec toi, lança Suzette.

Sa sœur la prit par le bras pour poursuivre leur promenade dans les ruelles autour de la cathédrale. Les mouettes criaient au-dessus des toits tuilés des maisons basses.

— Tu ne veux donc plus connaître Madrid et la cour ? Tout va bien se passer, Suzette. La famille de Sebastián a de bonnes des relations. Sois patiente. Madrid ne jouit ni du climat ni de la nature de la Louisiane, mais tes enfants y recevront une meilleure éducation.

— Tout tourne autour d'eux..., murmura Suzette. Et nous, alors ?

— Quand les enfants arrivent, répondit Margaux, les sourcils froncés, nous sommes reléguées au second plan. Il n'y a rien de plus important. Ton existence est assurée avec Sebastián. Je comprends l'insatisfaction des personnes qui mènent une vie difficile, ajouta-t-elle en montrant des femmes derrière des étals, mais pas la tienne. Tu n'es pas la seule à souffrir. Moi-même je suis triste de voir vieillir Tomás, et l'idée qu'un jour il ne sera plus à mes côtés me terrifie. C'est comme ça. Je n'ai qu'un conseil à te donner : profite au maximum du présent, car on ne sait jamais ce que l'avenir nous réserve.

Elle marqua une petite pause, comme si elle réfléchissait à ce qu'elle allait dire.

— J'ai reçu il y a quelques jours une lettre de Mère. Je suis au courant pour Ishcate et d'autant plus heureuse que tu sois ici. Ne t'inquiète pas : je n'en ai parlé à personne, pas même à mon mari. Tout s'oublie, Su. Les chagrins aussi. Profite du présent.

Sans rien répondre, Suzette leva les yeux sur l'imposante cathédrale de style baroque, admirablement ornée. Le fait qu'une des tours soit inachevée produisait une impression angoissante, car le ciel occupait un espace qui aurait dû être comblé par les pierres.

— Il paraît qu'on a suspendu les travaux, expliqua Margaux, car l'argent qui était prévu a été destiné à soutenir les États-Unis. Quoique incomplète, je la trouve solide et magnifique. Comme toi, ajouta-t-elle en gratifiant Suzette d'un sourire et d'une petite tape dans le dos.

Les deux sœurs percevaient les choses de manière radicalement différente. Suzette avait interprété l'absence de l'une des tours de la cathédrale bien plus simplement : sans Ishcate, elle se sentait incomplète et fragile.

À la mi-octobre, Suzette et sa famille entreprirent le long voyage jusqu'à Madrid. Au cours de l'interminable trajet, ils parcoururent des chemins accidentés et firent halte dans des auberges rustiques. Les derniers jours furent moins pénibles, car ils empruntèrent le nouveau passage connu sous le nom de Despeñaperros.

La demeure de la famille Orlac, habitée par le frère célibataire de Sebastián, se trouvait en plein centre de Madrid, rue San Bartolomé, dans le quartier de Santiago. Bâtie sur deux étages, elle possédait un jardin, un patio et une fontaine privée – une commodité salutaire puisqu'il n'était pas nécessaire d'aller puiser l'eau aux fontaines publiques. Les murs étaient drapés de somptueux damas et les chambres agrémentées d'une cheminée.

Ils s'installèrent donc avec Rinaldo, baron d'Orlac, qui, comme son frère, était grand et avait les cheveux clairs. Les traits de son visage étaient toutefois plus durs que ceux de Sebastián, et son regard troublant. Suzette se sentit mal à l'aise dès le premier instant. Rinaldo vivait de façon spartiate et avait très peu de domestiques. Il consentit à contrecœur à engager un cuisinier plus expérimenté, un pâtissier et un coiffeur, tous trois français, car Suzette, Anne et les enfants communiquaient toujours dans cette langue, que Sebastián et son frère maîtrisaient également.

La vie s'organisa vite autour d'une routine que Suzette trouva plutôt agréable. Elle se joignait aux leçons d'Adrienne, Estelle et Guillermo pour améliorer son espagnol et approfondir ses connaissances sur les œuvres littéraires du pays. Elle parcourait les promenades aux fontaines sublimes, les magnifiques allées arborées et le dédale des ruelles du centre-ville. Elle était particulièrement frappée par la force de la pierre, une spécificité qu'elle n'avait jamais perçue à La Nouvelle-Orléans, mais qu'elle avait remarquée lors de son passage à Málaga. Que ce soit dans les venelles, au détour desquelles elle découvrait soudain une magnifique église ou un couvent datant de plusieurs siècles, ou en contemplant les édifices opulents sur les avenues comme le Palais royal, les bâtisses récentes telles l'Académie royale des Beaux-Arts de San Fernando et la basilique de San Francisco el Grande, ou encore les fontaines en construction, tout lui donnait une sensation de gravité et de pesanteur. Elle venait d'un endroit où régulièrement les vents et les eaux en colère emportaient les bâtiments comme s'ils étaient en paille.

Cette sensation de lourdeur ne concernait pas uniquement l'architecture, mais aussi les coutumes et les gens.

Elle ressentait à Madrid une monotonie et une lenteur exaspérantes dans le temps des repos après les repas, les célébrations religieuses, le simple fait de se vêtir de plusieurs couches pour résister au froid de l'automne – *Qu'en sera-t-il en hiver ?* se demandait-elle –, les conversations aux longues phrases tarabiscotées… Elle avait beau essayer, son âme, qui avait connu l'insouciance des cavalcades serrée tout contre Ishcate au milieu des grandes prairies fleuries, avait du mal à se faire à ce lieu sobre et austère.

Anne l'accompagnait partout et observait ce qui l'entourait avec attention. Les produits étrangers étaient, selon elle, hors de prix. La mode avait un léger retard par rapport à la France, d'après ce que disait le coiffeur et ce que

Suzette percevait elle-même en comparant ses robes de La Nouvelle-Orléans avec celles des dames de calle de la Reina, où les personnes distinguées avaient l'habitude de se promener pour se présenter leurs respects.

Une chose était certaine : comme l'avait dit Margaux, les Orlac avaient des relations. Sebastián tenait à ce que Suzette tisse des amitiés au plus vite pour s'adapter à une vie bien différente de celle à laquelle elle était accoutumée. Ainsi, ils se rendaient à des soirées organisées par des femmes importantes, comme la comtesse-duchesse de Benavente et d'Osuna ou la duchesse d'Alba, où des discussions littéraires alternaient avec des concerts de musique de chambre et des représentations théâtrales. C'était toutefois chez la veuve Gálvez que Suzette se sentait le plus à l'aise.

Félicité comptait dans son cercle d'amis les personnes que son défunt époux et Sebastián avaient rencontrées en Louisiane, ainsi que de nouveaux amis issus du monde de la culture et de la politique qui partageaient leur goût pour tout ce qui était français. Outre le fait que cela lui rappelait sa vie à La Nouvelle-Orléans, Suzette affectionnait cette atmosphère francophile. Avec ses nouvelles connaissances, elle parlait sa langue maternelle et abordait les sujets les plus variés dans des débats animés, commentait les publications françaises qui arrivaient par les Pyrénées. Elle sentait que ses opinions étaient considérées. Peu à peu, son aversion initiale pour l'Espagne s'estompa et elle commença à percevoir qu'elle avait trouvé une place et que la vie pouvait même être plaisante, en dépit du souvenir constant d'Ishcate dont elle se languissait tant.

Ce fut à l'occasion de l'une de ces réunions chez Félicité de Gálvez, peu avant Noël, qu'elle fit la connaissance du comte d'Aranda.

Suzette se remémora la façon dont son père avait décrit cet homme qui avait vécu de près la révolution américaine, ainsi que l'implication de l'Espagne et de la France dans le conflit. Comme Girard, elle trouva que sa stature et son maintien noble lui donnaient une sensation d'assurance et de sérieux. L'ambassadeur était accompagné de sa jeune épouse. Il était fréquent dans ce milieu que les couples aient une importante différence d'âge, mais Aranda avait soixante-huit ans et María Pilar, vingt, ce qui ne manquait pas d'attirer l'attention. Suzette avait entendu dire qu'après avoir perdu sa première femme, ses enfants et son petit-fils, l'ambassadeur avait épousé sa petite-nièce dans l'espoir de pouvoir léguer son patrimoine et ses titres à un descendant direct. D'où puisait-il la force pour continuer à penser à l'avenir et ne pas se laisser abattre ?

Aranda baisa la main de Suzette au moment des présentations et prit place dans un fauteuil près du divan qu'elle occupait avec Sebastián.

— J'espère que votre père se porte bien, madame. J'ai eu un échange très fructueux avec lui à Paris il y a quelques années. Les informations qu'il m'avait apportées sur la Louisiane se sont avérées extrêmement utiles dans les négociations. Je regrette qu'il ne soit pas venu en Espagne avec vous. Maintenant que j'ai quitté mon poste d'ambassadeur en France et que je vais disposer de plus de temps, j'aurais aimé évoquer de vive voix avec lui les événements américains, qu'il semblait si bien connaître.

— J'ai moi aussi suivi la situation de près grâce à mon mari, dit-elle en montrant Sebastián. J'espère que vous pourrez continuer de défendre ma terre natale. Le manque d'harmonie des relations diplomatiques entre l'Espagne et les États-Unis concernant la Louisiane m'inquiète beaucoup.

Aranda secoua la tête, comme s'il était contrarié.

— L'Espagne a récupéré Minorque, les deux Florides, et a expulsé les Anglais de l'Amérique centrale et du golfe du Mexique. Il reste toutefois des questions à résoudre avec les Américains. Leur république est aujourd'hui un Pygmée né grâce à deux puissances importantes que sont l'Espagne et la France, mais demain elle sera un géant, un colosse invincible. Elle oubliera toute l'aide que nous lui avons apportée et ne pensera qu'à s'étendre et à conquérir un vaste empire. Elle veut maintenant le Mississippi et voudra la Floride pour dominer le golfe du Mexique, et, qui sait, La Nouvelle-Orléans... Pardonnez-moi, je vous prie, s'interrompit-il pour regarder Suzette et Sebastián. Je viens d'arriver et déjà je monopolise la conversation.

— C'est un honneur pour nous de vous écouter, señor, intervint Sebastián. Pensez-vous que l'indépendance américaine aura un effet contagieux sur les territoires espagnols du Nouveau Monde ?

— J'en ai bien peur, en effet. Les habitants de l'Amérique voudront obtenir leur indépendance dès que l'occasion se présentera. Plusieurs arguments viennent corroborer mon point de vue : les vexations que certains gouverneurs font subir à leurs malheureux sujets ; la distance qui les sépare de l'autorité suprême à laquelle s'adresser pour obtenir réparation, car l'éloignement ralentit considérablement l'instruction des plaintes ; les vengeances des autorités locales auxquelles les personnes concernées restent exposées... L'origine de tout conflit est le mécontentement.

— Ne peut-on rien faire pour l'enrayer ? voulut savoir Suzette, en pensant à la magnifique terre mexicaine où elle avait vécu et vu tant de souffrance.

— Si cela ne tenait qu'à moi, je prendrais de l'avance sur l'histoire. J'en ai déjà parlé au roi il y a quatre ans. À mon avis, il faudrait créer trois royaumes dans le Nouveau Monde et faire de la majesté espagnole l'empereur des Couronnes péninsulaire et américaine. De cette façon, l'indépendance serait accordée au Nouveau Monde qui continuerait d'être uni à jamais par d'invisibles liens familiaux. Pensez-vous que j'ai été entendu ? Absolument pas. Je suis le doyen de cette réception et je ne vivrai sans doute pas assez longtemps pour voir ce qu'il adviendra, mais vous vous souviendrez un jour de ma prémonition.

— Chaque époque est accompagnée de ses problèmes, dit alors Sebastián d'un ton songeur. Et sinon, que nous racontez-vous de la France, señor ? Y respire-t-on aussi un vent nouveau ?

Aranda soupira puis se pencha légèrement en avant.

— Un vent révolutionnaire, dit-il à voix basse. Rien de bon, croyez-moi.

Dans le silence qui s'installa entre eux, Suzette se souvint de la conversation qu'elle avait eue autrefois avec Belmont, lors de cette fête où il l'avait invitée à danser à l'époque de la révolte créole. Pour une raison ou pour une autre, chaque fois que surgissaient des rumeurs de conflit politique, le désastre ne se faisait guère attendre. La France était le pays voisin et le frère d'armes de l'Espagne. Tout ce qui se passait de l'autre côté des Pyrénées avait des répercussions. Sebastián serait bientôt affecté à un nouveau poste et il était difficile d'imaginer un endroit sans danger.

— J'espère que nous ne serons pas touchés, lâcha Suzette dans un murmure craintif, même si elle savait, par expérience, qu'un fossé insondable séparait les désirs et la réalité.

Peu après les fêtes de fin d'année – les plus froides que Suzette n'ait jamais vécues –, Sebastián tomba malade. Cela commença par un malaise diffus, un peu de fièvre et des maux de tête, si bien que Suzette n'y prêta guère attention. Elle avait remarqué que lorsqu'il s'exténuait à la tâche, s'alimentait mal ou ressentait une contrariété, il éprouvait une gêne au niveau de l'intestin, à l'endroit même où il avait été blessé à Pensacola.

Une semaine plus tard, voyant que les symptômes s'étaient aggravés, elle s'inquiéta. Les remèdes du médecin de la famille ne faisaient aucun effet et Sebastián s'affaiblissait de jour en jour. Suzette ne le quittait pas. Le père aimant d'Estelle et de Guillermo, la seule figure paternelle qu'Adrienne ait connue, était un homme encore trop jeune pour mourir. Elle lui avait souvent reproché de l'avoir éloignée de la Louisiane, de l'avoir obligée à choisir entre son grand amour et ses enfants, mais maintenant qu'elle le voyait désemparé, sans défense et prostré, elle ne pouvait que se montrer juste à son égard. Il avait toujours été prévenant et généreux. Les cercles de discussions auxquels ils aimaient participer leur avaient permis de retrouver le plaisir des longues conversations, comme à leurs débuts, lors des promenades au bord du lac Pontchartrain. Grâce à lui, elle avait connu le monde, avait eu accès aux lectures les plus diverses, était allée au théâtre, avait fréquenté en Louisiane et en Espagne d'éminentes personnalités. À ses côtés, elle avait appris et mûri.

Elle ne le quittait que pour aller s'allonger un instant dans son lit et s'étirer le dos. Le reste de la journée, elle demeurait attentive au moindre signe d'amélioration, qui, hélas, ne venait pas. Sebastián restait plongé dans un état de somnolence.

Un matin de la deuxième semaine, il ouvrit les yeux. Il cligna plusieurs fois des paupières pour fixer son regard. Il reconnut Suzette qui, assise sur le lit, lui caressait la main. Il lui sourit.

— Où étais-tu ? lui demanda-t-elle.

— Je me souvenais de l'époque où je t'ai rencontrée. De la façon dont je me suis épris de toi. Des bons moments que nous avons partagés. Rien que les bons moments.

Suzette se pencha sur la table de chevet pour prendre une tasse.

— Je t'ai apporté du café au lait bien sucré, comme tu l'aimes.

— Je n'en ai pas envie. Je suis fatigué.

Les yeux de Suzette s'emplirent de larmes. C'était un très mauvais signe. Elle le savait par expérience. Belmont aussi avait perdu l'appétit quelques jours avant de succomber à la maladie.

— Si tu ne manges rien, tu n'arriveras pas à reprendre des forces.

— Chère Suzette, la seule nourriture dont j'ai besoin est le Saint Sacrement. Dis à Demba de préparer mon uniforme et de venir me raser. (Le fils d'Anne était son valet.) Et envoie un domestique chercher le curé.

Suzette s'apprêta à protester, mais il la regarda avec des yeux suppliants.

— Je t'en prie, insista-t-il.

Elle s'exécuta. De retour dans la chambre, elle se rassit à ses côtés.

— Cette bataille, je ne peux la gagner, Suzette. J'ai mis par écrit mes dispositions concernant mes biens, dont mes enfants hériteront à parts égales. J'ai demandé au roi de t'inclure dans la caisse de secours mutuels des armées pour que tu puisses percevoir une pension.

Suzette serra les lèvres pour ne pas éclater en sanglots.

— Je tiens à te remercier pour ta compagnie tout au long de ces années, poursuivit-il, pour les deux enfants que tu m'as donnés, et j'aime Adrienne comme si c'était ma fille. Je te supplie de ne jamais te séparer d'eux.

— C'est impossible.

Sebastián lui tendit une petite clef et lui montra un secrétaire dans lequel il rangeait ses papiers les plus importants.

— Ouvre le deuxième tiroir à droite, indiqua-t-il à Suzette qui se leva et obéit. Tu trouveras une copie de mon testament, ainsi que l'état de mes comptes.

Elle sortit une liasse de documents qu'elle regarda à peine.

— Je suppose que lorsque je ne serai plus là, continua-t-il, tu voudras retourner dans ta chère Louisiane, mais j'aimerais, et c'est ma dernière volonté, que mes enfants restent en Espagne et soient instruits sous la surveillance de mon frère. Je sais que je te demande un gros sacrifice.

Suzette hocha vaguement la tête. Elle ne rétorquerait rien, elle ne le contrarierait pas maintenant. Tout mourant méritait de se sentir apaisé.

Alors qu'elle reposait les papiers dans le tiroir, une enveloppe l'interpella, car elle avait été cachetée en Louisiane et datait d'environ cinq ans.

Quand elle déplia la feuille, un petit objet métallique tomba par terre. Elle s'accroupit pour le ramasser. Son sang se glaça alors dans ses veines.

C'étaient la chaînette et la médaille qu'elle avait offertes à Ishcate.

Elle lut le billet :

Un des fils de Logan Colbert, décédé des suites d'une chute à cheval, réclame le montant promis pour la mort de l'Indien Ishcate. Voici preuve. Attends instructions sur la façon de procéder.

Suzette retint son souffle. Elle relut le mot trois fois. Elle arrivait à la signature, illisible, et recommençait. Lorsqu'elle retrouva une respiration normale, elle sentit son cœur battre de rage et de rancœur avec une force inconnue. Elle avait du mal à croire que Sebastián ait payé pour tuer Ishcate. Et qu'il ait conservé la lettre et la médaille. Peut-être voulait-il qu'elle le découvre après sa mort ; une sorte de vengeance retorse pour avoir soupçonné ou appris la nature de la relation qui l'unissait à Ishcate. Quelle autre explication pouvait-il y avoir ? Nul homme capable d'un tel acte n'aurait gardé la preuve de son crime.

Elle se rassit près de Sebastián, qui restait silencieux, les yeux fermés. Toutes les réflexions qu'elle venait de se faire sur sa générosité et sa prévenance s'envolèrent. Elle n'éprouvait plus pour cet homme qu'une profonde aversion.

Sebastián sentit sa présence, ouvrit les yeux et lui prit la main. Suzette la retira comme si le contact avec la peau de son mari la brûlait. Elle aurait préféré qu'il emporte son secret dans la tombe. Il méritait qu'elle lui hurle de disparaître en enfer. Comment avait-elle pu vivre avec un homme de cet acabit ?

Le visage crispé et la voix dure, elle lui demanda :

— Reconnaîtras-tu dans ta dernière confession que tu as fait tuer Ishcate ?

Le moindre doute qu'elle aurait pu avoir se dissipa en observant la réaction de Sebastián. Il se tourna pour la regarder fixement et entrouvrit les lèvres comme s'il avait du mal à respirer, mais il ne se montra pas surpris par la question, pas plus qu'il ne nia l'accusation. Sans détourner les yeux, il lui dit enfin avec difficulté :

— Je t'ai tant aimée… Je ne pouvais supporter que ton cœur préfère un sauvage plutôt que moi. J'ai réussi à te retenir à mes côtés, mais ce que j'ai fait est impardonnable. Je m'en repens.

— Que Dieu juge ta sincérité, Sebastián. Je ne t'accorde pas mon pardon.

Suzette ne put contenir son élan soudain de vengeance. Elle savait que personne ne l'avait fait revenir de son erreur : jamais le nom d'Ishcate n'avait été prononcé depuis qu'ils s'étaient installés en Espagne. Elle se pencha vers lui.

— Ishcate est vivant, il m'aime et je l'aime. Nous trouverons le moyen d'être ensemble.

Le mourant ferma les yeux en signe de défaite.

Suzette entendit alors des pas discrets et se retourna.

Rinaldo, raide, la regardait avec un mélange de stupéfaction, de haine et de dégoût.

45

Madrid, janvier 1788

SEBASTIÁN fut enterré dans la chapelle des Orlac, qui se trouvait dans l'église San Juan Bautista, à quelques pas de leur maison. Après la cérémonie et l'inhumation auxquelles assistèrent de nombreuses connaissances de la famille et des membres de la noblesse, Suzette réunit ses enfants devant la sépulture afin qu'ils lui disent une prière d'adieu. Elle voulait partir au plus vite. Elle avait suivi le protocole exigé à une veuve : elle avait reçu les condoléances avec patience et avec les sanglots de rigueur. À présent, elle désirait redevenir maîtresse de sa vie. Elle regrettait ses ultimes paroles adressées à Sebastián sur son lit de mort. Elle avait été cruelle, alors qu'elle n'était pas de nature vindicative. Cependant, elle ne comptait nullement respecter les dernières volontés d'un assassin et quitterait Madrid sans tarder.

— Sait-il que nous sommes là pour lui tenir compagnie ? demanda Guillermo avec la curiosité innocente d'un enfant de cinq ans.

— Bien sûr, répondit Suzette le plus naturellement possible.

Cela la réconfortait de constater que leur fils n'était pas trop triste. Occupé par ses jeux et ses propres découvertes, il ne saisissait pas encore la portée réelle de la mort.

— Nous devrons revenir souvent, alors. Ici, il fait froid et c'est très sombre.

— Il nous verra depuis le ciel et nous accompagnera partout où nous irons.

— Où irons-nous ?

Retrouver la chaleur de la Louisiane, pensa Suzette. Ils partiraient loin de l'Espagne, un pays qui lui procurait une sensation aussi pétrifiante que pesante, à la recherche des caresses de l'eau fraîche des ruisseaux, de la douce musique du battement d'ailes de centaines de petits oiseaux et du spectacle quotidien offert par la danse gracile des feuilles dans les arbres.

Elle n'eut pas le temps de le dire qu'une voix s'éleva derrière elle.

— Vous n'irez nulle part.

Le ton tranchant de Rinaldo la glaça. Il ne lui avait pas dit qu'il avait entendu sa conversation avec Sebastián sur son lit de mort. Il s'était contenté de l'informer du déroulement des funérailles dans la famille et de l'annulation de toutes les mondanités. Elle sentait que sa présence dans la maison le gênait et avait l'intention de l'en délivrer dès que possible. Cependant, ces mots la troublèrent.

Ce soir-là, après le dîner, son beau-frère lui dit qu'il voulait s'entretenir avec elle. Suzette coucha les enfants et le rejoignit dans son bureau, où se trouvaient des meubles robustes et sombres remplis de livres et de documents, une grande table centrale et deux petits fauteuils en soie bleue. Il l'invita à s'asseoir et lui offrit un verre de liqueur, qu'elle accepta par politesse tout en souhaitant que la conversation prenne une tournure favorable.

Rinaldo alla droit au but.

— J'ignore ce que vous comptez faire, mais sachez que je veillerai à ce que les dernières volontés de mon frère soient respectées.

— Sebastián a laissé huit mille pesos pour Guillermo, quatre mille pour Estelle et deux mille pour Adrienne. Avec cela et ma pension, je pourrai vivre à mon aise si je fais attention à mes dépenses. Je ne vous importunerai pas, soyez tranquille.

— Je ne parle pas seulement de l'argent, mais aussi de mon neveu et de ma nièce. Guillermo héritera de mon titre...

— Espérons que ce soit dans bien longtemps !

— Je dois m'assurer qu'il reçoive une éducation à la hauteur de son rang.

— Je m'en chargerai.

Rinaldo plissa les yeux.

— Je doute que vous soyez en mesure de comprendre avec clarté ce qui convient pour des enfants de bonne famille.

Suzette se sentit rougir de colère et de honte. Elle comprenait la menace qui sourdait dans ses paroles. Il était au courant de sa relation avec Ishcate, il avait entendu ce qu'elle avait dit à Sebastián sur son lit de mort. Elle n'avait nullement l'intention de capituler. Elle voulait lui hurler dessus, mais elle devait se montrer raisonnable.

— Ma famille ne détient certes aucun titre de noblesse, mais mon patronyme jouit d'un certain prestige.

— L'idée que vous avez de la réputation est aussi futile que votre décence. Sebastián m'a raconté que les possessions de votre père, qui est accusé de contrebande et de fraude, ont été saisies. Quant à vous, pour le bien de mon neveu et de ma nièce, j'espère que vous ferez dorénavant preuve de discernement.

— Qu'est-ce que cela est censé signifier ?

— Avec Sebastián, votre situation financière et sociale était assurée. Désormais, cela dépendra de votre habileté. Vous devrez présenter vos respects au roi et vous mettre à sa disposition.

— Si je m'entretiens avec le roi, ce sera pour lui demander l'autorisation de rentrer en Louisiane.

— Pour cela, vous aurez besoin de mon accord et je peux d'ores et déjà vous dire que vous ne l'obtiendrez pas. Quelques mots de ma part suffiront à convaincre Sa Majesté que c'est le mieux pour Estelle et Guillermo.

— Vous n'êtes pas mon maître ! s'exclama-t-elle, désespérée.

— Vous avez raison sur ce point, vous seule êtes la maîtresse de vos actes. Ainsi que de leurs conséquences.

Suzette cligna plusieurs fois des yeux pour contenir ses larmes. Elle ne pleurerait pas devant ce monstre. Elle posa son verre, se leva et se retira sans rien ajouter.

La sensation de liberté avait été de courte durée. Pour le bien de ses enfants et la réputation de la famille de son défunt mari, elle se voyait contrainte de rester dans un pays où elle ne se sentait pas aimée. Elle était angoissée et avait besoin de se reposer pour reprendre ses esprits.

Une chose était certaine toutefois : elle ne s'avouerait pas vaincue. Elle trouverait le moyen de rentrer dans son véritable foyer.

La Nouvelle-Orléans, 21 mars 1788

Le Vendredi saint, peu après midi, alors qu'il déjeunait seul dans sa maison en ville – Blanche et les enfants se trouvaient à la plantation –, Jérôme Girard entendit des cris. Il s'approcha du balcon qui donnait sur la rue et, à travers les vitres, vit des dizaines de personnes courir en tous sens, en proie à la panique. Il ouvrit une porte-fenêtre mais n'eut nul besoin de demander ce qui se passait : une odeur de fumée et de bois brûlé parvint à ses narines. Un incendie venait de se déclarer non loin de là.

Il alerta ses domestiques et sortit avec l'intention de proposer son aide. Il se rendit sur la place d'Armes, à trois rues de chez lui, marchant à contre-courant de la foule qui lui hurlait de faire demi-tour. En proie à l'inquiétude, il continua à avancer en accélérant le pas. Ses bureaux se trouvaient dans la partie de la rue de Chartres la plus proche de la place. À peine eut-il parcouru quelques mètres que l'air devint irrespirable. Il décida de faire un détour en passant par les quais. Son cœur s'emballa lorsqu'il vit des flammes jaillir des toits, avivées par le vent.

Des dizaines de soldats et de volontaires avaient formé des chaînes afin de transporter des seaux d'eau depuis le fleuve jusqu'au départ du feu, à l'angle des rues de Chartres et Toulouse. Comme s'il était possible de tuer un bison avec un cure-dents. Il s'approcha alors du gouverneur Miró, en sueur et les vêtements noircis, qui discutait avec père Cirilo.

— Donnez l'ordre de faire sonner ces maudites cloches ! hurla Miró au religieux.

— Nous sommes Vendredi saint ! répliqua Cirilo, indigné. Nous commémorons la crucifixion et la mort de Notre Seigneur Jésus-Christ ! Aucune cloche ne sonnera !

Miró se tourna vers Girard.

— Aidez-moi à convaincre cette tête de mule qu'il faut alerter les habitants !

Comme tout le monde à La Nouvelle-Orléans, Girard savait que les relations entre les deux hommes étaient tumultueuses, surtout depuis que Cirilo de Barcelona avait été nommé évêque auxiliaire de Cuba et avait la responsabilité exclusive de la Louisiane ainsi que de la Floride. Il passait son temps à se plaindre et à dénoncer l'attitude complaisante de Miró, qui acceptait trop facilement les nouveaux venus en ville. Parmi eux se trouvaient, outre des catholiques, de nombreux protestants américains et anglais, des anglicans et des gens d'autres confessions. Les ressources ecclésiastiques étaient largement insuffisantes, expliquait Cirilo avec véhémence, et il était impossible de guider les habitants sur le droit chemin si le gouvernement et l'Église n'avançaient pas main dans la main.

Girard appréciait le religieux qui avait accepté de marier Suzette et Sebastián en secret, et il partageait la plupart de ses opinions, notamment politiques. En revanche, il haïssait Miró, qui n'avait pas hésité à saisir tous ses biens à la suite de ses activités de contrebande amorcées en Jamaïque. S'il était l'un des Pères fondateurs des nouveaux États-Unis, il serait ravi d'avoir en face de lui quelqu'un comme Miró, se dit-il avec ironie. Au train où allaient les choses, les Américains finiraient par s'emparer du territoire de manière pacifique, sans même avoir à assumer les dépenses d'une autre guerre. Les cinq dernières années, la population de La Nouvelle-Orléans avait augmenté jusqu'à atteindre plus de dix mille habitants. En tant que commerçant, ses bénéfices avaient progressé ; en tant que Franco-Espagnol, il avait peur pour l'avenir de sa langue, de ses mœurs et de ses traditions ; en tant que citoyen et homme qui se vouait corps et âme à son travail, il ne pouvait souffrir que l'on remette en cause son honneur devant le Trésor.

— Sait-on ce qui est arrivé ? demanda-t-il pour apaiser les esprits et éviter de prendre parti.

— Une bougie chez le trésorier militaire, répondit Miró. Il était trop tard quand quelqu'un s'en est rendu compte.

Un coup de vent fit croire que les flammes avaient soudain disparu, mais elles réapparurent aussitôt, encore plus vigoureuses. Elles n'avaient pas terminé de dévorer le bâtiment qu'elles avaient déjà attaqué les toits des maisons voisines. Le vent soufflait du sud-est. Elles allaient inexorablement avancer. Girard eut envie de se laisser choir au sol et de fondre en larmes. Ses bureaux se trouvaient au beau milieu du nuage de fumée. Il pouvait leur dire adieu. La Nouvelle-Orléans était condamnée. Il tourna alors le regard vers Cirilo.

— Dieu nous pardonnera, mon père, lui dit-il. Mais je ne sais pas si nous, nous lui pardonnerons ce châtiment. Faites sonner les cloches. Il faut évacuer la ville.

Cinq heures durant, La Nouvelle-Orléans fut un enfer de cris, d'explosions, de grésillements et de craquements auxquels s'ajoutait le chuintement de l'eau s'évaporant au contact des flammes. Quand le vent arrêta de souffler et que le feu s'apaisa, les vingt pâtés de maisons les plus peuplés étaient partis en fumée. Il ne restait plus un bâtiment debout dans le rectangle formé par les rues Conti, Dauphine, Saint-Philippe et de Chartres. Le crépitement du bois embrasé cessa et un silence sépulcral envahit les rues noircies et fumantes. Vinrent ensuite les lamentations des habitants découvrant qu'ils avaient tout perdu.

Ishcate aida les voisins de la pension d'Alizée et de Pompe à aller chercher de l'eau au puits du couvent des Ursulines. La chaleur qui se dégageait des bâtiments en flammes du centre et de l'ouest de la ville était insupportable, mais il fallait arrêter ce monstre à tout prix. Certains arrosaient le feu, d'autres, les demeures qui n'avaient pas été touchées pour freiner l'avancée du brasier. Une bonne partie de la rue Saint-Philippe n'était plus qu'un abîme noir. Dans le quartier d'Alizée, les habitants s'accrochaient encore à un espoir.

Finalement, le feu ne franchit pas cette ligne. Sa soif de destruction assouvie, il perdit petit à petit de sa vigueur pour s'éteindre avant d'avoir atteint la pension. Ishcate remercia le Grand Esprit pour Alizée et son mari. Leur maison avait été légèrement endommagée par l'eau mais tenait encore debout.

Après avoir repris des forces, il rejoignit les centaines d'habitants qui continuaient à asperger les bâtiments pour éviter toute résurgence du feu. L'opération dura toute la nuit.

Le lendemain à l'aube, Ishcate arpenta les rues pour constater l'étendue des dégâts. Autour de la place d'Armes, l'église, quelques édifices appartenant au *cabildo*, les baraquements militaires et la prison d'où Suzette l'avait fait sortir le soir de ses noces avaient disparu. Des soldats montaient des tentes pour offrir un toit à ceux qui n'en avaient plus. Les constructions situées près du fleuve avaient été épargnées. Dans la rue de Chartres, non loin de là, au croisement avec la rue Toulouse, il vit que les bureaux et les entrepôts de la compagnie de Girard avaient eux aussi été réduits en cendres. Il aperçut alors le père de Suzette, qui parlait seul en fouillant parmi les restes calcinés. Il s'approcha de lui mais demeura silencieux. Aucun mot ne pouvait atténuer son désespoir.

— Ah, Ishcate… As-tu vu la vitesse à laquelle un empire peut disparaître ? Je n'avais même pas terminé de payer. Je vais devoir continuer à travailler pour rembourser mes dettes. Tous les documents ont brûlé, les contrats, les marchandises… Et mes biens, injustement saisis…

Girard avait l'air d'un vieillard égaré. Ishcate le prit prudemment par le coude.

— Je te raccompagne chez toi.

Docile, il se laissa guider.

— Et si ma maison a aussi disparu ? Ma femme, mes enfants… Que vais-je leur dire, mon garçon ?

Heureusement, la demeure des Girard avait été épargnée par les flammes grâce aux efforts des domestiques et des esclaves qui avaient jeté de l'eau des deux côtés de la rue des heures durant, sans répit, d'après ce que leur expliqua une servante visiblement épuisée. Elle ajouta que certains se reposaient, tandis que d'autres réparaient les dégâts causés par l'eau. Elle demanda à Ishcate d'accompagner Girard dans le jardin pendant qu'elle faisait prévenir son fils aîné et qu'ils apprêtaient la calèche pour le conduire à la plantation.

Grâce au repas chaud que la femme leur apporta aussitôt, Girard sembla retrouver ses esprits.

— Aujourd'hui, j'ai repensé à mon ami Leroux, paix à son âme. Je l'ai jugé car il n'avait pas réussi aussi bien que moi en affaires. J'ai été injuste. Dans la roue de la Fortune, on est parfois chanceux, parfois moins.

— Tu vas t'en remettre…

Girard leva une main pour l'interrompre.

— Et tous mes efforts ? En vain. J'ai lutté contre différents gouvernements pour me hisser là où je me trouve aujourd'hui. Je n'aurais pu espérer de meilleurs mariages pour mes filles, et regarde où j'en suis. Où est ma famille ? Loin. Mes chères Margaux et Suzette ? Enchaînées à la volonté de la Couronne espagnole. Et un beau jour, on meurt, comme cela est arrivé à mon ami Leroux et à mon gendre Sebastián, après des années d'acharnement et de nuits blanches...

Ishcate fronça les sourcils. Avait-il bien entendu ? Girard était-il en train de délirer ?

— Ou un maudit incendie dévaste votre ville, poursuivit Jérôme. À quoi bon tous ces efforts, puisque je vais mourir, moi aussi ?

Il demeura un instant songeur.

— Cette fois, tu auras peu de choses à emporter dans le Nord. Tu trouveras peut-être des provisions sur la Côte des Allemands... Le malheur des uns fait la fortune des autres. Dis à Étienne que je lui vends le bâtiment en pierre que j'avais saisi à Leroux il y a quelques années. Qu'il m'en donne ce qu'il estimera juste. Dans les périodes difficiles, les choses perdent de leur valeur.

— Je le ferai, promit Ishcate, conscient qu'il n'avait plus de raison de rester à La Nouvelle-Orléans.

Préoccupé par l'état de Girard, il ajouta :

— Je reviendrai vite avec une cargaison de peaux. Je suis sûr qu'Étienne t'aidera, comme tu l'as aidé. Et moi aussi, car après tout, tu m'as sauvé la vie.

Girard le regarda droit dans les yeux, comme s'il le reconnaissait subitement et recouvrait sa lucidité.

— Quand je t'ai vu à La Nouvelle-Orléans le jour où Suzette arrivait, j'aurais engagé un bataillon pour t'éloigner de ma fille, dit-il en baissant la tête et en poussant un long soupir. Au fond, je sais que si les choses avaient été différentes, tu aurais été un bon gendre et tu aurais pu reprendre mes affaires.

Ishcate était touché par les aveux de Girard, mais tout cela ne servait désormais à rien. Il ne pouvait ni revenir en arrière ni ramener Suzette, car jamais elle n'abandonnerait ses enfants. Néanmoins, s'il était vrai que son mari était décédé...

— Tu as dit qu'Orlac est mort ? osa-t-il demander.

Girard acquiesça, perdu dans ses pensées.

— Quand ça ?

— Après Noël. Nous avons reçu une lettre il y a quelques jours.

Ishcate sentit renaître en lui l'espoir de la revoir sous peu.

— Est-ce que Suzette va revenir ?

— Je n'en sais rien, répondit Girard en haussant les épaules.

Il demeura en silence aux côtés de Girard jusqu'à l'arrivée de son fils, puis retourna à la pension d'Alizée. Il avait toujours autant de plaisir à parcourir ce trajet qui faisait ressurgir en lui des souvenirs heureux.

Il constata alors que la maison de la rue Toulouse dans laquelle ils s'étaient aimés avait elle aussi été détruite.

Il y vit un signe de mauvais augure, qui ternit la joie de savoir Suzette libre de rentrer à La Nouvelle-Orléans.

Il existait une possibilité qu'il n'avait pas envisagée.

Suzette s'était peut-être habituée à sa nouvelle vie dans la lointaine Espagne.

46

Madrid, début juillet 1788

Dans le jardin intérieur des Orlac, Suzette desserra le foulard autour de son cou pour se soulager de la chaleur suffocante qui embrasait la ville.

Au printemps, ceux qui pouvaient se le permettre partaient s'installer à la campagne jusqu'au début de l'automne pour respirer un air plus frais et plus pur, emboîtant le pas à la famille royale qui se rendait à Aranjuez, au palais royal de la Granja de San Ildefonso ou à l'Escurial. Suzette, elle, avait préféré demeurer en ville, car l'atmosphère de la cour lui semblait plus étouffante que les températures élevées de Madrid. Cela dit, la compagnie de certains amis lui manquait. Comme elle était retenue dans ce pays contre son gré, les réunions animées l'aidaient à ne pas perdre pied.

L'été venait pourtant à peine de commencer. Des semaines d'ennui l'attendaient. Pour ne rien arranger, Rinaldo ne la lâchait pas d'une semelle, comme s'il lisait ses pensées, focalisées sur l'idée fixe de trouver un moyen de s'échapper. Suzette était consciente que c'était impossible. Où irait-elle sans sauf-conduit ? Comment une femme accompagnée de trois enfants et de deux domestiques métis pourrait-elle passer inaperçue ? Elle n'avait d'autre choix que de tenir bon, de se comporter en veuve exemplaire devant le plus grand nombre de témoins possible et d'attendre le moment opportun pour implorer le roi de lui donner l'autorisation de quitter l'Espagne.

— Mère, je m'ennuie, comment puis-je m'occuper ? demanda Adrienne, qui allait et venait dans le jardin. Il y a tant à voir et à faire, et j'ai la sensation d'être tout le temps enfermée ! Croyez-vous que la Société économique d'amis du pays m'accepterait ?

À l'occasion de l'une de ces soirées chez la veuve Gálvez, ils avaient rencontré un écrivain qui défendait l'admission des femmes dans ces institutions. Francisco Cabarrús, directeur de la banque San Carlos, y était opposé, soutenant que dans un endroit tel que la Société, où l'on traitait gravement des affaires sérieuses du pays, leur présence serait une menace pour l'ordre et les responsabilités spécifiques de chaque sexe. Le sujet, qui était sur toutes les lèvres, suscitait des débats passionnés.

Suzette rit.

— Je vais peut-être moi aussi solliciter mon admission !

— Je vous préviens que si vous me demandez mon avis, j'emploierai les arguments du señor Cabarrús, s'interposa Rinaldo, qui lisait sur une chaise en fer un peu à l'écart, mais assez près pour écouter la conversation de Suzette et de sa fille aînée. Les convenances sociales exigent de l'ordre. La politique et les affaires sont des espaces masculins, tandis que le foyer, les sentiments, la vertu et la moralité sont votre territoire. L'harmonie familiale, qui repose sur vous, est indispensable au bon fonctionnement de la société. Ici, nous sommes en famille et nous causons librement. C'est déjà bien, estimez-vous heureuses.

Suzette leva les yeux au ciel en soupirant. Que ce crétin qui la tenait sous sa coupe en la menaçant de la séparer de ses enfants parle de liberté était un comble. Une chose était certaine toutefois : il faisait en sorte que ces derniers soient heureux, les encourageait à lire, à se cultiver et lançait parfois des discussions intéressantes. C'était un homme étrange : érudit, bourru, doté d'un grand sens du devoir. Dans d'autres circonstances, Suzette et lui auraient pu bien s'entendre.

Rinaldo montrait à son égard un curieux mélange de rejet et d'intérêt. De son côté, même si elle le considérait comme son geôlier, elle ne lui témoignait pas de dédain.

Elle lui parla longuement de Cécile Dubois.

— Elle a réussi à la fois à mener de front ses affaires et à élever ses nombreux enfants dans une région hostile, conclut Suzette avec un sourire de triomphe. Et je suis sûre qu'elle saurait nous donner des leçons d'économie et de politique.

— Chaque cas doit être analysé dans son contexte, répliqua-t-il, bien décidé à ne pas s'avouer vaincu. D'après ce que je sais de la Louisiane, je dirais que le niveau de civilisation n'est pas comparable au nôtre...

Alors que Suzette réfléchissait à une réponse cinglante, un domestique portant un petit plateau en argent approcha.

— Une lettre pour Madame.

D'un bond, Suzette se leva de sa chaise.

— Elle vient de La Nouvelle-Orléans ! s'exclama-t-elle, tout excitée, en reconnaissant l'écriture de sa mère.

Elle se rassit et ouvrit l'enveloppe. Elle trouva à l'intérieur une lettre d'Alizée, qui avait déjà profité d'un courrier de ses parents pour y glisser quelques lignes. Elle commença à lire avidement la longue missive de Blanche. Dès le deuxième paragraphe, Suzette sentit son estomac se nouer.

— Que se passe-t-il, Mère ? demanda Adrienne en avançant vers elle.

Suzette devint pâle et hagarde, puis laissa échapper un sanglot.

— Un terrible incendie a ravagé La Nouvelle-Orléans, expliqua-t-elle la voix tremblante. Presque toute la ville a été détruite, dont les bureaux et les entrepôts de mon père.

La description détaillée de Blanche lui permit d'imaginer sans difficulté les flammes dévorer les bâtiments des rues qu'elle avait parcourues, les visages de ses connaissances endeuillées et résignées à tout recommencer.

Arrivé à La Nouvelle-Orléans peu après l'incendie, Oliver Pollock, fidèle à son esprit entrepreneur et à sa capacité de saisir les opportunités, avait fourni aux habitants marchandises et matériaux de construction. Il était sorti de la prison de Cuba à la faveur de l'intercession du défunt gouverneur Gálvez et avait obtenu du Congrès des États-Unis le paiement de ses dettes de guerre.

Parvenue à la moitié de la lettre, Suzette n'essayait plus de contenir ses larmes. Sa mère lui racontait à grands traits la façon dont Ishcate avait aidé son père, avant d'évoquer le malheur de son frère Gabriel, dont l'épouse avait péri à seulement vingt-quatre ans, laissant deux enfants en bas âge. Suzette était inconsolable. Elle déplorait la souffrance de son père, dont les dettes allaient s'alourdir alors qu'il était au bord de la faillite. Elle regrettait de ne pas s'être montrée plus affectueuse la dernière fois qu'elle lui avait dit adieu ; elle lui en voulait de l'avoir trompée au sujet d'Ishcate. Elle avait aussi beaucoup de peine pour Gabriel, un homme solitaire et sensible, qui vivait la terrible épreuve du deuil de sa jeune épouse avec laquelle il avait fondé une famille heureuse. Enfin, la nostalgie d'Ishcate se faisait de plus en plus lancinante.

Ses proches et sa chère ville natale avaient souffert et elle ne pouvait rien faire, pas même les accompagner dans leur reconstruction. Dieu semblait s'acharner à détruire tout ce qui avait compté pour elle, comme pour la forcer à oublier son passé et à se centrer sur sa nouvelle vie.

Elle regarda Rinaldo.

— Je dois aller chez moi au plus vite, dit-elle.

Même sans ses enfants.

— C'est impossible, trancha-t-il avant de se lever et de rentrer à l'intérieur.

Adrienne s'assit près de Suzette.

— Mère, pourquoi ne vous laisse-t-il pas partir ? Ce n'est pas votre mari ! Et ce n'est certainement pas mon père. Moi aussi, je veux aller à La Nouvelle-Orléans.

Suzette lui caressa la joue avec tendresse. Dans deux mois, elle aurait quinze ans. Elle pourrait être mariée. Mais pour elle, c'était toujours sa petite fille. Elle ne voulait pas l'inquiéter, pas plus qu'elle ne pouvait lui expliquer la vérité.

— C'est un homme compliqué et buté. Je vais essayer de le convaincre.

Suzette tendit la lettre à Adrienne pour qu'elle lise elle-même les nouvelles de Louisiane et ouvrit celle d'Alizée. Elle fut surprise par l'écriture, qu'elle ne reconnut pas.

Ninteehi, *mon cœur.*

J'ai appris à écrire. Je t'ai caché ce secret jusqu'à me sentir capable de m'exprimer comme je le souhaite. Je peux enfin te parler de ce que mes yeux voient, de ce que mes sens perçoivent, de ce que mon âme ressent. Bien que nous ne soyons pas ensemble, si tu le veux bien, nous nous tiendrons compagnie avec nos histoires. Nous pourrons désormais échanger des nouvelles directement. Mon cœur attend ton retour, maintenant que tu es libre de revenir. Je t'avoue avoir peur que ton chemin ait changé. Ne tarde pas à me répondre.

Teepaalilaani *(cela signifie « je t'aime »)*

Ishcate

Suzette serra la lettre contre sa poitrine, où son cœur palpitait d'émotion et d'espoir. Ah, Ishcate ! Quelle merveilleuse nouvelle de pouvoir être directement en contact avec lui ! Elle lui ferait savoir qu'il n'avait rien à craindre. Son chemin restait le même, il la mènerait à lui.

Elle se leva et, bien décidée à tenir tête à son beau-frère, entra dans la maison pour lui parler. Il ne pouvait plus la retenir. Elle le trouva dans le bureau.

— Il n'y a aucune raison à ce que vous ne m'aidiez pas à obtenir un sauf-conduit. Je partirai avec Adrienne et Demba. Anne restera ici avec Estelle et Guillermo.

Rinaldo détacha les yeux de sa lecture.

Suzette remarqua que les joues de l'homme étaient cramoisies et que sa mâchoire tremblait légèrement, comme s'il cherchait un argument irréfutable.

— Cela ne garantit pas que vous reviendrez, lui dit-il enfin.

Suzette resta bouche bée. La croyait-il donc capable d'abandonner ses enfants ?

Ce fut alors qu'elle comprit.

Rinaldo nourrissait des espoirs à son égard.

Les barreaux de sa prison étaient bien plus épais qu'elle ne le pensait.

Madrid, juin 1790

Assise devant le secrétaire de sa chambre, le seul endroit où elle se sentait à l'abri de la présence inquiétante de Rinaldo, Suzette porta la lettre qu'elle venait d'écrire à ses lèvres et la baisa. Depuis qu'elle avait reçu le premier billet d'Ishcate, deux ans auparavant, elle avait pris l'habitude d'écrire des petits mots isolés à son attention, à la façon d'un journal intime, qu'elle rassemblait pour les adresser à Alizée.

Mon bien-aimé Ishcate,

Je voudrais l'impossible : ne plus être séparée de toi par cet immense océan, recevoir une de tes lettres chaque semaine pour égayer mon cœur. Je t'envoie ces quelques mots sans savoir quand tu pourras les lire, sans savoir si tu es à Kaskaskia, en Arkansas ou à La Nouvelle-Orléans. Je remercie Alizée de les conserver avant de te les remettre, de faciliter ce lien qui me maintient à flot, pleine d'espoir, depuis deux ans. Je trouverai le moyen de partir d'ici et de rentrer à la maison. C'est la seule chose à laquelle je pense. Attends-moi.

Teepaalilaani. *Moi aussi, je t'aime.*

Suzette

Elle commença ensuite à rédiger la lettre qu'elle pensait envoyer au roi Carlos IV, avec copie au secrétaire d'État. Elle avait un plan pour se libérer de son beau-frère. Une proposition raisonnable pour obtenir un sauf-conduit. Cela faisait bien trop longtemps qu'elle vivait enfermée dans une attente interminable. Elle avait largement fait preuve d'un comportement irréprochable, ses amis pourraient en témoigner si le roi recueillait des informations. Le moment était venu de passer à l'action.

Elle s'étendit d'abord longuement sur les mérites de son époux Sebastián Orlac, qui avait si bien servi le roi Carlos III en tant que secrétaire du défunt gouverneur de Louisiane et vice-roi de la Nouvelle-Espagne, Bernardo de Gálvez. Puis elle lui fit part de son désir de se rendre en France pour quelques semaines avec ses enfants, en invoquant l'excuse de régler la question de la succession d'Adrienne, fille de son premier mari français, Belmont Fournier, et de trouver une école pour son fils Guillermo, si cela s'avérait opportun pour la poursuite de son instruction après l'été. Afin de paraître plus crédible, elle le pria de bien vouloir lui recommander des ambassadeurs espagnols dans le pays voisin au cas où, compte tenu des troubles, il lui faudrait solliciter leur aide durant son séjour.

Une fois en France, elle embarquerait à Bordeaux pour la Louisiane. Elle n'y tenait plus. Non seulement Ishcate et sa famille lui manquaient, mais elle avait besoin de chaleur. Ni ses os ni son moral ne supporteraient un autre hiver glacial à Madrid. Elle allait sur ses trente-cinq ans. La vie passait trop vite.

Anne s'approcha discrètement.

— Vous leur avez écrit ? Combien de temps mettront-ils à vous répondre ? Je peux commencer à préparer les bagages ?

Suzette sourit.

— Je me demande laquelle de nous deux a le plus hâte de retourner à La Nouvelle-Orléans… N'oublie pas que personne ne doit le savoir.

Anne ne s'était pas adaptée à Madrid. Elle n'avait quasiment personne à qui parler et partout où elle allait, elle se sentait toisée comme une bête exotique et curieuse. Demba vivait la même situation mais rencontrait un problème supplémentaire : sa chère Adrienne passait désormais plus de temps avec les enfants des amis de sa mère qu'avec lui. C'était l'une des raisons pour lesquelles il s'était réfugié dans la lecture de toutes les publications françaises qui lui tombaient sous la main. Il affectionnait les conversations politiques de ceux qui observaient avec sympathie les événements de l'autre côté des Pyrénées. Il commençait à employer trop souvent les mots *égalité* et *liberté* et son ton frisait l'insolence lorsqu'il parlait de Suzette.

— Ne vous inquiétez pas, la rassura Anne.

Certaine qu'il saurait garder le secret, celle-ci en avait uniquement parlé à son fils.

Sur ces entrefaites, le majordome vint annoncer la visite du comte d'Aranda.

Dans son nouveau cercle d'amis, Suzette nourrissait une affection particulière à l'égard du vieil aristocrate, qui lui rappelait son père. Comme Jérôme Girard, c'était un homme passionné, véhément et intelligent. La nostalgie que Suzette éprouvait pour sa famille avait effacé toute récrimination du passé ; elle lui avait pardonné à distance de lui avoir occulté la vérité à propos d'Ishcate.

De son côté, Aranda avait trouvé chez Suzette quelqu'un qui l'écoutait avec respect et curiosité. Elle comprenait son tempérament impétueux, sans le considérer comme un vieillard obstiné. Enfin, elle défendait ses idées avec sincérité et désintéressement. Aussi était-elle la première personne à qui il rendait visite lorsque quelque chose le préoccupait.

Suzette s'aperçut aussitôt qu'il était agité.

— Que se passe-t-il, cher ami ?

— On ne délivre plus de sauf-conduits pour la France.

— Pour quelle raison ? demanda-t-elle, craintive, en pensant aux lettres qu'elle venait de rédiger.

— Les frontières sont contrôlées. On surveille tous les émigrés, surtout ceux qui sont arrivés en Espagne après les troubles des derniers mois.

L'année précédente, la population française avait brandi les armes contre le roi Louis XVI. La bourgeoisie et le peuple avaient créé l'Assemblée nationale dans le but d'élaborer une constitution et de mettre fin à la monarchie absolue, ainsi qu'aux privilèges seigneuriaux et ecclésiastiques. Les troupes rassemblées par le roi n'avaient pas empêché les Parisiens de prendre la Bastille. Les insurgés avaient tué le gouverneur de la forteresse, puis le maire de la ville, dont ils avaient coupé les têtes, avant de les promener au bout d'une pique dans les rues de la capitale. Depuis, la révolution s'était propagée dans les villes et les villages du pays ; de nouvelles corporations municipales qui ne reconnaissaient d'autre autorité que l'Assemblée avaient été instaurées. Celle-ci avait aussi publié une déclaration des droits de l'homme et du citoyen dans laquelle primaient l'égalité et la liberté des hommes.

— Tous les étrangers ont été recensés, en particulier les Français, poursuivit Aranda. Ils sont surveillés. Ne soyez pas surprise si vous l'êtes aussi. Assurez-vous qu'il n'y ait pas de propagande subversive chez vous. Dieu nous garde d'entrer en guerre contre la France.

— Ce risque existe-t-il ? demanda Suzette, qui, consternée, pressentait que son projet de départ était compromis. *La Gaceta* ne fait aucune allusion aux événements de l'autre côté des Pyrénées ; les informations nous parviennent par le bouche-à-oreille. Avez-vous des nouvelles ?

— Pour tout vous dire, chacun voit son reflet dans le miroir d'un autre. Ce qui se passe en France pourrait bien nous arriver, précisa-t-il au cas où Suzette n'aurait pas compris. La situation de nos voisins est pour le moins intéressante. L'exemple de l'indépendance des États-Unis inaugure peut-être le début de la fin du monde que nous connaissons. « Égalité et liberté » est une devise contagieuse. Et pernicieuse si elle n'est pas accompagnée de la raison.

Suzette réfléchit à voix haute :

— Depuis que je suis enfant, les empires anglais, français et espagnol se battent pour imposer leur pouvoir sur d'autres territoires. En France, la situation est différente et me rappelle la révolte des créoles à La Nouvelle-Orléans. C'était en 1768. Des Français se sont disputés entre eux car certains étaient en faveur de la présence espagnole en Louisiane, d'autres contre.

Elle évoqua brièvement le jour de l'exécution de Lafrenière, le calme tendu, les volets clos, le silence dans la ville.

— Il n'y a rien de pire que les guerres internes, reprit-elle. La souffrance est d'autant plus terrible que la victoire sur son voisin, cousin, frère ou ami apporte davantage d'amertume que de satisfaction. Je crains fort qu'avec la chute des grands empires, la haine ne se déchaîne partout.

Les paroles de Suzette suscitèrent chez Aranda un long temps d'arrêt méditatif, que la jeune femme interrompit.

— Lorsque vous êtes arrivé, je terminais d'écrire au roi et au secrétaire d'État afin de leur demander l'autorisation de séjourner temporairement en France pour visiter la terre de mes ancêtres. D'après ce que vous venez de me raconter, il est peu probable qu'ils me l'accordent.

— En effet, et si vous voulez mon avis, chère amie, le moment est bien mal choisi pour une telle requête. À votre place, je brûlerais ces missives.

Suzette soupira. Elle avait perdu deux ans. Sa tentative de rentrer en Louisiane se heurtait à l'obstacle insurmontable des conflits politiques. Elle allait devoir réfléchir à une autre solution.

Suzette ne fut pas la seule à ressentir une profonde déception ce jour-là.

Anne, qui avait prêté attention à la conversation de sa maîtresse avec le comte d'Aranda lors de ses allées et venues dans le salon, annonça le soir à Demba que « pour le moment », ils ne quitteraient pas Madrid.

— Nous avons passé notre vie à la merci des caprices de Madame, protesta-t-il, furieux car il nourrissait de fortes attentes autour de ce départ.

— Ce ne sont pas des caprices, dit Anne. Sa décision dépend du roi.

— Tu dois être la seule esclave à défendre sa maîtresse.

— Elle m'a sauvée d'un avenir incertain, et peut-être funeste. Grâce à elle, nous n'avons jamais manqué de rien. Grâce à elle, tu sais lire.

— Elle et son père vous ont achetés, Père et toi, comme du vulgaire bétail.

— C'est comme ça que les choses se passent en Louisiane.

— Les choses peuvent changer, Mère ! En Angleterre et en France, il existe des associations contre la traite des esclaves… En France, le peuple se dresse contre le roi et ses privilégiés. Le jour viendra où nous, les esclaves, nous nous soulèverons contre nos oppresseurs !

Anne ne put s'empêcher de penser à Bamboula, qui avait préféré mourir libre plutôt que de continuer à appartenir à un Blanc. Il aurait été fier de Demba, qui avait hérité sa volonté et sa détermination. Elle, en revanche, se sentait fortement liée à Suzette et ne s'imaginait pas vivre ou travailler loin d'elle.

— Fais attention aux personnes avec qui tu partages tes désirs, Demba, lui dit-elle. En attendant que ce jour arrive, il faut bien continuer à manger.

Une semaine plus tard, Rinaldo rapporta que l'on interrogeait tous ceux qui avaient effectué des séjours suspects en France et qu'on avait procédé à des arrestations.

— Le roi a décrété l'expulsion de tous les étrangers de la cour, ainsi que la surveillance accrue des réunions d'*afrancesados**. C'en est donc fini de ces soirées, ici comme ailleurs, jusqu'à ce que les choses s'apaisent.

— Des gens de notre entourage ? demanda Suzette.

— Précisément vos amis du cercle de Félicité de Gálvez. Cabarrús a été appréhendé.

Suzette était inquiète. Que deviendraient ses enfants si on l'arrêtait ? Elle connaissait bien Cabarrús, le directeur de la banque. Il n'y avait aucune raison de le soupçonner. Si l'unique motif de son arrestation était son origine

* Façon péjorative de désigner les membres de l'élite espagnole qui adoptaient les coutumes et les modes françaises, puis, après 1789, qui montraient de la sympathie pour les idées révolutionnaires (NdT).

française et son penchant pour la culture de ce pays, elle aussi était en danger. Sa condition de veuve l'épargnerait peut-être. Elle s'accrochait à cet espoir.

Les journées s'enchaînaient dans un calme teinté d'une vive inquiétude. La chaleur estivale était accablante, et Rinaldo, insupportable. Il avait adopté le rôle de protecteur de la famille et passait son temps à critiquer tout ce que Suzette et ses enfants disaient ou faisaient, ainsi qu'à les sermonner. Or, Suzette n'était pas disposée à être jugée de la sorte.

Un soir, la tension atteignit son paroxysme. Après une journée excessivement chaude, Suzette, Adrienne et Rinaldo prenaient l'air dans le jardin, entouré d'un haut mur ; ils s'étaient installés sur des chaises en fer près du puits.

— Il faut que vous cessiez de sortir, déclara subitement Rinaldo.

— Pourquoi donc ?

— Il est préférable que l'on ne vous associe à aucun Français.

— Ce ne sera pas facile, vu que je suis française, dit Suzette.

— Et moi, je veux continuer de voir mes amis ! protesta Adrienne, qui fréquentait les enfants de Cabarrús et de la veuve Gálvez.

— Des rumeurs à propos de relations amoureuses avec des gens qui ne nous intéressent pas seraient pour le moins inopportunes.

— De quoi parlez-vous ? Les femmes et les hommes ne peuvent donc pas simplement être amis, sans penser à se marier ? se plaignit Adrienne.

Au lieu de répondre, Rinaldo poursuivit :

— Dorénavant, nous ne commenterons plus les nouvelles des journaux français. Et nous communiquerons en espagnol, même si cela vous demande un effort.

Suzette s'apprêtait à protester, mais il leva la main en l'air.

— C'est pour votre bien. Par ailleurs, Suzette, vous devriez nouer de nouvelles relations. Et penser aux mariages de vos enfants avec des nobles irrépréhensibles.

Suzette ouvrit grand les yeux.

— Pour l'amour de Dieu ! Ils sont encore bien trop jeunes !

— Estelle devrait épouser un de mes parents, un capitaine détaché au Mexique, ajouta Rinaldo, ignorant la remarque de sa belle-sœur.

— Je me demande ce que vous avez imaginé pour moi…, grommela Adrienne sur un ton goguenard.

— Tu n'as aucune inquiétude à avoir, jeune fille. Nous parlons de l'avenir des Orlac. Pour autant que je sache, tu ne portes pas ce nom. En outre, j'ignore quel homme voudra d'une femme qui est si intime avec un Noir.

— Cette remarque est tout à fait déplacée, déclara fermement Suzette pour prendre la défense de sa fille qui s'était empourprée. Adrienne et Demba sont comme frère et sœur. Ma chérie, laisse-nous seuls un instant, s'il te plaît.

Adrienne obéit à contrecœur. Suzette s'approcha de Rinaldo et lui tint tête.

— Je n'ai nullement l'intention de fiancer Estelle et Guillermo. Cessez de vous immiscer dans ma vie et dans celle de mes enfants.

Rinaldo se leva, conscient que sa taille l'intimiderait.

— Vous avez tort et vous le regretterez. Si vous ne faites pas cas de mes conseils, n'allez pas ensuite me demander que j'en appelle à mes contacts pour vous aider. Je ne consentirai pas à ce que votre nom français salisse l'honorable réputation de cette famille.

— J'ai la conscience tranquille, je n'ai rien fait de compromettant.

— Ne soyez pas naïve. La vérité est simplement ce que l'on veut bien croire. La solution est entre vos mains et vous ne voulez pas la voir. Vous préférez vous mettre en danger.

— Marier mes enfants, vous parlez d'une solution !

— Ou vous marier, vous, dit Rinaldo en criant presque. Avec moi.

Suzette demeura sans voix. Son beau-frère la menaçait. Serait-il capable de la dénoncer devant le roi si elle ne répondait pas favorablement ? Elle soutint son regard, dans lequel elle put lire une détermination frôlant la folie. Elle prit peur.

Rinaldo lui saisit brusquement le bras.

— Vous ne dites rien ?

Suzette déglutit avec peine, avant de trouver le courage de l'affronter.

— Je ne souhaite pas me marier une troisième fois.

Après quelques instants de silence, il la lâcha.

— Très bien, cracha-t-il avec mépris. Je ne mentirai pas pour vous. Si on me pose la question, je n'aurai d'autre choix que de confirmer que vous fréquentez des révolutionnaires.

47

Madrid, septembre 1790

Un soir, Suzette rentrait du théâtre en compagnie du comte d'Aranda, qui était désormais son confident. Ils marchaient en silence, tous deux inquiets de l'atmosphère qui régnait en ville. Suzette l'était plus particulièrement en raison de la situation devenue insupportable chez Rinaldo. Ce dernier lui adressait à peine la parole et surveillait ses moindres faits et gestes, comme s'il méditait une vengeance. Arrivés à quelques mètres de la maison, ils entendirent des murmures et virent des ombres dans l'obscurité. Ils accélérèrent le pas et, alors qu'ils atteignaient la porte, ils aperçurent quatre hommes. Deux d'entre eux étaient en tenue militaire, le troisième portait une pochette en cuir contenant des documents, et le quatrième – mince, le visage allongé, les lèvres fines et les cheveux attachés sur la nuque – se présenta comme étant José Colón de Larreátegui, alcade de cour chargé de l'administration de la justice. Il leur demanda de s'identifier.

— Suzette de Orlac, née Girard, dit Suzette sur un ton ferme, et j'habite ici. De quoi s'agit-il ?

— Et monsieur ?

— Pedro Pablo Abarca de Bolea, comte d'Aranda. Je m'assure que Madame arrive saine et sauve chez elle, puis je rentrerai chez moi. Y a-t-il un problème ?

— J'obéis aux ordres, monsieur, répondit l'officier. Je dois surveiller les entrées et sorties de cette maison.

Larreátegui attendit que le greffier termine de noter les informations à la lueur d'une lampe à huile et fit signe aux autres soldats de se retirer.

Une fois dans le vestibule, Suzette murmura sur un ton angoissé :

— On m'espionne ! Mon Dieu ! Que dois-je faire ?

— Menez votre vie comme d'habitude avec vos enfants et, pour l'instant, évitez de sortir.

Aranda serra fort les mains de Suzette entre les siennes pour prendre congé.

— *Courage, ma chère amie,* lui souffla-t-il en français, avant d'ajouter en espagnol : Je vais réfléchir à une manière de vous aider.

Même s'il lui était difficile de paraître naturelle en se sachant épiée, Suzette suivit le conseil d'Aranda. Ses enfants s'ennuyaient sans la compagnie de leurs compagnons de jeu, tandis qu'elle passait son temps à faire les cent pas dans la maison, tel un animal en cage.

Elle pensa aux ironies de la vie : la lutte pour la liberté en France avait fait d'elle une prisonnière. La liberté des uns entraînait l'oppression des autres.

Elle n'avait qu'une chose en tête, trouver un moyen de se libérer des lourdes chaînes qui la liaient à une existence dont elle ne voulait pas et réaliser son rêve de retourner en Louisiane pour retrouver Ishcate.

Elle ne perdrait pas espoir. Aussi pénible et insupportable que soit l'incertitude, un jour ou l'autre, une brèche s'ouvrirait et elle saurait en profiter. Elle était plus que jamais résolue à rentrer dans son vrai foyer.

Quelques semaines plus tard, un soir de septembre, Larreátegui se présenta à nouveau chez les Orlac accompagné du même greffier et des mêmes gardes. Suzette fut surprise de voir Aranda avec eux ainsi que deux voitures.

Larreátegui lui tendit un document.

— Il s'agit d'un ordre de bannissement vous concernant vous, vos filles et vos domestiques français, lui expliqua-t-il. Vous êtes autorisée à emmener vos esclaves noirs. Emportez seulement le strict nécessaire. Vous disposez d'une demi-heure.

N'en croyant pas ses oreilles, Suzette lut le document. Son ami avait dû imaginer un stratagème afin de l'obliger à quitter cette ville où son beau-frère la retenait prisonnière. Elle le regarda d'un air reconnaissant.

— J'ai appris que le roi avait émis un ordre de bannissement et je suis intervenu afin de faire modifier votre destination, lui expliqua-t-il.

— Ne perdez pas de temps, madame, conseilla Larreátegui. Vous partirez à l'heure indiquée, ni une minute avant ni après.

Sous les indications et la surveillance d'Anne, les domestiques rassemblèrent les vêtements, les bijoux et les objets les plus précieux de la famille. Ils préparèrent également quelques paniers de nourriture et chargèrent le tout dans la voiture qui leur était assignée.

À l'heure du départ, alors que tout le monde se tenait prêt devant la porte, Larreátegui prit une enveloppe des mains du greffier et la tendit à Suzette :

— Voici une avance de vingt mille réaux pour vos frais durant le trajet. Ils seront déduits de votre pension de veuvage. Veuillez signer le reçu.

Désirant partir au plus vite, elle obéit sur-le-champ.

— Où nous conduisez-vous ?

— Les domestiques français seront emmenés à la frontière. Là, ils seront libérés et auront l'interdiction de revenir en Espagne. Votre destination à vous et à votre famille est Saragosse. Vous voyagerez sous escorte car nous voulons nous assurer que l'ordre royal soit exécuté, ajouta-t-il en montrant les soldats assis à côté des cochers.

Saragosse se trouvait au nord, songea Suzette, le cœur palpitant de joie. Près de la France. De sa liberté. Aranda l'avait bel et bien aidée.

Le coiffeur, le cuisinier et le pâtissier montèrent dans une des voitures. L'autre emporterait Suzette, ses enfants, Anne et Demba. Adrienne et Estelle furent les premières à prendre place. Lorsque Guillermo s'apprêta à les imiter, Larreátegui posa une main sur son épaule pour l'immobiliser.

— Le jeune garçon ne part pas avec vous.

— Je vous demande pardon ? s'étonna Suzette, perplexe.

— Je vous l'ai dit et lu. Le bannissement concerne uniquement vos filles et vous-même.

Suzette attrapa Guillermo, qui se mit à pleurer, affolé, et le serra dans ses bras.

— Mon fils vient avec moi ! rugit-elle.

L'officier de justice fit signe aux gardes de séparer de force l'enfant de sa mère.

— J'ai l'ordre de le confier à son oncle, qui se chargera de son éducation. Considérez cela comme un privilège octroyé par Sa Majesté.

Suzette hurla de rage. Son rêve s'effondrait. Elle n'irait nulle part sans son garçon. Elle crut devenir folle et, en proie à la fureur, se jeta sur les gardes qui tenaient Guillermo. Les soldats de l'autre voiture se précipitèrent en renfort. Adrienne descendit pour voir ce qui se passait.

Aranda essaya de tranquilliser Suzette.

— Je n'étais pas au courant ! Je suis vraiment désolé. Gardez votre calme, Suzette. N'aggravez pas les choses. Le roi ne fait pas dans la dentelle. Il n'a pas eu le moindre scrupule lorsqu'il a envoyé la veuve du vice-roi Gálvez en exil à Valladolid. Je veillerai à ce que l'on prenne bien soin de lui, ajouta-t-il en posant la main sur l'épaule de Guillermo. Faites-moi confiance.

L'artistocrate lui tendit un billet et lui dit de se présenter de sa part à l'adresse indiquée. Suzette était trop déconcertée pour réagir. Adrienne prit le papier, le lut et le donna à Anne afin qu'elle le garde.

Suzette serra Guillermo dans ses bras. C'était un garçon faible, délicat et sensible. Il lui serait très difficile de ne plus vivre dans le monde confortable qu'il connaissait.

— Sois fort, mon enfant, lui murmura-t-elle en lui caressant le visage et les cheveux. Je reviendrai te chercher. Nous ne méritons pas un tel sort, sanglota-t-elle.

Elle leva instinctivement les yeux vers le balcon du premier étage et reconnut la silhouette de Rinaldo, tapi derrière les rideaux. Il avait tout manigancé par dépit.

Suzette le haït de toute son âme. La colère et la tension oppressaient sa poitrine, entrecoupaient sa respiration, lui déchiraient les entrailles. Elle monta dans la voiture. Qu'allait-il advenir d'elle, de ses filles et de son fils ? Elle allait devoir puiser dans ses dernières forces pour continuer à avancer.

— Il manque Demba ! s'exclama Anne lorsque le véhicule se mit en route.

Apeurée par ce qui venait de se produire et encore étonnée que sa grande sœur, qui avait pris son sac, l'ait serrée très fort dans ses bras au beau milieu des cris et des pleurs de leur mère et de leur frère, Estelle lança :

— Et Adrienne. Je les ai vus monter dans l'autre voiture.

Ils voyagèrent en silence jusqu'à la première auberge, après Guadalajara, où ils s'arrêtèrent au petit matin pour dormir. Anne remarqua que Demba et Adrienne avaient disparu. Elle regarda en direction du nord et eut un mauvais pressentiment.

Elle alla retrouver Suzette, sans savoir comment lui faire part de ses soupçons.

— Madame… Demba et Adrienne…

— Que se passe-t-il ? s'enquit Suzette dans un filet de voix, tandis que la peur lui déchirait à nouveau les entrailles.

Elle se sentait incapable de surmonter une nouvelle épreuve.

— Ils ne sont pas là.

— Que veux-tu dire ?

— L'autre voiture a poursuivi sa route…

Anne éprouva un vide douloureux au fond d'elle. Demba avait profité de l'occasion pour réaliser son rêve de partir en France. Plusieurs images lui revinrent alors à l'esprit : son histoire d'amour avec Bamboula dans les cabanes des Girard, l'enfance de Demba, les marais où son mari avait fui, la façon dont il avait été tué tel un chien enragé. Contrairement à d'autres esclaves qui avaient été séparées de leurs enfants, elle avait eu de la chance. Elle avait pu profiter de son fils pendant dix-neuf ans. Elle devait à présent accepter l'idée que Demba était devenu un homme capable de prendre ses propres décisions, même si la première et la plus difficile, celle de quitter sa mère, lui brisait le cœur.

Elle regarda sa maîtresse et se sentit unie à elle dans la douleur.

— Adrienne, pourquoi…, murmura Suzette, les yeux perdus dans le lointain.

Elle ne tarda guère à comprendre. Les soupçons dont lui avaient si souvent fait part sa mère et d'autres personnes étaient fondés. Demba et Adrienne entretenaient sans nul doute une relation plus étroite qu'une simple amitié, puisqu'elle n'avait pas hésité à s'enfuir avec lui. Précisément en France, où le peuple luttait pour sa liberté. Elle l'imagina aux prises avec toutes sortes de dangers et, en même temps, à se battre pour défendre les droits des opprimés.

Elle lui en voulait de l'avoir abandonnée ; elle l'admirait pour sa bravoure.

Il n'avait fallu que quelques secondes à sa fille pour prendre une décision qui changerait sa vie à jamais alors qu'elle, elle avait l'impression d'aller de prison en prison.

Le courage d'Adrienne inspira Suzette. Pendant les quatre jours que dura le trajet entre Guadalajara et Saragosse, un sentiment d'écœurement mêlé à de la révolte l'emporta sur le chagrin et l'épuisement.

Qu'avait-elle fait depuis la mort de Sebastián ? Rien, hormis attendre qu'un événement se produise ou que quelqu'un lui vienne en aide. Son unique tentative de changer le cours de sa vie avait été de se soumettre aux autres en attendant que le roi daigne lui signer un sauf-conduit. Elle allait devoir se montrer docile quelque temps encore, mais elle s'était juré que le plan qu'elle avait élaboré fonctionnerait.

À Saragosse, une ville de plus de quarante mille habitants située en plein cœur de l'Aragon, terre natale du comte d'Aranda, Suzette, Anne et Estelle logèrent dans la maison que ce dernier leur avait recommandée, dans la rue Trenque. La demeure était petite et simple mais confortable, et assez grande pour les accueillir toutes les trois ainsi que les domestiques. Bien que n'ayant nulle intention de prolonger son séjour, Suzette décida d'engager un précepteur pour occuper Estelle tandis qu'elle se consacrerait corps et âme à la première partie de son plan.

Lorsqu'elle jugea que suffisamment de temps s'était écoulé et qu'elle pouvait employer un ton calme, elle se lança dans la rédaction de plusieurs lettres, dont la teneur était sensiblement la même : elle considérait qu'une injustice avait été commise envers elle, alors que son mari avait fait preuve d'une grande loyauté à l'égard de la Couronne. Elle ne méritait pas ce bannissement qui la séparait de son fils encore si jeune. Elle se montrait reconnaissante du fait que Guillermo reçoive une bonne éducation sous la tutelle du baron d'Orlac et demandait que son enfant puisse au moins profiter de ses longues vacances d'été avec elle à Saragosse, si son bannissement ne prenait pas fin avant.

Elle écrivit à son père et à sa sœur Margaux afin qu'ils intercèdent en sa faveur et appuient sa requête en envoyant eux aussi des lettres au roi au nom des familles Girard et Durán. Elle envoya également des billets à son ami le comte d'Aranda et à son beau-frère Rinaldo. Elle adressa elle-même une missive au roi Carlos IV et à la reine María Luisa. De peur que son courrier soit surveillé, elle n'écrivit pas à Ishcate.

Suzette ne reçut aucune réponse du roi ni de la reine.

Aranda lui promit que dès qu'il évincerait le comte de Floridablanca, un secrétaire d'État corrompu, responsable des emprisonnements, bannissements et châtiments contre les *afrancesados*, il réparerait l'injustice commise à son égard.

Rinaldo lui rappela qu'elle avait les moyens de mettre un terme à ce cauchemar ; il lui suffisait d'accepter sa proposition.

Et dans une lettre succincte, Margaux se contenta, au vu des circonstances, de lui transmettre ses meilleurs vœux. Suzette comprit que par crainte de représailles, sa propre sœur conservait une distance prudente avec elle. Sa disgrâce était complète.

Elle n'avait aucune nouvelle d'Adrienne. Où pouvaient-ils bien être, Demba et elle ? De quoi vivaient-ils ? Quand et comment pourrait-elle retrouver sa fille ? Ces questions sans réponses lui infligeaient une profonde douleur que seules les prières apaisaient.

L'hiver arriva et Suzette revint à la charge avec les armes dont elle disposait : une plume, de l'encre et du papier. Elle insista tellement qu'un matin de printemps, elle reçut une lettre de Rinaldo dans laquelle il consentait à ce que Guillermo passe l'été à ses côtés. Il craignait que l'enfant de huit ans, souffrant d'une profonde mélancolie, ne tombe malade. Il ne voulait pas prendre le risque de perdre son héritier.

Suzette s'inquiéta pour son fils. Elle lui écrivit aussitôt pour lui redonner du baume au cœur en lui annonçant qu'ils allaient se voir quelques mois plus tard et se répéta ces mots plusieurs fois durant sa promenade quotidienne en compagnie d'Anne. Elles avaient pris l'habitude de sortir en tout début d'après-midi, au moment de la journée où il y avait le moins de monde dans les rues. Pour ne pas attirer l'attention, elles évitaient les lieux de divertissement de la ville, comme le nouveau canal impérial, un endroit très prisé, et marchaient d'un pas léger au bord de l'Èbre ou dans les ruelles autour de la maison.

Suzette se réjouissait d'avoir réussi la partie la plus difficile de son plan. Elle allait récupérer son fils. Elle pouvait à présent entreprendre la suite de son projet de fuite.

Elle était si optimiste que les bâtiments qu'elle avait jusque-là ignorés lui semblaient beaux, comme le palais archiépiscopal situé en face de la cathédrale Seo del Salvador en su Epifanía – sur l'immense place où se dressait également la basilique Nuestra Señora del Pilar –, qui venait d'être rénové. Elle contempla la façade en briques, qui lui transmit une sensation de légèreté, ainsi que les grandes fenêtres à grilles du rez-de-chaussée harmonieusement disposées et les frontons triangulaires de celles de l'étage supérieur.

Deux couples se tenaient devant l'entrée majestueuse flanquée de colonnes. Ils s'immobilisèrent et observèrent les deux femmes d'un air effronté. Les reconnaissant, car aucune autre dame de la ville ne se promenait en compagnie d'une servante mulâtre, l'un des hommes, à l'allure distinguée, s'exclama :

— Nous ne voulons pas de traîtresses ici !

Suzette sentit gronder une colère subite en elle. Depuis qu'elle était à Saragosse, elle avait supporté les regards méprisants de ceux qui savaient qu'elle était une *afrancesada* exilée, mais de là à se faire insulter… Elle lui tint tête.

— Qui qualifiez-vous de traîtresse ? lui demanda-t-elle, la mâchoire tremblante. Que savez-vous donc de moi pour vous permettre de me juger ?

Surpris, l'homme cligna des paupières. Il ne s'attendait pas à une telle réaction de la part d'une femme élégante, aussi révolutionnaire fût-elle. Il hésita quelques instants puis lui lança :

— Il est évident que votre attitude n'est pas digne d'une dame !

Comprenant que sa maîtresse comptait bien avoir le dernier mot, Anne l'entraîna fermement à l'écart. Des passants observaient, espérant qu'une dispute éclate. Suzette se laissa conduire par Anne.

— Je ne pouvais pas me taire, finit-elle par dire quand sa respiration s'apaisa. J'en ai assez de me comporter docilement.

Elle regarda sa servante et la vit avec des yeux nouveaux. Elle était son esclave depuis l'âge de huit ans. Sa vie avait toujours dépendu de ses décisions à elle, comme la sienne dépendait à présent du roi et de son beau-frère, qu'elle haïssait de toute son âme, même si elle feignait dévotion et soumission dans ses lettres. Comment Anne avait-elle pu rester toutes ces années à son service sans se rebeller ?

Dès qu'elle fut rentrée, elle s'assit à son bureau et prit sa plume. Elle appela ensuite Anne et lui tendit la feuille qu'elle venait de noircir.

— J'ai signé ta liberté, Anne Operman, ainsi que celle de ton fils Demba.

— J'aurais aimé qu'il soit là pour vous remercier, répondit-elle, aussi émue que perplexe. Je suis libre…

Durant de longues secondes, Anne réfléchit à ce qu'impliquait sa nouvelle condition. Contrairement à Suzette, personne ne l'empêchait de voyager. Elle pourrait partir chercher son fils, où qu'il se trouve, même si elle n'avait de relations ni en Espagne ni en France. Elle pourrait aussi rentrer en Louisiane. Mais de quoi vivrait-elle ? Et si le document signé par sa maîtresse n'était pas pris en compte ? Si elle était contrainte de redevenir esclave ? Elle demanda :

— Qu'est-ce que je fais, maintenant ?

— Il me faut une servante, répondit Suzette. Est-ce que cela t'intéresse ? Je ne peux m'imaginer vivre sans toi, Anne, ajouta-t-elle d'une voix inquiète. Tu as toujours été à mes côtés et en ce moment, j'ai besoin de toi plus que jamais car je vais commettre une folie.

48

Saragosse, juillet 1791

AVANT LES PREMIÈRES LUEURS de l'aube, Suzette réveilla Estelle, puis Guillermo.

L'enfant était arrivé malingre et chétif trois jours auparavant avec des amis militaires de Rinaldo. Revigoré par les étreintes de sa mère et de sa sœur, reposé et bien nourri par Anne, il avait repris des forces. Suzette était certaine qu'il résisterait au voyage.

— Où allons-nous, Mère ? demanda-t-il, ensommeillé.

— À l'aventure, lui répondit-elle tout bas.

Tout était prêt. Les ballots remplis de vivres, de vêtements simples et de souliers confortables. Les bijoux enveloppés dans des tissus. Les plus précieux cachés avec l'argent dans l'ourlet de sa jupe. La voiture de louage les attendait devant l'entrée. Leurs affaires resteraient là. Personne ne savait qu'ils partaient définitivement. Le cocher avait reçu la même information que les logeurs : ils allaient passer quelques semaines chez des parents.

Suzette, Anne et les deux enfants sortirent. Dehors, tout était sombre et silencieux. Éclairés par la lumière blafarde et scintillante de la grande bougie de la façade, qui n'était plus qu'un grotesque amas de cire fondue, ils se hissèrent dans la demi-berline et prirent place sur les bancs latéraux. En raison de la chaleur estivale, les gens se couchaient et se levaient plus tard, aussi ne croisèrent-ils personne ni dans la rue, ni sur le pont, ni au départ du chemin pour Huesca.

Suzette, la seule à ne pas s'être assoupie avec le balancement de la voiture, ne cessait de regarder la silhouette qui ondulait à l'horizon à travers l'ouverture de la capote en toile. Les montagnes par lesquelles ils arriveraient en France se trouvaient à une quarantaine de lieues. Qu'était-ce en comparaison avec les énormes distances de la Louisiane ? Un peu moins que de se rendre à Natchez depuis La Nouvelle-Orléans ou de faire un aller et retour à Baton Rouge. Dans moins d'une semaine, sa vie allait changer. Après avoir si longtemps attendu, elle était à présent à quelques jours du bonheur.

Parmi les différents passages frontaliers d'Aragon qu'elle avait examinés sur les cartes, elle avait choisi celui de Benasque, bien que le trajet soit plus long, plus inconfortable et peut-être plus dangereux. Elle se souvenait avoir entendu Antonio Cornel raconter, à l'occasion d'un des dîners partagés à La Havane, que c'était le moins fréquenté car peu connu et difficile d'accès.

Les mains croisées sur les genoux, elle pria pour que le voyage se déroule sans encombre.

L'animation de la petite ville de Huesca la réconforta. Même si la situation en France était de plus en plus compliquée, la vie quotidienne semblait ici suivre son cours.

Comme convenu, le cocher les déposa devant une auberge où ils passeraient la nuit. Le lendemain, un guide viendrait les chercher avec des mules, car le trajet en direction du nord, hormis les quelques rares voies charretières, était principalement constitué de chemins creux.

Que ce soit grâce aux prières de Suzette ou à l'habileté du guide, satisfait de la somme généreuse qu'elle lui avait promise, nul contretemps ne survint lors de la deuxième journée de voyage. Après avoir quitté Huesca, ils traversèrent de vastes étendues solitaires, des vignobles et des champs de blé, des ruisseaux, ainsi que des petits villages dont les maisons d'adobe étaient bordées de potagers fertiles. Peu à peu, des collines et des terrains rocailleux remplacèrent les plaines. Le terrain devint de plus en plus escarpé et l'air plus frais. Ils empruntèrent d'étroits sentiers à flanc de falaise, parcoururent des vallées où des paysans fauchaient la moisson, franchirent à gué des torrents impétueux, avant d'arriver enfin, sales et épuisés, à Benasque, un village niché entre de hauts sommets, dont les maisons en pierre étaient couvertes de toits d'ardoise.

Comme il l'avait fait les nuits précédentes, le guide trouva rapidement une auberge pour le petit groupe de voyageurs, ce qui ne manqua pas de l'étonner, puisque Suzette lui avait dit qu'ils allaient rendre visite à des parents à Benasque. Mais cela ne le regardait pas. Il reçut la somme convenue et prit congé. Anne, qui ne passait guère inaperçue, se rendit dans sa chambre, dont elle ne ressortirait qu'au moment de repartir.

Suzette décida qu'ils se reposeraient quelques jours. Ils avaient tous besoin de reprendre des forces. Elle tendit une petite bourse à l'aubergiste, un homme robuste à la barbe fournie. La quantité de pièces était bien supérieure au prix qu'il lui avait annoncé pour le gîte et le couvert. Il comprit qu'elle voulait acheter sa discrétion. Il ne lui posa donc aucune question et l'informa de la situation lorsqu'elle lui demanda s'il connaissait un guide disposé à accompagner sa famille en France.

— Le passage de la frontière est aujourd'hui plus surveillé que jamais. Surtout du côté français. Et puis, des renforts sont arrivés au fort militaire, ajouta-t-il en montrant derrière lui l'énorme bâtisse flanquée d'une tourelle.

— Pensez-vous que nous pourrons traverser ? s'enquit Suzette, anxieuse.

L'aubergiste haussa les épaules.

— Il y a dans le village un gars qui connaît les montagnes mieux que les isards. Le temps n'est pas mauvais. Les marchands de bétail vont et viennent... Cela dit, c'est très risqué.

Le lendemain, Suzette s'entendit avec le guide et acheta des provisions. Elle demanda à l'hôtelier de leur préparer un dîner de bonne heure et conseilla à Anne, Estelle et Guillermo de dormir habillés car ils partiraient en pleine nuit.

À l'heure convenue, le guide les attendait devant l'auberge avec deux mules. Sur l'une, ils chargèrent les ballots contenant leurs affaires, sur l'autre, les enfants. Les adultes marcheraient. Pour faire le moins de bruit possible, ils ne pouvaient prendre le risque de se déplacer avec davantage de montures.

— Je n'aime pas cette aventure, se plaignit Guillermo, agrippé à la taille de sa sœur.

— C'est bientôt fini, dit Suzette en lui caressant la joue. Je te promets que l'effort en vaut la peine.

En silence, le petit groupe se mit en route vers le nord. La lumière de la lune presque pleine illuminait le chemin et permettait de distinguer les silhouettes des arbres, les prairies et les rochers, immobiles dans la nuit. Seul s'élevait le murmure de l'eau de la rivière. La nature parlait la même langue partout dans le monde et transmettait le même message : la vie était interminable. Il lui sembla entendre Ishcate lui parler tout bas à l'oreille, l'encourager, lui dire qu'ils seraient bientôt réunis.

Peu après avoir quitté Benasque, ils avisèrent sur leur droite l'imposante silhouette du fort qui se dressait sur un monticule entouré de collines, à l'endroit même où la vallée se resserrait. Le guide se tourna vers le petit groupe et posa son doigt sur ses lèvres. On ne percevait pourtant aucun mouvement ; à cette heure avancée de la nuit, les soldats étaient certainement endormis.

Dès qu'ils perdirent la bâtisse de vue, Suzette poussa un soupir de soulagement. Ils longèrent un ruisseau sur environ deux lieues avant de faire une halte pour se reposer et manger un peu près d'un bosquet. Suzette regarda les hautes montagnes qui bordaient la vallée avec autant de peur et d'inquiétude que d'excitation. La route était encore longue et jalonnée d'incertitude. Mais de l'autre côté de cette muraille naturelle se trouvait la France. Et sa liberté.

— Qu'est-ce que c'était ? demanda alors Estelle, en portant sa main à sa poitrine. J'ai cru sentir une petite vibration.

Alarmée, Suzette scruta les alentours et tendit l'oreille. Elle ne voyait ni n'entendait rien d'étrange.

— Il arrive que la terre tremble, dit le guide, qui continuait de manger tranquillement.

Peu rassurée, Suzette se leva. Elle connaissait sa fille : elle avait une sensibilité particulière.

— Nous ferions mieux de reprendre la route, dit-elle.

Ils commencèrent à gravir la montagne en empruntant un sentier étroit. Le guide était en tête et menait la première mule par le licou. Il était suivi d'Anne et de la seconde monture sur laquelle étaient juchés les enfants. Suzette fermait la marche.

Soudain, un coup de feu retentit derrière eux. Puis un autre.

Suzette se retourna et ne vit personne, mais elle identifia des bruits qui lui semblèrent plus effrayants qu'un tremblement de terre.

Des sabots de chevaux.

— Nous devons accélérer le pas ! insista-t-elle après avoir constaté qu'ils s'étaient arrêtés.

— Madame ! s'écria alors Anne en signalant le guide qui fuyait dans les fourrés.

Suzette prit sa place et tira vigoureusement sur le licou de la mule. L'animal réagit et se mit à trotter derrière elle à vive allure. Avec des larmes de rage, Suzette se jura de traverser cette frontière. Il était hors de question qu'elle fasse demi-tour.

Cependant, leurs assaillants les rattrapèrent vite. Leurs voix se mêlaient aux sanglots d'Estelle et de Guillermo, apeurés.

Le coup de feu suivant atteignit une pierre à quelques pas de Suzette, qui s'arrêta, à bout de souffle. Vaincue, elle comprit qu'elle ne pouvait continuer de mettre la vie de ses enfants en danger.

— Il m'a semblé voir quelque chose depuis mon poste de guet, expliqua fièrement le soldat au gouverneur du fort, certain que son action serait récompensée. J'ai d'abord cru que c'était mon imagination, mais comme j'avais un doute, j'ai persuadé mon compagnon d'aller faire un tour…

Surpris par l'étrange groupe que formaient les prisonniers – une femme blanche qui avait de bonnes manières, une mulâtre et deux enfants –, le gouverneur regarda Suzette.

— Pourquoi allez-vous en France ? lui demanda-t-il.

— Je suis française et je veux rentrer chez moi, répondit-elle, le ton ferme et le dos droit.

— Et vos sauf-conduits ?

— On nous les a volés sur la route de Benasque, improvisa-t-elle.

Le gouverneur fronça les sourcils. À juger par son accent, la femme ne mentait pas concernant sa nationalité. En revanche, il eut du mal à donner crédit à cette affaire de vol.

— Que vais-je faire de vous à présent ? grommela-t-il.

Suzette décida d'utiliser la seule carte qui lui restait.

— Je suis une très bonne amie du colonel Antonio Cornel. Je suis certaine qu'il me laisserait continuer mon chemin.

Bien qu'elle ne l'ait plus revu depuis son séjour à La Havane, elle avait de ses nouvelles par Aranda.

La surprise de l'homme ne cessa d'augmenter. Par le plus grand des hasards, son supérieur était en visite dans sa famille à Benasque. Puisqu'ils étaient si bons amis, elle devait être au courant. D'un autre côté, s'il était vrai qu'ils se connaissaient, comment réagirait-il en apprenant qu'il l'avait arrêtée ? Il n'y avait qu'une seule façon de résoudre le problème.

— Allons lui poser la question de vive voix.

Si Suzette s'était imaginé que Cornel la tirerait d'embarras, ses espoirs s'évanouirent deux heures plus tard lorsqu'elle le vit arriver dans la petite pièce du sous-sol de la tourelle où on l'avait installée avec Anne et les enfants. Le colonel, dont elle gardait le souvenir d'un homme affable, semblait très remonté. Il la saisit par le bras et l'entraîna dans un coin.

— Diantre, que vous a-t-il donc pris de mettre en danger votre vie et votre réputation ? lui demanda-t-il à voix basse.

— Ma réputation ? Le roi l'a déjà injustement souillée. Ma vie ? Je suis bannie, loin de mes proches. Je veux vivre dans un endroit où je suis appréciée. Chez moi. En Louisiane.

— Et vos enfants ? Vous n'y pensez pas ?

— Mes enfants seront heureux là où je le serai, réagit-elle en le regardant dans les yeux. J'étais si près de la France… Je vous en prie, intercédez en ma faveur.

— Et ensuite ? Supposons que je vous aide à rejoindre la France, comment comptez-vous vous rendre en Amérique ? La nouvelle législation française interdit à quiconque de franchir les frontières afin d'éviter à la fois la fuite des capitaux et la possibilité que des contre-révolutionnaires constituent une armée à l'étranger. Le roi Louis XVI lui-même a été arrêté alors qu'il tentait de s'échapper pour rejoindre les troupes d'Autriche et de Prusse, les deux puissances qui ont promis de l'aider ! Les révolutionnaires sont divisés en plusieurs factions, plus ou moins modérées, de monarchistes constitutionnalistes et de républicains. Le roi a dû jurer fidélité à une constitution qui l'oblige à partager le pouvoir avec l'Assemblée nationale constituante. On ignore où tout cela va mener, mais il faut, paraît-il, se préparer à un conflit militaire, ce qui n'augure rien de bon.

Une fois de plus, Suzette faisait la cruelle expérience que le monde était un endroit troublé où les soubresauts politiques étaient plus fréquents que les moments de paix. Le laïus de Cornel avait certainement pour seul objectif de la convaincre de renoncer à son rêve de partir.

— Laissez-moi poursuivre ma route et ne vous inquiétez pas pour mon avenir.

— Je m'inquiète pour vous et pour les enfants de mon ami Sebastián Orlac, déclara-t-il avec sincérité.

Ce n'était qu'une excuse. Depuis la mort de son mari, elle n'avait pas revu Cornel. Elle s'approcha de lui et le regarda d'un air suppliant.

— Je vous en prie, aidez-moi.

Cornel se sentit légèrement ému par l'insistance et la détermination de Suzette. Mais de la même façon que Sebastián avait tout au long de sa vie joué ses cartes de manière stratégique, il devait se montrer habile. Bien que natif d'un petit village aragonais, il avait su tirer parti des opportunités qui s'étaient présentées à lui et sa carrière avait le vent en poupe. Tous les secrets finissaient par être révélés. Le gouverneur du fort raconterait l'incident en disant que le colonel Cornel avait fermé les yeux et avait autorisé une famille sans laissez-passer à traverser la frontière. Une femme bannie par le roi. Il ne pouvait prendre le risque de perdre tout ce qu'il avait acquis et saper son avenir militaire et politique. Ce serait la plus grosse erreur de sa vie.

Il recula et lui parla avec franchise.

— Ce que vous me demandez est impossible. Je dois accomplir mon devoir. Je vous ramènerai moi-même à Saragosse. Avec un peu de chance, la folie que vous avez commise ne parviendra pas aux oreilles du roi.

Suzette vit dans son regard qu'il ne restait plus rien de leur ancienne amitié.

Une de plus parmi tant d'autres.

La vie ressemblait à un grand fleuve alimenté par les affluents des personnes que l'on rencontrait sur son chemin vers sa destination finale. Certaines apportaient plus que d'autres. À l'exception du fidèle Aranda, les gens qu'elle avait connus par l'intermédiaire de son époux ne faisaient plus partie de sa vie, pas plus qu'ils ne se montreraient disposés à sacrifier leurs ambitions au nom de l'amitié.

Suzette serra les dents. Sa frustration ne pouvait être plus profonde. Elle avait été si proche du but…

Elle venait de perdre encore une bataille.

Une force puissante, invisible et mystérieuse s'obstinait à la maintenir loin de la Louisiane.

Elle réfléchirait à une autre stratégie et emploierait de nouvelles armes.

Elle ne renoncerait pas tant qu'elle n'aurait pas remporté sa guerre.

49

Kaskaskia, octobre 1791

APRÈS AVOIR LIVRÉ À ÉTIENNE la dernière cargaison de l'année en provenance de La Nouvelle-Orléans, Ishcate se rendit dans son village. Il avait pris l'habitude d'y rester quelques semaines avant de retourner en Arkansas pour passer l'hiver aux côtés de ses enfants et de son frère.

Il reçut un accueil chaleureux quoique expéditif de Ducoigne.

— J'ai réussi à obtenir une entrevue avec Saint Clair, lui annonça ce dernier.

Saint Clair était le premier gouverneur du Territoire du Nord-Ouest, dont les limites étaient établies depuis peu et qui incluait toutes les terres situées à l'ouest de la Pennsylvanie et au nord-ouest de l'Ohio, ainsi que celles à l'est du Mississippi, en dessous des Grands Lacs.

— Tu peux m'accompagner, si tu veux, ajouta Ducoigne.

Ishcate aurait préféré se reposer et profiter des magnifiques paysages d'automne de sa région natale plutôt que de rencontrer un nouveau chef blanc dont il pouvait anticiper le discours, mais on lui reprochait d'être un chef trop nomade. Il changea alors son cheval épuisé contre un autre et se joignit à Ducoigne, escorté d'une vingtaine de guerriers.

Saint Clair vivait dans le village de Cincinnati, au bord de l'Ohio, à deux semaines de trajet en direction de l'est. Une fois arrivés sur place, les Kaskaskia installèrent leur camp dans les environs et, deux jours plus tard, le général leur fit savoir qu'il les recevrait chez lui.

Ishcate perçut immédiatement une profonde lassitude sur le visage de l'Américain d'âge moyen, aux cheveux grisonnants coiffés en arrière. Il feignait d'écouter Ducoigne, mais son esprit était de toute évidence ailleurs. Les deux hommes s'étaient rencontrés l'année précédente à Kaskaskia. Saint Clair avait probablement déjà entendu tout ce que lui disait Ducoigne. Ce dernier, solennel, lui rappela l'histoire de sa tribu ainsi que son attitude aussi pacifique que coopérative envers les Américains depuis l'arrivée de George Rogers Clark. De con côté, Saint Clair l'assura de sa compassion pour les souffrances causées aux Kaskaskia par d'autres nations ainsi que de son soutien, en se montrant aussi sincère que possible. La rencontre s'acheva par des sourires et des poignées de main devant la maison du gouverneur.

Ishcate ne pensait pas Ducoigne assez stupide pour croire ces fausses promesses. Sa ténacité semblait être sa seule stratégie, pensait-il avec une certaine admiration.

Tandis que les Indiens faisaient demi-tour, Ishcate, qui s'était attardé derrière les Blancs, entendit Saint Clair dire à son officier :

— Ce qu'il peut être pénible ! Il ne se lassera donc jamais de venir quémander ? J'ai rarement vu un mendiant pareil !

Mendiant ? Ishcate avait-il bien compris ? Il avait quelques rudiments d'anglais grâce à ses voyages, son travail et ses relations avec des négociants ainsi qu'avec des soldats anglais et américains à Kaskaskia. Une profonde colère monta en lui. Accepter les formalités superficielles était une chose, se faire insulter en était une autre. Les Américains les considéraient-ils donc comme des mendiants ?

Ce soir-là, lorsque les Kaskaskia s'assirent autour du feu de camp, Ishcate s'adressa à Ducoigne bien haut afin que tous l'entendent.

— N'en as-tu pas assez de ce discours inutile qui ne change jamais ? Les chefs blancs nous reçoivent et nous font des promesses qu'ils ne tiennent pas. Nous avons grandi avec les Français, puis les Anglais sont arrivés, ensuite, les Espagnols, et maintenant, les Américains. Pourquoi notre avenir doit-il dépendre d'eux ? Pourquoi ne pouvons-nous pas être maîtres de notre destin ?

— C'est toi qui poses cette question ? Toi qui vis avec les Blancs ?

La remarque de Ducoigne installa un silence tendu.

— Je resterais peut-être parmi vous s'il y avait une bonne raison pour laquelle me battre, rétorqua Ishcate en se levant pour s'adresser directement aux autres. Nous avons vite oublié Pontiac, et je lui ai moi-même reproché de s'être vendu, mais pendant un temps, il a réussi une chose impensable : réunir des tribus ennemies contre l'ennemi commun.

— Si tu veux t'unir à Michikinikwa, tu es libre de le faire, mais pas au nom des Kaskaskia.

Ducoigne parlait du chef des Miami, qui menait la lutte des tribus vivant près de la rivière Wabash contre les Américains.

— En tant que chef, je peux au moins écouter ce qu'il propose. Est-ce que quelqu'un veut m'accompagner ?

Le cœur d'Ishcate se mit à palpiter d'excitation. Il arrivait que les véritables exploits partent de pas grand-chose : un homme persuadant ses proches par ses paroles ; une étincelle qui embrasait subitement un tas de bûches sèches pour devenir un feu vif.

Pas un guerrier ne se leva. Les yeux rivés au sol, ils laissèrent clairement entendre qu'ils choisissaient la posture pacifique de Ducoigne.

— Très bien, lança Ishcate d'un air fier pour ne pas montrer sa déception. Je partirai à l'aube.

— Que le Grand Esprit t'accompagne, dit Ducoigne sur un ton sincère. Et qu'il t'apporte des réponses.

Le lendemain matin, Ishcate se mit en route vers le nord-ouest. Depuis Cincinnati, il ne lui faudrait pas plus d'une semaine pour rejoindre Michikinikwa et ses hommes, qui se déplaçaient en longeant la Wabash. L'automne avait parsemé les forêts de feuilles jaunes, rougeâtres et ocre. Celles qui venaient de tomber bruissaient sur les plus humides, qui s'accrochaient aux sabots de son cheval. Il n'existait rien de plus beau que la nature, immuable et imperturbable face aux préoccupations des humains.

Il traversa la Wabash, qu'il suivit en direction de l'ouest. Il atteignit bientôt un important campement indien. Michikinikwa, chef des Miami, s'était réuni avec Tecumseh, chef des Chaouanon, ainsi que d'autres chefs des tribus qui vivaient le long de la rivière. Des tribus qui s'opposaient toutes à l'intrusion des Américains sur leurs terres.

Ces derniers avaient affublé Michikinikwa du surnom de Little Turtle en raison de son étrange physionomie. Il était menu et ses cheveux étaient rasés jusqu'au sommet du crâne, de sorte que son front semblait démesuré. Autour du cou, il portait un collier de dents avec une médaille. Bien que n'étant plus très jeune, ses yeux brillaient comme ceux d'un enfant. Il invita Ishcate à s'asseoir parmi eux pour partager leur dîner et répondit sans détour au nom de tous les autres chefs aux questions d'Ishcate.

— Nous n'acceptons pas la présence de Saint Clair. Les Américains ont d'abord délimité son territoire puis l'ont envoyé en tant que gouverneur afin de soumettre les tribus de la vallée de l'Ohio. L'étape suivante sera de faire de nos terres un nouvel État américain.

— Je suis de votre avis, opina Ishcate.

— Tu es le seul Kaskaskia à l'être. Le chef Ducoigne ne daigne même pas nous écouter. Il aurait dû t'accompagner pour voir toutes les fermes que les Blancs construisent sur nos territoires de chasse. Bientôt, ce sera sur les vôtres.

Nous avons déjà tué plus d'un millier de colons et nous continuerons jusqu'à ce que l'envie de venir s'installer ici leur passe.

— Que comptez-vous faire ?

— Reste avec nous et tu le sauras.

Ishcate voulait aller retrouver ses fils, mais son sens du devoir envers sa tribu le poussa à accepter l'invitation. Il pensait toujours à l'avenir de ses enfants lorsqu'il prenait des décisions en tant que chef kaskaskia. S'il existait une possibilité, aussi infime fût-elle, que ses descendants puissent conserver leurs terres, il se battrait pour cela.

Les premiers jours de novembre, le camp grossit avec l'arrivée de centaines d'Hurons-Wendat, de Lenape, d'Outaouais, de Chippewa, de Potéouatami et de Kickapou. Ajoutés aux Miami et aux Chaouanon, ils formaient une armée de deux mille guerriers. Ishcate se laissa gagner par leur enthousiasme. Il aurait aimé que les Kaskaskia l'accompagnent pour qu'ils voient de leurs propres yeux tous ces hommes rassemblés autour d'un même idéal. Peut-être sortiraient-ils alors de leur léthargie. Il y avait là des guerriers de tribus ennemies depuis la nuit des temps – des ennemis des Kaskaskia, aussi –, mais ils s'étaient tous alliés pour sauver leurs peuples.

Par une matinée fraîche, Michikinikwa donna l'ordre aux hommes de se mettre en route. Au lieu de longer la rivière, ils s'enfoncèrent dans la forêt. À la nuit tombée, ils dormirent sur des peaux à l'endroit indiqué par les éclaireurs. Les instructions circulèrent à voix basse : ils ne devaient ni allumer de feu ni parler. À l'aube, d'un seul bloc, les deux mille guerriers avancèrent dans la plus grande discrétion et attendirent le crépuscule pour rejoindre la Wabash, où était installé un immense campement de soldats américains.

À côté de Michikinikwa, Ishcate tenait les rênes de son cheval, les muscles tendus. D'après le nombre de tentes, il estima que les forces étaient à peu près égales, mais les Indiens bénéficiaient de l'effet de surprise. D'ordinaire, les attaques étaient lancées au petit matin, alors que l'ennemi était encore endormi. Personne ne s'attendrait à une offensive juste avant la nuit. Hormis quelques hennissements des chevaux des Indiens et des bribes de conversation provenant des Américains, le silence était total.

Michikinikwa leva un bras en l'air et poussa un cri qui fut d'abord repris par les autres chefs, puis par des milliers d'hommes.

Ishcate hurla lui aussi et, soudain, il sentit l'esprit guerrier se raviver dans ses veines et guider ses mouvements. Son cheval piaffa deux ou trois fois et, quand les rênes se relâchèrent un peu, il s'élança sur la légère pente qui menait au campement.

L'ardeur et la force étaient contagieuses, se disait Ishcate tandis que les balles des fusils américains sifflaient près de ses oreilles. La violence aussi. Son but était de tuer le plus d'Américains possible. Il voulait montrer qu'il était contre la passivité de son peuple et contre sa propre passivité, que les temps glorieux des seuls êtres humains ayant le droit d'habiter sur ces terres pouvaient revenir. Le vacarme était assourdissant. Des hurlements endiablés. Des coups de feu. Des chevaux s'écroulaient sur le sol maculé de sang. Des haches fendaient des os. Des lamentations et des gémissements.

Des dizaines de cadavres gisaient par terre.

Il n'avait aucune idée du temps qui s'était écoulé ni du nombre d'hommes qu'il avait tués lorsque les cris des chefs indiens annoncèrent la victoire. Les soldats qui le pouvaient se jetaient dans la rivière ou fuyaient en courant sur la berge. Michikinikwa ordonna de ne pas les poursuivre. Qu'ils aillent raconter l'exploit des Indiens à leurs chefs blancs. Qu'ils leur fassent passer le message.

Les assaillants repartirent dans la forêt et cette nuit-là, ils allumèrent de grands feux, burent et mangèrent les vivres pillés aux Américains.

Le lendemain matin, Ishcate se réveilla tôt. La plupart des hommes dormaient, sous l'effet de l'alcool. Il chercha Michikinikwa pour le saluer. Il voulait rentrer au plus vite à Kaskaskia, puis se rendre en Arkansas afin de retrouver ses fils.

— Demande à Ducoigne de mettre nos différends de côté, lui dit Michikinikwa. Vous savez maintenant où nous trouver.

Ishcate enfourcha son cheval et s'éloigna. Une fois l'excitation de la bataille retombée, cette expérience lui laissait un goût amer. Il avait hurlé et tué comme un Indien. Cependant, ce même Indien écrivait des lettres d'amour à une Française. Que penserait Suzette si elle le voyait, là, couvert du sang de ses victimes ? Il avait massacré des soldats. Serait-il également capable d'assassiner des hommes, des femmes et des enfants qui cherchaient seulement un endroit où vivre ? Il se souvint alors du jour où il avait sauvé une Anglaise et son petit garçon en tenant tête à son frère Kicounaisa. La réponse à sa question était claire : il ne pourrait tuer des colons sans défense. Son activité lui avait permis de rencontrer des personnes très diverses qui avaient toutes un point commun : elles travaillaient ou commerçaient dans le but de se nourrir et d'améliorer leurs conditions de vie. Il ne se trouvait guère différent.

Au fur et à mesure qu'il s'éloignait de Michikinikwa, ce que lui avait enseigné le père Meurin et sa fréquentation des Européens ressurgissait en lui. Combien d'assauts comme celui auquel il venait de participer auraient lieu dans les années, les décennies à venir ? Combien d'hommes devraient mourir ? Ils avaient célébré une victoire, mais d'autres soldats arriveraient, encore et encore. Michikinikwa était idéaliste, comme Pontiac. Il tomberait lui aussi, ce n'était qu'une question de temps. Tous les meneurs, aussi noble que soit leur cause, finissaient par s'incliner devant la force implacable des temps nouveaux.

Ces pensées faisaient-elles de lui un traître à son sang indien, ce sang qui, la veille, s'était si ardemment enflammé ?

Plus Ishcate s'éloignait de Michikinikwa, plus il se rapprochait de Ducoigne, déterminé à maintenir la paix.

Saragosse, mai 1792

Un autre hiver s'achevait et, avec lui, les longues semaines de vent glacial qui vidait les rues de la ville.

Suzette tentait de ne pas se laisser emporter, telle une feuille fragile, par ses subits accès de mélancolie. Adrienne, dont elle n'avait aucune nouvelle, lui manquait, de même que Guillermo, qui était reparti à Madrid à la fin de l'été précédent pour poursuivre sa scolarité au Séminaire des nobles. Elle lui avait fait promettre de ne rien dire à Rinaldo à propos du voyage catastrophique dans les montagnes. Elle comptait les semaines qui la séparaient de leurs retrouvailles. Elle avait pour unique compagnie Anne et Estelle. Devenue une magnifique jeune fille aux cheveux châtains ondulés et aux traits doux, cette dernière se plaignait de leur vie sociale inexistante.

Un soir de printemps, Suzette, sa fille et sa servante se trouvaient dans le petit salon, face au feu qu'elles allumaient encore en fin de journée. Estelle peignait, Anne cousait et Suzette réfléchissait à une nouvelle manière de sortir de la situation dans laquelle elle se trouvait.

Quelqu'un frappa à la porte et Anne alla voir de quoi il s'agissait. Elle revint peu après avec un paquet pour Suzette, qui l'ouvrit sous les regards impatients de sa fille et de sa servante. Dans une note succincte, Adrienne lui disait que Demba et elle allaient bien, elle lui donnait une adresse où lui écrire et l'encourageait à lire le petit livre qu'elle lui envoyait. Anne et Suzette s'observèrent un instant, les yeux emplis de larmes, soulagées de savoir leurs enfants en vie.

La brochure était une copie de la *Déclaration des droits de la femme et de la citoyenne* qu'une certaine Olympe de Gouges avait rédigée sur le modèle de la *Déclaration des droits de l'homme et du citoyen* de 1789.

Suzette lut à voix haute les dix-sept articles. Le texte incitait les femmes à se réveiller, à devenir partie prenante de la révolution d'où les hommes les avaient exclues. Olympe de Gouges parlait surtout de liberté. Suzette se mit à réfléchir à ce concept si universel, et pourtant si différent pour chaque personne. Par exemple, pour elles trois. Si elle avait eu des droits sur ses enfants, elle ne serait pas restée en Espagne. Si Anne avait été libre depuis sa naissance, elle ne serait pas là, à ses côtés. Et dans un autre contexte, Estelle aurait pu profiter d'une adolescence plaisante, allant de réception en réception.

Dans son monologue intérieur, elle reprocha à Sebastián sa tyrannie déguisée sous ses bonnes manières, sa tendresse, sa générosité et son sens de l'humour. Toutes les décisions qui avaient affecté la famille avaient été le résultat de son égoïsme, mû par son ambition militaire. Lui avait-il jamais demandé si elle voulait quitter La Nouvelle-Orléans ? Si elle voulait vivre à La Havane, à Guarico, en Espagne ou à Mexico ? Non. Son devoir envers sa patrie l'avait emporté sur tout le reste. Et elle, elle s'était laissé entraîner par les injonctions de la raison, fruit de l'éducation qu'elle avait reçue.

Elle reprocha ensuite à ses parents d'avoir poussé leurs filles, comme le dictaient les mœurs de la haute société de La Nouvelle-Orléans, à faire un bon mariage et à élever vertueusement une progéniture abondante. Quelqu'un s'était-il un jour demandé comment elle se sentait, elle ? La réponse restait la même : non. La seule fois où elle aurait pu disposer de son propre destin, lorsqu'elle avait tout préparé pour s'enfuir avec Ishcate, Margaux l'en avait empêchée.

Elle reprocha alors à cette dernière de s'être davantage souciée de la bonne réputation de la famille que du bonheur de sa petite sœur.

L'écrivaine française avait raison sur bien des points. La femme ne naissait, ne demeurait ni ne mourait libre et égale à l'homme en droits. Suzette ne le savait que trop bien. Cela devrait changer à un moment ou à un autre. Elle avait peut-être aussi sa part de responsabilité ; elle se rappela que personne ne l'avait obligée à épouser Sebastián…

Elle soupira.
— Que penseraient des mots d'Olympe les hommes de notre famille, les intellectuels que j'ai connus dans les cercles de discussion à Madrid ou encore mon ami, le comte d'Aranda ?
— Ils seraient scandalisés, répondit Estelle en grimaçant. Même ceux qui sont le plus en avance et acceptent que nous entrions dans les sociétés économiques défendent, tout au plus, qu'on nous octroie le titre de bienfaitrices des écoles de filage, de broderie et de dentelle et que l'on nous consulte pour des conseils ou de l'aide dans les disciplines propres à notre sexe. Pas question de donner notre avis sur des sujets importants. Alors, de là à ce qu'ils nous laissent voter… ! ironisa-t-elle.
— Comment sais-tu tout cela ? lui demanda Suzette, étonnée de l'éloquence de sa cadette.
C'est Adrienne qui me l'a expliqué.
Suzette sourit. Elle aurait aimé que ses filles puissent vivre dans un monde différent, plus égalitaire envers les femmes dans tous les domaines de la vie, aussi bien publics que privés ; qu'elles soient estimées au-delà de l'accomplissement vertueux de leurs obligations de mère et d'épouse ; qu'elles puissent être libres de prendre leurs propres décisions.
Elle mémorisa le texte puis le brûla. Par les temps qui couraient, elle voulait éviter le risque que l'Inquisition découvre de la propagande subversive lors d'une fouille de sa maison. Elle se tourna vers Anne.
— Qu'en penses-tu ?
Cette dernière haussa les sourcils sans répondre et continua à coudre.
Suzette comprit ce silence. Il ne devait pas être aisé pour elle de parler de liberté.
— Chacun est asservi à des degrés différents. Je n'ai pas reçu de coups de fouet, mais je me sens punie : on m'a arraché mon enfant et je suis enchaînée à ce pays contre mon gré.

— Si Bamboula ou Demba étaient là, dit enfin Anne, ils vous diraient que vous et eux n'avez pas la même conception de la liberté.

— Ne te réfugie pas derrière eux, lui rétorqua Suzette. Maintenant que tu n'es plus esclave et que, en théorie, tu peux agir et décider par toi-même, réponds à cette question : prends-tu tes propres décisions ?

— J'ai décidé de rester avec vous...

— C'était la meilleure solution pour toi. Et la plus confortable.

Anne haussa les épaules.

— J'ai choisi ce qui me semblait être le plus pratique. Le jour où le caractère de Madame sera complètement aigri, je chercherai peut-être un autre travail. Avec mon expérience, je ne crois pas avoir de difficulté à en trouver.

Cette remarque arracha un sourire sincère à Suzette.

— Comment fais-tu pour être toujours de si bonne humeur ? Je ne t'entends jamais te plaindre !

— La vie suit son cours. Les malheurs d'une personne aussi peu importante que moi ne comptent pas, répondit Anne. L'espoir me fait vivre. Les choses peuvent changer du jour au lendemain, pour le meilleur ou pour le pire.

Comme si Anne avait eu une prémonition, quelques semaines plus tard, Suzette reçut une lettre du comte d'Aranda, qui avait enfin obtenu le poste de secrétaire d'État qu'il convoitait tant.

Le roi révoquait le bannissement de la veuve Orlac.

En arrivant à Madrid au milieu de l'été, Suzette loua des chambres dans une pension et, sans même s'être reposée du long voyage sous un soleil de plomb, elle arrangea sa tenue et partit chercher son fils.

Devant la porte d'entrée de la demeure des Orlac, elle se rappela avec colère la manière dont son beau-frère l'avait chassée de cette maison en utilisant ses relations pour l'accuser d'être une *afrancesada*, l'envoyer en exil et la séparer de Guillermo. Une douleur lui pinça l'estomac. Elle respira profondément pour maîtriser ses nerfs.

Rinaldo la reçut dans son bureau avec Guillermo. L'enfant avait grandi et, vêtu d'une culotte et d'une casaque bleues, il avait déjà l'allure d'un jeune homme. Émue, Suzette le serra dans ses bras. Elle fut soulagée de le voir robuste, en bonne santé, et il répondait volontiers aux questions qu'elle lui posait.

Au bout d'un moment, Rinaldo demanda à Guillermo de sortir dans le jardin pour s'entretenir seul à seule avec Suzette. Le garçon obéit sans rechigner.

— J'espère que vous avez retenu la leçon, lui dit-il froidement, et que, pour votre bien ainsi que celui d'Estelle, vous vous comporterez convenablement tant que vous vivrez sous mon toit.

— Je n'ai pas l'intention de rester dans cette maison. Je suis venue chercher Guillermo. Je veux qu'il passe la fin de l'été avec moi.

— Pour aller faire un petit voyage dans les Pyrénées, peut-être ? lança-t-il sur un ton sarcastique.

Suzette demeura bouche bée.

— Comment le savez-vous ? risqua-t-elle au bout d'un moment, en pensant que c'était Cornel qui lui en avait parlé.

— Il me semble que Guillermo n'a pas hérité de votre caractère aventurier. Il m'a demandé de ne plus l'envoyer en vacances avec vous. Je n'ai pas eu besoin de beaucoup insister pour qu'il me raconte tout.

Suzette comprit avec regret que Rinaldo avait réussi à ranger l'enfant de son côté.

— Puisque je ne peux vous faire confiance, ajouta-t-il, Guillermo restera désormais toujours sous ma garde. Je ne vois aucun inconvénient à ce que vous veniez lui rendre visite aussi souvent que vous le voudrez. Estimez-vous heureuse que je ne vous enlève pas Estelle, même si, à son âge, je crains fort qu'elle ne soit déjà perdue…

Suzette se retint de se jeter sur lui pour le frapper. Elle devait garder son sang-froid et ne pas lui donner la moindre possibilité de la traiter de folle. Elle rejoignit Guillermo dans le jardin, qui lui parla de ce qu'il étudiait au Séminaire des nobles de Madrid et des amis qu'il s'y était faits. Suzette se montra affectueuse, alors même qu'elle bouillait de rage. Rinaldo ne s'en sortirait pas comme ça. Elle ferait tout ce qu'elle pourrait pour récupérer son fils.

De retour à la pension, elle ordonna à Anne et à Estelle de préparer leurs bagages.

— Où allons-nous, Mère ? demanda Estelle, qui en avait un peu assez de tous ces va-et-vient.

— Voir le roi !

Suzette était l'amie du secrétaire d'État. Le monarque ne pourrait pas refuser de la recevoir. Elle lui expliquerait la situation et il aurait pitié d'elle.

Elles partirent pour Aranjuez, lieu de repos de la famille royale, qui se trouvait à sept lieues de Madrid. Suzette avait l'adresse de la maison qu'Aranda y louait pour être plus près de la cour. Hélas, il s'était rendu à Madrid, mais sa femme de chambre, qui connaissait Suzette de nom, leur proposa de les héberger.

Le lendemain matin, Suzette choisit sa plus belle robe et releva ses cheveux en un chignon sophistiqué. Elle parcourut d'un pas leste la courte distance qui séparait la demeure d'Aranda du palais royal. Son anxiété ne l'empêcha pas de remarquer combien cette partie de la ville, où se dressaient des bâtiments royaux entre les rues bordées d'arbres, était belle et lumineuse. Elle aperçut bientôt le palais, érigé au centre d'une esplanade où allaient et venaient des soldats, des hommes et des femmes élégamment vêtus, ainsi que des journaliers et des paysans qui portaient des corbeilles de fruits et de légumes avant de disparaître par les allées latérales. Comprenant que le palais tournait le dos à la ville, elle se mêla aux passants, le contourna et atteignit la place d'Armes où, à sa plus grande surprise, aucune grille n'empêchait de s'approcher de l'entrée.

Pour calmer son appréhension, elle s'immobilisa quelques instants. Face à l'impressionnante façade en brique et en pierre blanche ornée de frontons triangulaires et arrondis aux balcons, de sculptures ouvragées et d'un magnifique blason arborant les armoiries royales, elle se sentit aussi minuscule qu'insignifiante. Cependant, son désir de récupérer son fils lui donna la force d'avancer. Elle arriva devant les portes du palais, ouvertes, qui dévoilaient un escalier colossal se séparant en deux au premier palier. Que devait-elle faire à présent ? se demanda-t-elle, la main posée sur le pommeau doré de la rampe en fer forgé.

Soudain, une voix cria d'en haut :

— Que faites-vous ici ?

Deux soldats dévalèrent les marches. Suzette s'arma de courage. Si elle était parvenue jusque-là, elle ne se laisserait pas intimider.

— Je viens parler au roi, répondit-elle fermement.

— Aucune visite n'a été annoncée, répliqua l'un des soldats.

— Je suis une amie du secrétaire Aranda, ajouta-t-elle avec détermination.

— Les secrétaires ont beaucoup d'amis, ironisa le second soldat. Revenez un autre jour avec lui pour nous montrer que c'est vrai.

— Je vous en prie, insista-t-elle, dites au roi que la veuve de Sebastián Orlac souhaite le voir. Je dois à tout prix m'entretenir avec lui !

Le premier soldat la saisit par le bras et l'entraîna à l'extérieur.

— Allez-vous-en, si vous ne voulez pas que nous vous arrêtions.

Suzette rentra, l'âme abattue. Elle aurait dû attendre le retour de son ami. Mais elle était lasse d'attendre. De plus, la femme de chambre d'Aranda ne lui avait pas dit quand il reviendrait. Après avoir longuement réfléchi, elle prit une décision. Elle n'abandonnerait pas la partie. Elle ne quitterait pas Aranjuez sans avoir parlé au roi et obtenu ce qu'elle désirait : qu'il lui rende son fils et lui donne l'autorisation de retourner en Louisiane.

Elle loua alors une petite maison non loin du Tage. À Madrid, elle était plus près de Guillermo, mais dès que les cours reprendraient au séminaire, quelques semaines plus tard, elle le verrait peu. Il lui sembla plus pratique de rester à Aranjuez, près d'Aranda et de la cour, et d'aller rendre visite à son fils à Madrid le dimanche. En outre, Aranjuez était un endroit plaisant. Il y avait beaucoup de jardins où se promener, dans lesquels poussaient des pacaniers et des platanes d'Amérique, ce qui lui procurait une agréable sensation de proximité avec sa terre natale. De plus, la vue sur le fleuve la réconfortait en lui rappelant le Mississippi et tout ce qu'il signifiait pour elle : la fraîcheur, la jeunesse, la force... Ishcate.

Les nombreuses obligations liées à son nouveau poste occupaient tellement Aranda que le temps passait et l'entrevue promise avec le roi n'arrivait pas. Suzette devait faire de véritables efforts pour tenir parole et ne pas se présenter à nouveau à l'improviste au palais, ce qui pouvait mettre son ami dans une situation embarrassante en ces temps si perturbés. Elle commença à perdre confiance en lui. Rinaldo avait peut-être davantage d'influence à la cour qu'elle ne le pensait et il avait pu convaincre Aranda d'utiliser toutes les excuses possibles pour ne pas l'aider. Âgé de soixante-quinze ans, l'aristocrate se montrait effectivement très évasif en certaines occasions et changeait d'avis deux fois sur trois lorsqu'il s'agissait de sujets de la plus haute importance tels que les relations entre l'Espagne et la France.

Il avait d'abord défendu l'idée de resserrer les liens avec les révolutionnaires car, argumentait-il, s'opposer à la France – cette grande puissance alliée lors de tous les conflits internationaux et bouclier naturel de l'Espagne – mettrait en péril les possessions espagnoles en Amérique. Puis, après l'assaut du palais des Tuileries et l'emprisonnement de la famille royale française au Temple, il avait accepté de recourir aux armes pour restaurer la souveraineté des Bourbons. Cependant, après la victoire de l'armée populaire française sur l'armée contre-révolutionnaire prussienne à Valmy, dans le nord-est de la France, l'abolition de la monarchie et la proclamation de la République, il avait à nouveau changé d'opinion : il considérait qu'un affrontement armé contre la France révolutionnaire était une entreprise risquée.

Une après-midi pluvieuse d'automne, Aranda entra en trombe chez elle.

— Le roi m'a destitué ! hurla-t-il de colère. Je n'ai pu rester que sept mois au poste de secrétaire d'État ! J'ai passé ma vie à élaborer des plans de guerre, et à présent que je juge préférable d'adopter une attitude modérée, on me démet de mes fonctions. Le roi me trouve trop âgé, mais il m'autorise à demeurer conseiller, ajouta-t-il en soupirant. L'expérience n'est-elle pas l'arme la plus précieuse en ces temps si déconcertants ? Carlos IV fait erreur. Et savez-vous à qui il a donné mon poste ? À un blanc-bec de vingt-cinq ans qui prétend pouvoir éviter le conflit avec la France.

Il secoua la tête en serrant les dents avant d'ajouter :

— Tout ce que fera ce Godoy, ce sera nous conduire droit vers la guerre. Quel désastre !

— Sans vouloir vous offenser, mon cher ami, il n'est pas évident de suivre vos changements de position, dit-elle.

Davantage préoccupée par la perte de pouvoir d'Aranda que par les hostilités avec la France, Suzette savait que les préparatifs de la campagne militaire étaient en cours et les troupes, rassemblées en Catalogne.

— Y aura-t-il une guerre ou pas ?

— Je vous répète ce que j'ai dit au roi et à Godoy : nous devrions faire preuve d'une extrême prudence. Nos postes près de la frontière sont vulnérables et même si nous parvenons à la traverser, il est fort possible qu'une masse de rebelles et de bravaches fanatiques nous tombent dessus. Je ne partage pas les idéaux révolutionnaires, mais nous sommes condamnés à rester en bonne entente avec la France pour le bien de notre pays et de notre empire d'outre-mer.

— Mais chaque pas effectué en vue d'éviter le conflit ne fait que donner davantage de force aux ennemis.

— Notre ennemi a toujours été l'Angleterre, pas la France, déclara Aranda.

Il garda le silence un instant, soupira et se frotta les yeux, comme si une extrême lassitude s'emparait de lui.

— Il est très frustrant pour moi de savoir que j'ai raison et que personne ne s'en rend compte.

Suzette observa son ami, autrefois si énergique et à présent si abattu. Il continuait de lui rappeler son père qui, comme lui, était une sorte de prophète politique. Le monde n'était pas si vaste et les préoccupations pas si différentes d'un endroit à l'autre. Elle eut le sentiment étrange que les grands hommes de chaque époque disparaissaient, engloutis sous les événements provoqués par les nouvelles générations, dans un cycle constant de création et de destruction.

Elle désirait l'impossible, elle voulait que l'évolution soit organique, que tous les éléments de la vie et de l'histoire forment un ensemble cohérent au lieu d'être une succession de couches faisant chacune à leur tour disparaître les précédentes. Elle était encore jeune mais avait l'impression d'avoir trop vécu. Elle se sentait aussi lasse que le vieil Aranda. Chaque épreuve qu'elle croyait surmonter ouvrait en fait la porte à de nouveaux bouleversements harassants où se répétait encore et toujours le même schéma : des décisions prises par les détenteurs du pouvoir dépendait l'avenir d'une seule personne comme elle ou de tout un territoire.

Que lui arriverait-il, maintenant ? Si Aranda perdait son influence à la cour, comment allait-elle pouvoir récupérer son fils ? Comment obtiendrait-elle l'autorisation royale de rentrer à La Nouvelle-Orléans ?

— Ils n'ont pas fini d'entendre parler de moi, intervint Aranda, comme s'il avait lu dans ses pensées.

Ni de moi, songea Suzette, qui sentait pourtant ses forces défaillir.

50

Aranjuez, juin 1793

Les mois s'écoulaient, et en raison de la situation en France et de la destitution d'Aranda, Suzette ne voyait aucun moyen de donner à sa vie la direction qu'elle souhaitait.

Un jour, arriva une lettre de Margaux qui l'invitait à lui rendre visite. Suzette hésita jusqu'au dernier moment. Elle ne pouvait s'empêcher d'en vouloir à sa sœur de l'avoir abandonnée pendant son bannissement à Saragosse, au cours duquel elle n'avait reçu que deux petits billets de courtoisie. Elle finit par écouter son cœur. Il lui avait semblé déceler un ton désespéré entre les lignes. Toujours si raisonnable, organisée et à vouloir tout contrôler, Margaux ne pouvait se faire à l'idée de perdre son époux, dont la santé était déclinante.

Málaga, mi-juin 1793

Avant de descendre de la calèche qui s'était arrêtée devant la demeure des Durán, Suzette prit une profonde inspiration. La ville avait beaucoup changé en six ans ; elle n'y était pas revenue depuis les quelques jours qu'elle y avait passés à son arrivée en Espagne. Les résidences ostentatoires récemment construites indiquaient que le quartier était devenu le lieu de prédilection de la haute société.

La nouvelle maison de sa sœur, située sur la promenade qui menait à la mer, l'impressionna. Bâtie sur quatre étages, elle se trouvait à l'angle de deux rues. Une tourelle stylisée rappelant un mirador s'élevait au-dessus des deux corps de l'édifice. Toutes les façades étaient agrémentées de balcons en fer et de baies vitrées. Aux niveaux supérieurs, arches et colonnes encadraient avec grâce les galeries, ce qui allégeait la lourdeur de l'ensemble.

Redoutant les retrouvailles avec Margaux qu'elle n'avait pas revue depuis son passage dans cette ville, Suzette s'attarda à examiner minutieusement l'architecture.

La longue et profonde étreinte de sa sœur dans le calme du vestibule du premier étage, peu après qu'une femme de chambre l'eut prévenue de son arrivée, lui indiqua qu'elle avait pris la bonne décision.

Margaux, qui venait d'avoir quarante et un ans, était plus mince que dans ses souvenirs. Habituée à la voir toujours impeccable, parée de robes coûteuses et de coiffures élaborées, Suzette découvrit une nouvelle personne. Ses cheveux étaient rassemblés en une tresse épaisse, faisant ressortir les traits fatigués de son visage anguleux. Des cernes profonds encadraient son regard affligé.

— Oh, ma chère ! dit Margaux. Je suis navrée que mon invitation t'ait entraînée dans ce triste voyage, mais je suis si heureuse que tu sois là. Je ne vais pas pouvoir t'emmener en promenade ni au théâtre. Je ne veux pas m'éloigner trop longtemps de Tomás. Il a besoin de moi à ses côtés.

— Je ne suis pas venue ici pour les mondanités mais pour te tenir compagnie et voir mes neveux et mes nièces. D'ailleurs, où sont-ils ? Je ne les entends pas.

Les Durán avaient neuf enfants, l'aîné était âgé de dix-huit ans, le petit dernier de douze mois.

— Avec leurs nourrices et leurs précepteurs, répondit Margaux. Heureusement, la maison est spacieuse, ce qui permet de respecter le repos dont Tomás a besoin. Ne t'en fais pas, nous nous retrouvons à l'heure des repas, ajouta-t-elle en souriant.

Suzette esquissa à son tour un sourire. Il n'y avait pas de tension entre elles ; tout du moins, pas autant qu'elle ne l'avait craint. Margaux la conduisit dans la chambre luxueuse qu'on lui avait allouée et ordonna à deux domestiques d'aider la bonne qui avait accompagné Suzette depuis Aranjuez à ranger ses affaires. Les deux sœurs s'installèrent ensuite pour prendre le thé dans le petit salon attenant.

— C'est très étrange de te voir sans Anne, fit remarquer Margaux.

— Elle est restée avec Estelle. J'aurais aimé que ma fille vienne passer du temps en compagnie de ses cousins, mais un jeune officier la courtise et il n'existe en ce moment plus rien d'autre au monde. Une bonne excuse pour Anne. Un nouveau voyage ne lui disait rien après toutes ces années à nous déplacer ici et là.

Le souvenir du bannissement de Suzette plana au-dessus des deux femmes, provoquant un long silence, que Margaux rompit.

— Il m'était impossible de m'étendre davantage dans mes lettres, Su. Imaginer ta souffrance me fendait l'âme, mais je devais penser à ma famille.

— J'en fais partie, rétorqua Suzette.

— Dès que nous avons des enfants, les frères et sœurs n'occupent plus la même place dans notre cœur. Je ne pouvais risquer que tes décisions mettent en péril tous les efforts que Tomás a fournis pour nous offrir de bonnes conditions de vie.

— Je n'ai rien fait de mal, Margaux. On m'a accusée à tort. On m'a séparée de mon fils. J'ai été insultée dans la rue.

— Tu dois comprendre que ton attitude n'était pas des plus raisonnables. Depuis que tu es en Espagne, tu évites la cour et tu ne fréquentes que des *afrancesados*. Sans compter que ta fille a fui avec Demba... Par chance, cela ne s'est pas su.

Margaux ignorait tout de la tentative de Suzette de rejoindre la France par les Pyrénées, qui se garderait bien de lui en parler afin de ne pas ajouter un nouveau reproche à la liste.

— C'est l'amitié qui m'a sauvée, pas la famille..., précisa-t-elle en pensant à Aranda. Je ne parle même pas de celle de mon époux. Mon propre beau-frère m'a trahie.

Sans s'en apercevoir, elle avait serré les poings. Elle les relâcha pour s'emparer de sa tasse de thé et tâcher ainsi de contrôler ses émotions.

Margaux la regardait, les sourcils froncés. Elle semblait à la fois triste, déçue, fâchée, épuisée.

— Mon mari se meurt, Suzette, murmura-t-elle enfin. Je pensais que tu étais venue pour m'accompagner dans cette dure épreuve, pas pour régler tes comptes et me débiter ta litanie de récriminations.

Suzette s'empourpra de colère. Elle aurait dû écouter la raison et rester à Aranjuez.

Elles demeurèrent de nouveau un long moment en silence, la respiration entrecoupée. Cette fois, ce fut Suzette qui parla la première.

— J'ai hésité à venir parce que j'étais fâchée contre toi. J'ai senti que tu m'avais abandonnée pendant mon bannissement. Ton invitation m'a surprise, je pensais que tu ne voulais pas me voir.

Margaux haussa les épaules et se resservit une tasse de thé.

— Je n'attends pas que tu me pardonnes, mais simplement que tu me comprennes. Ton nom a été blanchi. Il n'y a plus de problème. Tu as obtenu un sauf-conduit pour venir ici, ce qui signifie que tu es lavée de tout soupçon révolutionnaire.

Suzette prit une profonde inspiration. Elle pouvait se déplacer dans le pays, mais pas à l'étranger. Sa sœur respectait à la lettre le discours hérité de leurs parents qui avait toujours guidé son existence : famille, orgueil, honneur.

— Je te comprends plus que tu ne le crois, dit-elle à Margaux. Pour mes enfants, j'ai renoncé à ma vie. Pour eux, je me suis humiliée dans chacune des lettres que j'ai écrites afin d'obtenir le pardon royal. Il me reste bien peu de dignité, quand on sait que j'ai été l'épouse du bras droit d'un vice-roi.

— Ton erreur est peut-être de ne pas avoir agi comme telle.

— Ah, c'est donc cela, je m'en doutais ! s'écria Suzette, le menton tremblant d'une rage soudaine. J'ai senti que nous nous éloignions au moment où je suis partie à Mexico. Tu enviais ma position !

Surprise, Margaux cligna des yeux un instant.

— Me crois-tu donc si injuste au point de t'éviter par jalousie et non par prudence ? Je te signale en passant que c'est grâce à mon discernement que notre nom a été sauvé. D'ici peu, je serai veuve, Suzette. Je sais aussi ce qu'est la souffrance. Mais chaque jour, je remercie Dieu pour la famille que j'ai fondée.

Margaux posa sa tasse sur la table basse et regarda fixement sa sœur tout en lui prenant les mains.

— Puisque nous en parlons, reprit-elle, je pense qu'il est bon d'ouvrir nos cœurs et de nous libérer de fardeaux inutiles. Bien sûr que j'étais jalouse ! J'aurais aimé jouir de tous les privilèges que tu as eus. Peut-être que si mon mari avait été plus jeune… Mais Tomás a toujours été conscient de sa valeur et de ses limites pour progresser dans la vie, et il a toujours fait preuve de bon sens à l'heure de comprendre et de juger les situations. Il était heureux pour Sebastián. Et moi, que tu le croies ou non, j'étais vraiment contente pour toi et me sentais fière d'être ta sœur. Tout au long de ta vie, tu n'as presque jamais manifesté de joie. As-tu déjà été heureuse ? De quoi as-tu manqué ? Ma place a toujours été aux côtés de Tomás, alors que toi, tu as toujours vécu dans une éternelle indécision. Et j'ai bien peur d'en connaître la cause.

Abasourdie par l'étourdissante sincérité de sa sœur et incapable de dire quoi que ce soit, Suzette attendit que Margaux finisse.

— L'enfance et la prime jeunesse nous marquent à jamais. Si seulement tu n'avais pas rencontré Ishcate... Désirer ce que nous ne pouvons avoir est une erreur qui n'entraîne que de l'amertume. Je me suis toujours inquiétée pour toi, ma chère Su, et je continuerai de le faire tant que nous serons en vie. En revanche, je ne peux t'aider et il est trop tard pour te reprocher ton obstination. La seule chose que j'aimerais, c'est que nous mettions nos colères de côté et que nous nous respections telles que nous sommes.

Des petits coups à la porte évitèrent à Suzette de répondre. Elle ne savait pas si elle devait donner raison à sa sœur, la contredire, être honnête avec elle ou lui mentir. Cela faisait des années qu'Ishcate existait uniquement dans ses pensées et dans ses lettres. Elle n'en parlait à personne. Elle n'aimait pas entendre son nom sur les lèvres de quelqu'un d'autre. Lui donner son cœur avait peut-être été une erreur, selon Margaux, pourtant Suzette restait convaincue que c'était la meilleure chose qu'elle ait jamais faite dans sa vie. Avec lui, elle avait réussi à se sentir vivante.

— Monsieur vous réclame, informa une bonne.

Margaux se leva d'un bond.

— Puis-je t'accompagner ? demanda Suzette.

— Naturellement, et je t'en remercie, répondit Margaux avec sincérité.

Son ton était soudain redevenu normal, comme si la conversation qu'elles venaient d'avoir n'avait pas eu lieu, comme si des décennies ne s'étaient pas écoulées depuis leurs dernières confessions intimes échangées dans leur chambre à La Nouvelle-Orléans.

Tomás Durán, âgé de soixante-quatorze ans, était à présent un homme efflanqué à la peau presque diaphane qui donna à Suzette une terrible sensation de solitude.

— Pardonnez-moi de vous avoir fait appeler, murmura-t-il en apercevant son épouse. Les heures passent si lentement.

Margaux se pencha sur lui et lui dit d'une voix douce, comme s'il s'agissait d'un merveilleux secret :

— Vous avez une visite qui, je le sais, va vous plaire.

Elle s'écarta et fit signe à Suzette de venir s'asseoir sur une chaise près de lui. Durán la reconnut aussitôt et sourit.

— Ma chère belle-sœur… Comme je suis heureux de vous voir, malgré ou plutôt en raison de ces circonstances. Votre expérience sera utile à ma Margaux. Vous avez élevé vos enfants sans leur père et en dépit de tout ce que vous avez traversé, vous êtes ravissante. J'ai bien fait de m'apparenter aux Girard, ajouta-t-il en lui adressant un clin d'œil. Les femmes de votre famille sont braves et courageuses.

Suzette admira sa force de caractère, qui contrastait avec son physique diminué. Il avait perdu une grande partie de ses cheveux bruns et son visage paraissait plus étroit et plus allongé, ses lèvres moins épaisses. Même la fossette de son menton semblait avoir disparu. Il avait l'air minuscule dans son énorme lit, emmitouflé dans des draps finement brodés de lin, au milieu de l'immense chambre aux meubles élégants. Tout ce qu'il restait du Durán qu'elle avait connu était son regard rieur et plaisantin. Ou peut-être était-ce qu'il s'efforçait de montrer de l'entrain devant elle.

— Savez-vous à quoi je consacre mon temps à présent ? poursuivit-il. À évoquer le passé. Mes voyages. Ma rencontre avec Margaux. Les années en Louisiane, au Venezuela et à Cuba… Vous restez quelques jours ?

— Je ne suis pas pressée de repartir, dit Suzette. Nous pouvons évoquer le passé ensemble.

Durán ferma les yeux un instant et son menton se mit à trembler, comme s'il sanglotait. Suzette regarda Margaux, qui s'approcha de son mari et lui prit la main.

— Les enfants font beaucoup de progrès avec leurs précepteurs. Ils passeront vous voir tout à l'heure.

Tomás acquiesça et s'assoupit. Margaux et Suzette quittèrent la chambre à pas de loup.

Margaux sortit son mouchoir de la manche de sa robe et essuya ses larmes.

— Il lui reste peu de temps.

— Je suis là pour t'aider, lui dit Suzette d'un ton sincère. Tu vas devoir être forte.

Au cours des cinq ou six jours qui suivirent, Suzette se donna pour mission de distraire ses neveux et nièces, ravis de la nouveauté que sa présence apportait, et à relayer de temps à autre Margaux auprès de Tomás afin qu'elle puisse se reposer. Les moments où il délirait et somnolait étaient plus nombreux que ceux où il était conscient et éveillé.

Dans l'un de ses rares et courts moments de lucidité, il reconnut Suzette.

— Il ne faut pas prendre les choses trop au sérieux, ma chère, lui dit-il. La vie passe trop vite. Savez-vous quelle était ma devise quand je devais faire des choix dans de lointaines contrées et supporter l'humeur de mes supérieurs ?

— Non, dites-moi.

— « Obéir, sans forcément tout respecter. » Vous n'êtes pas obligée de me croire, ajouta-t-il en entendant rire Suzette.

— Venant de vous qui êtes si formel, c'est très étonnant.

Tomás la regarda comme s'il en savait beaucoup sur elle et ses sentiments ; comme si, sur son lit de mort, il pouvait exprimer ce que jamais il n'aurait osé dire dans d'autres circonstances.

— Trouvez votre propre manière de faire.

Ce furent les derniers mots que Suzette entendit de ses lèvres.

Deux jours plus tard, il expira.

Suzette ne quitta pas Margaux un seul instant, de peur qu'elle ne s'effondre. Pour la première fois de sa vie, celle-ci brava la bienséance et se permit de pleurer en public, même pendant la messe et les funérailles. Elle ne trouvait de consolation ni dans les embrassades de ses enfants ni dans les paroles de réconfort de sa sœur. Elle avait aimé son mari de toute son âme. Elle ne pouvait concevoir de vivre sans lui.

Petit à petit, le quotidien, les envies, les querelles et les inquiétudes des enfants aidèrent Margaux à s'apaiser. Deux ou trois semaines après les obsèques, Suzette l'accompagna chez le notaire, qui procéda à la lecture du testament de Durán. Margaux continuerait d'habiter dans la résidence familiale et serait la tutrice légale de ses enfants. Le patrimoine de son époux était conséquent et elle se chargerait de le gérer. Elle saurait s'acquitter de la tâche, car c'était une femme avisée au caractère résolu.

Lorsqu'un matin de la mi-juillet, après le petit déjeuner, Margaux lui fit savoir qu'elle réfléchissait à des mariages avantageux pour ses enfants, Suzette comprit qu'elle pouvait rentrer à Aranjuez. Estelle et Anne lui manquaient.

Au moment des adieux, alors que Suzette s'apprêtait à monter dans la voiture, Margaux la prit dans ses bras.

— Merci, ma chère Su, lui murmura-t-elle. Je t'aime.

— Moi aussi.

Suzette accepta son étreinte de bon gré. Elle avait retrouvé Margaux. Partager sa tristesse l'avait en quelque sorte aidée à panser ses blessures, à oublier un peu ses problèmes et à ne pas se préoccuper uniquement de sa personne. Elle n'était pas la seule à souffrir, tout le monde était confronté à ses propres démons.

Les existences des deux femmes devaient désormais continuer séparément. Elles vivaient loin l'une de l'autre. Elles avaient chacune leur famille. Elles reprendraient leur relation épistolaire. Mais elles trouveraient le moyen de maintenir leur amour sororal malgré la distance. Et elles essaieraient de se revoir sans laisser passer autant de temps.

Suzette la serra plus fort entre ses bras pour prolonger leur étreinte une minute de plus.

Comme si c'était la dernière fois de leur vie.

51

Fort San Felipe, Plaquemine, novembre 1793

IL FAISAIT PRESQUE NUIT lorsque Ishcate accosta non loin du fort de Plaquemine, construit à l'embouchure du Mississippi pour guetter d'éventuelles approches hostiles venant du golfe du Mexique. Il arrivait de La Nouvelle-Orléans avec une cargaison de vivres et d'articles divers envoyée par Girard à l'attention du commandant du poste, qui n'était autre que son fils Gabriel.

Après le grand incendie qui avait ravagé une partie de la ville, Girard avait proposé à Ishcate de travailler pour lui. Ses biens étaient toujours sous saisie, mais il continuait à acheter et à vendre des marchandises pour disposer de liquidités. Ishcate avait été séduit par l'idée de passer plus de temps dans la capitale de la Louisiane qu'à Saint-Louis et de ne plus avoir à s'éloigner de ses enfants de longs mois durant, même si, à seize et quatorze ans, ceux-ci préféraient la compagnie de leurs amis pour aller chasser et pêcher. Comme le temps filait, se disait-il, envahi par la mélancolie. Il se souvint avec tendresse de leurs rites de passage à l'âge adulte. Comme son père l'avait fait avec lui, il avait veillé sur eux toute la nuit dans la forêt, tandis qu'ils affrontaient leurs peurs. Un jour, ils répéteraient le rituel avec leurs propres fils.

En outre, depuis deux ans, Ishcate s'était beaucoup déplacé afin de régler les problèmes des Kaskaskia. Il ne pouvait désormais rien faire de plus pour aider Ducoigne. Il l'avait d'abord accompagné au congrès de paix organisé par les Américains à la suite de l'attaque du campement militaire de la Wabash, congrès auquel seules les tribus du Pays des Illinois avaient assisté. Puis, l'automne précédent, il s'était rendu avec lui à Philadelphie, où le chef allait s'entretenir avec George Washington, le premier président des États-Unis d'Amérique. Trois cents lieues séparaient Kaskaskia de cette ville, ce qui représentait un mois de trajet rien que pour l'aller.

Dans l'une de ses lettres à Suzette, il lui avait décrit la rencontre avec ce dignitaire de haut rang ; il avait évoqué tout ce qui l'avait interpellé, depuis la demeure où elle s'était déroulée et les petits chemins pavés le long des maisons permettant d'éviter aux passants de se salir les souliers, jusqu'à des considérations plus profondes comme le fait que le président avait, parmi le personnel à son service, une dizaine d'Africains – Ishcate trouvait ironique et incompréhensible que les Américains, qui s'étaient battus pour la liberté, aient des esclaves. Il lui détaillait également les conclusions auxquelles avaient mené les discussions. Au cours du dîner, tous avaient échangé de belles paroles et les Américains leur avaient offert des médailles que Ducoigne arborait à tout-va avec fierté, contrairement à Ishcate qui avait rangé la sienne. Cependant, au fond, rien n'avait réellement changé : les Américains ne leur apportaient aucune protection, l'alcoolisme continuait à se répandre et le déclin de la population se poursuivait inéluctablement.

Ishcate était las de tous ces déplacements et des déceptions qui se succédaient.

Par ailleurs, il s'était un peu distancié des frères Dubois depuis que ceux-ci commerçaient avec les Osage. Ishcate détestait les ennemis jurés des Quapaw. En outre, Étienne et Benoît s'étaient eux aussi lancés dans le trafic d'esclaves noirs, qu'il abominait. Certains Indiens avaient des esclaves, prisonniers de guerre ou volés, et les vendaient. Il y en avait pour qui les mots *chien* et *esclave* signifiaient la même chose. Pas pour lui. Il était hors de question qu'il soit lié d'une manière ou d'une autre avec le commerce de Noirs ou avec les Osage. Il avait par conséquent accepté la proposition de Girard et allait et venait entre le poste Arkansas et La Nouvelle-Orléans. De temps en temps, il devait aussi se rendre à Plaquemine.

Son nouveau travail lui apportait de bons bénéfices et, surtout, lui permettait de gagner la confiance du père de Suzette et de devenir indispensable pour ses affaires, car aucun de ses fils ne souhaitait reprendre son négoce. Quand Suzette pourrait enfin revenir, Jérôme Girard n'aurait d'autre choix que d'accepter qu'elle épouse Ishcate, qu'ils vivent ensemble et qu'il fasse alors partie de sa famille.

Plus de six ans s'étaient écoulés depuis la dernière fois qu'il l'avait vue, et malgré la distance qui les séparait, il avait partagé sa souffrance pendant son bannissement et déploré les difficultés qu'elle rencontrait pour rentrer en Louisiane. Dans ses lettres, elle lui parlait de la Révolution française et de la crainte que les idées révolutionnaires ne se propagent en Espagne ainsi que dans ses possessions. Elle ne partirait pas, lui disait-elle aussi, tant que son sauf-conduit n'inclurait pas Guillermo. Ils avaient envisagé ensemble la possibilité qu'Ishcate, qui avait mis de l'argent de côté pour payer la traversée et pouvait obtenir un laissez-passer sous prétexte d'un voyage d'affaires, la rejoigne à Aranjuez, possibilité qu'ils avaient ensuite écartée. Sa présence passerait difficilement inaperçue dans l'entourage de Suzette et, compte tenu des circonstances, il serait imprudent qu'elle se retrouve à nouveau au centre des commérages.

Tous deux ne pouvaient donc qu'attendre que le temps s'écoule et qu'un heureux hasard leur apporte une solution.

Une vive effervescence régnait sur le quai où Ishcate avait accosté. Assis sur des caisses, des tonneaux et des cordes enroulées, des soldats, mulâtres et noirs pour la plupart, discutaient avec des marins qui venaient d'arriver sur un bateau en provenance de La Havane. Les voix montèrent en intensité et attirèrent l'attention d'Ishcate. Le groupe des soldats était dirigé par un mulâtre d'une quarantaine d'années appelé Bailly, et celui des marins par un jeune Noir très grand répondant au nom de Demba.

Ishcate l'observa minutieusement. Il crut discerner chez lui certains traits de Bamboula. Le fait qu'il lui ressemble autant et se prénomme Demba ne pouvait être une coïncidence. D'après les lettres de Suzette, le fils d'Anne s'était enfui en France.

Lorsque le jeune Noir croisa le regard d'Ishcate, il fronça les sourcils et fut étonné de le reconnaître. Ishcate n'eut alors plus de doute.

Demba le rejoignit et un de ses camarades prit sa place dans le débat enflammé.

— Je ne me souviens pas de ton nom, mais je jurerais que je te connais.

— Je m'appelle Ishcate. Tu m'as vu dans la maison où travaillait ta mère. Si tu es bien le fils d'Anne et de Bamboula…

Demba sourit.

— Tu as connu mon père ?

— Oui, c'était un homme bon.

— Garde le secret, s'il te plaît, murmura-t-il. Je ne veux pas que l'on sache que je suis fils d'esclaves. Je suis maintenant un homme libre.

Ishcate lui demanda comment il avait fait pour revenir en Louisiane. Demba lui raconta le voyage des domestiques français de Suzette à Saragosse et la façon dont Adrienne et lui avaient réussi à traverser la frontière pour se rendre en France.

— Le coiffeur a dit qu'Adrienne était sa fille et moi, son assistant, et que dans la précipitation de l'expulsion, nous n'avions pas eu le temps d'emporter nos papiers. Je ne sais pas si les officiers l'ont cru en ce qui me concernait, mais en m'entendant parler français, je suppose qu'ils ont préféré soulager l'Espagne d'un dangereux révolutionnaire, ajouta-t-il en riant. Adrienne et moi avons vécu deux ans et demi à Paris, à travailler à droite et à gauche comme nous l'avons pu. Dès que j'ai obtenu mes documents faisant de moi un homme libre, je me suis fait embaucher comme matelot sur un bateau pour payer mon retour en Louisiane. Et me voilà !

— Et Adrienne ? Pourquoi est-ce que tu es revenu ?

Une lueur illumina les grands yeux noirs de Demba.

— Elle vit sa vie. Elle travaille, étudie et s'est engagée dans une société qui lutte pour les droits des femmes. Nous nous retrouverons lorsque j'aurai rempli ma mission et retournerai à Paris. Je suis revenu parce que…

Il toucha instinctivement la flûte qu'il avait toujours dans sa poche. Sa mère la lui avait offerte pour son quinzième anniversaire, avant de lui raconter la véritable histoire de son père. Il n'avait pas réussi à interpréter de mélodies aussi belles que celles qu'il avait entendues jouées par Bamboula, mais de cet objet, devenu le symbole de sa lutte, il puisait les forces nécessaires pour continuer à avancer.

— Il fallait que quelqu'un vienne pour expliquer ce qui se passe en France. Mon père a vécu en rêvant de liberté et a été tué comme un vulgaire chien galeux. Aujourd'hui, la liberté n'est plus un rêve. L'égalité est possible. Ici, c'est ma terre, et je veux apporter ma contribution pour que justice y soit rendue.

Ishcate esquissa une moue sceptique.

— Sois prudent. Le nouveau gouverneur, Francisco Carondelet, a renforcé la surveillance et les contrôles le long du Mississippi. Une tentative de révolte a eu lieu dans les plantations de Pointe Coupée il y a deux ans. La milice est aux aguets et les soldats ont reçu l'ordre d'arrêter tous les Noirs qui ne sont pas dans la propriété de leur maître ainsi que les étrangers qui rôdent près des cabanes des esclaves. Ils ont peur depuis ce qui s'est passé à Saint-Domingue.

Il faisait référence aux insurrections d'esclaves contre les colons qui avaient éclaté dans la partie française de l'île.

— Et toi, que penses-tu du soulèvement des esclaves ? lui demanda Demba.

— Les Indiens sont eux aussi divisés à ce sujet. Certains veulent revenir à l'époque où la Louisiane était française, et d'autres craignent que si les esclaves noirs, qui sont ici trois fois plus nombreux que les Blancs, obtiennent les mêmes droits que ces derniers, ils finiront par réduire les Indiens à l'esclavage et les feront travailler pour eux. Personnellement, je ne crois pas que cela change beaucoup ma vie.

— J'aurais besoin d'un peu d'aide. Est-ce que tu connais quelqu'un de confiance qui pourrait m'embaucher, pour ne pas éveiller les soupçons ?

Ishcate n'avait aucune envie de se retrouver une fois de plus impliqué dans des affaires politiques qui ne se terminaient pas toujours bien pour lui, mais il acquiesça. Il aiderait le jeune Demba car il venait avec de nobles intentions. Il le ferait pour Anne. Elle s'était toujours montrée aimable envers lui et avait facilité ses rencontres avec Suzette, qu'elle n'avait jamais abandonnée.

Sur ces entrefaites, Bailly, le meneur mulâtre, éleva la voix afin de bien se faire entendre.

— Ils sont tous pareils ! Cela m'énerve d'entendre Girard nous dire « mon fils », « mon garçon » ou d'autres mots gentils tout en nous traitant comme des animaux. Quand nous sommes arrivés, il nous a assuré qu'il n'y aurait aucune distinction entre les Blancs et les Noirs, mais dans les faits, où il s'assoit ? À la table des officiers blancs ! Est-ce que vous l'avez vu une seule fois prendre place à la mienne, alors que moi aussi, je suis officier ?

— Non ! cria un homme au milieu de son auditoire conquis tout en bourrant sa pipe en terre cuite. Mais pour être franc, il nous donne autant de café, de sel, de sucre, de beurre et de vin médicinal que nous demandons.

— Nous nourrir correctement fait partie de ses obligations. Peu m'importent ses cadeaux, je veux de la considération. Une invitation à sa table serait une véritable preuve de respect envers nous. Si nous avions affaire à de vrais Français, je suis sûr que nous, les mulâtres, serions traités exactement comme les Blancs, comme il se doit. Les Français de France sont justes, eux.

— Va dire ça à la tête de Capet ! lança un homme, provoquant des éclats de rire.

— Il est certain qu'ils n'auraient pas dû tuer leur roi, répondit Bailly pour captiver de nouveau la foule, même si en réalité, en Louisiane, la mort de Louis XVI, guillotiné au mois de janvier, n'avait pas affecté grand monde. Cependant, ils sont justes, ils ont reconnu les droits fondamentaux des hommes. À Saint-Domingue et sur d'autres îles françaises, nous bénéficions déjà du statut de citoyen actif. Nous avons le droit de nous exprimer ouvertement. Ce n'est pas le cas ici, en Louisiane. Quelle injustice ! Les hommes devraient se différencier par leur esprit et non par la couleur de leur peau. Aujourd'hui, je ne suis pas allé travailler sous prétexte d'être malade. Demain, je recommencerai. Vous devriez tous faire comme moi. Il faut qu'ils comprennent que nous ne sommes pas leurs esclaves !

Les hommes l'applaudirent, tandis qu'Ishcate se disait que Bailly était bien imprudent. Plusieurs officiers blancs l'écoutaient en fronçant les sourcils. Le mulâtre poursuivit son discours encore un long moment.

— Il est courageux, commenta Demba. Si seulement il y en avait d'autres comme lui !

— Il est parfois difficile de distinguer le courage de l'intérêt personnel, murmura Ishcate, qui avait eu l'occasion de traduire de nombreuses discussions entre chefs blancs et indiens.

Demba ne connaissait pas encore la nature humaine ; il devait veiller sur lui.

— Ils parlaient de Jérôme Girard ? interrogea Demba.

— De son fils, corrigea Ishcate.

Les yeux de Demba s'assombrirent et Ishcate se demanda ce qui lui traversait l'esprit. Peut-être cherchait-il à venger Bamboula ? Jérôme Girard n'avait pas la réputation d'être dur ni cruel envers ses esclaves. Il partageait même l'avis du nouveau gouverneur qui affirmait que plus les conditions de vie des esclaves étaient bonnes – nourriture, vêtements, hébergement et durée des journées de travail –, moins le risque de soulèvement était élevé. D'autres propriétaires terriens, en revanche, considéraient l'indulgence comme une preuve de faiblesse qui pouvait inciter à l'insurrection. Inutile d'essayer de convaincre Demba que Girard était différent. Pour ce jeune homme, c'était un oppresseur, au même titre que tous ceux qui possédaient des esclaves.

— Je peux te trouver du travail, lui dit-il avec l'intention de le garder à l'œil car il ne voulait pas que quelque chose de fâcheux arrive à Girard. Si tu veux le conserver, je te conseille de ne pas te mêler aux conspirations.

Le lendemain matin, Ishcate rapporta à Gabriel Girard l'intervention de Bailly sur le quai.

Même s'il n'avait pas hérité de l'énergie de son père, il lui ressemblait de plus en plus. Il écouta les paroles d'Ishcate avec une certaine lassitude. Après la mort de sa femme, il avait laissé ses enfants sous la responsabilité de leurs grands-parents et avait demandé à être envoyé loin de La Nouvelle-Orléans. S'il était une chose pire que les ouragans, les inondations et les désertions, c'était de devoir supporter des personnes comme Bailly.

— Je le connais bien, réagit-il en grommelant. Il a participé aux campagnes de Baton Rouge, Mobile et Pensacola. Je ne comprends pas comment il a réussi à devenir lieutenant. Son ambition et son agressivité, qui, chez d'autres, peuvent être des qualités louables, cachent en réalité un esprit irrespectueux et malhonnête. Quel toupet ! Il parle de liberté alors qu'il possède lui-même des esclaves. Et il a fait partie de l'expédition de Bouligny qui a capturé puis pendu Saint Malo, le chef des marrons. Pour éviter de travailler, ce fainéant s'est fabriqué un nouveau discours avec lequel il ne fait que perturber la tranquillité générale. Merci pour cette information, Ishcate. S'il ne revient pas aujourd'hui à son poste, je prendrai une sanction contre lui pour insubordination et l'accuserai de répandre des idées rebelles et pernicieuses.

Ishcate relata cette discussion à Demba durant le trajet de retour vers La Nouvelle-Orléans.

— Moi aussi, je crois à la liberté, Demba, conclut-il. La seule vérité que Bailly a dite hier soir est que les hommes devraient se différencier par leur esprit plutôt que par la couleur de leur peau, mais il affirme défendre certaines idées alors qu'en réalité, il agit dans son propre intérêt. Tu en rencontreras beaucoup comme lui. La Louisiane est devenue un endroit bien chaotique.

Demba se garda de répondre pour éviter de s'emporter et d'être impoli. Le ton paternaliste d'Ishcate l'irritait. Ce dernier n'était après tout qu'un Indien qui faisait des affaires comme un Blanc. Il se souvint alors de sa mère, toujours prête à prendre la défense de sa maîtresse. Il n'était plus un jeune homme crédule. Il avait respiré l'air de liberté qui régnait en France. Lorsque le roi avait été guillotiné, il se trouvait à Paris et avait assisté aux mobilisations. Là-bas, il existait différentes factions et différents points de vue, mais au fond, c'était la même volonté de démocratie et de conquête de droits qui animait tout le peuple. Ce qui se produisait en France était un ouragan imparable qui, grâce à des personnes comme lui, frapperait les côtes du monde entier. Il saurait apporter son grain de sable pour changer le cours de l'histoire, même si cela devait lui coûter la vie.

Il le ferait pour son père.

Après avoir passé quelque temps à La Nouvelle-Orléans à se remémorer les années qu'il y avait vécues, Demba poursuivit son voyage vers le nord en compagnie d'Ishcate, qui convoyait la dernière cargaison de l'hiver au poste Arkansas.

Quatre jours plus tard, alors qu'ils étaient à une quarantaine de lieues de la ville, Demba annonça au Kaskaskia qu'il restait à Pointe Coupée, sur la rive gauche du Mississippi. D'après les conversations qu'il avait entendues dans les tavernes des quais, c'était dans cette région que se trouvaient le plus d'esclaves avides de liberté.

— De quoi est-ce que tu vas vivre ? lui demanda Ishcate.

— Ce ne sont pas les plantations d'indigo, de tabac, de maïs et de coton qui manquent, sans parler du bois. Je suis sûr que quelqu'un me donnera du travail pour l'hiver.

Ishcate lui dit au revoir, conscient qu'il ne pourrait le faire changer d'avis. Demba était seul maître de sa destinée et, puisqu'il restait à Pointe Coupée et non dans une plantation de La Nouvelle-Orléans, Ishcate pouvait pour l'instant être tranquille en ce qui concernait Girard.

— Si tu reviens sur ta décision, cherche-moi en Arkansas. Je reviendrai ici au printemps.

Demba tenta sa chance dans plusieurs plantations jusqu'à obtenir une place dans celle d'un certain Poydras. Il mentit et expliqua que son maître lui avait accordé la liberté dans son testament – ce qui n'était pas rare –, mais fut sincère lorsqu'il assura qu'il avait davantage d'expérience pour conduire les attelages que pour les travaux des champs. Des mois durant, il accomplit les tâches qu'on lui assigna dans les écuries. Respectueux et peu loquace, il passa l'hiver à observer les autres travailleurs, les Noirs libres comme les esclaves, leur façon de parler et de se comporter. Au bout de quelques mois, il savait avec qui il pouvait partager ses idées révolutionnaires.

Il y avait parmi les Africains un homme d'une quarantaine d'années appelé Joseph Mina, du nom de sa tribu, qui quittait souvent les plantations et, pendant son temps libre, s'entretenait avec certains hommes en prenant des précautions excessives. Une fois la journée terminée, ceux avec qui il avait discuté se réunissaient dans sa cabane, profitant du joyeux tohu-bohu formé par les chants africains et les tambours.

Un soir de fin février, Demba osa se joindre à eux. Il s'approcha de la cabane de Mina et entra. Dans cet espace exigu, quatre hommes assis par terre écoutaient ce que leur disait Joseph, lui-même assis sur un grabat.

— Qu'est-ce que tu veux ? demanda Mina.

Il s'était levé à l'arrivée de Demba ; il était presque aussi grand que lui.

— J'ai vécu la révolution en France.

Pour être accepté, il devait être franc, même s'il prenait le risque d'être dénoncé. Il les vit échanger des regards.

— Mon père a été esclave à La Nouvelle-Orléans, ajouta-t-il. Il s'est enfui pour rejoindre les marrons. Ils l'ont attrapé et l'ont tué. Je n'ai qu'un but, venger sa mort.

Il leur montra une copie d'un manifeste intitulé *Liberté et Égalité* que les révolutionnaires français adressaient à leurs frères de Louisiane. Il l'avait rapporté de Paris, mais il avait entendu dire que ce texte circulait déjà dans les tavernes de La Nouvelle-Orléans.

Mina le regarda droit dans les yeux pendant quelques secondes et y perçut de la sincérité.

— Je pense que l'occasion va bientôt se présenter.

Il lui tendit sa main et, après avoir serré celle de Demba, l'invita à s'asseoir parmi eux.

— Si tu répètes un mot de ce qui se dit ici, nous paierons les conséquences de ta trahison, mais toi, tu ne seras plus de ce monde pour le raconter.

— Si je dois mourir, que cela serve notre cause, déclara fermement Demba. Vous pouvez compter sur moi. J'ai l'espoir que, si nous nous organisons bien, nous gagnerons. Nous sommes sept mille Noirs contre deux mille Blancs. Il n'y a pas si longtemps, en France, personne n'aurait cru que le peuple lutterait pour ses droits et en sortirait vainqueur. Si vous aviez vu les sans-culottes, avec leurs pantalons en simple toile, envahir les rues pour mettre à bas la tyrannie des culottes et des casaques de la bourgeoisie !

Mina sourit.

— Un peu de sang neuf ne fait jamais de mal. Nous devons agir avec la plus grande prudence. Il ne faut pas croire que tout le monde ici nous suit. Certains, par peur, préfèrent que rien ne change.

— Vous avez prévu quelque chose de concret ?

Mina souleva sans effort le grabat en bois. Tandis qu'il le soutenait, un homme écarta des planches qui couvraient un trou rempli de fusils et de quelques pistolets. Après avoir tout remis en place, il expliqua :

— Depuis plusieurs mois, dans toutes les plantations de la région, nous rassemblons des armes et des munitions que nous cachons chez les Noirs libres et chez les Blancs qui nous soutiennent.

— Comptez sur moi. Que puis-je faire pour vous aider ?

— Parle autour de toi. Nous attendrons le dernier moment pour annoncer le jour exact. Ce sera dans deux ou trois mois.

Demba était tout excité par cette perspective. Le moment tant attendu arriverait vite. De la réussite de cette initiative dépendrait le triomphe des soulèvements ultérieurs dans les plantations de La Nouvelle-Orléans. Si le roi de France était tombé, des Blancs possédant de nombreux esclaves, comme Girard ou Bouligny, pouvaient tout à fait subir le même sort.

Durant plusieurs semaines, Demba usa d'autant d'habileté que de discrétion pour tenter de rallier d'autres hommes. Il découvrit que beaucoup étaient déjà au courant. Nombre d'entre eux acceptèrent la proposition avec un vif enthousiasme ; d'autres refusèrent purement et simplement de l'écouter ; et une poignée d'esclaves lui reprochèrent de donner de faux espoirs, car tout ce qu'ils gagneraient, ce seraient des souffrances supplémentaires.

Quatre jours avant la date fixée, Mina, qui était en contact permanent avec les meneurs des autres propriétés, ordonna de prévenir tous les insurgés. Un profond silence régna le lendemain sur les travaux quotidiens de la plantation Poydras, qui, d'ordinaire, étaient accompagnés de chants, de rires et de conversations animées. Demba attribua ce calme inhabituel à la nervosité et à l'émotion de tous face à ce qui se préparait. Dans la matinée du jour convenu, le 12 avril, une patrouille de soldats fit irruption dans la plantation. Ils étaient suivis des contremaîtres blancs et du propriétaire, tous armés. Les travailleurs interrompirent leurs tâches et demeurèrent immobiles, tête baissée, attendant ce qui allait se produire.

Demba, qui se trouvait dans les écuries situées près du bâtiment principal, vit les soldats revenir peu après avec Mina et ses hommes. Du bout de leurs fusils, ils les forcèrent à insérer leurs mains et leurs pieds dans les ceps en bois servant à châtier les esclaves indisciplinés.

Demba comprit qu'on les avait dénoncés et qu'on viendrait le chercher, lui aussi.

Il s'adossa contre un mur, dans un coin sombre, et ferma les yeux. Il n'avait que quelques secondes pour prendre une décision. Il envisagea un instant de fuir mais se sentit minable à l'idée d'abandonner ceux qui avaient risqué leur vie pour les autres. De plus, des soldats devaient sillonner les chemins et surveiller les propriétés avoisinantes. Il serait vite arrêté et considéré comme un lâche. Ils étaient si près du but ! Maudits soient ceux qui les avaient trahis ! Cependant, ceux qui voulaient se battre pour leur liberté étaient plus nombreux. Bien plus nombreux. Si les travailleurs qui s'étaient tus levaient tous, d'un seul homme, leurs houes, râteaux et autres outils et se jetaient sur les soldats, même si certains devaient mourir, ils les vaincraient...

Il suffisait que quelqu'un allume l'étincelle.

Demba pensa à son père et désirait que celui-ci soit fier de lui. Il saisit une fourche plantée dans un tas de foin et se dirigea vers l'arrière de l'écurie. Il sortit discrètement, rejoignit la lisière d'un champ et, au premier homme qu'il approcha, il dit :

— Fais passer le message : on les attaque !

Après quelques secondes d'hésitation, le travailleur lui obéit et répéta ces mots à ses voisins.

— C'est quoi, ces messes basses, là-bas ? cria l'un des contremaîtres.

Demba brandit alors sa fourche vers le ciel.

— À l'attaque ! hurla-t-il. Pour la liberté !

Il s'élança vers les soldats, convaincu qu'il serait suivi de centaines d'hommes courageux.

Il entendit un coup de feu, ressentit une douleur aiguë dans la poitrine et s'écroula sur le sol.

52

Aranjuez, printemps 1794

PAR UNE FROIDE APRÈS-MIDI de mars, Anne annonça la visite impromptue du comte d'Aranda. D'ordinaire serein, malgré son tempérament impétueux, il se montra particulièrement nerveux.

— Je viens vous faire mes adieux, ma chère, déclara-t-il, et qui sait, ce sont peut-être les derniers.

— Que dites-vous, voyons ? De nombreuses années nous attendent encore pour jouir de la compagnie l'un de l'autre !

Suzette tenta de le convaincre de partager un chocolat chaud avec elle, mais il refusa.

— Ceux d'entre nous qui proposent des réformes et apportent des solutions aux problèmes ne sont pas les bienvenus, se plaignit le comte tout en arpentant le salon. Eh bien, que le roi et la reine restent avec ce maudit Godoy et qu'ils s'en débrouillent !

— Que s'est-il passé, cette fois ?

— Ce matin, le Conseil d'État s'est réuni ici, à Aranjuez, pour établir la procédure à suivre dans la guerre contre la France révolutionnaire. J'ai eu une vive altercation avec Godoy. Devant Sa Majesté. Ils me critiquent pour mon opposition à cette guerre. Des calomniateurs m'accusent d'avoir un accord secret avec les Français et de vouloir implanter une révolution semblable en Espagne...

— C'est insensé ! Vous n'imaginez pas à quel point je suis désolée. Je ne peux hélas vous aider, mais comptez sur mon amitié et ma loyauté. Que pensez-vous faire ?

Aranda se laissa choir sur un fauteuil à côté de Suzette.

— Je crains pour ma vie. Je pars demain dans ma propriété d'Épila, et j'y resterai au moins jusqu'à ce que les esprits s'apaisent. Si je dois mourir, que ce soit dans ma région natale. Il est hors de question que je leur laisse mon corps !

— Vous allez me manquer, cher ami, dit Suzette, sentant les larmes lui monter aux yeux. J'espère que vous m'écrirez.

— Cela va sans dire.

Aranda soupira, se releva et s'approcha de la baie vitrée qui donnait sur le jardin. Son regard s'égara sur un point indéfini.

— Si seulement nous n'étions pas gouvernés par les incapables d'aujourd'hui, nous pourrions vivre des moments de gloire ! Ils écartent de la vie publique les penseurs éclairés, mais le monde changera malgré eux. Rien ne dure éternellement. Qui peut nous assurer qu'un jour, ils ne perdront pas la Louisiane ? ajouta-t-il en regardant fixement Suzette après être revenu sur ses pas. Combien de fois les ai-je prévenus ? Les Américains voudront toujours plus. D'abord, ils obtiendront le droit de naviguer sur le Mississippi et d'accéder au port de La Nouvelle-Orléans. Puis à toute la Louisiane. L'Espagne n'est rien d'autre qu'hésitation, indécision et retard. Comme mon ami Goya me l'a dit récemment, « le sommeil de la raison engendre des monstres ». Une grande vérité. Pardonnez mes divagations et mes propos aigres.

Il prit la main de Suzette et la baisa. Sur ces entrefaites, Anne entra, l'air épouvantée.

— Monsieur le comte, des hommes vous demandent, dit-elle dans un filet de voix.

Aranda s'assura que sa perruque était bien en place, tira sur les revers et le bas de sa casaque pour la lisser, puis se dirigea vers le vestibule. Suzette lui emboîta le pas. Elle aperçut deux officiers. La porte d'entrée était ouverte ; trois ou quatre soldats attendaient dehors.

— Don Pedro Pablo Abarca de Bolea, comte d'Aranda ? dit l'un des officiers.

— Lui-même.

— Au nom du roi, vous êtes en état d'arrestation. Nous vous accompagnerons chez vous pour que vous preniez quelques affaires et nous partirons.

— Je suppose que vous ne me révélerez pas ma destination.

— J'ai pour instruction de ne rien vous dire.

Aranda acquiesça tout en esquissant un léger sourire en coin. La chance des hommes était versatile. À son tour de sentir la rage et l'impuissance, une expérience que Suzette et bien d'autres connaissaient déjà.

Il se tourna vers elle et lui prit les mains.

— Pardonnez-moi si je ne vous écris pas, ma chère. Cela pourrait vous attirer des ennuis. Or, vous avez eu votre content. Il vaut mieux qu'on ne vous associe pas à ma personne. N'oubliez pas votre pauvre vieil ami. Pour ma part, je ne vous oublierai pas.

Suzette le serra dans ses bras. Aussitôt après son départ, elle fondit en larmes.

Elle venait de perdre son unique ami et confident dans ce pays.

Sa solitude ne pouvait être plus immense.

Sans savoir pourquoi, les paroles que son beau-frère avait prononcées avant de mourir lui vinrent à l'esprit :

« Trouvez votre propre manière de faire. »

Poste Arkansas, mai 1794

À bord d'une barge, Ishcate finissait de passer en revue le premier chargement de peaux de ce printemps à l'attention de Girard. La nuit n'allait pas tarder à tomber et, comme il prévoyait de partir le lendemain à l'aube, il voulait s'assurer que tout était en ordre. Un autre bateau venant du nord accosta et ses passagers descendirent la courte rampe. Peu après, quelqu'un l'apostropha. Il fut très surpris de reconnaître l'homme d'âge mûr bien habillé qui s'approchait de lui. Étienne Dubois.

Ils se saluèrent d'une forte poignée de main.

— Qu'est-ce qui t'amène ici ? lui demanda Ishcate.

— Avant d'être trop vieux, j'ai envie d'aller faire un tour à La Nouvelle-Orléans et d'acheter des marchandises à ramener à Saint-Louis, répondit Étienne. Tu nous manques là-haut, ajouta-t-il en lui donnant une petite tape dans le dos. Ma mère sera ravie de savoir que tu vas bien. Tu t'apprêtes à descendre ?

— Je pars demain matin.

— Moi aussi. Nous nous sommes arrêtés pour passer la nuit. Nous pourrions naviguer ensemble !

Malgré ses réserves à l'égard des négoces d'Étienne, Ishcate était content de le voir. Non seulement ils se connaissaient depuis leur adolescence, mais il lui devait doublement la vie.

Ils convinrent d'une heure de départ et d'un endroit pour faire leur prochaine halte afin de partager leur dîner et de bavarder, ce qu'ils firent également les jours qui suivirent.

Au niveau de Natchez, une région d'ordinaire tranquille, ils furent étonnés de croiser des canonnières espagnoles. À mesure qu'ils descendaient le Mississippi, ils constatèrent que le nombre de galères et de galiotes augmentait. Les soldats avaient pris Pointe Coupée. Ils avaient apparemment eu vent qu'une vaste conspiration d'esclaves se préparait.

Ishcate et Étienne apprirent vite comment elle avait été étouffée.

Bien qu'habitué au sang et à la bataille, Ishcate fut saisi d'effroi devant le décor dantesque qui s'étendait entre Baton Rouge et La Nouvelle-Orléans. Toutes les quelques lieues, une tête humaine se trouvait plantée au bout d'une pique. Les meneurs de la révolte avaient été exécutés.

— C'est une bonne chose que les esclaves comprennent les conséquences de tout acte subversif, observa Étienne, le soir venu. Pour le moment, Saint-Louis est calme, mais je préfère ne pas imaginer ce qui arriverait si ces idées se propageaient le long du Mississippi.

— Je ne vois pas d'esclaves au bout de ces piques, dit Ishcate, mais des hommes assassinés…

— Qui n'auraient pas hésité à tuer pour obtenir gain de cause, l'interrompit Étienne. Combien d'innocents avez-vous massacrés, Sarazen et toi, pour libérer sa femme ? Et lors de l'attaque de Saint-Louis ? Ou encore dans l'embuscade contre les Américains sur la Wabash ? Chaque bataille a son lot de victimes. Certains gagnent et d'autres perdent. Dans cette affaire, tu le comprendras, je défends mes intérêts. Je n'aurais jamais imaginé qu'un jour, j'affirmerais préférer être espagnol, mais si la France persiste dans son idée d'abolir l'esclavage dans toutes ses colonies…

Ishcate ne pouvait s'empêcher de penser qu'une de ces têtes pouvait appartenir à Demba. Dès lors que l'on connaissait quelqu'un impliqué dans les batailles, celles-ci cessaient d'être abstraites et justifiables, selon le camp où l'on se trouvait, et devenaient une préoccupation concrète. Il obligea son équipage à ralentir la progression de la barge afin d'examiner les visages un à un. Peu avant d'arriver à La Nouvelle-Orléans, il reconnut, non sans difficulté, celui de Demba et éprouva une vive peine pour le jeune homme dont les rêves avaient été si éphémères, ainsi que pour sa mère qui serait submergée de tristesse.

D'après ce qu'il avait entendu dire, l'administration avait offert la liberté et une récompense de trois cents pesos à tout esclave qui révélerait des détails sur la conspiration.

Demba était trop jeune pour penser que tous les principes, aussi nobles soient-ils à l'origine, se volatilisaient face à des propositions alléchantes. Ishcate s'en voulait, il aurait dû davantage insister pour qu'il reste auprès de lui. Mais rien ne l'en aurait dissuadé.

Il admira la détermination de Demba qui s'était sacrifié pour un idéal, et il se sentit lâche de sa propre inaction.

Il glissait dans la vie comme un fleuve placide, sans se risquer à en changer le cours ; il se laissait aller par habitude, parcourait des sentiers battus, charriait le limon des souvenirs et n'en créait pas de nouveaux. Où était passée la fougue de sa jeunesse ?

Il prit alors une décision : dès qu'il arriverait à La Nouvelle-Orléans, il demanderait à Girard de lui obtenir un sauf-conduit et de lui faire une avance sur les commandes à venir afin de réunir la somme lui permettant de réaliser son rêve. Il était temps que le fleuve docile qu'il était devenu s'aventure en mer ; non pas pour mourir, mais pour renaître sous la forme d'une eau nouvelle et lécher les lointains rivages où se trouvait le sens de sa vie.

— Maudits ouragans. Et maudite guerre. Et maudit Trésor royal.

Assis à l'une des petites tables du salon, Girard relisait le mémorial et les documents qu'il venait de rédiger avec les informations que son fils lui avait envoyées de Plaquemine. La mauvaise fortune avait voulu qu'un terrible ouragan cause des dégâts au fort et d'importantes pertes parmi les marchandises qu'il avait envoyées, raison pour laquelle il sollicitait une compensation au nouveau gouverneur. Âgé de soixante-sept ans, Jérôme devait continuer à se battre pour maintenir le niveau économique auquel sa famille était habituée. La vie s'acharnait à le mettre à l'épreuve, mais il était hors de question qu'il baisse les bras.

— Que se passe-t-il, mon cher ? lui demanda Blanche sans lever les yeux de son journal.

— J'en ai assez de toute cette paperasse ! Je voudrais vivre à une époque où la parole d'un homme suffirait !

Aujourd'hui, tout doit être bien argumenté et consigné par écrit. Je suis un négociant, pas un écrivain !

Dans l'incendie de La Nouvelle-Orléans, ses bureaux avaient été réduits en cendres. Du fait des poursuites que le Trésor royal avait engagées contre lui, ses biens étaient encore sous saisie et le Conseil des Indes n'avait pris aucune décision. Toute nouvelle transaction devait être supervisée par le notaire Almonaster.

— Les malheurs d'un homme se mesurent au volume de sa correspondance avec l'administration. Quand vous êtes confronté à des ennuis judiciaires, vos qualités se trouvent éclipsées. N'ai-je pas combattu pour l'Espagne lors des campagnes de Gálvez ? N'ai-je pas participé à la reconstruction de la ville en approvisionnant les Espagnols à bon prix ? Avec mon négoce, je nourris plus de deux cents personnes. Cela devrait compter !

Attendant un commentaire de soutien de la part de son épouse, il la regarda du coin de l'œil et constata qu'elle était toujours plongée dans la lecture du *Moniteur de la Louisiane*, un tout nouveau journal.

— Vous m'écoutez ? lui demanda-t-il en s'approchant d'elle.

Blanche connaissait parfaitement les préoccupations qui avaient rendu son mari si grincheux. Elle lui fit signe avec un sourire coquet de s'asseoir à ses côtés sur le petit canapé tapissé de soie couleur crème.

— Regardez, c'est la nouvelle réglementation du gouverneur pour indemniser les propriétaires qui ont perdu des esclaves, qu'ils aient fui, qu'on les ait retrouvés ou tués. Deux cents piastres par esclave. On ne vous a jamais rien donné pour Bamboula…

Girard rejoignit clopin-clopant le divan, sur lequel il s'assit en fronçant les sourcils. Dernièrement, le seul événement politique qui l'avait réjoui était l'arrivée de Carondelet, venu remplacer l'indésirable Miró. Ce dernier manquait certes d'assurance et voyait des menaces partout, mais au moins, il semblait agir avec pondération, ce qui n'était pas rien en ces temps troublés.

— Il n'aura bientôt plus d'argent s'il doit dédommager les propriétaires de Pointe Coupée, lâcha-t-il.

— Vous ne perdez rien à essayer..., dit Blanche en haussant les épaules. À propos de Pointe Coupée, des rumeurs circulent selon lesquelles Carondelet serait à l'origine des révoltes des esclaves. Il aurait fait ça dans le but d'anéantir ses ennemis anti-Espagnols, les planteurs français, dont tu fais partie...

— Quelle aberration ! s'écria Girard avant de soupirer. Mais plus rien ne me surprend... Notre monde est méconnaissable, Blanche. Notre roi et notre reine ont été assassinés. Nos voisins sont de nouveau divisés, comme lors de la rébellion des créoles à la fin des années soixante. À l'époque, il n'y avait que deux camps : soit on était pour l'Espagne, soit on était contre. Maintenant, la France et l'Espagne, des nations sœurs, sont en guerre et la Louisiane est un véritable bastringue. Nous vivons montés les uns contre les autres, avec la peur des soulèvements. Les esclaves contre leurs maîtres. Les Français contre les Espagnols. Les républicains contre les royalistes. Les Louisianais contre les colons américains. Savez-vous de qui je me souviens beaucoup ces derniers temps ?

Blanche l'observa tendrement pour lui montrer qu'elle était à présent attentive.

— De Lafrenière, répondit Girard. Je regrette de ne pas l'avoir défendu avec plus d'ardeur. Il n'a jamais cessé d'aimer la France. Je me demande ce qu'il penserait aujourd'hui. Embrasser la patrie, c'est embrasser la révolution et la république. Certaines de mes connaissances, pour redevenir françaises, se targuent d'être jacobines. J'en suis incapable. Et ceci fait de moi le défenseur d'un roi tyrannique, qui, comble de l'ironie, est espagnol. Le dilemme me ronge l'âme. Je me sens fondamentalement français, tout en percevant une retraite de l'armée espagnole.

Girard soupira de nouveau, gagné par une subite lassitude.

— Je regrette l'époque où je suis arrivé dans cette région, qui était une terre vierge, peu peuplée, et où j'ai fait votre connaissance et me suis épris de vous. J'étais aussi séduit par l'idée de prendre un nouveau départ loin de mon pauvre village natal, en France, où j'ai privé mes parents de leur fils unique. Aujourd'hui, avec cet embrouillamini de gens si différents et aux opinions si disparates, je ne reconnais ni la colonie ni la ville de La Nouvelle-Orléans. Figurez-vous qu'avec ces idées importées de liberté, d'égalité et de fraternité, des Noirs libres se mettent à tutoyer les Blancs !

Son épouse lui caressa la joue.

— Pourquoi êtes-vous si négatif ce matin ?

Girard pointa son bureau du doigt.

— J'en suis venu à la conclusion que plus l'État grandit, plus le bonheur diminue.

Remarquant l'inquiétude soudaine sur le visage de Blanche, il s'efforça de retrouver un peu de gaieté.

— Et ce nouveau journal alors, que raconte-t-il d'autre ?

— Que le drapeau espagnol flotte désormais sur les falaises que les Chickasaw ont cédées aux Espagnols.

Girard, étonné, secoua la tête.

— De vieux ennemis font la paix et de nouveaux ennemis surgissent parmi nous...

— Jérôme, voyons, ce que vous pouvez être pessimiste ! lui dit Blanche en lui tapotant affectueusement la main. Écoutez, à la page des petites annonces, il y a une tannerie et un entrepôt idéal pour une rhumerie près de la ville, avec des chaudrons, du matériel, ainsi que des terres où nous pourrions cultiver la canne à sucre.

— Ah, si j'avais vingt ans ! Tout ce que je demande, c'est du temps pour solder mes dettes et profiter de ma famille.

Ne pas pouvoir payer ce qu'il devait lui pesait plus qu'il ne voulait l'admettre ; il ne cessait de se souvenir du fardeau qui avait dû écraser Leroux des années durant.

— Tout va bien se passer. N'oubliez pas que nous allons bientôt fêter les noces de notre Didier. Nous avons encore de belles choses à vivre ensemble.

Girard prit la main de sa femme et la porta à ses lèvres pour y déposer un tendre baiser. Il se remémora avec nostalgie son arrivée en Louisiane, son mariage avec Blanche, qui l'avait rendu si heureux, la naissance de chacun de leurs enfants. Il repensa aussi à l'époque la plus glorieuse de la famille, lorsque leurs deux filles avaient épousé de hauts fonctionnaires de la Louisiane. Il avait réussi dans les affaires. L'argent affluait chez lui grâce aux juteux contrats qu'il décrochait. Les autorités le traitaient avec respect. Les Indiens avaient confiance en lui. Les bonnes choses ne duraient pas. La vie passait trop vite. Les hommes avaient la mémoire courte. Les temps changeaient si rapidement que les privilèges de certains disparaissaient du jour au lendemain. Blanche avait beau parler des joies à venir, il ne pouvait s'empêcher d'être à la torture pour ses filles aînées qu'il aimait tant. Suzette avait souffert l'indicible en Espagne. Même si le roi lui avait enfin accordé son pardon, elle ne serait plus jamais la même. Margaux était veuve depuis quelques mois et devait subvenir seule aux besoins de son abondante progéniture. Ni lui ni son épouse n'étaient en mesure de les aider ni financièrement ni moralement ; en raison de sa situation, il ne pouvait sortir d'argent de la colonie et l'Europe était bien loin. En outre, il sentait qu'il lui restait peu de temps. Son corps et son âme lui pesaient de plus en plus. Il s'était pourtant juré qu'il ne s'arrêterait de se battre pour ses affaires que le jour où on le mettrait dans la tombe...

Il se leva du divan avec lenteur et retourna s'asseoir à son bureau, résolu à entreprendre ce qu'il désirait faire depuis longtemps. Il prit son écritoire et rédigea quelques lignes. Il attendit que l'encre sèche, plia la feuille et écrivit un nom à la plume. Il répéta l'opération puis laissa les deux lettres bien en vue.

Son temps sur la terre arrivait peut-être à sa fin, mais il n'était sans doute pas trop tard pour arranger l'avenir d'autres.

Il revint ensuite auprès de sa femme, appuya sa tête sur son épaule et murmura :

— Je vous aime, Blanche

C'était la seule chose qui demeurait immuable, et ce malgré les changements de gouverneurs, de rois, de frontières et même du mouvement des astres.

À peine avait-il amarré sa barge aux quais de La Nouvelle-Orléans et posé le pied sur la terre ferme qu'Ishcate vit le comptable de la compagnie Girard s'approcher de lui pour lui annoncer que son patron avait eu une crise d'apoplexie et se trouvait à l'agonie.

Ishcate fut consterné par la nouvelle, qui, d'une certaine façon, affectait ses projets. Girard était un homme fort et n'était pas si âgé. Il pria le Grand Esprit d'intervenir pour sa guérison.

Lorsqu'il informa Étienne de la situation, ils convinrent d'aller lui rendre visite dès le lendemain, après s'être reposés et lavés dans leur logement respectif : Étienne dans la maison de Dubois que Girard n'avait jamais vendue et dans laquelle il lui permettait toujours de se rendre, et Ishcate dans la pension d'Alizée.

Tandis qu'ils attendaient dans la galerie circulaire de la demeure des Girard que le majordome les fasse entrer, Ishcate contempla la vue sur le lac Pontchartrain en pensant à Suzette. Il se demanda si, où qu'elle soit, elle éprouvait de la nostalgie pour la nature exubérante de la Louisiane. Il ferma les yeux et lui parla avec son esprit et son cœur. Elle lui manquait de plus en plus. Tout au long de leur vie, les rares moments qu'ils avaient partagés avaient permis de nourrir leurs espoirs des prochaines retrouvailles. Cela faisait à présent bien trop longtemps qu'il ne l'avait pas vue. Et voilà qu'il se trouvait précisément dans la maison où il l'avait aimée pour la dernière fois.

Une voix féminine interrompit ses pensées. En se retournant, il découvrit une Suzette toute jeune. Son cœur bondit dans sa poitrine. C'était sa petite sœur, qui les invitait à passer au salon.

La pièce était soigneusement décorée et pourvue d'un mobilier de bonne qualité. Les grandes fenêtres donnant sur la galerie, les armoires, les différents bureaux en acajou sculpté et les miroirs dorés laissaient à peine voir les pans de mur. Pour s'approcher de Girard, assis sur un fauteuil dans la partie la plus éclairée de la pièce, les deux hommes avancèrent entre plusieurs petites tables en bois chargées de figurines en marbre, de cadres et de chandeliers en argent.

Lorsque Ishcate découvrit Girard, la sensation d'opulence céda la place à un sentiment de fragilité. Il avait tellement maigri qu'au lieu de l'homme robuste qu'il se rappelait, il vit un vieillard tremblant avec une bouche tordue, de minces favoris et des yeux larmoyants dans lesquels il crut déceler un éclat de joie au moment où il le reconnut. À ses côtés, son épouse, devenue l'interprète de ses balbutiements, lui tenait la main et lui parlait comme à un enfant.

— Nous ne serons pas longs, madame, dit Étienne, lui aussi frappé par l'abîme entre les souvenirs qu'il conservait de l'ancien associé de son beau-père et son état actuel. Je vous transmets les salutations de ma famille et mes meilleurs vœux de rétablissement pour M. Girard.

Ishcate demeura en silence. Le père de Suzette ne se rétablirait pas et il pouvait considérer que sa relation commerciale avec lui avait pris fin. Il ne pouvait plus lui demander ni d'avance ni de sauf-conduit. Il allait devoir mettre à profit son séjour à La Nouvelle-Orléans pour trouver un autre acheteur intéressé par ses marchandises, à moins qu'il ne propose de nouveau ses services à Étienne.

Girard regarda sa femme et lui fit un signe de tête impatient en direction d'une petite table voisine. Elle acquiesça et le rassura en lui caressant la main. Elle se leva et prit deux lettres cachetées à la cire. Elle en tendit une à Ishcate et l'autre à Étienne.

— Il m'a fait promettre de vous les remettre. Il les avait préparées pour vous les envoyer. Je suis ravie que vous soyez venus ; il peut ainsi voir que vous les avez reçues. J'ignore tout de leur contenu, mais je sais que c'est important pour lui.

Ishcate lut la lettre. Il s'agissait d'une missive à l'attention du gouverneur sollicitant un laissez-passer afin qu'il puisse se rendre en Espagne pour affaires en tant que représentant de la société Girard.

— Merci, monsieur, dit-il en le regardant dans les yeux.

Il était profondément reconnaissant de son geste ; Girard lui donnait en quelque sorte sa bénédiction pour retrouver Suzette. Néanmoins, ce papier ne serait plus d'aucune utilité lorsqu'il serait mort et que la compagnie serait dissoute, puisque aucun de ses fils, tous militaires, ne reprendrait le négoce.

Étienne lut sa lettre et arqua un sourcil, surpris. Girard se souvenait de Leroux avec affection et lui demandait un grand service.

— Vous avez ma parole, monsieur.

Girard ferma les yeux et laissa échapper un petit soupir. L'avenir était désormais entre les mains d'hommes comme Ishcate et Étienne. Il avait de la peine de dire adieu à la vie, mais savoir qu'elle continuait le réconfortait. Personne – pas même lui – n'était assez important pour en arrêter le cours. Ce sentiment final d'insignifiance lui offrait une certaine consolation.

Promettant de revenir, Étienne et Ishcate quittèrent la plantation.

— Il lui reste peu de temps à vivre, dit Étienne dans la calèche qu'il avait louée pour son séjour en ville. Quand tu voudras, nous parlerons affaires.

Les hommes changeaient beaucoup selon les circonstances, se dit Ishcate. Lui, qui avait été si heureux à chevaucher librement à travers les prairies, qui avait vécu de la nature, qui se distrayait et s'apaisait en contemplant les étoiles, avait accepté la condamnation de travailler contre de l'argent afin de satisfaire son cœur, qui ne battait avec une conviction absolue que pour une femme.

Il prit son temps avant de répondre à la proposition d'Étienne, qu'il retrouvait régulièrement puisque ni l'un ni l'autre n'avait de connaissances proches dans la ville.

Lorsque Girard décéda au début du mois d'août, Ishcate prit congé de La Nouvelle-Orléans et tourna son regard et ses pas vers le nord de la Louisiane.

53

Aranjuez, février 1798

UN MATIN, APRÈS UNE NUIT BLANCHE, Suzette prit une décision. Cela faisait des mois qu'elle retournait son plan dans sa tête.

Encore une folie.

Mais une folie possible.

Elle en avait parlé à Anne, qui avait tenté de la dissuader, alors que c'était précisément elle qui lui avait donné l'idée. Suzette passait de plus en plus de temps seule et entretenait très peu de relations. La lecture de livres et de lettres ainsi que les réponses à ces dernières étaient devenues ses rares occupations. Anne l'informait des événements du monde extérieur. Elle lui avait raconté qu'un mécontentement général grondait envers le gouvernement, que des hommes d'ordinaire calmes et souriants semblaient contrariés, que les secrétaires d'État démissionnaient, qu'il y avait même de mystérieux soupçons d'empoisonnements ordonnés par Godoy... Outre les sujets politiques, circulaient également des bruits plus anecdotiques ; ainsi, des enfants d'employés d'autres maisons étaient partis en Amérique comme voyageurs clandestins, sans sauf-conduit.

De toute évidence, c'était un secret de polichinelle.

Sur les bateaux, le nombre de personnes embarquées était supérieur à ce qu'indiquaient les listes. Pour améliorer leur solde ou économiser les billets coûteux de leurs domestiques, il arrivait que des officiers de la marine marchande cachent des passagers clandestins dans les soutes, sous les voiles, dans les rouleaux de câbles ou encore dans l'entrepont. C'était une ruse très courante. Une fois que le navire était au large, il était impossible de les débarquer. Bien entendu, ils ne les jetaient pas par-dessus bord ni ne les laissaient mourir de faim.

Anne en avait parlé à Suzette. Cependant, c'était surtout Adrienne qui l'inspirait. Elle avait pris des risques pour quitter l'Espagne et y était parvenue. Dans ses lettres, elle lui écrivait qu'elle était heureuse à Paris et menait sa vie comme elle l'entendait, sans dépendre de personne. Elle lui demandait chaque fois si elles avaient des nouvelles de Demba, ce qui inquiétait Anne, car elle non plus n'en avait pas reçu depuis qu'il était parti pour La Nouvelle-Orléans.

Lui aussi avait réussi à retourner en Louisiane.

Le monde bougeait, mais pas elle. Elle était lasse d'être passive et spectatrice de sa vie, dans l'attente d'un changement qui n'arrivait jamais. Adrienne poursuivait son chemin, Estelle avait épousé un officier qu'elle suivait là où il était affecté, et Guillermo, qui voulait également devenir militaire, était toujours sous l'aile de Rinaldo. Ce dernier avait engagé un précepteur, le señor Ledesma, que Suzette appréciait. Si ses enfants n'étaient plus un frein l'empêchant de se lancer à l'aventure, son beau-frère ne l'aiderait jamais à obtenir le sauf-conduit nécessaire pour retourner dans son pays natal.

Son vieil ami Aranda lui manquait beaucoup et – elle en était convaincue – il lui aurait volontiers indiqué le nom d'un officier pour mener à bien son plan. Hélas, il était décédé le mois précédent sans laisser d'héritiers, dans sa maison d'Épila, en Aragon, où il s'était retiré après son arrestation et son exil, d'abord à l'Alhambra puis à Sanlúcar de Barrameda, à cause de ses divergences avec Godoy. Le temps avait cependant donné raison au vieux comte : la guerre contre la France avait été un désastre militaire pour l'Espagne qui, après avoir perdu la partie espagnole de l'île de Saint-Domingue, s'était finalement rangée du côté de la France révolutionnaire pour lutter à ses côtés contre leur sempiternelle ennemie, l'Angleterre.

Suzette pensa alors au précepteur de Guillermo, le señor Ledesma. Ami d'Aranda, il savait tout ce que Suzette avait enduré. Elle lui parlerait. Il avait certainement parmi ses relations un officier qui se rendrait en Amérique et apprécierait de recevoir une coquette somme d'argent. Cela faisait plusieurs années que Suzette économisait. Elle vivait sans excès. Sa maison d'Aranjuez n'étant pas grande, le loyer était raisonnable. Elle ne dépensait guère en vêtements et n'avait pas la charge de l'entretien d'une calèche puisqu'elle sortait peu. De plus, elle n'avait qu'une seule domestique à son service.

Elle devait s'entretenir avec Ledesma au plus vite. Elle était certaine qu'Anne serait partante car elle aussi désirait rentrer en Louisiane, surtout depuis que Demba s'y trouvait.

Pleine d'enthousiasme, elle descendit la chercher au rez-de-chaussée mais ne la trouva pas. À cette heure-là, elle devait être au marché. Elle vit alors deux lettres posées sur le plateau de courrier du salon et sourit en reconnaissant l'écriture de sa mère et celle d'Ishcate, qui, depuis longtemps déjà, correspondait directement avec elle, sans passer par Alizée.

Elle se prépara un café et s'installa dans le jardin.

Elle commença par la lettre de Blanche.

Lorsqu'elle lisait les lettres de sa mère, Suzette avait du mal à savoir à quel point celle-ci, désormais privée de la compagnie de son époux, était triste. Fidèle à son caractère courageux, Blanche lui racontait avec force détails des anecdotes de sa vie et lui donnait des nouvelles de ses autres enfants, de ses petits-enfants ainsi que de son entourage de La Nouvelle-Orléans. La première information importante était que l'embargo sur les biens de son mari avait enfin été levé. Après toutes ces années, la justice avait décidé que la famille devait payer quelques milliers de pesos au Trésor royal. Ainsi l'affaire serait close.

Blanche avait l'extraordinaire faculté de se tenir au courant de tout, aussi bien des ragots qui circulaient que des sujets politiques, et pas seulement concernant la Louisiane. Suzette apprit grâce à elle que les Français avaient été expulsés de la Nouvelle-Espagne par crainte que le germe révolutionnaire ne s'y répande. Elle sut en outre que la fièvre jaune réapparaissait presque chaque année à La Nouvelle-Orléans, ce que Blanche attribuait aux nouveaux arrivants qui n'en finissaient pas d'affluer, obligeant les habitants à se cloîtrer chez eux et à s'enfoncer dans l'ennui.

Les tristes nouvelles tenaient sur quelques lignes seulement. Blanche en parlait brièvement, comme pour éviter à sa chère fille de se faire du mauvais sang à des milliers de lieues.

Suzette relut le paragraphe qui l'avait le plus ébranlée, dans lequel sa mère lui annonçait la mort de Jeanne Fournier. Même si cela faisait des années que Suzette n'avait pas vu la sœur de son premier mari, la nouvelle la chagrina profondément. Jeanne n'avait que quarante-quatre ans, soit deux ans de plus qu'elle. Elle ne saurait pas ce que le destin réserverait à ses enfants. Les souvenirs des nombreux moments qu'elle avait vécus en compagnie de Jeanne et de Belmont lui revinrent. Puis ceux des rires entre amies, avant que les obligations familiales de chacune ne les séparent. Elle n'en voulait plus à personne ; tout ce qu'elle souhaitait à présent, c'était retrouver les instants heureux de sa vie.

Elle poussa un long soupir et déplia la lettre d'Ishcate, qu'elle lut lentement pour se délecter de chaque mot. Elle avait l'impression qu'il était là, à ses côtés, lui susurrant à l'oreille que l'hiver s'installait en Louisiane, de La Nouvelle-Orléans jusqu'aux terres de l'Illinois, avec plus ou moins d'intensité ; que les animaux, dans les forêts, étaient moins vifs et se réfugiaient dans leurs tanières, dans un état d'attente similaire au sien. Ishcate rêvait lui aussi de l'arrivée imminente du *miloohkamiwi*, le printemps, même si pour lui, celui-ci reviendrait véritablement quand il pourrait à nouveau serrer Suzette dans ses bras.

Ishcate avait gardé ce même ton nostalgique jusqu'au dernier paragraphe, dans lequel il racontait la mort tragique de Demba et s'excusait de ne pas en avoir parlé plus tôt. Il avait voulu retarder la souffrance d'Anne.

Suzette fondit en larmes, autant pour Demba que pour sa chère Anne. Elle ne savait comment lui annoncer la nouvelle.

Un bruit attira alors son attention et elle leva les yeux. Anne, qu'elle n'avait pas entendue entrer, sortait dans le jardin, une expression étrange sur le visage.

— Ah, vous êtes là, madame. Un monsieur vous demande.

Suzette sécha ses larmes tout en passant en revue ce qu'elle avait fait depuis qu'elle vivait à Aranjuez ; rien ne pouvait paraître suspect aux yeux de ceux pour qui le moindre lien avec la France constituait un danger.

— Que me veulent-ils, cette fois-ci ? demanda-t-elle en s'étranglant dans une violente quinte de toux.

— Ce n'est pas de la part du roi, madame… Il s'agit du précepteur de Guillermo.

Quelle coïncidence, songea Suzette, légèrement préoccupée. Sans attendre qu'Anne le fasse entrer, elle se dirigea directement vers le vestibule, le cœur serré. Elle correspondait régulièrement avec le señor Ledesma. S'il se présentait en personne chez elle, quelque chose de grave était arrivé.

Remarquant aussitôt son inquiétude, l'homme se hâta de la rassurer.

— Guillermo va bien, mais je vous apporte une nouvelle inespérée.

Suzette garda les mains jointes jusqu'à ce qu'il poursuive :

— Le baron Rinaldo Orlac est décédé la nuit dernière dans son sommeil.

Suzette se répétait qu'il était inconvenant de se réjouir du trépas d'une personne, aussi mauvaise, odieuse ou perverse soit-elle. Elle s'en voulait même parfois d'avoir parlé si cruellement à Sebastián sur son lit de mort. Elle regretterait sans doute le soulagement procuré par la nouvelle du précepteur, mais elle ne pouvait retenir ce torrent d'émotions. Quelques heures plus tôt, elle tentait de planifier sa fuite d'Espagne en s'imaginant embarquer comme passagère clandestine et à présent, elle étourdissait Anne avec une avalanche d'instructions, comme si toute l'énergie perdue ces dernières années était revenue dans son corps, dans son esprit et dans son cœur sous la forme d'un fleuve gonflé par des milliers d'affluents vifs, juvéniles et printaniers. Son avenir venait soudain de s'ouvrir.

Elle assisterait aux funérailles de Rinaldo, le visage contrit pour cacher sa joie de savoir que son beau-frère ne pourrait plus faire obstacle à son départ. Le précepteur de Guillermo s'occuperait de toutes les formalités afin que ce dernier hérite du titre et des possessions des Orlac. Suzette ne voulait pas en entendre parler. Elle ferait ses bagages, achèterait deux billets pour le premier bateau qui partirait à destination de La Havane et louerait une voiture jusqu'à Cadix. Elle réaliserait le trajet inverse de celui qui, onze ans plus tôt, l'avait conduite en Espagne.

Suzette s'imaginait déjà respirer les embruns salés de l'océan. Elle entendrait les cris des mouettes, abandonnerait son visage aux caresses du soleil, traverserait le golfe du Mexique et pénétrerait dans le Mississippi... Elle le remonterait en volant, tel un pélican, libre, jusqu'à l'origine, la lumière, la chaleur, le calme.

Elle se donnerait tout entière au renouveau.

Une chose ternissait cependant son bonheur ; sa lâcheté lui rongeait l'âme.

Elle devait annoncer à Anne la mort de son fils.

Elle se décida enfin un matin de mi-mars, au moment du petit déjeuner. Depuis la porte de la cuisine, elle l'entendit fredonner une mélodie et s'apprêta à faire demi-tour.

Elle reconnut l'un des airs que jouait Bamboula. Ses yeux s'emplirent de larmes, mais elle se ressaisit. Elle respira profondément, s'assit et demanda à Anne de prendre place à côté d'elle. Elle prit ses mains entre les siennes et la regarda droit dans les yeux.

Elle lui raconta la rencontre d'Ishcate et de Demba à Plaquemine, puis la révolte des esclaves des plantations de Pointe Coupée qui l'avait conduit à sa mort.

Anne écouta en silence, incapable de croire ce que lui disait Suzette. Au bout de quelques minutes, sa sidération laissa la place à d'inconsolables sanglots. Plusieurs jours durant, elle erra dans la maison, les yeux rougis, sans prononcer un seul mot. Enfin, une après-midi, elle sortit dans le jardin et tendit du papier et une plume à Suzette.

— Pouvez-vous écrire quelques lignes pour moi ?

Intriguée, Suzette acquiesça et Anne se mit à dicter.

— « Servante souhaite trouver une place dans une demeure décente au sein de cette cour ou en dehors. Parle espagnol et français. Cuisine des plats des deux pays. Sait coudre et empeser. Pouvez obtenir des informations sur sa conduite auprès de María Palomo, qui vend du pain sur la plazuela del Gato. » On m'a dit que c'est ce que font généralement les domestiques qui cherchent du travail, ajouta-t-elle après avoir marqué une pause. On m'a aussi conseillé de me faire appeler Ana, ce sera plus facile. Je vais envoyer ce texte au *Diario de Madrid* pour qu'il paraisse dans les petites annonces.

Suzette hocha tristement la tête. Elle aurait voulu qu'Anne l'accompagne en Louisiane. Les deux femmes avaient vécu ensemble depuis leur enfance, mais elle comprenait que sa servante ne veuille pas retourner là où son mari et son fils avaient trouvé la mort. Même si elle était désormais libre de prendre ses propres décisions, elle passerait le reste de sa vie enchaînée au chagrin.

— J'ai du mal à t'imaginer seule ici, en Espagne.

— À l'âge de huit ans, j'ai appris à me débrouiller par moi-même. Dieu m'a bénie en me donnant Bamboula et Demba, puis il me les a enlevés. Je ne rentrerai pas dans le pays qui a détourné les yeux quand ils ont été assassinés. Je continuerai ma vie seule, à ma manière. Je n'ai pas peur, car j'ai tout perdu et je n'attends rien. J'ai de l'affection pour vous et vous serai éternellement reconnaissante.

— Tu vas beaucoup me manquer, Anne. J'ignore ce qu'aurait été mon existence sans toi. Attends-moi une seconde, je reviens.

Suzette entra dans la maison, monta dans sa chambre et réapparut avec des documents entre les mains.

— Garde ton billet et ton sauf-conduit, au cas où tu changerais d'avis.

Le jour du départ arriva. Les deux coffres contenant les affaires de Suzette étaient dans la voiture. Elle emportait uniquement ce qui lui serait indispensable. Elle avait vendu les meubles et les objets lourds qu'elle avait achetés. Elle désirait voyager sans trop de bagages et recommencer sa vie avec le moins de souvenirs possible des longues années passées en Espagne. Anne resterait un jour de plus dans la maison pour terminer le rangement, puis remettrait la clef à la propriétaire et partirait pour Madrid. Suzette avait glissé dans son sac à main les lettres qu'elle enverrait à ses enfants et à sa sœur Margaux avant d'embarquer. Elle ne leur avait rien dit plus tôt car elle ne voulait pas connaître leur avis sur sa décision, ni recevoir de reproches et de mises en garde parce qu'elle entreprenait ce voyage seule. Dans sa missive à Adrienne, elle lui annonçait la triste nouvelle de la mort de Demba.

Devant la portière ouverte de la calèche, les deux femmes se regardèrent dans les yeux, ne sachant que dire ni comment se faire leurs adieux après toute une vie passée ensemble.

— Ma chère Anne..., balbutia Suzette, la voix brisée.

— Madame...

Émues, elles s'étreignirent longuement. Des images défilèrent dans leurs esprits : le marché aux esclaves où Suzette avait enchéri pour Anne avec ses boucles d'oreilles ; les heures passées à jouer, à bavarder, à se promener ; les soins apportés à Ishcate ; le déguisement de Suzette pour se dissimuler parmi les créoles rebelles ; les mariages, les naissances de leurs enfants, les rencontres furtives avec Ishcate, les décès de leurs époux, les voyages à Cuba, Mexico et en Espagne, et les longues veillées sans n'avoir rien d'autre à faire que discuter, coudre et attendre un changement. Elles avaient vu le passage du temps imprimer des marques sur leurs corps et leurs âmes. Ce qui avait commencé comme une relation entre maîtresse et esclave avait évolué jusqu'à s'approcher de l'amitié.

Elles s'écartèrent lentement, comme pour retarder la séparation, imminente et définitive. Elles vivraient désormais trop loin l'une de l'autre. Il était peu probable qu'elles se revoient un jour.

Les mains entrelacées, elles se regardèrent une dernière fois comme pour se souhaiter bonne chance et bon courage.

Suzette monta dans la calèche. Elle retint ses larmes en faisant ses adieux à travers la vitre et, lorsqu'elle perdit Anne de vue, elle laissa échapper un sanglot. Le bonheur absolu n'existait pas. Elle avait enfin pris la direction désirée pour sa vie, mais le vide laissé par Anne dans son cœur tarderait à être comblé.

Cadix, avril 1798

Le port gaditan fourmillait de gens aux multiples origines et aux activités aussi variées que leurs tenues. Parmi ceux qui travaillaient à l'amarrage des bateaux, dans les entrepôts et au carénage, des commis de bureau portant des documents allaient et venaient tandis que des armateurs, avec leurs élégantes casaques, surveillaient le chargement de leurs marchandises. Les voix et les cris des soldats, des officiers, des enfants, des marins et des débardeurs se mêlaient aux braillements des animaux que l'on poussait dans les cales des navires.

À la vue de l'océan et en entendant toutes ces langues qui se mélangeaient, Suzette eut le sentiment d'être chez elle, alors que trois mois de voyage l'attendaient. Elle accéléra le pas sur le quai pavé jusqu'à atteindre la rampe d'embarquement de son bateau. Derrière elle, les quatre garçons à qui elle avait promis un bon pourboire pour transporter ses bagages durent courir pour la rattraper. Le trajet entre Madrid et Cadix avait été aussi fatigant que dans ses souvenirs. Il lui restait encore quelques heures à patienter avant l'appareillage, mais elle voulait s'installer au plus vite pour se reposer et savourer la certitude qu'elle retournait bel et bien en Louisiane.

Elle avait payé une fortune pour obtenir une cabine dans la chambre de poupe, d'ordinaire réservée aux officiers et aux notables. Elle savait, d'après la seule traversée qu'elle avait effectuée et les explications de Sebastián, qu'en dessous de ce niveau, elle voyagerait dans la saleté et la puanteur, sous la menace de maladies. Elle devrait veiller à ne pas tacher ses vêtements, car durant trois mois, elle ne pourrait les laver. En outre, les passagers des cabines n'utilisaient pas les latrines communes mais avaient accès à des cabinets de toilette privés qui pouvaient être nettoyés. Ils recevaient aussi leurs rations quotidiennes d'eau et de nourriture avant les autres. Elle se promit de ne pas se plaindre ; après tout, elle avait été prête à effectuer ce périple comme passagère clandestine.

La vue du lit qu'Anne n'occuperait pas lui serra le cœur. Sa servante lui manquerait beaucoup. Suzette avait eu de la chance de pouvoir profiter de sa compagnie toutes ces années durant.

Lorsque le moment de partir approcha, Suzette sortit sur le pont. Comme d'autres voyageurs, elle s'appuya sur le bastingage et observa les lamaneurs détacher les ultimes gros cordages, ainsi que les visages des gens venus faire leurs adieux à leurs proches. La chaleur était pesante. Beaucoup épongeaient la sueur de leur front avec le mouchoir qui essuyait aussi leurs larmes.

Des cris se firent soudain entendre sur le quai et Suzette vit les gens s'écarter pour laisser passer une femme qui courait. Avec la main qui portait un ballot, elle maintenait son chapeau sur sa tête et, de l'autre, elle brandissait des documents. Curieuse, Suzette avança sur le pont jusqu'à la passerelle d'embarquement. En haut de la rampe, plusieurs hommes s'apprêtaient à la replier. Une corde sur la partie inférieure barrait désormais l'accès aux voyageurs. Suzette eut de la peine pour cette passagère qui n'allait pas réussir à monter à temps.

La femme lança de nouveaux cris tandis qu'elle se baissait pour passer sous la corde. Un contrôleur qui venait de terminer la vérification de la cargaison et descendait sur une planche en bois lui bloqua le passage et la saisit par le bras pour l'éloigner du navire. Elle insista, lui montra les papiers et, à un moment donné, leva la tête.

— Anne ! hurla Suzette à pleins poumons en la reconnaissant.

Elle courut alors jusqu'à la rampe et supplia les hommes de patienter avant de la relever. Sans attendre leur réponse, elle la dévala. Le contrôleur écouta ses explications, examina une seconde fois les documents que lui tendait Anne et l'autorisa finalement à embarquer.

— Anne !

C'était le seul mot que Suzette parvenait à prononcer. Elle la conduisit directement à la cabine, où elle l'assaillit de questions tout en la serrant dans ses bras. Elle la relâchait, la regardait, et l'étreignait à nouveau.

— Comment est-ce possible ? Pourquoi ? Qu'est-ce qui t'a fait changer d'avis ? Et si tu avais manqué le bateau ?

Anne posa son ballot sur le lit et s'assit pour reprendre haleine.

— Je suis allée à Madrid pour me présenter dans la maison dans laquelle on m'a proposé de travailler. Cette femme n'aurait jamais pu être ma maîtresse… Je me suis alors lancée sur la route comme j'ai pu, en chariot, en charrette et même à dos de mule, raconta-t-elle tout en secouant sa jupe poussiéreuse. J'ai dépensé la moitié de mes économies pour arriver jusqu'ici.

— Oh, Anne, ne pense pas à l'argent ! Je t'en donnerai ! Est-ce que tu te rends compte des risques que tu as pris ?

Anne haussa les épaules.

— Je n'ai personne d'autre que vous au monde, madame.

— Je te l'ai déjà dit et je te le répète : je te veux à mes côtés pour toujours, lui dit Suzette en la serrant encore une fois dans ses bras.

À une journée de La Nouvelle-Orléans, juillet 1798

— Comment aurais-je pu supporter ce voyage sans toi ? demanda Suzette à Anne, alors qu'elle touchait à son but.

Rien n'avait rompu la routine de la traversée jusqu'à La Havane. Au lever du jour, des marins balayaient le pont, le récuraient au vinaigre et nettoyaient les sentines pour atténuer les mauvaises odeurs et freiner la prolifération de punaises, de puces, de cafards et de rats. Derrière les voix des passagers, on entendait le murmure incessant des vagues, le craquement de la mâture et le grincement des câbles. Chaque matin, Suzette et Anne recevaient leur ration quotidienne de trois litres d'eau pour boire, se rafraîchir et se laver. Plus le temps passait, plus le contenu des cruches de la cale devenait trouble, bourbeux et chaud.

— La première chose que je ferai en arrivant sera de me gaver de fruits et de légumes, dit Anne.

Suzette sourit. Elles étaient lasses du biscuit de mer, de plus en plus dur et moisi, du lard rance, de la viande de bison, de bœuf et de brebis séchée, de la morue salée, des légumineuses – surtout des fèves – et du riz.

— Je m'estime heureuse que nous ne soyons pas tombées malades, ajouta Anne.

Elles avaient pris grand soin de ne fréquenter aucune personne présentant des signes évidents d'hygiène précaire. Fièvres et diarrhées étaient courantes parmi les passagers, et si quelqu'un montrait des symptômes plus graves comme ceux de la grippe, de la rougeole ou de la variole, on l'envoyait en quarantaine dans la cale jusqu'au premier port où on le débarquait.

— Et qu'on ait eu beau temps ! conclut-elle.

Il y avait eu quelques nuits d'orage, mais la mer ne s'était jamais déchaînée au point de mettre leurs vies en péril. Combien de bateaux coulaient chaque année à cause de tempêtes, de collisions contre les récifs, d'incendies, de surcharges ou encore d'attaques en temps de guerre !

— C'est bien ce que je disais, Anne. Tu essaies toujours de voir les choses du bon côté malgré tout ce que tu as enduré.

Suzette tourna le regard vers l'horizon, où le soleil était sur le point de disparaître. À La Havane, la flotte partie de Cadix et constituée de plusieurs navires s'était divisée selon les destinations de chacun. À partir de ce moment-là, le cœur de Suzette avait oublié l'ennui et s'était mis à battre un peu plus fort chaque jour. Depuis qu'elle avait pénétré dans l'embouchure du Mississippi, il n'était plus le simple organe qui la maintenait en vie, se réjouissait de revoir les plantations luxuriantes et fleuries qui jalonnaient le fleuve, et acceptait avec une familiarité réconfortante l'humidité, la chaleur et les moustiques de l'été. Il était devenu le héraut qui lui annonçait d'une voix tonitruante que dorénavant, tout irait bien, l'assurait que les chagrins du passé s'atténueraient, à l'image des traînées sur l'eau, et proclamait solennellement que bientôt, elle retrouverait Ishcate.

Plus qu'une nuit, et elle arriverait enfin à La Nouvelle-Orléans. Elle irait tout d'abord rendre visite à sa mère dans la plantation Auvergne et prier sur la tombe de son père, puis elle s'élancerait à la recherche d'Ishcate.

Elle essaya de ne pas trop manifester sa joie par respect pour Anne. L'optimisme de sa servante serait certainement ébranlé lorsqu'elle parcourrait la ville sans Bamboula ni Demba.

Elle l'entendit soupirer et serra sa main entre les siennes.

— Je serai à tes côtés pour t'aider à affronter ta douleur et tes souvenirs, lui dit-elle.

— Merci, madame, répondit Anne en esquissant un léger sourire. Je serai forte. Je sais qu'un jour, j'irai les retrouver. Ils me questionneront alors sur ma vie et je devrai leur raconter des choses agréables. À présent, mes yeux voient pour eux, mes oreilles écoutent pour eux. Ils vivent en moi.

La gorge nouée par ces belles paroles, Suzette prit le bras d'Anne pour retourner dans leur cabine.

Elle ne ferma presque pas l'œil de la nuit. À l'aube, elle réveilla sa servante et toutes deux préparèrent leurs bagages. Elles enfilèrent la seule robe propre qui leur restait, qu'elles avaient réservée pour l'occasion, et furent les premières à se poster devant la passerelle de débarquement.

Le bateau vira enfin dans le dernier méandre et la ville apparut en forme de croissant sous les yeux impatients de Suzette, qui s'emplirent de larmes. Elle reconnaissait tout, comme s'il ne s'était pas écoulé onze années depuis son départ. Les potagers. Les moulins. Le couvent des Ursulines. Elle avisa également de nouveaux édifices, comme celui qui avait remplacé l'hôpital de la Charité ou, sur la place d'Armes, le presbytère et le *cabildo*, situés de part et d'autre de l'ancienne église Saint-Louis, reconstruite après le grand incendie de 1788 et agrémentée de deux tours élancées, désormais élevée au rang de cathédrale. Elle savait tout cela grâce aux lettres de sa mère, mais la beauté de la réalité dépassait son imagination. La ville lui parut plus vaste, plus lumineuse, plus vivante.

Suzette posa le pied sur la terre ferme, au beau milieu de dizaines de débardeurs qui s'activaient à transporter marchandises et bagages, d'esclaves obéissant aux cris des négociants pressés, de soldats nouvellement affectés qui donnaient leurs premières impressions, et des retrouvailles des familles après de longs mois de séparation. Elle eut une pensée fugace pour son père ; il avait passé tant d'années de sa vie sur ces quais. Une profonde nostalgie s'empara d'elle. Elle se dirigea alors vers l'un des anciens entrepôts de Girard et s'immobilisa à quelques pas de l'entrée. Elle ignorait s'il appartenait encore à la famille, mais elle était heureuse de le contempler. Elle revoyait son père entre les caisses empilées, les sacs, les tonneaux, les cordes enroulées, les esclaves et les commis de bureau.

Un homme de dos attira son attention. Il portait une élégante redingote noisette, une culotte à peine plus claire et un foulard en soie noué autour du cou. Sa longue chevelure de jais était retenue par un ruban noir. Elle retint sa respiration. Elle crut un instant qu'il s'agissait d'Ishcate. *Oh, ce serait une coïncidence invraisemblable*, songea-t-elle.

Comme s'il se sentait observé, l'homme se retourna.

Suzette posa ses mains contre sa poitrine, où son cœur se mit à battre si fort qu'elle en eut mal. C'était bien lui, juste là. Une sensation nébuleuse où se mêlaient joie et irréalité l'enveloppa soudain.

Ishcate tarda à réagir. Une expression perplexe se dégageait de son visage tanné. Il avança lentement vers elle, sans la quitter des yeux, puis s'arrêta à quelques centimètres et continua à la regarder comme s'il s'agissait d'une apparition, d'un esprit malin qui aurait revêtu l'aspect de la femme qu'il aimait avec la force dévastatrice d'un fleuve en crue.

Un large sourire aux lèvres et les yeux embués de larmes, Suzette ouvrit grand ses bras, l'invitant à accepter enfin qu'elle était bien réelle, qu'elle était là, qu'elle avait réussi, contre vents et marées, à revenir à lui. Jamais plus ils ne se sépareraient. Ce qu'elle désirait par-dessus tout à cet instant était qu'il l'enveloppe dans une étreinte intense et chaleureuse.

Suzette avait tant rêvé d'Ishcate et l'avait tant désiré qu'au moment où il la serra entre ses bras, elle sentit s'effacer ces dernières années, qui avaient ravagé son âme et sa peau. Elle eut alors le sentiment que sa véritable existence commençait.

54

La Nouvelle-Orléans, juillet 1798

— TU AS ÉTÉ BIEN IMPRUDENTE de traverser l'océan en ces temps si agités, s'écria Ishcate. La *Royal Navy* est partout, elle essaie de couper les communications avec l'empire espagnol en Amérique pour empêcher l'or et l'argent d'arriver. Ton navire aurait pu être attaqué…

— Je n'y ai même pas pensé. Je voulais te retrouver.

— Tu aurais dû me prévenir…, lui reprocha-t-il tendrement. Et si nous nous étions croisés ?

Assise sur ses genoux dans un fauteuil de la chambre qu'Ishcate avait louée chez Alizée, Suzette n'osait retirer ses mains des joues d'Ishcate, comme si c'était un spectre susceptible de s'évanouir à tout moment. Ils n'avaient pas relâché leur étreinte au cours des dernières heures. Ils se regardaient, se caressaient, discutaient.

— Cela n'a plus d'importance. Nous sommes ensemble. Nos cœurs désiraient la même chose. Je voulais revenir ici et toi, tu t'apprêtais à partir me retrouver, en bravant le danger…

Ishcate lança un coup d'œil sur la table où était posé le billet de passage dont il n'aurait plus besoin.

— J'aurais dû le faire depuis bien longtemps, mais cela n'a pas été simple de tout organiser. Avant de mourir, ton père a rédigé une lettre dans laquelle il demandait au gouverneur de me délivrer un sauf-conduit pour représenter sa compagnie en Europe.

Émue, Suzette éprouva une gratitude infinie. Dans le corps de l'homme d'affaires obsédé par l'ascension sociale se cachait un cœur désireux d'offrir à sa fille le plus beau présent du monde.

— Seulement, il s'est éteint avant que je puisse l'obtenir, poursuivit Ishcate. Dans une seconde lettre, il demandait à Étienne, puisque tes frères n'allaient pas le faire, de reprendre la compagnie et de verser une partie du capital à ta mère tant qu'elle vivrait.

Suzette était déjà au courant. Son père avait croulé sous les dettes des années durant et, à la fin de sa vie, il avait mieux perçu le calvaire de Benoît Leroux. Le fait que son entreprise ait fini entre les mains d'Étienne revêtait à ses yeux une signification particulière, comme si Girard et Leroux s'étaient retrouvés et que leur amitié s'était prolongée par-delà leur mort.

— Tu as accompagné mon père jusqu'au bout..., murmura-t-elle sur un ton triste et mélancolique.

— Il a eu une belle vie et, à la fin, il a été bien soigné et très entouré ; tout le monde ne peut pas en dire autant. Après, Étienne m'a aidé à obtenir un laissez-passer sous prétexte de trouver de nouveaux clients en Europe pour exporter ses fourrures. Le gouverneur me l'a concédé pour deux ans, j'ai donc beaucoup travaillé tout en économisant l'argent nécessaire pour vivre confortablement là-bas.

Suzette éclata de rire.

— Qu'est-ce que j'ai dit de drôle ?

— Je t'imaginais te promener dans les jardins d'Aranjuez. Tout le monde te regarderait.

Ishcate sourit à son tour.

— Sais-tu qu'un chef tamaroa de l'Illinois nommé Chicagou a été emmené en France en 1725 et a rencontré le roi ? Je suis certain que ton monarque m'aurait fait venir auprès de lui.

Le visage de Suzette s'assombrit au souvenir de la façon dont les soldats l'avaient chassée du palais et des innombrables lettres qu'elle avait écrites pour supplier le roi de mettre fin à son bannissement et de lui rendre son fils.

— Je ne veux plus entendre parler de rois ni de nobles, dit-elle en repensant aussi à l'attitude de son beau-frère Rinaldo à son égard. Même si mon fils en est un, désormais.

Elle lui raconta comment Guillermo avait acquis son titre de noblesse, puis lui expliqua que son tuteur avait rédigé, au nom du nouveau baron d'Orlac, la demande de sa mère de voyager jusqu'à La Nouvelle-Orléans pour des raisons familiales.

— Combien de temps pourras-tu rester ? voulut savoir Ishcate en appréhendant la réponse.

— Je ne compte pas repartir.

Suzette appuya sa joue contre le front d'Ishcate. Il sentait la Louisiane. Son odeur lui rappelait les prairies couvertes de fleurs sauvages, les vents violents, l'eau fraîche et le soleil doux.

— Mes enfants poursuivent leur propre chemin. Dorénavant, j'écouterai uniquement ce que mon cœur me dictera.

Ishcate chercha ses lèvres et l'embrassa tout en la serrant plus fort dans ses bras.

Elle se laissa faire avant de se détourner précipitamment. Elle était libre et se trouvait enfin dans son pays, mais, après avoir été habituée à rester assise, il lui fallait réapprendre à marcher. Depuis quelque temps, elle était si exténuée qu'elle se demandait si Ishcate réussirait à lui transmettre sa force et sa vitalité. Elle sentait la formidable puissance de son corps, la vigueur de ses muscles, la densité de sa longue chevelure encore noire, la vivacité de son regard. Elle, au contraire, était épuisée après son interminable voyage. En outre, elle savait bien que, comme son âme, son corps aussi avait changé. Elle avait quelques cheveux blancs, des formes plus arrondies, moins fermes, et une peau presque diaphane. Toutefois, à en croire ses caresses et son regard passionnés, Ishcate ne semblait pas s'en apercevoir ou s'en soucier.

— Que se passe-t-il ? lui demanda-t-il, craignant d'être rejeté.

— Je t'aime et je veux te le montrer, mais j'ai besoin de prendre un bon bain et..., déclara Suzette en le regardant droit dans les yeux, avant d'ajouter avec franchise : J'ai aussi besoin de temps pour me réhabituer au contact physique.

Ishcate sourit, soulagé. Il desserra son foulard autour du cou.

— S'il y a une chose dont nous disposons maintenant, dit-il, c'est de temps.

Le bonheur de Suzette augmenta au fil des jours. Elle souhaitait que rien ne change pour pouvoir passer le reste de sa vie enveloppée dans cette sensation de paix avec elle-même. Son caractère, comme celui de sa ville natale, avait été façonné par les cataclysmes politiques et naturels et par l'impétueux Mississippi, un fleuve la plupart du temps placide qui devenait sauvage lorsqu'il sortait de son lit. En dépit des souffrances qu'elle avait endurées, elle se sentait profondément apaisée. Elle ne pensait pas au passé et ne s'inquiétait pas de l'avenir. Elle vivait dans une bulle, un paradis.

Elle ne souhaitait rien d'autre que passer des journées entières auprès d'Ishcate et échafauder des projets.

Pour la première fois, elle réalisait son rêve de partager sa vie avec lui. Elle profitait de chaque minute comme si c'était la dernière. Bien qu'âgée de quarante-deux ans, elle avait l'impression d'être une jeune fille qui s'empourprait dès qu'il lui effleurait la main ou se penchait sur elle pour lui susurrer un mot à l'oreille.

Ishcate avait pris le temps et cela avait fonctionné.

La peau endormie de Suzette, astreinte à la solitude, s'éveillait aux sensations oubliées des caresses : ses poils se hérissaient, son corps lui envoyait des signaux de désir, son cœur palpitait.

À la nuit tombée, lorsqu'il se glissait entre les draps, elle l'accueillait dans ses bras, certaine de ce qu'elle voulait donner et recevoir.

Elle se vouait corps et âme à Ishcate, heureuse que son amour pour lui ait donné un sens à son existence.

Une semaine après son arrivée, Suzette quitta enfin la pension. Accompagnée d'Anne, elle monta dans la calèche du mari d'Alizée et se dirigea vers la plantation Auvergne pour rendre visite à sa mère, qui ignorait encore sa présence dans la ville.

Par la petite fenêtre de la voiture, elle observa les innombrables changements. Après le décès de son père, un autre incendie terrible avait détruit plus de deux cents bâtiments, dont la maison de sa famille. Les nouvelles demeures étaient désormais en brique et dotées de magnifiques balcons en fer forgé, des matériaux bien plus résistants au feu que le bois traditionnel.

À l'exception de la végétation – des arbres plus robustes et plus hauts, des arbustes plus épais et des fleurs plus abondantes –, la plantation Auvergne correspondait en tout point à ses souvenirs. Elle remarqua le soin apporté à l'entretien extérieur de la propriété, signe que sa mère ne manquait pas d'argent.

La porte était ouverte. Au risque que sa mère fasse une attaque, elle entra directement dans le salon. Blanche parlait à quelqu'un au fond de la pièce.

— Mère ? appela-t-elle.

La femme se retourna naturellement, comme si le fait d'entendre la voix de l'une de ses filles était on ne pouvait plus normal.

— C'est moi, Suzette.

— Suzette ? réagit Blanche en se levant comme mue par un ressort et en s'approchant d'un pas rapide. Comment est-ce possible ? Tu ne m'as rien dit dans ta dernière lettre, sanglota-t-elle tandis qu'elle la serrait dans ses bras. Es-tu venue avec mes petits-enfants ?

Suzette donna à Blanche de brèves nouvelles d'Adrienne, d'Estelle et de Guillermo, avant de lui annoncer le décès de son beau-frère et l'obtention de l'autorisation royale de voyager.

— Tu es venue seule !

— Je suis venue avec Anne.

Blanche s'aperçut de la présence de la mulâtre et la salua d'un léger signe de tête.

— C'est désormais une femme libre que je considère comme mon amie, expliqua Suzette. J'espère que vous ne verrez pas d'inconvénient à la recevoir chez vous en tant que telle.

Déconcertée, Blanche hésita quelques instants, mais surmonta ses réticences à converser avec une ancienne esclave. Elle les invita à s'asseoir près du visiteur.

— Père Cirilo ! s'écria Suzette en le reconnaissant.

— Je suis passé pour faire mes adieux. Je rentre en Espagne.

Le prêtre résuma ce qu'il venait de raconter à Mme Girard : en dépit de son travail acharné dans ce pays, ni le vicariat de Louisiane ni le nouvel évêché de San Cristóbal à La Havane ne lui avaient été concédés, malgré ses nombreuses requêtes, aussi avait-il demandé à la cour d'être déchargé. Il parlait sur un ton empreint de ressentiment en raison de l'injustice qu'il avait subie, mais il acceptait avec résignation le sort que Dieu lui réservait. Il se leva.

— J'imagine que vous avez beaucoup de choses à vous dire, alors si vous voulez bien m'excuser…

Blanche le raccompagna à la porte.

— Comment vont mes frères et sœurs ? demanda Suzette sitôt sa mère revenue.

— Ils sont très occupés par leur travail et leur famille. Ils me rendent visite quand ils le peuvent, mais il est difficile de tous les réunir. Il va falloir que j'organise une fête en ton honneur…

— Ne vous préoccupez pas de cela maintenant.

Suzette changea de sujet ; elle ignorait combien de temps elle resterait en ville, et lorsque sa mère connaîtrait ses intentions, elle oublierait les festivités.

— J'ai trouvé La Nouvelle-Orléans si différente !

— Nous devons remercier le señor Almonaster, l'époux de ton amie Marie. Il a dépensé une grande partie de sa fortune personnelle pour reconstruire la ville après le dernier incendie, en bâtissant notamment de nouveaux édifices publics. Hélas, il est mort en avril. Pauvre Marie. Ses filles sont encore petites. Enfin, c'est comme ça, dit-elle dans un soupir. Avec les biens qu'il lui a laissés, elle ne doit pas manquer de prétendants.

Suzette sourit. Non seulement sa mère avait conservé son agilité, mais elle n'avait pas perdu son sens pratique.

Blanche parut soudain se souvenir de quelque chose.

— Il faut que je prévienne les domestiques pour qu'ils s'occupent de vos bagages et vous préparent une collation. Vous devez être affamées après un si long voyage... Je suis bien contente que tu sois là pour me tenir compagnie, ma fille ! Cette maison est bien trop grande pour moi.

— Mère...

Suzette ferma les yeux et inspira profondément. Le moment de lui parler sincèrement était arrivé.

— Je vais faire un tour dans le jardin, madame, annonça Anne, comprenant qu'elle devait les laisser seules.

Suzette s'assit alors près de sa mère et lui prit les mains.

— Je ne suis pas venue pour rester, mais pour vous faire mes adieux.

Blanche fronça les sourcils.

— Que dis-tu ?

— Je suis descendue à l'auberge d'Alizée. Je pars bientôt pour le Nord. Avec Ishcate, précisa-t-elle après avoir marqué une pause.

Blanche ouvrit la bouche et cligna plusieurs fois des yeux, essayant d'assimiler l'information. Elle libéra ses mains de celles de sa fille et les maintint serrées sur ses genoux.

— Tu commets une grave erreur, dit-elle finalement d'un ton très sérieux. Quand tes frères et sœurs l'apprendront… Quand les gens l'apprendront… Une honte pour la famille.

— Pour l'instant, personne ne sait que je suis ici. Si le qu'en-dira-t-on vous préoccupe tellement, vous pouvez garder le secret. Peu m'importe ce que les autres penseront. J'ai vécu trop longtemps enchaînée aux normes. Je passerai les années qu'il me reste à vivre auprès d'Ishcate, avec ou sans votre bénédiction. Je suis venue vous l'annoncer car je vous aime et j'avais envie de vous voir.

— Si tu m'aimais vraiment, tu m'aurais épargné ce déplaisir, rétorqua Blanche en se redressant.

— Si vous m'aimiez vraiment, vous vous réjouiriez de mon bonheur, articula Suzette avec douceur et fermeté en posant sa main sur le bras de sa mère.

Celle-ci laissa échapper un soupir de défaite. Son mari avait toujours su qu'une relation particulière unissait Suzette et Ishcate ; pour sa part, elle avait remercié le ciel que les circonstances aient maintenu sa fille éloignée de cet Indien. Suzette pouvait encore se remarier, d'autant plus maintenant qu'elle était la mère d'un baron. Pourtant, elle choisissait une vie inconfortable avec un homme qui, même s'il était un chef indien et un bon négociant, n'en restait pas moins inférieur à son rang.

— À l'âge que tu as, je ne peux rien t'interdire. Je prierai pour que tu ne regrettes pas ta décision.

Suzette s'abstint de le dire tout haut, mais en entendant sa mère, elle était certaine que son seul regret serait d'y renoncer. Jamais elle ne s'était sentie aussi confiante qu'à cet instant. Auprès d'Ishcate, elle ne craignait rien.

À son retour dans le petit salon de la pension d'Alizée, Suzette raconta à Ishcate ses retrouvailles avec sa mère et ce que leur avait dit le père Cirilo.

— Beaucoup perdent leurs illusions au fil des années. Je crois qu'il ne devrait pas en être ainsi. Nous savons tous que des problèmes surgissent tout au long de la vie, que la chance va et vient. Cette incertitude devrait être une source d'espérance, et non d'amertume ni de déception.

Elle tendit les mains pour prendre celles d'Ishcate.

— Jusqu'à il y a peu de temps, poursuivit-elle, je vivais plongée dans la mélancolie, et regarde-moi maintenant : je suis là et j'ai repris espoir. Mes efforts pour avancer contre vents et marées n'ont pas été vains.

Ishcate serra les mains de Suzette.

— Quand j'étais jeune, mon père m'a dit un jour : « Ne demande pas une vie facile ; demande des forces pour endurer une vie difficile. »

Suzette sourit.

— Un conseil on ne peut plus approprié pour une Girard qui a vécu plusieurs guerres, enterré deux maris et souffert de la séparation avec sa famille et avec l'homme qu'elle aime, sans parler de son exil dans une ville espagnole glaciale.

— Tu n'as pas encore connu l'hiver sur les terres de l'Illinois..., l'interrompit-il, le sourire aux lèvres.

— Tu sais que c'est mon rêve le plus cher.

— Nous remonterons tout le Mississippi. La dernière fois, tu n'es pas allée au-delà du poste Arkansas...

Suzette se souvint de la façon dont il l'avait sauvée du fort de Natchez ; elle inspira profondément en repoussant les réminiscences de ces semaines de captivité qui hantaient encore parfois ses cauchemars. Elle eut soudain une violente quinte de toux.

— Tu as les billets ? demanda-t-elle, une fois remise.

Ishcate acquiesça.

Ils avaient convenu d'envoyer les bagages en bateau à Saint-Louis avec Anne, qui les attendrait chez Cécile. Suzette et Ishcate voyageraient avec elle jusqu'en Arkansas, où ils passeraient quelques jours en compagnie de Sarazen et Couroway avant de poursuivre leur route par voie de terre. Suzette avait très envie de rencontrer les fils d'Ishcate. Elle en gardait un vague souvenir de l'époque où ils avaient quatre et deux ans ; c'étaient à présent des hommes adultes.

Le départ était imminent.

Il ne leur restait qu'à décider de l'endroit exact où ils achèteraient la maison dont ils rêvaient depuis leur jeunesse. Une maisonnette avec un porche, un potager et un jardin au bord d'une rivière. Ishcate pensait que la ville de Saint-Louis serait plus divertissante pour Suzette.

Elle avait cependant une autre idée.

Elle fouilla dans la poche de sa jupe et retira l'objet qui lui avait servi d'amulette des années durant, ainsi qu'au cours de sa seconde traversée de l'océan. Elle l'avait caressé et baisé d'innombrables fois. Elle s'y était agrippée, rêvant du moment où elle le rendrait à son véritable propriétaire.

Une petite chaîne en or avec une médaille.

— C'est la même que celle que j'avais, fit remarquer Ishcate lorsqu'elle la lui tendit.

— C'est celle que je t'ai offerte, enfant.

— Je ne comprends pas. On me l'a volée quand j'ai été blessé lors de l'attaque du fort Arkansas.

— Je sais.

Elle lui expliqua brièvement la façon dont elle était apparue. Trouver les mots pour parler d'un acte impardonnable ne fut pas facile : son mari avait mis sa tête à prix et, tel un mauvais tour du destin, ce fut précisément l'un des fils de Logan Colbert, le ravisseur de Suzette, qui avait écrit pour réclamer son dû. Sebastián avait-il tenu parole et avait-il payé l'homme qui aurait pu tuer son épouse pour le récompenser d'avoir assassiné celui qui l'avait sauvée ? Suzette l'ignorait.

— Oublions le passé, suggéra Ishcate.

Un sourire aux lèvres, il accrocha la chaîne autour de son cou.

— Ma chance est revenue, ajouta-t-il en caressant la médaille.

— La première chose que tu m'as dite quand je t'ai rencontré a été ton nom : Ishcate de Kaskaskia. Tes yeux se sont illuminés en parlant de ta terre. Nous vivrons à Kaskaskia.

Ishcate la regarda intensément pour lui exprimer sa profonde gratitude.

— Tu dois savoir qu'il y a désormais là-bas plus d'Américains que de Français, lui dit-il lorsque l'émotion lui permit de parler de nouveau.

— Qu'à cela ne tienne, nous apprendrons l'anglais.

55

Kaskaskia, juin 1800

ASSISE SUR UN TABOURET EN BOIS, Suzette arrachait les mauvaises herbes de son potager. Grâce à ses connaissances récemment acquises sur le jardinage, à l'aide d'Anne et au climat favorable, les récoltes de l'été seraient abondantes.

Elle essuya la sueur qui perlait sur son front et se reposa quelques instants. Ces derniers temps, elle fatiguait vite. Ishcate plaisantait à propos d'une éventuelle grossesse et lui demandait d'éviter de faire de gros efforts. C'était une possibilité, mais après ces deux années à vivre à ses côtés, elle avait accepté l'idée qu'elle n'aurait plus d'enfants. Si cela arrivait, ils accueilleraient cet heureux événement avec joie et y verraient une bénédiction de leur amour. Cependant, ils ne s'en souciaient pas. Ils vivaient l'un pour l'autre, avec une seule raison d'être : celle de profiter du bonheur qui les unissait.

Suzette regarda autour d'elle. Elle chérissait la petite ferme qu'ils avaient achetée aux abords du village de Kaskaskia. Comme les propriétés alentour, elle comprenait une maison, plusieurs abris pour les animaux domestiques et un peu de terrain pour la culture des légumes. Ce que Suzette aimait par-dessus tout, c'était nourrir les poules et les oies, qui lui emboîtaient le pas dès qu'elle apparaissait avec des seaux de grains et les restes des repas. La parcelle de terres communes qui leur avait été attribuée ne leur servait qu'à se fournir en bois pour cuisiner et se chauffer l'hiver, car la seule condition qu'Ishcate avait posée lorsqu'ils avaient acheté la ferme avait été de ne pas élever de bétail. Afin de ne pas s'absenter trop longtemps de Kaskaskia, il avait repris le commerce des peaux et ne s'occupait plus des cargaisons qu'Étienne envoyait à La Nouvelle-Orléans.

Habituée aux personnes venues de différents horizons, Suzette s'était adaptée sans aucune difficulté à la vie dans cette communauté. Elle s'entendait bien avec ses voisins, allait au marché, assistait à l'office dominical et participait volontiers à l'organisation des fêtes. Elle aimait aussi se rendre de temps à autre à Saint-Louis pour partager des souvenirs avec Cécile Dubois, qui l'hébergeait, et acheter ce qu'elle ne trouvait pas à Kaskaskia. Cependant, la plupart du temps, au bout de deux jours, elle avait déjà hâte de rentrer chez elle.

Ce qu'elle considérait comme son foyer n'était pas seulement la maison qu'elle avait décorée de manière simple, pratique et harmonieuse, mais aussi les terres qu'elle adorait parcourir à cheval, aux côtés d'Ishcate. La sensation de liberté qu'elle éprouvait alors la plongeait dans un présent éternel dépourvu de précipitation, de règles, de décisions à prendre, de souffrances.

Avec Ishcate.

Un présent éternel fait d'amour et de nature.

— Que feras-tu quand je ne serai plus là ?

Ishcate fronça les sourcils.

— Ne me pose pas cette question, Suzette !

— J'aime t'imaginer dans un endroit précis. Ici, chez nous. Ou dans le village en Arkansas, près des tiens, de tes fils. Tu célébreras leurs mariages et connaîtras tes petits-enfants.

— C'est possible.

— Cela dit, tu es encore jeune et fort, tu pourras te remarier… Tu dois le faire.

— Je dois ?

— Je vois le côté pratique. Je ne veux pas que tu restes seul. Tes enfants font leur vie, maintenant.

Ishcate lui posa un baiser sur le front pour chasser ces sombres pensées de son esprit. Il ne fallait pas qu'elle remarque l'infinie tristesse qui s'emparait de lui. Suzette était brûlante.

Ils n'avaient pas accordé d'importance aux premières quintes de toux de Suzette, qui étaient devenues de plus en plus rauques et fréquentes.

Ni à sa fatigue soudaine.

Puis, la fièvre et la douleur dans sa poitrine étaient apparues. Au bout de deux semaines alitée, Suzette avait repris quelques forces à la faveur de la chaleur du mois de juillet. Ils s'étaient réjouis de son rétablissement, mais le mal continuait à la consumer. La température et les frissons étaient revenus. Et la difficulté à respirer. Elle était si faible qu'elle n'arrivait pas à sortir du lit.

Ishcate ne voulait pas la quitter un seul instant. Il refusait de croire les pronostics du médecin et avait demandé à Anne de chercher des plantes sur tous les étals du marché – thym, molène, plantain, bourgeons de pin, eucalyptus et réglisse – afin de lui purifier les poumons. Les infusions chaudes apaisaient la douleur qui dévorait ses entrailles sans pour autant l'éradiquer. Il lui était insupportable de la voir se consumer ainsi. Aucune de ses douloureuses expériences du passé ni des sages légendes de ses ancêtres ne l'avaient préparé à la possibilité de perdre Suzette pour toujours. Elle alternait entre des moments de torpeur, de plus en plus longs, et d'autres de lucidité où elle ressentait le besoin de parler.

— Je me rappelle toutes les personnes et tous les endroits que j'ai connus, murmura-t-elle. Je repense surtout à la maison de mon enfance, dans la rue Dauphine, à La Nouvelle-Orléans. Mes premiers souvenirs clairs remontent à ce jour où j'ai fait mes adieux à Étienne Dubois. Je devais avoir sept ou huit ans. C'est grâce à lui que je t'ai rencontré. C'est dans cette maison que j'ai veillé sur toi lorsque Sarazen t'a amené chez nous.

— Tu m'as sauvé la vie et tu m'as fait progresser en français.

— J'ai été meilleure professeure que toi, c'est certain. Je n'ai pas appris grand-chose en langue *kaaskaaskia*, observa-t-elle en exagérant la prononciation, ce qui amusait toujours beaucoup Ishcate.

— Dès que tu seras rétablie, nous reprendrons les leçons.

Suzette tourna la tête pour regarder Ishcate droit dans les yeux.

— Si mon heure est venue, je n'ai pas peur. Dans la prison, le soir de mes noces avec Belmont, je t'ai dit qu'il fallait attendre de se retrouver face à la mort pour découvrir la vérité. J'ai eu une vie courte, mais intense. Et maintenant, je peux dire que j'ai trouvé ma place. Ce n'était ni en Louisiane, ni à Mexico, ni en Espagne. Ma place était auprès de toi. Tu as toujours été mon fleuve. *Ni siipiiwi.*

Elle lui adressa un sourire tendre et serein, qui contrastait avec le visage crispé d'Ishcate, puis lui caressa la main.

— Toutes mes affaires sont en ordre, lui dit-elle en désignant la pile de lettres anciennes et plus récentes posée sur une petite table qu'elle avait relues durant sa maladie.

Sa mère, ses enfants et Margaux lui écrivaient. Ils n'avaient pas compris sa décision, cependant ils l'aimaient et lui donnaient des nouvelles.

— Mais toi...

Elle demeura silencieuse quelques instants, les yeux fermés. Durant les dernières semaines, elle avait consacré ses journées à repasser sa vie. Elle avait fréquenté les hauts rangs de la société, avait bénéficié d'un certain luxe, parcouru le monde et vécu des expériences réservées à quelques privilégiées dans une époque très tourmentée. Elle avait aussi eu son lot de souffrances. Avec une sensation enivrante de lucidité et de liberté, elle en était arrivée à la conclusion qu'à présent, le fleuve de son existence semblait avoir terminé son long charriage. Son être le plus pur affleurait, reconnaissant d'avoir connu l'amour d'Ishcate et la plénitude à ses côtés.

Elle respira profondément, non sans difficulté, et ouvrit les yeux.

— Approche-moi le coffret avec les fleurs en nacre qui se trouve sur la coiffeuse, lui demanda-t-elle.

Elle en sortit plusieurs objets qu'Ishcate, ému, reconnut immédiatement. Il s'agissait du collier de perles colorées et d'osselets, du hochet et du calumet qu'il lui avait offerts en différentes occasions.

— Partout où je suis allée, je les ai toujours emportés avec moi. Je souhaite que ce soit toi qui les gardes. Personne ne connaît leur signification. Je ne veux pas que quelqu'un les jette.

Ishcate accepta. Il noua le collier autour de son cou pour le porter avec la chaîne et la médaille en or et rangea les autres objets dans la poche intérieure de sa casaque.

Suzette leva une main et caressa la longue chevelure de son bien-aimé.

— Je n'ai jamais voulu que tu te coupes les cheveux, mais j'aimerais que tu les enterres avec moi pour qu'ils m'accompagnent lors de mon dernier voyage.

— Tu n'iras nulle part sans moi, *ninteehi*...

— Vis pour moi, Ishcate. Ne laisse pas ton cœur s'endurcir. Promets-le-moi.

Ishcate se figea. Son père lui avait demandé la même chose peu de temps avant de rendre son ultime souffle. Était-ce une révélation qui apparaissait à l'heure de la mort ? Comment son cœur pourrait-il ne pas s'endurcir sans la présence de Suzette ? Il soutint son regard suppliant.

— Un jour, Anne m'a dit quelque chose de très beau, ajouta-t-elle à bout de forces. Quand on vit dans le cœur des personnes qui restent, on ne meurt pas. Notre existence perdure tant que quelqu'un se souvient de nous.

Tu m'as connue telle que je suis vraiment. Tu te souviendras de moi ainsi. Je vivrai en toi.

Ishcate acquiesça d'un bref signe de tête. Son père lui avait dit une phrase semblable sur son lit de mort : « Aussi longtemps que la terre résistera, aussi longtemps que l'homme vivra, mes descendants parleront de moi et raconteront des histoires sur moi. »

— *Neewe.* Merci. Pour tant de choses. Pour tout.

Elle esquissa un léger sourire reconnaissant et, presque dans un murmure, lui demanda :

— Parle-moi encore de notre Louisiane, mon amour.

D'une voix grave et douce, il se mit à évoquer les secrets de la nature que cachaient les méandres du Mississippi, depuis les terres de l'Illinois jusqu'à son embouchure. Il commença par Kaskaskia puis descendit à La Nouvelle-Orléans, cette ville magnifique dans laquelle ils s'étaient connus bien des années auparavant, alors qu'elle n'était qu'une fillette curieuse et affectueuse qui avait du mal à prononcer son prénom…

Suzette s'abandonna une fois de plus au silence et à l'obscurité. De temps à autre apparaissaient des images lumineuses et apaisantes : elle marchait, toujours à côté d'Ishcate, à travers les plantations de canne à sucre, de tabac et de riz ; elle caressait le contour violet des fleurs d'indigo ; elle humait l'intense arôme, sucré et odorant, des énormes pétales blancs des magnolias, semblables à des boules de neige, et s'appuyait contre des cyprès moelleux couverts de mousse dans des forêts denses qui s'étendaient à perte de vue.

Elle se sentait alors pénétrée d'une chaleur réconfortante.

Elle ne désirait plus qu'une chose : accepter l'invitation pressante d'un immense fleuve sans fin, placide et serein, pour se laisser submerger par ses eaux limoneuses et profiter de la tendre étreinte qui envelopperait son corps, léger et libéré, pour ne faire plus qu'un avec la mer.

Même si les Indiens affirmaient que la mort n'existait pas, que ce n'était qu'un changement de monde, Ishcate était révolté.

Il voulait Suzette sur terre.

Que ferait-il sans elle ?

Se traîner tel un animal blessé en attendant l'heure de son propre trépas. Ou mettre fin à ses jours pour partir en voyage avec elle vers de plus vastes prairies. Il retourna un pan de sa casaque et tâta le couteau qu'il portait constamment sur lui.

Non. Il lui avait fait une promesse. Il devrait vivre pour elle. Lui parler chaque jour, où qu'il soit, comme durant toutes ces années de séparation, afin que son souvenir perpétuel la maintienne si près de lui qu'il pourrait la croire toujours là, vivante. Comment serait-ce possible après avoir enfin pu profiter d'une vie sereine à ses côtés ?

— Les Dubois ne vont pas tarder, dit Anne derrière lui. Tu devrais te laver et te changer.

Séchant ses larmes avec un mouchoir, elle posa doucement sa main sur l'épaule d'Ishcate. Elle avait prévenu Cécile et Étienne quand elle avait compris que la fin de Suzette approchait, afin qu'ils puissent être là à temps pour l'inhumation. Elle s'était occupée de tous les préparatifs. Un menuisier avait pris les mesures de la mourante et était en train de clouer les planches du cercueil dans le hangar. Deux hommes avaient déjà creusé un trou dans le cimetière jouxtant l'église. Anne était dévastée, mais il fallait bien que quelqu'un prenne ces décisions, aussi désagréables fussent-elles.

La vie à Kaskaskia suivait son cours comme si de rien n'était, mais Ishcate était fou de chagrin. Il ne doutait pas de la sincérité des larmes d'Anne. Elle, elle s'en remettrait. Suzette avait pris ses dispositions pour qu'elle demeure dans la maison de Kaskaskia quel que soit le choix d'Ishcate, qu'il reste ou reparte en Arkansas.

— *Šaaye, ninteehi. Šaaye, ni siipiiwi*, répéta-t-il une fois de plus.

« Adieu, mon cœur. Adieu, mon fleuve. »

Il prit la main de Suzette. Elle était encore chaude. Il se leva de la chaise et se pencha au-dessus d'elle pour l'embrasser. Elle n'avait pas poussé son dernier soupir.

Une idée lui vint à l'esprit.

Il ne permettrait à personne de la voir ni de la toucher pour la mettre dans le cercueil, encore moins de parler d'elle au passé. Il ne la laisserait pas seule sous terre. Il ne supporterait pas d'entendre les paroles du prêtre lors de la cérémonie religieuse ni de recevoir les condoléances de ses proches.

— Amène-moi mon cheval, Anne.

Ishcate retira ses vêtements européens, puis enfila un pantalon à franges et une chemise en daim. Il sortit de l'armoire un mouchoir ainsi qu'un drap en lin dans lequel il enveloppa le corps de Suzette. Il la souleva délicatement et l'emporta dehors, où Anne attendait ses instructions, tenant le cheval par la bride. Elle fut étonnée de le voir porter sa maîtresse.

— Approche le cheval, lui ordonna-t-il.

Ishcate enfourcha l'animal et installa Suzette sur le garrot.

— Laisse-la mourir en paix, lui dit Anne tout en lui tendant les rênes, car, au fond d'elle, elle comprenait qu'il veuille la soustraire à la pénombre de la maison.

Ishcate dirigea sa monture jusqu'au point de rencontre entre la rivière Kaskaskia et le Mississippi. La lumière du soir lui permit de contempler chaque angle du visage de Suzette, dont la tête reposait sur son torse. Il avait l'impression que le soleil rosissait ses joues pâles, que ses paupières tressautaient légèrement, que ses lèvres tentaient de s'entrouvrir à la recherche d'air frais.

Sur la berge, il descendit de cheval et allongea Suzette par terre, à l'endroit précis où il avait joué avec ses frères étant petit et où il s'était purifié après la mort de son père. Sur une colline voisine, il avait enterré le cordon ombilical de son fils. C'était sa rivière sacrée. Elle ne pouvait l'abandonner. Il dénoua le collier de perles et d'osselets que Suzette lui avait rendu et l'accrocha autour du cou de sa bien-aimée. Il trempa ensuite le mouchoir dans l'eau et commença à lui laver le visage tout en lui murmurant des prières et des chants dans sa langue. Il lui nettoya les bras, la poitrine, le dos et les jambes.

Toute sa vie durant, il avait demandé des forces aux cours d'eau, aux montagnes, au vent et aux esprits de ses ancêtres. Il lui fallait à présent l'intervention d'instances supérieures. Il leva les yeux au ciel et implora le dieu chrétien et le Grand Esprit d'arracher Suzette à l'abîme et de la lui rendre.

Kaskaskia, fin de l'automne 1803

Ishcate prit congé de Sarazen et de Couroway, qui retournaient en Arkansas avant que le froid et les premières neiges ne leur compliquent le voyage. Devenus deux hommes robustes, ils arrivaient de temps à autre par surprise à Kaskaskia. Ils apportaient des nouvelles du Sud, restaient quelques jours pour chasser et pêcher avec leur père, puis repartaient.

Quand il était avec ses fils, Ishcate se remémorait l'époque où il était un jeune guerrier qui nourrissait de grands rêves pour lui et son peuple. Il avait beaucoup parcouru le monde, ce qui lui avait permis d'en découvrir les rouages. Et, de même que l'intérêt d'un enfant pour un objet ou une action disparaissait lorsqu'il en perçait le mystère, Ishcate s'éloignait de plus en plus de ce que les Blancs appelaient la « civilisation ». La nature était le seul endroit où son cœur ne s'endurcissait pas ; le seul espace où il pouvait tenir sans effort la promesse faite à Suzette trois ans plus tôt. Depuis qu'il avait cessé de travailler directement pour Étienne – qui marchait dans les pas de Girard, déterminé à gagner toujours plus d'argent et à développer ses affaires –, il pratiquait la chasse et la cueillette et vendait de temps à autre quelques peaux. Il ne regrettait pas sa vie d'avant car il avait perdu la fougue de sa jeunesse.

Sarazen et Couroway croyaient quant à eux que tout était nouveau. Ils semblaient ignorer que la jeune sève empruntait les mêmes chemins que l'ancienne, que tout était déjà arrivé avant eux, sous d'autres noms, mais avec des ambitions similaires. Ceux qui étaient à présent contrariés par les sujets politiques étaient des hommes de la génération de ses fils. Lui était encore assez jeune et fort pour se battre si ses enfants et sa tribu le lui demandaient, et le sang kaskaskia qui coulait dans ses veines bouillonnait toujours, mais les fronts de lutte des peuples indiens étaient si nombreux que la défense de leur territoire était devenue impossible.

L'ennemi se présentait sous trop de masques sur les terres de Louisiane.

Quelques années auparavant, des rumeurs avaient circulé selon lesquelles des Américains du Kentucky avaient élaboré un plan pour envahir la Louisiane et convertir l'Ouest américain en nation indépendante. Ensuite, le bruit avait couru que la menace venait du Tennessee, qui voulait annexer le territoire aux États-Unis. Des dizaines de familles américaines avaient peuplé les vastes étendues vierges du nord et de l'est de la Louisiane, obligeant les tribus à se déplacer vers l'ouest. Les Espagnols avaient tenté de rassurer leurs anciens alliés indiens en leur garantissant que les officiers d'administration faisaient tout leur possible pour freiner l'invasion des Américains. Ils avaient en outre annulé les décrets de concessions gratuites des terres, et même forcé les enfants d'immigrants à se déclarer catholiques...

Cependant, aucune mesure ne s'était avérée efficace.

Un avenir incertain et guère prometteur attendait les futures générations indiennes.

Sarazen et Couroway, qui étaient descendus cette année-là à La Nouvelle-Orléans, avaient rapporté à Ishcate que le drapeau des États-Unis flottait désormais dans la ville. Les prédictions de l'ami de Suzette s'étaient réalisées : l'Espagne s'était laissé prendre la Louisiane. Cela était difficile à comprendre.

On racontait que le roi Carlos IV l'avait cédée au Premier consul français, un certain Bonaparte, dans un accord secret en échange d'un royaume en Italie, avec l'engagement verbal que si la France voulait se défaire à nouveau de la Louisiane, celle-ci redeviendrait alors espagnole. Un petit royaume en Italie contre ce paradis infini ! Et qu'avait fait le Français déloyal dès qu'il en avait eu l'occasion ? Il l'avait vendue aux États-Unis.

Ishcate sentit une douce caresse sur le bras et tourna son visage vers Suzette, qui lui sourit tendrement. S'il lui arrivait de souffrir d'une rechute, elle vivait chaque jour avec joie et sérénité, comme si elle était prête à affronter et vaincre une nouvelle fois la mort.

— Tes fils vont aussi me manquer, dit-elle en rajustant son châle sur sa poitrine. Comme j'aimerais qu'ils ne repartent pas !

Ishcate lui prit la main et l'aida à descendre les marches du porche pour entreprendre leur promenade quotidienne jusqu'à la rivière. C'était leur trajet favori.

— Cet endroit a bien changé. Il ne restera bientôt plus rien de ce qu'était mon monde.

L'été précédent, Ducoigne avait signé un traité par lequel les Illinois renonçaient à leurs terres. Il avait cédé neuf millions et demi d'arpents – huit millions d'acres en unité anglo-saxonne – et, en contrepartie, il conservait trois cent cinquante arpents près du village de Kaskaskia et un peu plus de mille arpents dans la partie abandonnée aux Américains. Il avait également accepté une indemnité annuelle de mille dollars en argent ou en biens et de nombreuses promesses de protection. Sur une parcelle, les Américains lui avaient en outre construit une maison en pierre chaulée agrémentée d'une galerie. Voilà ce qu'avait gagné Ducoigne après toutes ces réunions et ces visites aux Blancs, songea Ishcate avec ironie et amertume.

— Depuis des générations, ajouta-t-il, nous avons pris à la terre uniquement ce dont nous avions besoin et l'avons laissée telle que nous l'avons trouvée afin que tout le monde puisse en profiter. Je crains que mes descendants ne soient condamnés à se déplacer encore et toujours, jusqu'à ce que les Américains finissent par anéantir notre mode de vie.

La lumière du soleil d'automne accentuait l'éclat des tons rougeâtres des forêts alentour. L'eau de la rivière Kaskaskia défiait le ciel avec la perfection des images qu'elle reflétait.

— *Niašiihkiwi,* murmura-t-il avec mélancolie. Ma terre.

Français et Espagnols en avaient tiré profit, mais Ishcate doutait qu'ils l'aient réellement aimée. Ils s'en étaient servis comme d'une monnaie d'échange, comme s'il s'agissait d'un vulgaire ballot de peaux. À présent, la langue anglaise et les mœurs américaines balayaient petit à petit les présences française et espagnole, tel un vent léger mais persistant. De moins en moins de gens se souviendraient de ces années-là de la Louisiane, et encore moins nombreux seraient ceux qui parleraient la langue indienne et perpétueraient les coutumes de ce peuple.

Suzette se hissa sur la pointe des pieds pour lui déposer un baiser sur la joue.

— Avec toi, j'ai appris une très belle chose : la terre n'appartient à personne. C'est nous qui lui appartenons. Profitons-en jusqu'à ce que nos cœurs cessent de battre.

Ishcate la serra dans ses bras et l'embrassa sur les lèvres. Son cœur avait bien l'intention de palpiter encore de nombreuses années à l'unisson avec celui de Suzette.

— *Kila neeki niila maamawi,* lui dit-il.

— Toi et moi ensemble, traduisit-elle dans un murmure porteur d'espoir, à l'instar de l'eau de la rivière, persévérante, éternelle, immortelle. *Noonki neeki aayaahkami.*

« Maintenant et toujours. »

Note de l'autrice

Il faut mille voix pour raconter une seule histoire.
Proverbe amérindien

Des milliers d'affluents ont alimenté le fleuve de ce roman. Chaque ouvrage consulté a apporté son coup de pinceau à son écriture.

Les protagonistes sont nés de mon imagination. En revanche, les personnages secondaires sont réels. Les commandants des forts, les militaires, les gouverneurs, les religieux, les chefs indiens et les hommes politiques figurent sous leurs vrais patronymes. Pour décrire le contexte historique – vie quotidienne, coutumes, architecture, vêtements, catastrophes naturelles, épidémies et incendies, batailles, rencontres avec les tribus, changements de gouvernement, rébellions et révolutions –, j'ai confronté plusieurs textes. En cas de divergences, et j'en ai trouvé plusieurs, j'ai choisi la version des faits qui me paraissait la plus correcte. Pour des questions liées à la narration, j'ai délibérément modifié plusieurs points.

Ainsi, Neyon de Villiers, gouverneur du fort de Chartres, apparaît simplement sous le nom de Neyon afin de ne pas le confondre avec le commandant du poste Arkansas, Balthazar de Villiers, qui arrive un peu après dans le roman.

Jean Payen de Noyan, l'époux de la fille de Lafrenière et l'un des meneurs de la révolte des créoles exécutés par O'Reilly, figure comme Jean Payen pour éviter la confusion avec Neyon de Villiers.

Les Indiens qui ont assisté à la rencontre avec le gouverneur Aubry en 1765 étaient Chariot Kaské et Levacher, respectivement chef des Chaouanon et chef des Illinois. Dans le roman, je mêle leurs deux discours par l'entremise de l'interprète Ishcate, un personnage fictif.

L'épidémie de variole dans le village quapaw, qui dans le chapitre 27 se déroule en 1776, a réellement eu lieu l'année suivante.

Le chapitre 33 s'ouvre sur le départ des immigrants originaires de Málaga vers La Nouvelle-Ibérie, une expédition conduite par Francisco Bouligny. L'historien nord-américain Gilbert C. Din explique que les nouveaux colons se rendaient, après leur voyage en bateau, dans leur établissement et, une fois sur place, ils recevaient outils, pièces de vaisselle, meubles, vêtements, animaux et graines. Cependant, j'ai préféré laisser Suzette voir de ses propres yeux les familles avec les objets qui leur avaient été distribués et les imaginer, comme dans les films, se diriger en chariot vers leur destination incertaine.

En mai 1784, le lieutenant-colonel Bouligny remplace le gouverneur Miró, parti s'entretenir avec des Indiens à Mobile et Pensacola, et prend la tête d'une campagne pour démanteler la bande du célèbre marron Saint Malo, lequel est arrêté et pendu en juin. La scène dans laquelle Bouligny capture le fictif Bamboula en 1781 est de mon invention.

Le chef kaskaskia Ducoigne a réellement rencontré le premier gouverneur du territoire du Nord-Ouest, Arthur Saint Clair, en 1790 dans la région de Kaskaskia. Après l'échec des campagnes menées par Saint Clair contre les Miami et les Chaouanon, Henry Fox, le secrétaire d'État à la Guerre, convoque une conférence de paix à laquelle participent les tribus de l'Illinois et de la région de Vincennes. Par la suite, Ducoigne revoit George Washington à deux reprises à Philadelphie. Si la rencontre avec Saint Clair à laquelle assiste Ishcate en 1791 à Cincinnati, où celui-ci réside, est inventée, les termes désobligeants employés à propos de Ducoigne se trouvent consignés dans une lettre que Saint Clair a adressée à Henry Fox.

L'insurrection des esclaves de Pointe Coupée a eu lieu en 1795. Je l'ai avancée d'un an en raison de la narration, car, avant d'y prendre part, le personnage fictif de Demba devait croiser Ishcate au fort de Plaquemine.

Originaire de Benasque (Aragon), Antonio Cornel participe aux assauts de Mobile et de Pensacola menés par Bernardo de Gálvez. Son amitié avec Sebastián – qu'il secourt dans la bataille – et Suzette est le fruit de mon imagination, ainsi qu'un clin d'œil à mes lecteurs les plus proches. Il en va de même pour le célèbre comte d'Aranda, qui joue un rôle important dans l'intervention de l'Espagne au moment de l'indépendance des États-Unis. En tant qu'Aragonaise, je tenais à ce que ce soit lui, parmi tous les hommes politiques de l'époque, qui aide Suzette.

Le roman se termine par la vente de la Louisiane, sur laquelle j'aimerais revenir un instant.

Alors que les guerres de la Révolution française font rage, l'Espagne et la France s'engagent en 1796, par le traité de San Ildefonso, à mener une politique militaire commune contre la Grande-Bretagne, qui menace la flotte espagnole lors de ses allées et venues entre la péninsule et le continent américain. La Révolution française prend fin avec le coup d'État du 18 brumaire (9 novembre 1799) qui porte au pouvoir Napoléon Bonaparte.

En octobre 1800, l'Espagne et la France signent un traité d'alliance secret par lequel la Louisiane redevient française. Carlos IV se débarrasse ainsi d'un problème et obtient, en échange de cette rétrocession, un territoire en Italie. Il est persuadé que la France fera de la Louisiane une zone tampon entre l'Espagne et les États-Unis, et que la Nouvelle-Espagne en Amérique du Nord ne sera pas menacée. De son côté, Napoléon s'intéresse à la Louisiane pour mater la révolution haïtienne. Lors de la signature du traité, la délégation française s'engage oralement à, si la France devait renoncer à la Louisiane, la céder à l'Espagne.

Le président des États-Unis Jefferson prend officieusement connaissance de ce traité quelques mois plus tard, en mai 1801. Il charge alors le ministre américain en France d'essayer, au cas où la Louisiane aurait déjà été rétrocédée à la France, d'acheter les Florides et La Nouvelle-Orléans.

En 1802, la rétrocession de la Louisiane à la France est officialisée par décret royal. Les troupes espagnoles commencent à se retirer de la région.

L'année suivante, les Américains, qui veulent à tout prix contrôler le Mississippi et La Nouvelle-Orléans, font de plus en plus pression. En cas de refus de vendre les Florides et la capitale de la Louisiane, la France risque un conflit avec les États-Unis. Or, ni l'Espagne ni la France ne souhaitent un affrontement avec la nouvelle nation. En avril 1803, Napoléon renonce à la Louisiane. Il a besoin d'alliés et d'argent pour préparer la guerre contre l'Angleterre. À ses yeux, le nouvel empire français se trouve en Europe et au Proche-Orient, et non sur le sol américain ; Haïti étant sur le point de déclarer son indépendance vis-à-vis de la France, la Louisiane perd son intérêt stratégique.

L'achat de la Louisiane par les États-Unis est signé en avril 1803. Un territoire de 2 millions de kilomètres carrés en Amérique du Nord aux frontières indéfinies pour 15 millions de dollars. Il est annoncé par le président Jefferson en juillet, tandis que le Sénat américain le ratifie en octobre. Les autorités civiles locales restent en place, comme sous le bref mandat français, jusqu'à ce que la France abandonne La Nouvelle-Orléans, le 20 décembre 1803.

Pour les lecteurs intéressés par le destin des personnages réels qui apparaissent au fil des pages, voici quelques informations et curiosités :

Marie Louise de la Ronde (**Marie** dans le roman) : D'abord mariée à Andrés Almonaster, qui décède en 1798, peu après lui avoir donné deux filles – Micaela (1795-1874), baronne de Pontalba, et Andrea (1797-1802) –, elle épouse en 1804 Silvain Victor Castillon, consul français à La Nouvelle-Orléans, de sept ans son cadet. La haute société de La Nouvelle-Orléans, désapprouvant ce mariage en raison de sa condition de veuve, organise un charivari. De nouveau veuve en 1809, Marie part s'installer en France, où elle meurt à l'âge de 71 ans.

Marie Louise Le Sénéchal d'Auberville (**Louise** dans le roman) : Mariée à **Francisco Bouligny**, avec lequel elle a quatre (ou six) enfants, elle voit son époux gravir les échelons de la hiérarchie militaire. En 1791, il est colonel ; en 1799, après la mort du gouverneur Manuel Gayoso de Lemos, il réalise son rêve de devenir administrateur de la Louisiane, quoiqu'à titre intérimaire et pendant quelques mois à peine. Il est ensuite promu brigadier du régiment fixe en 1800, mais décède peu avant de prendre ses fonctions, à l'âge de 64 ans. Louise meurt bien des années plus tard, en 1834, alors qu'elle a 84 ans.

Antonio de Ulloa : Après avoir été expulsé de Louisiane par les créoles français, il poursuit sa carrière militaire dans les Caraïbes. En Espagne, il comparaît devant une cour martiale pour ne pas avoir défendu une frégate de commerce en provenance des Indes saisie par un navire anglais au cours de la guerre de l'Indépendance des colonies américaines. À la suite d'un long procès, il est acquitté. Il reste à la tête de la marine espagnole jusqu'à sa mort en 1795. La jeune Liménienne qu'il épouse à La Nouvelle-Orléans lui donne six enfants.

Alejandro O'Reilly : En 1770, il quitte la Louisiane pour rentrer en Espagne. Il est très vite dépêché à Alger, où les troupes sont vaincues en 1775. Nommé capitaine général d'Andalousie par le roi Carlos III, il réside à Cadix. Au moment de la Révolution française, Carlos IV lui demande de remplacer le général Ricardos (né à Barbastro), décédé subitement, pour envahir le sud de la France et reconquérir le Roussillon. Alors âgé de 71 ans, O'Reilly meurt au cours du voyage avant de pouvoir prendre le commandement des unités militaires.

Antonio Cornel : En 1799, il est nommé secrétaire d'État par le roi Carlos IV et placé à la tête du ministère de la Guerre. Il s'entend très mal avec Godoy. De fait, celui-ci demande à la reine María Luisa de le surveiller de près et souhaite sa destitution, l'accusant d'avoir favorisé, grâce à sa position, l'ascension de son frère au poste d'administrateur général du gouvernement d'Aragon. Cornel entretient une relation étroite avec la duchesse d'Albe, jusqu'au décès de celle-ci en 1802. Godoy atteint son but : le roi destitue Cornel, qui rejoint alors la caserne de Saragosse. Il participe activement à la défense de la ville lors du premier siège de l'armée française. Appelé par la Junte centrale, il occupe de nouveau le ministère de la Guerre jusqu'en 1811. En raison de problèmes de santé, il est affecté à la caserne de Mayorque mais ne prend plus part aux opérations militaires. En 1814, il s'installe à Valence, où il passe les dernières années de sa vie et reste en contact avec Fernando VII et ses ministres. Il meurt en 1821, à l'âge de 76 ans.

Père Cirilo de Barcelona : Entre 1785 et 1789, il est évêque auxiliaire de Cuba, assumant la responsabilité exclusive de la Louisiane et des Florides. Du fait de ses mauvaises relations avec le gouverneur de La Nouvelle-Orléans, il quitte la région avant de finaliser sa visite pastorale entreprise pour rendre compte de la situation déplorable de la paroisse. Il se rend alors à La Havane, dans l'espoir d'être nommé au nouvel évêché de San Cristóbal. N'obtenant pas cette nomination et devant l'insistance de la Couronne pour qu'il retourne en Floride, il accepte de s'installer à San Agustín, puis demande à être relevé de ses fonctions. En 1793, ni le vicariat de Louisiane ni le poste de premier évêque du nouveau diocèse de Louisiane et des Florides ne lui sont confiés, de sorte qu'il retourne en Espagne sans affectation en 1799, en continuant de percevoir sa pension annuelle. En 1801, lorsque l'évêque de Louisiane et des Florides Luis Peñalver y Cárdenas – dépité par le fait que la situation du territoire ne s'améliore guère malgré ses propositions et ses efforts – renonce à sa charge, père Cirilo adresse au roi une requête pour le remplacer. La région étant en passe d'être cédée aux Américains, il essuie un nouveau refus. Il meurt en février 1809 à Vilanova i la Geltrú (Catalogne), où il est enterré. Dans son abondante correspondance – au prêtre provincial de son ordre à Barcelone, à l'évêque de Cuba, au gouverneur de Louisiane et à la cour –, il dénonce l'état moral de la communauté des capucins français et donne des détails très curieux sur la vie quotidienne et la spiritualité, selon lui calamiteuse, de la province.

Oliver Pollock : Après s'être refait une santé financière en vendant des matériaux de construction à la suite du terrible incendie de 1788 qui ravage La Nouvelle-Orléans, il acquiert des parcelles dans la ville, où il construit des maisons pour les vendre. Il se lance parallèlement dans la traite d'esclaves le long du Mississippi. Il peut ainsi racheter son ancienne plantation Old Tunica. En mai 1790, il a payé tous ses créanciers particuliers, mais il lui faut encore rembourser le gouvernement espagnol. L'année suivante, il repart aux États-Unis, où il vit pendant vingt-trois ans, d'abord à Carlisle (Pennsylvanie). À la mort de son épouse Margaret O'Brien, il s'installe à Baltimore (Maryland) jusqu'au décès de sa seconde femme en 1819. Il retourne alors dans le bas Mississippi, où il meurt en 1824 (à l'âge de 84 ans), sans avoir perdu son esprit entrepreneur.

George Rogers Clark : L'échec de la campagne contre les tribus le long de la Wabash en 1786 et les accusations lancées contre lui à propos de son alcoolisme ternissent sa réputation. Il passe le reste de sa vie aux prises avec des difficultés financières. Pour gagner de l'argent, il accepte en 1793 la proposition de l'ambassadeur de la France révolutionnaire d'occuper le poste de major général dans les armées de France et commandant en chef de la Légion révolutionnaire française sur le Mississippi. Un an plus tard, le président Washington interdit aux Américains de violer la neutralité et le démet de ses fonctions. Sa renommée s'en trouve encore plus entachée. Endetté, alcoolique et sans fortune, il se construit une cabane non loin des chutes de l'Ohio. Il y accueille les voyageurs désireux de visiter la région qu'il connaît parfaitement bien. Il quitte les lieux en 1809, après avoir été victime d'un épanchement cérébral. Un accident l'oblige par ailleurs à se faire amputer d'une jambe. Il part vivre avec sa sœur. Il succombe à une nouvelle attaque en 1818, à l'âge de 66 ans.

Arthur Saint Clair : Premier gouverneur du territoire du Nord-Ouest créé en 1787, il nomme la ville où il s'est installé Cincinnati en hommage à la Société des Cincinnati, une association d'officiers qui avaient servi au moins trois ans dans l'armée américaine et de militaires français de haut rang, dont l'emblème est l'aigle à tête blanche. Le nom vient de Lucius Quinctius Cincinnatus, patricien, consul, général et dictateur romain, figure légendaire de la vertu civique romaine, incarnant droiture, honnêteté et intégrité, mais opposé au tribunat de la plèbe. Le premier président de la société est George Washington (jusqu'à sa mort, en 1799) ; le deuxième, Alexander Hamilton, également l'un des Pères fondateurs des États-Unis. En tant que gouverneur, Arthur Saint Clair rédige les premières lois du nouveau territoire et tente de mettre fin aux revendications des Indiens d'Amérique sur les terres de l'Ohio et d'encourager la création d'établissements de Blancs. Son principal adversaire est le chef miami **Michikinikwa** ou **Little Turtle** ; aux côtés du chef chaouanon **Weyapiersenwah** ou **Blue Jacket**, ils lui infligent une défaite au cours de la bataille de la rivière Wabash où périssent plus de 600 soldats. Saint Clair quitte ses fonctions militaires, mais reste gouverneur du territoire du Nord-Ouest jusqu'en 1802. Il est critiqué par la population, qui lui reproche son népotisme et son inaction concernant les revendications territoriales ou encore la question de l'esclavage – il s'oppose à l'arrivée de nouveaux esclaves mais ne prend aucune mesure pour ceux qui sont là, alors même que la pratique est interdite.

L'armée de Blue Jacket est vaincue par le successeur de Saint Clair. Le chef indien est contraint de signer un traité en 1795 cédant une grande partie de l'Ohio aux États-Unis, puis un autre en 1805. Après Blue Jacket, c'est Tecumseh qui mène les dernières tentatives pour reconquérir les terres chaouanon, suivant les préceptes de son frère Tenskwatawa, prophète du mouvement pour l'abandon des coutumes et des produits européens et le retour sur leurs territoires traditionnels, rappelant l'époque de Pontiac. Les chefs Little Turtle et Blue Jacket décèdent en 1812 et 1810, respectivement, tandis que Saint Clair meurt en 1818, à l'âge de 81 ans.

Les Quapaw : Le premier métis quapaw-français connu s'appelle Saracen, fils d'un cadet travaillant au poste Arkansas en 1744, qui épouse une Indienne en 1752 et exerce les fonctions d'interprète dans les années 1750. Du fait de son âge, il pourrait être le père de Sarazen du roman, qui, en 1763, a 12 ou 13 ans. Dans l'histoire des Quapaw, un chef prénommé Sarasin, Sarrasin ou Saracen est devenu une légende pour avoir sauvé deux enfants blancs capturés par des Chickasaw. Dans l'entrée « Sarasin » de l'*Encyclopedia of Arkansas History and Culture* (accessible en ligne), Joseph Patrick Key raconte que c'est autour de 1820 que colons et officiers américains ont commencé à repousser les Quapaw hors de leur région. Par le traité de 1824, les Quapaw cèdent leurs terres aux États-Unis en échange de parcelles dans le nord-ouest de la Louisiane parmi les Caddo de la rivière Rouge, d'une rente de 1 000 dollars et d'une réserve de 80 acres au bord de l'Arkansas. Les Quapaw s'installent avec les Caddo en 1826. Après six mois marqués par des inondations, des mauvaises récoltes, la famine et la mort, Sarasin, qui a perdu son épouse et d'autres parents, rompt avec le chef Heckaton et retourne dans la réserve d'Arkansas en 1827. Le gouvernement leur permet de rester – à condition qu'ils n'achètent pas de terres – et leur concède une partie de la rente promise, que Sarazin utilise pour acquérir des outils agricoles et emmener les enfants à l'école afin de ne pas dépendre des Blancs. En 1830, le grand chef Heckaton revient en Arkansas. Comme ils n'étaient pas autorisés à acheter des terres, ils sont progressivement chassés de leurs fermes par les colons blancs. Dans la *Catholic Encyclopedia* de 1913, il est écrit que les Quapaw signent un autre traité en 1834 pour s'installer dans le nord-est de l'Oklahoma ;

ils ne sont plus que 307 en 1910. C'est l'époque de la Piste des larmes : les chemins où pleurent aussi les Chacta en 1831 et les Cherokee en 1838, repoussés vers l'ouest par les Américains. Il semble que Sarasin ne se soit finalement pas rendu dans la nouvelle réserve, mais qu'il ait ramené les 300 Quapaw à la rivière Rouge et soit retourné en Arkansas, où il a vécu jusqu'à sa mort. D'après la date inscrite sur sa pierre tombale dans le cimetière St. Joseph, à Pine Bluff (Arkansas), il serait décédé en 1832 à l'âge de 97 ans, ce qui situerait sa naissance en 1735, dix-sept ans avant le mariage de l'interprète français avec l'Indienne. Compte tenu de ces confusions de dates et d'âges, le personnage de Sarazen du roman est le fils d'un interprète français et le père de l'autre Sarazen (qu'Ishcate adopte), qui sera le témoin de la triste perte des terres quapaw.

Les Kaskaskia : En 1803, les États-Unis négocient un traité à Vincennes par lequel les Kaskaskia renoncent à leurs terres et reçoivent deux réserves : le village de Kaskaskia avec 350 acres, et 1 280 acres dans le comté de Jackson. Les Peoria n'ayant pas signé ce traité, Auguste Chouteau en propose un autre en 1818.

Quelques précisions à propos de cet homme, dont je me suis inspirée pour le personnage d'Étienne Dubois. Auguste et son frère Jean-Pierre ont des années durant détenu le monopole commercial avec les Indiens Osage. Auguste a eu cinq (ou sept) enfants et meurt en 1829, à l'âge de 79 ans. Jean-Pierre côtoie les Osage, apprend leur langue, leur culture et leurs mœurs. En 1804, le président Thomas Jefferson le nomme agent des affaires indiennes à l'ouest du Mississippi. La même année, il fonde la Compagnie des fourrures du Missouri avec le négociant espagnol Manuel Lisa. Il négocie le traité de 1808 qui convainc les Osage de vendre une partie de leurs terres. Il meurt en 1848, à l'âge de 90 ans. La mère d'Auguste et de Jean-Pierre, Thérèse Chouteau, les aide à contrôler le commerce de peaux jusqu'à ce qu'elle décède en 1814 à l'âge de 81 ans.

Le nouveau traité proposé en 1818 par Auguste Chouteau inclut cette fois les chefs des Peoria, Kaskaskia, Michigamea, Cahokia et Tamaroa. Les signataires kaskaskia sont Louis Jefferson **Ducoigne** (deuxième fils de Jean-Baptiste Ducoigne, personnage du roman, dont le nom indien est **Macouissa** et qui décède en 1811), Wawpamahwhawae ou White Wolf, Awrawnpingeaw ou Whale et Keemawassaw ou Little Chief. La tribu Kaskaskia compte alors une soixantaine de personnes, dont quinze guerriers. En 1820, certains d'entre eux quittent le Pays des Illinois, d'autres vivent chez les tribus amies, les Peoria, les Michigamea, les Cahokia et les Tamaroa. En 1826, on dénombre trente et un Kaskaskia : quinze hommes métis, dix femmes et six enfants. En 1832, ils acceptent de quitter l'Illinois et de s'installer avec les Peoria dans leur réserve de l'Ouest. Ils cèdent leur réserve du comté de Jackson aux États-Unis, mais les 350 acres de Kaskaskia reviennent à Ellen Kicounaisa, la fille de leur plus vieux chef. En mars 1833, il ne reste plus qu'un seul homme au sang purement kaskaskia parmi une poignée d'habitants, partis vivre définitivement dans la réserve des Peoria au Kansas.

En ce qui concerne les personnages inventés, je dois reconnaître nourrir une affection particulière pour Jérôme Girard, inspiré de Gilbert Antoine de Saint Maxent. Sorte d'alter ego littéraire de ce dernier, Girard a lui aussi de grandes ambitions, une famille nombreuse, une magnifique plantation au bord du lac Pontchartrain et une relation amicale et professionnelle avec l'aventurier Benoît Leroux, imaginé d'après Pierre Laclède, qui, depuis son village natal de Bedous, de l'autre côté des Pyrénées aragonaises, a fait partie du groupe des pionniers ayant construit la ville de Saint-Louis en Haute-Louisiane.

Remerciements

Aux écrivains Arturo Pérez Reverte et Leandro Pérez, pour m'avoir proposé en 2018 d'écrire un texte dans le cadre de l'ouvrage collectif *Bajo dos banderas* [Sous deux drapeaux], publié aux éditions Zenda. Après avoir rédigé une nouvelle autour du rôle de l'Espagne dans l'indépendance des États-Unis et terminé le roman que j'étais alors en train d'écrire, la curiosité m'a poussée à poursuivre mes lectures sur cette époque dans l'immense territoire de la Louisiane. C'est ainsi qu'est née l'histoire d'Ishcate de Kaskaskia et de Suzette de La Nouvelle-Orléans.

À vous, mes chers lecteurs, pour votre patience et vos messages d'encouragement. Chaque roman a son propre rythme : le processus d'écriture de celui-ci s'est avéré long. J'espère que l'attente en valait la peine.

À Carlos Español, pour ses recherches bibliographiques et les éléments curieux que lui seul sait découvrir.

À Mar Gabás, pour son aide constante au cours de l'écriture de ce roman et pour son indispensable travail qui a permis de localiser les articles importants dans les riches archives du *Journal of the Louisiana Historical Association* et de passer au crible cette mine d'informations.

À mes chers amis, pour avoir pris soin de moi et m'avoir accompagnée jour après jour, semaine après semaine. Quelle chance de pouvoir partager avec eux le voyage ensoleillé et orageux de la vie !

À ma mère et à mes sœurs, des femmes belles et fortes, pour leur tendresse et leur soutien inconditionnel.

À mon mari et à mes enfants, pour tous ces moments qui donnent un sens à l'existence.

À la grande famille du Grupo Planeta et en particulier aux éditrices avec qui j'ai travaillé et vécu des instants inoubliables au cours de ces dix dernières années. Je les remercie pour tout ce qu'elles m'ont appris, pour leur enthousiasme contagieux à chaque projet et pour leur affection au-delà de la relation professionnelle.

À Cerler (Aragon), mai 2022

Bibliographie

La documentation concernant la Louisiane est inépuisable. Voici la bibliographie – classée par thème – que j'ai consultée pour la reconstruction historique de l'époque du roman.

Sur la Haute-Louisiane, le Pays des Illinois, le village de Kaskaskia d'Ishcate, Saint-Louis de Missouri, le père Meurin et les jésuites, la famille Dubois – inspirée de la famille de pionniers Chouteau – et d'autres personnages qui évoluent dans la région :

Carl J. Ekberg et Sharon K. Person, *St. Louis Rising: The French Regime of Louis St. Ange de Bellerive*, University of Illinois Press, 2015.

Patricia Cleary, *The World, the Flesh and the Devil: A History of Colonial St. Louis*, University of Missouri Press, 2018.

William E. Foley et Charles David Rice, *The First Chouteaus. River Barons of Early St. Louis*, University of Illinois Press, 2000.

David MacDonald et Raine Waters, *Kaskaskia: The Lost Capital of Illinois*, Southern Illinois University Press, 2019.

Clarence Walworth Alvord (coord.), « Banishment of the Jesuits: The Decree against the Jesuits; The History of the Banishment; The Services of the Jesuits; Their Devotion to Duty; The Auction of their property at Kaskaskia; Jean Bte. Bauvais makes a Purchase », *Collections of the Illinois State Historical Library*, vol. X, 1915, p. 62-133.

Gilbert C. Din, « El Alto Mississippi en el último tercio del siglo XVIII: encrucijada de culturas y núcleo estratégico en la rivalidad colonial », *in* Sebastián Garrigues (coord.), *Norteamérica a finales del siglo XVIII: España y los Estados Unidos*, Actes du Congrès international, 2006, Fundación Consejo España-EEUU et Marcial Pons, 2008, p. 83-98.

David MacDonald, *Lives of Fort of Chartres: Commandants, soldiers and civilians in French Illinois 1720-1770*, Southern Illinois University Press, 2016.

Carl A. BRASSEAUX et Michael J. LEBLANC, « Franco-Indian diplomacy in the Mississippi Valley, 1754-1763: Prelude to Pontiac's Uprising? », *Journal de la Société des Américanistes*, t. 68, 1982, p. 59-70.

August REYLING, *Historical Kaskasia*, St. Louis, Missouri, 1963. (La page 31 est consacrée au père Meurin.)

María E. PONCE ALCOCER, *Cartas de la Nueva Francia de los misioneros jesuitas, siglo XVIII*, Palabra Viajera, Universidad Iberoamericana, 2008.

Sur la région du poste Arkansas et les personnages européens et indiens qui y séjournent :

Carmen GONZÁLEZ LÓPEZ-BRIONES, « Reacciones diferentes ante una política similar: los indios Osages y los Quapaws ante la política comercial franco-española en la Luisiana durante el siglo XVIII », *Anales del Museo de América*, n° 3, 1995, p. 119-130.

Carmen GONZÁLEZ LÓPEZ-BRIONES, « Noticias sobre los indios Quapaws durante el siglo XVIII », *Revista Española de Estudios Norteamericanos*, n° 7, 1994, p. 11-37.

James MOONEY, « Quapaw Indians », *The Catholic Encyclopedia*, Robert Appleton Company, 1911, vol. 12, p. 591-593.

Ann DUBUISSON « François Sarazin: Interpreter at Arkansas Post during the Chickasaw Wars », *Arkansas Historical Quarterly*, vol. 71, n° 3, 2012, p. 260-261.

Morris S. ARNOLD, « The Métis People of Eighteenth-and Nineteenth-Century Arkansas», *The Journal of the Louisiana Historical Association*, 2016, vol. 57, no 3, p. 261-296.

Theodore CATTON, *A Many-Storied Place. Historic Resource Study*, Arkansas Post National Memorial, 2017.

Edwin C. BERASS, « The Colbert Raid », Arkansas Post Memorial, United States Department of the Interior, National Park Service, 1974.

Sur les autres Indiens qui apparaissent dans le roman :

Dustin J. MACK, « A river of continuity, tributaires of change: the Chickasaws and the Mississippi river, 1735-1795 », thèse de doctorat, Norman, Oklahoma, 2015.

Wayne C. TEMPLE, *Indian Villages of the Illinois Country: Historic Tribes*, Illinois State Museum, 1958, Scientific Papers, vol. II, part. 2.

Emily PAIGE SMITHEY, « Transformation of Early Nineteenth Century Chickasaw Leadership Patterns 1800-1845 », thèse de doctorat, University of Mississippi, 2014.

Stephen WEBRE, « The Problem of Indian Slavery in Spanish Louisiana, 1769-1803 », *The Journal of the Louisiana Historical Association*, 1984, vol. 25, n° 2, p. 117-135.

Antonio SÁNCHEZ DE MORA*, « El encuentro de Punta Cortada », article en ligne, https://www.culturaydeporte.gob.es/dam/jcr:044a26de-a3e8-405a-8187-df289166de66/encuentro-de-punta-cortada-completo-copia.pdf

Discours du chef indien chaouanon Charlot (ou Chariot) Kaské au gouverneur d'Abbadie en décembre 1764, et de ce même chef et de Levacher en 1765 au gouverneur Aubry, *in* Clarence WALWORTH ALVORD, *Collections of the Illinois State Historical Library*, vol. X,1915, p. 444-454. (Dans ce même volume figurent le journal du gouverneur d'Abbadie, ainsi que la correspondance de son successeur Aubry et du commandant de l'Illinois, Bellerive, au cours de la période 1763-1765.)

Sur les Africains, les esclaves, les marrons et les révoltes des années 1790 :

« More than a Runaway: Maroons in Louisiana », entretien avec Sylviane Diouf, Schomburg Center for Research in Black Culture de Harlem, N. Y., WWNO, New Orleans Public Radio, podcast du 10 décembre 2015.

Gwendolyn MIDLO HALL, *Africans in Colonial Louisiana: The Development of Afro-Creole Culture in the Eighteenth Century*, Louisiana State University Press, 1995.

Gilbert C. DIN, *Spaniards, Planters, and Slaves: The Spanish Regulation of Slavery in Louisiana, 1763-1803*, Texas A&M University Press, 1999.

* Préposé au Corps facultatif des archivistes (NdA).

Jack D. L. HOLMES, « The Abortive Slave Revolt at Pointe Coupée, Louisiana, 1795 », *The Journal of the Louisiana Historical Association*, 1970, vol. 11, n° 4, p. 341-362.

Gilbert C. DIN, « Carondelet, the Cabildo, and Slaves: Louisiana in 1795 », *The Journal of the Louisiana Historical Association*, 1997, vol. 38, n° 1, p. 5-28.

Donald E. EVERETT, « Free Persons of Color in Colonial Louisiana », *The Journal of the Louisiana Historical Association*, 1966, vol. 7, n° 1, p. 21-50.

Gilbert C. DIN, « Cimarrones and the San Malo Band in Spanish Louisiana », *The Journal of the Louisiana Historical Association*, 1980, vol. 21, n° 3, p. 237-262.

Kimberly HANGER, « Conflicting Loyalties: The French Revolution and Free People of Colour in Spanish New Orleans », *The Journal of the Louisiana Historical Association*, 1993, vol. 34, n° 1, p. 5-33.

Sur la prise de possession par les Espagnols de la province de la Louisiane et la révolte des créoles :

David KER TEXADA, « An Account of Governor Alejandro O'Reilly's Voyage from Havana to New Orleans in July 1769 », trad. Fernando Faraldo, *The Journal of the Louisiana Historical Association*, 1969, vol. 10, n° 4, p. 370-375.

Emily LEUMAS, « Ties that Bind: The Family, Social, and Business Associations of the Insurrectionists of 1768 », *The Journal of the Louisiana Historical Association*, 2006, vol. 47, n° 2, p. 183-202.

Manuel SERRANO Y SANZ, *Documentos históricos de la Florida y la Luisiana, siglos XVI al XVIII*, Biblioteca de los Americanistas, 1912, p. 272-312 (Les documents suivants ont été consultés : « Traducción del diario de los sucesos de la Louisiana, noviembre de 1768 a marzo de 1769 », *in* « Certificación del intendente de Nueva Orleans, don Esteban Gayarre, de lo acaecido en la sublevación de los franceses », La Nouvelle-Orléans, 30 octobre 1768, Archives historiques nationales, dossier 3.889-c ; Josef Melchor de Acosta, « Relación diaria, verídica y circunstanciada de todos los acaecimientos habidos en la colonia de la Louisiana y ciudad de Nuevo Orleans, desde el 1° de noviembre de 1768 que salió de ella su gobernador y capitán general D. Antonio de Ulloa, hasta 20 de abril de 1769 que salió la fragata de mi mando nombrada el Bolante » ; « Relación de cómo D. Alejandro O'Reilly pacificó la ciudad de Nueva Orleans », 30 août 1769 ; « Carta de D. Alejandro O'Reilly a D. Julián de Arriaga dándole cuenta de su viaje a Nueva Orleans y de lo que había hecho en esta ciudad », 31 août 1769.)

Carl A. BRASSEAUX, « Confusion, Conflict, and Currency: An Introduction to the Rebellion of 1768? », *The Journal of the Louisiana Historical Association*, 1977, vol. 18, n° 2, p. 161-169.

Richard E. CHANDLER, « Eyewitness History: O'Reilly's Arrival in Louisiana », *The Journal of the Louisiana Historical Association*, 1979, vol. 20, n° 3, p. 317-324.

Richard E. CHANDLER, « O'Reilly and the Rebels: Report to Arriaga », *The Journal of the Louisiana Historical Association*, 1982, vol. 23, n° 1, p. 48-59.

Reinhart KONDERT, « The German Involvement in the Rebellion of 1768 », *The Journal of the Louisiana Historical Association*, 1985, vol. 26, n° 4, p. 385-397.

Richard E. CHANDLER, « Ulloa's Account of the 1768 Revolt », *The Journal of the Louisiana Historical Association*, 1986, vol. 27, n° 4, p. 407-437.

John PRESTON, « Antonio de Ulloa: A Profile of the First Spanish Governor of Louisiana », *The Journal of the Louisiana Historical Association*, 1967, vol. 8, n° 3, p. 189-218.

Sur les familles créoles de La Nouvelle-Orléans dont je me suis inspirée pour le personnage de Suzette Girard, ses parents, ses relations et ses voyages :

Deirdre STANFORTH, *Romantic New Orleans*, Pelican Publishing Company, 1986.

Vaughan B. BAKER, « *Cherchez les femmes*: Some Glimpses of Women in Early Eighteenth-Century Louisiana », *The Journal of the Louisiana Historical Association*, 1990, vol. 31, n° 1, p. 21-37.

Inmaculada Martínez y Gálvez, « La mujer y la vida familiar en Nueva Orleans (1763-1803) », *Actas del XIII Coloquio de Historia Canario-Americana; VIII Congreso Internacional de Historia de América*, Ediciones del Cabildo de Gran Canaria, 2000, p. 1380-1394.

Mónica Bolufer Peruga, « Las mujeres en la cultura de la ilustración », *in* Enrique Martínez Ruiz et Magdalena de Pazzis Pi Corrales, *Ilustración, ciencia y técnica en el siglo XVIII*, Servicio de Publicaciones Universidad de Valencia, 2008, p. 209-232.

Manuel Romero de Terreros, *La vida social en la Nueva España*, Mexico, Editorial Porrúa, 1944.

Eric Beerman, « La bella criolla Felicitas de Saint Maxent », *in* Sebastián Garrigues (coord.), *Norteamérica a finales del siglo XVIII: España y los Estados Unidos*, Actes du colloque éponyme, 2006, Fundación Consejo España-EEUU et Marcial Pons, 2008, p. 281-296.

Eric Beerman, « Governor Bernardo de Galvez's New Orleans Belle: Felicitas de St. Maxent », *Revista Española de Estudios Norteamericanos*, n° 7, 1994, p. 39-43.

Ramón Ezquerra Abadía, « Un patricio colonial: Gilberto de Saint-Maxent, teniente gobernador de Luisiana », *Revista de Indias*, 1950, vol. X, n° 39, p. 97-170.

James J. Coleman Jr., *Gilbert Antoine de St. Maxent, the Spanish-Frenchman of New Orleans*, Pelican of New Orleans, 1968.

Luis González Obregón, *México Viejo*, México, Librería de la Viuda de Bouret, 1900, plus particulièrement les chap. XXI (« El Fasto Colonial », p. 195-199) et LV (« Los Bautizos Virreinales », p. 533-538).

Sur le rôle de l'Espagne dans l'indépendance des États-Unis :

Larrie D. Ferreiro, *Hermanos de armas: la intervención de España y Francia que salvó la independencia de Estados Unidos*, Desperta Ferro Ediciones, 2019 (2016).

Juan F. Yela Utrilla, *España ante la Independencia de los Estados Unidos*, Ediciones Istmo, 1988 (1925).

Sebastián GARRIGUES (coord.), *Norteamérica a finales del siglo XVIII: España y los Estados Unidos*, conférences au congrès international éponyme, Fundación Consejo España-EEUU et Marcial Pons, 2008.

Gonzalo M. QUINTERO SARAVIA, *Bernardo de Gálvez: Spanish Hero of the American Revolution*, The University of North Carolina Press, 2018, publié en espagnol en 2021 par Alianza Editorial.

Manuel OLMEDO et Francisco CABRERA, *Bernardo de Gálvez, héroe recuperado*, Asociación Cultural Bernardo de Gálvez y Gallardo, Conde de Gálvez, 2016.

Carlos CANALES TORRES et Miguel DEL REY Vicente, *Bernardo de Gálvez: de la apachería a la independencia*, Edaf, 2015.

Eric BEERMAN, « Bernardo de Gálvez y la ayuda española de los Estados Unidos », *Péndulo: Revista de Ingeniería y Humanidades*, 2007, n° XVIII, p. 216-239.

Eric BEERMAN, « El diario de Bernardo de Gálvez en la batalla de Mobila (1780) », *Cuadernos de Investigación Histórica*, publicación del seminario « Cisneros » de la Fundación Universitaria Española, 1990, n° 13, p. 125-144.

José MONTERO DE PEDRO, *The Spanish in New Orleans and Louisiana*, Pelican Publishing Co, 2000 (1979).

Guy SONIAT DU FOSSAT*, *Synopsis of history of Louisiana. From the founding of the Colony to the end of the year 1791*, Louisiana Historical Society, 1906.

Guillermo CALLEJA LEAL, « El intervencionismo de la Corona de España en la guerra de la Independencia de los Estados Unidos de Norteamérica y las campañas de Gálvez », *La Coronelía, Guardas del Rey*, n° 6, octobre 2003, p. 12-50.

* Guy de Soniat, né dans le sud de la France, était militaire en Louisiane et fut nommé maire de La Nouvelle-Orléans par le gouverneur Luis de Unzaga en 1755. Son fils François Guy de Soniat du Fossat a hérité du château de Fossat et du titre de baron. Lors de sa visite à l'Exposition universelle de Paris en 1900, un descendant, Charles T. Soniat, s'est rendu au château, invité par le propriétaire de l'époque ; il a découvert à ce moment-là le texte de son ancêtre maire de La Nouvelle-Orléans et l'a traduit en anglais (NdA).

« Noticias de América », *Mercurio Histórico y Político,* Madrid, Imprenta Real de *La Gazeta,* janvier 1780, p. 96-107.

Manuel Hernández González, « El círculo de los Gálvez: formación y ocaso de una élite de poder indiana », *CATHARUM, Revista de Ciencias Sociales y Humanidades,* Instituto de Estudios Hispánicos de Canarias, n° 14, 2015, p.43-58.

Manuel Olmedo Checa, « El Galveztown », *Péndulo: Revista de Ingeniería y Humanidades,* n° XX, 2009, p. 200-228.

Sebastián Garrigues, *El que tenga valor que me siga,* La esfera de los libros, 2016.

Pablo Victoria, *España contraataca. Bernardo de Gálvez: « Yo solo ». La derrota del imperio inglés en Norteamérica,* Kindle, 2014.

Sur les autres personnages :

Francisco J. Cazorla Granados, Rosa M. García Baena et José D. Polo Rubio, *El gobernador Luis de Unzaga (1717-1793). Precursor en el nacimiento de los EE.UU. y en el liberalismo,* Fundación Málaga, 2019.

Julia Frederick, « In Defense of Crown and Colony: Luis de Unzaga and Spanish Louisiana », *The Journal of the Louisiana Historical Association,* 2008, vol. 49, n° 4, p. 389-422.

Vicente Ribes-Iborra, « La era Miralles: el momento de los agentes secretos », *in Norteamérica a finales del siglo XVIII : España y los Estados Unidos,* conférences au congrès international de 2006, Fundación Consejo España-EEUU et Marcial Pons, 2008, p. 143-169.

John H. Nunemaker, « The Bouligny Affair in Louisiana », *The Hispanic American Historical Review,* vol. 25, n° 3, août 1945, p. 229-363.

Vicente Seguí Roma, « Comerciantes extranjeros en Alicante (1700-1750): hombres de negocios franceses y genoveses en una ciudad mediterránea », thèse de doctorat, Universidad de Alicante, 2012, p. 111-120.

Light T. Cummins, « Oliver Pollock's Plantations: An Early Anglo Landowner on the Lower Mississippi, 1769-1824 »,

The Journal of the Louisiana Historical Association, 1988, vol. 29, n° 1, p. 35-48.

José A. ARMILLAS VICENTE, « Problemas eclesiásticos de la Luisiana tras su cesión a España », *Hispania Sacra*, col. 53, n° 107, 2001, p. 311-326.

José A. ARMILLAS VICENTE, « El ministerio pastoral de D. Luis Peñalver y Cárdenas, primer obispo de la Luisiana (1793-1801) », *in* Enrique MARTÍNEZ RUIZ et Vicente SUÁREZ GRIMÓN (coord.), *Iglesia y Sociedad en el Antiguo Régimen*, Actes de la 3e réunion scientifique espagnole d'histoire moderne, Universidad de Las Palmas de Gran Canaria, 1994, vol. I, p. 93-109.

José A. ARMILLAS VICENTE, « Organización eclesiástica de la Luisiana española: el Vicariato », *in* José Luis SOBERANES FERNÁNDEZ, Rosa María MARTÍNEZ DE CODES et Alberto DE LA HERA PÉREZ-CUESTA (coord.), *Homenaje a Alberto de la Hera*, 2008, p. 21-56.

José A. FERRER BENIMELI, « El Conde de Aranda, embajador y político », *El Conde de Aranda*, catalogue d'exposition sur le comte d'Aranda, Saragosse, 1998, p. 75-83.

Marcelino TOBAJAS LÓPEZ, « Destierro y prisión del Conde de Aranda », *El Conde de Aranda*, catalogue d'exposition sur le comte d'Aranda, Saragosse, 1998, p. 85-97.

Eric BEERMAN, « El conde de Aranda y la tertulia madrileña (1788-90) de la viuda de Bernardo de Gálvez », *El conde de Aranda y su tiempo*, Actes du congrès international qui s'est tenu à Saragosse du 1er au 5 décembre 1998, Institución Fernando el Católico, 2000, p. 349-363.

Javier TAMBO MOROS et Alfredo J. MARTÍNEZ TIRAO, *Antonio Cornel y Ferraz. Ilustrado, militar y político*, Copy Center, Saragosse, 2010.

Sur l'immigration des habitants des Canaries et de Málaga en Louisiane qui se sont installés dans les nouveaux établissements de Valenzuela, Galveztown, Barataria, San Bernardo et La Nouvelle-Ibérie à partir de 1779 :

Pablo TORNERO TINAJERO, « Canarian Immigration to America: The Civil-Military Expedition to Louisiana of 1777-1779 », trad. Paul E. Hoffman, *The Journal of the Louisiana Historical Association*, 1980, vol. 21, n° 4, p. 377-386.

Gilbert C. DIN, « The Canary Islander Settlements of Spanish Louisiana: An Overview », *The Journal of the Louisiana Historical Association*, 1986, vol. 27, n° 4, p. 353-373.

Gilbert C. DIN, « Lieutenant Colonel Francisco Bouligny and the Malagueño Settlement at New Iberia, 1779 », *The Journal of the Louisiana Historical Association*, 1976, vol. 17, n° 2, p. 187-202.

Antonio ACOSTA RODRÍGUEZ, « Overview of the Consumption of Food and Goods by Isleño Inmigrants to Louisiana », trad. Paul E. Hoffman, *The Journal of the Louisiana Historical Association*, 1981, vol. 22, n° 3, p. 299-306.

Plusieurs textes utiles pour l'ambiance ou des questions spécifiques :

Jack D. L. HOLMES, « Earliest Extant Issue of the *Moniteur de la Louisiane* », *The Journal of the Louisiana Historical Association*, 1966, vol. 7, n° 2, p. 133-151.

Gilbert C. DIN, « Proposals and Plans for Colonization in Spanish Louisiana, 1787-1790 », *The Journal of the Louisiana Historical Association*, 1970, vol. 11, n° 3, p. 197-213.

Marion WARE, « An Adventurous Voyage to French Colonial Louisiana; The Narrative of Mother Tranchepain, 1727 », *The Journal of the Louisiana Historical Association*, 1960, vol. 1, n° 3, p. 212-229.

Jo Ann CARRIGAN, « Impact of Epidemic Yellow Fever on Life in Louisiana », *The Journal of the Louisiana Historical Association*, 1963, vol. 4, n° 1, p. 5-34.

René LE CONTE et Glenn R. CONRAD, « The Germans in Louisiana in the Eighteenth Century », *The Journal of the Louisiana Historical Association*, 1967, vol. 8, n° 1, p. 67-84.

David A. CARSON, « The Role of Congress in the Acquisition of the Louisiana Territory », *The Journal of the Louisiana Historical Association*, 1985, vol. 26, n° 4, p. 369-383.

Gilbert C. DIN, « Empires Too Far: The Demographic Limitations of Three Imperial Powers in the

Eighteenth-Century Mississippi Valley », *The Journal of the Louisiana Historical Association*, 2009, vol. 50, n° 3.

Ángeles FLORES MOSCOSO, « Tripulantes de inferior categoría: llovidos y desvalidos, siglo XVIII », *Andalucía y América en el siglo XVIII*, Actes des 4ᵉ journées d'Andalousie et d'Amérique, Universidad de Santa María de la Rábida, 1985, vol. 1, p. 251-270.

David J. COSTA, *Miami-Illinois Language*, University of Nebraska Press, 2002.

ILDA : Indigenous Languages Digital Archive en https :// mc.miamioh. edu/ilda-myaamia/dictionary.

Quapaw Language en https://www.quapawtribe.com, site officiel de la nation quapaw.

La communauté Charleston a aimé !

Chez Charleston, nous sommes convaincus que, loin d'être une aventure solitaire, la lecture est une invitation au partage. Nous échangeons constamment avec nos lecteurs et lectrices, et nous sommes fiers de la belle communauté d'amoureux des livres que nous formons tous ensemble. Chaque année, nous choisissons au sein de cette communauté vingt lectrices et lecteurs qui nous accompagnent tout au long de l'année et découvrent nos romans en avant-première. Voici leurs avis !

Coup de cœur pour ce roman écrit de façon magistrale. La Promesse du Mississippi *est un condensé d'amour et d'histoire, dans un cadre extraordinaire.*

@lechapeelivresque

Je me suis laissé emporter par ce voyage dans le temps entre la Louisiane, l'Amérique du Sud et l'Espagne. Un magnifique hymne à la différence. Une fresque historique d'une beauté et d'une intensité rares !

@myjolielibrairie

J'ai adoré cette épopée magistrale. C'est beau, riche et captivant !

@livresdesophie_

Une lecture riche, fascinante et immersive. L'autrice signe une magnifique fresque historique que j'ai trouvée passionnante du début à la fin. J'ai adoré !

@monrevedete

J'ai beaucoup aimé ce récit que j'ai trouvé passionnant d'un point de vue historique.

@strabissime

De la Louisiane à La Havane, en passant par l'Espagne et la France, Luz Gabás nous livre une fresque historique éblouissante sur la conquête du Nouveau Monde. Une histoire d'amour sans précédent ! Une vraie prouesse.

@doresixtine_lecturesdesixtine

Un récit extrêmement bien construit et documenté. Luz Gabás nous transporte au cœur de la Louisiane du XVIIIe siècle entre intrigues politiques et histoire d'amour.

@carnet_litteraire

Luz Gabás nous offre un roman foisonnant, instructif et riche historiquement.

@les.lectures.de.claire

IMPRIM'VERT®

Cet ouvrage a été imprimé en utilisant des papiers composés de fibres naturelles, renouvelables, recyclables et fabriquées à partir de bois issus de forêts qui adoptent un système d'aménagement durable. En outre, les fournisseurs de papier s'inscrivent dans une démarche de certification environnementale reconnue.

Achevé d'imprimer en avril 2024 par CPI Bussière
À Saint-Amand-Montrond (18)
Dépôt légal : mai 2024
N° d'impression : 2076769
Imprimé en France